George R. R. Martin (Hrsg.)

Wild Cards

Die Gladiatoren von Jokertown

GEORGE R.R. MARTIN

In Zusammenarbeit mit
Melinda M. Snodgrass

präsentiert

WILD CARDS

Die Gladiatoren von Jokertown

Geschrieben von
Michael Cassutt | David Anthony Durham |
Melinda M. Snodgrass | Mary Anne Mohanraj |
David D. Levine | Walter Jon Williams | Carrie Vaughn |
Ian Tregillis

Deutsch von Simon Weinert

GRRM
BY
penhaligon

Die Originalausgabe erschien 2011 unter dem Titel
»Lowball« bei Tor Books, New York.

FSC www.fsc.org
MIX
Papier aus verantwortungsvollen Quellen
FSC® C083411

Verlagsgruppe Random House FSC® N001967

1. Auflage

Redaktion: Catherine Beck
Umschlaggestaltung und -illustration:
Max Meinzold, München, unter Verwendung eines Motivs
von © Shutterstock/Cloudi
HK · Herstellung: sam
Satz: Uhl + Massopust, Aalen
Druck und Bindung: CPI books GmbH, Leck
Printed in the Czech Republic
ISBN 978-3-7645-3221-5

www.penhaligon-verlag.de

Für Fred Ragsdale

Das große Bluten

von Michael Cassutt

Teil 1
Prolog

Seit seinem elften Lebensjahr, seit jenem furchtbaren Ereignis, nannte man ihn nicht mehr Hasan, sondern Chahina. Chahina war ein ungewöhnlicher Name für einen Berberjungen, doch er passte ganz gut, denn er bedeutete ungefähr so viel wie »Wheels« oder »Fortbewegungsmittel«. Mit elf Jahren war Hasan auf grausame Weise in einen Joker verwandelt worden, der einem kleinen Lastwagen glich.

Seine Körpermasse hatte sich verdoppelt – während der fiebrigen Umwandlung hatte er so viel gegessen wie zehn Hasans –, und er war würfelförmig geworden, mit einer Mulde auf dem Rücken und einer halslosen Ausbeulung, wo vorher Kopf und Schultern gesessen hatten.

Seine Hände und Füße hatten sich in Hornkolben verwandelt, mit flachen, runden Scheiben, die alle paar Monate – je nach Beanspruchung – abplatzten, aber doch ein Teil von ihm blieben, so wie die Armbänder um das Handgelenk eines Mädchens. Chahina hatte herausgefunden, dass er die Scheiben, wenn er die vier kolbenartigen Gliedmaßen auf eine bestimmte Art abspreizte, als … nun ja, als Räder benutzen konnte. Auf diesen Rädern konnte er eine Straße in der Stadt oder eine marokkanische Landstraße entlangfahren wie ein Laster. Mit nur einem augenfälligen Unterschied.

Chahina stieß sich mit seinen Beinen ab, sodass er hin und her schwankte und aussah wie ein Laster mit kaputter Aufhängung …

»Ah«, sagte einer seiner Kunden, ein stämmiger holländischer Waffenschmuggler namens Kuipers, als er Chahina das erste Mal in Aktion sah. »Sie sind ja wie Hans Brinker!«

Anscheinend konnte man Chahina sogar im gitterförmigen Gesicht ablesen, dass er es nicht kapierte.

»Ein Schlittschuhläufer«, erklärte Kuipers. Und wie ein bekloppter Clown ahmte er die Links-/Rechtsbewegungen eines Jungen auf Schlittschuhen nach.

Hans Brinker? Chahina war sich nicht sicher … doch von diesem Tag an nannte er seine Fortbewegungsart »Schlittrollern«.

Und in den vergangenen elf Jahren hatte er sich schlittrollernd eine Karriere als Kurier aufgebaut, der illegale Substanzen, Schmuggelware und ja, auch Waffen von Ort zu Ort beförderte, für gewöhnlich zu merkwürdigen Zeiten und in großer Heimlichkeit, häufig auf wenig befahrenen Routen. Seine Fähigkeit, heimliche Fortbewegung mit gesundem Menschenverstand zu kombinieren, brachte ihm in der Verbrecherwelt Nordafrikas und Südeuropas viele Fans ein. Er war sogar so beliebt, dass einer seiner Hauptkunden, der seine Geschäfte in die Vereinigten Staaten ausweitete, ihn »einlud«, als Fracht – was sonst? – auf einem Frachter mitzufahren.

Nachdem er sich einmal an die Härten des Lebens als Jokerimmigrant in New York und Umgebung gewöhnt hatte, hatte Chahina die verhältnismäßige Leichtigkeit seines neuen Schmugglerdaseins allmählich zu schätzen gelernt. Die Straßen waren besser. Die Polizei war im Allgemeinen vorhersagbarer und aufrichtiger (Chahina übertrat die Geschwindigkeitsbegrenzungen nicht und wurde deshalb nie angehalten).

Und es gab keine Räuber! Chahinas Jahre in Amerika waren einträglich gewesen, die Zukunft war vielversprechend.

Doch am Abend des 7. Mai 2012, eines Montags, machte er einen Fehler.

Chahina sah häufig auf menschliche Fahrer und ihre Fahrzeuge herab, weil er sie für minderwertige Geschöpfe hielt, da sie ohne einander nutzlos waren. Er hingegen war sowohl das Hirn als auch die treibende Kraft seiner selbst.

Manchmal aber wünschte er sich, er hätte ein wenig Hilfe beim Navigieren, denn dann hätte er nicht die falsche Abzweigung genommen, als er in Richtung Norden aus Tewksbury herausgefahren war, an der Stelle, wo die 519 und der Old Turnpike zusammen verliefen. Er hatte zehn Minuten vergeudet, weil er auf dem OT nach Westen gefahren war, wo es eigentlich weiter nach Norden gegangen wäre.

Normalerweise hätte ihm dieser kleine Umweg keine Probleme bereitet, doch Chahina hatte eine Deadline. Um 20 Uhr sollte er seine Fracht bei einem Kunden am Rand des Stephens State Park abliefern … Bei der Adresse schien es sich weder um einen Betrieb noch um ein Wohnhaus zu handeln, sondern eher um freies Feld.

Um die verlorene Zeit wieder reinzuholen, brach Chahina mit seiner selbst auferlegten Regel, sich an Geschwindigkeitsbegrenzungen zu halten. Das war riskant, denn um schneller zu fahren, musste er noch kräftiger schlittrollern.

Er bemerkte den verdutzten Blick von zwei ihm entgegenkommenden Fahrern, doch aus Erfahrung wusste er, dass sie ihn schlicht für ein ausländisches Lastwagenmodell von ungewöhnlich schlanker und runder Bauweise halten würden.

(Bei Nachtfahrten war Chahina gezwungen, Stirnlampen als Scheinwerfer zu tragen. Seitlich der Augen schnallte er sie sich an, damit er das Nötigste erkennen konnte und damit andere Verkehrsteilnehmer ihn als Lastwagen identifizierten. Die schnellste Art, die Aufmerksamkeit der Verkehrspolizei zu erregen, war, wenn man nachts ohne Licht über eine Landstraße heizte …)

Was Chahina am meisten verabscheute, war der Regen, durch den er die letzten zwei Monate fast täglich gefahren war.

Zum einen war er einfach unangenehm. Nach Chahinas Verwandlung in einen Joker, der wie ein Laster aussah, war er nackt gewesen – allein das war ein Schock für den Jungen gewesen, der zuvor in der Öffentlichkeit nie weniger angehabt hatte als T-Shirt und lange Hose. Sein älterer Bruder Tariq hatte ihm geholfen, eine »Hose« aus einer Plane zu nähen, die seinen Unterleib bedeckte und aussah wie die Abdeckung eines richtigen Lasters. Diese frühe Notlösung hatte Chahina danach noch verbessert, indem er besser passende und verschiedenfarbige »Hosen« angefertigt hatte, um für jede Umgebung gerüstet zu sein. Heute zum Beispiel trug er eine graue Plane.

Aber sie waren alle nicht wasserdicht, und deshalb hatte Chahina beim Schlittrollern das Gefühl, in einer Pfütze zu sitzen, während ihm der Regen auf Nacken und Rücken platschte.

Schlimmer noch, der Regen machte es schwerer, etwas zu erkennen. Und er verlor beinahe seine Griffigkeit. (Seine »Hände« und »Füße« verfügten nicht über das Profil eines Autoreifens.)

Fünfzehn Minuten nachdem er Staten Island verlassen hatte, hatte der Regen eingesetzt, noch ehe er die Goethals Bridge nach New Jersey überquert hatte.

Es war kein starker Regen – aber es brauchte nicht viel, um Chahina das Leben schwer zu machen.

Zum Glück bestand seine Fracht nur aus zwei Dutzend Kunststoffcontainern. Denen machte ein bisschen Feuchtigkeit nichts aus.

Nachdem er aus Hackettstown heraus war und gerade an Bilby vorbeifuhr, wichen die Industriegebiete alten Farmen und Wäldern.

Der wenige Verkehr, der sich in den Regen hinauswagte, versiegte mit der einbrechenden Dunkelheit vollends. Wheels holte Luft und stieß sich kräftiger ab. Ihm war klar, dass er nicht nur die Geschwindigkeitsbegrenzung, sondern auch seine Energiereserven strapazierte – warum hatte er nicht mehr gegessen? Seine Mitbewohner machten sich über seine Ernährung lustig, weil er immer so viel …

Plötzlich lag jemand vor ihm auf der Straße.

Wheels überfuhr ihn. Es war fast, als würde man in den Vorstädten über eine Bremsschwelle rasen … und die Bremsschwelle dabei wie ein menschlicher Körper schmatzen.

Und es tat verdammt weh. Auch wenn sie eine dicke Hornhaut hatten, so waren seine Räder eben doch nur seine nackten Hände und Füße. Diesen Kerl zu überfahren war, wie mit dem Zeh gegen den Bordstein zu stoßen.

Er verlor die Bodenhaftung, verlor die Kontrolle, rutschte und schlitterte wie ein Betrunkener auf einem vereisten Bürgersteig, bis er zu einer Linkskehre gelangte, hundert Meter weiter den Highway entlang …

Und in einen Graben krachte, der vor den Bäumen dahinter gähnte.

Der Aufprall drückte ihm die Nase ein. Seit Tariq ihm – vor seiner Zeit als Wild Card – eine gescheuert hatte, weil er einen Schokoriegel gestohlen hatte, hatte ihm nichts mehr so wehgetan.

Er war so verblüfft, dass er nicht hätte sagen können, wie lange er in dem Graben gelegen hatte, den Kopf nach unten, das Hinterteil nach oben und insgesamt nach rechts geneigt. In der Dunkelheit war es ihm nicht möglich, die Zeit abzuschätzen. Waren ein paar Sekunden vergangen? Minuten?

Er hoffte inständig, dass es keine Stunde gewesen war.

Sich aus dem Graben zu befreien erforderte Geduld. Ihm ging es wie einem Footballspieler mit einer gebrochenen Rippe: Jeder Versuch, sich zu bewegen, schmerzte.

Schließlich gelang es ihm, sich aufzurichten ... Mit der guten linken »Hand« drückte er sich so weit hoch, dass seine hinteren »Füße« wieder Halt auf der Straße fanden.

Erst als er sich auf der Straße wieder ganz aufgerichtet hatte, merkte er, dass er einen der Container verloren hatte. Er konnte ihn nirgends entdecken. Und selbst wenn er ihn gefunden hätte: Er konnte ihn nicht wieder aufheben und aufladen.

Es war, als würde man einen Zahn verlieren – aber wahrscheinlich weitaus schmerzhafter, wenn er erst einmal bei seinem Kunden war.

Tja, es war nicht das erste Mal, dass Wheels etwas verloren hatte ... er war geschlagen und auf andere Art misshandelt worden. Aber er wusste, dass es besser war, mit neunzehn von zwanzig Stücken aufzutauchen, als die Konfrontation komplett vermeiden zu wollen.

Allerdings war da noch ein anderes Problem.

Langsam und unter Schmerzen rollte Wheels ein paar Dutzend Schritte den Highway zurück zu der Stelle, wo er den Typen überfahren hatte ... Wheels konnte wenig für ihn tun, vorausgesetzt, er lebte noch. Und inzwischen zählte jede Sekunde.

Wheels war in seinem kurzen Leben jedoch schon so oft misshandelt worden. Er konnte es nicht ertragen, einfach ... davonzurauschen ...

Plötzlich leuchteten weit im Süden Scheinwerfer auf ... ein anderes Auto!

Wheels wollte keine Fragen beantworten, noch wollte er mitten auf der Straße neben einer Leiche gesehen werden.

Er wandte sich um und schlittrollerte in die Regennacht davon.

♣♦♠♥

Die Todgeweihten

von David Anthony Durham

Teil 1

Marcus warf den Gullydeckel zur Seite. Er schob sich teilweise durch die Öffnung heraus, lehnte sich dann zurück und sah auf sein Handy. Da. Endlich. Er hatte wieder ein paar Balken! Der schlechte Handyempfang war nicht das einzige Problem, wenn man in den Tunneln und Abwasserkanälen unterhalb Jokertowns lebte, doch war er eines der nervigsten.

Eine Sprachnachricht. Eine SMS.

Die Nachricht war von einem Mädchen, das ihn seit einer Weile belästigte. Er wusste nicht, weshalb er ihr überhaupt seine Handynummer gegeben hatte. Sie war eine Normalo. Sah durchschnittlich aus, glattes blondes Haar und zu viel Lächeln im Gesicht. Letzte Woche war sie im Drakes an der Bowery Street auf ihn zugekommen, hatte ihn am Arm gepackt und ihm aus heiterem Himmel gestanden, dass sie einen Schlangenfetisch habe. »Ich liebe Schlangen einfach. Und die giftigen am meisten.« Sie hatte ihn geil gemacht, aber nicht auf eine gute Art.

Er drückte auf Löschen.

Die SMS stammte von Pater Squid. Marcus lächelte. Die Vorstellung, dass der gute Pater eine SMS tippte, amüsierte ihn jedes Mal. Eigentlich hätte es dem Priester leichtfallen müssen, die kleinen Tasten zu drücken, schließlich hatte er lauter Saugnäpfe an den Fingern. Die SMS lautete: NCHT VRGESSN WCHE. 17U.

»Ich werde da sein«, sagte Marcus. »Auch wenn es nichts bringen wird.«

Marcus mochte den Priester zwar, doch der Alte hatte den Hang, sich in Dinge hineinzusteigern. Er hatte Marcus dazu überredet, ihm zu helfen, sogenannte vermisste Joker zu finden. Nach ein paar Tagen der Suche hatte Marcus das Gefühl, dass an der Sache nichts dran war. Klar waren ein paar Typen verschwunden, aber es waren nicht die Sorte Typen, deren Verschwinden irgendjemandem Kummer bereitete. Weshalb es den Priester so sehr interessierte, vermochte Marcus nicht nachzuvollziehen.

Er klappte das Handy zu, steckte es in seine Brusttasche und kroch ganz aus dem Gully heraus. Von der Hüfte an aufwärts war er ganz normal. Ein junger Afroamerikaner, gut gebaut, mit Muskeln, die sich unter seinem gut sitzenden T-Shirt abzeichneten. Mit seinem sauber frisierten Haar wirkte er wie jemand, der sehr auf sein Äußeres achtete, und an den Ohren hingen fette Goldringe. Unterhalb der Hüfte jedoch lief sein Körper in einem langen, schuppigen Schlangenmuskel aus. Sein sechs Meter langer, schmaler werdender Schwanz war geringelt, und wenn er sich windend vorwärtsbewegte, zuckten die grellen gelben, roten und schwarzen Ringe hypnotisch.

Er blieb nicht lang am Boden, sondern schob sich hinauf in eine enge Spalte an der Mündung der Seitengasse, schlängelte sich von einer Klinkerwand zur anderen. Als er den Schatten der Häuserschluchten von Jokertown entkommen war, schien die Frühlingssonne auf ihn herab. Ihre Wärme erfüllte seinen Schwanz mit Kraft. Er kramte seine Sonnenbrille heraus und setzte sie auf. Ihm war klar, dass er cool aussah. Vor ein paar Jahren hatte er noch geglaubt, sein Leben wäre zu Ende. Jetzt fühlte sich alles ganz anders an.

Als er an einer Dachkante entlangglitt, rief jemand von der Straße zu ihm herauf. »IBT! Hey, IBT!«

Marcus spähte hinunter zu einer pummeligen Frau in einem schwarzen T-Shirt.

»Ich bin dein größter Fan, Süßer. Sieh mal.« Sie zeigte mit zwei Wurstfingern auf ihr T-Shirt. Die hellen rosa Buchstaben IBT spannten sich darüber. Sie hatte eindeutig mehr als zwei Brüste, die von innen gegen den Stoff drückten.

Der Typ neben ihr zeigte mit dem Finger auf ihn. »Du bist der Held, T!«, sagte er und stampfte mit einem übergroßen Fuß auf den Boden.

Marcus winkte. Er zog sich von der Kante zurück und glitt weiter. »Du bist der Held, T«, äffte er nach. »Was soll das mit den ganzen Abkürzungen?«, brummte er vor sich hin. »›T‹ bedeutet, dass er mich Tongue nennt, aber zu faul ist, das Wort ganz auszusprechen. Dabei heiße ich Infamous Black Tongue«, verkündete er dem Himmel. Dann dachte er: *Und IBT ist schon okay, denke ich, wenn man es eilig hat.*

Er fand es eigenartig, dass nicht sein Schlangenleib den Spitznamen inspiriert hatte. Schließlich war er schon früh wegen der erschütternden Macht seiner Zunge in die Presse gekommen, mit der er Gift austeilen konnte. Anscheinend hatte das Eindruck gemacht.

Das erinnerte ihn an etwas.

Er wich kurz von seiner geplanten Route ab und lugte auf die von Graffiti verschandelte Wand eines Gebäudes neben einer Brachfläche herab, die zu einem Stadtgarten umgestaltet worden war. Die Mauer zierte ein einziges riesiges Gemälde, ein Tribut an Oddity, deren Gestalt in Mantel und Maske die Szene beherrschte. Auch IBT kam darin vor. Ganz am anderen Ende erhob er sich auf seinem aufgewickelten kräftigen Hinterleib, halb von züngelnden Flammen eingehüllt. Die eine Hand hielt er in Richtung Oddity ausgestreckt, um die Schlüssel entgegenzunehmen, den die legendären Wächter ihm überreichten. Mit der anderen versetzte er dem verbrecherischen Cop Lu Long einen Schlag auf die Drachenschnauze.

Marcus hielt den Kopf schräg. Kniff die Augen zusammen. Seit er es das letzte Mal betrachtet hatte, hatten sie fleißig daran gearbeitet. Inzwischen hatten sie sogar seinen Schwanz ganz gut getroffen. Zwar war das Farbmuster der Ringe durcheinander, aber er bezweifelte, dass es außer ihm jemand merken würde. Das Einzige, was ihm nicht gefiel, war sein Gesicht. Er sah zu wütend aus, zu zähneknirschend zornig. Pater Squid hatte ihn gewarnt, dass sein Bild nicht mehr ihm gehören würde, wenn er erst einmal eine Persönlichkeit des öffentlichen Lebens geworden wäre. Das war der Beweis, in Überlebensgröße an die Wand gesprayt.

♣

Ganz in der Nähe des Polizeireviers, einen halben Häuserblock entfernt, kam er wieder zur Straße herunter. Auf dem restlichen Weg nickte er, wenn ihn jemand grüßte, schlug bei dem etwas zu begeisterten Typen ein, der ihm die Hummerkralle hinhielt, und signierte die Yankees-Baseballmütze eines pelzigen kleinen Jungen. Erst hatte er dagegen protestiert, weil er Orioles-Fan war und sowieso kein Baseball spielte. Doch der Junge hatte darauf bestanden.

Pater Squid erwartete ihn auf den Stufen zur Wache. Obwohl es warm war, trug der große, breitschultrige Priester wie immer seine dicke Soutane. Die Hände hielt er zeltförmig aneinandergelegt vor der Brust wie im Gebet. Hätten seine Finger nicht ungeduldig gezappelt, hätte man ihn fast für seelenruhig halten können. »Hast du etwas Neues herausgefunden, Sohn?«

Marcus schüttelte den Kopf.

»Keine Sichtungen?«

»Nein.«

Der Priester beugte sich näher an ihn heran, er roch salzig und fischig. Die Tentakel, die ihm vom Gesicht herabhingen, schienen sich nach Marcus zu strecken, als wäre jeder von ihnen begierig auf gute Neuigkeiten. »Was ist mit der verlassenen Wohnung?«

»Ich habe nachgesehen. Keine Spur von Wartcake.«

»Nenn ihn nicht so. Simon Clarke ist der Name, den seine Eltern ihm gegeben haben.«

Marcus zuckte mit den Schultern. »Ich weiß, aber alle nennen ihn Wartcake. Wenn ich nach Simon Clarke frage, weiß niemand, wen ich meine. Deshalb muss ich immer Wartcake sagen, und dann plötzlich: ›Oh, Wartcake, warum hast das nicht gleich gesagt?‹« Er sah dem Priester in die großen, dunklen Augen. »Ich meine ja nur.«

Das Treiben in der Wache kam nicht gerade zum Erliegen, als Marcus und Pater Squid eintraten, doch immerhin herrschte kurz Stille. Ein Augenpaar nach dem anderen richtete sich auf Marcus und folgte ihm auf seinem Weg zum Büro des Captains. Officer Napperson beäugte ihn missmutig hinter seinem Schreibtisch, als wolle er ihm mit seinem Blick den Tod an den Hals wünschen. Ein anderer Uniformierter legte die Hand auf seine Pistole und fingerte an ihrem Kolben herum.

Pater Squid schritt schwerfällig, aber entschlossen aus. Marcus hielt den Blick auf den Rücken des Priesters gerichtet. Er bemühte sich um gelassenes Schleichen, aber die aufmerksamen Blicke machten ihn nervös. Er wurde nicht schlau aus den Cops. Die meisten von ihnen behandelten ihn wie einen Kriminellen, den sie am liebsten wegen irgendwas in die Pfanne hauen wollten. Doch das hielt sie nicht davon ab, ihn zu benutzen. Officer Tang hatte ihm einmal einen Hinweis bezüglich eines Kerls gegeben, an den die Polizei nicht rankam, den Bruder irgendeines Politikers, der Jokernutten misshandelte. Marcus hatte ihn sich eines Nachts vorgeknöpft und ihm den Schrecken seines Lebens eingejagt, sodass er nie wieder einen Fuß nach Jokertown gesetzt hatte. Außerdem hatte er drei Täter, die rosa gefunkelt hatten, weil Tinkerbills sie mit seiner Aura umhüllt hatte, erjagt, mit Gift lahmgelegt und fein säuberlich verschnürt. Wie ironisch, wenn man bedachte, dass er selbst schon mal einen ganzen Abend lang wie eine Fee gefunkelt hatte.

Mit Beastie hatte er sonntags sogar schon öfter im Park Domino gespielt.

Nichts davon änderte etwas an dem frostigen Empfang.

Deputy Inspector Thomas Jan Maseryk saß an seinem Schreibtisch, den Kopf geneigt, da er einen Stapel Berichte begutachtete. Er strich etwas mit einem roten Stift durch und notierte etwas.

Pater Squid klopfte an den Türpfosten.

Ohne aufzusehen, sagte Maseryk: »Hallo, Pater. Sie riechen so sehr nach Meer, dass ich Appetit auf Zuckerwatte und Riesen-Hotdogs kriege.«

»Es werden noch zwei weitere Personen vermisst«, sagte Pater Squid. »Noch mal zwei, Captain. Sind das genug, um Ihre Aufmerksamkeit zu rechtfertigen? Und wenn nicht, wie viele müssen noch verschwinden, ehe Sie der Sache Beachtung schenken?«

»Wir nehmen alle Beschwerden ernst …«

»Aber Sie müssen erst einmal begreifen, dass hier etwas nicht stimmt. Soll ich Ihnen die Namen der Vermissten nennen?«

Der Deputy Inspector nahm den Bericht und legte ihn in die Ablage auf der Ecke seines Schreibtischs. Ausatmend lehnte er sich zurück und streckte sich. Sein tief zerfurchtes Gesicht war ernst, das graue Haar militärisch akkurat geschnitten. »Wenn Sie dem, was Sie das letzte Mal erzählt haben, noch etwas hinzuzufügen haben, wenden Sie sich an Detective Mc…«

»Khaled Mohamed«, schnitt Pater Squid ihm das Wort ab. Er zählte sie an seinen saugnapfbesetzten Fingern ab. »Timepiece. Simon Clarke. Gregor. John der Pharao. Das sind alles keine wichtigen Persönlichkeiten. Das sind Einzelgänger, Raufbolde, Alkis und Junkies. Allesamt männlich. Das sind vielleicht nicht die Stützen unserer Gesellschaft, aber es sind dennoch Kinder Gottes. Maseryk, ich kann nicht zulassen, dass Sie sie ignorieren.«

Das Gesicht des Captains hätte aus Stein sein können. »Solange Sie nicht ohne mein Wissen zum Bürgermeister ernannt wurden, muss ich Sie bitten, mir nicht zu drohen. Wie ich schon sagte, Detective McTate wird sich ...«

»Ich will, dass Sie sich persönlich dafür einsetzen«, beharrte Pater Squid.

»Mein Job ist es zu delegieren.« Er sah an dem Priester vorbei und machte eine Kopfbewegung in Richtung Marcus. »Was hat der damit zu tun?«

»Marcus erledigt die Arbeit der Polizei. Er durchkämmt die Straßen, Tag und Nacht, sucht nach den Vermissten, fragt herum, versucht, eine Erklärung zu finden.«

»Und?«, fragte Maseryk.

»Bisher habe ich nichts gefunden.«

»Und willst du wissen, woran das liegt?« Maseryks Blick glitt wieder zu den Berichten, als wäre er von dem Gespräch gelangweilt. »Vielleicht liegt es daran, dass das Verschwinden von ein paar Pennern, Gaunern und Kleinverbrechern so alltäglich ist wie Apfelkuchen. Dass diese Individuen nicht mehr da sind, ist nicht gerade ein schwerer Schlag für den Stadtteil.« Er hob rasch die Hand, um Pater Squids Erwiderung zuvorzukommen. »Damit will ich nicht sagen, dass wir die Sache ignorieren, sondern lediglich, dass womöglich nichts weiter dran ist. Sie wollen unsere volle Aufmerksamkeit? Dann liefern Sie uns etwas Reelles. Einen handfesten Beweis, dass hier tatsächlich etwas im Busch ist. Ohne

Beweis wird die Sache erst mal hintangestellt. Ich wünsche einen angenehmen Tag, Gentlemen.«

♠

Was Essen anging, war Marcus nicht gerade auf Abenteuer aus, doch der Duft, der vom Elephant Royale zu ihm herüberwaberte, ließ seinen langen Magen knurren. Das ausgedehnte Restaurant hatte zu Marcus' großer Erleichterung auch Tische im Freien, denn so hatte er mehr Platz für seinen Schwanz.

Der Wirt, ein Thai namens Chakri, grüßte Pater Squid mit breitem Grinsen und hastigem Schulterklopfen. Er war schlank, elegant gekleidet, und das einzige Anzeichen des Virus waren seine Augen. Sie waren doppelt oder dreifach so groß wie normal. Rund und ausdrucksvoll funkelten sie dunkelgrün mit goldenen Flecken, die das Sonnenlicht reflektierten.

»Ihr habt Erfolg bei eurer Suche?«, fragte Chakri, als er die beiden Joker an einen Tisch ganz am Rand führte.

»Ich fürchte nicht«, sagte Pater Squid. »Wir waren ganz auf uns allein gestellt. Die Polizei hat uns kaum geholfen. Aber wir werden uns weiter bemühen.«

Marcus rollte den Schwanz unter sich zusammen und achtete darauf, dass die Spitze nicht die Passanten behinderte.

»Sie sind guter Mann, Pater«, sagte Chakri. »Ich mache so: Ich sage meinen Leuten, dass sie umhören. Lieferanten. Lebensmittelhändler. Spediteure. Die sind früh auf, gehen spät ins Bett. Die kriegen etwas mit, dann sie sagen mir. Und ich sage Ihnen.«

»Danke, Chakri«, sagte Pater Squid. »Das könnte uns sehr helfen.«

»Kein Problem. Nun …« Er blinzelte mit seinen riesigen

Augen, sodass sie ihre Farbe von Grün zu leuchtendem Rot wechselten. »Was mögen gute Leute essen?«

Da er keine Ahnung hatte, ließ Marcus den Priester bestellen. Bald darauf tranken sie erstaunlich süßen Tee aus großen Gläsern. Zögerlich kostete Marcus von den Fischfrikadellen, die es als Vorspeisehäppchen gab. Sie sahen nicht besonders aus, aber meine Herren, waren die gut!

Pater Squid sagte: »Lange Zeit brachte ich kein Thai hinunter. Es hat mich zu sehr erinnert an …« Er räusperte sich. »An Dinge, an die ich mich nicht erinnern wollte. Das war, bevor ich Chakri kennengelernt habe. Seine freundliche, großzügige Art ist wie Balsam. Genau wie sein Essen.«

Marcus nahm sich eine zweite Fischfrikadelle. »Sie haben in Vietnam gekämpft, nicht wahr? Wie war das so?«

Durch die Tentakel um seinen Mund blies Pater Squid Luft aus. »Darüber spreche ich eigentlich nicht. Krieg ist Wahnsinn, Marcus. Er macht aus Menschen Tiere. Bete, dass du das nie selber erfahren musst.«

Typisches Alte-Leute-Geschwätz, dachte Marcus. Warum mussten Leute, die krasse Sachen erlebt hatten – Krieg, Drogen, verrückten Sex –, nachher immer betonen, dass andere diese Dinge besser nicht erleben sollten? Wie der Schwanz einer Klapperschlange vibrierte Marcus' Handy in seiner Brusttasche. Er sah auf das Display. »Da sollte ich besser rangehen.«

Pater Squid forderte ihn mit einer Bewegung dazu auf.

»IBT, mein Kumpel!«

Slate Carter. Künstleragent. Marcus hatte ihn nie gesehen, aber er musste weiß sein. Kein Schwarzer würde Straßenslang mit solcher Verve verhunzen.

»Was geht, Alter? Hast du das Demo für mich?«

Etwas verlegen wandte Marcus den Kopf zur Seite. »Hi, Slate. Ähm … nein, es ist noch nicht fertig. Ich bin mir auch gar nicht so sicher, ob das so eine gute Idee …«

»Lass mich nicht hängen, Alter! Ich hab dir doch alles erklärt. Du siehst gut aus, hast geile Initialen, die Straße respektiert dich, und du hast diese Wächter-Geschichte am Start. Du hast sogar einen bösen Bullen vermöbelt! Das wird unser erstes Video, genau das!«

»Aber …«

»Du weißt, was ich für NCMF getan habe, oder?«

»Ja«, gab Marcus zu. Natürlich wusste er das. Slate versäumte es nie, seinen erfolgreichsten Klienten zu erwähnen.

NCMF war ein Jokerrapper, der zufällig genauso aussah wie ein ausgestorbener, früher Hominid namens *Paranthropus boisei*. Nussknackermensch. Der Typ konnte fett reimen. In seinem neuesten Video sah man ein Livekonzert, bei dem er vor einem ausflippenden Publikum über die Bühne stapfte und mit den langen Armen pumpte und wedelte. Die Zuschauer fragten ihn im Chor: »Wie heißt du?«, worauf er antwortete: »Nutcracker, Motherfucker!« Sein Stil beim Rappen war ganz natürlich und fließend. Es klang nie, als würde er rappen. Er redete einfach, fluchte, schrie. Und irgendwie war das am Ende dann alles schnell und funky. »NCMF, aber Kacke, Mann, ich knacke keine Nüsse, ich knacke Ärsche, meine Süße, ja, Mann, ich reiße Ärsche auf, denn so bin ich drauf, bin am Aussterben!« Und dabei simulierte er seine Arschaufreißfähigkeiten an den Hinterteilen einiger der Tänzer und Tänzerinnen. »Ich knacke Ärsche!«

»Du und ich, wir toppen das noch«, versprach Slate. »Du wirst abgehen wie Jiffy Pop! Schieb mir das Demo rüber, und wir lassen es krachen. Verstehste?«

Marcus verstand. Schließlich war er eine fünfundzwanzig Jahre alte Jungfrau. Bilder von knallenden Champagnerflaschen, aus denen Schaum auf Bikinitänzerinnen spritzt, wackelnde Geländewagen und Chöre von »Gz Up, Hoes Down« … tja, so Zeug hatte schon einen gewissen Reiz. Aber die Sache hatte einen Haken. Einen großen Haken. Er hatte es nur noch nicht geschafft, es Slate zu gestehen.

Während er sein Handy zuklappte, brummte er einen Fluch.

Pater Squid fragte mit hochgezogener Augenbraue: »Stimmt was nicht?«

»Das war ein Agent.«

»Was für ein Agent?«

»Künstler. Er vertritt Musiker. Vor allem Rapper. Er hat Nutcracker, M …« Marcus unterbrach sich rechtzeitig. »Nun, diesen … Typen mit diesem Song. Den haben Sie vielleicht mal gehört.«

Pater Squid runzelte die Stirn. »Der, in dem …«

»Egal, Slate ist korrekt. Er meint, ich könnte Rapstar werden. Abgehen wie … Jiffy Pop.«

»Ich wusste gar nicht, dass du Musiker bist.«

»Ich auch nicht.« Marcus hob den Blick zu dem Priester, bevor er einen Schluck von seinem Eistee trank. »Ich meine, das bin ich auch nicht. Slate fragt mich immer nach einem Demo, aber … ich kann nicht rappen. Ich hab's probiert. Ich hab Videos auf meinem Handy, aber, Alter … ich bin echt scheiße.«

»Kann nicht behaupten, dass ich enttäuscht wäre, das zu hören.«

»Der ist bloß scharf auf mich wegen meines krassen Image, wissen Sie?«

»Du bist eine gewisse Berühmtheit. Damit einher geht Verantwortung. Das verstehst du, nicht wahr?«

»Ja, Sie labern ja die ganze Zeit davon.«

Der Pater legte Marcus eine seiner schweren Hände auf die Schulter, sodass die Saugnäpfe in seinen Handflächen schmatzten. »Ich erinnere dich daran, weil es mir nicht gleichgültig ist. Weil ich ein vielversprechendes Leben vor dir sehe. Ich bezweifle sehr, dass dein Potenzial mit Rappen ausgeschöpft werden würde. Marcus, wenn deine Karte nicht aufgedeckt worden wäre, wo wärst du dann jetzt?«

»Auf dem College, nehme ich an.«

»Dann solltest du jetzt auch dort sein. Der Umstand, dass du ein Joker bist, braucht daran nichts zu ändern.«

Marcus rutschte verlegen auf seinem Stuhl herum. Er konnte sich nicht vorstellen, über den Innenhof eines Campus zu schlängeln, wo alle Normalostudenten seinen Schwanz begaffen würden. Früher mag es vielleicht einmal seine Zukunft gewesen sein, aber jetzt schien ihm das College nicht mehr möglich zu sein.

»Vielleicht können wir deinen Promistatus zu etwas anderem nutzen, als unanständige Musik zu machen«, sagte Pater Squid. »Und du kannst noch etwas anderes tun, außer als Wächter für Gerechtigkeit zu sorgen. Du tust viel Gutes, das will ich gar nicht leugnen. Aber wo liegt die Grenze? Was passiert, wenn du dich einmal irrst? Wenn du aus Versehen einen Unschuldigen verletzt? Was passiert, wenn du den Teil von dir verlierst, der sanfter ist als deine Fäuste und deine Muskeln?«

Der Hauptgang wurde gebracht.

Der Priester stopfte sich eine Serviette unters Tentakelkinn. Nachdem er sich bei der Kellnerin bedankt hatte, fuhr er fort: »Dein Leben muss nicht einzig durch die körperlichen Fähigkeiten definiert werden, die die Wild Card dir verliehen hat. Deshalb werde ich zu deinen Gunsten einen Collegefonds einrichten. Ich glaube, eine Menge Leute wären bereit, dafür etwas beizutragen.«

Marcus verbarg die Gefühle, die über ihn hereinbrachen, indem er sich auf sein Curry stürzte. Teils tat er das aus Furcht. Furcht davor, etwas zu erstreben, das Normalos wollten. Furcht vor dem Versagen, vor all den Augen, die ihn beobachten würden, kritisch und kalt. Teils aber auch aus Verblüffung darüber, dass jemand auf solche Weise in seine Zukunft investieren wollte. Seine Eltern taten das nicht. Niemand aus seinem alten Leben tat das.

Pater Squid kicherte. »Ich hätte dich warnen sollen, dass es scharf ist.«

»Ja«, sagte Marcus und wischte sich die Feuchtigkeit aus den Augen. »Scharf. Musste fast heulen davon.«

♣ ♦ ♠ ♥

Das große Bluten

Teil 2

»Hat das wehgetan?«

Jamal Norwood starrte voller Schmerz und Panik auf die Wunde an seinem linken Unterarm. Schmerz, weil, ja, es schmerzte, wenn einem eine extragroße Nadel in den Arm gerammt und das Blut in den riesigen spielzeugartigen Kolben gesogen wurde. Und sogar beim Herausziehen ging alles ganz langsam und rau vor sich. Wie jetzt, dieser Typ hatte keine neue Nadel nehmen können? Oder eine kleine?

»Ja!« Jamal konnte nicht anders, als überrascht zu sein über seine offene Antwort. Und nebenbei auch ein bisschen beschämt. Das gepresste Kreischen passte nur schwerlich zu dem Bild eines kräftigen ehemaligen Stuntmans, der zu einem SCARE-Agenten geworden war.

Der Doktor, ein Zentaur im Arztkittel, runzelte die Stirn. »'tschuldigung«, sagte er. Er hieß Finn, und er war ihm sehr empfohlen worden – nicht dass Jamal bei der Wahl sonderlich viel Sorgfalt hatte walten lassen. Er hatte rasch und ohne viel Lärm einen Arzt gebraucht, und die Jokertown-Klinik war ihm dafür am besten erschienen.

Jetzt allerdings, angesichts der groben Instrumente in Industriegrößen, revidierte Jamal seine Meinung. »Ist nicht Ihre Schuld, Doktor«, sagte er und rieb sich den Arm. Nein, es war ganz allein Jamals Problem. Daher die Panik: Er war

Stuntman! Seine Assfähigkeit bestand darin, dass er sich von jedem Schaden erholte, der ein anderes menschliches Wesen schwer verwundet oder gar getötet hätte, egal ob Normalo, Ass oder Joker.

Und das auch noch schnell! Von einem vierzigstöckigen Gebäude geworfen werden und am Boden zermatschen? Stuntman hätte sich innerhalb weniger Stunden davon erholt.

Seiner bisherigen Erfahrung gemäß schloss sich ein Nadelstich, sobald die Nadel seine Haut berührte. Jamal konnte sich nicht einmal daran erinnern, wann ihm das letzte Mal Blut abgenommen worden war.

Oder wann es nötig gewesen wäre.

»Drücken Sie das drauf, bis ich etwas Besseres geholt habe«, sagte Dr. Finn, während er ein Wattepad auf die Wunde drückte und Jamals Arm einklappte.

Jamal wollte ihm sagen, dass das nicht nötig sei.

Aber es war nötig. Es fühlte sich an, als würde sein Blut heraussprudeln … als wäre das Wattepad schon völlig durchweicht worden.

Was zum Teufel passierte mit ihm?

♦

Der Frühling 2012 war einer der wärmsten in der Geschichte New Yorks. Als Jamal mit dem Rest des SCARE-Teams Ende März für die Präsidentschaftsvorwahlen in die Stadt gekommen war, hatten sie einen typischen Frühling erwartet: kalte, raue Tage, gespickt mit wärmeren, Regen, der Beginn der Baumblüte.

Nun, den Regen trafen sie auch an, so viel stand fest.

Aber das Wetter war tropisch gewesen … hohe Temperaturen, ebenso hohe Luftfeuchtigkeit und jeden Tag Regen. New Yorks Straßen, die selbst in guten Jahren schon in keinem guten Zustand waren, hatten sich in eine Ansammlung von furchterregenden Schlaglöchern und aufgeplatztem Asphalt verwandelt.

Jamals unmittelbare Vorgesetzte, Bathsheeba Fox, auch bekannt als Midnight Angel, war eine gute Christin, deren vorgegebene Reaktion auf üble Situationen war, »Gottes Willen« zu akzeptieren. Jamal mutmaßte, dass Sheeba sich verklärt fühlte wegen der Gelegenheit, Holy Roller, den Reverend Thaddeus Wintergreen – das erste Ass, das sich als Präsidentschaftskandidat aufstellen ließ – vor der wachsenden Masse an Leuten zu beschützen, die den Idioten aus Mississippi aus (für Jamal) verständlichen Gründen tot sehen wollten. Sheeba hätte nur zu gern ihr ureigenes Schwert des Herrn auf diejenigen in der SCARE-Einsatzgruppe herniedersausen lassen, die es wagten, sich entmutigend zu äußern ...

Doch selbst sie, der er Gehorsam schuldig war, hatte gestern begossen im Regen gestanden, ihr unverkennbares Lederoutfit hatte bereits Risse und Abnutzungsspuren gezeigt, ihre pechschwarze Mähne troff, klebte und sah furchtbar aus, ihr minimalistisches Make-up zerlief. Sie sah zum Himmel auf und sagte: »Wisst ihr, das ist echt scheiße.« Was die ganze New-York-Tour ziemlich gut zusammenfasste ... schlechtes Wetter, das bei allen zu schlechter Laune führte. SCARE hatte Jamal und Sheeba damit beauftragt, Wintergreen zu eskortieren. Ungeachtet der Tatsache, dass Roller keine Chance auf einen Wahlsieg hatte. Die Senatoren Obama und Lieberman und Generalstaatsanwalt Rodham teilten sich hier die Delegierten. Doch Millionen von Menschen hatten Roller in *American Hero* gesehen (schon wieder diese gottverdammte Show!), und wo immer er auftauchte, zog er riesige Massen an, und ein großer Prozentsatz seiner Fans stand auf den Beobachtungslisten von Homeland Security, Secret Service und SCARE.

Der Holy-Roller-Auftrag war ein Knochenjob gewesen, bei dem sie lange Stunden in grimmigen Fabrikeingängen herumgestanden waren, in Highschool-Turnhallen und einer erstaunlichen Zahl von Kirchen weißer Gemeinden – im Staat New York gab es mehr davon, als Jamal glauben wollte. Jede dieser Veranstaltungen verlangte vom SCARE-Team, dass es sich umständlich mit der lokalen Polizei und den Sheriffs absprach, dazu kamen endlose Interviews, Nachgespräche und Sicherheitskontrollen.

Es hätte noch schlimmer sein können, dachte Jamal, denn er hätte einem Kandidaten der Republikaner zugeteilt werden können. Doch da Romney ebenfalls gut im Rennen war, war der Mormone von SCARE, Nephi Callendar, höchstpersönlich aus dem Ruhestand zurückgekehrt, um diese Wahlkampfkampagne zu betreuen – und deshalb blieben Jamal Norwood und die anderen verschont.

Auch wenn sie von einer Zusammenarbeit mit den Republikanern verschont geblieben waren, drohte ihnen eine noch größere Herausforderung: die Liberty Party und ihr nationaler Bannerträger, Duncan Towers, ein föhnfrisierter Angeber, gegen den Roller vergleichsweise vernünftig wirkte. Bisher war Towers vom Secret Service und seinen eigenen Sicherheitsleuten beschützt worden, doch da die Demokraten nach Kalifornien weiterzogen, wo sie vermutlich Absprachen vorfinden würden, sollte Sheebas Team in New York bleiben, um schon einmal Vorarbeit für den Besuch von Towers und Liberty zu leisten.

Inbrünstig hoffte Jamal, dass der Auftrag bald über die Bühne wäre. Er war bei SCARE eingestiegen, weil Hollywood ihn langweilte und weil er entschlossen war, seinen Namen nach dem Debakel der ersten Staffel von *American Hero* wieder reinzuwaschen. Wie hätte er das besser bewerkstelligen sollen als dadurch, dass er Terroristen im Nahen Osten bekämpfte?

Das hatte ihm Befriedigung verschafft. Doch lag es inzwischen nun auch schon fünf Jahre zurück …

Bis zum Morgen des 8. Mai 2012 hatte er den festen Vorsatz gehabt, am Tag nach den Wahlen im November das SCARE zu verlassen. Er wollte mehr Geld verdienen, er wollte wieder Spaß an seiner Arbeit haben. (Ein Freund hatte ihm ein Drehbuch mit dem Titel *I Witness* zugeschickt, das Potenzial zu einer Fernsehserie hatte.) Jamal wollte nicht unbedingt die einzige männliche Hauptrolle in einer Actionserie werden, denn damit konnte man schnell viel Geld verdienen und seine Karriere ruinieren. Trotz allem war der Sturz von einem Gebäude in Hollywood besser als eine sonntagabendliche Bürgerversammlung in Albany. Und *I Witness* würde vielleicht bei einem Kabelsender realisiert werden … weniger Geld, aber auch weniger Folgen. Was ihn am meisten zurück nach Hollywood zog, war die Möglichkeit, wieder eine Beziehung mit Julia zu haben …

»Haben Sie eine Ahnung, was das ist?«

Finn zuckte mit den Schultern. »Jokermedizin ist noch immer der Wilde Westen.« Jamal berichtigte den Bezug auf Joker nicht. »Im Moment gibt es keine Veranlassung, etwas … Schlimmes zu befürchten.«

»Wow, Doc, das klingt aber echt mal beruhigend.«

Die Worte trafen den Arzt. »Entschuldigung«, sagte er. »Es ist nur so …«

»Dass wir hier selten Asse als Patienten haben«, sagte Jamal, während er vom Tisch heruntерglitt. »Und bei diesen Preisen ist das auch kein Wunder.« Offenbar hatte der Doktor die alte Masche noch nie gehört. Oder er war einfach aufgrund der Einzigartigkeit von Jamals Problem verunsichert.

Wie dem auch sein mochte, es war Zeit, von hier zu verschwinden.

♥

Als Spezialagent für das SCARE hätte Jamal sich mit seinem Problem auch an eine bessere medizinische Einrichtung als die Jokertown-Klinik wenden können. Dagegen sprachen jedoch zwei Faktoren: Ein Besuch in der Columbia Medical oder bei Johns Hopkins und vor allem im New Mexico Institute wäre sicher von Sheeba und anderen Hochrangigen beim SCARE bemerkt worden. Und darauf war Jamal Norwood nicht scharf.

Außerdem hatten Doktor Finn und die Jokertown-Klinik mehr Erfahrung mit Dingen, die mit der Wild Card zusammenhingen, als sonst irgendjemand auf dem Planeten. Bei ihnen hatte Jamal wahrscheinlich die besten Chancen herauszufinden, was ihm fehlte.

Eben hatte er von Finn das Versprechen erhalten, innerhalb von achtundvierzig Stunden einen Nachbericht zu erhalten, als sein Telefon klingelte. Es war Sheeba, der Midnight Angel. »Jamal«, sagte sie und dehnte zwei Silben mit ihrem Südstaatenakzent und ihrem andauernd verzweifelten Tonfall auf drei Silben aus. »Wo bist du?«

»Persönliche Angelegenheit«, blaffte er. »Spielt es eine Rolle, weshalb ich für eine Stunde mal nicht im Dienst bin? Wenn du mich jetzt wo brauchst, dann bin ich schon unterwegs.«

»Ja, nun … in New Jersey haben wir einen Vorfall für die Homeland Security. Irgendein Giftleck.«

»Warum betrifft uns das?«

»Sie sagen mir nicht, warum, Jamal, sie geben mir bloß Anweisungen. Homeland Security ist heute unterbesetzt. Sag mir, wo du bist, und wir lesen dich auf dem Weg auf.«

Er improvisierte. Noch immer war er kaum in der Lage, sich Lower Manhattan vorzustellen – wären sie in Uptown gewesen, in der zweiundsiebzigsten Straße zum Beispiel, wäre es ihm leichter gefallen. Hier jedoch … »Äh, an der Ecke von Essex Street und Delancey«, sagte er und nannte die beiden einzigen Straßennamen, die er kannte.

»Dann sehen wir uns in zehn Minuten«, sagte Sheeba.

Jamal grinste. Es würde mehr als zehn Minuten dauern. Der Stoffwechsel von Midnight Angel lief heiß, sodass sie täglich mindestens sechs Mahlzeiten brauchte. (Wie würde das erst werden, wenn sie in die Wechseljahre kam, fragte er sich. Würde sie ruhiger werden? Oder würde sie einfach aufgehen wie eine fette Zecke?) Wenn sie erst einmal auf der Straße war, würde sie einen Imbissstand erspähen, und damit kämen gleich noch mal zehn Minuten dazu. Und Sheebas Tagesspesen wären wieder gewaltig angeknabbert.

Doch damit bliebe Jamal Norwood Zeit, zur Ecke von Delancey und Essex zu gelangen.

♣

Jamal joggte gern, solange er Sportbekleidung trug, Laufschuhe trug und Gras unter den Füßen hatte oder wenigstens eine Laufbahn. Einen harten und gerissenen Gehsteig in Manhattan entlangzulaufen, in Anzug und feinen Schuhen, war nicht nur alles andere als seine Vorstellung von angemessener sportlicher Betätigung, es ging auch furchtbar langsam, vor allem wegen der Menschenmassen am Nachmittag.

Außerdem war es zu öffentlich. In mindestens zwei Gesichtern erkannte er verblüfftes Wiedererkennen und hörte einen Bauarbeiter grölen: »Jo, Stuntman!«

Er tat so, als bemerkte er es nicht. Noch immer hoffte er, dass seine Bekanntheit aufgrund von *American Hero* nachlassen würde. Doch ihm war kein Glück beschieden.

Er brauchte dreizehn Minuten von der Jokertown-Klinik zur Ecke Essex Street und Delancey. Und als er dort ankam …

Er befand sich an der Nordostecke und wollte gerade bei Grün über den Fußgängerübergang, als etwas in seinem

Augenwinkel aufblitzte. Ein verbeulter weißer Lieferwagen bog scharf links ab nach Süden und kam der Gehwegkante dabei so nah, dass Jamal und die anderen Passanten den Fahrtwind spüren konnten. »Verdammte Scheiße!«, rief ein junger Mann.

Jamal sah zu ihm hinüber – ein Fehler. Was er sah, war ein junger afroamerikanischer Joker, dessen obere Körperhälfte menschlich war, wohingegen sein Unterleib eher zu einer Riesenschlange gepasst hätte … Falls Riesenschlangen gelbe, rote und schwarze Ringe hatten.

Die Höflichkeit gebot, dass Jamal etwas sagte. »Hey.«

Er hoffte, sich damit ausklinken zu können, aber es war zu spät. »Hey, Sie sind Stuntman!«

Zum zweiten Mal in wenigen Minuten aufgeflogen. *American Hero* hatte Jamals Konto gefüllt, was unbestreitbar eine gute Sache war, und hatte dazu geführt, dass er Julia kennengelernt hatte – hier blieb noch abzuwarten, ob das eine gute Sache war –, doch in fast jeder anderen Hinsicht hatte es sich als Desaster herausgestellt.

Vor allem in Bezug auf Anonymität. Die Arbeit in Hollywood hatte Jamal Norwood mit den Vorzügen des Ruhms und seines Preises bekannt gemacht, und ihm war schnell klar geworden, dass der Preis im Verhältnis zu den Vorzügen zu hoch war. »Ich bekenne mich schuldig.«

»Marcus!«, sagte der Junge und deutete dabei auf sich. »Was machen Sie hier, Mann?«

»Ich … ich gehe bloß von A nach B.« Das würde diesem Joker schwerlich reichen, aber mehr gab Jamal nicht preis. Höchstens noch ein Autogramm, wenn er sehr bedrängt werden würde.

»Oh, warten Sie«, sagte der Junge. »Hey, Pater!«

Gute Güte, was jetzt noch? Jamal hatte den Gedanken kaum gedacht, da tauchte Pater Squid auch schon in der Menschenmenge auf. Jetzt erst begriff Jamal, dass er neben

Gekochtem und Autoabgasen auch noch das Meer gerochen hatte. Das lag an Pater Squid. Er hatte nicht nur ein breites Gesicht voller Tentakel und trug eine schwarze Soutane, sondern er roch nach Salzlake. Der gute Pater wandte sich Jamal zu. »Stuntman in Person! Was machen Sie hier? Ich dachte, Sie arbeiten als Geheimagent oder so was.«

»So was in der Art«, sagte Jamal. »Personenschutz für die Wahlkandidaten.«

Der Priester lachte lange und laut. »Sie beschützen den Holy Roller? Das ist ja mal eine Aufgabe!«

»Vielleicht haben sie deshalb keinen verfickten Schimmer, was in den Straßen los ist«, sagte Marcus.

»Nachsicht, Marcus«, sagte der Priester.

Jamal ärgerte sich. »Wovon redet er?«

Einer von Squids Tentakeln entrollte sich in Richtung eines Telefonmasts. Neben den Postern längst über die Bühne gegangener Konzerte und Jobgesuchen hingen dort noch drei andere, selbst gestaltete Zettel. Auf dem auffälligsten sah man einen Joker namens John den Pharao, und darunter stand: *Haben Sie diese Person gesehen? Sie wird seit 1. Mai vermisst!*

»Was ist da los?«, fragte Jamal.

»Ein Haufen Joker sind verschwunden«, sagte Marcus. »Ich glaub's einfach nicht, dass das SCARE nichts davon weiß.«

»Das SCARE weiß vielleicht etwas«, sagte Jamal. »Aber mein Team nicht.«

»Das ist scheiße«, sagte Marcus.

Squid legte Marcus beschwichtigend eine Hand auf die Schulter. »Die hiesige Polizei kümmert sich nicht richtig drum. Wir können schwerlich erwarten, dass die Feds den Kram erledigen, den Fort Freak nicht anfassen will.«

»Wie viele sind es?«, sagte Jamal. Nach fünf Jahren beim SCARE fiel es ihm leicht, in die Rolle des Ermittlers zu schlüpfen.

»Mindestens ein halbes Dutzend«, sagte Pater Squid.

»Das ist eine ganze Menge«, sagte Jamal und horchte innerlich auf. Das SCARE sollte davon wissen …

Plötzlich schreckte Marcus auf. »Wer ist das?«

Ein schwarzer Ford Explorer fuhr an den Gehsteig heran. Jamals Telefon summte.

»Mein Team.« Er drehte sich zu dem Priester um. »Ich sorge dafür, dass sich jemand darum kümmert.«

»Sie können mich jederzeit in der Unsere Mutter des Beständigen Elends erreichen.«

»Die kenne ich.« Als er sich zur Straße umwandte, hoffte er, nicht zu viele Versprechen gegeben zu haben. Squid und Marcus machten ihn nervös.

Er hätte nie für möglich gehalten, dass ihn einmal der Anblick eines schwarzen Ford Explorer mit Midnight Angel auf dem Fahrersitz glücklich machen würde.

♣ ♦ ♠ ♥

Galahad in Uniform

von Melinda M. Snodgrass

Teil 1

Pfeifend betrat Officer Francis Xavier Black – bei seinen Kollegen als Franny bekannt – das Gebäude von New Yorks fünftem Bezirk, bereit, Wahrheit, Gerechtigkeit und die amerikanischen Werte in Jokertown zu verteidigen. Nur um sich von Bugeye Bronkowski einen fiesen Ellbogenstoß einzuhandeln.

Der Schlag war so heftig und unerwartet, dass Franny stolpernd auf die Stühle fiel, die sich an den Wänden des Wartezimmers reihten. Mrs. Mallory riss die Arme hoch und fing ihn auf, bevor er auf ihrem Schoß landete. Louise Mallory war eine zierliche Frau, deren hochgewachsener Jokersohn Davy Mitglied der Dämonenprinzen war. Aber Davy war nicht der Hellste, und er hatte ganz bestimmt nicht viel Glück. Deshalb wurde er laufend verhaftet.

Franny richtete sich auf und sah Sergeant Homer Taylor an, der derzeit den Empfangsschalter bemannte. Wingman sagte jedoch nichts. Bugeye stürmte durch die Tür und wieder zurück in die Wache. »Was hat den geritten?«, fragte Franny Homer.

Wingman schüttelte seine herabhängenden Flügel, was selbst bei einer verendenden Fledermaus noch unpassend ausgesehen hätte. »Keine Ahnung«, sagte er in einem Ton, der deutlich machte, dass er sehr wohl wusste, was dem gewalttätigen Anfall vorausgegangen war.

Franny ließ es auf sich beruhen und wandte sich zu seiner Retterin um. »Danke, Mrs. Mallory. Entschuldigen Sie, dass ich … gestolpert bin. Sind Sie hier wegen einer Kaution für Davy?«

»Ja, der Junge stellt einfach immer Unsinn an.«

»Das tut er.«

»Der Chef will dich in seinem Büro sehen«, grunzte Wingman.

Es hatte nichts Gutes zu bedeuten, wenn Streifenpolizisten ins Büro eines der hohen Tiere gerufen wurden. Frannys Magen zog sich hart zusammen. Er wünschte, er hätte nicht so üppig gefrühstückt.

Als er an den Verhörzimmern vorbeiging, merkte Franny, dass alle ihn ansahen. Ein paar schüttelten angewidert den Kopf, und einige wandten sich auffällig ab. *Mein Gott, was hab ich nur angestellt?*

Beastie mit seinen über zwei Metern, seinem Pelz, den Hörnern und Tatzen stapfte auf ihn zu und legte ihm eine Hand auf die Schulter. Seine braunen Augen sahen voller Sorge und Mitleid auf ihn herab. »Oh, Franny, Junge.«

Sonst war nichts weiter in Erfahrung zu bringen. Beastie schlurfte weiter, und Franny ging auf Deputy Inspector Maseryks Büro zu. Auf sein Klopfen hin brüllte der Normalo *Herein*. Franny kam der Aufforderung nach.

»Sir.«

»Setzen Sie sich, Black.«

Franny setzte sich auf den angebotenen Stuhl, aber nur ganz zaghaft auf den Rand, als wolle er jederzeit zur Flucht bereit sein.

»Sie haben die Prüfung zum Lieutenant gemacht.«

»Ja, Sir, ich weiß, dass ich eigentlich nicht für eine Beförderung qualifiziert bin, aber ich dachte, ich könnte etwas Übung vertragen.«

»Tja, sie haben das verdammte Teil mit Bravour bestanden.« Maseryk klang nicht, als wollte er ihm damit ein Kompliment machen.

»Gut?«, fragte Franny zaghaft. Da keine Antwort kam, fügte er mit derselben Unsicherheit hinzu: »Danke?«

»Die verdammten Obermotze in One Police Plaza haben in ihrer unendlichen Weisheit beschlossen, Sie vorzeitig zu befördern.«

Franny sank an die Stuhllehne zurück. Jetzt wurde ihm alles auf schreckliche Weise klar. Deshalb hatte Bugeye ihm eine verpasst. Verbitterung nistete sich in seinem Bauch ein – warum hatte das gesamte Revier vor ihm davon gewusst? All das sprach er jedoch nicht aus. »Das erscheint mir … unklug«, brachte er hervor.

»Um es milde auszudrücken.«

»Warum machen Sie es dann …«

»Weil wir wegen des Korruptionsfalls, der letztes Jahr aufgedeckt worden ist, ordentlich Prügel bezogen haben.«

»Oh.«

»Die verdammte Presse will sich einfach nicht beruhigen, deshalb haben die hohen Tiere beschlossen, ihnen eine andere Story zu liefern. Dass der Sohn des berühmten Captains in die Fußstapfen seines Vaters tritt.« Mit seinem Tonfall unterstrich er die Ironie. »Aber eine Geschichte über einen Bullen ist keine Neuigkeit. Eine Beförderung, das ist eine Neuigkeit … und zum Glück leiden die Geier von der Presse alle unter ADS. Die schreiben dann gleich nicht mehr über die ollen Kamellen, sondern über Sie, bis ein neuer Skandal die Runde macht.«

Frannys erster Impuls war, die Beförderung abzulehnen, nicht die Marionette für Puzzle Palace, wie man die Plaza manchmal nannte, zu spielen. Dagegen stand das Bedürfnis, sich der Erinnerung an seinen Vater würdig zu erweisen. Nicht nur ein guter Polizist zu sein, sondern ein großartiger. Er hatte es schon immer zum Detective bringen wollen. Bisher beinhaltete seine Arbeit nicht sonderlich viel Ermittlung. Sie beinhaltete vielmehr eine Menge Einschüchterung und Hinter-Leuten-Herrennen. Dagegen: Zivilkleidung, keine Runden mehr. Da merkte er, dass er die Runden vermissen würde, und die Leute, die von ihm abhingen – Mr. Wiley, dem der Masken- und Mantelladen gehörte, Tina, die Starbucks schmiss, Jeff, den Portier des Jokertown Hyatt, der den Großteil der Zeit vor dem Hotel stand, Gepäck schleppte und Autos parkte und deshalb alle Welt beobachten konnte und Bill und Franny oft Bericht erstattete.

Bill! Scheiße! Wie würde sein Partner darauf reagieren?

Er musste zugeben, dass er ehrgeizig war. *Mit Bravour bestanden.* Die Worte des Captains hüpften in seinem Kopf herum. Verdammt, genau das hatte er. Er hatte Jura studiert, hatte das erste Examen im ersten Anlauf bestanden. Nein, er konnte nicht ablehnen. Franny stand auf und streckte seine Hand aus. »Danke, Sir. Ich fühle mich geehrt. Ich versuche, Ihren Erwartungen gerecht zu werden.«

»In dieser Hinsicht haben Sie bereits versagt. Ich dachte, Sie wären so vernünftig, die Beförderung abzulehnen.« Maseryk blätterte einige Papiere durch. »Okay, ich stecke Sie mit Michael Stevens zusammen.«

»Aber der ist auch ein Normalo.«

»Das ist mir bewusst, aber sein Partner wurde gerade versetzt, und sonst war niemand bereit, Ihnen seinen Platz zu überlassen. Ich behebe das, sobald ich kann, aber fürs Erste sind Sie mit Stevens zusammen. Nächster Punkt: Wir haben ein Problem. Es sind Joker verschwunden. Vor allem Einzelgänger, Leute ohne Familie oder Halt in ihrem Umfeld. Ich glaube, es ist ein Sturm in einem Wasserglas. Solche Leute verschwinden immer wieder mal vom Radar, aber Pater Squid liegt mir damit in den Ohren, und wir können gerade absolut nicht noch einen Fall für die hysterische Presse brauchen. Deshalb sind Sie ab jetzt mit den Ermittlungen bezüglich der Joker betraut.«

»Wird Michael dabei mit mir zusammenarbeiten?«

»Nein, Michael muss sich um einen richtigen Fall kümmern. Gehen Sie an Ihren neuen Arbeitsplatz.«

»Ja, Sir. Soll ich erst nach Hause und mich umziehen?«

»Wenn ich Sie wäre, würde ich das nicht tun. Warten Sie noch einen Tag, bevor Sie es allen unter die Nase reiben.«

Franny schlich sich aus dem Büro. Bevor er seinen neuen Arbeitsplatz und seinen neuen Partner aufsuchte, ging er zu seinem alten. Bill wartete bestimmt auf ihn, um mit ihm auf Streife zu gehen ... oder auch nicht. Vielleicht hatte Bill wie alle anderen bereits davon erfahren.

Er traf den großen chinesischstämmigen Amerikaner bei den Spinden. Bill hing sich gerade den Schlagstock an den Gürtel und wandte sich um, als er Frannys Schritte hörte. Sie sahen sich an, und jeder wartete darauf, dass der andere als Erster etwas sagte. Bill schlug den Spind zu und ging zur Tür. »Ich komme heute nicht mit«, sagte Franny.

»Hab ich gehört«, sagte Bill mit hoher, piepsiger Stimme, die so gar nicht zu seiner Gestalt passte.

Da keine Gratulation ausgesprochen worden war, hatte Franny wenigstens auf irgendetwas Unverbindliches gehofft. Doch stattdessen hatten Bills Worte etwas Frostiges. »Schau, ich habe nicht darum gebeten.«

»Hast es aber auch nicht abgelehnt.«

»Hättest du das gemacht?«

»Nein, aber ich bin schon elf Jahre in der Mannschaft, nicht zwei. Ich habe die Lieutenantsprüfung dreimal gemacht. Aber du wirst befördert, und du bist noch nicht einmal einer von uns.«

»Ja, ich bin ein Normalo. Warum sagst du es nicht gleich?«

»Nicht deswegen, du Idiot.«

»Weshalb dann?«

»Du bist nicht chinesisch.«

»Was?«, fragte Franny und konnte der Logik nicht folgen.

»Wir haben Joker im Revier. Wir haben Asse, aber wir sitzen am Rand von Chinatown, und nur zwei von uns sind chinesenstämmig, und nur eine Handvoll spricht Chinesisch. Wie wollt ihr Verbrechen in meinem Viertel ermitteln, wenn ihr noch nicht einmal die Sprache sprecht?«

»Wir holen uns einen Dolmetscher.«

Bill schnaubte. »Ja, so läuft das super.«

»Schau mal, Bill …« Doch der Große wandte Franny den Rücken zu und ging aus der Umkleide.

Im Büro fand Franny seinen Schreibtisch. Er stand neben demjenigen von Michael Stevens. Die Polizisten in der Wache tratschten liebend gern über Stevens und grinsten dann anzüglich – er lebte mit zwei Freundinnen zusammen und hatte eine Asstochter. *Und ich kriege nicht mal ein Date hin*, dachte Franny. Slim Jim McTate lächelte ihn aufmunternd an und reichte ihm eine Akte. »Hier ist eine Liste der vermissten Joker.«

Franny hatte eben erst angefangen, sie durchzusehen, als ihm auffiel, dass ihn jemand anstarrte. Als er aufsah, entdeckte er Apsara Na Chiangmai, die neben seinem Schreibtisch stand und auf ihn herablächelte. Apsara war die Archivarin der Wache und das schönste Mädchen, das Franny je gesehen hatte. Dunkles Haar floss ihr bis zum kurvigen Hintern, und die Haut ihres ovalen Gesichts war glatt und vollkommen wie Elfenbein. Ganz frisch im fünften Bezirk, hatte er sie einmal eingeladen, aber eine Abfuhr bekommen. Zwar war ihm die Abfuhr charmant und mit einem Lächeln erteilt worden, aber sie war dennoch ein Dämpfer gewesen. Und jetzt stand sie vor ihm. Sie holte tief Luft, weil sie im Begriff stand, etwas zu sagen, und dabei schob sich ihr unglaublicher Vorbau fast in sein Gesicht. »Detective Black, ich wollte Ihnen gratulieren«, sagte sie mit Flötenstimme.

»Ah … oh … Danke.«
»Wollen Sie sich vielleicht mit mir verabreden?«
»Ähmmmm …«

♣♦♠♥

Bande fürs Leben

von Mary Anne Mohanraj

Teil 1

Detective Michael Stevens betrat die Wache in Jokertown und blieb verdutzt stehen, als ihm Lärm entgegenschlug, der bei seinem pochenden Kopfschmerz nicht gerade hilfreich war. Der Tag war schon scheiße gewesen, ehe er zur Arbeit gegangen war. Michael war mit einer gewaltigen Erektion aufgewacht, hatte aber irgendwie den Wecker verschlafen. Seine beiden Freundinnen waren schon aufgestanden und hatten sich angezogen, und auch seine Tochter war auf und verlangte lauthals nach ihrem Frühstück. Deshalb kam es nicht mehr infrage, eine der beiden Frauen zurück ins Bett zu bitten, selbst wenn er noch nicht zu spät gewesen wäre. Und dann war Minal abgelenkt worden, weil Isai auf den Küchenboden gepinkelt hatte, und deshalb waren die Eier zu lange gekocht worden, und wenn Michael eines hasste, dann waren es zu harte Eier. Und Pisse auf dem Küchenboden. Eigentlich ging Isai schon auf den Topf, aber manchmal war sie zu abgelenkt. Schließlich war Michael dem Familiendrama entkommen und hatte die U-Bahn zur Arbeit genommen, eingeklemmt zwischen einem Typen mit lauter Stacheln und einer Frau, die nach fauligem Fleisch roch. Vor Erleichterung seufzend hatte Michael die Wache betreten, und jetzt schlug ihm Lärm entgegen wie ein Stahldorn, der auf seinen Kopf einhämmerte.

Keine durch eine Wild Card erzeugte Woge, nur das normale morgendliche Chaos in Fort Freak. Was man eben so erwarten sollte in einer Wache, in der sich eine Handvoll unterbezahlter Cops mit Händen und Füßen bemühte, in einem immer seltsamer und komplizierter werdenden Stadtteil von New York für Ordnung zu sorgen. Auf dem Eingangsschalter, wo sie eigentlich nichts verloren hatte, saß Apsara und beugte sich so nach vorn, dass der Sergeant dort auch ja alle ihre verschwenderischen Vorzüge zu Gesicht bekam. *Hey, Süßer. Hast du was für mich?* Sie sprach laut genug, dass man sie in all dem Lärm hörte. Darcy, die Politesse, ging gerade hinaus – zum Glück, es hätte ihm gerade noch gefehlt, ihr Lamentieren über Recht und Gesetz und die Zivilgesellschaft anzuhören.

Klar, deshalb war Michael Polizist geworden, um zu beschützen und zu dienen. Tief in seiner Seele war es dieser Wunsch, der ihn zu seinem Tagwerk motivierte, das Bedürfnis, ein guter Cop zu sein, sich zu beweisen. Als Kind hatte er mit ansehen müssen, wie seine Eltern um den Lebensunterhalt gekämpft hatten. Er hatte sich vorgenommen, eines Tages einen Job zu ergreifen, der mehr war als nur ein Mittel, um Essen auf den Tisch und Kleider auf den Leib zu bekommen. Die Schule hatte Michael zwar nie gemocht, aber er hatte die Zähne zusammengebissen und sich durchgeschlagen. Bis spät in die Nacht hatte er mit seinen Büchern am zerschrammten Plastiktisch in der Küche gesessen, während seine Mutter Bi Bim Bap gekocht hatte und sie zusammen darauf gewartet hatten, dass sein Vater von seinem Zweitjob nach Hause kam. Michaels Eltern hatten sich Urlaub verkniffen, hatten sich Mahlzeiten verkniffen, manchmal hatten sie sich sogar den sonntäglichen Besuch in der Kirche verkniffen, weil sie sich wegen ihren abgetragenen Klamotten schämten. Neue Kleider hatten sie sich nicht gekauft, weil sie das Geld für Michaels Grundschuluniform, seine Bücher in der Highschool und seine Bewerbungsgebühren fürs College gebraucht hatten.

Er schuldete ihnen so viel, dass er einen Kloß im Hals spürte, Liebe und Dankbarkeit, die sich mit Wut mischten. Michael war entschlossen gewesen, es ihnen zurückzuzahlen, und schließlich hatte er das auch getan, wenigstens teilweise. Als er es zum Detective gebracht hatte, war sein Gehalt endlich ausreichend gewesen, um eine Anzahlung auf eine Eigentumswohnung für seine Eltern zu berappen, und außerdem half er ihnen jeden Monat mit den Raten. Er hatte so viel gearbeitet, um aufzusteigen, um besser als alle anderen zu sein – ein besserer Student, ein besserer Cop und jetzt ein besserer Detective. Michael Stevens war entschlossen, der beste Polizist des gesamten Reviers zu werden. Doch anders als Darcy musste er nicht die ganze Zeit darüber labern.

Die Tür wurde aufgestoßen, und ein kreischender Junge kam herein. Er kreischte wirklich, und zwar drei Oktaven höher als jede normale Stimme. Mit dem Kreischen nahmen Michaels Kopfschmerzen sprunghaft zu, und er musste sich beherrschen, sich nicht die Ohren zuzuhalten. Das würde nicht professionell aussehen, aber verdammt, wenn dieser Junge nicht gleich die Fresse hielt ... oh, Gott sei Dank. Beastie hatte ihn sich geschnappt und hielt ihm mit seiner Pelzpfote den Mund zu. An manchen Tagen fragte sich Michael, weshalb er sich von all diesem Irrsinn nicht einfach verabschiedete. Er war ein Normalo und als solcher nicht vom Virus betroffen – zumindest bisher. Nach der erfolgreichen Niederschlagung der Dämonenprinzen vor ein paar Jahren hätte er sich in jede andere Stadt versetzen lassen können, hätte die Freaks und Missgeburten zurücklassen und ganz normale Bürger beschützen können. Dort hätte Michael die Karriereleiter hinaufklettern, es vielleicht gar bis zum Captain bringen können oder sogar noch weiter. Er hatte überlegt, nach D.C. zu gehen, sich beim CIA oder beim SCARE zu bewerben. Doch letztlich hatte er sich entschieden, in Jokertown zu bleiben.

Michael griff in seine Jackentasche, um sich zu vergewissern, dass es noch da war – ja. Die sichtbare Manifestation seines Grunds zum Bleiben. Eine kleine rote Samtbox, in der ein Funkeln gefangen war – ein zweifaches Funkeln sogar. Ein Etui mit zwei Ringen für die beiden Frauen, die ihn allnächtlich verrückt machten. Sie waren es, die ihn in Jokertown hielten – eine Jokerin und ein Ass, die ihn beide gern teilten, was vermutlich das Seltsamste an seinem seltsamen Leben war. Minal hatte lauter kleine Nippel, die ihren Rumpf vorn und hinten bedeckten – mit Kleidern sah sie ganz gewöhnlich aus, und wenn sie die Straße entlangging, mochte man sie für normal halten. Doch die Wild Card brannte in ihr, und wenn man ihren Oberkörper auch nur streifte, entfachte ihre ganze Glut. Kein Wunder, dass sie als Nutte so beliebt gewesen war. Jede andere Frau wäre vor Eifersucht wahnsinnig gewesen. Doch seine Freundin Kavitha lächelte nur und zerrte Minal zu sich ins Bett, manchmal lud sie Michael dazu ein. War es ihre Assfähigkeit, die Kavitha so selbstbewusst machte?

Wenn sie tanzte, wurden ihre leuchtenden Illusionen so stofflich, dass sie auf ihnen gehen konnte, so wirklich, dass sie mit ihnen kämpfen konnte. Vor zwei Jahren hatten sie das auf grausame Weise herausgefunden, als ihre Tochter von einer der Banden Jokertowns entführt worden war. Kavitha war Pazifistin gewesen – war es immer noch größtenteils. Inzwischen arbeitete sie gelegentlich fürs Komitee und vereinbarte dabei immer, dass sie ihre Kräfte nur für friedliche Unternehmungen einsetzte. Doch an jenem Tag, als ihre Tochter in Gefahr gewesen war, hatte Kavitha wie eine Tigerin gekämpft. Michael wusste nicht, ob ihre offene Einstellung gegenüber Minal etwas damit zu tun hatte, dass sie ein Ass war. Er nahm es einfach nur dankbar hin. In einer anderen Stadt hätte ihre Familie viel zu viel Aufmerksamkeit erregt. In Jokertown war Minal dagegen lediglich ein Freak unter Tausenden, und ihre Dreiecksbeziehung war zwar unkonventionell, aber hier wurde man deswegen bloß von seinen Kumpels getriezt, nicht aber gefeuert.

Und wo sonst sollten sie ihre Asstochter großziehen? Wo sonst konnte Isai frei herumfliegen, wenn sie sich in ein großes Wesen mit dem Leib eines Löwen, dem Kopf eines Adlers und einer Flügelspannweite, die der Breite von sechs Autos entsprach, verwandelte? Cleveland? Letztes Jahr war Isai in den Kindergarten gekommen und war für geschlagene sieben Stunden zum Problemfall der öffentlichen Schule geworden – doch irgendwie war die Schule damit zurechtgekommen, was allein schon ein kleines Wunder war. Michael hatte keine Ahnung, wie sie es sonst hätten schaffen sollen, nachdem Minal endlich ihre Ausbildung zur Köchin angefangen und Kavitha fast jeden Abend Vorstellung hatte und regelmäßig wegen der sonderbaren Komiteeprojekte verreiste.

Michael hatte nie um ein so seltsames Leben gebeten – eigentlich wollte er bloß ein tolles, normales Leben. Eine solide Karriere, eine schöne Frau, ein paar Kinder und ein eigenes Heim. Das hätte ihm längst gereicht. Doch nachdem er die Liebe gleich zweimal gefunden hatte, wie konnte er sich nun davon abwenden? Er war ein Glückspilz, woran ihn die Kameraden auf der Wache beständig erinnerten. Heute war ein bezaubernder Maitag, der schönste, den sie seit Monaten erlebt hatten. Der perfekte Tag für einen Antrag, flüsterte ihm sein Hinterkopf ein. Michael war halb afroamerikanischer, halb koreanischer Abstammung, ein harter Kerl, der sich aus den Slums hochgearbeitet hatte. Er konnte locker mit einem Antrag fertigwerden. Die Frage war nur, ob er auch mit zweien fertigwürde?

»Hey, Süßer – du hast was vergessen!« Minal war ihm

gefolgt, tippte ihm auf die Schulter und reichte ihm einen Thermobeutel. Sein Herz hämmerte bei ihrem verruchten Grinsen. Das Grinsen würde seine Kopfschmerzen nicht lindern, aber wenn er eine halbe Stunde mit ihr verbringen würde, könnte sie ihm bestimmt Abhilfe schaffen. Leider würde das nicht so schnell passieren. Von den Jungs (und einigen der Mädels) drangen Pfiffe und das unvermeidliche Gejohle herüber.

»Hey, Baby!«

»Und was hast du mir mitgebracht?«

»Etwas Heißes und Süßes, oder?«

»Ich mag's lieber scharf!«

Normalerweise ließ sich Minal auf das Wortgeplänkel ein, doch heute war sie schon spät dran für ihren Unterricht. Sie lächelte die Truppe an, drückte Michael einen Kuss auf die Wange und war zur Tür hinaus. Sie ließ die verschrammte Holztür hinter sich zufallen, sodass Michael sich der Situation allein stellen musste.

Doch er wusste, wie er damit umzugehen hatte. Bereits vor zwei Jahren hatte er gegenüber seinem alten Partner und dem Rest des Reviers sein Coming-out bezüglich der Dreierbeziehung gehabt. Er wusste, wie der Hase läuft. »Ach, ihr seid doch nur neidisch«, sagte er laut. Damit stopfte er ihnen das Maul, denn es entsprach der Wahrheit. Nicht nur wegen der sexy Bi-Lady, die gerade zur Tür hinausgegangen war, sondern auch wegen des unglaublichen Dufts, der aus dem Thermobeutel stieg. Durch die Versiegelung wurden Reis und Curry vielleicht warm gehalten, aber sie reichte nicht aus, um den Geruch von indonesischem *Rendang Padang* in dem Beutel zu verschließen.

Das Rindfleisch war langsam in Koriander, Curryblättern, Ingwer, Nelken, Zitronengras, Kokosmilch und noch etwas anderem gegart worden, das Michael nicht wusste, aber es war ihm auch egal. Minal belegte dieses Semester einen Kurs in südostasiatischer Küche, und Michael war dankbar. Ihre Currys waren beinahe so gut wie die seiner koreanischen Mutter, und das ganze Revier war neidisch. Denn jeder Cop wusste, dass es zwar schön und nett war, nach einem langen Tag nach Hause zu kommen und liebevoll empfangen zu werden, aber noch wichtiger war etwas Ordentliches im Magen – denn das hielt einen bei der Stange, wenn die Nächte lang und chaotisch wurden. Mit Donuts allein kam man über einen gewissen Punkt nicht hinaus.

Allmählich sah sein Tag schon besser aus.

Er trug das Essen an seinen Platz und ließ es fast fallen, als er am Schreibtisch gegenüber, dem Platz seines Partners Sally, Franny sitzen sah. »Hi, Michael!«, sagte der Junge ein wenig zu gut gelaunt.

♠

Zwei Minuten später stand Michael im Büro des Captains und fragte sich, wie sehr er würde betteln müssen, damit das wieder in Ordnung kam. »Captain, bitte. Sie wollen mich wohl verarschen? Der Junge?« Vor nur wenigen Minuten war das Leben noch so rosig gewesen. Menschenskinder, er war sogar so glücklich gewesen, dass er einen Antrag hatte machen wollen. Endlich machte er Fortschritte bei seinem Schmuggelfall, und er hatte eine kluge, sexy Partnerin, die mit ihm arbeitete. Letzte Woche hatte Sally einen Straßengangster mit einem fiesen Jiu-Jitsu-Move ausgeschaltet, der vielleicht nicht gerade akademisch korrekt war, aber dennoch eindrucksvoll. Und obwohl sie hart war wie ein Nagelkopf, war Sally gleichzeitig auch bereit, mit dem nerdigen Kunstversicherer zu flirten, wenn sie dadurch an einen Hinweis für ihren Fall kommen konnte. Sie war die perfekte Partnerin gewesen – und jetzt war sie weg, und Michael war gründlich gefickt. Und nicht auf die gute Art.

Maseryk runzelte die Stirn. »Das ist nicht Ihre Entscheidung, Michael. Und da gibt es nichts zu verhandeln. Sally hat eine Beförderung zum One Police Plaza verdient, und es tut mir leid, dass das so plötzlich kam, aber sie brauchen sie dort sehr dringend wegen einer Sache. Wir feiern ihren Ausstand Freitagabend in einer Bar, da können Sie sich von ihr verabschieden. Ich ernenne Black zu ihrem Ersatz.« Er zuckte mit den Schultern. »Um die Wahrheit zu sagen, die Obermotze in Uptown haben uns diese Beförderung aufgedrückt, und mir gefällt das genauso wenig wie Ihnen. Der Junge hat keinen blassen Schimmer. Ich habe ihm als Beschäftigungsmaßnahme einen Fall gegeben, der nirgends hingehen wird. Sie konzentrieren sich weiterhin auf den Kunstschmugglerring, zu dem Sie mit Sally ermittelt haben.«

»Aber, Sir …« Michael war klar, dass er den Bogen zu überspannen drohte, aber er konnte es einfach nicht lassen.

Maseryk hatte sich jedoch schon abgewandt und machte sich über die Papierberge auf seinem Schreibtisch her. »Genug, Michael. Das war alles. Sie können die Tür hinter sich zumachen.«

Michael schaffte es gerade so, die Tür nicht zuzuschlagen. Aber er war gefährlich nah dran und schloss sie mit einem lauten Rumms.

»Weiweiwei! Das Geräusch kenne ich.« Sein Vater stand im Flur. Auf einer Leiter stehend, reparierte er eine Lampe und grinste zu ihm herunter. »Was ist dir über die Leber gelaufen, Sohnemann?«

Mein Gott, nicht auch noch das, nicht heute. Wann ging der Alte denn endlich in den Ruhestand? »Dad, ich habe gerade echt nicht den Nerv dafür.«

Durch dicke Brillengläser sah sein Vater auf ihn herab. »Bist du sauer, weil der Junge befördert wurde?«

»Du weißt davon?« Scheiße. Es wäre nett gewesen, wenn der Chef ihn zuerst informiert hätte, statt es gleich seinem

Vater, dem Hausmeister, zu erzählen. Der Alte sollte einfach in Rente gehen – er war alt genug, jetzt, wo sich seine dunkle Haut krass von den lohweißen, buschigen Augenbrauen abhob.

»Sohnemann, du weißt, wie schnell sich hier alles herumspricht. Alle wissen es, und ich kann dir sagen, dass niemand glücklich darüber ist. Der arme Junge.«

Michael brauste auf: »Er stellt sich nicht hinten an. Er ist zu jung. Er ist ein klugscheißerischer Schlauberger und total eingebildet.«

Sein Vater kicherte. »Damit erinnert er mich an jemanden.«

»Wir haben so gar nichts gemeinsam.« Das hätte besser geklungen, wenn es nicht so weinerlich geraten wäre. Michael biss sich auf die Zunge.

Sein Vater nickte gelassen. »Jawohl, Sir, was immer du sagst, Sir. Ich werde mich hüten, einem vorgesetzten Officer zu widersprechen.«

Darauf gab es keine Antwort.

Der Alte sprach weiter: »Wann bringst du deine schönen Mädchen zum Dinner zu uns? Ich habe meine Enkeltochter seit vier Tagen nicht mehr gesehen. Deine Mutter meinte, Samstag würde gut passen. Sie wollte sowieso mal Jambalaya kochen, und sie will Minnie das Rezept zeigen.«

Michael seufzte. »Sag nicht Minnie zu ihr, Dad. Du weißt, dass sie nicht so heißt.«

Sein Vater runzelte die Stirn. »Ich sag zu ihr, wie ich will. Ich bin alt genug dafür, dieses Recht habe ich mir verdient. Ihr macht es nichts aus. Wann nennst du sie endlich deine Frau, das will ich wissen. Wirst du den Mädels endlich mal den Ring anstecken?«

Nicht auch noch er. Es war schlimm genug, dass ihn die Stimme in seinem Kopf bedrängte. Schon bevor Minal eingezogen war, waren ihm seine Eltern auf die Nerven gegangen, dass er Kavitha heiraten solle – und in den letzten beiden Jahren hatten sie sich zu dem Thema glücklicherweise ausgeschwiegen. Doch anscheinend war die Schonfrist zu Ende. »Ich kann nicht beide heiraten, zumindest nicht vor dem Gesetz.« Auch nicht, wenn er es wollte, da war er sich ziemlich sicher.

Der Alte schnaubte. »Habe ich dich gefragt, was vor dem Gesetz geht? Glaubst du, wir würden einen Pfifferling auf das Gesetz geben? Deine Mutter kann es kaum erwarten, ihrem einzigen Kind ein Hochzeitsfest auszurichten, Junge, und wenn du dir nicht ins eigene Fleisch schneiden willst, dann lässt du sie nicht länger warten.« Der Alte zögerte, dann sagte er etwas milder: »Sie hat es wieder mit dem Herz, weißt du.«

Dabei zog sich Michaels Herz schmerzhaft zusammen. »Ich kann gerade nicht darüber reden, Dad.« Er musste einen Fall lösen. Er wusste nicht, wann je der richtige Zeitpunkt sein würde. »Wir kommen zum Abendessen, okay? Gib Mama Bescheid.« Vielleicht würde er den Antrag diese Woche noch machen. Vielleicht würde er am Samstag zwei Verlobte zum Abendessen mitbringen. Michael liebte sie, wirklich. Aber zwei Frauen? Das entsprach nicht dem Leben, das er geplant hatte.

Sein Vater schüttelte den Kopf. »Na schön. Sei nett zu dem Jungen. Die ganze Wache piesackt ihn, da braucht er nicht auch noch einen fiesen Partner.« Damit wandte er sich wieder der Lampe über seinem Kopf zu und überließ Michael sich selbst auf seinem langen Weg zurück zu seinem Schreibtisch. Keine Sally saß ihm mehr gegenüber. Das war jetzt der Platz von Francis Xavier Black.

Toll.

♣♦♠♥

Das große Bluten

Teil 3

Nach einer qualvollen Fahrt aus Manhattan hinaus erreichten Sheeba und Jamal die Gefahrgutunfallstelle kurz vor Sonnenuntergang, die denkbar schlechteste Zeit für eine Tatortbesichtigung. *Dumm, dass wir keinen Film drehen,* dachte Jamal. Es war die goldene Stunde, das letzte Tageslicht, in dem Regisseure und Kameraleute gern Kussszenen und vergleichbar romantische Dinge drehten.

Nicht dass Stuntmen in sonderlich vielen solcher Szenen gebraucht worden wären, doch seine Aufnahmen waren oft verlegt worden, weil sich die Crew auf die goldene Stunde vorbereiten musste. »Hier ist etwas Seltsames passiert«, sagte Sheeba und stellte ihr frappierendes Talent unter Beweis, das Offensichtliche auszusprechen.

Wie kommst du darauf?, wollte Jamal fragen, ließ es aber. Der Wagen des Warren Country Emergency Service, der am Rand der einspurigen Straße parkte, und die Absperrbänder, die im Graben zwei Rechtecke – ein großes, ein kleines – abtrennten, konnten ihr schwerlich einen Hinweis geliefert haben, oder?

Die Fahrt hierher hatte doppelt so lange gedauert wie vorgesehen. Sheeba, die »Gebieterin«, war den Anweisungen von Navstar gefolgt und hatte die Beteuerungen des zwanghaften Freaks am Steuer, dass das Navi sie auf einen dreimal so langen Umweg leitete, in den Wind geschlagen. »Hätten wir nicht einen Hubschrauber bestellen können?«, fragte Jamal nur halb im Scherz.

»War keiner verfügbar«, blaffte Sheeba, was bedeutete, dass sie tatsächlich nachgefragt hatte.

Die zusätzlichen Minuten, die sie im Stau standen, nutzte Sheeba – zu Jamals Freude –, um die zahlreichen Nachrichten, per E-Mail übersandten Karten und anderen Meldungen durchzugehen, die alle auf ein simples Ereignis zurückgingen: Irgendwann in der vergangenen Nacht war ein Fahrzeug von diesem einsamen Highway in New Jersey abgekommen, worauf ein Behälter mit Ammoniumnitrat ausgelaufen war.

»Warum hat es so lange gedauert?«, fragte Jamal und hielt es nicht für unangemessen.

»Der Behälter wurde erst heute Mittag entdeckt«, sagte Sheeba. Ihr Ton ließ durchscheinen, dass sie es moralisch bedenklich fand, dass die Bewohner des Warren County, New Jersey, nicht in der Lage waren, einen Behälter gefährlichen Inhalts in einem ihrer Straßengräben eher zu entdecken.

Jamal kam sich ein wenig wie ein Schauspieler in einem schlechten Actionfilm vor und hatte den Drang, hartnäckig zu bleiben. »Und warum jagen *wir* dem hinterher und nicht die Homeland Security?«

»Einer der hiesigen Beamten meinte, das Ganze käme ihm jokermäßig vor.«

»Hat der einen siebten Sinn für solche Sachen?«, fragte Jamal. »Riecht man das vielleicht …?«

»Da ist die Unfallstelle.«

Und ja, deshalb waren sie jetzt hier in der Gesellschaft zweier Katastrophenschutztypen vom Warren County und Deputy Sheriff Mitch Delpino, einem großen, buckligen Normalo um die vierzig mit einem Revolverheldenschnauzer, der einen Kontrast zu seinem Hippie-Auftreten bildete.

»Sieht so aus, als wäre hier ein Wagen von der Straße abgekommen«, sagte Delpino und streckte die Hände aus, als könnte man die Reifenspuren auch für irgendetwas anderes halten.

»Müsste mit der Nase voraus im Graben gelandet sein«, sagte Sheeba. »Der ist ziemlich tief. Was meinen Sie, wie ist er wieder rausgekommen?« Sie wandte sich zu Delpino um. »Wurde heute Nacht oder heute Morgen ein Abschleppdienst kontaktiert?«

Delpino sah zu Jamal hinüber, als wollte er sagen: *Du armes Schwein musst mit der da zusammenarbeiten.* »Ja, wir haben sämtliche Werkstätten überprüft. Niemand hat von hier oder von irgendwo in der Nähe während der letzten achtundvierzig Stunden einen Anruf bekommen.«

Jamal sagte: »Officer, wenn wir davon ausgehen, dass der Laster etwas Illegales transportiert hat, wie wahrscheinlich ist es dann, dass er eine eingetragene Werkstatt kontaktiert hat, die zurückverfolgt werden kann?«

Delpino gestattete sich ein Lächeln, das so dezent war, dass nur Jamal es bemerken konnte. »Ziemlich unwahrscheinlich.«

Jamal drehte sich um und ließ seine Augen sich an das schwache Licht gewöhnen. Die Spuren liefen eigenartig über den schlammigen Boden. »Irgendwelche Hinweise auf die Reifen des Lasters?«, fragte er.

Delpino machte einen Schritt nach vorn wie ein Grundschüler, der unbedingt die Antwort nennen will. »Das sind keine Reifenspuren«, sagte er. »Sie sind schmaler als alle Modelle in den USA und aus Europa, soweit wir wissen. Und sie haben kein Profil.«

»Wirkt tatsächlich so, als wären sie dünn und hart wie die Räder an einem Kinderwagen«, sagte Jamal. »Das sieht nach irgendeiner Jokersache aus.«

Zehn Meter von der Straße entfernt, am Ende einer Spur

aus niedergewalzter Vegetation, stand ein gelbes Plastikfass im Gras. »Haben Sie es so vorgefunden?«, fragte Jamal.

»Es lag auf der Seite«, erklärte Delpino, und das war gut so, denn keiner der beiden Gefahrgutspezialisten schien besonders gesprächig zu sein. »Es ist aufgeschlagen und weitergerollt. Von hier sieht man ihn nicht, aber es hat seitlich einen kleinen Riss. Flüssigkeit ist ausgetreten.« Er lächelte. »Und wir waren in der Lage, sie als Ammoniumnitrat zu identifizieren, deshalb haben wir Sie gerufen. Nun, vielmehr Homeland Security.«

In diesem Augenblick übernahm Sheeba wieder das Kommando. »Also, seltsamer Laster rast entlang, verliert ein Fass und kommt von der Straße ab? Irgendwas ist da faul.«

»Inwiefern?«, sagte Delpino.

Sheebas Telefon zirpte. Sie hob einen Finger, und Jamal antwortete für sie: »Die logische Abfolge wäre: Fahrzeug kommt als Erstes von der Straße ab, verliert die Fracht … schafft es ohne sichtliche Hilfe wieder aus dem Graben heraus.« Er zeigte auf die Unfallstelle. »Nach dem ganzen Regen müssten da überall Spuren sein, wenn der Laster von einem anderen Fahrzeug herausgezogen worden wäre. Und deshalb stehen wir vor einem Rätsel«, sagte Jamal. »Als Erstes sollten wir jedoch das Material sicherstellen.«

»Wo soll es hingebracht werden?« Delpino schien begierig zu sein, den Fall so schnell wie möglich vom Tisch zu haben.

»Lassen Sie mich mal sehen.« Jamal holte sein Telefon heraus. »Wahrscheinlich wollen sie, dass wir die Stelle großräumig sperren …«

Doch ehe er anrufen konnte, schaltete sich Sheeba wieder ein. »Hör dir das an«, sagte sie, während sie ihr Handy zusammenklappte. »Highway 519 ist zwischen Bergen und Hackettstown bereits gesperrt. Von der New Jersey Highway Patrol.« Sheeba wandte sich zu Delpino um. »Was wissen Sie darüber?«

»Nichts. Hier ist nicht viel Verkehr. Es ist kaum was ausgelaufen. Und wir haben nicht die Befugnis ...«

Jamal sah die Straße hinunter. Etliche Scheinwerfer leuchteten dort. »Sieht nach einem Unfall aus.« Du meine Güte, jetzt sprach er das Offensichtliche auch schon aus. Die Monate mit Sheeba schienen abgefärbt zu haben.

»Wie hoch ist die Wahrscheinlichkeit, dass auf diesem Straßenabschnitt zur selben Zeit zwei voneinander unabhängige Unfälle passieren?«, fragte Sheeba. Sie drehte sich zu Delpino um. »Wissen Sie etwas davon?«

»Nein. Kurz vor Mittag habe ich einen Anruf von der Einsatzverwaltung bekommen und bin gleich hierhergekommen. Kurz vor eins habe ich den Katastrophenschutz benachrichtigt.« Dabei zeigte er mit dem Daumen in Richtung des Gefahrgutlasters. »Wir sind hier im Warren County.« Mit dem Zeigefinger deutete er auf die Szene ein paar Hundert Meter weiter. »Auf einem der Wagen steht ›New Jersey Highway Patrol‹.«

»Scheibenkleister«, sagte Sheeba. »Nicht schon wieder. Anderer Verwaltungsbezirk.«

Jamal sagte: »Der Fluch des SCARE. Wo immer wir hinkommen, müssen erst die lokale Polizei, die Straßenwache und die Sheriffs mitspielen ...«

Sheeba vollendete den Gedanken für ihn: »... und das tun sie nie!«

»Ich geh einfach mal hin«, sagte er. Dann würden sie was erfahren, und er konnte sich von Sheeba entfernen, deren Blutzucker sie immer häufiger zu Wutanfällen veranlasste. Er ging zu Fuß. So weit waren die Autos nicht weg, er brauchte Bewegung, und so sparte er sich unnötige Ermahnungen, dass er auch ja den Explorer wiederbringen sollte. Vielleicht ahnte Sheeba, dass er am liebsten davongefahren und nie wieder zurückgekommen wäre.

Da er zu Fuß ging, konnte er an der Unfallstelle auch

mehr oder weniger ohne Vorwarnung auftauchen und umging den filmreifen Moment, in dem er mit dem schwarzen Explorer beim Tatort vorfuhr.

Und um einen Tatort handelte es sich tatsächlich. Ein Prowler der Staatspolizei von New Jersey blockierte halb die Straße, sein Rotlicht war im Dämmerlicht deutlich zu sehen. (Selbst in hellem Sonnenlicht hätte das SCARE-Team den Unfall von der Fassfundstelle aus gesehen, wäre nicht ein kleiner Hügel dazwischen gewesen.) Daneben stand ein Leichenwagen.

Die Kreidemarkierung in der Mitte des Highways sagte Jamal fast alles, was er wissen musste: Sie hatten eine Leiche gefunden. Der Größe und Form nach – nicht dass der Kreideumriss auch nur ansatzweise verlässlich war – handelte es sich um einen Joker.

Als Jamal näher kam, spürte er, wie sich Blicke auf ihn richteten, vor allem diejenigen eines Cops der hiesigen Polizei, eines großen Kerls, der den rechten Arm in einer Schlinge trug.

In angemessenem Abstand blieb Jamal stehen und kramte seine Marke hervor. »Spezialagent Norwood, SCARE.« Als würde der schwarze Anzug ihn nicht schon verraten.

»Gallo«, sagte der Polizist, der sich über Jamals Anwesenheit offensichtlich nicht freute. »Was führt das SCARE nach New Jersey?«

Jamal machte eine Kopfbewegung in die Richtung, aus der er gekommen war. »Dort drüben haben wir einen weiteren Tatort. Äh, ein Fall auf Bundesebene. Gefahrgutunfall.« Rasch beschrieb er den Unfall und die Fracht. »Und das hier könnte ein Problem erklären, auf das wir gestoßen sind.«

»Sie glauben, dass es einen Zusammenhang gibt?« Gallos komplettes Verhalten verriet Skepsis, doch konnte er schwerlich über den Hügel zur anderen Unfallstelle hinübersehen.

So geduldig wie möglich erklärte Jamal die Abfolge des Unfalls. Vielleicht weil er sich auf den Tatort konzentrierte oder vielleicht auch, weil er bereits klargemacht hatte, dass er a) Bundesbeamte oder b) Asse oder c) beides nicht mochte, wurde Gallo etwas entspannter. »Wir haben hier eine Leiche, männlich, Joker, um die dreißig Jahre. Heute Morgen haben wir sie gefunden.«

»Todesursache?«

»Tja, das ist eine interessante Frage. Erste Vermutung ist, von einem Fahrzeug erfasst.« Gallo nickte in Richtung Leichenwagen. »Aber sie meinen, das wäre übereilt. Es gibt Hinweise darauf, dass er schon tot war. Die Autopsie wird uns wohl mehr verraten.«

»Und der Zeitpunkt?«

»Den wissen wir: vor zwanzig Stunden, plus/minus.«

»Also gestern Nacht.«

»Zweifellos.«

»Wir haben hier keine zwei Tatorte. Sondern einen in zwei Teilen.«

»Was wollen Sie jetzt machen?«

Jamal dachte darüber nach. Sollte das SCARE übernehmen? Ihr Team bestand nur aus zwei Leuten. Außerdem mussten sie nicht nur alles erbetteln, was über ein zusätzliches Handy hinausging, sondern waren auch, was die Arbeitszeit anging, von der Gnade der Homeland Security abhängig. Morgen würden sie sicherlich wieder einer Wahlveranstaltung zugeteilt werden. »Lassen wir es, wie es ist«, sagte er. »Wir nehmen das Ammoniumnitrat in Gewahrsam. Sie finden heraus, was dem toten Joker passiert ist.« Er kramte nach einer Visitenkarte und fand eine in dem Fach, in dem auch sein Führerschein und eine Kreditkarte steckten.

Gallo nahm sie, reichte ihm aber keine im Gegenzug. Was für Jamal in Ordnung war. Dann, vielleicht weil er merkte, dass er wenig hilfreich gewesen war, sagte er: »Agent Norwood, haben Sie eine Idee, was das gewesen sein könnte?«

In diesem Moment fing es an zu regnen.

»Ungefähr fünfmal die Woche bekommen wir durch Abhören von Telefonaten und abgefangene Funksprüche Meldungen über wichtige ›Lieferungen‹«, sagte Jamal und fragte sich, wie lange es dauern würde, bis aus dem sanften Regen ein Wolkenguss würde. Er konnte von Gallo kaum erwarten, dass er ihm anbot, ihn das Stück die Straße hinaufzufahren. »Die führen aber immer ins Leere.«

»Bis zu dem Tag, an dem sie zu etwas führen.«

Das klang ernst. »Haben Sie etwas gehört?«

Gallo schüttelte den Kopf. »Aber es ist schon komisch. Ein toter Joker auf der Straße, giftiges Zeug läuft aus.«

»Nun, geben Sie Bescheid, wenn die Autopsie irgendetwas zutage fördert, was wir wissen sollten.«

Gallo wandte sich nicht mehr zu ihm um. Vielleicht hatte auch er es eilig, aus dem Regen zu kommen.

Jamal ging wieder die Straße hoch, zurück zum SCARE-Team. Auf dem Weg rief er Sheeba an, um ihr zu berichten, was er vorgefunden hatte. Dabei bemühte er sich, Gallos mangelnde Hilfsbereitschaft unerwähnt zu lassen. Was sollte er von der Polizei des Staats New Jersey auch anderes erwarten?

Natürlich erklärte ihm Sheeba, dass sie aufbrechen wollten, ob er sich vielleicht ein bisschen beeilen könnte? Ihn aufzusammeln war anscheinend nicht Teil des Plans. Und als er gerade auflegte und seine Schritte beschleunigen wollte – der Explorer und das Team vom Warren County waren bereits in Sicht –, da fühlte er sich urplötzlich schwach, als hätte ihn jemand aus einem Hinterhalt überrumpelt.

Er musste stehen bleiben und sich vornüberbeugen, rang um Atem. Was zum Teufel geschah mit ihm? Blutverlust, das war es. Man hatte ihm Blut abgenommen – danach sollte man eigentlich essen oder sich wenigstens nicht anstrengen.

Der Moment der Schwäche verging. Erst als er sich wieder besser fühlte und weiterging, gestattete er sich den Gedanken, dass die Warnungen bezüglich Schwächeanfällen nach einem Blutverlust Menschen galten, denen man halbliterweise Blut abgezapft hatte.

Nicht nur ein paar Milliliter.

♣ ♦ ♠ ♥

Wolfsjagd

von David D. Levine

Gary Glitch huschte über die Dächer. Die Abendluft traf ihn kühl im Gesicht, als er, von den Leuten unten unbemerkt, von Dach zu Dach sprang und über Gassen und Straßen hinwegsetzte.

Wer ihn gesehen hätte, hätte sicher geglaubt, dass er selbst für einen Joker seltsam aussah. Einszwanzig groß und mit dürren Armen und Beinen und riesigen Ohren glich er eher einem belebten Affen aus ausgestopften Socken als einem menschlichen Wesen. Und wer dann noch beobachtet hätte, wie er sechs oder zehn Meter weit sprang, mit dumpfem Klappern auf einer Feuerleiter landete und ohne innezuhalten weiterhastete, der hätte sich endgültig gefragt, um was für ein Geschöpf es sich bei ihm handelte.

Doch Gary gab sich alle Mühe, das zu vermeiden.

Dachpappe, Beton und Ziegel schwirrten unter seinen Stiefeln dahin, während er sich rasch in Richtung Downtown, zu dem noblen Wohnviertel nördlich der Houston Street bewegte. An einem Abend unter der Woche war die Ausbeute dort normalerweise sehr gut.

An einem Wohnhaus, bei dem er schon oft Glück gehabt hatte, kletterte Gary über die Feuerleiter aufs Dach, hing zitternd an der Brüstung und spähte einen Lüftungsschacht hinab. Hier lebte ein lesbisches Paar, das zuverlässig eine gute Show lieferte. Doch leider war das Fenster der beiden heute dunkel, und es bewegte sich nichts.

Drei weitere von Garys üblichen Beobachtungsposten lieferten ebenfalls nichts, auch nach mehreren langen Minuten des Spähens und Lauschens nicht. Schließlich war er wütend und beschloss, ein kleines Risiko einzugehen. Er raste vier Häuserblocks weiter zu einem Wohnhaus am St. Mark's Place und kletterte leise ein Regenrohr hinab zu einem Sims in der Nähe eines offenen Fensters.

Diesen Platz mochte Gary nicht sonderlich. Es gab nur eine Stelle zum Sitzen, von der er in das Zimmer blicken konnte, und hier wurde er von einer Straßenlaterne angestrahlt und war von einem Dutzend umliegender Wohnungen aus zu sehen. Doch die Aussicht lohnte das Risiko: Das Trio war mittendrin.

Der Mann – schwarz und schlaksig – bewegte sich leidenschaftlich hinter dem hochgereckten Hintern der schlanken Frau mit der braunen Haut vor und zurück. Deren Gesicht war zwischen den Schenkeln der anderen Frau vergraben. Derjenigen, deren ganzer Oberkörper mit sich windenden rosa Nippeln übersät war. Um die drei herum wirbelte goldenes, orangefarbenes und rotes Licht. Es pulsierte im Takt des Stöhnens und Keuchens. Gary bekam eine trockene Kehle, und sein eigener Atem ging schneller, bis er den Rhythmus der drei auf dem Bett übernommen hatte.

Dann ertönte über ihm ein schlitterndes Knirschen. Das Geräusch war so ungewöhnlich, dass Gary sich von dem Trio losriss.

Ihm traten regelrecht die Augen aus dem Kopf, sprangen drei Fingerbreit hervor, als er sah, was ihn unterbrochen hatte.

Ein riesiger schwarzer Schlangenmann raste die Feuerleiter entlang zu ihm herab. Mit seinen muskulösen Armen wollte er ihn von seinem Sims reißen. An seinem menschlichen Oberkörper hing ein sechs oder zehn Meter langer schwarz und gelb geringelter Schlangenleib.

Gary kreischte und wich hastig nach hinten aus, sodass er den Armen des Schlangenmanns nur knapp entging. Mit den Fingern krallte er sich an Fugen zwischen den Klinkern fest und kraxelte die Wand hoch.

Doch die Schlange war beinahe so schnell wie er. »Du hast ausgegafft, du Spanner!«, rief er ihm während der Verfolgung nach, dabei streckte und krümmte sich sein Schlangenleib immer wieder.

Kurz bevor der Schlangenmann ihn von der Wand gepflückt hätte, erreichte Gary die Dachbalustrade und kletterte darüber hinweg. Doch er blieb mit dem Fuß an einem losen Metallstück an der Abdeckung der Balustrade hängen und fiel hin, landete mit dem Gesicht auf der Dachpappe. Benommen lag er da und rechnete jeden Augenblick damit, dass der Schlangenmann ihn einholte.

»Halt!«, kam eine andere Stimme von unten aus der Gasse. »IBT, was soll die Scheiße?«

Und der Schlangenmann holte ihn nicht ein.

Gary rappelte sich auf, riskierte einen Blick in die Gasse hinunter. Der Schwarze des Trios lehnte sich, noch immer nackt und glänzend vor Schweiß, aus dem Fenster, das Gary eben verlassen hatte, und richtete eine Handfeuerwaffe, die beinahe so beeindruckend war wie seine natürliche Ausstattung, auf den Schlangenmann.

Der hob wie befohlen die Hände. »Ich bin auf deiner Seite, Mann! Ich war auf Patrouille und hab gesehen, dass *der* kleine Scheißer da durch dein Fenster spannt!« Dabei zeigte er direkt auf Gary.

Der Mann richtete erst seine Aufmerksamkeit, dann die Pistole auf Gary. Über das Korn hinweg trafen sich ihre Blicke, doch dann wurden sie durch eine blitzschnelle Bewegung abgelenkt.

Der Schlangenmann nutzte die kurzzeitige Ablenkung von Mr. Trio und schnellte in die Höhe. Kurz darauf landete sein eingerollter Leib mit einem fleischigen Plumpsen auf dem Dach.

»Hab ich dich!«, rief er und stürzte sich auf Gary.

Gary kreischte und verschwand.

♦

In seiner Wohnung hielt sich der Cartoonzeichner Eddie Carmichael den missgestalteten Kopf und stöhnte. Er brachte seine Schöpfungen lieber zurück in seine Wohnung, bevor er sie ausradierte, denn wenn er sie verschwinden ließ, wo sie waren, schmerzte es ihn höllisch hinter den Augen. Doch das war besser als die Alternative. Wäre Gary getötet worden – und der Schlangenmann, der sich auf ihn gestürzt hatte, hätte ihn zweifellos zermalmt –, dann wäre Eddie nie wieder in der Lage gewesen, ihn erscheinen zu lassen.

Zitternd vor Schmerz und Adrenalin warf Eddie Percocet und eine Schlaftablette ein und hievte sich mitsamt Kleidern ins Bett. Trotz der Medikamente lag er noch lange wach.

Er hatte schon so oft probiert, mit Spannen aufzuhören. Es war falsch und widerlich und verdorben und abstoßend, und irgendwann würde er deswegen richtige Probleme kriegen, aber ganz gleich, wie sehr er sich abmühte, er tat es immer wieder. Es war das einzig Gute, was das Wild-Card-Virus ihm je beschert hatte.

♥

Am nächsten Morgen weckte Eddie das Klingeln seines lächerlichen Festnetztelefons. »Hallo?«, blökte er, als er es endlich geschafft hatte, den Hörer richtig ans Ohr zu halten. Der Kopf tat ihm noch immer weh.

»Eddie Carmichael?« Es war eine Männerstimme, jung und zögerlich. »Der Künstler?«

»Ja …«

»Detective Black vom fünften Revier. Wir bräuchten umgehend einen Phantombildzeichner. Haben Sie Zeit?«

»Äh, ja.« Die Antwort kam automatisch. Als selbstständiger Künstler konnte er es sich nicht leisten, einen Auftrag abzulehnen, und Fahndungsbilder wurden besser bezahlt als viele andere Aufträge. Er hievte sich hoch. Es war zehn nach acht. »Ich kann um neun da sein.«

»Schaffen Sie es auch um halb neun?«

»Ich bemühe mich.«

Eddie legte auf, fluchte sehr aufrichtig und kämpfte sich aus dem Bett und in seinen Rollbürostuhl, mit dem er sich ins Bad bugsierte.

Eddies Stuhl war das teuerste Objekt in seiner ganzen Wohnung. Man konnte ihn auf siebzehn verschiedene Arten verstellen, und über die Jahre hatte er die Einstellungen so optimiert, dass sein verdrehter, asymmetrischer Körper perfekt auf den Stuhl passte. Er war der einzige Ort auf der Welt, an dem er es wirklich bequem hatte.

Die restlichen dreißig Quadratmeter der Wohnung waren kaum mehr als eine Erweiterung dieses Stuhls. Wenn er sich kräftig abstieß, konnte er von einem Ende des Zimmers ans andere rollen, alle Arbeitsflächen und der Großteil der Schränke waren im Sitzen erreichbar, und selbst sein Kinderbett war höher als normal, sodass er sich von seinem Stuhl aus mit möglichst wenig Anstrengung hineinlassen und wieder heraussteigen konnte.

Und dann waren da natürlich noch die Zeichnungen.

Jeder Quadratzentimeter vertikaler Fläche – Wände, Türen, Schränke, sogar einige der Fenster – waren mit Eddies Bleistift-, Buntstift-, Kohle- oder Sharpiezeichnungen zugepflastert. Fast täglich fügte er welche hinzu, entfernte welche und ordnete sie um, sodass sie seine neuesten Arbeiten und seine derzeitige Stimmung widerspiegelten.

Keine von ihnen hatte mit den endlos produzierten Karikaturen, Grußkarten, Werbeillustrationen und anderen Zeichnungen zu tun, die er anfertigte, um seine Miete zu zahlen. Diese lebten nur auf dem Zeichenbrett und nur so lange, bis der Kunde zufrieden war. Sobald sie rausgeschickt waren, vergaß Eddie sie so schnell wie möglich.

Die Zeichnungen an den Wänden gehörten zu seinem eigenen Figurenarsenal. Der zappelige kleine Gary Glitch, der glatte und schmierige Mister Nice Guy, der Gulloon, ein bowlingkegelförmiger freundlicher Riese, die sinnliche La-Verne VaVoom, der hyperaktive Zip der Hamster und viele andere tobten auf seinen Wänden herum. Sie waren in jeder Hinsicht roh, mit den für Eddie typischen Zitterstrichen rasch ausgeführt, und taten für gewöhnlich Dinge, die auf die Gemüter der meisten Menschen schockierend wirkten.

Manchmal redete er sich ein, dass die verkommenen, ausbeuterischen, sexistischen Situationen, in die seine Figuren verstrickt waren, in Ordnung wären, weil es ja nur um Tinte auf Papier ging. Lediglich Zeichnungen, die niemandem wehtaten. Manchmal glaubte er das sogar fast.

Keine von Eddies Figuren wurde und würde jemals veröffentlicht werden. Doch in gewisser Hinsicht waren sie seine ganze Familie.

Eddies Mutter war gestorben, als das Wild-Card-Virus zugeschlagen hatte. Ihn hatte es lediglich zu einem Joker gemacht. Einige Jahre später war sein Vater an einem Schlag gestorben – oder an Überanstrengung, weil er sich als alleinerziehender Vater um ein scheußliches, missgestaltetes Kind hatte kümmern müssen. Doch dank seines Figurenarsenals hatte einer der Lehrer in der Wohngruppe sein künstlerisches Talent entdeckt und gefördert. Irgendwann hatte Eddie mit seiner Arbeit so viel Geld verdient, dass er aus der Wohngruppe hatte ausziehen und selbstständig leben können.

Doch für einen Künstler war Selbstständigkeit immer

prekär, und deshalb brauchte er diesen Auftrag, wollte er nicht auf der Straße landen. Nachdem er im Bad fertig war und noch einmal eine Percocet geschluckt hatte, packte er seine Stifte und Materialien zusammen, zog sich an – dabei war ihm schmerzlich bewusst, dass er ungewaschen war und müffelte – und hievte sich die zwei Treppenabsätze zur Straße hinunter.

♣

Wegen seiner geringen Größe und buckligen Gestalt sah Eddie von den Passanten auf der betriebsamen Canal Street vor allem Hintern und Schenkel. Trotz allem spürte er den Druck der Blicke in seinem Nacken, sah, wie die kleinen Kinder auf ihn zeigten und die Münder aufsperrten, hörte die verächtlichen Bemerkungen … ihm konnte schlichtweg nicht entgehen, was seine New Yorker Mitbürger über ihn dachten. Selbst die anderen Joker. Glaubten sie etwa, das Virus hätte ihn auch taub und nicht nur hässlich und missgebildet gemacht, sodass er beständig Schmerzen litt?

Ja, selbst für Jokerverhältnisse war er hässlich. Zwar hatte er sich sein ganzes Leben lang den Joker-Pride-Blödsinn angehört, aber er war nicht überzeugt, dass der Gedanke, »jeder sei auf seine Weise schön«, auch auf ihn zutraf. Sein Kopf, die Arme und mehr als sein halber Rumpf, dazu beide Beine waren eine entstellte Masse aus Fleisch und knotiger, rosa Haut, die wie mit alten Brandnarben überzogen wirkte, und hier und da wuchsen Büschel schwarzer Haare heraus. Selbst seine Knochen waren verformt, sodass das Virus die Karikatur eines Menschen aus ihm gemacht hatte.

Und ja, sosehr er sich auch bemühte, er roch. Vielen Dank, dass Ihnen das aufgefallen ist, Ma'am. War es seine Schuld, dass sein warziger, zerklüfteter Körper so schwer sauber zu halten war? Blöde Schnalle.

Als müsse man ihm ins Gedächtnis rufen, weshalb er sich sämtliche Lebensmittel und andere Einkäufe liefern ließ.

Grimmig stapfte Eddie weiter. Mit der rechten, guten Hand stützte er sich auf seinen Stock, der ebenso groß war wie er und der bei jedem zweiten Schritt sein halbes Gewicht tragen musste. Alle paar Minuten hielt er an, um zu verschnaufen.

♠

Schließlich erreichte er die Wache, Fort Freak. Drei mühsame Stufen zur Tür hinauf, die sich öffnete, ehe er noch mit Tasche und Stock herumhantierte. Zwei riesige Beine traten zur Seite, und eine tiefe Stimme grummelte: »Morgen, Eddie.«

Eddie schob seinen Hut nach hinten und sah nach oben in ein Pelzgesicht, das trotz der furchterregenden Fangzähne freundlich lächelte. »Morgen, Beastie.« Beastie Bester war einer der wenigen im Revier, dem Eddies Äußeres nichts auszumachen schien.

»Lange nicht gesehen. Was führt dich hierher?«

»Keine Ahnung. Hab einen Anruf von Detective Black bekommen.« Er zuckte mit den Schultern. »Ein Job.«

Nachdem er sich bei dem geflügelten Sergeanten am Schalter gemeldet hatte – und die Schmach über sich hatte ergehen lassen, auf eine Kiste steigen zu müssen, um an den Tresen heranzureichen –, klemmte sich Eddie eine vorübergehende Marke ans Revers und wartete. Polizisten in blauem Polyester wuselten herein und hinaus, ihre Gürtel hingen voll mit Pistolen, Handschellen und anderer Copausrüstung.

Daniel in der Löwengrube, dachte Eddie und lockerte seine Krawatte.

Als er das erste Mal auf die Wache gekommen war, hatte er die Nacht davor kein Auge zugetan. Aber er war trotzdem gekommen – niemand wusste, was seine Figuren nachts trieben, und sein Freelancerkollege Swash hatte ihm versichert, dass der Job einfach und einträglich war. Und tatsächlich hatten seine gelegentlichen Ausflüge ins Reich der Polizei keine weiteren Folgen gehabt als ein paar bescheidene Honorarabrechnungen und ein paradoxes Gefühl von Bürgerstolz. Er konnte sogar damit prahlen, dass seine Arbeit geholfen hatte, ein paar fiese Typen einzubuchten.

Falls er jemanden zum Prahlen hatte.

»Entschuldigung«, sagte eine der Polizistinnen, eine wohlgeformte rothaarige Normalo mit einer Detective-Marke am Bund ihres Rocks, und Eddie ging ihr humpelnd aus dem Weg. Doch auch wenn sie auf den ersten Blick höflich war, so bemerkte er doch, dass sie im Vorbeigehen angewidert die Nase rümpfte. Eddie fragte sich, was Mister Nice Guy mit einer solchen Rothaarigen und einem Lederriemen tun würde.

»Eddie Carmichael?« Eddie riss den Blick nach oben und sah einen blassen Normalo in einem billigen Anzug. »Ich bin Detective Black.« Er war jung, jünger sogar noch als Eddie. An seine weiche Stimme erinnerte sich Eddie vom vorigen Telefonat. »Sie können Franny zu mir sagen. Das ist mein Partner, Detective Stevens.« Stevens war ein großer, schwarzer Normalo in dunklem Anzug. Er war schlank mit vorstehenden Ohren …

Himmelherrgott. Das war Mr. Trio.

»Oha«, sagte Franny und fasste Eddies Schulter mit schlanker Hand. »Alles okay?«

»Ja, ich …« Er schluckte. »Es war nur mühsam heute Morgen hierherzukommen.« Er wischte sich das Gesicht mit seinem Taschentuch ab. »Ich komme nicht gut mit Menschenmassen zurecht.«

»Vielleicht sollten Sie sich setzen.«

Franny half Eddie, sich hinzusetzen. Dann brachte er ihm einen Pappbecher mit Wasser. Mit zitternden Händen nahm Eddie ihn entgegen, dabei vermied er es, Stevens anzuschauen. »Das ist gleich vorbei.«

Wäre die Situation nicht so furchteinflößend gewesen, hätte er fast darüber lachen können. Er wurde auf die Wache gerufen, um ein Phantombild seiner eigenen Figur zu zeichnen. Doch gab es nichts, absolut nichts, was von Gary Glitch zu ihm führte. Solange er ruhig blieb und seinen Job erledigte – vielleicht nicht gerade sonderlich gut, aber auch nicht so schlecht, dass es auffiel. Dann konnte er sein Honorar einstreichen, und die Sache wäre gegessen. Am schwierigsten wäre es, so zu tun, als habe er Stevens noch nie gesehen.

Nein, das Schwierigste war, Gary Glitch nicht so zu zeichnen, als hätte er ihn schon zehntausendmal gezeichnet.

»Um was geht es?«, fragte Eddie und bemühte sich um einen ruhigen Ton.

Franny zuckte mit den Schultern. »Vermisstenfälle. Oder so.«

»Ich, äh … oh?« Eddie hantierte mit Zeichentasche und Stock herum, um seine Verwirrung und Erleichterung zu verbergen. »Was meinen Sie mit ›oder so‹?«

»Es ist nicht wirklich ein Fall«, räumte Franny ein.

»Mehr hast du auch nicht verdient«, grummelte Stevens so leise, dass Franny es nicht hatte hören können. *Ach, wirklich?*

»Wir sind uns nicht einmal sicher, ob überhaupt jemand richtig verschwunden ist«, erklärte Franny, während er Eddie durch eine Schwingtür und durch die enge, laute Wache führte, wo unter dem grellen Licht von Neonröhren zu viele Schreibtische dicht gedrängt in einer Wolke aus abgestandenem Automatenkaffeegestank standen. »Nur sehr wenige der Vermissten sind Leute, die irgendjemand, Sie wissen schon, vermissen würde. Aber jetzt haben wir einen Zeugen, jemanden, der behauptet, gesehen zu haben, wie einige der vermissten Joker von der Straße entführt worden sind.« Vor einem Verhörzimmer blieben sie stehen und sahen durch den Einwegspiegel hinein. »Geholfen hat er uns auch nicht.«

Auf der anderen Seite der Tür hockte einer der erbärmlichsten Joker, den Eddie je gesehen hatte, mit schlaffen Schultern auf einem Plastikklappstuhl. Sein Kopf ähnelte dem eines Wolfs – eines räudigen, verlausten Wolfs mit ausgefransten Ohren. Sein verfilztes Fell hatte nackte Flecken und war um die Schnauze ganz grau. Die wässrigen, geröteten Augen starrten müde ins Nichts, und die heraushängende Zunge war mit grauem Schleim bedeckt. Ansonsten hatte er eine weitgehend menschliche Gestalt. Über seinen Bierbauch spannte sich ein zerlumptes Knicks-T-Shirt. Schuppen und ausgefallene graue Haare bedeckten die Schultern seiner dreckigen Jeansjacke.

Stevens verschränkte die Arme vor der Brust. »Er heißt Lupo. Hat mal in einer angesagten Bar ausgeschenkt, behauptet er, aber das ist lange her. Jetzt ist er einer der Bürger mit Wohnsitz unter der Brücke.«

»Er lag bewusstlos hinter einer Mülltonne und ist in dem Moment aufgewacht, als die angeblichen Entführer sich davongemacht haben. Er konnte die Täter nicht besonders gut sehen, aber vielleicht reicht es für ein Bild.«

Eddie hatte seine Zweifel. »Ich tu, was ich kann.«

Franny seufzte. »Das hoffe ich sehr, denn sonst verläuft der Fall im Sande.«

Als die Tür ging, ruckte Lupos Kopf herum wie bei einer spastischen Puppe, und er starrte sie wild und mit großen Augen an. Eddie ließ den Detective vorangehen.

»Ich bin's nur, Lupo«, sagte Franny.

Lupos Schnauze kräuselte sich, als Eddie eintrat, seine Augen wurden schmaler, und er legte die Ohren an. Zwar duftete der wolfsköpfige Joker nicht gerade wie eine Rose – er roch nach Müll, billigem Wein und nassem Hund –, aber seine bierdosengroße Schnauze verlieh ihm wahrscheinlich einen guten Geruchssinn. »Was'n das?«

Ich dich auch, dachte Eddie.

»Das ist Eddie Carmichael, der Phantombildzeichner«, erklärte Franny. »Er wird die Männer skizzieren, die Sie letzte Nacht gesehen haben.«

Widerwillig nahm Lupo den Blick von Eddie und sah die Detectives flehentlich an. »Ich habe Ihnen doch gesagt, dass es dunkel war. Und ich kann mich nicht mehr so gut erinnern wie früher.«

Stevens' Miene sollte wohl ein Mut machendes Lächeln sein, mutmaßte Eddie. »Mr. Carmichael ist ein Profi, Lupo. Er wird Ihnen helfen, sich zu erinnern.« Er sah seitwärts zu Eddie, und sein kalter Blick fragte: *Oder?*

Einen Moment lang erstarrte Eddie, denn ihm fiel ein, wie diese kalten Copaugen ihn über den Lauf einer Pistole hinweg anvisiert hatten. Dann schüttelte er die Erinnerung ab. »Das, äh, das ist richtig.«

»Na dann.« Stevens stand auf. »Ich überlasse euch beide diesem ach so wichtigen Fall und wende mich wieder richtiger Ermittlungsarbeit zu.« Er sah Franny vielsagend an. »Falls du Hilfe brauchst … vergiss es.« Ohne noch einmal zurückzuschauen, ging er.

Eddie schluckte, sein Puls normalisierte sich. Zwischen den Detectives ging irgendetwas Seltsames ab, doch Eddie fühlte sich, als wäre er zum zweiten Mal in vierundzwanzig Stunden einer Katastrophe entgangen.

Eddie hievte sich auf einen Stuhl, machte seine Tasche auf und zog einen Zeichenblock heraus. Dazu einen dicken schwarzen Bleistift 6B und einen verschrammten Ordner mit Referenzzeichnungen. Doch fürs Erste legte er ihn nur flach auf den Tisch. »Dieser Vorgang ist keine Hexerei«, sagte er und vollführte ein Spiel, das er schon hundertmal aufgeführt hatte. Doch diesmal wollte er sich damit genauso beruhigen wie den Zeugen. »Ich werde Ihnen ein paar Fragen stellen, aber ansonsten sind Sie derjenige, der redet. Alles klar?«

Lupos Ohren lagen noch immer an, aber er nickte.

»Also, um irgendwo anzufangen ... wie viele waren es denn?«

»Drei, vielleicht auch vier. Sie haben diesen armen Kerl mit vier Beinen gefesselt und zu einem Lieferwagen getragen. Ich habe ihn nur von vorne gesehen, konnte das Kennzeichen nicht erkennen ...«

»Ähm«, unterbrach Franny, »über die Tat selbst muss er nichts erzählen. Das ist meine Sache.«

Eddie nickte dem Detective zu und wandte sich wieder an Lupo. »Ich will nur wissen, wie sie aussahen.«

Zwischen Lupos Augenbrauen bildete sich eine Falte, und seine rosa Zungenspitze schob sich aus seinem Mund. »Nun, es waren alles Typen ... oder total hässliche Tussen.« Er grinste. »Der eine große Kerl hat die anderen herumkommandiert.«

»Erzählen Sie mir von ihm.«

Lupo breitete die Arme aus, als wollte er den Fisch beschreiben, der ihm durch die Lappen gegangen war. »Groß.«

Eddie seufzte. »*Wie* groß?

»Weiß nicht. Gute einsneunzig vielleicht?« Der wölfische Joker drückte die Augen zu und hielt sie sich mit den Handflächen zu. So beugte er sich vor. »Ich war darin mal so gut«, vertraute er dem rissigen Kunststoff der Tischplatte an. »Als ich im Crystal Palace ausgeschenkt habe, kannte ich jeden Stammgast. Was sie gern tranken, wie viel Trinkgeld sie gaben, alles.«

Der Name der Bar traf Eddie wie ein Blitzschlag. »Sie waren Bartender im *Palace*?«

Franny sah Eddie an. Er war Normalo, deshalb wusste er wahrscheinlich nicht, wie wichtig der Crystal Palace war. Eddie selbst konnte lediglich fantasieren, was der Laden einmal gewesen sein musste – er war gerade mal fünf Jahre alt gewesen, als die Bar 1988 ausgebrannt war –, doch er hatte jemanden vor sich, der dort tatsächlich gearbeitet hatte!

Lupo hob seine Schnauze vom Tisch. »Ja. Ich war die

Nummer zwei des Ladens – ich hab ihn geschmissen, wenn Elmo nicht da war.«

Eddie fühlte sich, als sähe er sich einem der Gründungsväter gegenüber … oder zumindest der heruntergekommenen, verlebten Hülle eines solchen. »Kannten Sie … Chrysalis?«

Lupos Grinsen war etwas Erstaunliches, denn die langen, schwarzen Lippen rollten sich nach oben und offenbarten eine beeindruckende Ansammlung gelber Fangzähne. »Ja, ich hab sie gekannt.« Er setzte sich aufrechter hin, und ausnahmsweise war sein Blick fokussierter, auch wenn er auf etwas gerichtet war, was sich weit jenseits der Wand des Verhörzimmers befand. Doch schon nach einem kurzen Moment sackte er wieder in sich zusammen. »Nicht dass sie sich jemals Zeit für mich genommen hätte.«

Kurz empfand Eddie Mitleid mit dem heruntergekommenen Wolfsmann. Doch dann räusperte sich Franny vielsagend, und Eddie schlüpfte wieder in die Rolle des Profis. »Und der große Kerl, der die anderen herumkommandiert hat, war das ein Weißer? Schwarzer? Asiate?«

»Joker.« Lupo nickte überzeugt. »Seine Haut war irgendwie grau und schleimig.«

»Also gut.« Eddie biss sich auf die Lippe. Das würde seine Arbeit in gewisser Hinsicht einfacher machen. »Wie viele Augen?«

Sie unterhielten sich eine halbe Stunde lang, ehe Eddie den Bleistift ansetzte. Es half, wenn man den Zeugen erst mal zum Nachdenken brachte, sodass er ein gutes, zuverlässiges Bild im Kopf hatte, bevor man mit der eigentlichen Zeichnung begann. Er zog vertikale und horizontale Linien und teilte das Blatt damit in vier gleich große Teile. Dann legte er grob die Gestalt des Verdächtigen fest. »Sie meinten, er hätte einen schmalen Kopf gehabt? So ungefähr?«

»Weiß nicht.« Lupo starrte das Oval unsicher an. »Vielleicht oben ein bisschen spitzer.«

»Und die Augen, groß und weit auseinander.« Ganz grob zeichnete er zwei Ovale hinein.

»Größer. Weiter auseinander.«

Nach einer weiteren halben Stunde waren die grundlegenden Proportionen des Gesichts auf dem Papier. Der Verdächtige war zweifellos verdammt hässlich, denn er hatte keine nennenswerte Nase und einen Mund voller spitzer Zähne. Jetzt war es Zeit, den Ordner mit den Referenzzeichnungen aufzuschlagen.

Die meisten Phantombildersteller nutzten eines von mehreren Büchern mit Referenzgesichtsmerkmalen. Manche bedienten sich sogar Computerprogrammen. Doch in dieser – wie auch in manch anderer – Hinsicht tickte Jokertown anders. Eddies Ordner, der auf einer Sammlung basierte, die Swash ihm geliehen hatte, als der auf sein Examen gelernt hatte, beinhaltete reichlich Fotos von tatsächlichen Jokern, aber auch von Tieren, Meeresbewohnern … sogar von Pflanzen, Pilzen und Felsen.

Eddie leckte sich den Daumen und blätterte um, bis er zu der Stelle kam, wo Dutzende Augenpaare zu sehen waren. »Sehen da welche bekannt aus?«

Lupo begutachtete die Seite lange mit heraushängender Zunge. »Könnte jedes sein.« Undeutlich zeigte er auf ein Paar. »Das da, denke ich.«

»Aha.« Mit dem Bleistift zeichnete Eddie die Augen ein, groß und schwarz und dumpf, dann fing er an, die Konturen darum herum auszuarbeiten.

So ging es noch lange weiter. Normalerweise war eine solche Sitzung in weniger als zwei Stunden vorbei, doch Lupo hatte die Verdächtigen nur kurz gesehen, und sein Kopf war vom Alkohol so vernebelt und verwirrt gewesen, dass der Vorgang für sie beide langwierig und nervenaufreibend war. Franny hatte sich entschuldigt, noch ehe die erste Stunde vergangen war, und hatte Eddie gebeten, ihn zu holen, wenn er fertig wäre. Lupo schlürfte einen Becher Automatenkaffee nach dem anderen. Eddie trank Cola.

Irgendwann nach drei Stunden kam auf Eddies Fragen kaum noch mehr als ein gemurmeltes Ja oder Nein von Lupo, und nach so langer Zeit in dem billigen Plastikstuhl hatte Eddie brüllende Schmerzen in Rücken, Hüfte und Schultern. »Also gut«, sagte er schließlich, trennte die endgültige Zeichnung aus seinem Block und ging damit zur Wand. »Die letzte Gelegenheit. Ist in diesen Zeichnungen irgendetwas, das *nicht* zu Ihren Erinnerungen an die Verdächtigen passt?«

Es waren drei. Der große Kerl, der Anführer, dessen Fischgesicht nur aus Augen und Zähnen zu bestehen schien. Die anderen beiden waren Normalos. Eddie fand die Zeichnungen relativ austauschbar – selbst bei Fischgesicht hätte es sich um einen von hundert Jokern handeln können, denen er im letzten Jahr auf der Bowery begegnet war – aber mehr ließ sich aus den Informationen, die er bekommen hatte, nicht machen. Ganz eventuell gab es auch noch einen vierten Entführer, aber Lupos Erinnerung war so lückenhaft, dass Eddie gar nicht erst versucht hatte, ihn zu zeichnen.

Eddie, der kommerzielle Künstler, hätte diese Vorzeichnungen liebend gern genommen und daraus voll ausgearbeitete, aufpolierte Bilder gemacht. Doch Eddie, der polizeiliche Phantombildzeichner, wusste, dass es dafür Regeln gab, und eine davon besagte, dass das, was während einer Sitzung mit einem Zeugen herauskam, so, wie es war, benutzt werden musste, ohne nachträgliche Verfeinerungen oder Änderungen.

»Die passen schon, denke ich.« Lupo kratzte sich hinterm Ohr und zuckte dann die Schulter. »Ich gebe Bescheid, wenn mir noch was einfällt.«

»Aha«, grunzte Eddie zurückhaltend und benutzte das Telefon an der Wand, um Franny zu rufen. Wahrscheinlich würde er Lupo nie wiedersehen. Es könnten Monate vergehen, bevor er wieder einen Anruf von der Polizei erhielt. Und angesichts dessen, wie sich sein Rücken und seine Hüfte gerade anfühlten, konnte es gut sein, dass das gesamte Honorar für chiropraktische Behandlungen draufgehen würde. Vielleicht sollte er seinen Namen von der Zeichnerliste der Polizei streichen lassen?

Aber nein, fiel ihm ein … so nervtötend es war, mit dahergelaufenen, unaufmerksamen Idioten wie Wolfbubi zusammenzuarbeiten, und so erniedrigend und schmerzhaft es war, sich aus seiner bequemen kleinen Wohnung zu schleppen, es tat seinem Gemüt gut, Hilfe bei der Festsetzung von Verbrechern zu leisten.

Damit brachte er quasi sein Karma ins Gleichgewicht. Hoffte er.

Es klopfte an der Tür, und Franny trat ein. »Und … wie lief es?«

Eddie deutete auf die Zeichnungen, die an der Wand hingen. »Drei von ihnen haben wir immerhin. Den vierten hat Lupo nicht gut genug gesehen.« *Falls da wirklich ein vierter Typ war,* verschwieg er.

Der Detective betrachtete die Zeichnungen und wandte sich dann zu Eddie und Lupo um. »Die sind fantastisch«, sagte er. »Ich bin überzeugt, die werden uns sehr helfen.«

»Danke.« Eddie fing an, sein verstreutes Referenzmaterial, Stifte, Radierer und Spitzer einzusammeln.

»Und was passiert jetzt?«, fragte Lupo verständlicherweise.

Franny zuckte mit den Schultern. »Sie können gehen. Aber Sie sind Zeuge, deshalb verlassen Sie die Stadt nicht. Wenn wir Kontakt zu Ihnen aufnehmen müssen, hinterlassen wir im White House eine Nachricht.« Eddie kannte das White House Hotel, eine der letzten klassischen Absteigen in der Bowery, wo fünfzig Joker in einem großen Raum in durchgelegenen Betten schliefen.

»Ich dachte, ich könnte, Sie wissen schon, in eine geheime Zeugenunterkunft?«

Der Detective schüttelte den Kopf. »Tut mir leid.«

Lupo sah zwischen Eddie und Franny hin und her, und in seinen großen braunen Hundeaugen war ringsum das Weiße zu sehen. »Ich habe Ihnen doch schon mal gesagt, dass die mich vielleicht gesehen haben! Ich weiß, wie sie aussehen, und das wissen die! Sobald ich wieder auf der Straße bin, schnappen die mich!«

Franny breitete mit nach oben gerichteten Handflächen die Arme aus. »Dafür fehlt uns das Budget.«

Jetzt überkam Lupo richtige Panik, die Ohren lagen ihm flach am Kopf. »Kann ich nicht wenigstens irgendeinen Schutz von der Polizei bekommen?«

Franny legte ihm eine Hand auf die Schulter. »Tut mir leid, Lupo, wirklich, aber dafür haben wir nicht genug Leute. Ich kann einen Antrag stellen, aber …« Er zuckte mit den Schultern. »Hoffnungen würde ich mir keine machen.«

»O Mann …« Lupo vergrub das Gesicht in den Händen.

Eddie tat der räudige Wolfsmann leid, aber er konnte nichts daran ändern. Er räusperte sich und hielt dem Detective seine Stundenkarte und einen Stift hin.

»Oh. Sorry.« Black kritzelte seine Unterschrift auf die Karte. »Danke, Eddie. Sie waren eine große Hilfe.«

»Gern geschehen.« Er beugte sich zu dem jungen Detective und sagte leise: »Sagen Sie mal … ich weiß, dass es mich nichts angeht, aber stimmt etwas nicht zwischen Ihnen und Detective Stevens?«

Franny schluckte, und in diesem Augenblick sah er beinahe so niedergeschlagen aus wie Lupo. »Nichts, wobei Sie mir helfen könnten. Aber danke für Ihre Nachfrage.«

»Tja, was immer es ist, es tut mir leid.« Eddie kämpfte sich auf die Beine und warf einen letzten Blick auf die Zeichnungen an der Wand. »Ich hoffe, dass Sie diese Kerle bald erwischen.«

»Ich auch.«

♦

Nach dem langen Tag fühlte Eddie sich nicht einmal mehr in der Lage, Abendessen beim New Big Wang, dem Chinarestaurant die Straße runter, zu bestellen. Er öffnete eine Dose Suppe, wärmte sie auf seiner kleinen Zweierherdplatte auf, und als er fertig war, spülte er Topf, Schüssel und Löffel gewissenhaft und verstaute sie wieder.

Dann rollte er den Stuhl vor den Zeichentisch und machte sich an die Arbeit.

Manchmal zeichnete er Cartoonstrips mit vier Panels, manchmal auch albenlange Geschichten. Heute Abend war es nur ein einziges großes Panel, Mister Nice Guy, der sich auf dem Papier mit einer Sammlung anonymer, pneumatischer Frauen vergnügte. Eddie arbeitete flink, skizzierte die Figuren nur grob mit Bleistift, bevor er Pinsel und Tinte nahm und sie detailliert in Schwarz und Weiß zum Leben erweckte.

Eine der Frauen ähnelte der rothaarigen Ermittlerin von heute Morgen, nur hatte sie viel größere Brüste. Mister Nice Guy hatte sie gefesselt. Sie lächelte mit ihren vollen Lippen und sah zu ihm auf, während er ihr den Kopf tätschelte.

Eddies Finger schlossen sich fester um den Pinsel, und sein Mund verzog sich zu einem boshaften Grinsen, während er die daumengroßen Nippel der Frau ausarbeitete.

♥

Nachdem Eddie das Panel vollendet, die Pinsel ausgewaschen und die neue Seite über seinem Bett an die Wand geklebt hatte, lehnte er sich auf seinem Stuhl mit einem kleinen Zeichenblock und einem schwarzen, feinen Filzstift zurück.

Eddie klopfte die Fingerspitzen aufeinander, erwog Möglichkeiten. Dann begann er zu zeichnen. Mit wenigen raschen Strichen nahm eine vertraute Gestalt auf dem Block in seinem Schoß Gestalt an.

Während Eddie zeichnete, wirbelte etwas wie weißer Rauch in der Luft, zog sich zusammen, verdichtete sich, senkte sich kreisend ab, bis er die verschwommene Gestalt eines Bowlingkegels von über zwei Meter Größe hatte. Knollige Arme und Beine flossen in dem Nebel zusammen, ein kleiner Kopf, ein riesiger Gurkenzinken.

Eddie sah von seiner fertigen Zeichnung des Gulloons auf und sah dieselbe Figur vor sich aufragen. Mit seinen schweren Bauernstiefeln ging er auf dem abgewetzten PVC-Boden über den großen Onkel. Er hob die Hand und winkte Eddie mit drei Fingern zu. Der Gulloon redete nicht.

Durch die Augen des Gulloons sah Eddie sich selbst, eine bucklige, warzige Ausstülpung von einem Joker, doch das dauerte nicht lange. Der Gulloon wandte sich ab, kletterte auf den Tresen der Küchenecke und quetschte sich durch den fingerbreiten Spalt unten am Fenster, den Eddie immer offen ließ. Mit einem hörbaren Knall ploppte er auf der anderen Seite wieder auf, wartete kurz auf der Feuerleiter, bis er wieder in seine vorige Form zurückgefunden hatte, und schlenderte dann die Leiter hinunter zur Straße.

Eddie blieb sitzen, war bei Bewusstsein und bekam alles mit, doch er schloss lieber die Augen, um seine Wohnung nicht sehen zu müssen. So war es einfacher.

♣

Der Gulloon spannte nicht von Hausdächern wie Gary Glitch. Er lauerte lieber in den Schatten, bis er ein hübsches

Mädchen entdeckte, folgte ihm nach Hause und spähte durch sein Fenster. Der große Kerl konnte sich erstaunlich leise bewegen, doch heute Abend waren viele Leute zu Fuß unterwegs in Jokertown, und alle schienen in dieselbe Richtung zu gehen. Neugierig schloss er sich dem Menschenstrom an.

Ihr Ziel war die Kirche Church of Jesus Christ, Joker, an deren Eingang Quasiman stand und Flyer verteilte. Der Gulloon nahm einen. »HABT IHR UNS GESEHEN?«, stand über einem Gitter aus sechzehn Fotos. Jedes zeigte einen Joker.

Der Gulloon, eine von Eddies frühesten Schöpfungen, sah ziemlich komisch aus, selbst für einen Joker … glatt und rund und, offen gestanden, comichaft. Doch die Menschenmenge schien so beschäftigt zu sein, dass er den Eindruck hatte, aus den Schatten treten zu können, ohne allzu viel Aufmerksamkeit zu erregen. Und auch wenn er manchen Blick erntete, schien in der Menge aus geflügelten, tentakelbewehrten und geschuppten Jokern niemand wegen seiner Anwesenheit sonderlich verstört zu sein. Er ging hinein und die Stufen zum Gemeinschaftssaal hinab.

Der Saal füllte sich rasch. Der Gulloon stellte sich ganz nach hinten zwischen einen Bullenmann und einen enormen Joker, der aus grauem Fels zu bestehen schien. Er drückte sich ganz in die Ecke, damit niemand ihn berührte. Der seltsame Stoff, aus dem Eddies Figuren und ihre Kleider bestanden, fühlte sich ein bisschen wie Styropor an, leicht und steif und zerbrechlich.

Um an den Köpfen der noch größeren Leute vor ihm vorbeisehen zu können, verlagerte der Gulloon das Gewicht einmal nach rechts, dann nach links, und er entdeckte den Schlangenmann – Infamous Black Tongue nannte man ihn – in der Menge. Doch während sich selbst der Gulloon bei dem Anblick verkrampfte, rief sich Eddie ins Gedächtnis, dass auch der Schlangenmann in der Kirche genauso willkommen war wie jeder andere Joker und keinen Grund hatte, den Gulloon wegen irgendetwas zu verdächtigen. Trotzdem behielt der Gulloon den Kerl im Auge.

Die tuschelnde Menge verstummte, als Pater Squid aufstand und ans Pult trat. »Danke, dass ihr heute Abend gekommen seid«, sagte er, und bei jedem Konsonanten zitterten die Tentakel in seinem Gesicht. »Wie ihr wisst, wurde Jokertown von einer Reihe von Vermisstenmeldungen erschüttert. Es wird gemunkelt, dass Joker von der Straße weg entführt wurden. Andere sind einfach so verschwunden.« Er sah auf seine Hände hinab, die wie zum Gebet auf dem Pult ruhten. »Leider ist das in unserer Gemeinschaft nicht ungewöhnlich. Doch die Fälle sind zahlreicher als sonst, und viele vermuten, dass diese Vermisstenfälle miteinander zusammenhängen.«

Pater Squid hob den Kopf, und in seinen Augen leuchtete ein Feuer. »Wir lassen uns das nicht länger gefallen.« Der Jokerpriester war zwar alt, und seine Muskeln verwandelten sich in Fett, doch Eddie beneidete trotzdem niemanden, der ihm in die Quere kam. »Wir werden uns zusammentun. Wir werden wachsam sein. Und wenn nötig, werden wir kämpfen!« Es wurde applaudiert. »Nun, nicht alle von uns sind Kämpfer.« Darüber kicherten ein paar Leute. »Aber wir alle haben einen Part zu übernehmen. Ihr habt die Flyer mit den Fotos der Vermissten gesehen. Wer irgendwelche Informationen zu ihrem Aufenthaltsort oder irgendwelche Hinweise hat, was aus ihnen geworden sein könnte, ruft bitte die Nummer an, die unten steht. Und solltet ihr gar Zeuge einer Entführung werden oder euch irgendetwas Verdächtiges auffallen, dann ruft ebenfalls die Nummer an. Es ist besser, einmal zu oft falschen Alarm zu schlagen, als dass auch nur ein einziger weiterer Joker verschwindet.« Streng sah er auf seine Gemeinde herab, und es wurden ein paar »Amens« gerufen. »Wir wollen nun denjenigen Raum geben, die Zeugnis ablegen wollen, die Erinnerungen teilen wollen oder Ideen haben.«

Ein Joker nach dem anderen trat auf die Bühne, erzählte tränenreiche Geschichten über die Vermissten oder schlug Strategien vor, die Eddie vollkommen unbrauchbar vorkamen. Oder sie drückten die Ängste und Sorgen um die eigene Sicherheit aus. Aber der Gulloon beobachtete weiterhin Pater Squid, der mit vor dem stattlichen Bauch verschränkten, noch immer kräftigen Armen an der Seite stand.

Eddie war nicht fromm und kein Mitglied von Pater Squids Gemeinde. Aber er war ein Joker. Und als er Pater Squid da so stehen sah, wie er auf die Menge herabsah, da wusste er, dass der alte Pfarrer alles in seiner Macht Stehende tun würde, um jeden Joker in Jokertown zu beschützen.

Sogar ihn.

Ganz gleich, was für ein wertloser kleiner Arsch er sein mochte.

♠

Eddie bekam einen Auftrag von J. Peterman: Für dessen unglaublich peniblen Art Director sollte er Katalogzeichnungen für Männerhemden anfertigen – ein Riesenscheiß, aber es wurde gut bezahlt.

Er spannte überhaupt nicht mehr. Er zeichnete keine schlüpfrigen Cartoons mehr. Er bemühte sich sogar redlich, keine unreinen Gedanken zu denken. Stattdessen zeichnete er eine lange, halluzinatorische Fantasygeschichte mit Gary Glitch und Zip dem Hamster auf einem Road Trip durch das Land. Doch nach ein paar Tagen ohne Spannen erwachte er aus einem expliziten lüsternen Traum vom Gulloon, der in Kellerfenster spähte. Allerdings merkte er, dass es kein Traum war. Eddie scheuchte seine Figur in die Wohnung zurück und bannte ihn augenblicklich.

Es war bei Weitem nicht das erste Mal, dass er seine Figuren im Schlaf ins Leben gerufen hatte. Im Gegenteil, so hatte es damit angefangen. Ihm war erst dann aufgefallen, dass die Figuren, die in seinen Träumen durch die Gegend streiften, Manifestationen seiner Wild-Cards-Gabe waren, als eine andere Bewohnerin der Wohngruppe einen komisch aussehenden Joker beschrieben hatte, der durch ihr Fenster gegafft hatte.

Und jetzt ging das wieder los. Eddie stierte auf die Stelle, wo er den unbekümmerten Gulloon hatte verschwinden lassen, und fragte sich, was Mister Nice Guy oder LaVerne Va-Voom wohl anstellen würden, wenn er sie nicht kontrollieren konnte.

Oder vielmehr: was sie womöglich schon angestellt hätten? Nicht immer erinnerte er sich an seine Träume.

Den Rest der Nacht starrte er an die Decke und machte sich Sorgen.

♦

»Morgen, Eddie«, sagte Beastie, der zum Eingang der Wache hinaufschlenderte. Es war Punkt acht morgens, und Eddie war schon zwanzig Minuten auf dem Gehweg von einem Fuß auf den anderen getreten. Wäre er fürs Auf- und Abgehen gemacht gewesen, dann hätte er das stattdessen getan. »Dann hat Lupo Franny also überredet, Sie noch mal zu holen?«

Eddie nahm seinen Hut ab, um Beasties Gesicht besser sehen zu können. »Nein, ich … ich komme als besorgter Bürger. Ich wollte mich erkundigen, ob es in dem, äh, Fall des affengesichtigen Peeping Tom noch weitere Sichtungen gegeben hat?«

Beastie zuckte mit den Schultern. »Hab nichts dergleichen gehört.«

Das beruhigte ihn, doch etwas anderes, das Beastie gesagt hatte, ließ Eddie nicht in Ruhe. »Warten Sie mal, was war das mit Lupo?«

Beastie verdrehte die Augen. »Er war jeden Tag hier in der Hoffnung auf irgendeinen Schutz, doch nach einer Weile hat er begriffen, dass er den nicht bekommen würde. Jetzt erzählt er jedem, der den Nerv hat, dass er sich an mehr Einzelheiten der Entführer erinnert, und er verlangt nach einer weiteren Sitzung mit dem Zeichner. Wir fragen uns teilweise schon, ob er überhaupt etwas gesehen hat.«

Eddie dachte über die Frage nach. »Ich glaube schon. Er war zwar etwas konfus, was die Details anging, aber ich habe nicht den Eindruck, dass er alles erfunden oder halluziniert hat.«

Eine raue, knurrende Stimme unterbrach ihr Gespräch. »Oh, Gott sei Dank sind Sie hier!« Eddie sah auf und erkannte Lupo, der auf dem Bürgersteig auf ihn zugerannt kam. Beastie breitete die Arme aus, als wollte er sagen: *Sehen Sie, was ich meine?* »Das meine ich ernst, Eddie«, keuchte Lupo, als er schwankend vor ihm stehen blieb und vor den Stufen die Hände auf den Knien abstützte. »Ich danke meiner höheren Macht, dass Sie hier sind. Allmählich hatte ich den Eindruck, dass niemand auf mich hört.«

Eddie schüttelte den Kopf. »Ich bin nicht hier, weil man mich gerufen hat. Ich glaube, ich bin noch nie wegen desselben Falls ein zweites Mal geholt worden. Erinnerungen verblassen mit der Zeit. Man muss sie einfangen, solange sie noch frisch sind.«

»Die sind frisch, Eddie. Ich habe ihn noch mal gesehen! Den vierten Entführer!«

Eddie und Beastie sahen sich an. »Wann?«, fragte Eddie.

»Gerade heute Morgen.«

»Wirklich?«, fragte Beastie ohne direkte Herablassung. »Der Zeitpunkt ist ja verdächtig günstig.«

Lupo hob eine Hand. »Ich schwör's bei Gott.« Die erhobene Handfläche war rosa geschrubbt, und dennoch saß noch Schmutz in den Hautfurchen. »Ich habe ihn auf der

Bond Street gesehen, gleich um die Ecke von meinem Hotel.« Das Weiße seiner Augen bildete Kreise. »Die suchen nach mir, Eddie! Sie wissen, dass ich sie gesehen habe, und jetzt wollen sie mich auch entführen!«

Beastie schien nicht überzeugt zu sein. »Sie sind vollkommen sicher, dass er es war?«

»Sehen Sie, mir ist klar, dass ich nicht immer der glaubwürdigste Zeuge war. Aber ich bin jetzt viel klarer im Kopf. Ich habe seit zwei Tagen keinen Tropfen mehr angerührt.« Lupo kauerte sich hin, sodass er mit Eddie auf Augenhöhe war. »Sie müssen mir noch eine Chance geben, Eddie.«

»Das habe nicht ich zu entscheiden.« Eddie sah Beastie an. »Aber wenn Sie mich fragen … ich glaube ihm.«

Lupos schwerer Wolfskopf schwenkte zwischen Eddie und Beastie hin und her. »Jetzt kann ich Ihnen eine gute Beschreibung des vierten Entführers geben. Bitte.« Seine großen braunen Augen waren unfasslich traurig und schwermütig. »Bitte?«

Beastie seufzte. »Ich werde die Info nach oben weiterleiten.«

♥

Lupo und Eddie saßen auf einer harten Bank vor dem Büro, in das Beastie gegangen war, um mit Franny zu reden. So hatte Eddie seinen Vormittag zwar nicht geplant, aber wenn er noch einmal ein paar Stunden bezahlte Arbeit erledigen konnte, sagte er nicht Nein. Außerdem wäre es ihm unhöflich erschienen, sich von dem verzweifelten, bettelnden Wolfsmann loszureißen.

»Ich bin ein neuer Mensch, Eddie, das schwöre ich Ihnen. Sie werden sehen. Das letzte Mal war ich völlig am Ende.«

Eddie musste zugeben, dass Lupo nicht nur sauberer wirkte, sondern auch wacher. Und wenn er sprach, klang es zwar wegen seiner Mundform immer noch ein bisschen seltsam, aber nicht mehr so vernuschelt. »Sie meinen das wirklich ernst.«

»Nie habe ich etwas ernster gemeint. Nichts rüttelt einen so wach und lässt einen so aufpassen, was um einen rum abgeht, als die Furcht, von Leuten verschleppt zu werden.« Er seufzte. »Und auch, was in einem selbst abgeht. Ich hab ein Wrack aus mir gemacht, das gebe ich zu. Vielleicht ist das der Weckruf, den ich gebraucht habe. Ich hoffe, es ist nicht zu spät.«

»Es ist nie zu spät«, sagte Eddie, doch Lupo sah aus wie sechzig oder siebzig … nicht gerade ein Alter, in dem ein Neustart so einfach war. »Selbst für Leute wie uns.«

»Leute wie uns?«

Eddie zuckte zusammen. Ihm war klar, dass er zu weit gegangen war. Nicht mal Joker wollten mit einem hässlichen Fleischklumpen wie ihm verglichen werden. »Entschuldigen Sie …«

»Nein, nein, ich fühle mich nicht beleidigt. Bin nur überrascht, dass Sie das sagen. Sie sind Künstler, ein Profi … Ich habe Sie für einen Typen aus dem East Village gehalten, nicht für einen J-Town-Jungen wie mich.«

Eddie schnaubte. »Wohl kaum. Ich wohne in einem kleinen Apartment eine Meile von hier entfernt. Im Zentrum von Jokertown.«

»Ohne Scheiß? Warum hab ich Sie dann noch nie im Kiez gesehen?«

»Ich geh nicht viel raus.« *Nicht persönlich jedenfalls.* Eddie räusperte sich. »Aber mir kommt allerhand zu Ohren. Gerüchte. Von einem affengesichtigen Peeping Tom, der nachts durch Fenster gafft. Vielleicht eine ganze Bande von Peeping Toms. Haben Sie davon gehört?«

»In letzter Zeit nicht.« Lupo schürzte die Lippen und entblößte gelbe Fangzähne. »Aber vor zwei Jahren … Da war ich gerade bei meiner Schwester, und da ist sie schreiend aus ihrem Schlafzimmer gerannt und hat gemeint, da wäre ein Mistkerl mit großen Ohren auf der Feuerleiter, der ihr beim Ausziehen zuschaut. Ich hab das Fenster nicht aufgekriegt, aber ich hab den Typen gesehen, bevor er verschwunden ist.« Seine haarigen Hände ballten sich zu Fäusten. »Ich bin vielleicht ein Joker, ein Alki, und ich habe vielleicht auch schon Sachen verkauft, die mir nicht direkt gehört haben, aber so tief würde ich nie sinken. Wenn ich diesen erbärmlichen Wichser erwische …« Er schlug sich mit der Faust in die Handfläche, und Eddie stellte fest, dass unter der Fettschicht des ehemaligen Bartenders noch immer stattliche Muskeln steckten. »Das wird ihm leidtun.«

Eddie musste sich beschämt eingestehen, dass er keine Ahnung hatte, welche der vielen Frauen, die er bespannt hatte, Lupos Schwester war. Der Vorfall hob sich in seiner Erinnerung nicht von unzähligen ähnlichen ab. »Tut mir leid«, sagte er.

»Sie glauben gar nicht, wie viel Scheiße in Jokertown passiert.« Lupo blinzelte. »Vielleicht glauben Sie's doch. Wie lange leben Sie schon hier?«

»Fast zehn Jahre.«

»Dann haben Sie den Palace vor dem Feuer gar nicht mehr gesehen?«

»Nein. Aber ich habe davon gehört. Ging es dort wirklich so krass ab, wie man sich erzählt?«

»Noch krasser.« Er grinste, eine üble Grimasse voller gelber Zähne. »Einmal wurde ich fast von einem Pandabär getötet. Von einem Pandabär! In einer Bar! Wo sonst als im Palace?«

So erzählte er eine Weile weiter, ließ faszinierende Anekdoten über Leute und Orte vom Stapel, die für Eddie schon fast Legenden waren, bis die Tür aufging und Franny herauskam. »Beastie hat mir gesagt, dass Sie den vierten Entführer wiedergesehen haben?«, sagte er zu Lupo. Er wirkte einerseits hoffnungsvoll, andererseits zweifelnd.

»Das stimmt! Ich schwör's bei Gott!«

Franny sah nicht überzeugt aus. Er wandte sich an Eddie. »Sie haben mit ihm gesprochen. Glauben Sie ihm?«

Eddie nickte. »Ja, tue ich.«

»Wären Sie bereit, ein paar zusätzliche Zeichnungen anzufertigen?«

»Klar, wenn Sie mich bezahlen. Aber ich habe meinen Kram nicht dabei.«

Der Detective biss die Zähne zusammen und tat sein Bestes, entschlossen zu wirken. »Na gut. Kommen Sie in einer Stunde wieder, und ich versuche, Ihnen ein Zimmer zu organisieren.«

Nachdem Franny gegangen war, sagte Lupo: »Danke, dass Sie zu mir gehalten haben.«

»Gern geschehen. Und danke für die Geschichten.«

♣

Die zweite Sitzung verlief viel flüssiger als die erste. Nüchtern stellte Lupo sich als der scharfe Beobachter heraus, der er zu sein behauptete, und in weniger als einer Stunde hatten sie eine brauchbare Zeichnung des vierten Entführers: ein bulliger, blonder Normalo mit gebrochener Nase. Lupo erinnerte sich auch an zusätzliche Einzelheiten der anderen beiden Normalos – einer hatte eine heftige Narbe am Ohr, der andere eine Tätowierung am linken Handgelenk, in der Franny das Zeichen einer russischen Bande erkannte. »Das wird uns sehr helfen«, sagte er. »Vor Gericht wird das vielleicht nicht standhalten, aber wenn wir damit einen Verdächtigen fassen können, wäre das schon ein Anfang.«

Hinter dem Rücken des Detectives zeigte Lupo Eddie den erhobenen Daumen.

Eddie wollte sich selbst nicht eingestehen, wie gut sich diese kleine Geste anfühlte.

♠

An diesem Abend spannte Eddie nicht, sondern sandte Mister Nice Guy aus, um zu Fuß durch die Straßen zu streifen und sich Gesichter anzuschauen. Man hatte Eddie nicht gestattet, Kopien der Zeichnungen, die er angefertigt hatte, mit nach Hause zu nehmen, aber nach all den Stunden mit Lupo kannte er die Entführer gut genug, vor allem das Fischgesicht.

Mister Nice Guy hatte keine Mühe, sich in dem heruntergekommenen Jokerviertel rund um den Ort der Entführung unter die anderen Passanten zu mischen. Er war zwar blass und hatte eine große Nase, doch war er menschlich genug, um als Joker durchzugehen, solange niemand mit ihm zusammenstieß.

Es war seltsam, wie ein ganz gewöhnlicher Passant auf dem Gehweg zu spazieren, und nicht zu schleichen und zu pirschen – und auch nicht das Ziel von Blicken und Bemerkungen zu sein. Im Vergleich zu Eddie war eine Comicfigur normal, zumindest in Jokertown.

Zu dieser Stunde waren die Leute auf Jokertowns Straßen bunt zusammengewürfelt, modische Bohemiens neben Suffköpfen und Ganoven. Ein Jokerpärchen kam den Bürgersteig entlang, Scheren und Tentakel eng umschlungen, doch in ihrer offensichtlichen Zuneigung zueinander sahen sie süß aus. Drei Normaloteenager schlichen herum, zögerlich und verängstigt, und wenn sie glaubten, dass sie niemand sah, zeigten sie kichernd auf andere. Ein muskulöser Joker ging mit erhobenem Kopf und gerecktem Kinn an ihnen vorbei, und unter dem strengen Blick seiner vier Augen verstummten sie. Doch niemand hier ähnelte einem der Entführer.

Eddie ging weiter und versuchte, sich in die Entführer hineinzuversetzen. Wo könnten sie den sich wehrenden Joker hingebracht haben, nachdem sie ihn gefesselt hatten? Wo mochten sie jetzt abhängen und sich auf eine neuerliche Entführung vorbereiten? Machten sie sich gar schon an Lupo heran, den einzigen Zeugen?

Es gab so viele Orte, die es zu beobachten galt.

Zum Glück vermochte Eddie, an mehr als einem Ort zur gleichen Zeit zu sein.

In seiner Wohnung schlug er die Augen auf und machte eine Skizze von Zip dem hyperaktiven Hamster. Das zitternde, fußballgroße Pelzknäuel aus nervöser Energie konnte kaum stillhalten, nachdem er erschaffen war. Augenblicklich sprang Zip auf die Arbeitsplatte und durch den Spalt im Fenster hinaus. Über die Hausdächer raste er in Richtung des White House Hotel, wo er Lupo irgendwo zu finden hoffte.

Zwei Figuren gleichzeitig zu lenken war anstrengend, aber es fühlte sich gut an, ähnlich wie das Strecken während einer besonders intensiven Sitzung beim Chiropraktiker.

Und ausnahmsweise tat er es einmal, um anderen zu helfen. Um die Entführer zu schnappen, eine weitere Entführung zu verhindern, seine Freunde zu beschützen.

Nein. Einen wichtigen Zeugen zu beschützen.

Niemand vermochte in dem hässlichen Kloß Eddie einen Freund zu sehen.

Unter einem wolkenlosen Frühlingshimmel sauste Zip durch die Nacht, und der Wind strich ihm kalt über den Pelz.

♦

Samstagabend. Eddie war in voller Stärke unterwegs. Mister Nice Guy wanderte von Bar zu Bar, der Gulloon durchstreifte die Hinterhöfe, Gary Glitch behielt Lupo im Auge, der auf einer Bank am Chatham Square saß und mit seinen Kumpels schnackte.

Seit drei Tagen war Eddie, statt zu spannen, auf Patrouille gewesen, war bis zwei oder drei nachts aufgeblieben, doch wenn er dann geschlafen hatte, dann tief und traumlos. Nachts fühlte er sich lebendig, wenn er seine Kreationen wie Schachfiguren durch Jokertown lenkte und die Menschenmassen nach den Gesichtern der Entführer absuchte.

Seine Aufmerksamkeit zwischen drei unterschiedlichen Figuren aufzuteilen, die alle drei herumliefen und aktiv waren, bedeutete eine Herausforderung. Manchmal merkte er, dass er eine hatte stocksteif stehen lassen, unachtsam und wehrlos. Wenn ihm so etwas auffiel, ging sein Puls hoch, doch bisher war keine seiner Figuren in ernsthafte Schwierigkeiten geraten.

Nachts war in Jokertown anscheinend jegliches Verhalten akzeptabel. Wenn es Eddie doch nur nicht so schwergefallen wäre, sich zu bewegen, dann hätte er auch selbst …

Plötzlich zerrte etwas an seiner Aufmerksamkeit. Es war Gary Glitch, der sich ein paar Meter von Lupos Bank entfernt unter einem Busch versteckte.

Eines der vorbeigehenden Gesichter kam ihm bekannt vor. Es war hier sogar schon ein paarmal vorbeigekommen in letzter Zeit.

Eddie schickte Gary hastig über den kalten Bürgersteig, über den weichen Frühlingsrasen und einen Baum hinauf, von wo er den kräftigen, stirnrunzelnden Mann, der sich auf der anderen Seite eines Spielplatzes herumtrieb, besser beobachten konnte.

Offenbar behielt dieser Lupo unauffällig im Auge, während er hinter dem Spielplatz auf und ab ging und eine Zigarette schmauchte.

Er war ein Normalo, groß und muskulös, ein Weißer mit aschblonder Stoppelfrisur.

Er hatte eine üble Narbe am Ohr.

Gary kletterte von dem Baum herunter und kroch über den Rasen zu einem anderen Busch, nur ein paar Schritte von dem Typen entfernt. Er glich der Zeichnung, die Eddie von dem zweiten Entführer gemacht hatte – nicht *genau*, aber er sah auch nicht völlig anders aus. Die Zeichnung war ziemlich austauschbar gewesen – schließlich war sie angefertigt worden, als Lupo noch unter Alkoholeinfluss gestanden hatte. Zwar war die Narbe am Ohr ein starkes Erkennungsmerkmal, doch in diesem Stadtteil waren Messernarben nun auch nichts Ungewöhnliches.

Eddie war sich nicht sicher, was er tun sollte.

Allerdings *konnte* er auch nicht viel tun. Eddies Figuren mangelte es an Körperlichkeit. Sie vermochten Lärm zu machen, vielleicht auch ein paar Sachen heben, solange sie nicht zu schwer waren, aber sie waren zu zerbrechlich, um zu kämpfen.

Er würde die Situation genau beobachten. Vielleicht konnte er Gary einen Warnruf ausstoßen lassen, wenn es für Lupo gefährlich werden sollte.

Mit den anderen Teilen seiner Aufmerksamkeit lenkte er Mister Nice Guy und den Gulloon in Richtung Chatham Square. Doch keiner von beiden war so schnell wie Gary. Es würde eine halbe Stunde oder länger dauern, bis sie hier eintreffen würden.

Lautes Gelächter lenkte Garys Aufmerksamkeit auf Lupos Bank. Er sah Lupo aufstehen, seinen Freunden die Hand schütteln und abklatschen. Dann zog er den Reißverschluss seiner Jacke zu und machte sich in Richtung White House auf.

Der kräftige Fremde zog an seiner Zigarette, zertrat sie unter seinem Stiefelabsatz und ging in dieselbe Richtung.

Gary folgte ihm und hielt sich dabei so gut es ging versteckt.

Der Fremde – der zwar trödelte, es anscheinend nicht eilig hatte, aber dennoch konstant einen Häuserblock hinter Lupo blieb – zog sein Handy heraus und murmelte ein paar Worte, die sich russisch anhörten. Ein paar Minuten später sah Eddie, dass er einem anderen Mann auf der gegenüberliegenden Straßenseite zunickte.

Fischgesicht.

Der trug eine schwarze Lederjacke, die an den Ellbogen abgewetzt und gerissen war, und das Licht der Laternen spiegelte sich auf seiner silbrigen, schleimigen Glatze. Er hatte große, schwarze und ausdruckslose Augen, genauso, wie Lupo sie beschrieben hatte. Allerdings hatte Lupo die flossenartigen Ohren nicht erwähnt und untertrieben, was die Grauenhaftigkeit des zahnbewehrten Fischmauls anging. Das war zweifellos ein übler Kerl.

Fischgesicht und Narbenohr blieben jeweils auf ihrer Straßenseite und bewegten sich parallel hinter Lupo her. Der merkte nichts davon und genoss die kühle Frühlingsluft, schlenderte dahin, blieb hin und wieder stehen, um mit Freunden zu quatschen, denen er begegnete. Er hatte eine Menge Freunde.

Eddie wusste nicht, was er tun sollte. Die Entführer waren groß, kräftig und wahrscheinlich kampferprobt, sie waren zu zweit und hatten das Überraschungsmoment. Würde Gary Lupo wissen lassen, dass er verfolgt wurde, sei es in aller Stille oder indem er es hinausbrüllte, würde Lupo, daran hatte Eddie keinen Zweifel, kehrtmachen und sich mit den Ganoven anlegen wollen – und dabei überwältigt werden.

Konnte er die Situation entschärfen, indem er die Aufmerksamkeit der anderen Leute darauf lenkte? Schwerlich. Es war schon fast zwei Uhr nachts auf einer Seitenstraße der Bowery, und die wenigen Passanten wären wahrscheinlich so besoffen wie Lupo an einem schlechten Tag.

In der Wohnung machte Eddie die Augen auf und betrachtete das Telefon neben seinem Bett. Er brauchte nur die Notrufnummer zu wählen.

Doch der Anruf und seine Telefonnummer würden aufgezeichnet, und irgendwann würde er erklären müssen, wie ein verkrüppelter Joker, der nie aus dem Haus ging, Augenzeuge eines Verbrechens – eines *möglichen* Verbrechens – werden konnte, das sich in mehr als einer Meile Entfernung zutrug.

Gary Glitch könnte eine Telefonzelle benutzen, sollte er eine finden, oder er konnte in einen Spätkauf laufen und Alarm schlagen. Doch Gary Glitch war wegen Voyeurismus gesucht, und bei seinem charakteristischen Gesicht und seinem Körperbau würde Stevens ihn sogleich erkennen. Sollte Gary der Polizei jemals auffallen, würde Eddie ihn wahrscheinlich dauerhaft aufgeben müssen.

Während Eddie noch haderte, setzte Lupo seinen Weg nach Hause fort. Jetzt war er noch eine Straßenecke vom Hotel entfernt. Die zwei Schläger, die ihn verfolgten, hatten sich inzwischen auf einer Straßenseite vereinigt. Einen halben Häuserblock hinter Lupo und sich rasch nähernd, hatten sie jegliche Heimlichkeit aufgegeben. Lupo merkte nichts, pfiff einen alten Discohit.

Schätzte Eddie die Situation richtig ein, dann blieb Lupo kaum mehr als eine Minute, bis er geschnappt werden würde. Etwas musste geschehen, und zwar schnell.

Mister Nice Guy war nur ein paar Straßen entfernt, der Gulloon noch ein bisschen weiter, doch sie waren zu langsam, um rechtzeitig aushelfen zu können. Nur Gary war nah genug, um etwas zu unternehmen, und Lupo hasste ihn.

Eddie hatte eine Idee, aber sie war heikel.

Während Mister Nice Guy sich beeilte, um die Entführer abzufangen, ehe sie Lupo einholten, und der Gulloon so schnell wie möglich weitertrottete, kletterte Gary Glitch eine

Feuerleiter hinunter, huschte über die ruhige Straße und zog Lupo am Ärmel. »Hey, Stinkeköter«, ätzte er. »Erinnerst du dich an mich?«

Lupo stellten sich beim Anblick der kleinen Comicfigur die Nackenhaare auf. »Du bist das Arschloch mit den großen Ohren, das ins Schlafzimmer meiner Schwester geglotzt hat!« Mordlüstern hob er die Faust.

»Ja, der bin ich!«, sagte Gary grinsend. »Und ich wette, dass du mich auch diesmal nicht erwischst!« Er drehte sich um, hastete davon und lockte Lupo von den Entführern weg.

Mit einem unartikulierten Knurren machte sich Lupo an die Verfolgung.

Zwei Straßen weiter kam Mister Nice Guy um die Ecke. Er sah, dass Gary davonlief, dass Lupo ihm hinterherhetzte und die beiden Ganoven Lupo verfolgten.

Mister Nice Guy setzte den beiden Halunken nach. Zwar war er nicht so schnell wie Zip oder Gary, doch genau wie sie war er zu übermenschlichen Kunststücken fähig. Er machte größere Schritte, bei denen sich seine Beine auf eine Länge von drei oder vier Metern streckten, um die Gauner einzuholen. Solche Schritte waren ermüdend, aber er würde nicht lange durchhalten müssen.

Auf Händen und Füßen trabte Gary über den kalten, rauen Gehweg. Leicht hätte er entkommen können, wenn er an einem Gebäude hinaufgeklettert wäre, doch dann hätte Lupo die Verfolgung aufgegeben und wäre von den Banditen geschnappt worden. Deshalb eilte Gary weiter, warf häufig einen Blick zurück, schnell, aber nicht zu schnell, und achtete darauf, dass er immer in Lupos Sichtweite blieb. Das war anstrengender, als wenn er in vollem Tempo gerannt wäre.

Eddie saß in seiner Wohnung, er hatte die Fäuste geballt, und Schweiß rann an ihm herab. Da sich alle so schnell bewegten, war es nicht einfach, den Überblick zu behalten, wer sich gerade wo befand. Mit den Füßen auf dem Linoleum stieß er sich ab und zog einen Straßenatlas von New York aus dem Regal.

In der Zwischenzeit trottete der Gulloon weiter. Eddie konnte sich nicht so sehr auf ihn konzentrieren, deshalb ließ er ihn einfach in gerader Linie weiterlaufen.

Mit seinen unmöglichen Schritten hatte Mister Nice Guy die beiden Gauner bald eingeholt. Seine comichaften Schritte hörten sie von hinten nicht.

Noch drei Riesenschritte, und er war an ihnen vorbei.

Dann blieb er unvermittelt und mit zurückfederndem Oberkörper stehen, streckte das drei Meter lange Bein seitlich aus und versperrte damit den Weg.

Das würde wehtun. Eddie wusste, dass Mister Nice Guys zerbrechliches Material wie Papier unter dem Aufprall der beiden Grobiane zerknittern würde, aber er hoffte, dass es sie aufhalten würde. Er machte sich auf den Schlag gefasst.

Doch sobald Fischgesicht Mister Nice Guys ausgestrecktes Bein sah, rief er etwas und versuchte, stehen zu bleiben. Zwar war er groß und stark, doch besaß er lediglich menschliche Reflexe, und beim Abbremsen geriet er ins Stolpern, stürzte und riss Narbenohr ebenfalls um.

Eine Sekunde ehe die Halunken darauf landeten, zog Mister Nice Guy sein Bein zurück wie ein einziehbares Maßband.

»Hab ich dich!«, rief Lupo.

Eddie ließ seine Aufmerksamkeit zu Gary zurückschnellen, der erstarrt wie ein hypnotisiertes Kaninchen in der Bahn des Wolfsmanns stand. Während sich Mister Nice Guy um die Verfolger gekümmert hatte, hatte Eddie vergessen, Gary weiterzubewegen. Kreischend sprang Gary in die Höhe, entkam nur knapp Lupos Händen und lief mit Höchstgeschwindigkeit die Straße entlang.

Doch Eddie konnte es sich nicht leisten, Mister Nice Guy

zu lange links liegen zu lassen ... Fischgesicht und Narbenohr lösten sich voneinander, und gleich würden sie sich auf ihn stürzen.

Und genau das hatte Eddie beabsichtigt. Er ließ Mister Nice Guy den Daumen heben, sich ein Nasenloch zudrücken und verächtlich schnauben.

Wütend sprang Fischgesicht auf. Doch er bekam nur Luft zu fassen, da Mister Nice Guy ihm auswich, indem er seinen Leib wie eine Klammer bog. Narbenohr knurrte und wollte ihn mit beiden Armen packen, doch auch ihm entging er, indem er sich verbog wie ein Ballontier.

Die beiden Entführer waren jedoch nicht so dumm, wie sie aussahen. Sie griffen ihn von zwei Seiten an. Im letzten Moment schnellte Mister Nice Guy in gerader Linie nach oben und fasste nach dem waagrechten Arm einer Straßenlaterne, während die beiden Ganoven unter ihm zusammenstießen.

Damit hatte Eddie einen Moment gewonnen, um sich seinen beiden anderen Figuren zuzuwenden. Gary rannte noch immer so schnell er konnte mit Lupo auf den Fersen, und der Gulloon stapfte weiter, jedoch so weit entfernt, dass er genauso gut hätte auf einem anderen Planeten sein können.

Eddie konnte seine Figuren nicht ewig laufen lassen. Auch wenn sie Comicfiguren waren, wurden sie doch müde ... oder vielleicht war es auch nur Eddie, der müde wurde. Wie dem auch sein mochte, er musste ziemlich bald einen Ort finden, wo Lupo sicher war. Die Gangster hatten Lupo auf dem Weg zum White House abgepasst, sie wussten also, dass er hier schlief. Fort Freak war zu weit weg, und außerdem würden die Cops ihn sowieso nicht ernst nehmen.

Eddie kannte nur einen Ort in New York, der sicher war.

Nein. Das ging nicht.

Aber er musste etwas unternehmen.

Eddie biss sich auf die Lippe und lenkte Gary auf einen südlichen Kurs um.

Auf seine eigene Wohnung zu.

Doch noch während Gary lief, fiel Eddie ein, dass es nichts bringen würde, falls die beiden Entführer das Interesse an Mister Nice Guy verlieren und sich wieder an Lupos Verfolgung machen würden. Lupo hatte keinen allzu großen Vorsprung vor ihnen, und sie würden ihn locker einholen, ehe Gary an der Wohnungstür ankam.

Eddie richtete seine volle Aufmerksamkeit wieder auf Mister Nice Guy, der immer noch an der Straßenlaterne hing. Unter ihm hatten sich die beiden Schläger aufgerappelt. Doch anstatt Mister Nice Guy einfach hängen zu lassen oder ihn anzuschreien, grinste Fischgesicht zu ihm hoch – wegen seiner Zähne war es das verstörendste Grinsen, das Eddie je gesehen hatte. Gleichzeitig telefonierte der andere mit dem Handy, auf Russisch. Was zum Teufel?

Dann streckte Fischgesicht die graue, schleimige Hand aus und umfasste den Laternenpfahl.

Durch das Metall schoss ein furchtbarer, ruckelnder Stromstoß und fuhr in Mister Nice Guy. Er kreischte, sein Körper vibrierte, und die Knochen waren durch sein Fleisch hindurch zu sehen. Seine Hände krampften sich unkontrolliert um den Laternenarm. Die Schmerzen waren unglaublich. Eddie keuchte und rollte sich wie eine Languste auf seinem Rollstuhl zusammen, und sowohl Gary als auch der Gulloon brachen auf der Stelle zusammen.

Schmerz war jedoch etwas, mit dem es Eddie täglich zu tun hatte. Als der Stromschlag endete, war Eddie noch am Leben, noch immer bei Bewusstsein und konnte seine Schöpfungen lenken.

Und er war stinksauer.

Fischgesicht schien enttäuscht zu sein, dass Mister Nice Guy nicht von der Laterne heruntergefallen war wie eine überreife Frucht. Erneut griff er mit der Hand nach dem Pfahl.

Doch ehe er ihn berühren konnte, streckte Mister Nice Guy Arme, Beine und Oberkörper aus wie die herausschnellende Zunge einer Eidechse und traf Fischgesicht mit beiden Füßen direkt im Gesicht.

Er hatte nicht sonderlich viel Wucht – wahrscheinlich tat der Schlag Mister Nice Guy mehr weh als dem Fischgesicht –, aber der Tritt erfolgte aus einer so unerwarteten Richtung, dass der Joker nach hinten fiel. Mister Nice Guy landete neben ihm auf dem Gehweg, seine verlängerten Beine hatte er eingerollt wie eine Sprungfeder, und so hüpfte er in die Nacht.

Der andere stand einen Moment lang völlig fasziniert da, bis ihn Fischgesicht anschnauzte. Dann steckte er das Handy weg und lief der flüchtenden Comicfigur nach.

Erschöpft und benommen von dem elektrischen Schlag eierte Mister Nice Guy auf seinen federnden Slinkybeinen. Doch er durfte nicht langsamer werden. Er lief nach Norden … in die Richtung, aus der er gekommen war, und entgegengesetzt zu der Route, auf die Gary Lupo lotste.

Er riskierte einen Schulterblick. Beide Ganoven liefen ihm nach. Gut.

Eddie richtete seine Aufmerksamkeit wieder auf Gary Glitch, der noch immer an der Stelle lag, an der er zusammengebrochen war, als Fischgesicht Mister Nice Guy einen Elektroschock verpasst hatte. Gary sah nach oben … und blickte in die Scheinwerfer eines hupenden Wagens, der auf ihn zuhielt. Schreiend krabbelte er aus der Bahn, seine Fingernägel schabten über den Asphalt … und gerade rechtzeitig erreichte er den Gehsteig. Doch bevor er zu Atem kam, hatte Lupo den Fußgängerübergang erreicht und näherte sich rasant. Gary schüttelte sich, sah sich um und hastete so schnell er konnte in die Richtung von Eddies Apartment davon.

Noch immer benommen von dem Schlag, ließ Eddie nun

gleich zwei Figuren ein Tempo halten, bei dem sie von ihren Verfolgern nicht eingeholt wurden. Es war unglaublich anstrengend. Selbst mit zwei Fingern auf der Karte hatte er Mühe, den Überblick über ihre Positionen zu behalten. Aber er konnte sie nicht einfach verschwinden lassen … er musste Lupo zu seiner Wohnung führen, und gleichzeitig musste er die beiden Halunken so lange wie möglich und so weit wie möglich von ihm fortlocken.

Mein Gott, war er müde.

Inzwischen war Gary nur noch zwei Häuserblocks von Eddies Tür entfernt. Er sah nach hinten, um sich zu vergewissern, ob Lupo ihm noch folgte.

Und Lupo folgte ihm. Doch auch dem Wolfsmann folgte jemand und holte immer weiter auf. Ein großer Blonder mit gebrochener Nase. Der vierte Entführer.

Wie zum Teufel …? Doch dann fiel Eddie ein, dass der glatzköpfige Gangster telefoniert hatte, kurz nachdem Lupo davongerannt war. Gary lief schneller und hoffte, dass Lupo Schritt hielt.

Doch selbst wenn er es tat … sie liefen nun alle direkt auf Eddies Wohnung zu. Er brauchte Hilfe, und zwar schnell. Wenn er doch nur Zip mit im Spiel hätte … Würde er vier Figuren gleichzeitig steuern können?

Eddie machte die Augen auf und griff zu seinem Skizzenblock.

Es war nicht einfach, Zip zu zeichnen, während sich seine anderen Figuren bewegten. Doch schließlich materialisierte sich der hyperaktive Hamster auf dem Küchenboden. Er schüttelte sich, bevor er sich durch den Fensterspalt quetschte und quer durch die Stadt in Richtung Fort Freak davonschoss. Zip hatte keine Vorstrafen, und bei seiner Geschwindigkeit konnte er plausibel behaupten, Zeuge der Vorgänge vor Eddies Haus geworden zu sein.

Vorausgesetzt, er konnte sich verständlich machen, und

vorausgesetzt, die Cops schenkten einem fußballgroßen, durchgeknallten Hamster mit piepsiger Maschinenstimme Glauben. Eddie musste darauf hoffen, dass die Polizisten in Jokertown bereit waren, Verbrechensmeldungen von allen möglichen Kreaturen zu berücksichtigen.

Dann wurde Eddies Aufmerksamkeit wieder auf Mister Nice Guy gelenkt, denn Narbenohr hatte ihn am Kragen gepackt. Auch Fischgesicht hatte ihn eingeholt und grinste gemein mit seinem Zähnegesicht. Elektrische Ladung knisterte …

… und der Gulloon, der die ganze Zeit über unbeaufsichtigt weitergestapft war, lief wie ein Rammbock in sie alle drei hinein. Er war nicht sehr schnell und wog eigentlich auch nicht viel, aber er war groß, sodass die Dreiergruppe wie ein paar Bowlingkegel umfiel.

Eddie nutzte die Gelegenheit, um sich wieder auf Zip zu konzentrieren, der eben in Fort Freak angekommen war. Selbst so spät in der Nacht war die Wache noch hell erleuchtet. Zip raste hinein, am Sergeant vom Empfang vorbei und ins Büro, wo er nach Beastie suchte oder nach Stevens oder …

Da! Detective Black!

»Franny!«, quiekte Zip und wedelte mit seinen kleinen Pfoten. Der Detective sah sich um, doch ging sein Blick über den Hamsterkopf hinweg. Zip steckte zwei Finger in den Mund und pfiff schrill, beinahe jenseits der Hörgrenze. »Hier unten, Blödmann!«

Damit hatte er Blacks Aufmerksamkeit.

»Die Entführer!«, plärrte Zip beinahe wie eine CD im schnellen Vorlauf. »Die Entführer! Sie jagen Lupo! Sie müssen sofort kommen!« Er nannte Eddies Adresse.

Und Mister Nice Guy sah nach oben und erblickte Fischgesichts Stiefel, der sich rasch auf seinen Kopf zubewegte.

Eddie fluchte und ließ sowohl Mister Nice Guy als auch

den Gulloon verschwinden. Vor Schmerzen fasste er sich an den Kopf, konzentrierte sich wieder auf Gary Glitch und den Wolf vor seiner Tür.

Gary hatte Eddies Wohnhaus eben erreicht. Mit großer Anstrengung zwängte er sich unter der Haustür hindurch und brach drinnen keuchend zusammen.

Lupo preschte heran. Mit beiden Fäusten hämmerte er gegen die Glastür, durch die er Gary sehen konnte. Eddies Finger schwebte über dem Summer. Was zum Teufel hatte er vor?

»Du Spannerarsch!«, brüllte Lupo, und seine Stimme drang nur gedämpft durch das dicke Sicherheitsglas. »Ich kriege dich, und wenn es das Letzte ist.«

Hinter Lupo entdeckte Gary den vierten Entführer.

Eddie drückte den Summer und ließ Gary von der Tür weg und die Treppe hinaufhasten.

Knurrend riss Lupo die Tür auf und stürmte hinter Gary her.

Gary hielt auf dem ersten Treppenabsatz ganz kurz inne und blickte zurück in der trügerischen Hoffnung …

… doch die Tür, die sanft zuging, fiel nicht klickend ins Schloss. Kurz darauf wurde sie ungestüm aufgestoßen, und man sah den großen Normalo. Lupo hörte das Geräusch hinter sich und drehte sich um.

Und dann wurde die ganze Szene in blaues und rotes Licht getaucht, und aus einer Flüstertüte schallte eine Stimme. »Sie da! An der Tür! Hier ist die Polizei! Bleiben Sie stehen und nehmen Sie die Hände hoch!«

Der Mann blieb im Türrahmen stehen, doch nahm er nicht die Hände hoch. Stattdessen wandte er sich um und rannte weg. »Halt!«, drang es aus der Flüstertüte. Doch die stampfenden Schritte hielten nicht inne. Die Blaulichter folgten ihm.

Für einen Augenblick war alles reglos und still. Dann

wandte sich Lupo wieder zu Gary um, der noch immer wie erstarrt auf dem Treppenabsatz stand. Der Wolfsmann fletschte die Zähne und ballte die Fäuste.

Eddie drückte auf den Knopf der Freisprechanlage. »Vergessen Sie ihn, Lupo!«, rief er. »Sie sollten vielmehr mit mir reden.«

Lupo sah sich um und entdeckte das Gitter des Lautsprechers hinter sich. Die Tür ging gerade zu. »Eddie?«

»Ja.«

»Sie kennen diesen Wichser?« Dass er Lupos kratzige Stimme einerseits mit Garys Ohren und, durch die Sprechanlage ein wenig versetzt wie ein Echo, auch mit den eigenen hörte, verstärkte die Schmerzen in Eddies Kopf.

»Sozusagen.« Eddie schluckte. »Bitte, hören Sie mich an.«

Lupo sah Gary mörderisch an, trat aber an die sich schließende Tür und stoppte sie mit dem Fuß. »Ich höre.«

»Sehen Sie, die Sache ist kompliziert, und ich bin alles andere als stolz, doch für den Moment ist entscheidend: Die Entführer sind real, und sie sind hinter Ihnen her. Aber mein … mein Freund hier« – er ließ Gary winken – »er hat Sie von ihnen fortgelockt, während einige meiner anderen, äh, Freunde die Gangster abgelenkt und Hilfe gerufen haben.«

»Und woher weiß ich, dass Sie nicht gemeinsame Sache mit den Entführern machen?«

»Hätte ich Franny dann Bilder gegeben, die genau so aussehen wie sie?«

»Öhh …« Lupo knurrte und wirkte unsicher.

Während Gary auf Lupo hinabsah, fragte Eddie, was zum Henker er hier eigentlich tat. Wie konnte er einen alkoholabhängigen Wolfsjoker in sein Haus lassen? Nur weil er manchmal für die Polizei arbeitete, war er kein Cop – er hatte nicht geschworen, jemandem zu dienen oder Schutz zu bieten.

Und dennoch … Lupo vor den Entführern zu retten hatte sich gut angefühlt. Nie hätte er sich träumen lassen, dass ein hässlicher, missratener Joker wie er einen solchen Einfluss auf die Geschicke nehmen konnte.

Und Lupo war zwar kein Freund, aber immerhin hatte er Eddie wie einen Menschen behandelt. Wieder drückte Eddie die Taste der Sprechanlage. »Ich schwöre, dass ich keiner der Entführer bin, Lupo. Aber sie sind immer noch da draußen.« Er nahm den Finger herunter, hielt kurz inne und drückte die Taste wieder. »Wenn Sie nach oben kommen, dann … Dann sind Sie bei mir eine Weile sicher, bis sich die ganze Angelegenheit klärt.«

Lupo blinzelte, und im grellen Neonlicht des Hausflurs glänzten Lupos große braune Augen. »Das würden Sie für mich tun?«

»Ja.«

Lupo dachte kurz darüber nach, dann trat er einen Schritt vor und ließ die Tür zufallen. »Okay.«

Gary führte Lupo hinauf zu Eddies Apartment. Lupo beäugte die kleine Comicfigur misstrauisch, folgte ihr jedoch schweigend, stapfte schwerfällig die Stufen hinauf. Erst jetzt kam Eddie der Gedanke, wie erschöpft Lupo nach der langen Jagd sein musste.

Die beiden gaben ja mal ein gutes Paar ab.

Schließlich standen die Comicfigur und der Joker vor Eddies Tür.

Eddie zögerte, der Messingtürknauf lag kalt in seiner Hand. Seit mehr als fünf Jahren hatte er keinen Menschen mehr in seine Wohnung gelassen.

Er drehte den Knauf.

♣♦♠♥

Galahad in Uniform

Teil 2

Apsara stolzierte in das Mannschaftsbüro. Alle Männer und auch ein paar Frauen hielten inne, um sie zu beobachten. Bei ihr war alles in Bewegung, die Hüften wiegten, das Haar schwang, die Brüste wippten. Letzte Nacht hatte sich dieser Vorbau gegen Frannys nackte Brust gedrückt, ihr Haar hatte sich genauso um ihn geschlungen wie ihre Arme. Franny war froh, dass der Schreibtisch seine unwillkürliche körperliche Reaktion verbarg. Es war, als wäre er wieder sechzehn. *Wenn das so weitergeht,* dachte er, *krieg ich Pickel und komme in den Stimmbruch.*

Als sie näher kam, bemerkte Franny, dass ihr schönes, ovales Gesicht Sorge und Aufregung ausdrückte und ihre Augen weit offen standen. Franny wollte seufzen, kämpfte aber dagegen an. Anscheinend machte ihr ihr Phi – auch als ihre lächerliche Wild-Card-Gabe bekannt – mal wieder Probleme. Sobald sie nah genug heran war, dass er es sehen konnte, füllten sich ihre dunklen Augen mit Tränen. Sie war die einzige Frau, der er je begegnet war, die weinen konnte und dabei immer noch gut aussah. Keine rote Nase, kein Rotz auf der Oberlippe. Franny machte sich auf die heranbrandende Krise gefasst.

»Frank.« Seit sie sich trafen, nannte sie ihn nicht mehr Franny. »Ich muss mit dir reden. Irgendwo, wo wir unter uns sind.« Ihre Stimme zitterte ein bisschen, und ihr Zynismus wich echter Besorgnis. Vielleicht war tatsächlich etwas Ernstes passiert.

Er führte sie nach draußen, denn in der Wache gab es keinen Ort, wo sie wirklich unter sich gewesen wären. Sie setzten sich auf die Bank einer Bushaltestelle. Franny drehte sich zu ihr herum. »Okay, Liebling, was ist los?«

»Meine Eltern«, heulte sie. »Sie kommen mich besuchen.«

Franny blinzelte verwirrt und fragte: »Ist das nicht gut? Du hast gesagt, dass du deine Eltern gern hast.«

Sie nickte energisch, sodass Tränen von ihren unverschämten Wimpern geschleudert wurden. »Das tu ich auch, aber ich habe ihnen erzählt, dass ich Polizistin bin.«

»Nun, du bist ja auch eine Art Polizistin. Ich meine, du arbeitest auf dem Revier.«

»Nein, eine richtige Polizistin. Eine *dekorierte* Polizistin. Mit Marke. Und Uniform. Und einer Waffe.«

Kurz starrte Franny sie verblüfft an. »Warum? Warum hast du das gemacht?«

»Weil sie mich so sehr lieben und stolz auf mich sind und ich nichts getan habe, um das zu verdienen. Wenn sie herausfinden, dass ich nur im Archiv arbeite, dann werden sie sich zwar nichts anmerken lassen, aber sie werden enttäuscht sein, und … und das kann ich einfach nicht ertragen.« Ihre Stimme brach mit einem leisen Schluchzen weg. Instinktiv umarmte Franny sie und tätschelte ihr den Rücken, während sie weinte.

»Okay, diese Eltern-Kind-Sache raffe ich ja, ich habe ja auch ein Problem, weil mein Vater ein berühmter Cop war, aber ich verstehe nicht, was ich damit zu tun habe.«

Als wäre ein Hahn zugedreht worden, versiegten die Tränen. Apsara richtete sich auf und ergriff seine Hand. »Also, ich habe in einem Kostümverleih eine Uniform geliehen und aus dem Lager eine alte, abgelegte Marke genommen. Ich habe ein paar freie Tage beantragt, und du könntest dasselbe tun, sodass wir ein Team abgeben und meine Eltern herumführen könnten, so wie sie es letztes Jahr gemacht haben, als dieser Hollywoodschauspieler in der Stadt war«, schloss sie ihre Ausführungen hastig.

Franny zog seine Hände zurück und hielt sie mit den Handflächen nach außen. »Halt, halt, halt. Erstens kann ich gerade nicht freinehmen. Ich hab so schon genug am Hals, und ich werde nicht meine Uniform wieder auskramen, um mit einer in Polizeidingen unbeleckten Archivarin und zwei Zivilisten durch die Straßen zu patrouillieren. Da hätten wir gute Chancen, gefeuert zu werden, wir beide, und dass uns was passiert, uns allen. Und hast du mit diesem Schauspieler nicht geschlafen?«, fügte er hinzu, denn die Eifersucht machte ihn nachtragend, obwohl sie damals noch gar nicht zusammen gewesen waren.

»Und wenn schon? Damals war ich mit Moleka zusammen, nicht mit dir, deshalb sollte dich das nicht kümmern.«

»Es ist das Muster, Apsara, das mich stört.«

Der Bus röchelte heran und hielt mit quietschenden Bremsen vor ihnen an. Vier Joker plumpsten, krochen und sprangen heraus. Die Türen blieben offen, und dann brüllte der Fahrer: »Steigt ihr jetzt ein oder nicht?« Sie schüttelten die Köpfe. »Dann macht die Scheißbank frei!« Ratternd gingen die Türen zu, und der Bus fuhr weiter und hüllte sie in eine Wolke Dieselabgase. Apsara und Franny verzogen sich hustend.

»Dann hilfst du mir also nicht«, sagte sie, als sich ihr Husten wieder beruhigt hatte.

»Wenn du mit helfen meinst, dass ich mit dir und deinen Eltern Räuber und Gendarm spiele, dann nein, dann werde ich dir nicht helfen.«

»Wirst du mein Geheimnis wenigstens nicht verraten?«

»Willst du wirklich in dieser Uniform herumtanzen?«

»Ja.« Sie sagte es trotzig, eine klare Herausforderung.

»Du weißt, dass es strafbar ist, sich als Polizistin auszugeben«, sagte er, noch immer kampflustig, aber schon ein bisschen kraftloser.

»Ich werde ja niemanden verhaften. Ich werde die Uniform nur zum Abendessen tragen, und wir bleiben weit außerhalb von Jokertown, sodass niemand uns sehen wird.« Sie hielt inne und sah zu ihm auf mit großen, bettelnden Augen, und die Winkel ihrer vollkommenen Lippen sackten nach unten. »Bitte, Frank, lass mich sie stolz machen.«

»Ich weiß nicht, und wieso brauchst du eigentlich mich dafür?«

»Damit du über die ganzen Fälle sprichst, die ich gelöst habe. Wenn du mit ihnen ankommst, dann sieht es nicht so aus, als würde ich angeben.«

»Und was für Fälle sind das … genau?«

»Nun, zunächst war da mal der Stripper, und da würdest du nicht einmal lügen, denn ich habe dir geholfen, den Typen zu schnappen.«

Er mochte es gar nicht, daran erinnert zu werden. Kurz nachdem er angefangen hatte, im Revier zu arbeiten, hatte er den Fall eines Teenagerasses gelöst, dessen Gabe darin bestand, die Kleider von Leuten verschwinden zu lassen, indem er ihnen eine Kusshand zuwarf. Bruce Cordova. So hatte er geheißen. Die anderen Jungs auf der Wache hatten es total witzig gefunden, Bruce jeden verdammten Tag aufs Neue zu bitten, Frannys Kleider verschwinden zu lassen. Es war wirklich witzig gewesen … für sie.

Und Apsara hatte tatsächlich geholfen, den Stripper zu schnappen. Sie hatte den unwiderstehlichen Köder auf der Straße gespielt. Allerdings hatte Franny an jenem Tag nur einen winzigen Blick auf ihre natürliche Ausstattung erhascht, weil er zu sehr damit beschäftigt gewesen war, Bruce festzunehmen. Jetzt sah er jene natürliche Ausstattung freilich fast jede Nacht. Er spürte, dass es sich zwischen seinen Beinen regte. Apsara sah seine anschwellende Erektion. Sie lächelte durchtrieben und drückte sich an ihn. »Bitte, Frank.«

Sein Widerstand brach zusammen. »Na, okay, aber Gott steh mir bei, wenn du anfängst, dich wie eine richtige Polizistin zu benehmen …«

»Oh, danke, danke. Du bist der Beste.« Sie ließ Küsse auf sein Gesicht herabregnen. Schließlich nahm er ihre Lippen mit seinen gefangen, und sie küssten sich lange und innig, bis die Pfiffe und Buhrufe der Passanten sie wieder auseinandertrieben.

♣ ♦ ♠ ♥

Straßenkadaver

von Walter Jon Williams

Gordon wünschte, er hätte mehr Zeit, die Leiche zu untersuchen. Nicht nur, um herauszufinden, wer das Opfer getötet hatte, sondern auch um zu sehen, wie der Joker zusammengesetzt war.

Zum Beispiel sah es so aus, als wären an den Armbeugern noch zusätzliche Ansatzpunkte – neben den beiden normalen am Schulterblatt noch ein kräftigerer an einem scheibenartigen, rotierenden Knochen, von dem ein hässlicher, zehn Zentimeter langer Sporn herausragte, der wiederum irgendwie über dem Oberarmknochen zu schweben schien. Wenn sich der Bizeps zusammenzog, wurde nicht nur der Unterarm gehoben, sondern der Sporn würde nach vorn gedreht, als würde er auf einen Feind gerichtet. Wenn der Joker also, sagen wir einmal, eine Boxerhaltung einnahm, dann würde der Sporn nach vorn rollen, und er konnte seinen Gegner aufspießen, indem er ihn im Clinch mit den Schultern rammte. Oder er konnte einen Angreifer packen und zu sich heranziehen, und dabei würde der Gegner auf den Sporn gespießt.

Und wenn die Arme herabhingen, drehte sich der Sporn nach hinten, um den Kopf vor Überraschungsangriffen zu schützen, ob nun von hinten oder von der Seite.

An den Knien waren auch Sporne, diese sahen aber eher wie eine anatomisch einfache Erweiterung des Schienbeins aus. Einige Narben deuteten darauf hin, dass sich auch an den Fersen Sporne befunden hatten, doch diese waren irgendwann einmal amputiert worden, um ein normales Gehen zu ermöglichen.

Gordon glaubte, dass die Wild Card bei ihrer Aneignung der menschlichen Anatomie manchmal zu großer Schönheit, ja selbst zum Genius in der Lage war. Aber sie war auch in der Lage zu vergessen, dass jemand, der als Straßenkämpfer konzipiert war, vielleicht auch noch gehen musste.

Gordon hätte die Schulter nur zu gern seziert, nur um die Mechanik zu verstehen. Doch das gehörte nicht zu seinem Job.

Sein Job war es, die Todesursache festzustellen, hier im Obduktionsraum im Keller der Jokertown-Wache, in einem Raum, der nach Antiseptika und Kunststoffleichensäcken und dem Bitterkirschgeruch des Todes roch und in dem entstellte Leichen auf mit blaugrauem Porzellan überzogenen Stahltischen lagen und Polizisten auf und ab gingen, Kaffee aus Pappbechern tranken und auf Informationen warteten.

»Also«, sagte Detective Sergeant Gallo, »ist er an dem Unfall mit Fahrerflucht gestorben?«

Gallo hielt respektvollen Abstand zu der Leiche und blieb bei der Tür. Er wollte während der Autopsie zwar dabei sein, fühlte aber keinen Drang, sich direkt danebenzustellen und dem Pathologen bei der Arbeit zuzusehen. Vielleicht mochte er keine Leichen, dachte Gordon, oder vielleicht hatte er auch schon so viele gesehen, dass sie ihn nicht mehr interessierten.

Was Gordon von sich nicht behaupten konnte.

»Nein«, sagte Gordon. »Er war schon tot, als der Wagen ihn erfasst hat.«

»Der Wagen hat eine Leiche erfasst?«

»Der Wagen ist ziemlich außergewöhnlich«, sagte Gordon. »Es hat glatte Reifen – die Abdrücke auf dem Körper des Opfers und auf seinen Kleidern zeigen absolut kein Profil, keinerlei Muster.« Er sah Gallo blinzelnd an. »Was hat außer einem Dragster sonst noch glatte Reifen?«

Gallo zuckte mit den Schultern. Er war groß und breit, hatte dunkles Haar und blaue Augen. Sein rechter Arm hing in einer Schlinge und saß in einer durchscheinenden Fiberglasschiene. Nur den linken Arm hatte er in den Ärmel seiner schwarzen Lederjacke gesteckt, rechts hatte er sie nur über die Schulter geworfen. Seine Pistole steckte in der Schlinge, damit er leichter an sie herankam.

»Kann schon ein Dragster gewesen sein«, sagte er. »Aber er war nicht sonderlich schnell, als er auf das Opfer getroffen ist. Aber wenn das Opfer an den Folgen einer Schlägerei gestorben ist, dann hat es keinen Sinn, den Fahrer zu ermitteln.«

»Die Schlägerei ist nicht die Todesursache«, sagte Gordon. »El Monstro hat ihn nicht getötet.«

Gallo war verdutzt. »Wer?«

»El Monstro.«

Gallo gehörte zur New Jersey State Police und war nicht aus New York, deshalb hatte er wohl kaum eine Chance, El Monstro zu kennen. Eigentlich war der Joker jedoch kaum zu übersehen – beinahe zweieinhalb Meter groß, gehörnt und am ganzen Leib mit einem Panzer aus Chitinplatten bedeckt –, und an den Fingerknöcheln hatte er auch Platten, die unverkennbare Eindrücke hinterließen.

»Sein richtiger Name ist José Luis Melo da Conceição Neto«, sagte Gordon. »Ein Junge aus Brasilien, in Jokertown aufgewachsen. Vor circa vierzehn Monaten habe ich für ihn ausgesagt, da ging es um Tätlichkeit.« Mit einer Hand deutete Gordon auf die markanten blauen Flecken an den Oberarmen und dem Rumpf der Leiche. »El Monstro hat ziemlich eindeutig diese Schrammen hinterlassen. Niemand sonst hat solche Fäuste.«

Gallo griff zu seinem Notizbuch, balancierte es kurz in der

Hand, bevor er es auf einem der Tresen an der Wand ablegte. »Können Sie mir den Namen noch einmal sagen?«

Gordon wiederholte ihn. »Neto gehört eigentlich nicht zum Namen«, erklärte er. »Das bedeutet einfach nur ›Enkel‹ – Enkel des ursprünglichen José Luis Melo da Conceição.«

Gallo war nicht gewohnt, mit links zu schreiben, und er brauchte eine Weile für den Namen.

»Er war ein netter Junge«, sagte Gordon. »Jetzt müsste er so um die neunzehn sein. Hat mehrere Jobs, versucht, seine behinderte Mutter zu unterstützen und einen Abschluss an der NYU zu machen. Mir ist es gelungen, dem Gericht zu zeigen, dass er erst mindestens ein halbes Dutzend Schläge eingesteckt hatte, bevor er seinen Angreifer mit einem einzigen Schlag ins Koma geschickt hat. Der Angreifer war schon wegen Tätlichkeit und Raub auffällig geworden, und El Monstro kam davon.«

»Er kam bis ins Warren County«, sagte Gallo, »wo er diesen anderen Joker getötet hat.«

Gordon schüttelte den Kopf. »Nein«, sagte er. »Den hat er nicht getötet.«

Gallos Ton wurde aggressiv. »Wenn der Laster ihn nicht getötet hat und Ihr El Monstro ihn nicht zu Tode geprügelt hat, an was zum Henker ist er dann verreckt?«

Gordon hob den Blick von der Leiche. »Kreislaufstillstand«, sagte er.

Gallo starrte ihn ungläubig an. »Plötzlicher Kreislaufstillstand? Sie wollen mir weismachen, dass das Opfer an einem Herzinfarkt gestorben ist?«

»Kein Herzinfarkt. Herzstillstand aufgrund einer Aortenklappenstenose.« Gordon zeigte auf das Herz des Opfers, das in einem Plastikbehälter auf dem Tisch stand. »Seine Aortenklappe war so stark verengt, dass das Herz kein Blut mehr in die Aorta pumpen konnte. Dadurch hat das Herz immer schneller und schneller geschlagen, bis es zu einem Kammerflimmern kam, und dann …« Gordon machte eine undeutliche Geste. »Asystolie, kardiogener Schock, Kreislaufrückgang, Tod. Das geht ziemlich schnell, dauert manchmal nur ein paar Sekunden.«

»Was hat die, äh, Stenose verursacht?«

»Angesichts seines Alters war sie wahrscheinlich angeboren. Bei Männern kommt das öfter vor als bei Frauen.«

Zum ersten Mal trat Gallo an die Leiche heran und betrachtete sie nachdenklich. »Dann ist er also von diesem El Monstro vermöbelt worden.«

»Die Wunden wurden ihm vor dem Tod beigebracht, wenn auch nicht lange davor.«

»Und dann erleidet das Opfer einen Kreislaufstillstand und bricht tot auf der Straße zusammen, bevor er von einem Dragster überfahren wird?« Mit den Fingern seiner linken Hand fuhr er sich unter die Schiene und kratzte sich an der Rechten. Dann sah er auf. »Er könnte nicht aus einem Auto gestoßen worden sein oder so?«

»Keine Schleifspuren. Keine Schlitterspuren.« Gordon zuckte mit den Schultern. »Totenflecken waren noch keine entstanden, als der Wagen ihn erfasst hat, demnach wurde er weniger als zwanzig Minuten nach seinem Tod überfahren.«

Gallo schüttelte den Kopf. »Das ist die größte Pechsträhne in der Geschichte«, sagte er. Er grunzte angewidert. »Was hat er auf der Route 519 gesucht? Auf dem Land in New Jersey, um Himmels willen!«

Technisch gesehen war das Opfer gar nicht Gordons Angelegenheit. New Jersey verfügte über eigene Forensiker. Allerdings waren Joker im Norden von New Jersey nicht sehr häufig, und nachdem die verprügelte, überfahrene und bis auf Sportträger und Adidas-Trainingshose nackte Leiche gefunden worden war, hatte man sie nach Jokertown gebracht, um sie von einem Spezialisten untersuchen zu lassen.

Von Dr. med. Otto Gordon, bei seinen Kollegen als Gordon der Ghul bekannt.

Gordon rückte seine Brille zurecht. »Und Sie sind sicher, dass es in der Gegend keine Preisboxkämpfe gab?«, fragte er. »Cage Fights? Er ist kurz davor vermöbelt worden.«

»In der Gegend gibt's bloß Milchbetriebe. Wir haben nirgends größere Menschenmengen weggehen sehen, nichts Außergewöhnliches.«

»Fußspuren, Reifenspuren?«

»Nada. Und schon gar kein Hinweis auf jemanden wie El Monstro.«

»Nun.« Gordon zuckte mit den Schultern. »Lassen Sie mich die Leiche zumachen, dann können Sie ihn mitnehmen. Den Bericht schicke ich Ihnen, wenn er fertig ist.«

»Und ich setze mich mit dem NYPD in Verbindung, ob wir diesen Monstrotypen holen können.«

Gallo verabschiedete sich, um zu telefonieren. Gordon schloss den y-förmigen Autopsieschnitt, vergewisserte sich, dass die Plastikbehälter mit den Organen des Opfers richtig versiegelt und beschriftet waren, und dann rief er seine Assistentin, Gaida Hanawi, die ihm helfen sollte, die Leiche wieder in den Sack zu stecken, in dem sie gebracht worden war.

Gallo kam mit dem uniformierten Landespolizist zurück, der ihn von Warren County in die Stadt gefahren hatte. Gaida und der Polizist rollten die Leiche an ein paar überraschten hiesigen Cops vorbei auf die Laderampe hinaus. Die himmelblaue Jacke mit den auffälligen gelben Aufsätzen und die golden gestreifte schwarze Hose des Landespolizisten bildeten einen starken Kontrast zu den etwas strengeren dunkelblauen Uniformen des NYPD.

»Wie haben Sie sich eigentlich den Arm verletzt?«, fragte Gordon.

»Bin von einem Fahrzeug angefahren worden, als ich jemanden verhaften wollte«, sagte Gallo. Der Polizist aus New Jersey kicherte.

»Schnauze«, befahl ihm Gallo.

»Das war ein Skateboard«, sagte der Polizist. »Der Detective wurde von einem Kind auf einem Skateboard angefahren, und jetzt muss ich ihn überall hinkutschieren.«

»Leck mich«, sagte Gallo.

»Und der Kleine ist auch noch entkommen.«

»Leck mich noch mal.«

Sie gingen zur Laderampe und schoben die Leiche in das Fahrzeug des Sektionssaals von New Jersey. »Bin froh, wenn ich hier wieder weg bin«, sagte der Polizist. »Diese Joker sind mir unheimlich.«

»Moriarty«, sagte Gallo verärgert. Der Polizist sah ihn an. »Was denn?«

Gallo sah vielsagend zu Gordon hinüber. Der Polizist machte eine skeptische Miene und wandte sich an Gordon. »Sie sind kein Joker«, fragte er, »oder, Doc?«

Gordon dachte über die Frage nach, ehe er bedächtig lachte. *He, he, he.* »Wenn Sie das jetzt wüssten«, sagte er. Er kehrte in den Sektionsraum zurück, und während sich die Tür hinter ihm seufzend schloss, hörte er noch Gallos wütendes Knurren: »Meine Güte, Moriarty, der Kerl sieht aus wie eine Gottesanbeterin auf Stelzen, und Sie sagen, er wäre kein verdammter Joker!«

Gordon kehrte in seine Leichenhalle zurück und betrachtete sich im Spiegel. Groß, dünn, bucklig, dicke Brille unter kurzem, sandbraunem Haar. Gottesanbeterin auf Stelzen. Der war neu.

Im Sektionsraum wartete Detective Black auf ihn. Franny Black hatte dunkle Haare, sah ganz gewöhnlich aus und war jung – zu jung für seine Aufgabe, hatte Gordon läuten hören. Er war der Sohn von einem in Fort Freak legendären Polizisten, und er hatte im Department so ein Gewicht, dass man ein Dutzend Regeln über den Haufen geworfen und ihn viel zu früh zum Detective ernannt hatte.

Das hatte ihn bei seinen Kollegen ziemlich unbeliebt gemacht.

»Okay«, sagte Franny. »Nachdem Sie die Leute aus einem anderen Bundesstaat bespaßt haben, können Sie ja vielleicht mal das erledigen, wofür Sie eigentlich bezahlt werden, nämlich sich um die Leichen von diesseits des Hudson River zu kümmern.« Er schnaubte. »Wie sieht es denn mit meiner Dämonenprinzenleiche aus?«

Von Natur aus war Franny nicht so aggressiv, bildete Gordon sich zumindest ein – er schlug nur einen barschen Ton an, weil er hoffte, sich damit den Respekt zu verschaffen, den die meisten Cops ihm nicht zollen wollten. »Die Leiche aus Jersey könnte auch die Ihre sein«, sagte Gordon. »Sind Sie mal Pater Squids Liste der Vermissten durchgegangen?«

Franny blinzelte. »Haben Sie eine Kopie der Liste hier?«

»Nein. Pater Squid verteilt ständig Flyer, und Gaida wirft sie weg. Sie mag das Labor gern aufgeräumt.« Er hielt den Kopf schräg. »Aber«, sagte er und flatterte mit der Hand, »wenn in Jersey ein geheimnisvoller Joker auftaucht, dann muss er ja irgendwo herkommen.«

Franny schien ungeduldig zu sein. »Vielleicht«, sagte er. »Aber was ist mit dem Dämonenprinz?«

Gordon zeigte auf eine abgedeckte Leiche auf einer Rolltrage. Er hatte sie sich bereits angeschaut und festgestellt, dass ihre Wild-Card-Missbildungen sie zwar hässlicher, aber nicht notwendigerweise auch härter gemacht hatten. »Ich konnte Ihr Opfer bisher nur oberflächlich untersuchen«, sagte er. »Aber es sieht so aus, als hätte die Mordwaffe einen ovalen Querschnitt mit einer maximalen Weite von null Komma sieben fünf Zentimetern, die spitz zuläuft.«

»Wie ein Brieföffner?«, fragte Franny.

»Ich würde auf einen Stielkamm tippen.«

Franny runzelte die Stirn. »Okay«, sagte er.

»Ihr Täter ist zwischen einssechzig und einssiebzig groß und linkshändig. Weiblich. Rothaarig. Benutzt Shalimar.«

Franny kramte nach seinem Notizbuch. »Shalimar«, wiederholte er und notierte es sich.

»Ihr Opfer«, sagte Gordon, »hat kürzlich in einem südostasiatischen Restaurant gegessen – vietnamesisch, thailändisch, irgend so was. Grasen Sie die Restaurants in der Gegend ab, und Sie werden vermutlich jemanden finden, der ihn mit der Rothaarigen gesehen hat.«

Franny sah ihn verblüfft an. »Ich dachte, Sie hätten ihn nur oberflächlich untersucht«, sagte er. »Und jetzt kennen sie schon seinen Mageninhalt?«

Gordon schüttelte den Kopf. »Nein. Ich habe nur das Nuoc Nam gerochen, die Fischsauce.«

»Fischsauce«, kritzelte Franny in sein Notizbuch.

»Ziemlich gute Qualität übrigens«, sagte Gordon. »Aus Tintenfisch und nicht aus Anchovipaste. Ich würde erst mal in den höherpreisigen Restaurants nachsehen.«

»Wird gemacht.« Gordon hob das Laken, unter dem die bleiche Leiche mit ihren Tätowierungen und den Wild-Card-Schwielen hervorkam. »Sie können ja auch mal riechen, wenn Sie möchten. Machen Sie sich selbst ein Bild.«

Frannys Gesichtszüge verkrampften sich kurz. »Ich vertraue Ihnen da total, Doc.«

»Ich lasse Sie wissen, wenn ich sonst noch etwas finde.«

Die anschließende Autopsie brachte wenig mehr zutage als das Bùn Chá im Magen und einige Bandentattoos, die nicht überraschten, da das Opfer ein bekanntes Mitglied der Dämonenprinzen war. Die Frage für Franny war, ob der Mord etwas mit den Banden zu tun hatte oder in einem anderen Zusammenhang stand – und da Stielkämme nicht die bevorzugte Waffe der Werwölfe waren, vermutete Gordon eher eine persönliche Auseinandersetzung hinter dem Mord.

Gordon und Gaida zogen den Reißverschluss des Leichensacks wieder zu, schoben den Sack in die Kühlkammer, und dann war es Zeit zu gehen.

»Ich fahre heute nach Uptown«, sagte Gaida. Sie war aus dem Libanon eingewandert. Sie war eine Jokerin, und da man ihr die flügelförmigen Ohren entfernt hatte, trug sie das Haar lang, um die Narben zu verbergen. »Werde mir den *Don Giovanni* im Lincoln Center anschauen.«

»Viel Spaß«, sagte Gordon.

»Hast du Pläne fürs Wochenende?«

»Das Übliche.« Gordon zuckte mit den Schultern. »Werde an meiner Mondrakete arbeiten.«

Die Assistentin lächelte. »Dann viel Spaß dabei.«

»Oh«, sagte Gordon. »Den werde ich haben.«

♠

Gordon hatte gegenüber Sergeant Gallo nicht erwähnt, dass er in New Jersey ein Haus besaß, eine Blockhütte mit zwei Schlafzimmern direkt in Gallos Warren County. Dorthin zog Gordon sich an den Wochenenden zurück, um an seinem Raketenprojekt zu arbeiten. Obwohl Gordon alle Vorsichtsmaßnahmen einhielt und nichts Illegales tat, lagerte er auf dem Grundstück zugegebenermaßen große Mengen Treibstoff und Sprengstoffe, und deshalb war er der Meinung, je weniger Leute davon wussten, desto besser. Vor allem, wenn die fraglichen Leute zur Polizei gehörten.

Er nahm den Zug nach Hackettstown und holte seinen Kombiwagen vom Parkplatz beim Bahnhof. Auf der Fahrt zur Hütte entdeckte er ein schönes, frisch überfahrenes, totes Tier, einen Waschbären, der vielleicht sechs oder sieben Kilo wog. Nach dem langen Winter war er zwar ein bisschen mager, würde aber immer noch ein gutes Abendessen abgeben, wenn man ihn mit Maisbrot und Wurst füllte und mit einer Rotweinsauce zubereitete. Mit Chirurgenhandschuhen las er den Waschbären auf, stopfte ihn in eine Plastiktüte und verstaute diese im Kofferraum. In seiner Hütte angekommen, steckte er den Waschbären in den Kühlschrank. Er würde ihn morgen zubereiten, wenn Steely Dan ihn besuchen kommen würde, um ihm zu helfen, den Raketentreibstoff herzustellen.

♦

Als Steely Dan am Vormittag ankam, kochte der Waschbär in Salzwasser. Soweit Gordon wusste, war Dan der einzige Joker im Warren County, und er lebte hier auch nur, weil er Familie in der Gegend hatte. Steely Dan war klein, gedrungen, schwarz wie Ebenholz, glatt und glänzend, als bestünde er aus poliertem, geschwärztem Stahl. Er hatte keinerlei Körperbehaarung, war sehr kräftig, und sein Kopf hatte tatsächlich die Form einer Gewehrkugel. Kinder hielten ihn häufig für einen Roboter.

Er war bei der fünften Staffel von *American Hero* dabei gewesen, hatte aber nur zwei Folgen lang durchgehalten.

Dan war Automechaniker und steuerte wichtige Kenntnisse zu Gordons Raketenprojekt bei. Er hatte die Metallzellen gebaut, mit denen man künstlich Natriumperchlorat herstellen konnte, und er hatte aus einer alten Autobatterie die Bleidioden ausgebaut, was eine ziemliche Sauerei gegeben hätte, wenn Gordon es versucht hätte. Natriumperchlorat herzustellen war ganz einfach. Allerdings musste man anschließend alle rückständigen Chloride auf chemische Art vernichten, da sonst bei einem späteren Zusatz von Ammoniumchlorid ein sehr instabiles Gemisch zustande kommen würde. Das Oxidationsmittel, Ammoniumperchlorat, wurde durch einen Prozess der zweifachen Spaltung gewonnen und anschließend durch Auskristallisierung gereinigt. Und weil Natriumperchlorat durch die Haut aufgenommen werden konnte, mussten Gordon und Steely Dan Schutzanzüge tragen, auch wenn die Gefahr für die Schilddrüse nur gering war.

Gordon wusste nicht einmal, ob Steely Dan über eine Schilddrüse verfügte.

Am Ende des langen Nachmittags hatte Gordon eine stattliche Menge Ammoniumperchlorat, ein reines, weißes Pulver, aus dem man festen Raketentreibstoff machen konnte, wenn man es mit Aluminiumpulver und anderen Zusätzen mischte, eine Formel, die die Air Force für die Antriebe ihrer Hornet-Shuttles benutzte.

Die Arbeiten führten sie in der alten Scheune aus, in der es nach moderigem Heu und Nagerexkrementen roch. Am frühen Abend war das Ammoniumperchlorat sicher in Stahltrommeln verstaut und auf Handkarren in Gordons Lager geschoben worden, einem Blechschuppen aus Fertigteilen auf einer Wiese, ringsum eingerahmt von Erdwällen, die ein Nachbar mit seinem Bulldozer aufgeschoben hatte. Sollte sich mit dem Schuppen irgendein Unglück zutragen, würde die Wucht nach oben geleitet werden und nicht das Umland in Mitleidenschaft ziehen.

Und das war gut, wenn man bedachte, was Gordon dort aufbewahrte. Das Aluminiumpulver, das das Ammoniumperchlorat in eine explosive Mischung verwandeln würde. Kerosin. Sauerstoffcontainer. Syntin, mit dem die Russen ihren Serverantrieb ins All gebracht hatten. Hydrazin und Distickstofftetroxid, die in Kombination nicht nur explosiv waren, sondern auch hochgiftig.

Gordon hatte noch nicht so recht entschieden, mit welchem Treibstoff er in den Orbit gelangen wollte, deshalb hielt er sich alle Möglichkeiten offen.

♥

Der gefüllte Waschbär hatte zwei Stunden im Ofen vor sich hin gebrutzelt. Gordon briet neue Kartoffeln dazu an, und er hatte ein Pesto aus Wildem Lauch gemacht, das einzige heimische Gemüse in dieser Jahreszeit. Das Pesto servierte er auf Linguine mit einem scharfen Parmesan von einem der hiesigen Milchbetriebe. Zum Essen bot Gordon einen kräftigen australischen Shiraz an, den Steely Dan lieber in einem 0,33-Liter-Glas mit Eis mochte.

»Verdammt, Mann«, sagte Dan, nachdem er den Waschbär gekostet hatte. »Das ist krass. Schmeckt irgendwie wie Schwein, oder?« Seine Stimme klang ein wenig erstickt und beinahe komisch, jedenfalls passte sie nicht zu seinem beeindruckenden Äußeren.

»Ich finde, dass es eher nach Brisket schmeckt«, sagte Gordon. Er beugte sich mit dem Gesicht über den Teller und inhalierte den kräftigen Duft.

»Das esse ich zum ersten Mal«, sagte Dan. »Sollte meine Familie jemals Schädlinge gegessen haben, dann kann sich heute niemand mehr daran erinnern.«

»Ich mag es gar nicht, wenn man Tiere verderben lässt. Diese Lizenzen sind bescheuert.« In New Jersey brauchte man eine Lizenz, um überfahrene Tiere als Speisen zubereiten zu dürfen, und Gordon fand das ziemlich eigenartig. *Wer hat sich das bloß ausgedacht?*, fragte er sich. Und wer sollte so ein Gesetz durchsetzen?

»Also«, sagte Steely Dan und zählte an den Fingern ab. »Ich hatte hier schon Eichhörnchen, Opossum und Kaninchen.«

»Reh«, bemerkte Gordon. »Es gibt hier eine Menge überfahrener Rehe.«

Steely Dan zeigte mit der Gabel auf Gordon. »Gibt es etwas, was du nicht essen würdest?«

»Ratte. Die können die Weilsche Krankheit übertragen – und glaub mir, die will man nicht kriegen.«

»Von der Weilschen Krankheit habe ich noch nie gehört, aber ich glaub's dir.« Steely Dan trank einen großzügigen Schluck Shiraz.

Gordon kaute nachdenklich, und dann fiel ihm die Autopsie vom Vortag ein. Er sah Steely Dan an und sah seine Reflexion auf der glänzenden Haut des Jokers. »Kennst du andere Wild Cards hier in der Gegend?«, fragte er.

»Außer dir?«, fragte Steely Dan. Und nachdem Gordon ihn verständnislos anstarrte, setzte er hinzu: »Du bist doch eine Wild Card, oder?«

Gordon ging nicht auf die Frage ein und erzählte Dan von dem unbekannten Joker, den man hier in der Nähe auf der Straße gefunden hatte. Steely Dan war überrascht.

»Von hier nur ein Stück die 519 hinauf«, sagte Gordon.

»Das ist komisch«, sagte Steely Dan.

»Du hast nicht von irgendwelchen, sagen wir mal: Sportveranstaltungen mit Wild Cards gehört?«

»Im Warren County?« Steely Dan schüttelte den Patronenkopf. »Mann, das ist verrückt.«

»Mord ist nicht gerade etwas Rationales.«

Steely Dans glattes Gesicht verzog sich belustigt. »Im Gegensatz zu dem Versuch, sich in den Weltraum zu schießen«, sagte er.

Gordon grinste. Er hob sein Glas. »Ad astra«, sagte er.

♣

Gordon hatte sich seit seiner frühen Teenagerzeit amateurhaft mit Raketen beschäftigt. Er war ein Air-Force-Freak gewesen, und jeder Luftwaffenstützpunkt hatte einen Raketenmodellbauklub, in dem Gordon Gleichgesinnte fand. Er und seine Freunde hatten Raketen gebaut und Treibstoffe gemixt und nebenbei riesige Mengen an Science Fiction verschlungen, in erster Linie die Sachen, die schon seit Jahren – wenn nicht Jahrzehnten – in den Bibliotheken der Stützpunkte herumgestanden hatten.

Gordon erinnerte sich an George O. Smiths *Die Gedankenherrscher von Takis*, Leigh Bracketts *Reise nach Alpha C*, Dicks *Radio Freies Skait*, wobei »Skait« ein Anagramm von Takis darstellen sollte, zumindest laut Philip K. Dick. Allesamt Bücher, die die allgemeine Annahme teilten, dass es nur eine Frage der Zeit wäre, bis es den Wissenschaftlern der Erde gelang, die takisianische Sternenschifftechnologie zu duplizieren und eine freie Menschheit in die Galaxis hinauszuführen. (Allerdings stellte sich bei dem Roman von Dick am Ende heraus, dass die Menschen in Wahrheit madenähnliche Geschöpfe waren, die auf einem ausgebrannten Planeten herumtapsten, und dass die gesamte Menschheitsgeschichte nur eine Illusion war, die die bösen takisianischen Telepathen ihnen eingepflanzt hatten.) Die Beschreibungen der reibungslosen, effizienten takisianischen Technologie ließen Raketentechnik altmodisch aussehen, doch Gordon war bereit, sich mit dem zufriedenzugeben, was er erlangen konnte – zumindest solange ihm niemand ein Sternenschiff vermachte.

Gordon war sogar noch Mitglied in einem Amateurraketenclub, der American Rocket League, die jedes Jahr in der Wüste von Nevada ein großes Treffen veranstaltete, bei dem Antriebe abgeschossen wurden, für die man eine Treibstofflizenz des Bunds brauchte und die regelmäßig höher als achtzig Kilometer kamen, also bis an den Rand des Weltraums. Gordon war nicht der Einzige, der sich gern in den Orbit katapultieren wollte. Allerdings bildete er sich gern ein, er wäre seinem Ziel näher als all die anderen.

Tatsache war, dass die irdischen Physiker nicht in der Lage waren, takisianische Technologie zu entschlüsseln – trotz regelmäßiger Behauptungen, man hätte einen Durchbruch geschafft, am lautesten immer dann, wenn ein neues Haushaltsjahr anstand. Seit 1950 hatten Wissenschaftler versprochen, in spätestens zehn oder zwanzig Jahren eine Armada von Raumschiffen gebaut zu haben.

Zwischenzeitlich teilten sich die Air Force und ihr Space Command den irdischen Orbit mit dem unterfinanzierten russischen Weltraumprogramm. Alle handelten so geheim es ging, jeder spionierte den anderen aus, jeder platzierte Tausende Kommunikations- und Aufklärungssatelliten, jeder hatte womöglich Waffen im erdnahen Orbit oder auch nicht. Mond oder Mars oder irgendein anderes Ziel im Weltraum, das die Einbildungskraft der Schriftsteller des frühen zwanzigsten Jahrhunderts so sehr beschäftigt hatte, wurden nicht erforscht. Denn alle warteten auf ihr Sternenschiff. Und niemand bekam eines.

Allmählich sah es so aus, als wäre das Sonnensystem alles, was die Menschheit jemals erreichen würde. Und deshalb wirkten nun plötzlich die takisianischen Raumschiffe wie altmodische, kuriose Schimären, während Raketentechnik nach und nach die am meisten zeitgenössische zu sein schien. Da das Militärprogramm auf der Stelle trat, kamen die Innovationen im Raketensektor von Zivilisten. Inzwischen gab es sogar einen Preis, den Koopman X Prize, für das beste, billigste und praktischste Design.

Gordon sah sich als Außenseiter in dem Rennen, doch das waren die Brüder Wright auch gewesen. Und Jetboy. Manchmal war ein Außenseiter für Überraschungen gut.

♠

Der Sonntag war ein kühler, stürmischer Tag mit tiefen Wolken, die hastig dahinjagten und peitschenden Regen abwarfen. Steely Dan sammelte Gordon in seinem Pick-up ein, um nach Belvidere zu fahren, wo auf Gordon eine Lieferung wartete. Und zwar eine verkleinerte Version eines Aerospike-Hybridraketenantriebs, einen funktionsfähigen Prototypen eines größeren Antriebs, der nie gebaut worden war. Gordon hatte den Prototypen gekauft, als der Lieferant den Betrieb eingestellt hatte, nachdem das Air-Force-Projekt aufgegeben worden war.

Gordon gelangte allmählich zu der Überzeugung, dass Hybridraketen die Lösung seien. Ein Hybrid hatte einige Schwächen, doch die Aerospike-Variante würde das mehr als wettmachen. Er musste einen Weg finden, um mit dem neuen Antrieb statische Versuche durchzuführen, ohne dass dabei seine Hütte in Flammen aufging oder in die Luft flog. Er würde noch mehr Wälle errichten müssen. Oder vielleicht große Gräben. Und er musste HTPB besorgen oder welches machen …

Die Scheibenwischer gingen hin und her, und Gordon und Steely Dan besprachen auf der Fahrt nach Belvidere die technischen Details. Die niedrigen Berge um sie herum trugen Frühlingsgrün.

Ein angenehmer Aspekt des Landlebens in New Jersey war, dass die Dame, der die Spedition gehörte, bereit war, sonntags aufzumachen, damit Gordon seine Lieferung abholen konnte. Sie warf sogar ihren Gabelstapler an, um den Raketenantrieb auf die Pritsche von Steely Dans Dodge Ram zu laden. Zu dem Antrieb gehörten noch ein Haufen Leitungen und Elektronik, die separat verpackt waren, und Gordon und Steely Dan schnallten die Behälter rings um den Antrieb fest.

»Du hast die Pläne, oder?«, murmelte Steely Dan. »Selbst mit einer Bauanleitung ist das noch wie ein Puzzle.«

Nachdem die Fracht festgezurrt war, lud Gordon Steely Dan zum Lunch in einen Diner ein. Die anderen Gäste starrten sie an, denn die Leute hier waren keine Joker gewohnt. Da fiel Gordon wieder der tote Joker ein, den sie in der Nähe gefunden hatten. »Lass uns mal die Stelle anschauen, wo die Leiche gefunden wurde«, sagte Gordon.

Er wusste die Stelle nur ungefähr, aber es gab ohnehin nicht viel zu sehen – genau, wie Gallo gesagt hatte, gab es in der Gegend fast nur Milchbetriebe, Wälder und baumbestandene Bergkämme. Holstein-Rinder ließen den Niesel entweder über sich ergehen, oder sie drängten sich unter Dächern zusammen. Nach einer Kurve kam eine andere Anlage in Sicht, und Steely Dan fuhr langsamer, ohne dass Gordon es ihm sagen musste.

Es waren einige lange, niedrige Gebäude, manche neu, manche älter und womöglich umfunktioniert. An hohen Masten hingen Scheinwerfer. Das Areal war mit abweisenden, vier Meter hohen Maschendrahtzäunen umgeben, die von dichten Spiralen aus NATO-Draht bekränzt waren.

Der Ort wirkte sicherer als manches Gefängnis, das Gordon schon gesehen hatte. »Fehlen nur noch Wachtürme in jeder Ecke«, sagte Steely Dan.

Außen war kein Schild angebracht, es handelte sich also um kein Unternehmen, das nach außen Werbung machte. Von der Straße führte ein fünfzig Meter langer Schotterweg zum Tor, und daran erkannte Gordon ein kleines Blechschild.

»Fahr hier mal ran«, sagte Gordon.

Steely Dan hielt den Wagen am Eingang der Zufahrt an. »Bist du dir sicher?«, fragte er.

»Ja. Was sollen sie schon machen? Mich verhaften?«

»Die könnten uns mit Baseballschlägern verprügeln.«

Der Schotter knirschte unter den Reifen des Rams, als Steely Dan auf das Tor zufuhr. Er bremste ab, und Gordon stieg aus und sah sich das Ganze an.

Der kalte Wind ließ seine Jacke auf dem Rücken flattern. Er hörte Hunde bellen. Es roch nach nassen Tieren. Gordon betrachtete das rostige Schild am Tor.

IDS
HUNDEZUCHT
UND ABRICHTUNG
EINHEIT #1

Gordon hatte keine Ahnung, wer oder was IDS war. Außen am Tor hing eine Art Gummihupe, von der ein Kabel zum nächsten Gebäude ging. Gordon quetschte den Gummiball zusammen, und von drinnen hörte er ein metallisches Klappern. Gleichzeitig erschallte ein Chor von Gebell.

Hinter ihm wurde eine Tür zugeschlagen – Steely Dan war ausgestiegen. Sein Patronenkopf steckte tief in seiner Jacke, und sein Blick glitt nervös hin und her.

»Was hast du vor?«, fragte er.

»Ich erzähle ihnen, dass ich einen Welpen will«, sagte Gordon.

»Ja«, sagte Steely Dan, »das werden sie ganz sicher glauben.«

Ein Mann kam aus dem Gebäude. Er war groß und sah finster drein. Er wirkte durchtrainiert und trug grün-braune Tarnklamotten und Militärschnürstiefel. Das einzige Kleidungsstück, das nicht so wirkte, als wäre es vom Staat gestellt worden, war ein breiter Cowboygürtel mit einer Schnalle in Form eines Langhornbullenkopfs.

»Ja«, sagte der Mann. »Brauchen Sie was?«

Erstaunt vernahm Gordon den osteuropäischen Akzent des Mannes. »Sie züchten Hunde, nicht wahr?«, fragte Gordon. »Ich trage mich mit dem Gedanken, mir einen anzuschaffen.«

Der Mann gab keine Antwort. Sein Blick wanderte von Gordon zu Steely Dan, dann wirkte er plötzlich nachdenklich.

»Sie verkaufen doch Hunde, oder?«, setzte Gordon nach.

Der Blick des Mannes wich nicht von Steely Dan, während

er antwortete: »Wir züchten und richten Hunde ab fürs Militär, die Polizei, den Zoll und Grenzwachen«, sagte er. »Wir verkaufen nur an staatliche Einrichtungen.«

»Okay«, sagte Gordon. »Tut mir leid, dass ich Sie belästigt habe.«

Der Mann zeigte auf Dan. »War der nicht im Fernsehen? *American Hero*?«

»Ja, das stimmt.«

Der Mann reckte die Faust und ließ Muskeln sehen. »Sehr stark, ja?«

Gordon nickte. »Ja. Sehr stark.«

Dann sagte der Mann nichts mehr. Gordon und Steely Dan kehrten zum Wagen zurück, fuhren rückwärts auf die Straße hinaus und steuerten Gordons Hütte an. Der Mann blieb hinter dem Tor stehen und ließ sie die ganze Zeit über nicht aus den Augen.

◆

Am Montagmorgen war nur eine Jokerleiche in der Leichenhalle, eine stinknormale Schießerei, und Gordon stieg die Treppen hinauf, um bei Harvey Kant, dem mit dem Fall betrauten Detective, eine Kopie des Autopsieberichts abzuliefern.

Kant war der älteste Detective im Revier und war schon mindestens vierzig Jahre hier. Sollte ihn jemals jemand darauf hingewiesen haben, dass es Zeit für ihn war, in den Ruhestand zu gehen, dann hatte er es nicht beherzigt. Gerüchten zufolge hatte er etwas oder einiges gegen ältere Mitarbeiter des Departments in der Hand, weshalb er so lange bleiben konnte, wie er wollte.

Kant war braun, hatte Schuppen und sah aus wie ein extrem wettergegerbter Dinosaurier. Er trug einen ausgefransten Gabardineanzug mit hohem Polyesteranteil und roch stark nach Zigarren. Die Autopsiefotos beachtete er gar nicht, sondern sah nur kurz auf den Bericht, bevor er beides in die Mappe zurücksteckte und auf den Tisch warf. Da er einen Detective-Rang innehatte, der dem eines Sergeanten entsprach, sagten die meisten Polizisten »Lou« zu ihm.

»Neun Millimeter«, sagte er. »Passt zu der Sig, die am Tatort gefunden wurde.« Er machte ein Geräusch, das eine Kreuzung aus Knurren und Husten war. »Wieder so eine verdammte Drogenschießerei«, sagte er. »Dem werde ich wieder tagelang hinterherrennen.«

»Hey, Doc!« Franny Black ging lächelnd durch das Büro. Er hatte einen durchsichtigen Plastikkaffeebecher vom Café Mussolini ein Stück die Straße runter in der Hand.

»Ich wollte mich noch für die Beschreibung bedanken, die Sie mir letztens gegeben haben«, sagte er. »Eine rothaarige, einssiebzig große Frau?«

»Haben Sie sie gefunden?«, fragte Gordon.

»Klar. Sie war Kellnerin im dritten vietnamesischen Restaurant, das ich aufgesucht habe. Und ich bin froh um den Tipp, dass sie Linkshänderin war, denn ich habe ihre linke Hand beobachtet, als sie einen Stielkamm aus ihrer Tasche gezogen hat und damit versuchte, mich zu erstechen.«

»Freut mich, dass Sie nicht auf meinem Tisch gelandet sind«, sagte Gordon.

»Ja, Franny.« Das war der hauchdünne Detective McTate, bekannt als Slim Jim, der Franny in das Büro gefolgt war. »Du bist ein Glückspilz durch und durch. Der Doc hier liefert dir die genaue Beschreibung der Täterin, und du kassierst die Lorbeeren für den gelösten Fall.«

Franny wurde rot. Dafür, dass er ein Cop war, wurde er ziemlich schnell rot, dachte Gordon.

»Wie läuft die Suche nach El Monstro?«, fragte Gordon.

»El Monstro? Der ist verschwunden.« Franny zuckte mit den Schultern. »Ich habe keine Ahnung, wie ein zweieinhalb

Meter großer Joker einfach verschwinden kann, aber das ist anscheinend passiert.«

»Die Familie?«

»Seine Mutter sitzt im Rollstuhl und spricht kein Englisch. Der Vater ist tot.« Frannys Blick verengte sich. »Aber die Schwester verbirgt etwas.«

»Aber nicht ihren Bruder?«

»In dem winzigen Apartment jedenfalls nicht, nein.«

Kant beäugte Frannys Kaffee. »Was trinkst du da, Fran?«

»Geeisten Pfefferminzmacchiato«, sagte Franny völlig unschuldig.

»Ja.« Kant nickte. »Wir Männer von der Kriminalpolizei mögen halt unseren Pfefferminzmacchiato.«

Franny errötete noch mehr und wandte sich an Gordon. »Trotzdem danke«, sagte er und zog sich in Richtung der Toiletten zurück.

Kants lippenloser Mund verzog sich zu einem Grinsen, während er Frannys Rückzug beobachtete. Dann sah er Gordon an. »Manchmal sind die Infos, die Sie uns zuschustern, unheimlich«, sagte er. »Manchmal aber auch nutzlos.« Er schnappte sich die Mappe mit dem Mord vom Wochenende. »Ich meine, ja, ich weiß auch selber, dass der Kerl erschossen wurde, vielen Dank auch. Und manchmal …« Er schüttelte den Kopf. »Erinnern Sie sich, als Sie mir mal gesagt haben, der Täter wäre zwei Meter groß und mit einem Prügel bewaffnet?«

Slim Jim grinste. »Die Geschichte habe ich noch nicht gehört«, sagte er.

»Ich habe nach einem verdammten Neandertaler gesucht«, sagte Kant.

»Ich habe den Tatort nicht gesehen«, erklärte Gordon. »Niemand hat mir gesagt, dass …«

»Ja, die Leiter«, sagte Kant. »Der Täter war nur einsfünfzig groß und hat das Opfer getötet, indem er eine Bowlingkugel von der Leiter hat fallen lassen.«

Slim Jim lachte laut.

»Hätte man mir die Fotos vom Tatort gezeigt«, sagte Gordon, »hätte ich die Leiter gesehen.«

»Ich habe zehn Tage lang nach einem Terminator gesucht«, sagte Kant. »Doch stattdessen hätte ich nach einem Munchkin suchen sollen.«

»Wenn ich nicht alle Informationen bekomme«, sagte Gordon, »kann ich nicht …«

Er blickte auf und sah eine Gruppe uniformierter Polizisten ins Büro kommen, um Kant von ihren Ermittlungen im unmittelbaren Umfeld des Tatorts zu berichten. Unter ihnen erkannte er Dina Quattore, das telepathische Ass, das zur Polizeihundeabteilung gehörte.

Oh, dachte er. *Das müsste funktionieren.*

♥

»Sind Sie jetzt zum Ermittler geworden?«, fragte Dina Quattore. »Vielleicht sollte ich Ihnen so einen bescheuerten Sherlock-Holmes-Hut kaufen.«

Sie saß in Gordons Volvo-Kombi, und sie fuhren zu der Hundezüchterei. Dina war New Yorker Polizistin von Fort Freak, eine kleine, dralle Frau mit schwarzen Locken. Gordon hatte sie dazu überredet, ihn an ihrem freien Nachmittag zu begleiten, und sie trug keine Uniform, sondern Jeans und eine bauschige Nylonjacke, die die Pistole an ihrem Gürtel verbarg.

»Diese Einrichtung hat mich einfach neugierig gemacht«, sagte Gordon. »Sie behaupten, sie würden Hunde abrichten, aber ich glaube, dass dort noch andere Sachen abgehen.«

»Was für andere Sachen?«, fragte Dina.

»In der Nähe wurde ein Joker tot aufgefunden.«

»Aha«, sagte Dina. »Doc, Sie bekommen auf jeden Fall den Sherlock-Holmes-Hut.«

Gordon bewegte sich eindeutig außerhalb seiner Sphäre. Entgegen dem, was man im Fernsehen sah, konfrontierten Pathologen, Profiler, Spurensicherer und andere Spezialisten keine Verdächtigen, nahmen nicht an Autoverfolgungsjagden teil und ließen sich nicht auf Schießereien ein. Gordons Aufgabe war es, Autopsien durchzuführen. Manchmal rief man ihn auch an einen Tatort, manchmal musste er vor Gericht aussagen, manchmal hörte er von einer Verhaftung, und oft erfuhr er überhaupt nicht, wie es um einen Fall gerade stand. Seine ganze Konzentration war normalerweise auf den Obduktionssaal gerichtet.

Aber ihm war nun mal aufgefallen, dass es hier im Warren County ungeklärte Rätsel gab. Die Jokerleiche war eines, die IDS-Einrichtung ein anderes. Vielleicht gehörten die beiden zusammen.

Er hatte sich nach IDS erkundigt. Es gab keine Webseite, keine eingetragene Telefonnummer. Sie hatten eine Geschäftslizenz in New Jersey mit der Adresse der Einrichtung.

Es war nicht einmal klar, wofür IDS stand.

»Außerdem«, sagte Gordon, »war der Typ da ein Russe oder so was.«

Dina kicherte. »Ich hoffe, dass ich ein paar Lorbeeren abbekomme, wenn Sie den Spionagering auffliegen lassen.«

»Schauen Sie es sich einfach an«, sagte Gordon. »Und dann sagen Sie mir, dass damit alles in Ordnung ist.«

Als sie sich dem Areal näherten, fuhr er nur noch Schrittgeschwindigkeit. Dina sah schweigend zum Fenster hinaus, wo die Gebäude vorbeiglitten. »Verlassen Sie die Straße, sobald wir außer Sicht sind«, sagte sie plötzlich sehr ernst.

»Was bekommen Sie rein?«

Dina schüttelte den Kopf. Die Augen hatte sie vor Konzentration geschlossen. Gordon fuhr weiter, bis das Areal von einer Gruppe Silberahorn verdeckt war. Dann bog er auf den Seitenstreifen und hielt an. Dina führte Gordon über einen Straßengraben, der nach dem letzten Regen noch teilweise mit Wasser gefüllt war. In der feuchten, kühlen Luft lag der Duft von Frühlingsblumen. Gordon und Dina gingen langsam zwischen den Bäumen hindurch, bis sie das IDS-Anwesen sehen konnten. Dina neigte den Kopf, und ihr Gesicht war vor Konzentration angespannt.

Gordon wusste, dass Dina Telepathin war. Sie konnte aus der Entfernung Gedanken lesen.

Aber keine menschlichen, sondern nur die von Hunden. Deshalb arbeitete sie für die Polizeihundeabteilung. Die Abteilung für Öffentlichkeitsarbeit des NYPD hatte sie »K-10« getauft, doch alle anderen nannten sie Dina.

Wasser troff an Gordons Kragen herab, während er wartete. Dann richtete sich Dina auf und schüttelte den Kopf. Sie tippte sich an die Nase. »Wissen Sie, was ich rieche?«, fragte sie. »Semtex.«

»Plastiksprengstoff.«

Dina nickte in Richtung des Grundstücks. »Sie richten gerade Sprengstoffspürhunde ab«, sagte sie. »Andere Hunde werden dazu abgerichtet, Drogen aufzuspüren.« Sie schüttelte den Kopf. »Mann, der Stoff muss zwanzig Jahre alt sein, ist ein Wunder, dass sie die Hunde nicht auf Schimmel abrichten.« Sie ging in Richtung Auto zurück. »Keiner der Hunde wirkt unglücklich, und keiner wird misshandelt. Und wenn sie hier Sprengstoffe und Drogen haben, um die Hunde abzurichten, dann erklärt das den Hochsicherheitszaun.« Sie sah zu Gordon zurück und lachte. »Tut mir leid, dass ich Ihre Detektivfantasien zerstöre.«

Gordon zuckte mit den Schultern. »Es ist besser, wenn man es weiß«, sagte er. Er machte ihr die Beifahrertür auf. »Abendessen geht auf mich«, sagte er.

Dina wollte gerade einsteigen, zögerte dann aber. »Ohne Sie beleidigen zu wollen, Doc«, sagte sie. »Aber soll das heißen, dass Sie kochen?«

Gordon zwinkerte ihr zu. »Klar.«

Dina sah Gordon irritiert an. »Sie wissen aber«, sagte sie, »dass mein Geschmack letzten Endes ziemlich konventionell ist.«

»Wild ist bio«, sagte Gordon. »Und mager. Freilaufend. Das ist besser als alles, was Sie im Supermarkt kriegen.«

In Dinas Blick trat ein dickköpfiger Ausdruck. »Doc«, sagte sie, »ich habe Ihr Chili gegessen.«

Gordon gab klein bei. »Ich lade Sie in ein Restaurant ein.«

Dina strahlte freudig. »Danke.«

Er fuhr mit ihr zu einem Restaurant in Belvidere mit Blick auf den Delaware. Er wusste nicht, ob sie eine Kohlenhydratdiät machte oder ob ihr Appetit mehr der eines Hundes als der eines Menschen war, doch wurde er Zeuge, wie sie ein Vierhundert-Gramm-Ribeye verschlang und dabei nur wenige Bissen vom Salat und der Backkartoffel anrührte.

Ihr Gespräch verlief angenehm professionell und drehte sich um seltsame Verbrechen und seltsame Autopsien. Ein älteres Paar am Nachbartisch bat um einen anderen Platz, als Dina anfing, einen Kadaver zu beschreiben, den einer ihrer Hunde entdeckt hatte.

Gordon stellte fest, dass ihm Dinas Gesellschaft gefiel. Sie war eine attraktive junge Frau, und er war weit davon entfernt, gegen ihre Reize immun zu sein.

Er nahm an, dass die meisten Männer sich fragen würden, wie Dina wohl nackt aussah. Gordon stellte sich diese Frage jedoch nicht, einfach weil er die Antwort schon kannte. Er hatte mehr nackte Frauen aller Größen, Altersklassen und Formen gesehen als jeder noch so erfolgreiche Casanova. Für ihn gab es keine Geheimnisse mehr – nicht einmal die Todesursache, denn die fand er stets heraus.

Dass der Großteil der Frauen, mit denen er es zu tun hatte, tot war, verschaffte ihm bei den lebenden Frauen einen gewissen gesellschaftlichen Nachteil, aber nicht so sehr, wie landläufig angenommen wurde.

Schönheit verging nicht mit dem Tod. Der menschliche Körper war ein Wunderwerk an komplexem Design, das extrem optimierte Produkt von Millionen Jahren der Evolution. Seine Morphologie beinhaltete Membrane, die so fein waren wie ein Spinnennetz, ein so leistungsfähiger und dauerhafter Muskel wie das Herz, ein System so unscharf und vergänglich wie das Lymphsystem. Der Bewegungsapparat war eine Apotheose der Komplexität, denn das Zusammenspiel von Muskeln und Knochen brachte alles hervor von den Leistungen eines Athletikweltmeisters bis zum Lächeln eines schüchternen Mädchens.

Der menschliche Körper war so abwechslungsreich und wundervoll wie die Oberfläche eines Planeten.

Die Wild Card vergrößerte dieses Wunder nur noch: Manchmal waren ihre Improvisationen brillant, manchmal einfach nur chaotisch. Sie untergrub jede einzelne Zelle – oder entwickelte sie weiter. Oder beides.

Einen guten Teil seines Berufslebens verbrachte Gordon in einem Zustand der Ehrfurcht.

Nach dem Abendessen fuhr Gordon mit Dina im Zug nach New York zurück.

»Wissen Sie«, sagte sie, »im Revier denken alle, Sie wären ein Joker.«

Er sah sie überrascht an. »Glauben Sie das nicht?«

»Sie waren schon in der Nähe meiner Hunde«, sagte Dina. »Die können Wild Cards normalerweise wittern. Meistens ist der Stoffwechsel auf irgendeine Weise verändert, sodass die Poren den Unterschied verraten.«

»Das habe ich selbst auch schon festgestellt«, sagte Gordon.

»Ich glaube, Sie sind einfach nur …« Sie lachte. »Dürr und sehr groß.«

Gordon nickte. »Gut beobachtet, Officer.«

»Und noch etwas«, sagte sie und klopfte ihm auf den Arm. »Sie geben einen miserablen Sherlock Holmes ab.«

Wahrscheinlich, dachte Gordon, *muss ich mich damit zufriedengeben, Wernher von Braun zu sein.*

Sie stiegen an der Pennsylvania Station aus und trafen dort auf die üblichen Menschenmassen: Pendler, Leute von der Straße und Zuhälter, die auf die Ankunft entlaufener Teenager aus Minnesota warteten. Gordon setzte Dina in ein Taxi. »Mal wieder ein Dinner?«, sagte er.

Sie lächelte zu ihm auf. »Ich glaube, ich brauche eine Sitzerhöhung, wenn ich Ihnen gegenübersitze«, sagte sie.

Er zuckte mit den Schultern. »Dann lass ich die Kellnerin eine bringen.«

Dina nickte. »Okay. Rufen Sie mich an.«

Nun, dachte er, während er ihr hinterhersah, *das lief ja ganz gut.*

♣

Aus dem Verhörzimmer 2 drang Geschrei. Eine Frau jammerte: »Er war ein guter Junge!«, und ein Mann stieß Drohungen gegen die Stadt, gegen das Department und wahrscheinlich gegen die ganze Welt aus.

Gordon sah sich nach Detective Kant um, entdeckte aber nur Detective Van Tranh, das vibrierende Ass, der sich so gar nicht über seinen Spitznamen freute: »Dr. Dildo«.

»Kant hat nach mir gerufen«, sagte Gordon.

Tranh machte eine Handbewegung in Richtung des Verhörzimmers. »Ihre Leiche aus New Jersey wurde identifiziert«, sagte er. »Er ist einer der Vermissten auf Squids Liste. Franny und der Lieutenant versuchen gerade, die Familie zu beruhigen.«

»Und dabei soll ich helfen?«

»Sie sollen die medizinische Sachlage erklären«, sagte Tranh. »Bislang ist die Familie nämlich nicht überzeugt.«

Gordon ging auf die Tür zu, zögerte dann aber. »Ich gehe besser noch einmal runter und hole meinen Autopsiebericht.«

»Fran hat die Kopie.«

»Okay.« Gordon klopfte und betrat den kleinen Raum, in dem Kant und Franny von den trauernden Angehörigen angeschrien wurden.

Gordon hatte im Lauf der Jahre schon viele hinterbliebene Paare erlebt, doch noch nie hatte er erlebt, dass zwei Leute so viel Drama veranstalten konnten. Sie waren beide breit und groß und brauchten eine Menge Platz, und dabei machten sie so viel Lärm, dass sie das ganze Zimmer auszufüllen schienen. Mrs. Heffer heulte, schrie, bat Gott, sie zu bestrafen, und wurde nicht müde zu beteuern, dass ihr Sohn ein guter Junge gewesen sei. Mr. Heffer argwöhnte eine Verschwörung, weigerte sich zu glauben, was man ihm erzählte, und schlug auf den Tisch, während er Drohungen ausstieß. »Mein Sohn hatte keinen Herzinfarkt!«, brüllte er und trat einen Stuhl. »Er hat immer trainiert! Er hat brasilianisches Jiu-Jitsu gelernt!«

»Es war auch kein Herzinfarkt«, wagte sich Gordon vor. »Es war plötzlicher Kreislaufstillstand.«

Mr. Heffer schlug sich mit der fleischigen Faust auf die Brust. »Mein Sohn hatte keinen Herzinfarkt!«, schrie er.

»Aortenklappenstenose ist bei jungen Menschen nicht ungewöhnlich …«, setzte Gordon an.

»Nicht ungewöhnlich«, wiederholte Mr. Heffer gehässig. »Was zum Donnerwetter soll das heißen? Sie widersprechen sich ja jetzt schon!«

»Die Leute haben ihn immer alle in Schwierigkeiten gebracht!«, sagte Mrs. Heffer. »Tommy war ein guter Junge!«

Mr. Heffer wedelte mit der Faust. »Mein Sohn wurde gekidnappt!«, sagte er. »Warum sonst sollte er am Arsch der Welt in New Jersey gewesen sein?«

Franny schlug sein Notizbuch auf und hielt den Kugelschreiber bereit. »Ist Ihnen jemand bekannt, der Tom Junior vielleicht hätte entführen wollen?«, fragte er.

Heffer sah ihn mit purer Verachtung an. »Das sollen *Sie* doch herausfinden!«, sagte er. Wieder schlug er sich auf die Brust. »Woher soll ich wissen, wer ihn entführt hat, verdammt noch mal? Sehe ich so aus, als würde ich mit Kidnappern abhängen?«

»Gekidnappt!« Mrs. Heffer brach in Tränen aus. »Wahrscheinlich wurde er von dem Kommunisten bei uns in der Straße entführt.«

»Kommunist?« Die Verwirrung stand Franny ins Gesicht geschrieben. »Was für ein Kommunist?«

»Er betreibt den Tabakladen«, sagte Mrs. Heffer. »Er verkauft diesen Jungen Gift!«

»Woher wissen Sie, dass er Kommunist ist?«, fragte Franny, worauf sie ihn beide anbrüllten.

Gordon beschloss, sie mit dem einzigen Fakt zu unterbrechen, der womöglich relevant sein könnte: »Tom Junior hat nicht geraucht«, bemerkte er. Seine Lunge war rosa und gesund gewesen.

»Natürlich hat er nicht geraucht!«, sagte Mr. Heffer.

»Er war ein guter Junge!«, jammerte Mrs. Heffer.

Vielleicht brachte die Erwähnung von Tabak Harvey Kant auf die Idee zu seinem nächsten Versuch: Er zog eine fette Zigarre aus seinem Gabardinejackett, klappte sein Feuerzeug auf und hielt die Flamme an die Zigarrenspitze. Geräuschvoll und mit großer Genugtuung paffte er und stieß Rauchwolken aus.

Mrs. Heffer musste niesen.

»He!«, sagte Mr. Heffer. Er deutete auf das Rauchen-verboten-Schild. »Das können Sie hier nicht machen!«

»Ich bin der Lieutenant«, sagte Kant. »Ich entscheide, wer raucht und wer nicht.«

Innerhalb weniger Minuten gelang es Kant, die Heffers so einzuräuchern, dass sie schwiegen. Dann erklärte er ihnen, wie sie die Leiche ihres Sohns vom Leichensaal in New Jersey anfordern konnten.

Mr. Heffer gelang es, einen Abglanz seiner vorigen Streitlust heraufzubeschwören. »Jersey!«, sagte er. »Was hat mein Sohn dort verloren?«

»Der Fall betrifft die Polizei von New Jersey«, sagte Kant. »Dort wurde er gefunden.«

Heffer lächelte spöttisch. »Und warum zum Henker sprechen wir dann mit Ihnen?«, sagte er.

Nachdem die Heffers fort waren, stand Gordon mit Kant und Franny im Büro. Gordon schwirrte der Kopf, doch konnte er nicht sagen, ob es am Zigarrenqualm lag oder am Geschrei der Heffers.

Kant zog ein letztes Mal an seiner Zigarre, bevor er sie an den Schuppen in seiner Handfläche ausdrückte.

»Gut«, sagte er und drehte sich zu Franny um. »Tommy Heffer wurde hier entführt und in Jersey entsorgt, der Chef hat dir diesen Fall gegeben, also setze dich mit den Cops in Jersey in Verbindung. Nun …« Er reichte Franny die Akte des Opfers. »Entgegen der Behauptung der Mutter, dass ihr Sohn ein guter Junge gewesen sei, ist er schon mit dem Gesetz aneinandergerasselt – Trunkenheit und Ordnungswidrigkeiten, Kämpfe, Vandalismus. Offiziell ist er nie wegen etwas belangt worden, deshalb hat er kein eigentliches Vorstrafenregister. Aber du kannst erst mal mit den anderen Kids sprechen, die mit ihm aufgegriffen worden sind.«

»Das sind keine Kids. Einer von ihnen ist dieser Eel-Typ«, widersprach Franny.

»Ich weiß, dass du unser Promi-Cop bist, aber ich bin der Lieutenant.« Kant grinste. »Deshalb sprich mit den Kids.«

Ein Muskel in Frannys Kinn zuckte. »Ja, Sir«, sagte er.

»Guter Junge.« Wieder ein Wink mit der Zigarre. »Das Opfer hat brasilianisches Jiu-Jitsu gelernt«, sagte Kant. »Und El Monstro war Brasilianer. Vielleicht gibt es ja eine Verbindung über die Jiu-Jitsu-Schule.«

Franny machte ein skeptisches Gesicht. »El Monstro hatte zwei Jobs und ging nebenher noch aufs College«, sagte er. »Ich bezweifle, dass er da noch Zeit hatte, Kampfkünste zu trainieren – vor allem, weil er es nicht nötig hatte. Wer ihn angegriffen hat, ist einfach nur abgeprallt. Und Eddie meinte, welche von den Typen hätten sich russisch angehört.«

»Überprüfe es trotzdem«, sagte Kant.

Kant spazierte zu seinem Schreibtisch zurück. Franny betrachtete die Aktenmappe in seiner Hand, und seine Lippen spannten sich. »Fran?«, fragte Gordon.

Franny schreckte aus den Gedanken hoch, die ihn abzulenken schienen. »Ja?«

»Wenn Sie mit der Polizei in Jersey sprechen, könnten Sie dann vielleicht unerwähnt lassen, dass ich ein Haus in Warren County habe?«

»Ich wusste gar nicht, dass Sie dort eine Bude haben. Aber klar, okay.« Franny runzelte die Stirn. »Warum?«

»Ich geh da hin, um zu entspannen und an meinem eigenen Kram zu arbeiten. Ich will nicht, dass die mich an den Wochenenden anrufen, wenn ihr eigener Gerichtsmediziner besoffen ist.«

Das stimmte zwar auch, aber vor allem lag es an dem Schuppen voller Raketentreibstoff, weshalb er für seine Nachbarn dort lieber unsichtbar blieb.

Franny nickte langsam. »Klar. Das ist verständlich.«

»Danke. Bis später.«

Gordon ging wieder in seinen unterirdischen Obduktionssaal und half Gaida, den Erschossenen vollends einzupacken. Danach ging Gaida in die Pause, und Gordon zeichnete noch ein paar Berichte ab, während er an einem langen, selbst gemachten Pemmikan-Stängel herumkaute. Es klopfte an der Tür, er blickte auf und sah Dina Quattore. »Kommen Sie rein«, sagte er.

Dina trug Uniform, ihre schwarzen Locken quollen in alle Richtungen unter ihrer spitzen Mütze hervor. Das Funkgerät an ihrem Gürtel zischte und quakte.

»Wollte Sie nur vorwarnen, dass eine neue Leiche auf dem Weg ist«, sagte sie. »Ein älterer Joker von der Straße, ist betrunken, breit oder anderweitig benebelt vor einen Bus gelaufen.«

»Braucht man mich am Unfallort?«

»Nein. Es gab haufenweise Zeugen.«

»Okay.« Gordon machte die Kappe auf seinen Füller und hielt ihr die Dose mit Pemmikan hin. »Möchten Sie?«

Dina trat näher und spähte auf die dunkelbraunen Pemmikan-Stängel. »Was ist das?«

»Pemmikan.«

»Und was ist das?«

»Zerstoßenes Rehfleisch«, sagte Gordon. »Ausgelassener Talg …«

»Wie jetzt!«, kreischte Dina. »Sie bieten mir ein Bifi aus überfahrenen Tieren an?«

»Es sind auch Trockenfrüchte, Nüsse und Honig drin«, merkte Gordon an. »Sehr nahrhaft. Alles, was ein Mohawk-Krieger unterwegs braucht – gut, um schnell an Energie zu kommen, und man kann es jahrelang lagern.«

»Wie viele Jahre hat das schon …?«, fing Dina an, schüttelte dann jedoch den Kopf. »Egal. Ich bleibe bei dem Putensandwich, das ich mir bei Mussolini geholt habe.«

»Holen Sie es, dann können wir zusammen Mittag essen, wenn Sie Zeit haben.«

Dina dachte darüber nach. »Sie haben wahrscheinlich nicht die Zeit, wenn die Leiche gebracht wird.«

Gordon zuckte mit den Schultern. »Der Tote wird es nicht eilig haben.«

»Das ist wahr.« Dina ging nach oben zu ihrem Spind und kam mit dem in Folie gewickelten Sandwich und einer Dose Pepsi Light zurück. Sie parkte sich auf einem Plastikstuhl neben dem Röntgengerät, wo sie ihr Sandwich auspackte. Unter dem Rand ihrer Mütze hervor sah sie ihn an.

»Stimmt es, was man über Sie sagt?«, fragte sie.

»Kommt darauf an«, gab Gordon zurück. »Was sagt man denn?«

»Dass Sie Raketen bauen.«

Ihm war nicht klar gewesen, dass von den Polizisten jemand davon wusste. Gaida, dachte er, musste geredet haben. Dennoch gab es keinen Grund zu lügen. »Ja«, sagte er.

»Wie groß?«

Er wich lieber aus. »Unterschiedliche Größen«, sagte er.

»Gaida meint, Sie würden sich zum Mond schießen«, sagte Dina.

»Nun«, sagte er. »Da bräuchte ich Hilfe.« Er erzählte ihr vom Koopman Prize und dass jeder, der einen vernünftigen Entwurf hatte, daran teilnehmen konnte. Nachdenklich kaute Dina auf ihrem Putensandwich. Dann trank sie einen Schluck. »Ich versuche, schlau aus Ihnen zu werden, Doc«, sagte sie.

Gordon grübelte kurz. »Ich wüsste nicht, weshalb ich besonders rätselhaft sein sollte.«

»Es ist ja nicht so, dass Sie etwas verbergen würden«, sagte Dina. »Aber ich weiß nicht, wie das alles bei Ihnen zusammenpasst.«

Gordon hatte sich nie als Ansammlung willkürlich zusammengesetzter Teile gesehen und hatte keine Antwort darauf. Er biss von seinem Pemmikan ab und kaute.

Dina nahm ihre Mütze ab und hängte sie an das Röntgengerät. »Wissen Sie«, sagte sie, »ich glaube, Sie sind ein alberner Romantiker.«

»Äh …«, fing Gordon unsicher an. So hatte er sich noch nie eingeschätzt.

»Ja!«, erwiderte Dina plötzlich ganz begeistert. »Sie schlitzen Leichen auf als Teil Ihres Kreuzzugs für die Gerechtigkeit! Sie wollen Ihre Fahne auf einer anderen Welt aufpflanzen!« Sie deutete auf das Pemmikan. »Und Sie verwerten tote Tiere!«

Gordon blinzelte. »Für gewöhnlich mache ich bei ihnen erst eine Autopsie.«

Sie runzelte die Stirn. »Okay«, sagte sie. »Das ist beunruhigend.«

»Ich lerne dabei«, sagte er.

Er war drauf und dran, sich dagegen zu verwehren, für einen Romantiker gehalten zu werden, und zu erklären, dass er sich genauso dafür interessierte, wie Joker zusammengesetzt waren, wie dafür, wie Raketen zusammengesetzt waren – doch dann kam ihm der Gedanke, dass es ein gutes Zeichen hinsichtlich ihrer Absichten ihm gegenüber sein konnte, dass sie ihn für einen Romantiker hielt.

»Wie auch immer«, sagte Dina. »Ich würde die Raketen gern sehen.«

»Okay.« Sein Glück herauszufordern erschien ihm eine gute Idee. »Dieses Wochenende?«

»Am Samstag hab ich Familiengedöns«, sagte sie. »Wie wär's mit Sonntag?«

»Klar.«

»Ich fahr mit dem Zug raus, und Sie holen mich am Bahnhof ab. Dann schaue ich mir die Raketen an, und anschließend laden Sie mich zum Abendessen ein.«

»Großartig.«

»In ein Restaurant«, fügte sie hinzu.

»Wie Sie wünschen.«

Gordon kam zu dem Schluss, dass es sich für ihn auszahlte, Romantiker zu sein. Bis zum Wochenende, als er herausfand, dass Steely Dan vermisst wurde.

♠

»Wieder ist ein Joker verschwunden«, sagte Franny. Er sah sich in Steely Dans Wohnzimmer um, sein Kugelschreiber schwebte über dem Notizbuch, doch er hatte nichts zu notieren. »Ein weiterer Vorfall einer Serie«, sagte er. »Doch diesmal passierte es in New Jersey. Und Sie glauben, dass diese Hundeanstalt etwas damit zu tun haben könnte?«

Gordon folgte Franny, als dieser in Dans Küche ging. In der Essecke standen noch ein halb aufgegessenes Eier-und-Wurst-Frühstück und eine Tasse kalten Kaffees. Hätte es an der Tür geklopft, als Dan beim Essen war, dann wäre er aufgestanden, um aufzumachen, und hätte das Frühstück stehen lassen … und dann? Ein Schlag auf den Kopf, eine Ladung aus dem Taser? Dan war kräftig, doch seine Haut sah nur wie schwarzer Stahl aus. Er war verwundbar wie jeder Normalo auch.

»Dieser Russe in der Hundeanstalt hat sich sehr für Steely Dan interessiert«, sagte Gordon. »Hat ihn die ganze Zeit angestarrt.«

»Joker werden halt angestarrt«, sagte Franny. »In der Pampa vor allem, denke ich mal.« Er runzelte die Stirn. »Die Polizei von Jersey hat das Teil geprüft, als man Tommy Heffer dort gefunden hat. Aber es ist alles sauber – die verkaufen ihre Hunde sogar an die Cops von Jersey.«

»Vielleicht machen sie legale Geschäfte zusätzlich zu dem, was sie eigentlich so treiben«, sagte Gordon.

»Vielleicht«, räumte Franny ein. »Aber es gibt keine Veranlassung zu einem Untersuchungsbefehl.«

»Vermutlich nicht«, sagte Gordon.

Wenn Dina doch nur etwas gespürt hätte.

Dabei hat das Wochenende so gut angefangen, dachte er. Normalerweise war Freitag bei ihm ein hektischer Tag, weil Donnerstagnachts viele Leute umgebracht wurden. Dass die Mordrate donnerstags nach oben ging, hing wiederum damit zusammen, dass die Leute normalerweise am Freitag bezahlt wurden und ihnen deshalb am Donnerstag das Geld ausging.

Das übliche Szenario sah ungefähr so aus:

1. Mutti will das übrige Geld dazu verwenden, dem kleinen Timmy für die Schule am Freitag noch ein Mittagessen zu bezahlen.
2. Papa will mit dem Geld Bier kaufen gehen.

Daraus folgt:

3. Papa prügelt Mutti zu Tode, nimmt das Geld und besäuft sich.

Dummerweise ist Papa meistens nicht in der Lage, die nächsten Schritte zu erahnen, die so aussehen:

4. Papa landet im Kittchen. Und:
5. Der kleine Timmy geht im Pflegeelternsystem verloren, was die Wahrscheinlichkeit drastisch erhöht, dass auch er ein wütender Soziopath wird, der den Gewaltkreislauf in die nächste Generation weiterträgt.

Die anderen Konjunkturspitzen für Mord waren Samstag spätabends und Sonntag ganz früh. Hier mochte die Motivation zuweilen auch Geld sein, aber normalerweise ging es um Sex und/oder Liebe.

In dieser Maiwoche jedoch hatte sich anscheinend der

Frühlingszauber auf New York gelegt, und alle Papas fanden wohl, dass sie doch kein Bier brauchten, und brachten die kleinen Timmys stattdessen in den Park, um Fangen zu spielen. Bereits um eins nachmittags hatte Gordon seine Arbeit erledigt. Deshalb gab er sich und Gaida den Rest des Tages frei und machte sich nach Warren County auf, wo er den restlichen Nachmittag lang seine Modellraketen mit selbst gemachtem Ammoniumperchlorat-Verbundtreibstoff füllte und sie in den milden Maihimmel schoss.

Am Samstagnachmittag sollte Steely Dan vorbeikommen, um mit ihm gemeinsam eine statische Testeinrichtung für den Aerospike-Antrieb zu ersinnen, doch er war nicht aufgetaucht. Gordon rief ihn auf dem Festnetz und auf dem Handy an, erreichte ihn aber nicht. Dann rief er in der Werkstatt an, in der Dan arbeitete. Sein dortiger Chef erzählte Gordon, dass Dan am Freitag nicht zur Arbeit erschienen sei, er es bei ihm auf dem Handy versucht hatte, aber niemand rangegangen war.

Steely Dan wohnte in einem alten, mit Holzplatten in Stufenfalz verkleideten Bauernhaus, zu dem acht Hektar heruntergekommene Apfelwiese gehörten. Gordon fuhr hin, fand Dans Lastwagen und Auto in der Garage vor und hämmerte ohne Erfolg an die Tür. Da rief er Franny Black an, worauf Franny die Polizei in Jersey benachrichtigte, die noch immer nicht aufgekreuzt war.

New Jersey liebte seine Joker, das war offensichtlich.

Franny hatte Dans Ersatzschlüssel unter einem großen Stein im Garten entdeckt und hatte sich mit Gordon hineingelassen. »Keine Spuren von Gewalt«, sagte Franny und stakste in Dans Schlafzimmer. »Auf den ersten Blick wurde nichts gestohlen. Nichts deutet auf eine Entführung hin.«

Gordon packte die Wut. »Eines kann ich Ihnen versichern«, sagte er. »Dan machte kein brasilianisches Jiu-Jitsu.«

»Meine Güte.« Franny verdrehte die Augen. »Diese Spur

ging ins Leere«, erklärte er. »Das habe ich Kant auch prophezeit.«

»Irgendeine Spur von El Monstro?«

Franny schüttelte den Kopf und klopfte sich mit dem hinteren Ende seines Kugelschreibers gegen das Kinn. »Joker«, sagte Franny. »Hunde. Joker und Hunde. Hunde und Joker.« Frustriert wedelte er mit der Hand. »Ich kapier's nicht.«

»Was ich durchaus kapiere«, sagte Gordon, »ist, dass die Cops in Jersey sich mehr für Hunde als für Joker interessieren.«

Franny zögerte, dann legte er Gordon die Hand auf den Arm. »Ich werde Ihren Freund finden.«

»Hoffen wir«, sagte Gordon, »dass man ihn nicht tot auf irgendeiner Straße findet.«

♦

Irgendwann tauchte die Polizei von New Jersey tatsächlich auf. Gallo hatte allerdings ein freies Wochenende und war nicht dabei, sodass Franny alles von Anfang an erklären musste. Gordon hatte nicht die Geduld, es sich anzuhören. Deshalb kehrte er in seine Hütte zurück, und weil er nichts Besseres zu tun hatte, holte er eine seiner Raketen aus dem Schuppen und setzte sie auf die Startrampe. Er steckte die Zündung in den festen Treibstoff am Fuß der Rakete und verband sie mit der 9V-Batterie und dem Funkempfänger. Dann ging er auf sichere Distanz, stellte den Schalter seiner Fernbedienung auf EIN, worauf die LED-Leuchte von »Gesichert« auf »Scharf« umsprang. Er legte den Daumen auf den Startknopf, sah zu der Rakete hinüber, vergewisserte sich, dass er den Feldstecher in der anderen Hand hatte, und drückte die Taste.

Gordon nahm den Feldstecher hoch, und die Rakete stieg sechs- oder achthundert Meter weit gerade nach oben, bevor ihr der Treibstoff ausging, sie den Fallschirm löste und zurück zur Erde glitt.

Er beobachtete den Abschuss ohne Freude. Nachdem die Rakete geräuschlos auf der üppigen Wiese in New Jersey gelandet war, starrte Gordon sie lange an. Wütende Unzufriedenheit gärte in ihm. Dann verstaute er die Rakete samt Zubehör in dem Schuppen und trug den Feldstecher ins Auto. Er fuhr zu dem Silberahorngehölz, von dem aus er mit Dina das IDS-Gelände beobachtet hatte. Dort stellte er das Auto ab, trat zwischen die Bäume und machte sich daran, das Areal zu beobachten.

Die New Yorker Polizei hätte Gordons Vorgehen eine »Pflanzung« genannt. Überall sonst hätte man es »Observierung« genannt.

Doch die Observierung förderte nicht viel zutage. Ein Trainer übte mit einem halben Dutzend Deutschen Schäferhunden auf einer Hundelaufbahn. Sowohl die Hunde als auch der Trainer schienen ihren Spaß dabei zu haben. Hin und wieder sah Gordon Leute von einem Gebäude zum nächsten gehen. Doch er war zu weit weg, um sie zu erkennen. Um etwas gegen die Langeweile zu unternehmen, legte er sich eine wissenschaftlichere Untersuchung des Geländes zurecht. Er würde einen Spionageladen in Manhattan aufsuchen, beschloss er. Würde sich Mikrofone an Tonangeln besorgen, eine Videokamera mit Teleobjektiv und eine große Festplatte, auf der man vierundzwanzig Stunden Filmaufnahmen unterbringen konnte.

Sollte auf einem der Videos Steely Dans unverkennbare Gestalt auftauchen oder seine unverkennbar gepresste Puppenstimme zu hören sein, dann müsste das für einen Durchsuchungsbefehl reichen, stellte er sich vor.

Gordon arbeitete an den Einzelheiten seiner Fantasievorstellung, als er hinter sich auf der Straße einen Wagen hörte, der abbremste. Er drehte sich um, und sein Herzschlag setzte einmal aus, denn ein weißer Lieferwagen fuhr auf den Seitenstreifen und stellte sich hinter seinen Volvo.

Feuchte Erde quatschte unter seinen Füßen, als er sich hinter einen Zürgelbaum duckte. Dann hob er den Feldstecher, sah aber nur den dunklen Umriss des Fahrers hinter der Windschutzscheibe. Anscheinend sah der sich um auf der Suche nach dem Fahrer des Volvos. Hinter dem Zürgelbaum kauerte Gordon sich ganz klein zusammen.

Nach ungefähr einer halben Minute startete der Fahrer den Motor und fuhr weiter. Gordon sah ihn weiterfahren und dann auf das IDS-Gelände einbiegen.

Ich bin wohl aufgeflogen, dachte er. Wenn der Fahrer sich sein Kennzeichen notiert hatte, dann würden sie schnell hinter seine Identität kommen. Er war schon das eine oder andere Mal wegen irgendetwas in der Zeitung gewesen, sie brauchten also nur nach ihm zu googeln, und schon hätten sie ein Bild von ihm.

Vielleicht hatte Dina recht, und er war ein miserabler Ermittler.

♥

Der Sonntagnachmittag mit Dina war kein Erfolg. Es war ein grauer, wolkenverhangener Tag mit gelegentlichen Schauern, und Gordon war von Dans Verschwinden zu sehr abgelenkt, als dass er einen guten Gastgeber hätte abgeben können. Obwohl Dina sich tatsächlich für die Raketen und den noch nicht zusammengebauten Aerospike-Antrieb, der in der Scheune herumstand, zu interessieren schien, vermochte Gordon selbst nicht zu seiner üblichen Begeisterung zu finden. Während er eine seiner größeren Raketen mit Ammoniumperchlorat-Verbundtreibstoff belud, erzählte er Dina von seinem Plan, das IDS-Gelände zu observieren, und fragte sie, welche Kameras und Detektoren am besten seien.

»Ich bin keine Expertin auf dem Gebiet«, sagte Dina. »Da sollten Sie einen der Detectives in Fort Freak fragen – Kant oder so. Die sind solche Observierungen gewöhnt.«

»Franny Black hat die Leitung über die Ermittlungen.«

»Der kleine Herr mit den goldenen Schubladen. Der Spion vom Kommissariat.« Ihr Gesicht verzog sich kurz angewidert, doch dann dachte sie darüber nach. »Die Observierung müsste ja nicht unbedingt von Ihnen durchgeführt werden«, stellte sie klar. »Man braucht keinen Durchsuchungsbefehl, um etwas zu beobachten oder ein Mikro aus dem Fenster zu halten. Franny könnte das ganz gesetzeskonform machen.« Sie kicherte. »Und der Rest des Reviers wäre froh, wenn er seine Zeit hier draußen verbringen würde.«

Gordon nickte. »Ich spreche mit ihm.«

Dina lachte erneut. »Und wenn Franny«, sagte sie, »der selbst keinen Durchsuchungsbefehl bekommen wird, um im IDS nach Vermissten zu suchen, nicht so grün hinter den Ohren wäre, wüsste er, dass es Agenturen gibt, deren Aufgabe es ist, solche Einrichtungen zu untersuchen. Es muss in New Jersey irgendeine Instanz geben, die das Recht hat, da hineinzugehen und sich zu vergewissern, dass die Hunde nicht misshandelt werden.« Einen Moment lang dachte sie nach, während ihr Blick ins Leere ging. Dann schnippte sie mit den Fingern. »Das Tierschutzamt«, sagte sie. »Mit denen habe ich schon ein paarmal zusammengearbeitet. Ich kann da für Sie anrufen.«

»Dafür wäre ich sehr dankbar.«

Sie sah seine Rakete an. »Wie hoch kommt die?«

»Ein paar Meilen.«

Dina war verblüfft. »Im Ernst?«

»Sicher. Drei Stufen, damit geht die schon richtig hoch. Ich muss aufpassen, dass da keine Flugzeuge unterwegs sind.«

Sie kniff die Augen zusammen. »Haben Sie noch größere Raketen?«

»Klar. Aber bevor ich die abfeure, lasse ich noch viel mehr Vorsicht walten. Für einige muss ich nach Nevada.«

Sie grinste. »Area 51?«

Er sah sie verständnislos an. »Wohin?«

»Egal.«

»Ich gehe nach Black Rock«, sagte Gordon.

Lächelnd schüttelte sie den Kopf. »Das ist toll«, sagte sie.

Gordon hatte das Gefühl, etwas nicht kapiert zu haben.

Er schulterte die drei Meter lange Rakete, und sie gingen auf die vom Frühlingsregen nasse Wiese hinaus, auf der es nach Wildblumen duftete. Dina trug ihm den Startturm hinterher, an dem die Rakete befestigt war, bevor sie abhob. Gordon machte die Rakete bereit und verband sie mit der Batterie. Nachdem sie auf sicheren Abstand gegangen waren, lauschte Gordon nach Flugzeugen, doch außer dem Heulen des Winds hörte er nichts. Er zog die Fernbedienung aus der Tasche, schaltete sie ein, sodass die LED auf »Scharf« umsprang, und dann reichte er Dina die Steuerung.

»Bitte sehr«, sagte er. »Drücken Sie einfach den roten Knopf.«

Ein erfreutes Lächeln blitzte auf Dinas Gesicht auf. Gordon merkte, dass ihm dieses Lächeln sehr gefiel. »Wirklich?«, fragte sie.

»Natürlich.« Er hielt seinen Feldstecher bereit.

Dina sah zwischen der Fernbedienung und der Rakete hin und her. »Zähle ich einen Countdown runter oder so?«

»Sie können einen Countdown zählen«, sagte Gordon, »ein Gedicht rezitieren, die amerikanische Nationalhymne singen. Was immer Sie möchten.«

»Drei. Zwei. Eins.« Wieder dieses Lächeln. »Auf zum Mond!« Sie drückte den Knopf, und die Rakete zischte nach oben.

Die Stufentrennung funktionierte tadellos, und die erste Stufe trudelte auf den Boden herunter, während die zweite die tiefe Wolkendecke durchstieß und aus dem Blickfeld entschwand. Selbst das Zischen der Düse nahm ab. Ganz in der Ferne war ein Ploppen zu hören, als die dritte Stufe abgetrennt wurde und – wie Gordon glaubte – zündete. Der Duft von Frühlingsblumen wurde vom Geruch verbrannten Treibstoffs getrübt. Durch die Wolkendecke kam die zweite Stufe herabgetorkelt, zog einen Schweif aus Rauch hinter sich her und landete in ein paar Dutzend Metern Entfernung. Und dann sauste die dritte Stufe wie ein Speer herab.

»O weh«, sagte Gordon, und dann bohrte sich die dritte Stufe mit dem Geräusch eines nassen Schlags in die Erde.

Gordon und Dina gingen zu der dritten Stufe hinüber, die irreparabel zerknautscht war. »Fallschirmstörung«, sagte Gordon.

»Vielleicht schaffen wir es beim nächsten Mal bis zum Mond«, sagte Dina.

»Wir schießen eine richtig große hinauf«, sagte Gordon. »Und dann hole ich Dan mit dazu, und …« Er sprach nicht weiter, da ihm einfiel, dass Dan vermisst wurde.

Dina berührte ihn am Arm. »Wir finden ihn wieder«, sagte sie.

Gordon fühlte sich getröstet. *Hunde und Joker*, dachte er. *Joker und Hunde*.

♣

Gordon beschloss, Dina im quirligen und aufregenden Philipsburg zum Essen einzuladen, dem größten Ort des Countys. Da sie den Zug nach New York nehmen und nicht mehr zurückkommen würden, schloss Gordon die Hütte und das Tor des Grundstücks ab, als sie aufbrachen. Regen prasselte herab, und Gordon machte die Scheibenwischer an.

»Da ist etwas, das ich Sie fragen wollte«, sagte er, als er

von der Nebenstraße auf den Highway 519 einbog. »Meinen Sie, dass Sie eine Romantikerin sind?«

Dina war überrascht. »Ich?«, fragte sie. »Ich glaube nicht.«

Ein heftiger Regenguss klatschte auf das Dach. »Mit Ihren Fähigkeiten«, sagte Gordon, »könnten Sie Hundeflüsterin werden oder wie man das nennt. Oder sie könnten einen berühmten Hundetrick kreieren und mit ihm durch die ganze Welt tingeln. Doch stattdessen tragen Sie eine Uniform und arbeiten in einem gefährlichen Stadtviertel und fangen Verbrecher.« Er grinste sie an. »Ist das nicht romantisch?« *Zumindest so romantisch,* dachte er, *wie Leichen aufschlitzen.*

Nachdenklich kräuselte Dina die Augenbrauen. »Bei den anderen Jobs, die Sie nannten«, sagte sie, »kriegt man keine Rente.«

Gordon sah sie an. »Sind Renten romantisch?«

Sie grinste. »Ich hoffe es«, sagte sie. »Ich habe vor, mit meiner glücklich bis ans Ende meiner Tage zu leben.« Sie wedelte mit der Hand. »Beim NYPD habe ich eine Rente, ich habe einen ordentlichen Lohn, und was ich mache, ist eigentlich gar nicht gefährlich. Ich laufe ja nur Hunden hinterher. Mein einziges Problem ist, eine Wohnung zu finden, in der ich Hunde halten darf.«

»Sie haben selbst auch Hunde?«

»Ja. Zwei Rettungshunde. Die sind misshandelt worden.«

»Bringen Sie sie mit, wenn Sie das nächste Mal kommen«, sagte Gordon. »Denen wird es auf dem Land gefallen.«

Plötzlich machte sie ein finsteres Gesicht, eine Reaktion auf seine Einladung, die Gordon überraschte, doch dann kam ihm der Gedanke, dass sie wahrscheinlich an die Misshandlungen dachte, die die Hunde durchgemacht hatten. Dann ruckte ihr Kopf herum, und jetzt erst merkte Gordon, dass sie an dem IDS-Gelände vorbeifuhren, das nur sichtbar war, weil die Flutlichter im Regen schimmerten. »Anhalten!«, sagte sie gehetzt.

»Was?«

»Anhalten. Sofort.«

Ratlos bremste Gordon ab und fuhr rechts ran. Dinas Blick war noch immer auf das IDS-Gelände gerichtet. Mit der Hand tastete sie nach dem Türriegel.

»Ich muss näher heran«, murmelte sie.

»Warten Sie«, sagte Gordon. »Was ist los?«

Doch sie war bereits ausgestiegen, hatte sich die Jacke über den Kopf gezogen. Gordon zog die Handbremse, machte die Tür auf und folgte ihr. Wie Nadeln prasselten die Tropfen auf seinen Kopf, und auf seiner Brille schwammen Regenbogen. Blinzelnd lief er Dinas dunklem Umriss nach, der sich vor dem Flutlicht abhob.

Sie wurde langsamer, und Gordon holte platschend auf. Seine Schuhe waren zur Hälfte in eine Pfütze getaucht. Dina hatte sich halb nach vorn geneigt, die Jacke noch immer über den Kopf gezogen, und sie hielt sich beide Hände an die Stirn. Plötzlich richtete sie sich auf.

»Sie sind da drin!«, sagte sie. »Die Gefangenen!«

Gordons Herz machte einen Satz. »Was?«, sagte er. Er starrte sie durch die mit Tropfen gesprenkelten Brillengläser an. »Woher wissen Sie das?«

Dina machte eine wilde Bewegung und deutete mit beiden Zeigefingern auf ihre Stirn. »Ich sehe durch die Augen eines Hunds!«, sagte sie. »Ich sehe sie direkt vor mir. Dan ist da drin mit den anderen!«

»Mit anderen?«, sagte Gordon.

Dina fing hektisch an, nach ihrem Handy zu suchen. »Wir müssen Franny anrufen!«, sagte sie. »Einen Durchsuchungsbefehl besorgen!«

Ihre Worte wurden von einem Sturm aus Gebell übertönt. Der Maschendrahtzaun klapperte und beulte sich aus, als schwere Deutsche Schäferhunde dagegenrannten. Und dann sprangen gleich mehrere Scheinwerfer an, deren grelle Halogenstrahlen Gordon in den Augen brannten und ihn verwirrten …

»BLEIBEN SIE, WO SIE SIND«, kam eine Stimme aus einem Lautsprecher. »SIE DRINGEN AUF PRIVATBESITZ EIN.«

»Scheiß drauf«, murmelte Dina. Sie packte Gordon am Arm. »Zurück zum Auto!«

Sie wandte sich um, und im selben Moment hievten Elektromotoren das Eingangstor nach oben, und drei bellende Hunde stürmten heraus. Mit hämmerndem Herzen machte sich Gordon auf einen zum Scheitern verurteilten Sprint zum Wagen gefasst. Dina wirbelte erneut herum und gestikulierte mit der Hand, mit der sie das Telefon aus der Tasche gezogen hatte. Die Hunde wurden langsamer und waren sichtlich verwirrt. Dann blieben zwei von ihnen stehen und setzten sich auf den nassen Boden. Der dritte trottete schüchtern zu Dina heran und beschnupperte ihre Hand.

Sie stand in telepathischem Kontakt mit den Hunden, begriff Gordon.

»Können Sie sie kontrollieren?«, fragte er.

»Kontrollieren nicht«, sagte sie. »Aber ich kann ihre Köpfe mit glücklichen Gedanken füllen.«

»Ähm, gut«, sagte Gordon. Seine Glieder zuckten, er wollte wegrennen. »Was machen wir jetzt?«

»Wir gehen zum Wagen. Aber langsam. Lieber nicht rennen, denn das könnte ihren Jagdinstinkt als Rudel wecken.«

»Okay«, sagte Gordon. Er fing an, langsam zum Volvo zurückzugehen. Dina bewegte sich im selben Tempo mit.

Über ihnen züngelte ein Blitz. Im plötzlichen blendenden Licht erkannte Gordon, dass zwei Männer durch das Tor des IDS kamen. Einer von ihnen hatte ein Gewehr, der andere eine Pistole. Sie bewegten sich auf die von Flutlicht erhellte Einfahrt zu. »Bleiben Sie stehen!«, rief einer von ihnen. Es war derjenige, mit dem Gordon gesprochen hatte, und gegen den Regen trug er einen Cowboyhut. Er legte sein Gewehr an. »Wir schießen!«, warnte er.

»Oh«, sagte Gordon unsicher. »Rennen wir jetzt doch?«

Stählerne Kälte war in Dinas Stimme getreten. »Nicht … gleich … jetzt«, sagte sie.

Die Ohren der Hunde stellten sich auf, und sie wandten sich zu den beiden sich nähernden Männern um. Einer der Hunde stand auf und machte ein paar Schritte auf die beiden zu, dann blieb er in Jagdhaltung stehen, vorgebeugt und mit gehobener Vorderpfote.

»Niemand rührt sich!«, sagte der Mann mit dem Cowboyhut. Er legte das Gewehr an, während er sich mit seinem Kameraden weiter näherte. Keinem von beiden schien das uncharakteristische Verhalten der Hunde aufgefallen zu sein. *Vielleicht*, dachte Gordon, *füllt Dina ihre Köpfe nicht mehr mit glücklichen Gedanken*.

Alle drei Hunde waren jetzt auf den Beinen und gingen geduckt, während die Bewaffneten näher kamen. Und dann stieß einer von ihnen ein wildes Knurren aus und sprang dem Mann mit dem Gewehr an die Kehle.

Ein Schuss löste sich, der ins Leere ging, und der Mann fiel um. Die anderen beiden Hunde galoppierten auf die Beute zu, und der andere Mann feuerte die Pistole ab.

»Jetzt rennen wir!«, sagte Dina, und sie und Gordon wirbelten herum und hasteten auf das Auto zu. Dina hatte viel kürzere Beine als er, aber sie war schnell und gewann Vorsprung.

Es folgten noch mehr Schüsse, und dann gequältes Hundeheulen. Dina keuchte und fiel aufs Gesicht.

Gordons Nerven schienen zu reißen. Er blieb platschend stehen, drehte sich um, beugte sich über Dina, suchte nach der Einschusswunde, fragte, ob alles okay mit ihr sei. Sie hatte die Augen offen, doch sie starrte ausdruckslos vor sich hin. Er hörte, dass sie schwer atmete, aber sie reagierte nicht.

Gordon zitterte, als noch mehr Schüsse knallten. Verzweifelt sah er zum Tor hinüber, und durch die Tropfen auf seiner Brille erkannte er, dass beide Männer am Boden waren. Zwei Hunde lagen ausgestreckt in der Auffahrt, und der dritte kämpfte gegen einen der Männer.

Gordon packte Dina am Kragen ihrer Jacke und schleifte sie in Richtung Wagen. Ihm war nur allzu bewusst, dass er untergewichtig war und nicht sehr stark, deshalb war er froh, dass sie so klein war. Er schleifte sie Kopf voraus über den Boden, und ihm fiel ein, dass er ihren Hals dabei verletzen konnte, deshalb stützte er ihren Kopf mit den Unterarmen ab.

Als er sie zum Volvo gebracht hatte, ging ihm fast die Puste aus. Hinterm Rücken fingerte er nach dem Türgriff, bekam ihn zu fassen und machte die Tür auf. Die Innenbeleuchtung ging an, vor der sie sich deutlich als Zielscheibe abhoben …

Photochemisches Licht fiel vom Himmel. Donner grollte. Gordon holte tief Luft, beugte die Knie und hievte Dinas Kopf und Schultern auf den Beifahrersitz. Stechender Schmerz durchfuhr seinen Rücken. Er packte Dinas Hüfte und versuchte, ihren Schwerpunkt in den Wagen zu wuchten.

Normalerweise hatte er Hilfe, wenn er kraftlose Körper bewegte. Und normalerweise ging es vom Untersuchungstisch auf eine fahrbare Trage und von der Trage auf den Tisch. Normalerweise musste er niemanden auf einen Autositz wuchten und dabei verhindern, dass sie auf den Schaltknüppel fiel oder gegen das Handschuhfach dotzte.

»Helfen Sie mir doch ein bisschen!«, forderte er Dina auf. »Ziehen Sie sich doch einfach in den Wagen!«

Dinas Augen starrten ausdruckslos aus dem herumschlenkernden Kopf heraus. Er nahm ihre Füße und versuchte, sie in den Volvo hineinzubugsieren.

Ein Schuss versetzte Gordons Nerven einen Schock, und

er hörte, wie ganz in der Nähe eine Kugel auf dem Asphalt aufschlug. Den schlaffen Körper hineinzuquetschen funktionierte anscheinend nicht. Gordon ließ Dinas Füße los, rannte um den Wagen herum zur Fahrertür und schwang sich hinein. Jetzt packte er Dina mit beiden Händen am Kragen und versuchte, sie zu sich zu ziehen. Wieder fuhr es ihm in den Rücken, als er sie über die Mittelkonsole hievte. Ihr Kopf lag in einem Strudel aus nassen Locken auf seinem Schoß.

Wieder knallte ein Schuss. Irgendwo am Auto hämmerte es energisch, als die Kugel auftraf.

Gordon griff unter Dinas Schulter und stellte den Schalthebel auf D. Dann trat er aufs Gas und riss das Lenkrad herum. Kreischend machte der Volvo auf dem Highway eine Kehrtwende, und Gordon brachte das Fahrzeug unter Kontrolle, als ihm ein Blitz den Weg nach Hause leuchtete.

Die Beschleunigung schlug die Beifahrertür zu, die Dinas noch immer heraushängende Füße traf. Er schaltete die Innenbeleuchtung aus, damit er kein so gutes Ziel abgab, dann legte er den Finger an Dinas Kehle. Ihr Puls war deutlich, nur ein wenig zu schnell. Er hörte ihren Atem. Blut hatte er weder gesehen noch gespürt.

Aber es waren Schüsse gefallen, und sie war zusammengebrochen. Das war ein ziemlich deutlicher Hinweis darauf, dass sie getroffen worden war. Er fuhr zu seiner Hütte, öffnete das Tor an der Straße, fuhr hindurch und schloss es hinter sich wieder. Er glaubte nicht, dass er Dina ins Haus würde schleifen können, deshalb fuhr er hinter das Haus, schloss das Scheunentor auf und stellte das Auto hinein.

So war er wenigstens an einem trockenen Ort, um sie zu untersuchen.

Gordon nahm die Plastikplanen, mit denen er Teile seiner Raketenausrüstung abgedeckt hatte, und breitete sie unter der Beifahrertür auf dem Boden aus. Dann zog er Dina aus dem Wagen und legte sie darauf. Er untersuchte sie eingehend, fand aber keine Wunde.

In seiner Hütte bewahrte er einen Erste-Hilfe-Koffer auf, falls mit seinem Raketenmaterial mal ein Unfall passierte. Er schloss die Hintertür der Hütte auf, holte den Koffer und ging zurück.

Dinas Puls blieb stabil. Der Blutdruck war normal. Atmung war normal. Die Pupillen reagierten normal auf Licht. Außer einer Starre schien ihr nichts zu fehlen. Also stimmte etwas nicht mit ihr, ganz und gar nicht.

Sie hatte in geistigem Kontakt zu den Hunden gestanden, dachte er. Sie hatte sie dazu gebracht, ihre Trainer anzugreifen. Und dann waren die Schüsse gefallen. Die Hunde, dachte er. Es ist auf die Hunde geschossen worden, vermutlich waren sie tot. Und Dina war in ihren Köpfen, als das geschehen war.

Vielleicht war der Schock zu viel für sie.

Er legte den Blutdruckmesser in den Koffer zurück. Dann berührte er wieder ihre Kehle. Die Haut war kalt und klamm. Er sollte Decken holen, damit Dina nicht unterkühlte.

Und er sollte einen Notarzt rufen. Dann sollte er Franny und die Polizei von Jersey anrufen, einen Durchsuchungsbefehl holen und das IDS-Gelände stürmen, um die Gefangenen zu befreien. Eine Polizistin hatte es erwischt. Das war eines der Ereignisse, das bei der Obrigkeit sofortiges Handeln auslöste. Und Dina hatte es ganz gewiss erwischt.

Wieder schloss er die Hintertür der Hütte auf und ging zu dem Schrank im Flur, in dem er die kratzigen Wolldecken aufbewahrte. Als er mit den Decken unterm Arm zurückkam, sah er, dass Lichtkegel von Taschenlampen über die vorderen Fenster huschten.

Durch das abgedunkelte Zimmer ging Gordon zum Wohnzimmerfenster und spähte an den vorgezogenen Vorhängen vorbei. Neben seinem Tor parkte ein großer Lieferwagen, und ein Mann, der sich vor den Scheinwerfern nur als Umriss abhob, starrte auf das Haus.

Gordons Herz setzte einen Schlag aus. Ihm fiel ein, dass einer der Leute von IDS seinen Wagen gesehen hatte, als er am Tag zuvor das Gelände observiert hatte. Wahrscheinlich hatten sie längst sein Autokennzeichen und seine Personalien.

Womöglich hatten sie sein Auto erkannt, sogar im Regen. Vielleicht waren sie direkt hierhergefahren. Gordon zog sich vom Vorhang zurück und ging zur Hintertür. Er schloss die Tür hinter sich ab und sprintete zur Scheune.

Dina war noch da, wie er sie zurückgelassen hatte. Er deckte sie mit zwei Decken zu. Kurz rollte sich ihr Kopf zur Seite, und ihre Augen gingen flatternd auf, schienen etwas zu erkennen. »Doc …?«, flüsterte sie heiser. Dann sackte ihr Kopf zurück, und die Augen schlossen sich wieder.

Gordon kniete sich hin und zog ein Augenlid auf. Die Pupille verengte sich im Licht, stellte aber nicht scharf. Sie war wieder in ihr Koma zurückgefallen.

Gordons Nerven machten einen Satz, als er einen Motor aufheulen hörte und darauf das Krachen seines Tors, das von dem Lieferwagen aus den Angeln gehoben worden war. Er stand auf, sah auf Dina hinab, sah zu seinem Wagen. Es erschien ihm sinnlos zu versuchen, sie wieder ins Auto zu hieven, vor allem, weil er sich dann nichts weiter erhoffen konnte, als eine Verfolgungsjagd im Auto, die er sehr wohl verlieren konnte. Wieder bückte er sich, tastete unter der Decke herum und nahm Dina die Pistole und das Gürtelholster ab. Einen Moment lang sah er die Waffe an, und der schwache Geruch von Waffenöl schwebte zu ihm herauf. Dann machte er das Holster an seinem eigenen Gürtel fest. Dabei kam er sich bescheuert vor.

Was hatte er nur vor, wollte er eine Wild-West-Schießerei starten? Das waren Verbrecherprofis, Entführer. Die würden ihn abknallen.

Wieder sah er sein Auto an. Er musste die Verfolger von der Scheune weglocken.

Und er wusste genau, wo er sie hinführen würde.

Er ging zu dem Metallschrank, in dem er das Raketenzubehör aufbewahrte, und machte ihn auf. Er nahm eine Batterie, ein halbes Dutzend Zündungen, einen drahtlosen Empfänger und seine Fernbedienung heraus. Dann machte er das Licht in der Scheune aus und setzte sich ins Auto. Das Raketenzubehör legte er auf den Beifahrersitz.

Er wartete, bis er das Krachen der Eingangstür seiner Hütte hörte. Erst dann ließ er den Volvo an, drückte aufs Gas und preschte rückwärts aus der Scheune heraus. Kies spritzte, als er den Wagen herumriss, die Scheinwerfer anwarf und den Schalthebel auf D stellte. Wieder malträtierte Gordon das Gaspedal, fuhr im Slalom um eine Reihe immergrüner Bäume herum und schoss auf dem Spurweg davon, der durch die Wiese führte.

Für die Schurken dürfte es unmöglich sein, seine Flucht nicht zu bemerken.

Er war schon eine Viertelmeile gefahren, als er die Lichter des Lieferwagens hinter sich entdeckte. Blitze beschienen das sanfte Hügelland und halfen ihm, den Weg zu finden. Der Volvo machte wilde Sprünge auf dem Feldweg, Gesträuch prasselte gegen den Kühler, und Steine schlugen gegen den Boden.

Der Kombi schlitterte einen Hang hinunter und traf auf eine Art flachen Teich, bevor das Gelände wieder anstieg. Das Heck scherte aus, und die Räder drehten durch, während Gordon sich bemühte, den Kurs zu korrigieren. Innerhalb von Sekunden kam der Wagen zum Stehen, und während die Räder durchdrehten, trommelte Kies gegen die hinteren Kotflügel.

Gordon schnappte das Raketenzubehör und hechtete aus dem Wagen. Regen prasselte auf seinen Schädel, als er durchs stehende Wasser watete und danach den Hang hinauflief. Seine Füße verfingen sich im Dickicht.

Der Lieferwagen tauchte auf dem Hügelkamm hinter ihm auf und näherte sich dann dem stecken gebliebenen Volvo. Gordon keuchte. Auch der Lieferwagen platschte in die Pfütze, und seine Räder drehten durch. Zwei Männer sprangen heraus und machten sich über den Volvo her, doch fanden sie ihn leer.

Als Gordon den nächsten Hang erklommen hatte, tauchte ein Blitz die Szene in helles Tageslicht. Er wurde entdeckt und hörte die beiden Männer gleichzeitig ausrufen. Doch der Blitz hatte ihm auch noch etwas anderes gezeigt – die Wälle, die den mit Raketentreibstoff gefüllten Schuppen umgaben.

Gordon schleppte sich weiter. Schleppte sich auf den Wall, rutschte den steilen Abhang hinunter und knallte zähneklappernd gegen die Stahltür des Schuppens. Japsend schnappte er nach Luft. Laufen war er nicht gewohnt. Panik war er auch nicht gewohnt, genauso wenig wie Kämpfen oder bis auf die Haut durchnässt zu sein.

Dann sollte er wohl besser sein Hirn einsetzen, beschloss er.

Er fummelte an seinem Gürtel nach dem Schlüssel für das Vorhängeschloss, schloss es auf und warf es über die Schulter. Dann riss er die Tür auf, rannte hinein und griff nach dem Syntin-Kanister, dem flüssigen sowjetischen Raketentreibstoff. Er öffnete das Ventil, und der Treibstoff floss heraus und erfüllte den Schuppen mit seinem intensiven Kohlenwasserstoffgeruch. Gordon warf einen Zünder in die Pfütze, stellte die Batterie daneben auf den Betonboden, bog die Drähte zu den Anschlussklemmen und lief wieder hinaus. Die Tür ließ er einladend einen Spalt offen stehen und kraxelte auf der anderen Seite über den Wall. Oben stolperte er und fiel hin. Als er zu Füßen des Walls im Gras lag, hörte er einen der beiden mit Akzent sagen: »Er ist da drin!«

Gordon rappelte sich auf und spürte einen stechenden Schmerz im rechten Fußgelenk. Er taumelte zu einem Weißdorngebüsch am Rand der Wiese.

Beim Rennen sah er auf die Fernbedienung hinab und stellte den Schalter auf EIN. Die LED-Anzeige sprang von »Gesichert« auf »Scharf« um. Er hörte, wie die Schuppentür in ihren Angeln quietschte, als die beiden Eindringlinge hineinstürmten. Bebend holte er Luft und drückte den Auslöser. Er war ein wenig überrascht, dass die Wälle genau die Wirkung hatten, die sie haben sollten.

♠

»Die Täter wurden in ihre einzelnen Atome zerlegt«, berichtete Gordon Dina zwei Abende später. »Die Spurensicherung konnte keine Spur mehr von ihnen finden.«

Dina schien beeindruckt zu sein. »Ich muss schon sagen, wenn Sie sich einmal etwas in den Kopf gesetzt haben«, sagte sie, »sind Sie verdammt gründlich.«

»Sie müssen lauter sprechen«, sagte Gordon. »Ich bin immer noch ein bisschen taub.«

Der Schuppen war explodiert und dann wieder explodiert, und das war mindestens ein paar Minuten lang so weitergegangen. Im Schutz des Weißdorns hatte Gordon beobachtet, wie eine Detonation nach der anderen die friedliche Wiese erschüttert und Flammen zu den tiefen Wolken hinaufgeschossen hatte.

Zugegeben, er hatte viel Oxidationsmittel in dem Schuppen gelagert.

Zum Abendessen hatte Gordon sie ins Au Pied de Cochon eingeladen, die New Yorker Inkarnation einer bekannten Pariser Brasserie. Die Tischtücher waren sauber, die Bedienung aufmerksam, und die tulpenförmigen Lampen tauchten das Restaurant mit seiner dunklen Holzvertäfelung in weiches Licht. Auf dem Menü standen Proteine in großen Mengen, was ihm angesichts von Dinas Fleischfresserinstinkt angemessen erschien.

»Ich hoffe, Sie sehen es mir nach, dass ich nicht mit Ihnen ins Krankenhaus gegangen bin«, sagte Gordon. »Ich wusste nicht, wie man Ihnen helfen kann, und ich wollte da sein, als die Gefangenen befreit wurden, falls einer von ihnen einen Arzt gebraucht hätte.«

Dina tat nachdenklich. »Vielleicht vergebe ich Ihnen«, sagte sie. »Ich muss es mir noch überlegen.«

»Aber ich war da, als Sie aufgewacht sind«, merkte Gordon an.

Am Montag um die Mittagszeit war sie zu sich gekommen und hatte nach ihren Kleidern, Proteinen und ihrer Waffe verlangt. Anscheinend hatte sie keine bleibenden Schäden davongetragen, und sie konnte sich an nichts erinnern, was während ihres Komas geschehen war. »Sie waren der erste Mensch, den ich gesehen habe«, sagte Dina. »Dafür bekommen Sie Pluspunkte.«

»Immerhin hat Sie der Anblick nicht gleich wieder ins Koma versetzt.«

Sie lachte leise.

»Als die ersten Polizisten beim Gelände ankamen«, sagte Gordon, »fanden sie vor dem Tor vier Hundeleichen und einen Mann, dem die Kehle herausgerissen worden war. Damit war es eindeutig ein Tatort, und sie brauchten keinen Durchsuchungsbefehl mehr, um einzudringen. Allerdings waren sie zu misstrauisch, um allein reinzugehen, deshalb haben sie Verstärkung angefordert. Und während sie gewartet haben, ist Franny Black mit der halben Belegschaft von Fort Freak aufgetaucht.« Er grinste. »Die hatten ordentlich Feuerkraft und eine Menge Mumm im Gepäck. Harvey

Kant hatte sogar eine Thompson, die noch aus den Zeiten von Lucky Luciano stammen muss – dabei habe ich mich übrigens gefragt, wie alt Kant eigentlich ist. Unsere Jungs haben die Cops in Jersey einfach zur Seite geschoben und haben die Bude gestürmt.«

Gordon lachte. »Die haben es ernst gemeint. Aus irgendeinem Grund glaubten sie, Sie wären dort gefangen gehalten worden.«

Dina sah ihn scharf an. »Wer hat sie auf die Idee gebracht?«

»Die müssen meinen Anruf falsch gedeutet haben«, sagte Gordon trocken. »Unsere Jungs waren zu spät. Das Gelände war geräumt worden. Mindestens drei Computer waren weggeschafft worden, aber immerhin konnten sie auf Umschlägen und Rechnungen den einen oder anderen Namen entdecken. Und sie fanden Steely Dan und zwei weitere Entführte aus Jokertown, die man in einer metallverkleideten, unterirdischen Zelle im hintersten Teil des Gebäudes eingesperrt hatte.« Er schüttelte den Kopf. »Das war wie das Hauptquartier von so einem Oberbösewicht aus dem Kino.«

»Mich überrascht, dass sie sie nicht in Hundezwinger gesteckt haben«, sagte Dina.

»Hundezwinger sind nicht stabil genug für jemanden wie Dan oder andere außerordentlich kräftige Wild Cards«, sagte Gordon. »Die hätten den Zwinger einfach zerlegt. Die brauchten eine spezielle Zelle.«

»Aber wofür?«

»Selbst die Gefangenen wussten das nicht.« Steely Dan hatte nur begriffen, dass er sich, nachdem er die Tür aufgemacht hatte, ein paar Typen mit Elektroschockern gegenübergesehen hatte. Sie hatten ihn getasert, bis er wehrlos war, dann wurde er gefesselt, in einen Lieferwagen geworfen und abtransportiert.

»Man hat ihnen regelmäßig Essen gegeben. Man hat sie

nicht misshandelt, außer dass man sie gegen ihren Willen festgehalten hat.« Er sah auf das funkelnde Besteck zu beiden Seiten des edlen Porzellantellers hinab. »Die Bosse glauben, dass man sie einsetzen wollte, um den Hunden beizubringen, wie man Menschen tötet«, sagte er. »Aber ich habe mir meine Gedanken darüber gemacht. Vielleicht hat man sie festgehalten, um ... medizinische Experimente durchzuführen.«

Dina knurrte wie ein Hund, sodass sich Gordon beinahe die Nackenhaare aufstellten. »Das ist nicht recht«, sagte sie.

»Wenn wir die Leiche identifizieren können, oder wenn die Fingerabdrücke etwas zutage bringen, dann ...«

»Der Tote war Russe oder so was, oder?«, sagte Dina. »Wenn er ein Gauner war, dann können die Russen uns vielleicht sagen, wer er ist.«

»Vielleicht.« Gordon breitete die Hände aus. »Jetzt ist die Polizei von New Jersey in den Fall verwickelt und das NYPD und das FBI, weil es sich um eine Entführung gehandelt hat. Und das FBI und das Amt für Sprengstoffe untersuchen meinen Schuppen, weil sie halb der Überzeugung sind, dass ich ein Terrorist bin.«

»›In ihre einzelnen Atome zerlegt‹«, zitierte Dina. »Wo ist ihr Beweis?«

»Nun«, sagte Gordon nicht sonderlich überzeugt. »In der Scheune steht der große Raketenantrieb. Daraus können sie sicher was machen, nehme ich an.«

Sie lachte. »Immerhin sind Sie kein Joker. Sonst würden sie Sie zur Twisted Fist stecken.« Er sah sie an. Sie erwiderte den Blick und runzelte dann die Stirn. »Sie sind doch kein Joker, oder?«, sagte sie.

Die Polizei von Fort Freak hatte allen Grund zu der Annahme, dass er ein Joker war, denn es stand in seiner Akte, schließlich war er positiv auf das Wild-Card-Virus getestet worden. Tatsächlich war er auf der Insel Okinawa damit infiziert worden, wo sein Vater mit der Air Force stationiert gewesen war. Gordon hatte im Krankenhaus gelegen, im Fieber delirierend, auf seiner Haut waren riesige Tumore gewachsen, sein Herz hatte gehämmert, während sein Blutdruck in den Keller gestürzt war …

Amerikanische Militärkrankenhäuser sind für alle möglichen Eventualitäten ausgestattet. Sie hatten ihm das Trump-Virus verpasst, das damals eine nur dreißigprozentige Erfolgschance gehabt hatte. Und es hatte gewirkt und das chaotische Unheil, das die Wild Card mit seinem Körper angerichtet hatte, wieder rückgängig gemacht. Für den Rest seines Lebens würde er positiv aus jedem Test herausgehen, aber trotzdem war er ein Normalo. Ein Normalo, dessen Größe, Gewicht und Geruchssinn an der Extremgrenze des Normalen lagen, aber dennoch ein Normalo.

»Bin ich ein Joker?«, wiederholte er. »Nein, bin ich nicht.«

Sie verzog das Gesicht und sah ihn an, als wüsste sie nicht, ob sie ihm glauben sollte. Dann nahm sie die Speisekarte. »Vielleicht sollten wir besser bestellen.« Stirnrunzelnd betrachtete Dina die Karte, in der es keine englischen Übersetzungen gab. »Tja«, sagte sie. »Immerhin weiß ich, was *porc* heißt.«

»*Cochon* bedeutet auch Schwein«, fügte Gordon hilfsbereit hinzu.

»Was ist *panés*?«

»Paniert.«

Mit einem Lächeln und dem Notizblock in der Hand trat der Kellner an den Tisch. Als Vorspeise bestellte Gordon sich Kalbskopf und anschließend geschmorte Schweinshaxe. Dina fing mit Zwiebelsuppe an, wollte danach – sie fuhr mit dem Finger die Worte ab, während sie sie ablas – *queue, oreille, museau et pied de cochon panés,* dieses panierte Schweinegericht.

Gordon sagte ihr nicht, dass sie eben Ohr, Schwanz,

Schnauze und den Fuß eines Schweins bestellt hatte. Fremdländische Küche, dachte er, sollte schließlich mit Überraschungen aufwarten.

Falls sie es nicht mochte, würde er ihr auf der Straße einen Hot Dog kaufen. Oder zwei.

♣ ♦ ♠ ♥

Das große Bluten

Teil 4

»Sieht so aus, als hätte sich unsere Terrorverschwörung erledigt«, sagte Jamal.

Nach einer Rede von Holy Roller in Harlem waren sie in die Bleecker Street zurückgekehrt. Die Veranstaltung war gnädig kurz gewesen, und es hatte keine Schwierigkeiten gegeben, wenn man einmal von dem zusammenhanglosen Gelaber und der obligatorischen »Rolle« absah, mit der Holy Roller jedes Mal Gelächter erntete ... und Stimmen einbüßte.

Roller hatte seine Tour beendet und benötigte das Team von SCARE nicht mehr. Als sie nach einer langsamen, ekelhaften Fahrt durch den anscheinend endlosen Regen zu ihrem Einsatzstützpunkt zurückgekehrt waren, hatte Jamal ein Update vom Analyseteam auf Rikers Island vorgefunden.

»Wir haben kein Ammoniumnitrat gefunden?«, sagte Sheeba und ließ ihre große Gestalt auf ihren Schreibtischstuhl fallen. Was auch immer er vom Führungsstil und den persönlichen Gewohnheiten von Midnight Angel halten mochte, diese Manöver faszinierten Jamal noch immer. Es war, als würde man einen Schreikranich oder einen anderen langbeinigen Vogel beobachten, wie er sich bog, um einen Fisch aus einem See zu angeln ... unwahrscheinlich, ein wenig linkisch, aber unendlich sehenswert.

Vor allem, wenn man gelangweilt und erschöpft war – und wild auf jegliche Art von Ablenkung. »O doch, es ist Ammoniumnitrat«, sagte Jamal. »Und zwar eine gefährliche Menge davon.«

»Das ist gut für uns, oder?«

»Nein. Die Lieferung passt nirgends rein. Homeland Security hat keine Spur, woher es kommt, und vor allem ... keinen Käufer. Es ist verwaist.«

»Kennen die denn jeden Käufer und potenziellen Terroristen in und um New York City? Ich meine, sieh dir doch nur mal unsere Beobachtungslisten an.« Auf denen standen Hunderte Namen, das wusste Jamal.

»Deshalb hat es ein paar Tage gedauert. Sie haben eine große Fahndung gestartet und Gegenproben durchgeführt und niemanden gefunden, der am rechten Ort gewesen wäre, um die Lieferung anzunehmen.«

»Das beantwortet aber nicht meine Frage. Was ist mit den Typen, die die Staatssicherheit nicht kennt?«

»Die haben ein Analyseteam, das mit sämtlichen Agenturen des Planeten verbunden ist ...«

Sheeba stand unvermittelt auf – eine ebenso beeindruckende Vorführung ihrer Bewegungsweise. »Arbeitest du für die oder für uns? Oder warum verteidigst du diese Typen und ihre Ahnungslosigkeit?«

»Ich sage dir nur, was sie mir sagen!«

Sheeba tigerte auf und ab. »Vielleicht sollte ich mal bei Billy Ray anrufen.« Wieder eine Überraschung. Wenn Sheeba zugab, dass sie mit ihrem Gatten Billy Ray, alias Carnifex, im Hauptquartier von SCARE gesprochen hatte – was nur selten vorkam –, sagte sie normalerweise, sie habe mit dem »Hauptbüro« oder »unserer Hauptstadt« gesprochen.

Aber sie sagte nie seinen Namen. Vielleicht wollte Sheeba auch nach Hause. Zurück zu einem normalen Leben. Wie immer das für ein Ass aussah. »Wir haben noch andere Möglichkeiten«, sagte Jamal. »Die Polizei von New Jersey war am Tatort. Und ich weiß, dass die Leiche aus irgendwelchen Gründen hier in Manhattan gelandet ist, im fünften Revier.«

»Dort könnten wir vermutlich anrufen«, sagte Sheeba, klang aber nicht sonderlich begeistert.

»Es ist kurz vor Feierabend, und die würden uns sowieso nur im Kreis weiterverbinden«, sagte Jamal und stand mühsam wieder auf. »Fort Freak ist nicht weit. Ich kann doch einfach schnell vorbeischauen?«

Sheeba blinzelte. »Jetzt. Im Regen.«

»Ich habe einen Schirm«, sagte er. Er sah zum Fenster, und ohne darauf zu achten, ob es stimmte oder nicht, setzte er hinzu: »Und es lässt nach.«

Und scheiß drauf, vielleicht würde er in Fort Freak ja tatsächlich etwas erfahren.

♦

Zu seiner Belustigung sollte sich sein Schwindel bezüglich des Wetters als wahr erweisen. Der Regen hatte tatsächlich nachgelassen, weshalb er den Schirm am Bändel vom Handgelenk baumeln lassen konnte … und mit der freien Hand das Telefon benutzen konnte.

Es ging auf Feierabend zu, und die Gebäude in Lower Manhattan entließen ihre Gefangenen für den Abend. Dennoch konnte sich Jamal über einen relativ leeren Gehweg freuen … vielleicht hielt die Gefahr eines neuerlichen Regengusses die Leute in den Häusern. Selbst der Verkehr schien nicht so stark zu sein.

Aber egal – Jamal hatte die Möglichkeit, beim Gehen Julia anzurufen, die einzige Tätigkeit an diesem Tag, die ihm Freude bereitete. Und ausgerechnet das ließ sich in letzter Zeit immer schlechter arrangieren.

Zum einen lag es natürlich am Zeitunterschied, denn Jamal hatte ihr drei Stunden voraus. Dazu kam sein Terminplan beim SCARE mit den ganzen obligatorischen gemeinsamen Abendessen.

Vor allem aber lag es an Julias Terminplan. Wenn sie im Club war, dann war sie gemäß Jamals Zeit von neun Uhr abends bis zwei oder drei Uhr morgens nicht erreichbar – und das war das Zeitfenster, in dem er telefonieren konnte.

Von fünf Uhr morgens New Yorker Zeit bis zum frühen Nachmittag schlief sie. Wegen ihres Körperzustands brauchte sie so viel Schlaf.

In den letzten Wochen hatten sie sich angewöhnt, sich abends zwischen fünf und sechs nach New Yorker Zeit kurz Hallo zu sagen.

Eine bescheidene Art, eine Beziehung zu führen.

Aber sie sollte anders ablaufen, als es Beziehungen in Jamals bisheriger Vita normalerweise taten. Er hatte durchaus einige Langzeitbeziehungen gehabt, sogar eine, die auf eine Ehe zugesteuert war, bis Jamal bei einem Filmdreh in Mexico mitgemacht hatte, wo eine Kombination aus wahnwitzigen Überstunden, hohem Druck, unnötigen Mengen von Tequila und einer Schauspielerin namens Mary-Margaret dazu beigetragen hatte, dass Jamal ein beziehungsschädliches Verhalten an den Tag gelegt hatte.

Selbst seine erfolglosen Langzeitbeziehungen lagen weit in der Vergangenheit … herzlichen Dank, SCARE. Doch diese Beziehung wollte er am Leben halten. Oder vielmehr: Er wollte dieser folgen, wo immer sie hinführte. Doch sein erster Anrufversuch endete sogleich beim Anrufbeantworter, und das war ärgerlich.

Zwei Straßen weiter – inzwischen schon tiefer in Jokertown, wo sich die Freaks dem Gedränge auf dem Bürgersteig nach zu schließen nicht so sehr vom Schmuddelwetter abschrecken ließen – probierte Jamal es erneut. Immer noch nichts.

Julia war nie ohne ihr Handy unterwegs. Es gehörte zu ihrer absoluten Grundausrüstung. In den vier Monaten, die sie schon zusammen waren, hatte er es noch nie zweimal bei ihr probieren müssen. Im schlimmsten Fall hatte sie ihm auf den zweiten Versuch hin geschrieben: »Bin gerade beschäftigt. Ruf dich gleich zurück.« Und das tat sie dann auch immer.

Was mochte los sein? Schlimmer noch: Was konnte er machen?

♥

»Kann ich etwas für Sie tun?«

Der Sergeant am Eingangsschalter – laut dem oxidierten Namensschild handelte es sich um einen Sergeant Homer Taylor – war ein Joker. Etwas untersetzt, etwas hellere Haut als Jamal, als würde das seit 1946 noch eine Rolle spielen. Flügel wie die einer Riesenfledermaus hingen an ihm herab. Daneben hatte er ein langweiliges, vielleicht sogar angenehmes Gesicht, sodass es Jamal schwerfiel, seinen Tonfall zu deuten. Handelte es sich um eine ehrliche Frage oder um eine Art Herausforderung?

Jamal beschloss, die Sache geradlinig anzugehen, und zeigte seine Marke. »Special Agent Norwood, SCARE.«

Taylor flatterte mit den Flügeln – war das ein Zeichen der Anerkennung? Der Joker sah in seiner antiquierten Falltafel nach. »Unfall in New Jersey … wir haben eine Leiche in New Jersey, um die sich Detective Black kümmert.« In Sergeant Taylors Tonfall schwang etwas mit, das Jamal nicht einordnen konnte … eine Spur Hohn vielleicht, oder, etwas wohlwollender interpretiert, einfach nur Belustigung?

»Okay, ich weiß, dass das gewagt ist, aber ist Detective Black vielleicht zu sprechen?«

Taylor sah ihn scharf an. Jetzt war es an ihm, sich zu fragen, ob Jamal ihn zwischen den Zeilen tadelte. »Im Moment ist er außer Haus. Aber wenn Sie ihm Ihre Nummer dalassen wollen …?«

Jamal schob Taylor bereits seine Karte rüber. »Wohl mal wieder scheiße gelaufen, wie wir unter uns sagen.«

Taylor wedelte mit dem winzigen Papierrechteck. »Im Moment schon. Aber ich werde mich persönlich darum kümmern, dass er Ihren Namen und Ihre Nummer bekommt. Mehr kann ich nicht tun.«

»Gibt es hier keinen Officer oder Sergeant, der mit einem SCARE-Agenten sprechen könnte?«

»Die Schicht ist gerade mal zur Hälfte um, Mr. Norwood. Wer auf Streife raus kann, ist draußen. Und heute war viel los in Jokertown. Detective Black wird sich bei Ihnen melden, aber eben nicht in den nächsten fünf Minuten.«

Plötzlich fühlte Jamal sich müde und wütend, was keine gute Kombination war. Er wandte sich ab und wusste auf einmal nicht mehr, was er als Nächstes tun sollte. Immerhin hatte er nun Gelegenheit, sich Fort Freak anzuschauen.

Das uralte Sandsteingebäude war wie ein Polizeimuseum. Die Telefone waren mindestens dreißig Jahre alt. Selbst ihr Klingeln hörte sich analog an. Seltsamer noch war der hohe Anteil an Jokern bei der Belegschaft, angefangen bei einer menschengroßen Ratte bis zu einem großen, gescheckten Kater …

»Kein einziger dieser Beamten kann mir etwas sagen.«

Taylor seufzte. Er hatte einen stattlichen Leibesumfang – Bill Norwood hätte ihn einen perfekten Lineman beim Football genannt, wären da nicht die Flügel gewesen. »Normalerweise schon. Aber Vorfälle in New Jersey liegen außerhalb unserer Zuständigkeit. Von daher ist es einigermaßen ungewöhnlich, dass selbst Detective Black damit zu tun hat.«

Jamal war klar, dass er hingehalten wurde, ziemlich gekonnt sogar. »Danke, Sergeant«, sagte er. Als er gerade gehen wollte, klingelte sein Handy – Julia!

Nein … »Spreche ich mit Jamal Norwood?«, fragte eine Stimme. Jamal brauchte einen Moment, um sie als die von Dr. Finn aus der Jokertown-Klinik zu identifizieren.

♣

Da Jamal das Gespräch nicht in Fort Freak führen wollte, eilte er zum Haupteingang hinaus. Kaum war er draußen, drang der schmierige, fischige und ölige Geruch des East River auf ihn ein. Wieso hatte er das vorhin nicht gerochen? Wahrscheinlich weil die Luft vom Regen gereinigt worden war, wenn auch nur für kurze Zeit. »Hallo, Doktor«, sagte er und hoffte, dass seine Stimme kräftiger klang, als es ihm vorkam. »Wie sieht es aus?«

»Verwirrend, Mr. Norwood. Etwas Besseres habe ich nicht zu bieten.«

»Strengen Sie sich an.«

»Es tut mir leid.« Jamal konnte sich gut vorstellen, wie der Jokermediziner mit den Hufen scharrte. Er selbst ging ebenfalls auf und ab, als könne schiere Bewegung eine üble Sache besser machen. »Sie zeigen Symptome einer … in Ermangelung eines besseren Ausdrucks muss ich es wohl ein degeneratives Phänomen nennen.«

»Ist das besser oder schlimmer als eine Krankheit?«

»Könnte besser sein. Sie könnten zum Beispiel unter dem Äquivalent einer Verletzung oder selbst einer Allergie leiden, die behandelbar wäre.«

»Aber ich könnte genauso gut etwas haben wie ALS oder Parkinson?«

»Diese Begriffe passen nicht.«

»Aber als Analogie …«

»Ja, als Analogie passen sie. Wir müssen einfach noch mehr Untersuchungen durchführen.«

Jamal stand allein im Eingang von Fort Freak, um ihn

herum dröhnte New York, die Schwingungen und die Gerüche Jokertowns umwaberten ihn … und er fühlte sich eigentlich so, wie er sich den Großteil seines Lebens gefühlt hatte … aber er wusste kaum, was er nun sagen sollte. Er wusste nur um das flaue Gefühl im Magen, das sich eingestellt hatte, weil Finn ihm nicht gesagt hatte: »Ich hab's! Nehmen Sie eine Woche lang Antibiotika, und dann ist alles gut.«

»Noch mehr Untersuchungen … das hört sich nicht gut an.«

»Wir sollten uns auf das Positive konzentrieren, Mr. Norwood. Allerdings würde ich gern so bald wie möglich einen Termin mit Ihnen machen.«

»Ich rufe gleich in Ihrem Sekretariat an und mache einen Termin aus«, sagte er. »Danke, Doktor.« Er legte auf … und dann traf es ihn wie der verzögerte Aufprall bei einem Tackle.

Er konnte sterben. Schlimmer noch – falls das ging –, er konnte langsam abkratzen, auf schreckliche Weise, erst das Gehen einbüßen … dann den Gebrauch der Hände … die Körperfunktionen.

Irgendwann würde er nicht mehr atmen können, wäre hilflos. *Von dem Scheiß erholst du dich nicht mehr, was, Stuntman?* Er wollte mit Julia reden … warum hatte sie nicht angerufen? Vielleicht war es besser so. Sie führten bei Weitem keine stabile Langzeitbeziehung. Sie sollte sich damit nicht auseinandersetzen müssen – nicht solange alles so unsicher war …

»Agent Norwood?«

Jamal drehte sich um. Er brauchte einen Moment, um sich daran zu erinnern, dass er vor Fort Freak stand – wo man ihn wie beim Football mit ausgestrecktem Arm auf Abstand hielt. Jetzt stand ein gut aussehender junger Mann Ende zwanzig mit weißem Hemd und offener Krawatte ganz außer Atem vor ihm. »Ich bin Franny Black.«

»Oh, Detective Black. Ich bin Jamal.«

Franny hielt Jamals Karte in die Höhe. »Sergeant Taylor hat mir das eben gegeben. Ich bin froh, dass ich Sie noch erwische.«

Wäre Finns Anruf nicht dazwischengekommen, hättest du mich nicht mehr erwischt. »Was brauchen Sie?«

»Was wohl? Informationen.«

Zehn Minuten später hatte Jamal so viele absonderliche Dinge über vermisste Joker und fragwürdige Hundetrainingsanstalten in New Jersey gehört, dass es ihm gelungen war, Finns Neuigkeiten ganz klein zu verpacken und in einem abgelegenen Winkel seines Bewusstseins zu verstauen. »Das muss hart gewesen sein«, erklärte er Franny. »Den Heffers vom Tod ihres Kinds zu berichten.«

Franny lehnte sich zurück. Sie saßen an seinem Schreibtisch in der Ecke des großen Mannschaftsbüros im zweiten Stock. Die Räumlichkeiten waren so heruntergekommen, dass der SCARE-Stützpunkt in dem hässlichen Hotelzimmer dagegen hochmodern wirkte. »Das war es auch. Vor allem weil … weil ich ihnen nichts Brauchbares erzählen konnte. Kein Motiv. Nichts.«

»Dann gewöhnt man sich also nicht daran.«

»Es war das erste Mal, dass ich das tun musste.«

Jamal war überrascht. »Sie sind doch Detective!«

»Das ist ganz plötzlich so gekommen. Davor bin ich nur wenige Jahre Streife gefahren, und da hat mein Partner die Führung übernommen … bei allem.«

»Was macht ein Normalo eigentlich in Fort Freak?«

»Je mehr ich darüber nachdenke, desto mehr scheint mir das ein ungelöster Vaterkomplex zu sein.«

Jamal musste lachen. »Verstanden.«

»Und was will das SCARE mit meinem toten Joker?«

Jamal kramte eine Kopie des Berichts der Homeland Security über das Ammoniumnitrat und seine eigenen Notizen zu der Unfallstelle heraus. Franny quittierte das Schreiben vom Heimatschutz mit einem Nicken, setzte sich aber auf, als er Jamals Material durchlas. »Das klingt bekannt«, sagte er. »Der ungewöhnliche Radstand, das fehlende Profil …« Er wandte sich seiner verdreckten Tastatur und dem fetten, alten Computerbildschirm zu.

»Wird das Teil mit Dampf betrieben?«, fragte Jamal.

»Ich kann froh sein, dass ich überhaupt einen habe.« Während er sich durch die Dateien klickte, deutete Franny mit einem Nicken auf die anderen Arbeitsplätze im Büro. Und natürlich standen nur auf einem Drittel von ihnen Computer.

»Wie um alles in der Welt schnappt ihr überhaupt mal jemanden?«

»Manchmal stellen sie sich vor unsere Tür und flehen uns an, dass sie gestehen dürfen.« Franny grinste. Dann drehte er den Bildschirm um, damit Jamal ihn sehen konnte. »Vielleicht ist das Ihr Kerl.«

Jamal sah auf den Monitor und erblickte eine Seite aus einem typischen Verdächtigenprofil der Polizei. Ein Schwarz-Weiß-Foto zeigte die seltsamste Fahrzeugfront, die Jamal je gesehen hatte. »Er heißt Chahina alias Wheels. Er ist ein Joker, der nicht nur wie ein LKW gebaut ist, sondern anscheinend auch so fahren kann. Anfang zwanzig, frisch eingewandert.«

»Was hat Wheels angestellt?«

»Er wurde wegen einer Unmenge von Verkehrsverstößen in den Stadtbezirken und in New Jersey angehalten. Alle Vorwürfe wurden abgewiesen.« Franny schmunzelte. »Für einen Lastwagenfahrer scheint er mit einem guten Anwalt gesegnet zu sein.«

»Tatsächlich.«

»Tatsächlich ist es die Bürgerrechtsvereinigung. Wheels wird immer wieder vorgeladen, doch die Bürgerrechtler kriegen ihn immer wieder raus, weil sie behaupten, dass Kraftfahrgesetze nicht auf …«

»Auf selbstfahrende Joker anwendbar sind.«

»Die Welt ist manchmal schon ziemlich verrückt.«

Jamal hielt sein Handy hoch. »Kann ich irgendwo …?«

»Sagen Sie mir jetzt nicht, dass Sie die Datei runterladen wollen. Oder dass ich sie Ihnen per E-Mail schicken soll. Sie sind hier in Fort Freak, Jamal.« Franny betätigte einige Tasten, und am anderen Ende des Büros brummte sich ein Drucker warm. »Aber wir können Ihnen eine Kopie ausdrucken. Wir sind hier tatsächlich schon im Jahr 1994 angekommen!«

»Mir scheint, dass es sich lohnen würde, mit ihm zu sprechen. Steht da, wo er wohnt?«

Franny klickte sich auf eine andere Seite weiter. »Wo sonst? In Jokertown.«

♠

Endlich rief Julia zurück. »Entschuldige, das tut mir so leid, habe ich schon gesagt, wie leid es mir tut?«

»Ich habe den Eindruck, als wolltest du dich entschuldigen.«

Seit dem Gespräch mit Franny Black in Fort Freak waren vier Stunden vergangen. Er war in die Bleecker Street zurückgekehrt und nutzte das Business Center des Hotels, um das Dossier von Wheels einzuscannen und es Sheeba zu mailen, bevor er zu ihr nach oben ging.

Das Abendessen war deutlich interessanter gewesen, da Sheeba vom Tisch aufgesprungen war, um mit ihrem Mann Billy Ray in Washington zu telefonieren und sich anschließend mit anderen bundesweiten Agenturen in New York kurzzuschließen. Die Entdeckung, dass Wheels ein Joker aus dem Ausland war, hatte alles geändert, doch die erste Begeisterung hatte bei Jamal rasch nachgelassen. Finns Neuigkeiten – oder das Ausbleiben von guten Neuigkeiten aus der Klinik – zog sich wie eine Heavy-Metal-Basslinie durch jeden seiner Gedanken.

Jetzt lag Jamal flach auf dem Rücken und konnte nicht einschlafen. Er zählte gerade die guten Tage, die ihm noch bleiben mochten, als das Telefon summte.

»Hab ich dir erzählt, dass meine Eltern in der Stadt sind?«

»Hast du nicht.« Julia kam ursprünglich nicht aus Los Angeles, sondern aus einer ländlichen Gegend in Idaho, wo es für ein Jokermädchen nicht gerade gemütlich zuging.

»Dann hast du heute Abend frei?«

»Teufel, nein.« Zu Julias vielen Reizen gehörte auch die Wahl ihrer Kraftausdrücke, die so zahm waren, als entstammten sie alle irgendwelchen Filmen über frisierte Autos und Limonadenbars aus den 40er-Jahren. »Ich habe mich kurz ins Büro geschlichen. Bis gerade haben mich meine Leute die ganze Zeit beschäftigt.«

Jamal versuchte, sie sich vorzustellen, doch kam ihm nur das Bauernpaar auf dem Bild *American Gothic* in den Kopf, deshalb erachtete er den Versuch als gescheitert. Er war sich nicht einmal sicher, wie sie hießen. »Schlafen sie bei dir?«

»O mein Gott, nein.« Julia lachte. Und Jamal hätte es besser wissen müssen.

In einem Augenblick der Schwäche hatte Jamal während eines Gesprächs mit seiner Mutter Maxine fallen lassen, dass er mit jemandem »ging«. Und er hatte ihren Namen genannt, Julia Jackson.

Doch Maxine hatte nachgebohrt, wie Mütter es eben tun. Deshalb hatte Jamal es verraten: »Sie ist ein Joker.«

Schweigen in der Leitung. »Sie sieht vollkommen menschlich aus«, sagte Jamal.

»Das beruhigt mich«, hatte seine Mutter gesagt und gelacht. »Ich dachte schon, du bringst mir ein weißes Mädchen nach Hause.«

Natürlich hatten Maxine und Julia sich noch nicht kennengelernt.

Jamal erinnerte sich gar nicht gern daran, denn es zeigte nicht nur, wie heikel eine Beziehung mit Julia sein würde …

Es gemahnte ihn auch an seine eigenen Schwierigkeiten bei *American Hero,* den Schlamassel mit Rustbelt.

Vergiss es.

♦

Ja. Julia Jackson war ein Joker … von der Größe einer Barbiepuppe … oder vielleicht ein bisschen größer. (»Alle meine Freunde wollten, dass ich ihren Ken küsse, aber er war immer ein bisschen zu kurz.« »Kam dabei auch einmal das Wort ›gruselig‹ auf?« »Nein, damals nicht und auch seither nicht oft.«)

Jamal erzählte gern, er hätte sie »zwischen Riad und New York« kennengelernt, denn das hörte sich wie aus einem Liebesroman an – auf einer Kreuzfahrt auf der Queen Elizabeth 2 –, doch in Wahrheit war es nur ein Scherz, denn sie hatten sich kennengelernt, als Jamal nach dem SCARE-Einsatz im Nahen Osten eine Auszeit in Los Angeles genommen hatte.

Ob wegen seines langen Fernseins oder wegen des Gefühls, etwas geschafft zu haben, das er noch nicht richtig verstand, kehrte er in seine Heimatstadt zurück und fühlte sich wie Graf Rotz. Und warum auch nicht? Er war fit, sah gut aus, konnte sich ausdrücken, war gut gekleidet und – vor allem – berühmt.

Und das war besser, als reich zu sein, denn die ganze Welt glaubte, berühmte Leute hätten auch Geld.

Mit seinen Freunden Brett und Roland war er ins Gulliver gegangen, einen neuen Club auf dem Ventura Boulevard. »Wie abgefahren ist das denn?«, hatte Roland gesagt. »Dass wir im Valley weggehen!« Roland war ein rettungsloser

Snob und wohnte in einem neuen Turm mit allem Schnickschnack im Herzen von Hollywood. Jamal, dem noch eine Eigentumswohnung weiter hinten im Valley gehörte, hatte keine derartigen Berührungsängste. In der relativ kurzen Zeit seit *American Hero* war auf dem Ventura Boulevard ein Haufen neue Restaurants und Clubs aus dem Boden geschossen, und Jamal probierte sie gern aus, vor allem, da er nie lange zu Hause war.

Und es hieß, das Gulliver wäre, was Einrichtung und Personal anging, jokermäßig drauf und damit exotisch. Da Brett bestimmt irgendwann im Verlauf des Abends vorschlagen würde, einen Stripclub mit Jokern zu besuchen, hoffte Jamal, das Gulliver würde ihn vielleicht schon zufriedenstellen, sodass sie eine optimale Partynacht verbringen konnten, nämlich: ohne von einem Ort zum anderen zu ziehen.

Die erste Phase einer jeden Partynacht, ob nun optimal oder nicht, bestand darin, dass man die Frauen begutachtete, die hereinkamen oder schon da waren, als das Trio im Gulliver einlief.

»Donnerstag ist Lady's Night«, wiederholte Roland ständig.

»Das bedeutet, es ist Jamals Nacht«, sagte Brett. Er war in dem Trio der Weiße, ein Freund aus der Highschool. Wie Jamal war auch er ein guter Athlet gewesen, der jedoch wegen seiner geringen Größe weder Respekt noch Chancen bekommen hatte. Und anders als Jamal war er von der Wild Card verschont geblieben.

Von den dreien war Jamal derjenige, der am ehesten mit einer Frau am Arm oder wenigstens ihrer Telefonnummer aus dem Club ging. Schon vor langer Zeit hatte Jamal festgestellt, dass er dafür jedoch Roland und Brett oder zwei vergleichbare Kerle an seiner Seite brauchte. Gegenüber einem einzelnen Mann waren Frauen misstrauischer …

Die Bar war voller Möchtegernschauspielerinnen und

welchen, die es nie waren, und sie waren damit beschäftigt, sich darzustellen und zu unterhalten. Dazu ein paar scharfe Frauen in mittleren Jahren, die ihre Geburtstage feierten.

Die einzigen Männer vor Ort – abgesehen von denen, die ganz eindeutig als Begleitung einer der Frauen gekommen waren – drängten sich an der Bar zusammen wie aufgeregte Teenager bei einem Schulball. »Von der Jokernummer sehe ich nichts«, sagte Brett.

»Tja, vielleicht schaust du nicht richtig hin«, sagte Jamal. Die Bar war wie ein mittelalterliches Dorf eingerichtet, mit »Stein«-Wänden, Zinnen, Holzstühlen und -tischen … und alles war so klein dimensioniert, dass selbst Jamal sich wie ein Riese vorkam.

Die Bestätigung kam in Form der Empfangskellnerin, einer hübschen Blondine in einer Art Mittelalterkleid mit einer ganz bestimmt nicht mittelalterlichen Länge. Sie hatte makellose, milchweiße Haut und Augen, die so blau waren, dass sie fast schon lila wirkten. Wie man in Hollywood zu sagen pflegte: Sie hatte das Zeug zu einer Schauspielerin, nicht nur zu einer gut aussehenden Freundin.

Wie jeder andere Mann, der noch atmete, hätte er sich auf jeden Fall von ihr angezogen gefühlt. Ihr einziger Makel, falls dieses Wort überhaupt zutraf, war, dass sie nur fünfundvierzig Zentimeter groß war. »Essen oder Bar?«, zwitscherte sie. Zwar hatte sie eine hohe Stimme, aber auch keine höhere als die von Betty Boop.

Brett grinste, weil er glaubte, er wäre circa vierzig Prozent attraktiver, als er eigentlich war. »Beides.«

»In welcher Reihenfolge? Oder soll ich euch überraschen?«

»Überraschen Sie uns«, sagte Jamal.

»Hier entlang.«

Jamal staunte nicht schlecht, denn die winzige Kellnerin hüpfte auf eine Rampe hinter ihrem Podium und flatterte über den Boden dahin. Natürlich: Das physikalische Abstandsgesetz (von dem Jamal lediglich aus den Tak-Filmen wusste) verdammte über die Erde einfallende Riesenaliens zu Muskelversagen und einem frühen Tod, doch bei Julia erwies es sich vorteilhaft. Sie konnte praktisch fliegen … wie eine Zeichentrickfee.

Sekunden später hatten sie einen Platz als Riesen in einem Lilliputanerdorf. Die Speisekarte wurde ihnen von einem Joker gebracht, der einigermaßen glaubwürdig einen Troll mimte. Doch Jamal und seine Freunde sahen der davonflatternden Julia hinterher. »Ich hoffe, dass niemand auf sie drauftritt«, sagte Brett.

Während des Essens unterhielten sie sich und frotzelten, wobei Jamals Abenteuer in Afrika am meisten Spott abbekamen. Als sie gezahlt hatten und hinausgingen, rief Julia ihnen von ihrem Podium aus zu: »Sagt bloß nicht, ich hab euch Angst gemacht?«

»Was soll das heißen?«, fragte Jamal.

Julia zeigte auf eine Couch in der Ecke der belebten Bar. »Die wartet schon seit einer Viertelstunde auf euch.«

»Wir haben schon gegessen«, sagte Brett.

»Ich weiß, Schatz«, sagte sie. »Wir sagten, erst essen, dann Bar. Daran erinnern Sie sich doch.«

»Eigentlich«, sagte Jamal, »haben wir das so nicht ausgemacht. Aber jetzt schon.«

Und dann blieben sie noch weitere zwei Stunden im Gulliver, und es war einer der besten Abende, die Jamal seit Jahren erlebt hatte … sie lachten, lernten viele Leute kennen, unter anderem auch vier Frauen. »Ein neuer Tiefstpunkt«, sagte Brett grinsend. Er hatte nicht nur eine Telefonnummer ergattert, sondern Jamal bekam sogar mit, dass er eine Frau küsste, die er gerade erst kennengelernt hatte …

»Julia ist klasse«, sagte Roland, als sie hinausgingen.

Und das war sie auch. Doch Jamal hatte an jenem Abend nicht versucht, ihre Telefonnummer zu bekommen, war nicht einmal auf die Idee gekommen – obwohl Roland um das dritte Bier rum bereits sein Interesse an ihr aufgefallen war. »Jamal hat Tönung«, sagte er, denn Roland mochte Militärtechnik, und »Tönung« war Cockpit-Slang für ein Ziel im Visier haben.

»Jetzt mal im Ernst!«, hatte Brett gesagt. »Ihr … passt nicht zueinander.« Er verzog das Gesicht und ließ einen langen Fingerpenis gegen die zusammengeballte Faust stoßen.

»In Beziehungen geht es nicht immer nur um das eine, mein Freund.«

Beim Hinausgehen richtete es Jamal so ein, dass er noch einmal an dem Schalter der Empfangskellnerin vorbeimusste, wo er dafür von Julias Lächeln und einem: »Kommen Sie bald wieder!« entlohnt wurde.

»Das werden wir«, sagte Brett.

»Nicht Sie, Großer«, sagte Julia mit betörendem Lächeln. »Sie sind ein ganz Netter«, sagte sie zu Roland. Und dann sah sie Jamal – dank des Podiums – direkt in die Augen. »Ich meinte Sie.«

Am nächsten Abend kam er wieder … mit Roland. Und diesmal ging er mit Julias Telefonnummer nach Hause. »Rufen Sie mich zwischen eins und vier an«, hatte sie gesagt.

Und das hatte er getan. Sie hatten sich zwei Stunden lang unterhalten, bis Julia gesagt hatte: »O mein Gott, du charmanter Mistkerl lenkst mich total ab, ich muss doch los zur Arbeit.«

Am nächsten Tag hatten sie sich wieder unterhalten und dann wieder und dann noch dreimal, bevor sie sich wieder getroffen hatten.

Bei ihrem ersten eigentlichen Date hatten sie einen englischen Film über ein tragisches Liebespaar angesehen, und Jamal war zu Julias Wohnung in Studio City gefahren. Sie wohnte in einer Nebenstraße hinter den Republic Studios.

Während ihres ersten längeren Gesprächs hatte Julia gemeint, sie lebe in einem »Baumhaus«.

Wie sich herausstellte, hatte sie das wörtlich gemeint: Jamal fand unter der Adresse ein winziges Nurdachhaus in der Astgabel einer alten Eiche zwei Meter über dem Boden.

Um den Stamm wand sich eine Zugangsrampe. Und ein Seil. Jamal staunte erneut über Julias Kraft. Er war zwar gut in Form, aber er hätte die entsprechende Höhe nicht hinaufklettern können …

Sie kam heraus und nahm glücklicherweise die Rampe. Jamal hatte gerätselt, wie er neben ihr herzugehen hatte, ohne dass es unhöflich war – sollte er sie ihr eigenes Schritttempo wählen lassen oder sie zwei Schritte machen lassen, solange er nur einen machte? Oder …

»Du kannst mich hochnehmen«, sagte sie. Was er auch ganz vorsichtig tat und sie in seiner Armbeuge sitzen ließ.

»Solltest du das nicht lieber ein Puppenhaus nennen?«

Sie schlug ihm auf den Arm, es tat überraschend weh. »Fang nicht mit den Witzen über kleine Leute an.«

»Dann bitte eine ernsthafte Frage.« Sie hatten Jamals Wagen schon fast erreicht.

»Eine ernsthafte Frage.«

»Hast du denn keine Angst vor …?«

»Was?«

»Vor komischen Käuzen?«

Zum Glück lachte sie. »Ich habe Tränengas, Baby! Also komm auf keine dummen Gedanken.«

Er hatte ihr auf den Beifahrersitz geholfen. »Der Gurt …« Würde sie womöglich eher zerdrücken, als sie schützen, wollte er sagen.

»Ist schon okay.«

»Du machst das nicht zum ersten Mal.«

»Genau, das ist nicht mein erstes Date.« Er war schon losgefahren, als sie sagte: »Ich will nicht vorpreschen, aber Beziehungen mit Sex werden wahrscheinlich eher nicht so wie gewöhnlich laufen.«

»Kein Problem.«

»Das sagst du jetzt.«

»Du hast doch selbst gesagt, wir sind etwas vorgeprescht.« Sie lächelte zu ihm herüber. »Ich habe da so Alternativlösungen dafür.«

Als diese Alternativlösung stellte sich das Telefon heraus.

Es war eine ganz natürliche Ausweitung ihrer bald täglichen Telefonate, so gut wie immer zwischen zwei und vier Uhr Pacific Time. Da sprachen sie über die Arbeit, über Bücher, Filme, Leute, das SCARE und seine Nachtschlafzeiten. Und dann …

Was sie gern miteinander, mit dem anderen tun würden. Wie es sich anfühlen würde. Wie es aussehen würde. Schmecken.

Es stellte sich als überraschend einfach heraus … und noch überraschender: als höchst befriedigend.

Und das war der Hauptgrund, weshalb Jamal es hasste, Julias Anrufe zu verpassen.

Dieser Anruf stellte sich allerdings als großes Fiasko heraus, vor allem, weil Julia mit der Frage anfing: »Wie geht es dir?«

Es war die perfekte Gelegenheit, und Julia war genau die Richtige, um seine gesundheitlichen Probleme abzuladen. Doch stattdessen gab er nur ein knappes »Okay« von sich.

»Aber ich weiß doch, dass etwas nicht stimmt«, sagte sie.

»Die Arbeit stimmt nicht.« Das war immerhin wahr, auch wenn er ihrer Frage trotzdem auswich.

»Erzähl.«

Er erzählte die Kurzversion: seine Langeweile während der Kampagne, dass er Sheeba nicht mehr aushielt, die Ammoniumnitratlieferung, das Rätsel des Jokerlasters, dass sie sich Wheels heute noch vorknöpfen wollten. »Ist das nicht teilweise, wie nennt ihr das, unter Verschluss oder Geheimhaltung?«

»Wahrscheinlich schon«, sagte er. »Wenn sie uns abhören …«

»… Ha! Wir sitzen schon so gut wie im Kittchen!« Sie lachten. Und dann sagte sie: »Sie brauchen mich …«

»Ich weiß«, sagte er. »Danke …«

»Jetzt hör mal«, sagte sie. »Weil ich so schwer zu erreichen war, lass ich es dir diesmal durchgehen. Man kann nämlich auch lügen, indem man etwas verschweigt. Wenn wir das nächste Mal reden – morgen –, sagst du mir, was tatsächlich los ist, okay?«

♣ ♦ ♠ ♥

Galahad in Uniform

Teil 3

»Machen Sie einen Knopf ran und legen Sie den Fall zu den Akten«, sagte Captain Mendelberg.

Franny starrte auf den weiblichen Joker-Captain des Reviers hinab. Ihre blutroten Augen schienen zurückzustarren, und ihre hohen, flossenartigen Ohren winkten ihm träge zu. Die Venen leuchteten so rot durch die dünne Haut wie ihre Augen. Sie drehte sich auf ihrem Stuhl herum, kehrte ihm den Rücken zu. »Wir besorgen Ihnen etwas anderes.«

»Ich nehme an, Sie sprechen von der Akte der vermissten Joker, Ma'am«, sagte Franny.

»Nun, wovon sollte ich sonst sprechen? Der Fall ist abgeschlossen.«

»Bei allem Respekt, aber dem kann ich nicht zustimmen, Ma'am.«

»Ach, kommen Sie schon, Sie hören sich ja an wie ein Pfadfinder oder, schlimmer noch, wie eine Schwuchtel aus einem britischen Film. Der Fall ist abgeschlossen. Die Täter haben die Joker wie Pudel benutzt, um ihre Kampfhunde zu trainieren. Gordon hat den Laden auffliegen lassen. Ende der Geschichte.«

»Das waren Russen, Ma'am.«

»Und die Russenmafia sitzt nicht schon längst in New Brighton, oder was?«

»Keiner der Mafialeute hat je von ihnen gehört.«

»Dann ist es eben eine neue Russenmafia.« Auf Mendelbergs Schläfe pulsierte eine Ader.

»Das ergibt keinen Sinn. Die Mafiabosse hätten mitgekriegt, wenn eine neue Gruppe mitmischen würde.«

»Wissen Sie, was das bedeutet, Black?«, fragte Mendelberg und zeigte auf ihre Ohren. Sie rührten sich nicht mehr und waren steif aufgerichtet.

»Nein, Ma'am.«

»Das bedeutet, dass ich wirklich stinkig bin. Der Fall ist abgeschlossen. Und jetzt gehen Sie.«

Franny kehrte an seinen Arbeitsplatz zurück. Es stieß ihm sauer auf, und er hatte einen Druck auf den Augen. Ihm war klar, dass die Polizei zu viel Arbeit und zu wenig Personal hatte und dass es ein Segen war, wenn sich ein Fall mit einer einfachen Erklärung auflöste, doch seiner Meinung nach war das eine Dienstpflichtverletzung. Denn es blieben schlicht zu viele unbeantwortete Fragen. Wegen seiner Beförderung bewegte er sich auf zu dünnem Eis, um die Sache selbst weiterzuverfolgen, aber er kannte jemanden, der das machen konnte. Und der möglicherweise auf bessere Mittel zurückgreifen konnte als er.

Er griff zum Telefon und rief Jamal an. Er landete bei der Mailbox. Franny legte den Hörer wieder auf und saß mit den Fingern trommelnd an seinem Platz. Sollte er noch einmal anrufen und diesmal eine Nachricht auf Band sprechen? Wenn Captain Mendelberg davon erfahren würde, würde ihm der Arsch auf Grundeis gehen – einen Bundesagenten einzuschalten war für einen Revierpolizisten ein Kardinalverbrechen. Doch dann dachte er an die angespannten und verängstigten Gesichter der Joker, die sie aus den Zwingern in der Hundetrainingsanstalt befreit hatten. Scheiß drauf. Es war ein Fehler, den Fall abzuschließen. Er wählte Norwoods Handynummer, und diesmal hinterließ er eine Nachricht.

»Hier ist Black vom fünften Revier. Ich brauche Ihre Hilfe.«

Dann wandte er sich wieder der Akte des Falls im Warren County zu.

♥

Zum Mittagessen ging er zu Mary's Lamb. Bill hatte ihm das Restaurant gezeigt, als sie zusammen auf Streife gegangen waren. Man bekam hier nur Frühstück, aber es war billig, die Portionen reichlich und lecker – genau das Richtige für einen Cop, der sein Geld zusammenhalten musste –, und man blieb mit den Leuten auf Tuchfühlung, die man beschützen sollte. Wie man es auch betrachtete: nur Vorteile. Geschmissen wurde der Laden von der Besitzerin, die tatsächlich Mary hieß. Sie war eine Jokerin, doch ihre wahre Gestalt konnte man nur erahnen, da sie sich immer in einen Mantel hüllte und eine Maske trug.

»Heute gibt es Kirsch-Mandel-Muffins, Franny«, sagte sie, als sie an ihm vorbeistapfte. Ihre Stimme klang seltsam kratzig.

»Hört sich gut an. Ich nehme ein Denver-Omelette mit extra Schinken und Kaffee.«

»Kommt gleich.«

Kaffee und Muffins wurden gebracht. Er brach das Gebäck auseinander, und es dampfte heraus, der Duft vermischte sich mit den Schwaden über der Kaffeetasse. Ihm knurrte der Magen, als ihm die Kombination aus Kaffeeduft und frischem Gebäck in die Nase stieg. Er klatschte Butter und Marmelade auf seinen Muffin und beugte sich zu Tim am Nebentisch hinüber, der den *Jokertown Cry* las.

»Wie haben sich die Jets geschlagen?«, fragte er und meinte damit die Baseballmannschaft der Xavier Desmond Highschool.

Tim neigte die Zeitung so, dass Franny das Bild und die Überschrift erkennen konnte. »Wir sind in den Playoffs«, sagte er stolz. Die bleichen grünen Flimmerhaare in seinem Mund bebten unter den Luftstößen, die er beim Nuscheln ausstieß.

Der Teller mit dem Schinken kam, und Franny stürzte sich darauf. Über der Tür schepperte aufgeregt die Klingel, als jemand kräftig die Tür aufstieß. Franny und die anderen Gäste sahen auf, als die Tür gegen die Wand schlug.

Abigail Baker stolzierte herein. Den Mund hatte sie zusammengekniffen, und ihre Augenbrauen lagen in Falten. Wie aus einem Reflex überlegte Franny, ob er etwas getan hatte, um das Mädchen wütend zu machen, doch da er sie seit Monaten nicht mehr gesehen hatte, fiel ihm nichts ein. Abigail war allerdings hysterisch genug, um sich wegen etwas aufzuregen, das schon Jahre zurücklag.

Dass er schlecht über sie dachte, half ihm auch nicht. Denn wenn er sie sah, fing sein Herz an, schneller zu schlagen, und er wurde kurzatmig. Er rief sich ins Gedächtnis, dass er eine Freundin hatte. Eine lästige Freundin.

Konnte es sein, dass sie zu ihm herüberkam? Nein, sie musste es auf jemand anders in seiner Nähe abgesehen haben. Seit er Abby als Opfer des Strippers nackt und wütend auf den Straßen Jokertowns gesehen hatte, war er in sie verknallt.

Es war völlig unmöglich, dass sie zu ihm wollte.

Selbst wenn sie ihn beleidigte, mochte er sie noch.

Unmöglich?

Und wenn er mit ihr ausgehen wollte und sie ihn abblitzen ließ, mochte er sie immer noch.

Sie kam weiter auf ihn zu.

Er mochte sie selbst jetzt noch, nachdem sie mit diesem Teilzeitkleinganoven Croyd Crenson angebandelt hatte.

Sein Rätseln hatte ein Ende, als sie den Stuhl ihm gegenüber zurückzog und sich an seinen Tisch setzte.

»Hi«, fing Franny an, musste aber husten, um den Muffinkrümel, der sich in seiner Kehle verfangen hatte, loszuwerden.

Sie vergeudete keine Zeit mit Höflichkeiten. »Ich brauche Ihre Hilfe«, sagte sie mit ihrem abgehackten britischen Akzent.

Sie brauchte seine Hilfe? *Ach du liebe Scheiße.*

»Warum fragen Sie nicht Ihren zwielichtigen Galan?«, kam aus seinem Mund, ehe sich sein Gehirn einschaltete.

Sie lehnte sich mit aufgerichtetem Oberkörper zurück und blitzte ihn an. »Sind Sie nicht ein Gesetzeshüter? Und ist es nicht Ihre verdammte Aufgabe, Leuten zu helfen?«

Er stellte fest, dass Scham einen komischen Beigeschmack hatte. Er lag ihm brennend auf der Zungenwurzel. »Äh, ja. Tut mir leid. Es geht also um etwas Polizeiliches?«

Jetzt schien es ihr unangenehm zu sein. Furchtbar unangenehm. »Ähmmm, nicht ganz.«

Franny machte den Mund auf, wollte eine klugscheißerische Bemerkung zum Besten geben, doch dann verließ ihn völlig der Mut, weil sie zu weinen anfing. Geräuschlos, mit bebenden Schultern, liefen ihr die Tränen über die Wangen. Anders als Apsara weinte sie nicht auf schöne Art. Abbys Nase wurde ganz rot. Er fand es entzückend.

Er sprang von seinem Platz auf, als würde er herauskatapultiert, eilte um den Tisch herum und kniete sich neben sie. Er legte einen Arm um ihre bebenden Schultern. »O mein Gott, Abigail, Abby, das tut mir leid. Was ist denn los? Und wie kann ich helfen?«

Franny stellte fest, dass die anderen Gäste diskret wegschauten und sich geflissentlich mit ihren Tischnachbarn unterhielten oder die Nase in ihren Zeitungen oder E-Readern vergruben. Wieder einmal verblüffte ihn die Höflichkeit und Sensibilität der Joker. Mehr als alle anderen Menschen begriffen sie das Bedürfnis nach Diskretion und konnten sich gut in die Schmerzen anderer einfühlen. »Kommen Sie«, sagte er und zog Abby vom Stuhl hoch. »Lassen Sie uns ein bisschen rausgehen.«

»Aber Sie haben gar nicht aufgegessen«, schniefte sie.

»Das passt schon.« Er warf einen Zwanni auf den Tisch und führte sie aus dem Restaurant hinaus.

Mit all den Normalos und Jokern in der Mittagspause herrschte auf dem Bürgersteig Betrieb. Er überlegte, wo sie sich ungestört unterhalten konnten. Doch ihm fiel nur ein Ort ein. »Äh ... bitte verstehen Sie das nicht falsch, aber meine Wohnung ist nur ein paar Straßen von hier.«

Sie nickte. Er hatte den Arm noch immer um ihre Schulter gelegt, und da er merkte, dass sie sich nicht von ihm zu lösen versuchte, ließ er ihn dort. Er sah zu ihr hinab, und die Ohrringe an ihrem Ohr funkelten ihm entgegen.

Im Treppenhaus ging es vier Stockwerke hinauf, begleitet von Fernsehgeräuschen, dem Jammern eines Babys und dem Geruch von gebratener Leber und Zwiebeln. Er wäre wirklich froh gewesen, wenn Mrs. Fortescue nicht so oft Leber gekocht hätte. Er führte Abigail in seine Wohnung, und da rückte sie schließlich von ihm ab und sah sich um. Franny folgte ihrem Blick, der zu dem kleinen Flachbildfernseher und der Xbox ging. Dann zu dem Sessel gegenüber dem Fernseher. Zu dem Beistelltischchen neben dem Sessel. An Kunst hatte er den gerahmten Druck eines Gemäldes von Fredric Remington – *The Stampede* – an der Wand hängen. Franny fand, dass seine Wohnung geschmacklos und ordinär aussah und wirkte, als wohne hier ein unglücklicher Single, was ganz genau der Wahrheit entsprach.

»Sie mögen Cowboys?«, fragte Abigail.

»Tja. Ja. Mein Vater hatte eine Riesensammlung von Büchern von Louis L'Amour. Ich hab sie alle gelesen.«

»Weil er Sie dazu gezwungen hat, oder weil Sie es wollten?«, fragte Abigail.

»Er starb noch vor meiner Geburt. Ich wollte es.«

Ihre Miene war ein Muster an Verlegenheit. »Oh, das tut mir leid.« Sie fuhr sich mit den Fingern durchs Haar, sodass es nur noch strubbeliger wurde und abstand. »Dass ich so unhöflich war, meine ich. Aber auch wegen Ihres Papas. Ich meine, weil er tot ist und so. Ach du meine Güte, ich mal wieder mit meiner Umständlichkeit.«

»Ist schon gut. Ich habe ihn ja nie kennengelernt und konnte ihn deshalb auch nicht betrauern. Am Tisch in der Küche habe ich sogar zwei Stühle. Möchten Sie einen Kaffee? Oder Tee?«

»Tee, bitte.«

Sie folgte ihm in die briefmarkengroße Küche und setzte sich an den winzigen Zweipersonentisch. Er füllte zwei Becher mit Wasser und stellte sie zum Kochen in die Mikrowelle.

Während die Becher sich wie ein Tanzpaar drehten, setzte sich Franny ihr gegenüber und machte eine Miene, die so gut es ging sagen sollte: Sie können mir vertrauen, ich bin ein Gesetzeshüter. »Also, was ist los?«

»Es ist Croyd.«

Toll. Super. Jetzt würde sie ihm wegen ihrem Macker das Ohr abkauen.

Sie schluckte ein weiteres Schluchzen hinunter, räusperte sich und fasste sich. »Er hat seit Wochen nicht geschlafen, er steht völlig neben sich und …«

»Ich nehme an, dass jetzt das Schlimmste kommt«, sagte er.

Sie schniefte. »Er hat diese bekloppte Idee, dass dieser Joker, ich vermute mal, dass es eigentlich zwei Joker sind, denn sie sind Zwillinge, und sie hängen eigentlich gar nicht richtig zusammen, außer dass sie halt denselben Unterleib miteinander teilen, aber egal, Croyd glaubt, dass die zu der Bande gehören, die die Leute entführt hat und dass die beiden es als Nächstes auf ihn abgesehen haben. Sehen Sie, dieses Mal ist er als Joker aufgewacht, deshalb fühlt er sich total bedroht und verletzlich … emotional verletzlich, meine ich, denn er ist grässlich stark, hat eine Haut so hart wie Stein, und wenn er eine Faust macht, dann lösen sich seine Finger auf und werden zu einem gewaltigen Vorschlaghammer …«

Franny hielt seinen schwachen Normalokörper neben *grässlich stark, hart wie Stein* und *Vorschlaghammer.* Er kam nicht gut weg dabei. Unvermittelt stand er auf, tunkte Teebeutel in die Becher und reichte Abigail einen von beiden.

»… Er könnte jemandem richtig wehtun, wenn er wollte, und ich fürchte, dass er das gerade will. Nicht dass er es tun würde. Normalerweise kann er seine Impulse sehr gut beherrschen, aber wenn er lange nicht geschlafen hat …«

»Läuft das Ganze auf irgendwas hinaus? Kommen wir bald mal zum Punkt?«, fragte er.

Abigail wand die zuckenden Finger im Schoß. Dann riss sie sie auseinander und drückte sich die Handflächen gegen die Wangen. »Er hat den Plan, sie … ihn umzubringen.« Am Ende sprach sie ganz hastig.

Jetzt war es an ihm, sich durchs Haar zu fahren. »Scheiße.« Er stand auf und fing an, auf und ab zu gehen. »Weshalb haben Sie das nicht im Revier gemeldet?«

»Weil ich nicht will, dass er verhaftet wird, und ich will nicht, dass er jemandem was antut, und bald schläft er sowieso ein.«

»Haben Sie tatsächlich gehört, dass er sie umbringen will?«

Sie nickte.

»Und was haben Sie für eine Idee, was ich tun könnte?«

»Ich dachte, dass Sie mir vielleicht helfen könnten … ihn zum Einschlafen zu bringen. Oder mir helfen, ihn einzusperren, bis er von allein einschläft.«

»Falls Sie es vergessen haben: Ich bin ein Normalo. Ich hab keine Kräfte.«

»Ihre Kollegen im Revier meinten, Sie wären sehr schlau und …« Jäh brach sie ab und wurde hochrot.

»Und was? Was haben sie sonst noch über mich gesagt?«

»Wollen Sie das ernsthaft wissen?«

»Ja.«

»Dass Sie ein ehrgeiziges Arschloch sind und jedem mit dem Messer in den Rücken fallen würden, selbst einem Freund, wenn es Sie weiterbringen würde.«

Das saß. Es schmerzte so sehr, dass das widerstrebende Kompliment allen Wert verlor. »Ich wollte die Beförderung gar nicht«, sagte Franny und verteidigte sich weniger der Frau gegenüber als dem Universum im Allgemeinen.

»Na gut. Aber was hat das denn damit zu tun?«, fragte Abigail.

»Entschuldigen Sie, es ist nur … Egal. Damit will ich Sie nicht langweilen.« Er verschaffte sich Zeit zum Nachdenken, indem er seinen Tee leerte, den Becher wieder mit Wasser füllte und in die Mikrowelle stellte. »Wissen Sie, wo Croyd sich eingenistet hat?«

»Ja.«

»Und wissen Sie auch, wo ich diese Joker finden kann?«

»Die arbeiten als Lockvögel für Freakers und versuchen, ahnungslose Touris zu ködern.«

»Okay, ich sehe da zwei mögliche Vorgehensweisen. Entweder helfen wir Croyd beim Einschlafen, oder wir bringen die Joker aus der Stadt. Oder wir machen beides, greifen an beiden Fronten an.«

»Ich habe schon probiert, Schlaftabletten in sein Essen zu tun, aber ich muss aufpassen, weil er momentan ziemlich paranoid ist, und die paarmal, wo es mir gelungen ist, hat es so gar nichts gebracht. Und jetzt habe ich keine Tabletten mehr. Ich hab sie bekommen, als meine Mutti zu Besuch gekommen ist, und sie haben mir nur dreißig Stück verschrieben, und ich habe selbst schon so viele aufgebraucht, weil das so ein Albtraum war, deshalb hatte ich für Croyd nur noch so sieben übrig, und ich wollte nicht …«

Er beendete den Wortschwall. »Vielleicht brauchen wir etwas Stärkeres als Schlaftabletten.«

♣

Dr. Bradley Finn, Leiter der Jokertown-Klinik, war bereit, mit ihnen zu sprechen. Finn war über fünfzig und hatte silberne Strähnen im blonden Haar und eine Wampe, die den Stoff seines Hawaii-Hemds, das er unter dem weißen Arztkittel trug, nach vorn wölbte. Die leisen Anzeichen des Alters, die sein menschlicher Rumpf aufwies, zeigten sich nicht in dem Palominoleib, der den Rest des Doktors ausmachte.

»Ja, da haben Sie ein Problem«, sagte er, als er die Geschichte gehört hatte. »Es gab bereits Punkte, wo wir Croyd sehr dringend einschlafen lassen wollten, und wir haben alles probiert, selbst Betäubungsmittel für Pferde. Kein einziges Medikament hat gewirkt. Seine Wild Card entscheidet, wann er schläft, und Croyd ist ihr Handlanger.«

»Aber das ergibt doch keinen Sinn«, sagte Franny. »Weshalb kann er sich mit Speed wachhalten, aber wenn's ums Schlafen geht, wirken Drogen nicht?«

»Wenn ich das wüsste«, sagte der Arzt. »Fragen Sie das Virus.«

Franny und Abigail sahen sich an. Der Doktor spürte ihre Enttäuschung und Verzweiflung. »Schauen Sie, ich kenne Croyd nun schon sehr lange, und in den Achtzigern ist es mir gelungen, ihn einschlafen zu lassen …«

»Wie?«, wollte Abigail wissen.

»Hirnwellensynchronisation und Suggestion, aber es dauert eine Weile, und er war motiviert. Er hatte einem Mädchen versprochen, er würde nicht mit ihr ausgehen, solange er am Durchdrehen war.«

Franny wagte einen Blick zu Abigail hinüber. Sie war bemüht, keine Reaktion zu zeigen, und verzog keine Miene. »Das Problem ist, dass er in diesem Stadium sehr paranoid ist …«

»Ohne Scheiß«, unterbrach Abigail den Arzt.

»Und dieses Mal will er nicht schlafen, weil er sich bedroht fühlt«, setzte Finn hinzu.

»Damit erzählen Sie uns nichts Neues«, sagte Franny.

»Warten Sie ab. Er ist nämlich nicht nur paranoid, sondern auch sehr leicht zu beeinflussen.« Während den Doktor eine Erinnerung streifte, schien er sehr weit weg zu sein, und er lachte kurz. Dann brachte er sich schüttelnd in die Gegenwart zurück. »Die Sache ist die: Wenn Sie ihm nah genug kommen, könnte es Ihnen gelingen, ihn davon zu überzeugen, sich zur Ruhe zu legen … oder dass er sich mit etwas anderem beschäftigt, bis das Virus ihn einschlafen lässt.«

»Danke, Doktor.« Franny stand auf und schüttelte dem Joker die Hand.

Begleitet vom Klappern von Bettpfannen, dem Quietschen der Rollen, dem Stöhnen und Schreien der Patienten und dem unverständlichen Schnattern der Sprechanlage gingen sie hinaus. Franny hatte den Eindruck, seine Kleider würden den Geruch von Alkohol, altem Kaffee, zu weich gekochten Erbsen und Krankheit aufnehmen.

Draußen sagte er: »Ich werde mal mit diesen Jokern sprechen. Sie behalten Croyd im Auge und warnen mich, falls sich etwas ändert. Hier ist meine Karte mit meiner Handynummer.«

Abigail ging ein paar Schritte, dann blieb sie stehen und sah zu ihm zurück. »Danke«, sagte sie mit sanfter Stimme.

♠

Der Eingang von Freakers befand sich zwischen den gespreizten Beinen einer vielbrüstigen Jokerfrau aus Neonlichtern. Im Eingang stand der Joker … oder die Joker. Franny verstand jetzt, weshalb Abby sich nicht hatte festlegen wollen. Von der Hüfte aufwärts sahen sie aus wie zwei in die Jahre gekommene Bodybuilder, doch ihre Rümpfe liefen in einer einzigen, wahnsinnig breiten Hüfte zusammen, die auf Beinen ruhte, die wie Rammen aussahen und in übergroßen Füßen mit schwarzen Lederschuhen endeten.

Der rechte Rumpf trug ein T-Shirt mit der Aufschrift: BEREUE ODER BRENNE! Und auf dem linken T-Shirt stand: BLAS MIR EINEN! Der Mann mit dem frommen Hemd hatte dazu noch eine Bibel in der Hand. »Gehen Sie nicht in diese Lasterhöhle!«

Der Zwilling mit dem Ziegenbart verdrehte die Augen. »Kommen Sie schon rein. Es erwartet Sie ein Fest für die Augen, und schnappen Sie sich eine dralle …«

»Eigentlich möchte ich mit euch beiden reden.« Er zeigte seine Marke. »Detective Black.«

»Was? Warum?«, fragte der Fromme und klang plötzlich gar nicht mehr so pastoral.

Franny hielt inne, denn ihm wurde klar, dass er gut aufpassen musste. Erwähnte er Croyds Namen, würden die beiden vielleicht zur Polizei gehen, und das würde Abby wütend machen. Außerdem fiel ihm auf, dass er ihre Namen gar nicht kannte, und er konnte keine Geschichte erfinden, wenn er so offensichtlich keine Ahnung hatte, wer sie waren. Er kramte Notizblock und Stift heraus.

»Volle Namen«, verlangte er schroff.

»Rick Dockstedder«, sagte der Zwilling mit dem Ziegenbart und deutete mit dem Daumen auf seinen Bruder. »Das ist Mick.«

»Seht, ich habe einen Hinweis bekommen, dass ihr beiden ein paar Leute verärgert habt. Wäre keine schlechte Idee, wenn ihr die Stadt für ein paar Wochen verlassen würdet, bis sich die Sache wieder beruhigt hat.«

»Wen haben wir verärgert?«, fragte Rick.

»Das geht nicht«, sagte Mick. »Unsere Mutter ist krank. Sie ist im Krankenhaus und wird morgen operiert.«

»Ovarialzyste«, präzisierte Rick.

»Du sollst nicht über die weibliche Scham unserer Mutter sprechen«, heulte Mick.

Rick versetzte dem Hinterkopf seines Bruders einen Schlag. »Mein Gott, du bist echt so 'ne Nummer.«

»Du sollst den Namen des Herrn nicht ...«

»Und wir müssen ihre Katze füttern«, unterbrach Rick den jüngsten Frömmigkeitsausbruch seines Bruders.

»Und sie braucht meine Gebete«, legte Mick nach und warf seinem Bruder einen vorwurfsvollen Blick zu, worauf der wieder mit einem Augenrollen reagierte.

Franny spielte mit dem Gedanken, die beiden aufgrund irgendeines an den Haaren herbeigezogenen Vorwands zu verhaften und sie in Schutzhaft zu nehmen, doch dann gäbe es unangenehme Fragen von seinen Vorgesetzten. Entscheidender war aber das Wissen, dass auch er da sein wollen würde, wenn *seine* Mutter krank wäre.

Er spielte auf Zeit. »Nun, dann seid wachsam. Haltet euch von der Straße fern und bleibt einfach in eurer Wohnung und in der Klinik.«

»Wer ist hinter uns her?«, fragte Rick erneut.

Franny schüttelte den Kopf. »Das kann ich nicht sagen. Damit würde ich einen Informanten und die Untersuchungen gefährden.« Er wollte schon weggehen.

»Sind Sie sicher, dass Sie nicht reinkommen wollen?«, rief Rick ihm hinterher.

»Ich glaube nicht.«

»Gott segne Sie, Sie sind ein guter Mensch, Ihre Tugendhaftigkeit wird bestimmt dereinst belohnt«, rief Mick.

Wieder gab Rick seinem Bruder einen Schlag auf den Hinterkopf und lächelte Franny verschlagen an. »Roastbeef ist heute im Angebot. Nur 8,99 $.«

Er hatte das Mittagessen unterbrechen müssen, der Preis sprach eindeutig dafür, und die Tänzerinnen waren sehr … biegsam.

♣ ♦ ♠ ♥

Das große Bluten

Teil 5

Die Operation Wheels fing am nächsten Morgen viel zu früh an. Nämlich um drei Uhr. Und das war kein Wunder, da Jamal die Planung Sheeba überlassen hatte. Sie war großer Fan von Geschichten über Sondereinsätze, in denen die Zugriffe immer mitten in der Nacht stattfanden, wenn die Zielpersonen sehr wahrscheinlich schliefen oder anderweitig geschwächt waren. Und die Straßen waren um diese Zeit leerer.

Sie versammelten sich in ihrer Einsatzzentrale, und zu ihnen gesellte sich ein junger FBI-Agent, ein Normalo namens Gunn, den Jamal nie zuvor gesehen hatte. Sein Name bot Vorlagen für tausend Witze (»Heißen Sie Lone mit Vorname?«). Er war ein wenig plump und bleich und hatte beim FBI eindeutig vor allem mit Akten zu tun.

»Wir haben Ihre Einheit und zwei von uns«, sagte er und zeigte auf Stellen links und rechts der Wohnung ihrer Zielperson. Er lächelte. »Wenn Wheels ins Rollen kommt, sind wir bereit.« Jamal musste feststellen, dass Gunn zu den Typen gehörte, die ums Verrecken nervtötende Wortspiele machen mussten.

Sheeba hatte wieder den Große-Schwester-Modus eingenommen und für alle Kaffee organisiert. Natürlich hatte sie dafür bei einem Dunkin' Donut haltgemacht und selbst schon ein Dutzend Donuts verhaftet.

Jamal nahm einen Schluck und bereute es. Der Kaffee war eklig. Bevor sie ihrer Zielperson zu nah kamen, mussten sie noch einige entscheidende Einzelheiten ihres Vorgehens abstimmen.

Trotzdem war Sheebas Briefing sehr kurz: Name, ein Bild von Wheels. Die Grundzüge des Vorstrafenregisters, das darauf schließen ließ, dass er nicht bewaffnet sein dürfte. »Wie kann er nur existieren?«, fragte Gunn. »Er hat keine Waffen.«

Sheeba hatte eine Frage: »Was ist mit Fort Freak? Benachrichtigen wir die?«

»Wo wir es schon von Schwachköpfen haben«, sagte Gunn.

Jamal war durchaus der Meinung, dass Fort Freak eine Ansammlung von Schwachköpfen beherbergte, aber das war in jedem Polizeirevier der Fall gewesen, mit dem er als SCARE-Agent zusammengearbeitet hatte. Und um der Wahrheit Gerechtigkeit widerfahren zu lassen: Nicht jeder in Fort Freak war im selben Maße nutzlos: Francis Black hatte diesen Einsatz überhaupt erst möglich gemacht. »Das hätten wir durchaus tun sollen.«

»Bezweifle, dass die morgens um drei viel ausrichten können«, sagte Sheeba.

»Oder zu irgendeiner anderen Uhrzeit«, sagte Gunn.

»Ich muss Franny benachrichtigen«, sagte Jamal. »Lasst mich ihm eine SMS schreiben.«

»Das wird ihn um diese Uhrzeit gar nicht freuen.«

»Es wird ihn noch weniger freuen, wenn er im Nachhinein erfährt, dass wir in seinem Revier einen Einsatz durchgeführt haben.«

Sie fuhren mit dem Briefing fort: Adresse, Art des Gebäudes, die Vermutung, dass Wheels im Erdgeschoss wohnte (»Immerhin etwas«, sagte Sheeba). Einsatzregeln. Wo Wheels hingebracht werden sollte – und zwar in das Bundesgefängnis auf Rikers Island – und von wem (von Jamal und dem Team des FBI).

Gunn war schon weg, als Jamal fragte: »Wie transportieren wir ihn?«

»Was meinst du damit?«, fragte Sheeba. »Wir haben doch den Wagen …«

»Der Typ ist so groß wie ein Laster.«

»Ich werde sie, äh, daran erinnern, sobald wir hier fertig sind.«

»Ja«, sagte Jamal. »Erinnere sie daran, dass sie einen Abschleppwagen und eine Kette mitbringen sollen. Sie sollen sich etwas in der Art von King Kong vorstellen.«

Jamal und Sheeba schnappten sich ihre Westen und Waffen. Im Hinausgehen bemerkte Jamal, dass einer der Computer noch an war. Skype war offen. »Der große Gatte schaut zu?«

»Es interessiert ihn.«

Das war überraschend. Sheeba war skeptisch gewesen, ob Wheels überhaupt von Wert war, deshalb hatte Jamal angenommen, dass es Billy Ray genauso ging. Aber vielleicht nicht.

Oder vielleicht hatte er auch nur Angst, dass sein Team Scheiße bauen würde.

♦

Während seiner Fahrten nach und von Manhattan und auch innerhalb Manhattans hatte Jamal viel Zeit damit verbracht, zu rätseln, wer wohl in den Gebäuden wohnte. Die schicken Türme der Upper East Side machten daraus kein Geheimnis: die Reichen, häufig auch Reiche aus dem Ausland. In der Upper West Side: Neureiche, Familien, etwas gemischter.

Was sie gemeinsam hatten? Keine Joker.

Doch überall sonst … auf der East Side am FDR zwischen achter und zweiundfünfzigster Straße … in all den grimmigen Ziegelgebäuden mit ihren winzigen Stahleingängen, den Fenstern über den Vordächern, wo der Geruch des Essens aus den Restaurants im Erdgeschoss überwältigend sein musste …

Und in den schlimmsten Stadtteilen, in den alten Mietskasernen auf der Lower East Side und TriBeCa und SoHo und Jokertown: ganz offensichtlich Lagereinheiten für Arbeiter, aber Jamal hatte keine Ahnung, wie diese Arbeiter aussahen.

Nun, heute Nacht würde er es herausfinden.

Der Explorer glitt durch enge Straßen, die so feucht und glänzend waren, dass sie aus einem Werbeclip von Ridley Scott hätten stammen können. Man sah nur wenige Bewohner … der Betreiber eines 24-Stunden-Zeitungskiosks, ein dürrer Mann, der wie ein Obdachloser wirkte, aber dennoch den Gehweg vor einer Filiale von Le Pain Quotidien fegte, eine erstaunlich große Strichertranse, die an einer Tür lehnte, ein dreibeiniger Joker, der sonst wohin hoppelte …

Einige Minuten lang sagte keiner etwas, bis der Explorer von der Grand Street in die Ludlow einbog. »Okay«, sagte Sheeba. »Wir haben die Vollmachten.«

Das Handy summte in seiner Halterung am Armaturenbrett. »Das FBI ist auf Position.« Sheeba lenkte den Explorer bis vor einen Hydranten, den einzigen offen zugänglichen zu beiden Seiten der Ludlow Street. Zumindest in diesem Moment wirkte das Ganz wie ein Filmdreh …

»Müssen wir die Jacken tragen?«, fragte Jamal. Bis auf die blauen Windjacken, auf deren Rücken in riesigen gelben Buchstaben »SCARE« stand, hatten sie schon sämtliche Ausrüstung angelegt.

»Ja. Das musste ich Billy versprechen: Tragt die Jacken!«

Wheels' Adresse war ein typisches Mietshaus von vor dem Zweiten Weltkrieg, sechs Stockwerke hoch, verfallen und voller Ruß. »Wie viele Joker hausen da drin wohl?«, hörte sich Jamal fragen. »Und wie zur Hölle sollen wir auf die Rückseite gelangen?«

Sheeba hielt ein iPad mit einer leuchtenden Straßenkarte hoch. Auf ihr war eine schmale Gasse südlich der Adresse zu sehen, die zu einer Art Innenhof auf der Rückseite führte. Sie war so schmal, dass sie aus eineinhalb Häuserblocks Entfernung nicht auszumachen war.

Diese Gasse war die Route des SCARE. Das FBI würde den Haupteingang übernehmen. Und das Verstärkungsteam hielt sich im Norden bereit, um flexibel einzugreifen, falls Wheels ihnen durchs Netz gehen sollte.

Sheeba klappte das iPad zu und ließ es im Wagen. »Film ab!«, sagte sie. »Sagt man das so in Hollywood, Jamal?«

»Wir sagen: ›Action‹.«

Doch die Assoziation passte. Er hatte das Gefühl nicht abschütteln können, dass er in einem Film war ... nur dass bei einem Filmdreh alles langsam und geplant ablief. Es war nicht ungewöhnlich, sechs Stunden nur damit zuzubringen, sich auszurüsten und einen Stunt zu proben.

Jetzt gingen sie einfach nur rasch eine Straße in Jokertown entlang – um drei Uhr früh. Weiter vorn erkannte Jamal die drei FBI-Agenten, die sich von der anderen Seite näherten.

Sheeba hatte die Hand an ihrem Ohrhörer. »Wir biegen in die Gasse ein«, sagte sie leise.

Und das taten sie.

»Eng hier«, sagte Jamal. Die Gasse war so schmal, dass Jamal den Eindruck hatte, er hätte die Wände berühren können, wenn er nur die Arme zu beiden Seiten ausgestreckt hätte.

Sheeba hatte denselben Gedanken. »Wie zum Teufel kommt Wheels da hinein und hinaus?«

»Er zieht den Bauch ein«, sagte Jamal.

Im Hof, zehn Meter weiter, schimmerte ein Garagentor im gelben Licht aus den Wohnungsfenstern – ein Tor, das sich wie eine vertikale Ziehharmonika nach oben öffnete, sich aber nicht nach oben rollte. Als sie näher kamen und kurz davor waren, um die Ecke zu biegen, erkannte Jamal eine zweite Tür neben der ersten, und über beiden nur ein Stockwerk mit wahrhaft alten Wohnungen. Es war so ruhig, dass sie ihre Schuhe über den rissigen Asphalt scharren hörten. Keine Musik. Dann eine Stimme vom Vordereingang. »Aufmachen! FBI!« Und dann das Geräusch einer Tür, die aufgebrochen wurde.

Im Hof regte sich immer noch nichts. »In welcher steckt er?«, fragte Jamal.

»Probieren geht über Studieren«, gab Sheeba zurück und ging voran.

Irgendwo auf der Ludlow Street heulte ein Martinshorn auf. Innerhalb von Sekunden schwoll der Lärm an. Sheeba wich zurück und versuchte, so laut zu sprechen, dass die FBIler sie hören konnten, sie Wheels aber nicht auf sich aufmerksam machte. »Was ist los?«

Sie horchte. Dann schüttelte sie angewidert den Kopf. »Feuerwehr!«

Ganz eindeutig, ein Feuerwehrwagen mit Martinshorn und rotem Rundumlicht fuhr von Süden nach Norden die Ludlow entlang und schreckte das Viertel auf. In dem Wohnhaus gingen hinter den Fenstern Lichter an und, viel schlimmer, auch in dem Garagentrakt. Das rechte Garagentor öffnete sich – ohne das warnende Summen eines Motors oder Blinklichtern. Ein Gefährt fuhr heraus. In dem kleinen Hof machte es eine Rechtskehre und bog dann links in die schmale Gasse ein.

Sheeba war bereits im Hof und schaffte es, aus dem Weg zu springen. Sie hielt ihr Funkgerät fest und schrie: »Er nimmt Reißaus!« Jamal setzte dem Gefährt in der Gasse hinterher.

An der Straße hielt Wheels an. Offenbar wollte er sich vergewissern, dass er nicht in den fließenden Verkehr hineinfuhr. Sein Zögern gestattete es Jamal, auf die Ladefläche zu hechten.

Und das war, wie sich herausstellte, als wollte man auf ein wildes Pferd springen.

Es war … lebendiges, verschwitztes, menschliches Fleisch. Nichts, woran man sich festhalten konnte – und der Geruch! Wie eine Umkleidekabine gemischt mit Garagenöl. Jamal fiel nichts anderes ein, als zu brüllen: »FBI! Sie sind verhaftet!« (Immerhin begriff er geistesgegenwärtig, dass SCARE keine Reaktion hervorrufen würde.)

Doch die Warnung spornte Wheels lediglich an. Dem Joker gelang es, sich auf vier Gliedmaßen zu drehen wie ein Zirkuspferd, sodass er nach links blickte und Gunn und seine Kollegen erkannte.

Diese mussten sich hinter Parkuhren und zwischen Autos ducken, als Wheels über den Gehweg polterte. Jamal wurde hin und her geworfen, bis er Arme und Beine ausstreckte und sich zwischen den »Wänden« der »Pritsche« verkeilte. Dann fuhr Wheels auf die Straße hinaus und beschleunigte mit schwindelerregenden Schaukelbewegungen. Jamal brachte keinen anderen Gedanken mehr zustande als: *Der Schweinehund entkommt …*

Doch weiter vorn schob sich ein schwarzer Escalade auf die Straße hinaus, das zweite FBI-Team wollte ihm den Weg abschneiden. »Gib auf, Mann! Wir haben dich!« Wheels hörte oder verstand ihn nicht. Er legte sich in eine unmögliche Kurve und neigte sich gegen den Escalade. Der Joker entging dem Wagen des FBI, nicht aber Jamal, der gegen dessen Kühler geschleudert wurde. Als er merkte, dass er durch die Luft flog, krallte er die Fingernägel in die »Pritsche« beziehungsweise in den Rücken des Mannes.

Das Letzte, was Jamal hörte, bevor er gegen den Escalade schlug, war Wheels' Schmerzensschrei. Jamal prallte ab, fiel seitlich auf die Straße. Er kam sich vor, als hätte ihn jemand verprügelt, während ihm gleichzeitig jemand anders den Arm verdreht und gegen das Bein getreten hatte.

Er rappelte sich nicht gleich wieder auf. Er blieb der ganz ordinäre Jamal Norwood, halb bewusstlos, und er hatte schreckliche Schmerzen.

♣ ♦ ♠ ♥

Die Todgeweihten

Teil 2

»Sind Sie auch ganz sicher?«, fragte Marcus. Er kroch neben Pater Squid her und musste sich anstrengen, um mit dem energisch ausschreitenden Joker Schritt zu halten. »So ein Treffen mitten in der Nacht? Das hört sich nicht gut an.«

Mal im Licht von Straßenlaternen, mal im Schatten, vorbei an geparkten Autos und durch enge Gassen schritt der Priester, als wäre er im Auftrag Gottes unterwegs. »Wir können uns diese Gelegenheit nicht entgehen lassen«, sagte der Pater. »Dies könnte der Schlüssel zu allem sein. Das ist der Hinweis, für den ich gebetet habe. Gott erhört uns immer, Marcus. Manchmal schenkt er uns sogar die Antworten, die wir suchen.«

Unerwartet bog der Priester nach Osten auf die Water Street ein. Marcus musste die Kurve schneiden und sich verbiegen, um ihn wieder einzuholen. »Okay, aber … wer hat angerufen und was gesagt?«

»Ich weiß nicht, wer das ist, aber er hat Chakri erwähnt. Er meinte, er hätte mitbekommen, dass ich nach Informationen über die Vermissten suche.«

»Sind Sie sich sicher, dass das nicht schon aufgeklärt wurde? Ich meine, das Hundetrainings…«

»War ein Nebenschauplatz, Marcus! Das auffliegen zu lassen war ein seltener Erfolg der Polizei, aber in den Zwingern wurden nicht alle Vermissten gefunden, und seither sind noch mehr Leute verschwunden. Diese Woche sind es schon wieder zwei. Da ist etwas Dunkles am Werk.«

Marcus sagte trocken: »Und deshalb ist es eine gute Idee, mitten in der Nacht irgendeinen Typen treffen zu wollen?«

Er wusste, dass er es mit seiner Skepsis übertrieb, aber er hatte tatsächlich gehofft, dass der Fall abgeschlossen wäre. Er hatte genug davon. Nachts in der Stadt herumzustreifen, nach irgendwelchen Vögeln zu suchen, die sowieso niemand wiederfinden wollte, und dabei nicht voranzukommen. In der Zeit hätte er andere Dinge tun können.

Er sah auf sein Handy: 23:13 Uhr. So spät war es noch gar nicht. Noch früh genug für ein paar schöne Stunden im Drakes. Mit dem Daumen strich er sehnsüchtig über den Bildschirm. Es juckte ihn in den Fingern, die Videonachricht des Normalomädchens, das Schlangen liebte, noch einmal anzusehen. Sie war hartnäckig. Er hatte eben den Beschluss gefasst, sich mit ihr zu treffen, als Pater Squid angerufen hatte.

Er dachte: *Möglichkeit eins: Du triffst dich mit dem blonden Mädchen, das ein paar echt krasse Sachen mit einer Strumpfbandnatter gemacht hat. Möglichkeit zwei: Du folgst einem nach Fisch riechenden Jokerpriester mit Tentakeln bei dem hoffnungslosen Unterfangen, einen Unbekannten zu treffen.*

»Wenn du die Stimme des Mannes gehört hättest«, sagte Pater Squid, »dann hättest du keine Zweifel mehr. Er hatte guten Grund, Angst zu haben, wenn er sich bei uns meldet, aber er hat es dennoch getan. Sein Metier ist nicht gerade legal.«

»Toll.« Marcus verlieh dem Wort so viel Sarkasmus wie möglich.

»Er handelt mit gebrauchten Autoteilen. Schlachtet gestohlene Autos aus, bekommt jede Nacht neue rein. Heute kam ein Wagen rein, der nicht gestohlen war. Er war noch nicht mal neu. Obwohl es nicht viel wert war, wollte der Besitzer es umgespritzt haben, es unkenntlich machen.«

»Glauben Sie, das ist der Lieferwagen, den Lupo und Doktor Gordon gesehen haben?«

»Warum sollte jemand sonst ein illegales Geschäft damit beauftragen, etwas an einem alten Wagen zu ändern?« Er drehte sich um und richtete den Blick seiner dunklen Augen auf Marcus. »Wir brauchen nur eine Bestätigung dafür, und dann soll die Polizei handeln. Sie wollten belastbare Beweise? Die können wir ihnen bald geben.«

»Ja, doch der Typ wird die Bullen nicht in die Nähe seines Ladens lassen.«

»Wir treffen ihn im East River Park. Er nimmt ein hohes Risiko auf sich, wie du siehst.«

Als sie an einem eingezäunten Basketballplatz vorbeigingen, der noch spät in der Nacht bevölkert war, rief ein schlaksiger, über zweieinhalb Meter großer Joker herüber: »Hey, IBT, fang!« Er warf einen Basketball über den hohen Zaun.

Marcus fing ihn. Auf dem Platz war eine Menge los, Joker und Normalos, Jungs mit nacktem Oberkörper und Waschbrettbauch, Gruppen umherlaufender Mädchen, die Flaschen in die Höhe hielten. Aus Lautsprechern dröhnten die allgegenwärtigen kehligen Zeilen von Nutcracker Mans jüngstem Song. Marcus war versucht. Bevor seine Wild Card aufgedeckt worden war, war er kein guter Spieler gewesen, aber jetzt war er ganz gut.

»Wir haben keine Zeit zum Ballspielen«, sagte Pater Squid. Er nahm ihm den Ball weg, wandte sich kurz um und warf den Ball über den Zaun zurück – direkt in den Korb. Wäre an dem Ring ein Netz gewesen, hätte es laut geraschelt. Der Priester nahm den beeindruckten Applaus mit erhobener Hand entgegen, blieb aber nicht stehen.

Marcus riss sich von der Menge los. Man rief ihm nach,

doch er folgte der ausschreitenden Gestalt mit der Kapuze in die dunklen Schatten des East River Park.

♥

»Da ist es«, sagte Pater Squid. »Hier hat er gesagt.«

Der Lieferwagen stand unter einer dichten Baumgruppe in einer Sackgasse im Park. Ein Stück abseits entdeckte Marcus im Näherkommen eine einzelne Gestalt im Schein einer Straßenlaterne. Er konnte sie gut erkennen, auch wenn er es nicht wollte, denn der Mann war dünn und hatte bis auf ein Stück Stoff, das er sich um die Scham gewickelt hatte, nichts an. Seine Glatze, die fleischlose Brust und die nach innen gedrehten Füße waren mit einer klebrig wirkenden, glänzenden Flüssigkeit bedeckt. Mit einer Hand fuhr der Mann sich über den Bauch und verschmierte das klebrige Zeug. Jetzt kam er ihnen entgegen.

Unwillkürlich entfuhr Marcus der Name: »Gandhi?«

»Willst du mich beleidigen?« Zu Marcus' Enttäuschung sprach er nicht mit dem zu seinem Aussehen passenden Hindi-Akzent, sondern astrein wie jemand aus dem Village, ein bisschen nasal und vor Sarkasmus triefend. »Ich bin kein Gandhi. Bloß ein Joker wie du.«

Ein Windstoß wehte aus seiner Richtung herüber und hüllte Marcus in einen beißenden Arzneigeruch. Er hielt sich die Nase zu. Von diesem Kerl hatte er schon gehört. »Vaporlock«, sagte Marcus. »Du nimmst keine Autos auseinander. Deine Spezialität sind kleinere Einbrüche, nicht wahr?«

Der Joker ging nicht auf ihn ein. »Ich sagte, der Junge soll allein kommen.«

»Ich sah keinen Grund, Marcus allein zu schicken«, erwiderte Pater Squid. »Ich bin ein Mann Gottes. Ich stelle keine Gefahr für Sie dar. Allerdings weiß ich nicht, ob Sie nicht eine Gefahr für uns darstellen.«

»Das ist sehr … väterlich von Ihnen, Pater«, sagte der Typ. »Und ärgerlich.« Er verdrehte die Augen und sagte, als spräche er mit jemand anderem als den beiden Jokern: »Er sollte allein kommen. Aber jetzt sind sie zu zweit hier!«

»Das ist doch egal«, sagte Marcus. »Zeig uns einfach den Wagen!«

Der Kerl kaute auf seinem Mundwinkel herum. »Na schön. Warum auch nicht?« Mit einem glänzenden Finger deutete er auf den Lieferwagen. »Habt ihr den da gesucht?«

Viel war nicht zu sehen. Ein verbeulter weißgrauer Lieferwagen. An der Seite hatte er eine Delle, eine Radkappe fehlte, in die Rußschicht auf der Hintertür waren Bandensymbole eingeritzt, und an der Stoßstange klebte ein halber Yankees-Aufkleber. Ein New Yorker Kennzeichen. »Wartet, bis ihr seht, was drin ist«, sagte Vaporlock.

Marcus' langer Magen zog sich vor Unbehagen zusammen. Er hätte jetzt im Drakes sein können und sich von einer mittelmäßig attraktiven Blondine, die total auf glänzende Schuppen stand, streicheln lassen. Stattdessen war er hier, um das Innere eines geparkten Lieferwagens zu begutachten. Bilder aus Dokus über Serienmörder fluteten seinen Verstand. Pater Squid klang jedoch so entschlossen wie eh und je. »Machen Sie ihn auf.« Er bekreuzigte sich und sah zu Marcus hinüber. »Mach dich bereit, mein Sohn.«

Mit feuchter Hand umfasste Vaporlock den Türgriff. Mit der anderen fuhr er sich über die Brust, bis sie mit Schmiere gefüllt war. »Es ist nicht das, was ihr glaubt.« Er zerrte an dem Griff.

Drinnen hockte der hässlichste Joker, den Marcus je gesehen hatte.

Riesige schwarze Augen, winzige Ohren und keine Nase. Der Kerl fauchte und schob die Lippen zurück, sodass er ein Nest aus nadelfeinen Zähnen entblößte. Das Ganze hockte auf dem Leib eines Bodybuilders, der vor Muskeln strotzte.

Ehe Pater Squid zurückweichen konnte, bekam er von dem Joker einen Schlag. Der Kopf des Priesters flog nach hinten, doch es war nicht die Wucht, die ihm zu schaffen machte, sondern das elektrische Zischen, das mit dem Hieb einherging. Pater Squid wurde von Krämpfen geschüttelt. Seine Augen drehten sich nach innen, und er stürzte.

Doch noch ehe der Priester auf dem Asphalt aufschlug, ließ Vaporlock die Hand hochschnellen und stopfte Marcus den Schleim in die Nase. Der Geruch explodierte in seinem Kopf. Er sah alles verschwommen. Tränen traten ihm in die Augen. Während er neben dem Priester zusammensackte, hörte er den Joker sagen: »Hab doch gesagt, dass ich kein Gandhi bin.«

♣ ♦ ♠ ♥

Bande fürs Leben

Teil 2

Die Ringe befanden sich immer noch in seiner Tasche, dabei hatte er schon vor Tagen beschlossen, einen Antrag zu machen. Er kam nach Hause, erschöpft und zu spät zum Abendessen, und wurde von Chaos empfangen. Doch es war ein glückliches Chaos – Kavitha hatte den Mix für ihre neueste Show aufgedreht und bog sich langsam im Wohnzimmer. Dabei versprühte sie fröhliche Funken, regenbogenfarbene Blitze. Sie musste eben erst aus dem Studio gekommen sein, denn sie hatte noch ihre Probenkleider an: einen schwarzen Trikotanzug mit einem langen, fließenden Rock. Die Augen mit Kajal dunkel umrandet und die aufwendigen Zöpfe getürmt auf den Scheitel gesteckt. Kavitha sah hinreißend aus, wie eine indische Königin aus einem Märchenbuch, und wieder einmal fragte sich Michael, warum sie sich ihn ausgesucht hatte. Eine derart schöne Frau hätte bei den Männern freie Wahl gehabt, doch Kavitha hatte sich für einen dürren schwarzen Cop entschieden. Er hatte allen Grund, dankbar zu sein. Isai tanzte lachend um ihre Mutter herum und versuchte, die Funken einzufangen. Minal stand ausnahmsweise mal nicht am Herd – das Abendessen war längst vorbei, auf dem Tisch standen noch die Teller herum, und es roch nach Curry –, sondern fläzte sich auf dem Sofa und betrachtete lächelnd die Vorführung.

Und zu seiner großen Überraschung hatten sie einen Gast.

Ein Mann saß im Polstersessel, den Rücken Michael zugekehrt, sodass der ihn erst nicht erkannte. War er zu engstirnig, weil für einen Moment sein Puls hochging und er ein heftiges Gefühl von Besitzanspruch empfand? Ein fremder Mann in seinem Revier, bei seinen Frauen. Das Adrenalin jagte durch seinen Körper – und verebbte gleich darauf, als der Junge sich umdrehte. Es war nur Sandip. Was machte der hier?

»Bruder!«, sagte der Junge und sprang begeistert vom Sessel auf, um Michael in die Arme zu nehmen. Michael erwiderte die Umarmung, auch wenn er ein wenig zusammenzuckte.

Weshalb hatten Teenager so viel Energie? Er war versucht, Sandip zu korrigieren – immerhin war er Kavithas Bruder und nicht seiner. Andrerseits war der Junge eben ein bisschen vorschnell – sollte Michael es irgendwann schaffen, den Antrag auszusprechen, dann wäre Sandip sein Bruder, zumindest vor dem Gesetz. Ein erschreckender Gedanke. Würde das bedeuten, dass er geschwisterliche Verantwortung für diesen Wildfang übernehmen musste? Kavitha lächelte ihm anerkennend zu, während sie sich noch immer in der Zimmermitte verdrehte. Ihr Leib war ein langes, schlankes Gedicht aus Anmut und Schönheit. Es schnürte ihm ein wenig die Kehle zu. Für sie, ja, okay. Er konnte auf Sandip aufpassen. Und er mochte den Jungen wirklich – Sandip zeigte teilweise dieselbe Leidenschaft, die Michael in dem Alter gehabt hatte, dasselbe Bedürfnis, sich zu beweisen. Sandips Ambitionen waren jedoch kulturell eher auf sein tamilisches Volk in Sri Lanka gerichtet. Nicht gerade die ungefährlichste Leidenschaft.

»Schön, dich zu sehen, Junge. Was machst du in New York?« Michael hatte Sandip seit Monaten nicht mehr gesehen – zwar konnte man für ein paar Hundert Dollar von

Toronto nach New York fliegen, doch für einen siebzehnjährigen Jungen, der sich mit allen möglichen Jobs über Wasser hielt, war das eine ganze Menge. »Schaust du dir jetzt doch Colleges an?« Sandip wohnte noch bei seinen Eltern und hatte beschlossen, zwischen Highschool und Studium ein Jahr Pause zu machen, was seine Eltern gar nicht gut fanden.

»Kann ich nicht einfach meine Schwester besuchen kommen? Sieh doch nur, meine süße Nichte.« Sandip wandte sich um und streckte Isai die Zunge raus, worüber die sich freute – sie grinste und erwiderte die Grimasse. In diesem Augenblick wirkte er eher wie zwölf als wie siebzehn.

Kavitha drehte sich langsamer und sagte: »Du weißt, ich gehe morgen gern mit dir zur Columbia. Die haben eine tolle soziologische Fakultät dort.«

Sandip stöhnte. »Ach, lass doch mal, okay? Ich will nicht Politik studieren wie so ein Geek – ich will mittendrin sein, will was bewegen.«

Michaels Puls ging schneller. Mein Gott, wenn sich der Junge den tamilischen Separatisten anschloss – das war gefährlich. In Toronto saßen einige von denen. Manche Leute konnten eben einfach nicht akzeptieren, dass der Krieg vorbei war, ob man es mochte oder nicht. Und ja, die Tamilen in Sri Lanka wurden mal wieder scheiße behandelt, aber das war noch kein Grund, erneut mit dem Morden anzufangen. Was dieses Thema anging, waren sich Michael und Kavitha hundert Prozent einig. Aber dieser Heißsporn – der Junge war wie Franny, wollte um die Arbeit herumkommen, immer zwei Stufen auf einmal nehmen. Das war nicht richtig, und das war nicht gerecht. »Du musst erwachsen werden, Sandip. Geh aufs College, lerne, wie die Welt wirklich funktioniert.« Michael sprach mit barschem Ton und legte Sandip warnend die Hand auf den Arm.

Der Junge zögerte, und kurz glaubte Michael, er wäre zu ihm durchgedrungen. Doch dann verhärtete sich Sandips Miene, und er schüttelte Michaels Hand ab. »Du bist nicht mein Vater, Alter. Und ich bin kein Amerikaner – du brauchst nicht den Polizisten für mich zu spielen.«

Verdammt. Er war streng gewesen, als hätte er einen Verdächtigen verhört. Etwas sanfter sprach Michael weiter. »Sandip, ich wollte nicht …«

Sandip riss warnend die Hand hoch. »Ja, *machan*, auf diesen Mist kann ich verzichten. Ich bin hergekommen, um was zu essen und um meine Schwester und meine Nichte zu sehen. Minal Acca, danke fürs Essen – war superlecker. Ich muss dann mal. Bis dann.«

»Sandip, warte!« Aber es war zu spät. Schon hatte der Junge seine Lederjacke geschnappt und war zur Tür hinaus, die er hinter sich zuknallte.

Kavitha hielt mitten in einer rasanten Drehung inne. Sie hatte große Augen. »Michael. Was zum Donnerwetter ist da passiert? Wo geht Sandip hin?« Minal setzte sich auf dem Sofa auf, und Isai lief zu Michael hinüber. Er bückte sich und hob sie hoch. Er neigte den Kopf, um den süßen Kindergeruch einzuatmen. Sie war schon fast fünf Jahre alt und roch noch immer wie ein Baby, nach einer Mischung aus Vanille und Zimt.

»Onkel Sandip ist gegangen?«, fragte Isai mit großen, verwirrten Augen.

»Er kommt bald wieder zurück, Liebes«, sagte Michael und zwang sich zu einem Lächeln. »Er macht nur einen Spaziergang.«

Wie jeder typische Teenager würde Sandip wahrscheinlich stundenlang durch die Straßen stapfen und zurückkehren, wenn er hungrig und müde wurde. Beruhigt schmiegte sich Isai an ihn. Kavitha war weniger überzeugt, doch ließ sie es auf sich beruhen. Noch immer hing die Spannung in der Luft. Vermutlich nicht der beste Zeitpunkt, um zwei Verlobungsringe hervorzuzaubern. Außerdem hatte er Kohldampf, und das Essen roch fantastisch. Michael erstickte das schlechte Gewissen. Mit dem Jungen wäre bald wieder alles in Ordnung.

♣

Isai schlief schon fest, und sie lagen zu dritt im Bett, als Sandip schließlich anrief. Michael hatte sich eben erst in die Mitte gelegt, da er an der Reihe für ein wenig Extraaufmerksamkeit war. Minals Lippen bewegten sich auf seinen, und ihre Hände spielten mit seinen schwarzen Locken. Kavitha schlüpfte weiter nach unten, sie war ganz nass vor Schweiß. Wenn sie so zusammenlagen, warm und süß und höllisch erhitzt, dann wurde Michael klar, wie gut er es hatte, dass er nichts anderes wollte, als dass diese Süße ewig anhielt. Deswegen hatte er die Ringe gekauft. Heute jedoch war ein mieser Tag gewesen, und im Moment konnte er nicht ans Heiraten denken. Vielleicht später. Ein Antrag im Bett konnte sehr romantisch sein, oder nicht? Im Moment jedoch wollte Michael sich in ihren Körpern einfach nur vergessen. Kavitha bewegte gerade den Mund zu ihm herab, als das Telefon klingelte. Michael ächzte.

»Tut mir leid«, sagte Kavitha. »Wenn jemand um diese Zeit anruft, ist es meistens etwas Wichtiges … oder Schlimmes.« Und da hatte sie sich schon aufgerichtet, schwang sich aus dem Bett, setzte das Headset auf und ging in ihrer ganzen nackten Pracht aus dem Zimmer. Ihr strammer Tänzerhintern hob und senkte sich bei jedem Schritt.

»Sandip? Wo zur Hölle bist du?« Michael war froh, dass der Junge endlich angerufen hatte, aber Scheiße, Mann, sein Timing war echt beschissen.

Minal grinste ihn mitfühlend an. »Keine Sorge, Liebster. Ich glaube, ich kann dich beschäftigen, bis sie zurück ist.« Sie wälzte sich herum, sodass sie in einem Unterarmstütz über ihm hing, und Michael ließ die Hände an ihren Hüften hinaufwandern. Dabei wurde sein Schwanz schmerzhaft steif. Da, direkt oberhalb seiner Fingerspitzen, fingen die Nippel an. Schon oft hatte er versucht, sie zu zählen, mit den Fingern, mit den Lippen, doch er war nie weit gekommen. Heute würde es ihm nicht anders gehen. Minal senkte ihren sexy Körper auf ihn herab, als Kavitha im Flur laut wurde. »Was? Was soll das heißen? Sandip, sei kein Vollidiot!«

Michael stöhnte und wand sich widerwillig unter Minal heraus. Als ausgebildeter Cop reagierte er fast automatisch auf Ärger. Im Flur hing ein zweites Telefon. Fünf Schritte, und er war dort, nahm ab und hörte Sandip schimpfen. »Ich brauche keine Schule, ich brauche Amma und Appa nicht, ich brauche dich nicht! Ich habe einen Job, Schwesterherz. Ich habe Leute, die mich und das, was ich kann, gut finden!«

»Was kannst du?«, spie Kavitha aus.

Sandip blaffte: »Das würdest du gern wissen, was? Ich bin kein kleines Kind mehr. Ich kann Sachen.«

In was für Dummheiten verwickelte der Junge sich da gerade? Michael versuchte, das laute Wortgefecht der Geschwister zu unterbrechen. »Hey, natürlich kannst du was, Sandip. Wir wollen doch nur, dass du nach Hause kommst.« Vorhin war er zu streng gewesen, jetzt bemühte er sich um einen ruhigen, schmeichelnden Ton.

Doch es brachte nichts – der Junge hatte sich zu sehr hineingesteigert und brüllte ins Telefon. »Ich komme nach Hause, wenn ich bereit dafür bin! Wenn ich mich bewiesen habe. Dann werdet ihr schon sehen. Dann werdet ihr alle sehen!«

Kavitha sagte: »Sandip, halt die Klappe und hör mir zu!«

»Leck mich, Schwester!« Und dann kam das Klicken. Er war weg. Tja, das war das schreckliche Ende eines wahrhaft beschissenen Tags. Nackt stand Michael im Flur und starrte die ebenfalls nackte Kavitha an. Der Abend war wirklich nicht so gelaufen, wie er es geplant hatte. Was sollte er jetzt tun? Sollte er durch die Straßen wandern und nach dem Bruder seiner Freundin suchen? Der Junge war schon fast erwachsen – bestimmt kam er für eine Nacht auch allein in Jokertown zurecht. Minal kam aus dem Schlafzimmer, in eine Decke gehüllt, und lehnte sich mit besorgter Miene in den Türrahmen.

»Hat er vom Handy aus angerufen?«, fragte Michael. Das konnten sie auf der Wache nachverfolgen.

»Nein«, sagte Kavitha kopfschüttelnd. »Sein billiges Handy funktioniert in den Staaten nicht. Er muss eine Telefonzelle benutzt haben.«

Verdammt. Der Junge könnte weiß Gott wo sein. »Schau mal, ich bin sicher, der kommt morgen früh zurück.« Tatsächlich war er sich nicht sicher, nicht mehr jedenfalls.

»Ich muss meine Eltern anrufen«, sagte Kavitha.

»Klar«, pflichtete Minal ihr bei. Sie kam näher, legte einen Arm um Kavitha und versuchte umständlich, sie beide in ihre Decke mit einzuwickeln.

»Ich dachte, die sprechen nicht mehr mit dir?«, fragte Michael zögernd. Darüber sprachen sie nicht viel.

Kavithas starre Miene war vollkommen ausdruckslos. »In diesem Fall werden sie mit mir sprechen«, sagte sie trocken.

Michael stöhnte in Gedanken. Das würde eine lange Nacht werden. »Ich mache euch einen Tee.« Dann hatte er wenigstens etwas zu tun. Er hatte keine Ahnung, weshalb die beiden Frauen immer Tee wollten, wenn etwas nicht in Ordnung war, aber nach all der Zeit hatte er das immerhin über sie gelernt. Tee würde den Jungen nicht zurückbringen, aber vielleicht würde er ihnen die Kraft geben, um nach ihm zu suchen.

♣♦♠♥

Das große Bluten

Teil 6

»Wir haben ihn«, sagte Sheeba. »Und er singt.«

»Gut«, krächzte Jamal.

»Aber es ist nicht das, was wir alle erwartet haben.« Und dann erzählte sie in allen Einzelheiten von einem außergewöhnlichen Schmuggel- und Produktionskartell – nur dass das Produkt nicht Heroin oder Meth war. »Es ist Nahrung.«

»Jetzt hör mit dem Scheiß auf.«

»Brauchst nicht so heftig werden. Die Produkte sind durchaus illegal – vom Aussterben bedrohte Arten als Hauptgang, Zauberpilze, anderer Kram, den man nicht importieren darf, damit es sich hier nicht verbreitet und die hiesige Flora gefährdet …«

An dieser Stelle stieg Jamal aus. Das einzig Relevante, was er hörte, war: »Im Hauptquartier sind alle zufrieden mit unseren Ergebnissen«, was bedeutete, dass Carnifex über die Aktion nicht wahnsinnig begeistert gewesen war, und das war keine Überraschung. »Und jetzt, wo wir das erledigt haben …«

»Das ist alles?«, sagte Jamal. »Keine weiteren Untersuchungen?« Jamal Norwood saß aufgerichtet in einem Bett der Jokertown-Klinik. Erst hatte man ihn ins St. Vincent gebracht, doch der einzige Bereitschaftsarzt dort war überlastet gewesen (ein paar Straßen weiter hatte es gebrannt, und man hatte vier Leute mit Verbrennungen und Rauchvergiftungen eingeliefert) und hatte behauptet, von Assen keine Ahnung zu haben.

Mit Schmerzmitteln vollgepumpt, hatte Jamal vier Stunden lang mal wachend, mal dösend gewartet, bis ihn ein Rettungswagen in die Jokertown-Klinik zu Dr. Finn gefahren hatte.

Der ihn schon wieder untersuchte und wieder nur den Kopf schüttelte. »Das ist ganz eindeutig nicht Teil Ihres … Syndroms.«

»Ist das nicht wie eine Krankheit?«

Der Jokerarzt lächelte. »Wir wissen noch nicht, ob das, was … worunter Sie leiden, nicht einen umgebungsbedingten Auslöser hat. Deshalb, nein: Syndrom, aber keine Krankheit.«

»Noch nicht.«

»Möchten Sie krank sein, Mr. Norwood?«

»Sind Sie jetzt auch noch Psychotherapeut?«, hatte Jamal ihn angeblafft. »Nehmen Sie das als entschiedenes ›Nein‹.«

Finn wollte ihn zur Beobachtung einen Tag lang dabehalten. Und ehrlich gesagt war Jamal auch nicht scharf darauf, entlassen zu werden. Endlich spürte er das Aufrappeln wieder und war zuversichtlich, dass er in einem Tag bei hundert Prozent liegen würde … doch ehe er sich auf die Straße wagte, wollte er erst einmal näher an die sechzig Prozent herankommen.

Und ehe er es Julia erzählte. Und seinen Eltern. Denn wenn er ihnen davon erzählte, hätte er ihnen genauso gut gleich sagen können, dass mit Jamal Norwood etwas ganz und gar nicht stimmte – schließlich hätte er mit seiner Assgabe nach zwei Stunden bereits wieder auf den Beinen sein müssen.

Nicht erst nach achtundvierzig Stunden.

Die Tür war noch nicht wieder zu, als Sheeba an sein Bett

heranhuschte und in einem Tonfall, der vermutlich mütterlich sein sollte, fragte: »Was ist los, Jamal?«

Er sah keinen Nutzen darin, das Offensichtliche zu leugnen. Midnight Angel arbeitete schon jahrelang mit ihm zusammen. Sie wusste, dass Stuntman sich wieder aufrappeln musste. Sie hatte ihn schon mit übleren Blessuren erlebt. Deshalb erklärte er es ihr in aller Kürze.

»Warum hast du mir das nicht gesagt? In dem Zustand kann ich dich nicht in den aktiven Dienst zurückkehren lassen, Jamal.«

»Okay, Sheeba, zwei Dinge.« Allmählich wurde er sauer. »Zum einen: Heute tauge ich nicht für den Dienst, und wahrscheinlich kann ich auch noch mal vierundzwanzig Stunden brauchen. Gut.

Aber zweitens: Ich rapple mich auf. Ein Normalo wäre monatelang außer Gefecht, vielleicht sogar ein Leben lang verkrüppelt. Auf welche Regeln du dich auch immer beziehst, sie greifen hier nicht.« Er lächelte. »Zwing mich nicht, dich der Diskriminierung zu beschuldigen.«

Sheeba war so entsetzt, dass sie tatsächlich aufstand und um eine Antwort rang.

Jamal erlöste sie. »Nur ein Scherz«, sagte er. »Wirklich, ganz im Ernst, das war ein Scherz.«

Aber vielleicht hatte er gar nicht gescherzt. Seine Karriere bei SCARE hatte er seinem Sieg bei *American Hero* zu verdanken … und diesen Sieg wiederum verdankte er seiner Auseinandersetzung mit Wally Gunderson, dem Rustbelt genannten Ass mit der Eisenhaut, einem großen, albernen Trampel aus Minnesota, wo es weder Schwarze noch sonst etwas anderes als weiße Protestanten gab. Rusty war Jamal von dem Moment an auf die Nerven gegangen, als er das Haus von *American Hero* betreten hatte … zu offensichtlich versuchte er nett zu sein, er tat es auf eine zu simple Weise. Aber so benahm sich niemand. Zumindest niemand außerhalb einer

Wohngemeinschaft. Und in einem der Wettkämpfe hatte Jamal – davon war er überzeugt – Rusty sagen hören, was er wirklich dachte, und zwar vor laufender Kamera: »Ich schlag diesen schwarzen Arsch windelweich.«

Zumindest erinnerte er sich nach all den Jahren so daran. Seit es für ihn zu Ende gewesen war, hatte er sich die Aufnahmen nie wieder angeschaut …

Jamal hatte ihn damit konfrontiert. Rusty hatte es natürlich abgestritten, doch Jamal war total erschüttert gewesen. Tage später, als er, wie seine Mutter sagen würde, etwas wohlwollender gewesen war, war ihm aufgefallen, dass Rusty vielleicht »schwarzes Ass« gesagt hatte. Und dagegen konnte man eigentlich nichts einwenden, auch wenn Sätze von Weißen, in denen das Wort »schwarz« gebraucht wurde, eigentlich immer aufgeladen waren mit …

»Was willst du dann?«, fragte ihn Sheeba. Jamal fiel auf, dass sie auf dem Rückzug war, genau dort, wo er sie haben wollte.

»Schau, lass uns mal abwarten, wie ich mich fühle, wenn sie mich entlassen. Ich sag's dir morgen früh«, erwiderte er.

Sie nickte und tätschelte das Bett mit einem fahlen Lächeln. »Werd wieder gesund.«

♠

Jamal Norwoods Wild Card wurde aufgedeckt, als er im ersten Jahr nach seinem Studium an der USC als junger Stuntman bei einem schlechten Film arbeitete. Aber es hatte sich davor schon angekündigt.

Und zwar während eines Footballspiels von Loyola gegen Cathedral. An einem Freitag Anfang Oktober, an dem es regnete und eklig kalt war. Als Jamal aus dem Bus stieg, wünschte er sich sofort, das Spiel würde verschoben werden.

Aber keine Chance. Big Bill Norwood und sämtliche Footballtrainer der Welt sind sich einig: Football besteht aus Gewalt und schlechtem Wetter. (Jamal hatte später mal nach dem Ausspruch gegoogelt und herausgefunden, dass er eigentlich hieß: »Football besteht aus Gewalt, schlechtem Wetter, Sex und Roggen.« Er fragte sich noch immer, was der Roggen sollte.)

Trotz des Schlamms und der Nässe wurde es ein sagenhaftes Spiel für Jamal. Er hatte den ersten Kickoff schon fünfundsechzig Yards weit zurückgespielt. Fast hätte er die Endzone erreicht, wenn er dem Kicker von Cathedral nicht hätte ausweichen müssen und dabei ausgerutscht … und auf dem Hintern gelandet wäre.

Er hatte vier gute Läufe in diesem Drive hingelegt, nur um am Ende zuzuschauen, wie Trey Lackland, der Quarterback, den Ball zum Touchdown brachte. Beim zweiten Drive positionierte Trey ihn tief im Spielfeld. Jamal war am rechten Rand aus dem Backfield nach vorn geschossen, hatte Richtung Außenlinie angetäuscht, um die Abwehr dann in der Mitte zu umlaufen. Er sah, dass der andere Abwehrspieler auf ihn zusprintete, doch der Pass von Trey segelte bereits durch die Luft … in hohem Bogen, doch Jamal streckte einfach nur die rechte Hand aus. Die Spitze des Balls grub sich in seine Handfläche. Dank seines Schwungs konnte er den Ball rasch an die Brust heranziehen.

Fünfzig Yards rannte er in die Endzone hinein, ohne dass ihn jemand berührte, sein erster Touchdown.

Er war dabei, das beste Spiel seines Lebens zu machen. Er sah zur Auswechselbank und zu den Tribünen. Wegen des ekelhaften Wetters waren nur wenige Zuschauer da … deshalb war es nicht schwer, Big Bill Norwood auszumachen, der jubelnd dastand. Er jubelte auf eine Weise, wie er nie zuvor gejubelt hatte.

Als er zum nächsten Angriff aufs Feld zurücklief, war er

euphorisiert und heiß auf den nächsten Pass oder gar den nächsten Lauf. Trey hatte natürlich kein Gespür für das Spiel, deshalb waren sie alle zwischen den Hashmarks aufgestellt, also in dem Bereich des Felds, wo man am meisten auseinandergenommen wird (hätte es ihn umgebracht, wenn er nach links oder rechts gespielt hätte, wo der Rasen freier war?).

Doch Jamal war achtzehn … er war schnell und wild. Er konnte es trotzdem schaffen.

Ein rechter 42er-Dive wurde angesagt, ein Hand-off zu Jamal mit dem Plan, dass er am rechten Flügel der Verteidigung durch eine Lücke preschen konnte. Treys Hand-off war sauber, doch die Lücke brach ein. Innerhalb einer Drittelsekunde schwenkte Jamal nach rechts um, parallel zur Linie, weil er drumherum laufen wollte. Das war einfach, wenn man schnell war …

… aber nicht, wenn man auf dem Schlamm kehrtmachte. Und dabei von einem äußeren Verteidiger in den linken Knöchel gegrätscht und gleichzeitig von einem Linebacker von der anderen Seite ins linke Knie gerammt wird.

Jamal hörte sein Knie krachen, noch ehe er den Schmerz spürte.

Dieser kam dann aber trotzdem augenblicklich und vollkommen überwältigend. Jamal war gestürzt, und der Ball war ihm entglitten, von Cathedral in Besitz genommen und in einen Touchdown verwandelt worden … das erfuhr er allerdings erst am nächsten Tag. Denn zunächst heulte er vor Schmerz und versuchte, sein rechtes Bein so zu platzieren, dass es nicht wehtat. Dass es nicht schwoll. Dass es wieder funktionierte.

Er war sogar so dämlich, aufstehen zu wollen. Es gelang ihm nicht. Inzwischen waren Trey und Mosicki, der Trainer, und ein anderer Spieler bei ihm. Sie warteten auf eine Bahre, mit der er vom Feld getragen werden konnte. Die Diagnose:

mehrere gerissene Bänder im linken Knie, vor allem das vordere Kreuzband, das einem Läufer schnelle Stopps und abrupte Wendungen erlaubte.

Eine Operation wurde angeraten, allerdings erst in ein paar Wochen, wenn die Schwellung so weit abgeklungen wäre, dass ein Arzt sich die Verletzung genauer ansehen konnte.

Die normale Genesungszeit für einen gesunden Achtzehnjährigen wären sechs Wochen gewesen. Doch bereits nach drei Wochen lief Jamal Norwood wieder und stoppte abrupt ab. Natürlich war die Spielzeit schon lange vorbei. Während des restlichen letzten Schuljahrs wurde im Hause Norwood viel über die Operation gesprochen … doch da Basketball nicht angesagt war und Jamal 100-, 200- und 400-Meter-Läufe ohne Schwierigkeiten hinlegte … ließ man es dabei bewenden.

Erst fünf Jahre später, als er zu Stuntman geworden war, fragte sich Jamal Norwood, ob diese Verletzung sein erstes Wiederaufrappeln ausgelöst hatte.

Wie dem auch sei. Jetzt war er übern Berg.

♦

Jamal hatte noch immer das Krankenhaushemd an und wollte sich gerade umziehen, um sich wieder dem zu widmen, was von seinem Leben und seiner Karriere übrig war, als Detective F. X. Black in der Tür erschien. »Wie geht es Ihnen heute?«

»Wenn ich kein Ass wäre, ginge es mir gut.« Nun, das war größtenteils gelogen. Aber da er es nicht mit Bestimmtheit wusste …

»Wann werden Sie entlassen?«

»Sobald Sie wieder weg sind.«

»Hey, ich kann …« Franny zeigte mit dem Daumen zur Tür: Ich kann gleich wieder abhauen.

Jamal tat es mit einer Handbewegung ab. »Das dauert nur ein paar Minuten. Außerdem muss ich Ihnen etwas sagen.«

Franny hörte mit wachsender Belustigung zu. Schließlich sagte er: »Das ganze Herumgerenne nur wegen … wegen ein paar Zauberpilzen?«

»Kein Zauber, nur illegal. Und nicht nur Pilze. Alle möglichen exotischen Nahrungsmittel. Für das Landwirtschaftsministerium ist das eine große Kiste.« Jamal lachte über das Bild in seinem Kopf. »Ich stelle mir *diese* Typen vor, wenn sie eine Razzia machen, mit ihren staatlichen Windjacken mit dem ›AG‹ auf dem Rücken. Wahrscheinlich tragen sie Grün.«

Franny schüttelte den Kopf. »Tja, das ist großartig. Bei der Geschichte mit Wheels geht es um Essen und nicht um Bomben und Entführungen.«

»Oder wie wir unter Gesetzeshütern sagen: Es ist eine Fehlbohrung.«

»Ja, und mir wird auch ein zweites Arschloch gebohrt von der Frau Captain, die will, dass ich diese unwichtige Untersuchung aufgebe. Ich soll den Vorfall im Warren County künftig ganz und gar vergessen.«

»Haben Sie nicht noch diese Anlage … diese Hundetrainingsanstalt?«

»Ihnen ist das aufgefallen.« Er war wütender, als Jamal ihn je erlebt hatte. »Außer Ihnen und mir glaubt auf diesem Planeten niemand, dass es da einen Zusammenhang gibt! Die Toten tauchen in keiner Akte des fünften Reviers auf, was bedeutet, dass sie im Grunde gar nicht existieren. Selbst wenn wir aus irgendwelchen Gründen Infos über sie hätten, dann sind sie keine Anwohner, und nur um die kümmern wir uns. Das sind bloß … belanglose Ganoven aus einem anderen Bundesstaat und damit das Problem von jemand anders. Scheiße.« Während er sprach, klappte Franny die Aktenmappe auf, die er mitgebracht hatte, und fing an, eine Seite nach der anderen in Jamals Mülleimer zu werfen.

»Was ist das?«

»Meine Akten über die Ganoven.«

»Müssen die nicht archiviert werden?«

»Ich hätte sie ja gar nicht erst haben sollen.«

»Ähm, die wegzuschmeißen ist trotzdem keine gute Idee …« Ehe es ihm recht bewusst wurde, hatte Jamal die Akten aus dem Mülleimer geangelt und hielt sie Franny hin. »Sie werfen sie nicht weg. Sie wollen, dass ich sie nehme.«

Franny lächelte. »Danke.«

»Angenommen, ich erkläre mich bereit, noch weitere fünf Minuten darauf zu verwenden, was ich damit nicht automatisch gesagt habe … was zum Teufel soll ich denn machen?«

»Gleichen Sie die Namen mit Ihren Datenbanken ab. Das SCARE muss doch Zugang zu FBI, Homeland Security, CIA, Interpol und, scheiße, dem Jetboy Junior Club haben, oder?«

»Ja, aber …«

»Sehen Sie, diese drei Typen waren vielleicht nur Möchtegernmafiosi, auch wenn sie sich ein paar Joker in Käfigen gehalten haben. Diese Story hat meine Frau Captain sich zurechtgelegt, aber ehrlich gesagt weiß doch keiner von uns, wieso. Und natürlich hat meine Chefin deutlich gemacht, dass sie nicht will, dass ich ihre Theorie widerlege und sie schlecht dastehen lasse, deshalb soll ich die Finger davon lassen. Das ist schlimm genug. Aber nur mal angenommen, das sind verdeckte Terroristen, so wie die, die uns immer eins auswischen. Sie sind tot, aber sie müssen von irgendwo gekommen sein, müssen mit jemandem zusammengearbeitet haben.«

»Ich tu, was ich kann.«

♥

Wie üblich wachte er auf, bevor der Wecker klingelte. Den rechten Arm hatte er über dem Kopf … wann hatte er angefangen, so zu schlafen? Er blinzelte. O ja, es war Mittwoch. Dienstag hatte er in der Jokertown-Klinik verbracht.

Er war nach Hause gegangen, hatte kurz mit Julia gesprochen – sie war bei der Arbeit gewesen – und hatte es geschafft, sie mit der Beschreibung seiner Symptome in Angst und Schrecken zu versetzen.

Gut gemacht, Jamal. Das Gespräch hatte ihn davon überzeugt, den Anruf bei seinen Eltern aufzuschieben.

Dann war er mit dem Gefühl, sich zu ungefähr siebzig Prozent wieder aufgerappelt zu haben, ins Bett gefallen.

Jetzt, am Morgen, zehn Stunden später, konnte er sich nicht bewegen. Zumindest nicht ohne Mühe.

Er unterdrückte die Panik. *Hör gut zu, was immer du bist! Du bist keine degenerative Krankheit! Du bist lediglich ein Haufen Verletzungen auf einmal!*

Okay, redete er sich ein. *Egal.* Vielleicht hatte er tatsächlich irgendetwas (und wann verkündete ihm dieser nutzlose Finn endlich mal etwas Gutes?). Anscheinend half es nicht, die gefährliche Bekanntschaft eines Jokers zu machen, der Größe und Gestalt eines kleinen Lastwagens hatte …

Bau dich auf. Rapple dich auf, verdammt.

Atme. Strecke dich.

Bleib mal ganz ruhig und denk nach. Hör, wie die Stadt um dich rum zum Leben erwacht.

Wo bist du? Wo warst du?

Wo willst du sein?

Er hatte eine Eigentumswohnung in Toluca Lake, so nah bei den Studios von Warner, Universal und Disney, dass er zu Fuß dorthin hätte gehen können … und zu denen von Republic, Columbia und Paramount war es nur ein Katzensprung mit dem Auto. Seit zwei Wochen war er nicht mehr dort gewesen. Seine Eltern sahen dort nach dem Rechten, damit der Briefkasten nicht verstopfte und die Blumen nicht verdursteten.

Er hatte sich völlig an das Leben auf Reisen gewöhnt, an Hotelzimmer, Frühstück und widerlichen Kaffee ohne Gesellschaft, weil er die Büfetts nicht mehr ausstehen konnte, an die sich türmende Wäsche und den Straßenlärm selbst im zwölften Stock. Er war sich nicht ganz sicher, glaubte aber, dass es in seiner Wohnung leise war. Vielleicht dröhnte es ein wenig vom Freeway herüber. Und natürlich die Flugzeuge, die in Burbank starteten …

Was Jamal Sorgen machte, war, dass er sich nicht erinnern konnte!

Doch das war kein Zeichen für nachlassendes Gedächtnis – wenigstens hoffte er das. Schuld daran war, dass er den Großteil der letzten vier Jahre auf Reisen gewesen war.

Er atmete wieder ein. Es schien ihm besser zu gehen.

Nach links drehen … Hände und Arme heben, nicht den Rumpf …

Er setzte sich auf.

Dann stand er plötzlich wie durch ein Wunder. Er ging ins Bad und fühlte sich, als wäre er siebzig.

♣

Fünfundvierzig Minuten später war er geduscht – und hatte die Blessuren an seinen Beinen und seiner rechten Seite begutachtet –, rasiert und angezogen. Nachdem er Joghurt mit Zerealien mit einer Tasse Kaffee gefrühstückt hatte, funktionierte er wieder, wenn auch nicht gut. Vielleicht ungefähr so wie am Abend zuvor. Auf seinem Handy war keine neue Nachricht von Angel oder sonst einem SCARE-Mitglied eingegangen. Das überraschte ihn nicht. Für das SCARE war er nicht verfügbar. Von Franny auch nichts, was ihm sehr recht war: keine »Erinnerung«.

Warum soll ich mir nicht die Akten des Bullen ansehen? Was sollte er mit seiner Zeit sonst anfangen? Er klappte das Laptop auf und stellte es aufs Fußende des Betts. (Der Tisch hatte die falsche Höhe … in den ersten Wochen in Bleecker Towers hatte er am Tisch heftige Rückenschmerzen bekommen.)

Er loggte sich ein, brachte die lästigen Passwortabfragen hinter sich. (Den Cache zu leeren war nicht nur eine Angewohnheit, sondern auch eine Voraussetzung.) Dann führte er eine Suche über mehrere Agenturen durch, mit der er die Beobachtungslisten von Homeland Security, FBI, Zoll und selbst von Interpol durchforsten konnte.

Während die Seite lud, schlug er die Akte auf, die Franny ihm gegeben hatte – seitenweise standardisierte Polizeiberichte und Tatortfotos – und blätterte zu der Namensliste vor.

»Gornov, Dennis Timofeyevich.« Sechsunddreißig, dem Klang und dem ID-Foto nach ein Russe. Blond, Sohn eines Gauners. Suche.

Neues Fenster. »Krekorian, Sev.« Armenier. Siebenundzwanzig.

»Rafikov, Zakir.« Das klang kasachisch. Vierzig. Neues Fenster.

Mein Gott, diese Namen. Die afroamerikanische Community verfügte zwar auch über ein paar Zungenbrecher, aber Jamal meisterte sie normalerweise ganz gut … doch insbesondere heute musste er seine Notizen immer wieder anschauen und neu tippen. Jamals Laptop war weder neu noch schnell, und die WLAN-Verbindung im Bleecker war fragwürdig. Deshalb brauchte es ein paar Augenblicke, bis die Datenbanksuche Ergebnisse brachte. Doch das Warten lohnte sich. Die Agenturen der USA und Interpol verfügten alle über Akten zu diesen Männern. Alle hatten unter fragwürdigen Umständen oder mit verdächtigen Begleitern Grenzen passiert. Rasch fiel Jamal eine überraschende Gemeinsamkeit auf: Alle drei waren ehemalige KGB-Mitglieder.

Plötzlich fühlte Jamal sich schlechter, als es ihm seit dem

Zusammenstoß mit Wheels gegangen hatte. Das war kein wahlloses Kleinverbrechen. Wo sich drei russische Schlagtots fanden, fand man sehr wahrscheinlich auch ein halbes Containerschiff mit Schmuggelware oder mit zersetzenden Waffen. Oder vielleicht sogar mit einer Scheißatombombe.

Und diese Clowns hatten Joker entführt? Warum? Als potenzielle Selbstmordattentäter vielleicht? Leute, die man durch Erpressung zu gewissen Taten zwingen konnte? Jamal schnaubte vor Wut. Das waren wichtige Informationen …

… aber nicht notwendigerweise für das SCARE, noch nicht. Vor allem solange das Team so sehr damit beschäftigt war, Wahlkandidaten zu beschützen … und nachdem sich die Suche nach Wheels auf so bestürzende Weise als nicht mit Terrorismus in Verbindung stehend erwiesen hatte. Und morgen würde er wieder der Aktion Holy Roller zugeteilt werden.

Er wählte Frannys Nummer in Fort Freak.

♣♦♠♥

Galahad in Uniform

Teil 4

Es war ätzend, dass er Pater Squid mitteilen musste, dass das Revier den Fall der vermissten Joker abgeschlossen hatte. Vor allem, weil Franny nicht glaubte, so gut schauspielern zu können, um seine eigenen Bedenken bezüglich der Entscheidung zu verbergen. Aber es musste getan werden. So viel Achtung hatte der Priester verdient. Außerdem wollte Franny mit dem Pater über Croyd sprechen. Ihn vielleicht zur Hilfe überreden. Wenn jemand zu dem paranoiden Ass durchdringen konnte, dann vielleicht derjenige, der, zumindest aus Frannys Sicht, das Gewissen Jokertowns repräsentierte.

Darüber hinaus war eine Messe am Vormittag auch nicht unangebracht – schließlich quälten ihn unreine Gedanken bezüglich Apsara und Abby und eine zersetzende Wut auf seine Kollegen und Chefs. Er gelobte sich, am Samstag zur Beichte zu gehen, doch fürs Erste wollte er zwischen poliertem Holz und Weihrauchduft Frieden finden. Ihm fiel es immer noch schwer, den an eine DNA-Helix gekreuzigten Jokerjesus anzuschauen, doch herkömmliche Kruzifixe waren ihm auch schon seit jeher unangenehm gewesen.

Er bog um eine Ecke und sah zu seiner Verblüffung, dass aus der Kirche eine Menschenmenge auf den Bürgersteig quoll. Er ging das Kirchenjahr durch, doch fiel ihm kein bestimmter Namens- oder Feiertag ein, der einen solchen Andrang gerechtfertigt hätte. Man entdeckte ihn.

»Oh, Gott sei Dank!«

»Die Polizei.«

»Jetzt bekommen wir endlich Antworten.«

Franny schob sich durch die Menge. Von drin hörte er Quasimans Stimme, die vor Aufregung gepresst klang. »Nicht Pater! Nicht Pater!«

Der Bucklige stand im Mittelgang, verknotete seine Finger und schüttelte so heftig den Kopf, dass der Speichelfaden, der ihm übers Kinn lief, ringsum auf die Leute spritzte.

»Was ist hier los?«, fragte Franny.

»Oh, Gott sei Dank.« Das war Mrs. Flannery, eine energische, fünfzigjährige Jokerfrau, die die Altargilde mit unbarmherziger Zielstrebigkeit leitete und sicherstellte, dass der Altar stets mit passenden Blumen geschmückt war. Mit ihren missgestalteten Händen drückte sie sich einen Strauß an die Brust. »Officer Black, wir können Pater Squid nicht finden. Der arme Quasi ist ganz aufgelöst, und er kann ja so schon kaum sprechen. Ich weiß, dass der Pater meint, es würde besser mit ihm werden, aber …«

»Mrs. Flannery, schweifen Sie nicht ab. Was heißt, Sie können Pater Squid nicht finden?«

»Nicht Bett. Nicht schlafen. Nicht essen. Nicht Pater«, platzte Quasiman hervor. Im selben Moment löste sich ein Teil des linken Arms des Jokers/Asses auf und wurde unsichtbar. Doch der Verlust schien dem Besitzer gar nicht aufzufallen.

Ein nagender Schmerz setzte sich in seinem Magen fest. »Zeigen Sie es mir«, befahl er.

Die Menschenmenge geriet ruckartig in Bewegung. Franny hielt die Hände in die Höhe. »Nein, sollte es Spuren geben, müssen wir die bewahren. Quasi, bringen Sie mich in die Pfarrwohnung. Der Rest bleibt hier. Bitte denken Sie nach, wann Sie Pater Squid zum letzten Mal gesehen haben.«

Quasi sprang davon, und Franny folgte ihm dichtauf. Das Schlafzimmer des Priesters war spartanisch und sehr aufgeräumt. Franny fiel ein, dass der Pater mal Soldat in Vietnam gewesen war, und dem Zimmer sah man den militärischen Einfluss an. Es brauchte nicht lange, es zu durchsuchen und nichts zu finden. Pater Squids Büro war genauso ordentlich. In den Regalen standen mehrere Versionen der Bibel und die Werke großer Prediger. Auf dem Schreibtisch fanden sich lediglich eine Schreibunterlage, ein Notizblock und ein Halter für Stifte. Der Notizblock enthielt einige Notizen, die anscheinend die nächste Predigt betrafen.

»Quasi, wann haben Sie Pater Squid zum letzten Mal gesehen?« Der Joker starrte ihn an und sabberte, der Speichel tropfte vorn auf sein T-Shirt und bildete einen dunklen Fleck.

Franny rief sich den letzten Besuch des Paters auf der Wache ins Gedächtnis. Damals hatte ihn IBT begleitet. »Quasi, wissen Sie, wo ich IBT finden kann?« Sabber. »Marcus.« Sabber. »Infamous Black Tongue?« Sabber. »Die große Schlange?«

In den stumpfen Augen flackerte Verstehen auf. »Mit Pater.«

»Okay, wann war das?«

Doch Quasi war nicht mehr da. Im Büro war nur noch Franny mit seinen Fragen. Als er in die Kirche zurückkehrte, fragte sich Franny, ob Quasi nun auch dort war, wo sein Arm hingegangen war. In einer anderen Zeit, einer anderen Dimension, einer anderen Galaxis … wer weiß? Vielleicht wusste es der Bucklige, aber er sagte es nicht.

Während seiner Abwesenheit waren die Gemeindemitglieder nicht untätig gewesen. Sie hatten ihre Handys gezückt und Freunde und Verwandte in Jokertown angerufen, sodass sie mit ein paar wenigen Informationen aufwarten konnten. Ein Wachmann hatte den Priester mit IBT entweder am Vorabend oder bereits einen Abend davor gesehen, aber nicht mit ihnen gesprochen. Er wusste nicht, wohin sie gegangen waren.

»Okay, erkundigen Sie sich alle weiter. Und rufen Sie mich an, wenn Sie etwas in Erfahrung bringen oder wenn Pater Squid zurückkehrt.« Franny kehrte auf die Wache zurück.

♣

Heute hatte Maseryk das Kommando, deshalb konnte Franny nicht hereinstürmen, die Akte über die vermissten Joker auf den Tisch pfeffern und voller Drama verkünden: *»Dieser Fall ist nicht länger abgeschlossen!«* Denn einerseits war er auf Maseryk nicht so wütend wie auf Mendelberg, und zum anderen fühlte er sich offen gestanden durch den Captain mit seinem militärischen Haarschnitt eingeschüchtert.

Franny beschrieb die Lage. Maseryk rieb sich müde das Gesicht. »So ein Trottel, ich habe ihm gesagt, dass er sich raushalten und die Sache den Profis überlassen sollte.«

»Ja, und die Profis haben den Fall ad acta gelegt«, konterte Franny und versäumte es, eingeschüchtert zu sein.

»Passen Sie auf«, warnte ihn Maseryk. Franny presste die Lippen zusammen. »Der Fall ist wieder auf dem Tisch. Kümmern Sie sich drum. Und finden Sie den Priester. So eine Sache kann leicht der Funke im Pulverfass sein.«

Franny kehrte an seinen Schreibtisch zurück und empfand grimmige Genugtuung. Bis ihm auffiel, dass er noch immer keinen Schritt vorangekommen war, keine Hinweise hatte und dass einer der angesehensten Bürger Jokertowns spurlos verschwunden war. Dann bemerkte er, dass Jamal angerufen hatte. Vielleicht hatte der SCARE-Agent etwas …

♣ ♦ ♠ ♥

Die Todgeweihten

Teil 3

Marcus machte die Augen auf. Einen Augenblick lang erkannte er nur Umrisse hinter einer dicken vaselineartigen Schicht. Er blinzelte und rieb sich die Augen mit den Fingerknöcheln, um mehr Durchblick zu bekommen.

»Endlich ist er wach«, sagte jemand. »Wird auch Zeit.«

Die Stimme war ihm auf eigentümliche Weise vertraut, doch konnte er sie nicht einordnen. Er hörte Schritte, die sich entfernten, das Scharren von Stuhlbeinen und das Ausatmen, als sich jemand hinsetzte. Marcus merkte, dass der Mann, der sich hinsetzte, ihn berührt hatte. Davon war er aufgewacht. Aber es war nicht derjenige, der sprach.

»Du weißt, dass du schnarchst, oder?«, sprach die Stimme weiter. »Das kann man mit einer Operation beheben. Solltest dir überlegen, ob du das nicht mal machen lässt, falls du hier jemals wieder rauskommst. Und das ist sehr fraglich.«

Obwohl Marcus ihn noch nicht scharf sah, wusste er, dass der letzte Satz mit einem schiefen Grinsen ausgesprochen worden war. »Asmodeus?«

»Du erinnerst dich an mich! Ich bin gerührt! Ich erinnere mich nämlich auch an dich. Das letzte Mal, als ich dich gesehen habe, hast du zuckend und sabbernd in einer Gasse gelegen, und neben dir standen zwei Bullen.«

Marcus zog sein T-Shirt nach oben und rieb sich wild die

Augen. Danach war zwar immer noch alles ölig, aber er konnte etwas erkennen. Asmodeus, der philosophierende General der Dämonenprinzen, ging in einigem Abstand auf und ab. Er bewegte sich genauso gockelhaft, wie Marcus es in Erinnerung hatte. Und dazu das schiefe Grinsen, der Kranz aus kurzen Dornen auf seinem Kopf, die von Akne übersäten Wangen. Lediglich seine Kleidung war ein paar Nummern schicker. Die Nadelstreifenhose mit den Trägern und das Unterhemd waren verschwunden, stattdessen trug er einen glänzenden, kastanienbraunen Anzug und schwarze Schuhe, die so spitz waren, dass sie wie Dolche aussahen.

Der Mann auf dem Stuhl sah aus wie ein Normalo. Er hatte ein Rippunterhemd an. Wegen seiner Wampe, der schlaffen Männerbrust und der schwarzen Haarborsten auf seinen Schultern war das kein reizvoller Anblick. Sein rundes Gesicht hatte einen zutiefst gelangweilten Ausdruck. Mit den Kiefern bearbeitete er im Zeitlupentempo einen Kaugummi. Dabei schien er einen Punkt an der Decke zu betrachten.

Das Zimmer lieferte keinen Hinweis darauf, was hier vor sich ging. Karg, klein, spärlich eingerichtet. Marcus lag auf einem Bett, wobei sich sein langer Schlangenunterleib über den Rand hinaus auf den Boden ringelte. Er hatte keine Ahnung, wo er sich befand. Das Letzte, an was er sich erinnerte … Ruckartig richtete er den Blick wieder auf Asmodeus. »Wo ist Pater Squid?«

»Er ist hier. War nicht so geplant. Ziemlich scheiße gelaufen, wenn du mich fragst. Diese Dumpfbacken sollten dich herbringen, nicht Squiddy. Tja, jetzt sieht es so aus, als würde er auch hierbleiben. Du wirst ihn bald sehen. Doch erst müssen wir reden.«

»Ich muss gar nichts«, sagte Marcus. In seinem Mund sammelte sich giftiger Speichel. Er richtete sich auf und glitt auf die Tür zu, doch Asmodeus versperrte ihm den Weg.

Marcus fuhr ihn an: »Ich reiß dir den Kopf ab, wenn du mir nicht aus dem Weg gehst.«

»Nein, das wirst du nicht«, sagte Asmodeus. »Dmitri? Zeig dem Schlangenbubi, wieso er sich hinsetzen und brav sein wird.«

Der gelangweilte Mann hörte auf zu kauen. Er sah Marcus nicht an, schien sich aber angestrengt zu konzentrieren.

Marcus war wenig beeindruckt und beugte sich mit geballten Fäusten vor, um Asmodeus das Grinsen aus der Fresse zu polieren. Doch eher er zuschlagen konnte, spürte er, dass ihm etwas über den Nacken krabbelte. Winzige Füßchen, harte Spitzen, die sich im Rhythmus eines Hundertfüßers bewegten. Er wollte danach klatschen, aber seine Hände bewegten sich nicht.

»So fängt es an«, sagte Asmodeus. »Warte, es wird noch besser.«

Die Kreatur schnitt in Marcus' Haut ein. Er spürte, wie sie seinen Schädel ansägte und von einem Ohr zum anderen öffnete. Marcus wollte schreien, sich winden, sich wehren, doch er stand nur da und zitterte. Etwas schob die Finger in den Spalt in seinem Schädel, stemmte ihn auf und legte sein Hirn offen. Atemstöße wie Feuer verbrannten ihm die Haut, als ein unsichtbarer Mund sich der Öffnung näherte, um in seinen Kopf hineinzusprechen. Entstellte Worte kamen aus dem Mund und ließen die Luft gerinnen. Marcus verstand sie nicht, und doch kannte er die Schrecken, von denen der Mund sprach, denn er sah sie vor sich. Um ihn herum schmolz alles, wurde dunkel und böse. Die Stimme erzählte vom Vergehen der Welt. Sie sprach von Fäulnis, Krankheit und Elend. Marcus spürte, wie der Sprecher um sein Sehzentrum herumschlich. Er spürte den Koloss und wusste, dass das, was er sehen würde, an Schrecklichkeit alle Vorstellungskraft überstieg. Es zu sehen würde ihn umbringen. Würde sein Herz stillstehen lassen. Doch das Schlimmste war, dass er wusste, dass der Schrecken auch dann nicht zu Ende wäre, wenn sein Herz nicht mehr schlug, sondern dass das Entsetzen mit ihm spielen würde wie eine Katze mit einer Maus. Es würde nie aufhören.

Doch dann tat es genau das. Es hörte auf. Der Sprecher verschwand. Die dunkle, gestaltlose Welt verschwand. Keuchend klappte Marcus nach vorn.

Asmodeus fuhr sich mit der Zunge über die Zähne. »Das ist mal 'ne krasse Scheiße, was? Den kleinen Trip hast du Dmitri zu verdanken.« Er hielt den Kopf zur Seite, um auf den Mann zu deuten, der inzwischen wieder mit leerem Blick seinen Kaugummi bearbeitete. »Das ist seine Spezialität. Er macht krasse Scheiße mit deinem Kopf. Und jetzt, da er einmal drin war, kann er jederzeit wieder rein. Muss nicht einmal mit dir im selben Zimmer sein. Sobald du ausscherst, kriecht Dmitri in dein Gehirn und bringt dich in die Hölle.«

Marcus glitt wieder auf das Bett zurück, lehnte sich gegen die Wand, und sein Blick ging zwischen Asmodeus und Dmitri hin und her.

»Also, versuchen wir es noch mal«, sagte Asmodeus. »Folgendes musst du wissen. Hör gut zu, denn ich sag's nicht zweimal. Du fragst dich vielleicht, wo du bist, wie du hierhergekommen bist und warum. Wo spielt keine Rolle. Du bist hier. Komm damit klar. Um das Wie brauchst du dir auch nicht den Kopf zerbrechen. Nur das Warum ist interessant. Du bist hier, weil Baba Yaga will, dass du hier bist. Das ist ihr Baby. Ihretwegen hat man dich in Jokertown entführt und bietet dir die Gelegenheit, reich und berühmt zu werden. Dafür musst du nichts weiter tun, als Leute verprügeln. Um mehr geht es gar nicht. Nur darum, diesem urwüchsigen Drang zur Gewalt freien Lauf zu lassen. Es geht darum, ein Mann zu sein und es in der Arena zu beweisen. Du wirst Gladiator, hast du verstanden?«

»Nein«, sagte Marcus.

»Keine Sorge«, sagte Asmodeus und ging zur Tür. »Du wirst ganz schnell verstehen. Komm. Schau dir das Gelände an. Du solltest besser auch etwas essen.« Marcus blickte zu dem Ass hinüber, worauf Asmodeus hinzufügte: »Dmitri lässt dich in Ruhe. Es sei denn, du baust Scheiße.«

Als wäre er damit entlassen, stand Dmitri auf, zog sein iPhone heraus und fing an, durch seine Nachrichten zu scrollen.

Draußen vor dem Zimmer ging Marcus' Blick hinauf an die Kuppel einer großen Halle. Durch das Material der Kuppel drangen Sonnenstrahlen herein und tauchten die grüne, wie ein Garten bewachsene Halle in so helles Licht, dass man fast meinte, man stünde im Freien. Zwischen den blühenden Ranken, die an den Sparren hinaufkletterten, summten Insekten. Auch Vögel schwirrten herum, und das Gezwitscher mischte sich mit der leisen, verschnörkelten Flötenmusik, die durch die Luft waberte und mit ihrer Exotik etwas Verführerisches ausstrahlen sollte. Es roch nach Räucherwerk.

Fast wäre es schön gewesen, doch dann senkte er den Blick zu den Tischen, Stühlen, Sofas und weichen Teppichen, die den Hallenboden bedeckten. Auf ihnen hing eine bunt zusammengewürfelte Jokeransammlung herum. Kräftige Männer, die gefährlich aussahen. Manche von ihnen hatten Blessuren und trugen Verbände. Manche spielten Karten. Andere verfolgten auf einem Flachbildschirm ein Baseballspiel. Einige bedienten sich an einem reichhaltigen Büfett. Einer sah knurrend zu ihm herüber. Angesichts der Auswüchse in seinem Gesicht und auf seinen Armen hörte er auf den Namen Wartcake. Pater Squid hatte ihn Simon Clarke genannt. Sie hatten die verschwundenen Joker gesucht. Hier waren sie.

»Das ist der Gemeinschaftsraum. Die Kantine. Bar. Hier können wir abhängen und quatschen. Hier können wir so ziemlich alles machen, was wir wollen, bis zur nächsten Runde.«

An der Bar mixte ein Bartender mit kurzen Armen Cocktails. Dort hatte sich eine kleine Gruppe gebildet, sie unterhielten sich rauchend bei einigen Drinks. Eine atemberaubende, beinahe nackte Normalofrau fing an zu tanzen, was Jubel hervorrief. Sie hatte schlanke Arme und Beine und einen kurvenreichen Rumpf. Eine andere kletterte einem grinsenden Joker auf den Schoß.

»Wir werden gut behandelt«, sagte Asmodeus. »Davon kannst du auch was abbekommen. Musst nur in der Arena was leisten. Wenn du gewinnst und bei den Zuschauern gut ankommst, dann wirst du auch belohnt.«

Marcus entdeckte Pater Squid. Der Priester ging langsam zwischen einigen Feldbetten mit verletzten Jokern herum, sprach leise mit ihnen, während er nach ihren Verletzungen sah. »Hier wird es uns nicht halten«, sagte er, auch wenn er nicht so überzeugt klang. »Wir bleiben nicht lange.«

»Ein Ausbruch, was?«, fragte Asmodeus, und seine Stimme troff vor Sarkasmus. »Gladiatorenaufstand? Scheiße, Mann, du hast ja echt gar keine Peilung. An meinem ersten Tag hier hat ein Joker namens Giles Theater gemacht, hat rumgemeckert, wollte uns aufwiegeln, meinte, wir wären in der Überzahl und wir könnten hier alles kurz und klein schlagen, wenn wir wollten.«

»Klingt wie der Schwachsinn, den du immer abgelassen hast«, sagte Marcus.

Asmodeus grinste. »Er war ganz okay, aber ihm fehlte meine Rednergabe. Er hat die Leute aufgestachelt. Dmitri hätte ihn in die Hölle bringen können, aber da sind Babas Grobiane aufgetaucht. Urplötzlich sind sie von der Decke herabgesegelt, haben Giles zwischen drei Tasern eingekastelt, der hat schon gezuckt und gebebt, bis wir überhaupt begriffen hatten, was abging. Sie haben ihn mitgenommen. Als sie ihn zurückbrachten, war er nicht mehr Giles. Er war nicht einmal mehr ein Mensch.«

»Was soll das heißen?«

»Er kam so zurück.« Der Joker beugte sich zu Marcus Schulter heran und zeigte mit seinem dünnen Arm auf etwas.

Erst wusste Marcus nicht, was er meinte. An der Stelle, auf die er zeigte, war nichts außer einem sonderbaren Stuhl. Das hätte er beinahe auch gesagt, doch dann blieben ihm die Worte im Hals stecken. Das Möbelstück hatte etwas an sich, das ihm die Haare zu Berge stehen ließ. Es war seltsam organisch, als bestünde es aus einem einzigen Material, das in die Form eines Stuhls gebracht worden war.

»Dieser Stuhl ist Giles. Frag bloß nicht nach einer Erklärung. Wir wussten es einfach. Als man ihn brachte …«, Asmodeus sprach leiser und ehrfürchtig, »… sah er sogar wie er aus. Man konnte ihn da drin sehen. Er war verdreht, verändert, aber er lebte noch. Wir konnten ihn atmen sehen. Wir sahen, wie sich sein Mund bewegte. Nachts hörte ich ihn manchmal betteln. Nicht mit richtigen Worten, sondern mit so gequälten Lauten. Jetzt ist er tot, aber es hat lange gedauert.«

Marcus suchte nach einer flapsigen Bemerkung, doch in Asmodeus' Miene deutete nichts darauf hin, dass er scherzte. Marcus betrachtete den Stuhl. Vielleicht hatte er Halluzinationen, doch erkannte er darin beinahe einen knienden, nach hinten gebogenen Mann, dessen Arme in einer Schmerzstarre eingefroren waren.

»Baba Yaga hat krasse Fähigkeiten«, sagte Asmodeus. »Anders als der Kram von Dmitri. Denn manches davon ist wirklich. Und deshalb wirst du kämpfen, wenn sie dir sagt, dass du kämpfen sollst.«

♣♦♠♥

Noch einmal um der alten Zeiten willen

von Carrie Vaughn

Ana Cortez schwänzte die Arbeit. Sie hatte sich krankgemeldet – zum ersten Mal überhaupt, wenn man die Male nicht mitrechnete, als sie *wegen* der Arbeit im Krankenhaus gelandet war. Am Telefon, als sie ihren Chef anrief, klang sie so mitleiderregend und selbstaufopfernd, wie sie nur konnte, und sagte, dass sie unmöglich riskieren konnte, alle anderen mit der Magendarmseuche anzustecken, die sie gerade plagte. Zwar war sie sich nicht sicher, ob Lohengrin ihr glaubte, doch in den letzten Jahren hatte sie sich einen gewissen Status erarbeitet, sodass er es nicht anzweifelte. Sie hatte *verdient*, die Arbeit zu schwänzen.

Was sollte sie mit ihrem freien Tag anfangen? Was jede New Yorkerin – wenn auch zugezogen –, die etwas auf sich hielt, tun würde. Sie besuchte ein Baseballspiel im Stadion der Yankees. Nicht dass sie Baseball besonders mochte, aber heute war Kate auf dem Spielfeld, und das wollte Ana um alles in der Welt nicht verpassen.

Bis auf die hiesigen Lieblingsspieler und noch ein oder zwei andere, die wegen irgendwelcher Skandale oder so in den Nachrichten kamen, kannte Ana die Spieler nicht, denn sie verfolgte Baseball überhaupt nicht, doch sie ließ sich von der Atmosphäre mitreißen und kreischte und jubelte auf ihrem Sitz in der ersten Reihe an der dritten Base.

Der Spieler, der das Home Run Derby gewonnen hatte, der Hitter der Yankees, Robinson Canó, war ein hiesiger Liebling, und die Zuschauer konnten sein nächstes Spiel kaum erwarten. Die Wohltätigkeitsveranstaltung wurde als Pitching Derby präsentiert – die besten Pitcher der oberen Liga betraten das Feld, stellten sich gegenüber der Home Plate und einer Laserpistole auf und warfen ihre schnellsten Bälle. 100 Meilen pro Stunde. 101. 99. 102. Die Zuschauer drehten durch, als Aroldis Chapman es auf 105 brachte – anscheinend hatte er damit irgendeinen Rekord gebrochen. Doch das Spektakel war noch nicht zu Ende, und als die letzte Pitcherin aufs Feld kam, wurde es vor Spannung plötzlich ganz still im Stadion.

Die athletische junge Frau trug eine enge weiße Baseballhose und ein marineblaues T-Shirt mit der Aufschrift »Curveball« auf dem Rücken. Keine Nummer, keine Mannschaftszeichen, denn so war Kate inzwischen. Curveball, das berühmte Ass, das mit seinen Würfen Häuser sprengen konnte und während der ersten Staffel von *American Hero* ausgestiegen war, um im richtigen Leben eine Heldin zu werden, dann aber aus dem Komitee ausgestiegen war, weil sie niemanden als sich selbst brauchte.

Ganz still wurde es in den Zuschauerrängen nicht, denn man tauschte murmelnd Erstaunen und Beobachtungen aus und zeigte dabei auf jeden neuen Spieler. Ana beugte sich nach vorn, weil sie ihre Freundin besser sehen wollte. Sie wirkte ganz klein und verlassen, als sie über das Spielfeld zum Pitcher's Mound ging und ihre Mütze zurechtrückte. Sie stellte sich nicht wie die anderen der Home Plate zugekehrt auf, sondern in Richtung des tonnenschweren Haufens aus Betonblöcken, die man auf das Feld gekarrte hatte.

Kate wirkte nervös, trat von einem Bein auf das andere, trommelte mit den Fußspitzen auf den Boden und drückte den Baseball gegen ihren Handschuh. Bei jeder Bewegung zuckte ihr Pferdeschwanz. Einige Traditionalisten waren gegen ihre Teilnahme gewesen, denn sie empörten sich darüber, dass eine Frau im ehrwürdigen Yankee-Stadion den Pitcher's Mound betreten sollte. Aber da mit dieser Wohltätigkeitsveranstaltung Spenden gesammelt werden sollten, konnten sie schlecht darauf beharren. Ana fragte sich, wie viele Schikanen Kate hinter den Kulissen hatte über sich ergehen lassen müssen. Die ganze Wut darüber würde sie in ihren Arm lenken.

Vor lauter Spannung krampfte sich Ana der Magen zusammen, und sie umklammerte das Geländer vor ihr so kräftig, dass ihr die Finger schmerzten. Warum fühlte sich das wie eine Schlacht an, bei der Ana das Bedürfnis verspürte, mit Kate auf dem Feld zu stehen und sie zu unterstützen? So wie sie oft schon zusammen gekämpft hatten. Doch hier konnte Ana nichts anderes tun als zuzuschauen. Das war keine Schlacht, sondern es sollte Unterhaltung sein. Pah. Sie berührte das Medaillon der Heiligen Barbara, das sie um den Hals trug und das unter ihrem Hemd ruhte. Normalerweise beruhigte sie das.

Schließlich stellte die Asspitcherin sich auf, nahm Ball und Handschuh vor die Brust, holte aus, zog das linke Bein hoch und streckte den ganzen Leib.

Funken zuckten an ihrem Arm entlang, und der Ball verschwand aus ihrer Hand, gefolgt von einem Donnerschlag, dem Knall einer Explosion – und der Betonhaufen war weg, einfach weg. Über dem Feld ging ein Trümmerregen herab, eine Wolke aus Staub und Kies. Es klang wie Hagel. Die Zuschauer im hinteren Bereich schrien und duckten sich. Kate wandte sich ab und hob den Arm schützend vors Gesicht.

Etwas Seltsames war geschehen. Ana hatte Kate schon tausendmal werfen sehen, ob ein Reiskorn oder eine Bowlingkugel. Mit ihren Geschossen hatte sie Autos gesprengt und Menschen getötet, doch noch nie hatte sie ein Ziel pulverisiert.

Dann blitzte die gemessene Geschwindigkeit auf der Anzeigetafel auf: 772 Meilen pro Stunde.

Der Ansager drehte fast durch und schrie mit sich überschlagender Stimme: »… dieses Geräusch … ein Überschallknall von einem *Baseball*! O mein Gott, so etwas habe ich noch nie erlebt! Unglaublich!«

Überdies hatte Kate einen PKW-großen Krater auf dem Feld produziert, aber dem schien niemand Beachtung zu schenken. Das Brüllen der Zuschauer glich einer Sturmflut, und die Spieler rannten aufs Feld hinaus und umringten Curveball, zwei von ihnen hoben sie auf ihre Schultern, sodass sie über ihnen schwebte. Auf ihrem Gesicht lag die nackte Verwunderung. Auf dem riesigen Bildschirm über dem Backfield sah man sie in Nahaufnahme, ihr breites Lächeln und die hellen Augen.

Ana klatschte und johlte mit den anderen.

Es dauerte zwei Stunden, bis das Stadion sich geleert hatte. Ana blieb und arbeitete sich zur Home Plate vor, wo Kate von Fans umringt war, die sich über die Absperrung beugten, um mit ihr zu reden. Sie signierte Bälle und posierte für Fotos. Als Ana dazukam, schnappte sie Kates Gespräch mit einem ungefähr zwölfjährigen Mädchen mit roten Zöpfen und einer Baseballmütze auf.

»Ich spiele Softball«, sagte das Mädchen und gab Kate einen Ball zum Signieren.

»Bist du Pitcherin?«, fragte Kate.

»Ja, aber nicht so wie Sie.«

»Chapman pitcht auch nicht so wie ich. Ich glaube, du bist richtig gut.«

Das Mädchen zuckte mit den Schultern. »Ich weiß nicht. Letzte Spielzeit haben wir nicht gewonnen.«

»Trainiere weiter. Das ist die Hauptsache. Immer dranbleiben, okay?«

Lächelnd ging das Mädchen davon.

Kate bemerkte Ana im Hintergrund, als sich die letzten ihrer Bewunderer verabschiedeten. Kreischend sprang sie über die Absperrung und umarmte Ana so fest, dass sie ihr beinahe die Rippen brach. Lachend erwiderte Ana die Umarmung. Dann lösten sie sich voneinander, um sich besser betrachten zu können. Kate grinste noch immer und hatte allen Grund dazu, doch Ana bemerkte die Schatten unter ihren Augen.

»Ich freu mich so, dass du es geschafft hast«, sagte Kate.

»Willst du mich verarschen? Das hätte ich mir nie entgehen lassen. Bist du bereit für die Party?«

Kate seufzte. »Ich brauche noch ein paar Stunden. Die wollen noch eine Pressekonferenz machen und Fotos für dieses Wohltätigkeitsding. Es wurden fünfundsiebzigtausend gespendet.« Ihr Blick hellte sich auf.

»Das ist ja toll. Dann machen wir's so: Du kommst, sobald du kannst, und ich gehe so lange was einkaufen und die Wohnung aufräumen.«

»Du hast mir ein Fass Margaritas versprochen. Steht das noch?«

»Oh, da kannst du dich drauf verlassen. Ein Fass Margaritas, ein Stapel DVDs, und du erzählst mir alles über deinen neuen Macker.«

Kate wurde rot, doch sie strahlte. »Abgemacht.«

♦

Ana hatte bereits Tequila, Limetten, Salz und eine Tüte Eis besorgt. Jetzt ging sie zu der ausgezeichneten Taqueria gleich an der nächsten Straßenecke, um circa eine Tonne Burritos zu kaufen. Schließlich brauchten sie eine ordentliche Grundlage für all die Margaritas.

Solange Kate noch beim Komitee gearbeitet hatte, hatte Ana mit ihr zusammen in der fahrstuhllosen Wohnung in der Lower East Side gewohnt. Dann war Kate ausgestiegen und zurück in die Schule nach Oregon gegangen. Das war jetzt schon ein paar Jahre her, und inzwischen sahen sie sich nur noch selten.

Anas Wohnung lag an der East Fifth Street, ein paar Straßen von Jokertown entfernt. Das Viertel war weder toll noch furchtbar. Ana gefiel es hier, denn die Gegend war nicht protzig, und sie konnte sich ein Gefühl von Normalität bewahren. Zum Beispiel konnte sie zur Taqueria gehen, ohne dass sie jemand anmachte oder sie fotografierte. Mit ihrem glatten dunklen Haar und ihrer eher stämmigen Statur war sie nicht so fotogen wie Kate, aber als lateinamerikanische Koordinatorin für das UN-Komitee für außerordentliche Interventionen war auch sie eine Berühmtheit. Allerdings fühlte sie sich so gar nicht wie ein Promi, und deshalb blieb sie in diesem unscheinbaren Viertel. Auch die Imbissläden waren hier besser.

An der Haustür kramte sie mit einer Hand nach ihrem Schlüssel, als es von der Treppe zur Tiefparterrewohnung zu ihr heraufzischte.

»Ana! Ana, hier unten!« Sie sah über das Geländer.

Der Joker trug eine dunkle Sonnenbrille, und seine beiden oberen Arme steckten in einer zu großen Jacke. Mit seinen mittleren Armen hielt er die Jacke eng um sich geschlungen – ein vergeblicher Verkleidungsversuch. Er gab sich alle Mühe, sich in den Schatten der Treppe zu ducken, damit man ihn von der Straße aus nicht sah. Doch der Kerl war über zwei Meter groß und stämmig: Es war der weltberühmte Schlagzeuger von Joker Plague.

»DB? Was machst du hier?«, fragte sie.

Er winkte ab, um sie zum Schweigen zu bringen. »Still! Komm schon runter!«

Sie umrundete das Geländer, und Drummer Boy zerrte sie in den Schutz der Treppe, sodass ihr die Burritotüte aus der Hand fiel. »Michael!«

»Pst! Tschuldigung. Hier.« Unten aus der Jacke kam ein

fünfter Arm heraus, mit dem er die Tüte aufhob und sie ihr in die Hand drückte. Jetzt waren die Burritos wahrscheinlich Matsch. Vielleicht ließ sich noch ein Auflauf aus ihnen machen. »Ana, ich muss mit dir reden, kann ich reinkommen?«

»Hättest du nicht anrufen können?«

»Nein, persönlich. Komm schon, können wir wenigstens von der Straße weg?«

Sie hatte ihn fast ein ganzes Jahr nicht mehr gesehen. Eigentlich traf sie sich gern mit ihm, und wenn es zufällig so war, dass sie beide einmal am selben Ort waren, versuchten sie immer, ein Treffen zu arrangieren. Vor einiger Zeit hatte er ihr Tickets für ein Joker-Plague-Konzert besorgt, und etwas in der Art hätte sie gern wieder gemacht. Aber es wäre ihr wirklich lieb gewesen, wenn er angerufen hätte. Denn sie wollte auf keinen Fall, dass er bei ihr herumhing, wenn Kate eintraf.

Sie dachte zu lange nach, und DB redete weiter auf sie ein. »Ich bin nur kurz in der Stadt, und ich muss dringend mit dir reden, aber ich will nicht bemerkt werden …«

Skeptisch hob sie eine Augenbraue. Mit seinen sechs Armen und seinem mit Trommelfellen bespannten Oberkörper konnte Michael Vogali alias Drummer Boy nicht unbemerkt bleiben.

»Michael, was willst du? Im Ernst?«, fragte sie.

»Kann ich bei dir pennen? Bloß ein paar Tage. Bitte?«

Das Jahr hatte dreihundertfünfundsechzig Tage, und er suchte sich ausgerechnet diesen aus, um sie um einen Gefallen zu bitten. Er war ein Freund, sie wollte nicht Nein sagen, aber das *ging* einfach nicht. Das … das würde nicht gut gehen.

Sie wand sich. »Du kannst sonst nirgends knacken? Hast du keine Wohnung am Central Park, irgend so ein Luxusteil?«

»Kam nie richtig dazu«, sagte er. »Unser Studio ist in L.A.«

»Du kannst nicht bei mir pennen, meine Wohnung ist winzig.«

»Bloß für ein paar Tage ...«

Genervt platzte sie heraus: »Du kannst nicht bleiben, weil Kate heute Abend zu mir kommt.«

Sein Gesicht hellte sich auf. »Wirklich? Ich hab sie Ewigkeiten nicht mehr gesehen. Ist sie ... ich meine, geht es ihr gut und so?«

Eigentlich hatte sie Kate nicht erwähnen wollen. »Bist du dir sicher, dass du nicht woanders unterkommen kannst?«

»Es geht nicht nur ums Pennen, wir müssen uns wirklich unterhalten. Und Kate ... ach du Scheiße, ich wollte nicht derjenige sein, der es ihr sagt, ich habe gehofft, du könntest es ihr sagen, nachdem wir geredet haben ...«

»Wovon sprichst du überhaupt?«

»Bitte, können wir dafür nicht reingehen?« Bei dem über zwei Meter großen Jokerungetüm hätte der Hundeblick eigentlich lächerlich erscheinen müssen, doch er schaffte es, wirkliches Mitleid zu erregen.

Sie verdrehte die Augen. »Okay. Na schön. Aber Kate und ich trinken heute Abend trotzdem unsere Margaritas.«

»Hey, das klingt spaßig ...«

»Michael!«

Er hob abwehrend die Hände und wich einen Schritt zurück. »Kein Ding.«

»Halte das mal.« Sie drückte ihm die Burritos in die Hand und zog den Schlüssel heraus. »Warum hast du mich nicht einfach angerufen, statt dich hier wie ein Obdachloser herumzudrücken?«

»Weil du eher Ja sagst, wenn ich vor deiner Tür stehe?«

Sie knurrte und stieß ihn in die Seite, worauf sein Oberkörper dumpf dröhnte.

»Ich habe dünne Wände – du musst dich mit Trommeln zurückhalten.«

»Klar doch«, sagte er und untermalte die Worte mit einem leisen Break.

O ja, wenn das mal nicht richtig mies ausgehen würde.

♥

Kate und DB waren zur selben Zeit beim Komitee ausgestiegen, beide wegen der Politisierung der Organisation im Nahen Osten. Ana war nicht dabei gewesen, hatte aber alles ausführlich mitbekommen, als Kate sie angerufen und ihr alles erzählt hatte. Während des Telefonats hatte sie viel geweint – wahrscheinlich war Ana die Einzige, die wusste, wie sehr Kate die ganze Sache mitgenommen hatte. Ana hatte in Komiteeangelegenheiten am anderen Ende des Globus festgesteckt und ihrer Freundin nicht helfen können. DB war einfach nur sauer gewesen – bei Ana hatte er allerdings nicht angerufen, um Frust abzulassen. Ein Teil der Regenbogenpresse hatte behauptet, DB und Kate wären als hitziges Liebespaar zusammen getürmt, doch das war vollkommener Unsinn. Inzwischen war das alles Geschichte. Sie waren darüber hinweggekommen. Und Ana hoffte, dass sie die Seifenoper heute Abend nicht wieder aufleben lassen würden.

Eine Stunde später klingelte Kate unten an der Tür, und Ana betätigte den Summer, um sie hereinzulassen.

»Ich habe schon geglaubt, dass die mich gar nicht mehr gehen lassen«, sagte Kate, als sie in die Wohnung trat und ihre Tasche neben der Tür fallen ließ. »Nur noch ein Foto, haben sie ständig gesagt. Als ob sie nicht schon zwanzig Millionen davon gehabt hätten.«

Ana ließ sie durch, machte die Tür zu und wartete. Es dauerte nicht lange.

DB stand vom Sofa auf und winkte verlegen mit zwei Händen, während eine dritte einen aufgeregten Wirbel trommelte, der klang wie platzende Luftballons. Die zu große Jacke hatte er abgelegt und stand mit nacktem Oberkörper in all seiner tätowierten Pracht vor Kate. »Hallo, Kate.«

Kate drehte sich zu Ana um. »Was macht der da?«

DB kam einen Schritt näher. »Nur für heute Nacht, versprochen, ich will unbemerkt bleiben …«

»Ich lass mich immer belabern«, sagte Ana und zuckte mit den Schultern.

Kates Blick verfinsterte sich, und Ana wusste nicht, wem der finstere Blick galt. »Ich hoffe, die Margaritas sind fertig.«

»Zwei ganze Pitcher.«

Sie gingen in die Küche oder vielmehr in die Ecke der Wohnung, die als Küche diente. DB folgte ihnen, schlich hinter ihnen her, so unauffällig es ihm sein Körper erlaubte. »Hey, Kate, na? Wie geht's?« DB war schon seit Jahren in Kate verknallt. Und heute war er damit genauso wenig diskret wie damals auf dem Set der ersten Staffel von *American Hero*. Aber immerhin war er inzwischen ein bisschen höflicher.

»Ich habe heute im Yankee-Stadion einen Ball auf Überschallgeschwindigkeit beschleunigt, und wie geht's dir?«

»Ähm … hey, das ist klasse. Glaub ich. Ich bin nur zufällig in der Stadt, und, nun ja, wir müssen miteinander reden …«

Kate sagte: »Michael, Ana und ich haben uns heute Abend verabredet, um entspannt abzuhängen, so mit zu viel Alkohol und stundenlangem Fernsehen, und nicht, um über irgendwas nachzudenken. Und daran ändert sich auch nichts, bloß weil du jetzt da bist, verstanden? Ich kann es Ana nicht übel nehmen, dass sie dich bei ihr pennen lässt. Aber kannst du … uns einfach in Ruhe lassen?«

DB setzte sich wieder aufs Sofa und verschränkte zerknirscht alle sechs Arme.

♣

Ihnen Margaritas aufzutischen sorgte eine Weile für Ruhe. Eine halbe Stunde vielleicht. Die erste DVD der letzten Staffel von *Grey's Anatomy* brachte dann noch einmal eine Stunde, vor allem die Folge, in der Meredith und Derek sich die ganze Zeit streiten wegen Dereks ethisch fragwürdigem Experiment: Er setzt eine neue Version des Trump-Virus bei einem Haufen hässlicher Jokerpatienten ein. Das war ziemlich furchtbar.

Die ganze Zeit über war DB am Kichern. »Das fände ich gar nicht so schlimm, wenn sie richtige Jokerschauspieler nehmen würden statt Normalos mit so beschissenen Gummitentakeln.«

Ana gab ihm recht, meinte aber, dass sie Gummitentakel brauchten, weil man die abnehmen konnte, um sie anschließend für geheilt zu erklären – fünf Minuten bevor sie sich dann doch als Kreuzdamen erwiesen und in widerlichen schwarzen Schleim verwandelten.

Doch plötzlich war die Folge zu Ende, und in der Stille, während Ana die DVDs wechselte, musste DB alles ruinieren: »Okay, ich weiß, dass ihr eure Party habt und so, und ich weiß, dass ich dazwischenfunke …«

Kate hatte es sich vor dem Fernseher mit Kissen auf dem Boden gemütlich gemacht. Sie trank einen ordentlichen Schluck Margarita und ging nicht auf ihn ein. Der Kerl tat Ana fast leid. Für gewöhnlich war er nett. Für seine Freunde würde er sich in die Schusslinie werfen, und bei ihrer gemeinsamen Geschichte war das nicht nur eine Redensart. Nur war er es zu sehr gewohnt, im Zentrum der Aufmerksamkeit zu stehen, und ganz eindeutig nicht, von zwei Frauen ignoriert zu werden.

»… aber ich muss wirklich mit euch sprechen. Das ist eine ernste Sache. Wirklich.« Das Sofa ächzte, als er sich nach vorn beugte, und die Hälfte seiner Hände trommelte nervös.

Ana machte »Pst«, legte die DVD ein und drückte auf Play

in der Hoffnung, dass er dann die Klappe halten würde. Doch Kate wälzte sich herum und sah ihn böse an. »Michael, was machst du hier? Sind Joker Plague nicht auf Tournee in … in Thailand oder so?«

Sein Gesicht hellte sich auf. »Du kennst unseren Tourplan …«

Sie warf ihm giftige Blicke zu. »Träum weiter.«

»Die Tournee war letzten Monat. Im Moment sollten wir eigentlich unser nächstes Album aufnehmen, aber … ich kann euch sagen, das läuft gar nicht gut. Mir war klar, dass wir ein Problem haben, als es in unseren ganzen neuen Songs bloß noch darum ging, wie scheiße es ist, als Band auf Tour zu sein. Deshalb habe ich zu den anderen Jungs gemeint, dass wir eine Auszeit nehmen sollten, zu unseren Wurzeln zurückkehren. Eine Weile lang in Jokertown abhängen …«

Kate wandte sich wieder dem Fernseher zu.

»… aber egal. Vor einer Woche oder so habe ich in L. A. so eine Signierstunde gemacht, und da hat mir ein Fan so ein … *Teil* gebracht. Ich glaube, ihr solltet wissen, dass es das gibt.« Er wirkte ernst – richtiggehend besorgt – und griff in die Tasche seiner übergroßen Jacke, die über der Sofalehne hing.

Da klingelte es an der Haustür.

Ana brauchte einen Moment, bis sie sich aus ihrem Bett aus Kissen hochgerappelt hatte. Nach der ersten Margarita war ihr schon ein bisschen schummrig. Sie brauchte dringend Urlaub …

»Erwartest du jemanden?«, fragte Kate.

»Nein«, sagte Ana und drückte auf den Knopf der Freisprechanlage.

»Ana. Hier ist John. John Fortune.«

Das musste ein Scherz sein. Jemand musste ihn dazu angestachelt haben. Das war zu … Wäre das jemand anders passiert, wäre es lustig gewesen.

»Was?«, fragte Kate. Sowohl sie als auch DB starrten sie an. Dann hatten sie den Namen also gehört.

Sie wollte keine Diskussionen. »Ich komm runter«, sagte sie und war draußen, ehe Kate und DB etwas sagen konnten.

John wartete vor der Haustür, seine Hände steckten in den Taschen einer abgetragenen Army-Jacke. Sie hätte nicht behaupten können, dass er sonderlich gut aussah. Er war schlank und attraktiv, hatte dunkle Haut, blasses Haar und ein ernstes Gesicht. Eine sternförmige Narbe zeichnete sich weiß auf seiner Stirn ab. Momentan waren seine Haare zu lang und ungekämmt, und er wirkte belastet, ausgezehrt, als hätte er nicht genug Essen oder Schlaf oder beides bekommen.

»Hi«, sagte er mit einem schwachen, halbherzigen Lächeln.

»John. Hi. Was ist los?«

»Du musst mir einen Gefallen tun.« O nein, das konnte nicht wahr sein … Er sagte: »Kann ich bei dir bleiben? Bloß für ein paar Tage.«

An jedem anderen Tag … »Das passt gerade echt nicht gut. Kannst du nicht zu deiner Mutter?«

Er zuckte zusammen und rieb sich den Kopf. »Könnte ich schon, aber sie will mich dazu überreden, wieder für sie bei *American Hero* zu arbeiten. Und das … das kann ich nicht. Ich gehe ihr aus dem Weg.«

»Nein«, sagte sie. »Das kannst du natürlich nicht.«

»Ich weiß, dass ich hätte anrufen sollen … aber es geht nur um ein paar Tage, versprochen.«

Ana mochte vieles sein, aber einen Freund ließ sie nicht auf der Straße stehen. Sie hielt ihm die Tür auf. »Komm rein. Ähm, ich sollte dich vielleicht vorwarnen …«

♠

Ana rechnete fast damit, dass Kate sich im Bad verkrochen hatte, denn das war der einzige Raum in der Wohnung, in dem man ganz für sich sein konnte. Doch sie stand zusammen mit DB im Wohnzimmer und erwartete sie. Ana ließ John herein und schloss sacht die Tür.

John stand in geduckter Haltung da, sein Lächeln wirkte angestrengt. »Hi, Kate.«

»Hi«, sagte sie flach. Das war alles.

»Nun«, sagte DB gedehnt. »Sieh mal an, wen haben wir denn da?«

»Lass stecken, Michael«, sagte Ana. Sie richtete sich auf, stemmte die Hände in die Hüften. Sie hatte mit ihren Blicken die Diplomaten von einem Dutzend Länder eingeschüchtert und vor dem Sicherheitsrat der Vereinten Nationen gesprochen. Gewiss konnte sie auch hier für Ruhe sorgen. »Ihr zählt alle zu meinen Freunden, und ich werde niemanden in der Wüste stehen lassen. Aber ich wäre dankbar, wenn ihr euch alle wie Erwachsene benehmen würdet. Glaubt ihr, dass ihr das könnt?« Da niemand etwas sagte, ging sie von einem Ja aus. »Ich wärme etwas auf, dann essen wir zu Abend. Wie ganz normale Leute.« Während sie das Essen aus dem Kühlschrank holte, lauschte sie.

»Wie geht's dir?«, sagte John.

»Okay«, gab Kate zurück. »Und dir?«

Vielleicht zuckte er mit den Schultern.

Ana war nicht dabei gewesen, als sie miteinander Schluss gemacht hatten, aber sie wusste, dass es übel gelaufen war – Kate hatte Schluss gemacht, als John noch im Krankenhaus gelegen hatte, nachdem ihm ein Jokerparasit, der ihn größenwahnsinnig gemacht hatte, aus der Stirn entfernt worden war. Erst hatte das Virus in John nur geschlummert, dann hatte er eine Kreuzdame gezogen, war von seinem Vater gerettet worden, hatte wegen eines Skarabäus, der sich in ihm eingenistet hatte, über Asskräfte verfügt – nur um als

Normalo zu enden. Und dann hatte seine Freundin ihm den Laufpass gegeben.

Aber Ana hatte die Geschichte aus beiden Perspektiven gehört, und John hatte ebenfalls Mist gebaut. Er hatte Kate nie vertraut. Er hatte immer geargwöhnt, dass sie mit einem anderen türmen würde, mit jemandem mit Macht – mit jemandem wie DB. Und das hatte er ihr vorgeworfen. Sie hatte ihm versichert, dass sie ihn liebe, doch er hatte es ihr nie so recht geglaubt, und deshalb war sie gegangen. Seit Jahren hatte Kate nun wieder einen richtigen Partner, und Ana fragte sich, wie John sich dabei fühlen mochte, falls er es überhaupt wusste. Er musste es wissen – Kate war eine Promi, und die Bilder waren durch die Zeitschriften gegangen.

Sie alle hatten sich während der ersten Staffel von *American Hero* kennengelernt – Ana, Kate und DB als Wettbewerbsteilnehmer und John als Assistent seiner Mutter Peregrine, die die Show produziert hatte und womöglich die berühmteste Wild Card aller Zeiten war. Die Zeit kam Ana wie ein Traum vor, unwirklich. Wie der Besuch eines Zerrspiegelkabinetts auf einem Jahrmarkt, der letztlich nichts bedeutete. So viel war seither passiert, doch damit hatte alles angefangen. Die Show war noch immer erfolgreich, hatte hohe Einschaltquoten, aber Ana verfolgte sie nicht.

DB ging auf und ab und klopfte auf seinen Oberkörper.

»Bist du aus einem bestimmten Grund in der Stadt?«, sagte John zu Kate, als wären sie allein.

»Ja, ein Pitcher-Wohltätigkeitsderby beim All-Star-Game.«

»Ach, echt? Cool.«

»Und du?«

»Ich reise herum. Mal hier mal da.«

Das war so ziemlich die peinlichste Unterhaltung aller Zeiten. Ana fragte sich, ob es besser werden würde, wenn sie ihnen Margaritas nachgoss. Sie ging in die Küche und machte sich an die Zubereitung.

»Ich hätte angenommen, dass du bei deiner Mutter übernachtest«, sagte Kate.

John verdrehte die Augen. »Dann müsste ich mir den ganzen Abend anhören, dass ich wieder bei *American Hero* arbeiten soll.«

»O *nein*«, sagte Kate mit aufrichtiger Empörung.

Das Trommeln und die Schritte von DB hielten inne. »Vielleicht fragst du die Winged Wench mal, was das zu bedeuten hat. Es sei denn, *du* weißt, woher das kommt.«

Er hielt ihm eine DVD-Hülle entgegen, die er aus seiner Jackentasche gezogen hatte. Das Case war ganz billig und hinter die durchsichtige Plastikfolie war ein fotokopiertes Cover geschoben. Der Titel lautete: AMERICAN HERO UNGESCHNITTEN, VOL 1.

John sah für einen langen Moment leidend an die Decke. »Damit hat meine Mutter nichts zu tun. *Ich* habe damit auch nichts zu tun.«

Kate riss DB die DVD-Hülle aus der Hand und starrte sie an. »Was zum Teufel ist das?«

Ana stellte sich neben Kate, um die DVD über ihre Schulter hinweg anzuschauen. Auf dem Cover sah man DB, der alle sechs Arme um die anmutige Gestalt von Jade Blossom geschlungen hatte, einer anderen Wettbewerbsteilnehmerin der ersten Staffel von *American Hero*. Ana fiel auf, dass Jade Blossom nackt war. Selbst bei der schlechten Beleuchtung und der Unschärfe des Bilds konnte man das erkennen. Wahrlich ungeschnitten – nicht autorisiertes Material der scheinbar zahllosen Kameras der Realityshow.

In gewisser Weise überraschte es Ana nicht, dass so etwas existierte. Was sie aber verwunderte war, dass sie nicht online irgendwo über dieses Material gestolpert war. Jetzt, da sie von seiner Existenz wusste, wäre sie wahrscheinlich in der Lage, dieses Material zu meiden.

Kate blieb einen Moment lang der Mund offen stehen,

dann hielt sie sich die Hand davor und lachte prustend. »Tut mir leid. Das ist nicht lustig. Aber es ist lustig.« Als hätte sie einen Anfall, krümmte sie sich nach vorn und hielt sich den Bauch. »Karma ist echt ein Schwein.«

»Sieh dir die Rückseite an«, sagte DB und deutete mit einer seiner Hände eine Drehung an. »Das ist es, was ich dir sagen wollte.«

Als Kate die Hülle umdrehte, um sich die Rückseite anzuschauen, hätte Ana sich fast abgewendet. Auf der Rückseite waren drei weitere Bilder zu sehen. Zwei mit DB, wie er mit zwei vollkommen anderen Teilnehmerinnen der Show zu Gange war. Und eines von Kate mit dem Rücken zur Kamera, wie ihr gerade das Handtuch von den Schultern glitt, als sie unter die Dusche trat. Das Bild war nur ein Anreißer. Aber was war in dem Video alles zu sehen?

Ana wusste nicht zu sagen, ob Kates Wangen vom Alkohol oder vor Scham rot waren. Als Kate zähnefletschend mit der DVD-Hülle ausholte, als wollte sie sie werfen, griffen die drei anderen nach ihr und hielten sie mit erschreckten Lauten davon ab. Mit einem Seufzen sah Kate sie an und warf die DVD lediglich wieder zu DB hinüber, ohne ihre Asskraft einzusetzen. DB fuchtelte ein paarmal wild mit diversen Händen, bevor es ihm schließlich gelang, sie zu fangen.

Kate sagte: »Wenigstens kann ich mit Sicherheit sagen, dass da keine Sexvideos von mir drauf sind. Im Gegensatz zu anderen Leuten.«

»Du hattest deine Chance«, grummelte DB.

Kate warf ihm einen tödlichen Blick zu. Der Fernseher lief. Zwei Figuren knutschten in der Abstellkammer eines Krankenhauses.

»Volume I«, sagte Ana. »Wie viele gibt es noch?«

»Wer weiß das schon?«, fragte DB. »Der Typ wollte, dass ich es für ihn signiere.«

»Wer immer dahintersteckt, muss Zugang zu den Aufnahmen haben.« Sie sah John fragend an.

Der sagte: »Das könnte jeder sein, der mit dem Editing zu tun hat. Mom und Josh haben ein Rudel Anwälte darauf angesetzt – ihr könnt euch ja vorstellen, wie scheiße das für die Marke *American Hero* ist. Aber wenn das erst mal im Internet landet, können sie nicht mehr viel dagegen tun.«

Ana ging in die Küche und stellte einen Teller mit Burritos in die Mikrowelle. Essen. Mit Essen wäre alles besser. Und mehr Margaritas. Wenn sie die anderen so weit brachte, dass sie sich wegen des gemeinsamen Traumas bemitleideten, statt sich gegenseitig Vorwürfe zu machen, ließe sich die Party vielleicht noch retten.

»Das kann ich gerade *echt* nicht brauchen«, sagte Kate und fing an, auf und ab zu gehen. »Du meine Güte, ich sollte Tyler Bescheid geben … aber wenn er bis jetzt noch nichts davon weiß, dann sollte ich es ihm vielleicht lieber nicht sagen …«

»Wer ist Tyler?«, fragte DB.

John grinste. »Hast du das nicht mitgekriegt? Das kam doch fett bei *Aces*! Kates neuer Freund – sie geht jetzt mit Normalos.«

»John, sei kein Arsch«, sagte Ana. Sie hatte nicht vorgehabt, dieses Thema anzuschneiden, solange sich dieses Beziehungsdreieck aus der Hölle in ihrer Fünfundvierzig-Quadratmeter-Wohnung befand. Sie hätte John dafür umbringen können, dass er Kate piesackte.

Doch Kate machte gerade so weiter. »Ich hab's dir damals erklärt. Ich habe nicht mit dir Schluss gemacht, weil du deine Kräfte verloren hast. Ich habe Schluss gemacht, weil ich nicht mehr damit klarkam … dass ich dein Selbstwertgefühl pushen musste. Bei dir hat sich alles immer nur um dich gedreht.«

»Halt mal, Freund? Welcher Freund? Wer ist dieser Typ?«, fragte DB.

Kate gab ihm keine Antwort, und Ana hütete sich, etwas zu sagen.

DB fuhr fort: »Nein, wirklich – wir können das klären. Tyler, was? Mir ist es egal, ob er ein Normalo oder der Kaiser von China ist, ich will ihn nur kennenlernen. Du weißt schon, bloß vergewissern, dass er okay ist.«

»Ich kann mir meine Partner schon selbst aussuchen, vielen Dank«, sagte Kate.

»Offensichtlich nicht«, gab DB zurück und deutete dabei mit drei Händen auf John.

Kate knurrte und holte mit dem Arm aus. Obwohl Ana wachsam geblieben war – im Bemühen, die Schäden in ihrer Wohnung gering zu halten –, hatte sie nicht gesehen, was für ein Wurfgeschoss sich Kate geschnappt hatte. Doch Kate hatte immer ein paar Murmeln in der Tasche für den Fall, dass sie ausrastete.

»Kate!«, kreischte Ana. »Beruhige dich! Im Haus wird nicht geworfen! Im Haus werden keine Kräfte eingesetzt, von niemandem! Verstanden?«

Die Asspitcherin erstarrte, und elektrische Ladung umtanzte knisternd ihre Hand. John und DB hatten sich geduckt, da Kate sich hin und her gedreht hatte und sich offenbar nicht hatte entscheiden können, wen sie als Erstes treffen sollte.

Dann ließ sie die Hand sinken. »Wisst ihr, was wirklich witzig ist? Dass keiner von euch beiden kapiert, weshalb ich nicht mit ihm gehen will.« Sie stürmte ins Bad und knallte die Tür hinter sich zu.

Die Mikrowelle klingelte, und Ana fragte mit aufgesetzter Heiterkeit: »Wer will Burritos?«

DB und John umkreisten sich lauernd, setzten sich dann jedoch hin, DB aufs Sofa und John auf einen Stuhl in der Küche. Ana stellte jedem einen Teller vor die Nase, und Wunder über Wunder, sie aßen. Sie beschloss, ihnen keine

Margaritas mehr anzubieten, sondern gönnte sich stattdessen lieber selber einen extratiefen Schluck, bevor sie zur Badtür ging und klopfte.

»Alles okay?«, fragte sie Kate und stellte sich mit dem Rücken zum Rest der Wohnung. Sie hoffte, die beiden Männer würden nicht zuhören, wusste aber, dass sie es taten.

Die Tür war nicht abgeschlossen. Kate saß auf dem Rand der Badewanne. Ana schlüpfte hinein und machte die Tür zu. Dann lehnte sie sich dagegen, für den Fall, dass DB oder John es für eine gute Idee hielt, sich dazuzugesellen.

Kate sah nicht besonders wütend oder verletzt aus. Allerdings wirkte sie nachdenklich, ihre Brauen lagen in Falten, und ihr Gesicht war verzogen. Schließlich seufzte sie. »Es ist besser zu wissen, dass es öffentlich ist, als es nicht zu wissen, oder? So richtig überrascht bin ich irgendwie gar nicht. Es ist einfach nur … nervig.«

Ana lächelte schief. »Etwas Schlimmeres hast du nicht zu bieten? Keine mörderische Wut?«

»Dafür bin ich zu müde«, sagte Kate.

»Ich schmeiße sie raus. Du musst es nur sagen«, beteuerte Ana.

Kate seufzte. »Du kannst sie nicht rauswerfen. Sie sind immer noch deine Freunde. Lass uns was essen.«

Sie umarmten sich, und Ana wollte sich einbilden, dass sich Kates Schultern etwas entspannten.

Als sie aus dem Bad herauskamen, stand John mit einem vollen Margaritaglas bereit und bot es Kate an. Mit einem schmalen Lächeln nahm sie es entgegen.

DB saß reuig – so reuig er eben konnte, immerhin lagen sämtliche Hände schlaff auf seinem Schoß – auf dem Sofa. »Tut mir leid. Ich wollte dich damit nicht ärgern. Ich dachte nur, du solltest wissen, dass das öffentlich ist.«

»Nein, ist schon gut. Du hast recht. Besser, man erfährt es von einem Freund als in irgendeinem Interview.«

»Muss ich überhaupt fragen, ob da auch Aufnahmen von mir dabei sind?«, fragte Ana.

DB zuckte zusammen. »Mit der Kamera in der Dusche haben sie jeden drauf.«

Sie dachte kurz nach. »Wäre es falsch von mir, beleidigt zu sein, wenn ich nicht in einem illegalen Sexvideo von *American Hero* zu sehen wäre?«

»Ich glaube, du brauchst noch mal einen Drink«, sagte John. Von irgendwo zauberte er ein zweites Glas hervor, und sie nahm es dankbar an.

Solange sie aßen, konnten sie sich nicht streiten. Ana war mit sich und ihren diplomatischen Fähigkeiten zufrieden. Doch dann ging die Unterhaltung unausweichlich wieder los und kehrte in dieselben Bahnen zurück. Und Ana konnte nichts tun, um es zu verhindern.

»So viel zum Thema Held bei der Show«, knurrte DB mit einem Stück Burrito im Mund. »Seit der ersten Staffel ging es doch um nichts anderes als um Politik und Sex. Keiner versucht, die Welt zu retten.«

»Ich versuche es«, sagte Ana sacht. Die Margaritas flossen warm durch ihren Organismus und ließen sie gesprächiger werden als sonst. »Von außen sieht es vielleicht nicht nach viel aus, weil ich die meiste Zeit in einem Büro verbringe. Aber ich probier's.«

Kate runzelte die Stirn. »Fünfundsiebzigtausend für die Erforschung von Krebs bei Kindern ist auch nicht gerade nichts.«

»Ist es auch nicht«, sagte John vielleicht ein bisschen zu eifrig. »Zumindest finde ich das.« Sie lächelte ihn mit gepressten Lippen an.

DB sagte: »Habt ihr gehört, was mit Joe Twitch passiert ist?«

Joe Twitch war ein weiterer Kandidat der ersten Staffel. Seine Teilnahme bei der Show hatte ihm gar nichts gebracht, und am Ende hatte er nichts und niemanden gerettet. Stattdessen war er mit den falschen Leuten zusammengekommen und bei einer Schießerei mit der Polizei umgekommen.

»Ja«, sagte Ana, und die anderen nickten grimmig.

Kate schüttelte den Kopf. »Ein Hoch auf die Ehemaligen der ersten Staffel. Meine Güte, wir sind alle am Arsch.«

Das waren sie nicht. Nicht ganz. Ana hatte einen Job, Kate hatte ihre Wohltätigkeitsveranstaltungen. Nach seinem Weggang vom Komitee hatte John ehrenamtlich in Übersee gearbeitet, und DB spendete einen großen Teil seiner Konzerteinkünfte an das internationale Rote Kreuz und andere Flüchtlingshilfsorganisationen. Das machte er nicht einmal publik. Sie bemühten sich alle, aber manchmal fühlte es sich an, als würde man gegen den Wind spucken.

»Wisst ihr, wer vielleicht etwas über diese Videos weiß?«, fragte DB. »Bugsy. Er schreibt jetzt für *Aces!* Und der weiß alles. Oder?« Bugsy, Jonathan Hive, ebenfalls ein Ehemaliger der ersten Staffel, der jetzt für ein Boulevardblatt schrieb. Dann standen sie wohl doch nicht alle auf der Seite der Engel.

»Keine schlechte Idee«, sagte John. »Wer will ihn anrufen?«

»Wir haben uns vor einer Weile mal kurz unterhalten«, sagte Kate, die nicht sonderlich erfreut wirkte. »Der wird uns nichts erzählen, selbst wenn er was weiß. Aber Bugsy hat selber so seine Probleme, und ich hätte Angst, dass wir in ein Wespennest stechen, wenn wir … Ähm. Sorry. Das ist mir jetzt so rausgerutscht.«

John schmunzelte. »Das war mir schon klar, dass du mit ihm gesprochen hast nach dem Artikel, den er über dich und deinen neuen Lover geschrieben hat.«

»John!«, riefen Ana und Kate gleichzeitig und kappten den Gesprächsfaden, ehe er sich weiter ausspinnen konnte.

Es wurde weitergegessen. Ana wünschte sich, dass das

Schweigen anhalten möge. Die Folge im Fernsehen war zu Ende, und sie fragte sich, ob sie wieder eine DVD laufen lassen sollte. Zur Ablenkung. Vorsichtig tastend sagte DB in seinen Teller hinein: »Du hast nicht zufällig noch die Zeitschrift mit dem Artikel von Bugsy über …«

Kate holte mit der Gabel aus, um sie zu werfen.

»Wenn du wirklich wissen willst, woher diese Bootlegvideos kommen«, platzte Ana hervor, »dann frag doch die Typen, die sie verkaufen.«

»Sprich: Du weißt, wer die verkauft?«, fragte DB.

»Klar. Auf der Bowery gibt es so einen Stand, ist nur ein paar Straßen von hier. Eine dieser Gestalten, die schwarzgebrannte CDs und so Kram verchecken. Der hat ganz sicher auch die Videos. Frag ihn doch mal, woher er sie hat.«

DB zuckte mit den Schultern. »Klingt vernünftig.«

Plötzlich wünschte sich Ana, sie hätte nichts gesagt, doch alle hießen den Plan gut. Teller und Gläser wurden in die Spüle gestellt, die Reste kamen in den Kühlschrank, und DB streifte sich die Jacke über.

»Ist dir darin nicht heiß?«, fragte Kate verwundert.

»Ich bin inkognito«, sagte er, und Kate unterdrückte ein kieksendes Lachen.

Kurz darauf waren sie alle im Treppenhaus und gingen hinaus.

♦

Ana hätte ihre zweite Margarita trinken sollen. Oder war es die dritte? Es spielte sowieso keine Rolle. Ob nüchtern oder angetrunken, das war eine schlechte Idee. John hielt sie am Arm, als sie auf der Treppe stolperte, und fragte, ob alles in Ordnung sei. Ganz sicher war alles bestens, wirklich. Oder?

Nachdem sie von der Fifth Street abgebogen waren, liefen sie einige Häuserblocks lang die Bowery entlang. Hier herrschte Betrieb, denn es war noch nicht so spät, dass sich die Straße geleert hätte. Zwar war es schon dunkel, doch die Autoscheinwerfer, Straßenlaternen und Schaufensterbeleuchtungen strahlten hell. Einigen Leuten sah man an, dass sie ein festes Ziel hatten, denn sie marschierten rasch zur Arbeit oder nach Hause oder irgendwelchen Besorgungen entgegen. Andere schlenderten in kleinen Grüppchen, lachten und hatten einen schönen Abend. So wie es für Ana und die anderen hätte sein sollen, wenn sie sich nur nicht im Weg stehen würden. Die Frau aus Guatemala, die die von Ana so geschätzte Taqueria-Bude betrieb, lehnte sich aus dem Fenster ihres Wagens und rief ihr etwas auf Spanisch zu, worauf sie antwortete: *Bueno*. Alles gut.

In so naher Nachbarschaft zu Jokertown erntete man keine Blicke, wenn man ein oder drei Gliedmaßen zu viel hatte oder von Fell oder Schuppen bedeckt war. Dennoch wurde DB angestarrt.

»Diese Jacke ist doch keine Verkleidung«, stellte Kate fest.

DB sah sie mürrisch an.

Tatsächlich wurden sie alle angestarrt, und wenn man in Jokertown angestarrt wurde, dann hatte man definitiv ein Problem.

Fast wäre sie an den Läden und Verkaufsbuden vorbeigelaufen, die alles Mögliche von Handtaschenimitaten bis hin zu billigen Souvenirs verkauften. Es wirkte beinahe wie Karneval auf der Straße. Auf der Ecke zur Bond Street spielte ein Gitarrist und Sänger für Kleingeld. Noch ein oder zwei Straßen weiter, und sie wären im Rotlichtviertel von Jokertown. Den Typen mit den DVDs hatte sie hier irgendwo gesehen. Sie blieb stehen, sah sich um und zeigte auf einen Stand. »Da ist er.«

Auf Klapptischen standen Holzkisten voller CD- und DVD-Hüllen, mit denen er niemand etwas vormachen konnte. Zwar zeigten die Cover die passenden Bilder zu sämtlichen

Kinohits der letzten Zeit, aber es waren ganz eindeutig Kopien der vierten Generation. Das Plastik war billig, verzogen und fiel teilweise schon auseinander. Die DVDs darin waren bestimmt in einem vergleichbaren Zustand und alles andere als verlässlich. Als Käufer sollte man besser aufpassen.

Ana hatte noch nie erlebt, dass der Kerl Geschäfte machte. Sie nahm an, dass der Markt für Raubkopien von Downloads ersetzt worden war. Trotzdem würden solche Typen, die diesen Müll verkauften, nicht verschwinden, denn nicht jeder besaß einen Computer.

Zu viert stellten sie sich vor dem Stand auf. Der Besitzer oder Betreiber oder Verkäufer oder was auch immer blinzelte mit seinen runden, dunklen Augen. Er war ein Joker. Durch einen Schlitz in seinem T-Shirt ragte ein knochiger Fächer aus seinen Schulterblättern. Die ledrigen, verschrumpelten Flügel wirkten nicht so, als könne er mit ihnen fliegen, aber wer weiß.

»Hey, hey, Ana, stimmt's? Wa-was kann ich für dich tun? *Que pasa*?« Sein Akzent hätte puerto-ricanisch sein können. Sein Lächeln war verkrampft.

Sie machte den Mund auf, um etwas zu sagen, vergaß aber vollkommen, was sie hatte sagen wollen. Irgendeine Anschuldigung. Schimpfwörter wahrscheinlich. Dieser Kerl war ein Krimineller, während sie für Wahrheit und Gerechtigkeit einstand, deshalb sollte sie etwas unternehmen. Oder nicht?

»Wo sind sie?«, fragte DB, der vor dem Stand aufragte. Der Kerl krümmte sich, stammelte, und DB schnappte ihn am Jackenkragen und zerrte ihn hoch. »Ich weiß, dass du sie verkaufst. Wo sind sie?«

»Michael, jetzt beruhig dich mal«, murmelte Kate und hängte sich an einen seiner Arme.

Ana entdeckte eine Joker-Plague-CD, die entweder gebraucht war oder eine Raubkopie. Doch sie beschloss, Drummer Boy nicht darauf aufmerksam zu machen. Sie stellte sich vor DB und drängte ihn behutsam ein Stück von dem Stand weg. Dann rief sie sich ins Gedächtnis, dass sie eine Agentin mit internationalem Auftrag war, und fand ihre Stimme wieder. »Er fragt nach speziellen Sachen, die du nicht in den Kisten hast. Bückware. Stimmt's?«

Der Typ zuckte mit den Schultern. Vom Haaransatz lief ihm eine Schweißspur herunter. »Ja, ich habe eine Menge Zeug, ich meine, da gibt es, du weißt schon, Pornos …«

Sie schüttelte den Kopf. »Nein. Na ja, so ähnlich. Geschnittene Szenen aus *American Hero*, illegales Material von hinter den Kulissen. Vermutlich ist nicht alles davon jugendfrei …« Sie zuckte zusammen.

Er bekam große Augen, und wenn er jetzt gesagt hätte, dass Ana für so Schweinskram doch viel zu nett wäre, dann hätte sie … »Seid ihr *sicher*, dass ihr das sehen wollt?«, fragte er jedoch. »Ihr alle? Ich meine, ihr macht einen netten Eindruck, und ich habe den Kram selber noch nicht gesehen … das würde ich mir nie anschauen … aber nach allem was man so hört, geht's da ziemlich zur Sache.«

DB knurrte: »Erzähl mir nichts – ich war meistens selber dabei, Bat Boy.«

Der Joker wand sich.

Ana machte beschwichtigende Gesten. »Wir wollen herausfinden, woher die Videos kommen. Wer sie vertreibt, wer sie produziert. Wer könnte Zugang zu dem Material haben?«

»Das weiß ich alles nicht – ich krieg das Zeug kistenweise vom Großhandel geliefert. Ich schau mir das nicht mal an, weißt du?«

»Du musst sie dir anschauen – schließlich hast du gesagt, dass du sie dahättest. Können wir uns mal ansehen, was du dahast?« Vielleicht hatten die anderen DVDs irgendeinen Hinweis im Gegensatz zu der von DB.

Der Joker runzelte skeptisch die Stirn, ging aber in die Hocke, um einen Pappkarton unter dem Tisch hervorzuholen, und wühlte in ihm herum. »Ich sag euch doch, ich habe vor allem Pornos und nichts von der Show. Habt ihr daran Interesse? Ich hab hier alles Mögliche. Wo's Asse mit Asse treiben oder Asse mit Jokern oder …«

»Nur die Sachen von *American Hero*«, sagte Ana.

John sah interessiert hin. DB und Kate zappelten herum, denn ihnen ging allmählich die Geduld aus. DB trommelte einen Break auf seinem Oberkörper, sodass die Leute in der Nähe zu ihm herübersahen. Hatten sie tatsächlich geglaubt, sie könnten das durchziehen, ohne Aufmerksamkeit zu erregen?

Der Verkäufer zog DVDs aus der Kiste und legte sie auf den Tisch. Es war so schlimm, wie Ana erwartet hatte. Sämtliche Staffeln von *American Hero* waren vertreten, und auf den Covern sah man jeweils eine der fotogensten Wettbewerbsteilnehmerinnen mit unterschiedlich spärlicher Kleidung. Und das waren noch die harmlosesten Cover, denn er hatte nicht zu viel versprochen: Er hatte richtige Pornos und andere sensationslüsterne Reality-Titel im Angebot.

»Was ist das?«, fragte DB und riss dem Kerl zwei DVDs aus der Hand. Sie steckten die Köpfe zusammen, um sie zu betrachten.

Große gelbe Großbuchstaben in einer von Punkten durchsetzten Schrifttype verkündeten: JOKER FIGHT CLUB VOL. III. Das Bild im Hintergrund war verschwommen und zeigte schlecht ausgeleuchtete Gestalten. Zwei Männer – Joker, Hünen mit abartigen Muskeln und der Statur eines Büffels, dem einen wuchsen Hörner aus den Schultern, der andere hatte Krallen an den Armen – schlugen aufeinander ein. Demjenigen, der in die Kamera blickte, strömte Blut übers missgestaltete Gesicht. Das Ganze sah nicht inszeniert aus. Es sah auch nicht nach Spezialeffekten aus.

»Woher hast du das?«, fragte Ana.

»Ich weiß nicht, die werden einfach geliefert.« Jetzt wirkte der Verkäufer ängstlich, und mit zitternden Händen wollte er ihnen die DVDs wieder wegnehmen.

Ana hob misstrauisch die Augenbrauen.

DB schnappte sich noch drei, vier weitere *Joker-Fight-Club*-Filme. »Wie kannst du so eine Scheiße bloß verkaufen?«, fragte er angewidert.

»Ich muss halt auch meine Miete zahlen, so wie jeder. Die Leute in den Zweikämpfen zahlen auch Miete, wollen wir wetten? Du bist ein Joker, du weißt doch, wie es ist.«

»Wie jetzt?«, sagte Ana. »Die ploppen hier wie durch Zauberhand in Pappkartons auf, damit du deine Miete zahlen kannst? Woher hast du sie? Wer verkauft sie dir?«

Er wich zurück, doch Ana gab sich nicht dem Wahn hin, dass sie diejenige war, die ihm Angst einjagte. Es war DB mit seinem wütenden Blick.

Die Flügel des Kerls patschten matt gegen seinen Rücken. »Die da, die mit dem Fight Club, die kommen von ein paar *hombres* in einem weißen Lieferwagen. Die liefern sie ungefähr einmal in der Woche ab. Die sind heute Abend gekommen.«

»Hierher?«, fragte Kate. »Die kommen hierher?« Das Ass drehte sich zu Ana um. »Glaubst du, dass das dieselben Leute sind, die die *American-Hero*-DVDs machen?«

Ana zuckte mit den Schultern. »Wäre gut, das herauszufinden. In welche Richtung sind sie gegangen?« Sie sah den Joker bedrohlich an, und der zeigte die Straße hinunter.

»Nach Osten. Sind in die Houston Street eingebogen.« Direkt nach Jokertown. Ana fielen sofort etliche Szenarien ein, wie irgendwelche zwielichtigen Gangster in Jokertown beschließen, Filme zu produzieren und dafür das Material von *American Hero* zu beschaffen. Ganz zu schweigen von dem anderen Zeug. Großer Gott, wenn es in Jokertown ein

Pornostudio gab, dann wollte sie nichts davon wissen. Was machte sie sich vor? Wahrscheinlich gab es eines. Aber egal.

»Wie lang ist das her?«

»Vielleicht vor einer Stunde?«

Mit zwei Händen fing DB an, DVDs in seine Jackentaschen zu stopfen. Mit einer dritten warf er zwei Zehndollarnoten auf den Tisch. »Ich kauf den ganzen Scheiß«, erklärte er. »Die geb ich meinen Anwälten, damit die sich das angucken.«

»Halt, was …« Der Verkäufer krallte sich das Geld. »Wer glaubst du denn, wer du bist?«

DB knurrte ihn an und stapfte davon. Ana, Kate und John folgten ihm.

Ana fand, dass der Kerl von Glück sagen konnte, dass DB ihm Geld gegeben und nicht die Polizei gerufen hatte. Das musste auch dem Joker aufgegangen sein, denn er beschwerte sich nicht länger. Nicht dass sich normalerweise jemand bei DB beschwerte, wenn er diese Laune hatte.

Außer John, der es hätte besser wissen müssen. »Und jetzt suchen wir Jokertown nach einem weißen Lieferwagen ab? Das hat doch keinen Sinn.«

»Was schlägst du vor?«

»Genau das, was du gesagt hast – es den Anwälten übergeben, sollen die sich darum kümmern.«

»Weil das bei dir immer so toll funktioniert hat.«

Ana hielt sich neben Kate und ließ die Streithähne vorausgehen. »Was für eine Party, hm?«, sagte sie und meinte es als Entschuldigung.

Doch Wunder über Wunder: Kate lächelte. »Ich bin mit meinen Freunden zusammen. Das war doch der Plan, oder?«

»Ich war mir nicht sicher, ob dir auch vorgeschwebt hat, um Mitternacht durch Jokertown zu latschen.«

»Wir haben uns das im Scherz schon oft vorgenommen, solange wir hier gewohnt haben, haben es aber nie geschafft. Also warum nicht?«

»Ich glaube, wenn wir nicht schon so betrunken wären, würdest du das nicht sagen.«

Kate kicherte.

DB schlich wie ein Raubtier auf der Jagd. Ana ließ sich zurückfallen und spähte in die Seitenstraßen und Gassen. Einmal hielt DB einen Mann an, einen dicken, gummiartigen Walrossjoker, der an einem Kiosk Zeitungen verkaufte. Der Mann wirkte halb belustigt, halb verängstigt, als DB ihn fragte, ob er einen Lieferwagen gesehen hätte. Erstaunlicherweise deutete der Kerl in eine Richtung, wies sie in eine Querstraße der Houston Street, die noch tiefer nach Jokertown hineinführte. Wahrscheinlich wollte er den über zwei Meter großen, zornigen Riesen nur loswerden.

Ana war stehen geblieben, um in eine Seitenstraße zu spähen, und da entdeckte sie ihn: *einen* weißen Lieferwagen, wenn nicht sogar *den* weißen Lieferwagen. Im Licht einer Straßenlaterne war er gerade so zu erkennen. Die Hecktür stand offen, und zwei Joker hievten einen dritten Joker in den Wagen. Dem dritten Joker, einem bulligen Mann mit zahlreichen Muskelschichten und dicker Elefantenhaut, schien es nicht gut zu gehen. Er konnte nicht allein stehen, und sein Kopf hing schlaff herab. Seine Freunde brachten ihn wahrscheinlich ins Krankenhaus, und Ana fragte sich, ob sie Hilfe brauchten.

»Hey«, sagte Ana. »Alles in Ordnung?«

Die ersten beiden Joker – einer von ihnen hatte glitschige Haut und Fischaugen, während der andere ein zusätzliches Armpaar hatte, bei dem es sich eigentlich um Tentakel handelte oder um vegetative Ranken oder irgendetwas Grünes und Sehniges – sahen mit erschreckt aufgerissenen Augen zu ihr herüber. Anstatt ihr zu antworten, beeilten sie sich, ihre Fracht in den Wagen zu schieben und die Tür zuzuschlagen.

Da erst fiel ihr auf, dass man dem Joker mit der Elefantenhaut die Hände auf den Rücken gefesselt hatte.

»He!«, rief sie und dachte dabei, dass gleich alles aus dem Ruder laufen würde. »He! Halt!«

DB und die anderen waren stehen geblieben und hatten sich zu ihr umgedreht. Sie rief: »Jemand muss die Polizei rufen!« Sie klopfte ihre Taschen ab. Normalerweise hatte sie ihr Handy in der Tasche, aber wo war es?

Reifen quietschten, sodass es nach Rauch und verbranntem Gummi roch. Dann raste der Lieferwagen rückwärts aus der Gasse heraus auf Ana zu. Sie war zu nichts anderem fähig, als ihn anzustarren.

Dann fiel sie hin, wurde von kräftigen Armen zur Seite gerissen und krachte gegen DBs mächtigen Leib, der sie zur Ziegelwand des nächsten Gebäudes zerrte.

»Mein Gott, Ana, alles okay?«, fragte er und stützte sie, während sie zu stehen versuchte.

Inzwischen fuhr der Wagen kreischend auf die Straße hinaus, wo er haarsträubend wendete und dann die Suffolk Street hinunterheizte. Andere Fahrer stiegen auf die Bremspedale und wichen aus. Zwar kam es zu keinem Unfall, aber es schallte ein Hupkonzert.

»Der Lieferwagen, die Typen da drin, die haben jemanden mitgenommen, das ist eine Entführung!«

Kate warf etwas. Sie musste eine ganze Handvoll Geschosse bereit gehalten haben, denn ein Dutzend Projektile zischten an Ana vorbei, schlugen pfeifend wie Kugeln in dem Lieferwagen ein. Etwas knallte. Doch der Wagen fuhr mit geplatztem Reifen weiter.

DB lief hinterher. Ana rief ihm nach, dass er dableiben sollte, aber er hörte nicht auf sie.

»Wer sind diese Typen?«, fragte John, der zu ihnen aufholte.

Ana sagte: »Ich weiß es nicht, die haben gerade jemanden in den Wagen geladen.«

»Tja, wenn das mal keine Party ist«, sagte Kate und lief DB hinterher.

John hielt sein Handy in der Hand, und Ana seufzte erleichtert auf. »Rufst du die Polizei an?«

»Schon dabei«, sagte er. »Hab keine Ahnung, was ich sonst tun kann.«

»Du kannst mir helfen, Kate und DB daran zu hindern, sich umzubringen.«

Sie rechnete damit, dass er widersprechen würde, doch stattdessen schnaubte er und rannte ihnen nach.

Der Lieferwagen fuhr noch immer, obwohl die nackte Felge bereits Funken schlug und Rauch aus dem Auspuff stob. Einige Taxis wichen schlingernd und mit quietschenden Reifen aus, doch Kate und DB achteten nicht auf das Straßenchaos. Kate holte aus und schleuderte eine weitere Murmel, doch das Geschoss landete zu kurz und schlug einen Krater in den Asphalt. DBs Brust schwoll an, während er mit allen sechs Händen einen komplizierten Rhythmus darauf trommelte, der immer lauter und schneller wurde, bis er den Oberkörper zurückbog und eine Schallwelle mit der Macht eines Vorschlaghammers aussandte. Ana duckte sich und hielt sich die Ohren zu.

Die Schockwelle erfasste den Lieferwagen, dessen Heck hochgerissen wurde. Er kippte und fiel auf die Seite. Schreie, noch mehr quietschende Reifen und verwirrte Taxifahrer waren das Ergebnis. Menschen flüchteten, und Ana fragte sich, wie schlimm das alles noch enden würde und was sie machen konnte, um die Kollateralschäden in Grenzen zu halten. Ihr Instinkt riet ihr, zu Boden zu gehen und eine Mauer zu bauen – einen Erdwall auftürmen, der die Straße absperrte, den Lieferwagen abkapselte und die Entführer an der Flucht hinderte. Und dabei ein paar Millionen Dollar Schaden am städtischen Straßennetz verursachte. Sie hörte jetzt schon, wie die Pressekonferenz danach ablaufen würde. Also nein. Plötzlich fühlte sie sich nutzlos.

Wie John, Kate und DB lief auch sie auf den Lieferwagen zu. In der Ferne schrillten Martinshörner. Die Fahrertür stand offen, und der fischäugige Joker zog sich mit unglaublich kräftigen Armen heraus. Schlangengleich schlüpfte sein glitschiger, kräftiger und beweglicher Körper auf die oben liegende Seite des Lieferwagens. In seinem riesigen Mund wurden zwei Reihen nadelspitzer Zähne sichtbar. Seine hervorstehenden lidlosen Augen blickten über die Schultern zu den Verfolgern, dann hechtete er auf die ihnen abgewandte Seite des Wagens und war vor ihren Blicken verborgen. Kate hob einen Kiesel auf und warf ihn. Ana sah nicht, wo er aufkam, hörte jedoch eine Explosion. Vom nächsten Häuserblock stieg eine Rauchschwade auf. Kate und DB liefen weiter, während Ana und John beim Wagen stehen blieben.

»Der andere ist bewusstlos«, sagte John, als er durch die zertrümmerte Windschutzscheibe hineinspähte.

Die eingedrückte und zerbeulte Hecktür war aufgegangen. Ana sah hinein und entdeckte zwei Joker. Den Elefantenhäutigen und einen ähnlich muskelbepackten und hartgesottenen Mann, dessen Hände, Füße und Tentakel gefesselt waren. Außerdem waren sie geknebelt. Sie waren zur Seitenwand des Wagens gekullert, die jetzt unten lag, und waren bewusstlos. Jedenfalls hoffte Ana, dass sie nur bewusstlos waren.

Mit heulenden Martinshörnern rasten zwei Streifenwagen um die Ecke und bogen schlingernd in die Suffolk Street ein. »Keine Bewegung! Niemand rührt sich!«, brüllte einer der Cops durch einen Lautsprecher.

Der Typ auf dem Beifahrersitz des Lieferwagens, derjenige mit den Extraarmen aus Ranken, war aufgewacht. Er blutete aus einer Kopfverletzung, brachte es aber fertig, nach hinten zu robben. Er packte Ana, versetzte ihr einen Stoß und schleuderte sie nach hinten. Jetzt hielt er eine Knarre in der Hand.

»John!«, rief Ana und wechselte geduckt auf die Vorderseite des Wagens, wo sie in Deckung war. »Die Polizei ist hier! Wo sind Kate und DB?«

John zeigte die Straße hinunter und um die nächste Ecke. Dann waren sie also hinter dem Fahrer her. Toll.

Noch einmal erklang der Befehl. »Ihr beide! Keine Bewegung!«

Ein Schuss von der Rückseite des Lieferwagens. Aus dem Lautsprecher hinter ihnen drang Fluchen, der Bewaffnete feuerte erneut. Statt sich nicht zu rühren wurde nun befohlen, die Waffe niederzulegen. Ana vermutete, dass die Polizei Besseres zu tun hatte, als sie und ihre Freunde zu verfolgen.

»Lauf!«, brüllte sie John zu, und dann rannten sie los und bogen in die nächste Seitenstraße ein.

Der Job am Schreibtisch war nicht gut für ihre Ausdauer. Zwar war sie noch nie die Sportlichste gewesen, aber immerhin war sie schon mal fitter gewesen als jetzt. Nach zwei Häuserblocks war sie völlig aus der Puste. John lief voraus und gewann Vorsprung.

Doch dann zögerte er, und als auch Ana um die Ecke gebogen war, lief sie in ihn hinein und sah, wie DB schreiend zu Boden ging. Er hatte den fischäugigen Joker gepackt – der, wie sich herausstellte, groß war. DB war nur ein paar Zentimeter größer als er. Eigentlich wäre DB mit seinen sechs Armen im Vorteil gewesen, doch der Joker hatte einen knisternden Stromstoß ausgesandt, der Funken schlug wie ein Van-de-Graaff-Generator. DB sackte kraftlos zusammen, und der Joker floh.

Anas Herz setzte einen Schlag aus, und sie musste sich zusammenreißen, um überhaupt ihre Beine zu bewegen. Sie fürchtete den Moment, wenn sie bei DB angelangt wäre. »Michael!«, rief sie, als ihre Beine ihr wieder gehorchten, und warf sich neben ihm zu Boden. Der große Joker stöhnte. Immerhin war er am Leben.

John brüllte die Straße hinunter: »Kate, warte!«
»Ich kriege ihn!«
»Er bringt dich um!«
»Was kümmert's dich?«
Nach einer kurzen Pause brüllte er: »Was meinst du damit, was es mich kümmert?«
»Such mir etwas zum Werfen, verdammt!«
»Michael?«, fragte Ana und legte ihm die Hand auf die oberste Schulter.
»Was … ist passiert …« Ein Arm ging zu seiner Stirn, und ein anderer fuhr durch die Luft, als wolle er Wasser treten.
»Der Typ hat dir einen Stromschlag verpasst. Alles okay mit dir?«
»Ahng …« Er wälzte sich auf die Seite und erbrach sich.
Jetzt, da sie Zeit hatte, selbst zu telefonieren, kramte sie ihr Handy aus ihrer Jeanstasche. »Ich ruf einen Notarzt.«
»Nein, nein. Ich bin … Scheiße, ich komm mir vor, als hätte mich ein Lastwagen überfahren. Ruf nicht den Notarzt. Wo ist der Arsch?« Langsam rollte er sich herum und stützte sich auf eine Hand, wischte sich mit einer anderen den Mund ab. Ana half ihm, sich aufzurichten, als er wieder umzukippen drohte. Vor Anstrengung stieß sie ein Grunzen aus. Mann, war der Typ groß.
»Ist auch sicher alles in Ordnung mit dir?«
Weiter die Straße runter flog etwas in die Luft. Eine Explosion, gefolgt vom Prasseln von Trümmern. »Was zum Donnerwetter?«, fragte DB. Indem er sich auf Ana stützte, gelang es ihm aufzustehen. Er zitterte, und die Trommelfelle auf seinem Oberkörper vibrierten summend mit.
»Ich glaube, du solltest ihnen nicht hinterher.«
»Quatsch, ich habe schon Schlimmeres durchgemacht.« Und er humpelte los.
Wieder eine Explosion. »War das Kate?«, fragte DB.
»Ja«, gab Ana mit einem Seufzen zurück.

»Muss ich mir um sie oder um den anderen Typen Sorgen machen?«

Gute Frage. »John schaut nach ihr.«

»Dieser Versager kriegt doch nichts gebacken.« Er humpelte weiter, zuckte zusammen, ließ ein paar Schultern kreisen.

»Lass ihn doch mal in Ruhe, Michael.«

»Warum? Er hatte alles. Kate, das schönste, wundervollste Mädchen der Welt, sie hat ihn gewählt, und er hat es ihr übel gedankt. Er hat ihr das Herz gebrochen.«

Kate hatte sich auch ordentlich bemüht, seines zu brechen, aber auf dem Ohr war DB taub. Er konnte vielleicht damit leben, dass er und Kate nicht zusammen waren. Aber dass er das, was hätte sein können, verloren hatte, das würde ihn ewig wurmen.

Doch nicht deshalb zuckte Ana zusammen und sah mit einem kläglichen Lächeln weg. »Ich kann mich wohl eben auch mit der zweiten Wahl zufriedengeben.«

»Was? Ana, hey, das habe ich nicht …«

»Da sind sie.« Ana trabte voraus.

Sie fanden John und Kate an der nächsten Ecke, von der aus sie einen leer stehenden Laden in der Orchard Street beobachteten. In regelmäßigen Abständen warf Kate Glasscherben oder zerdrückte Coladosen gegen das Haus. Eben hatte sie wieder ein Stück Ziegelstein geworfen, das krachend aufprallte. Betonbrocken regneten herab. John reichte ihr das nächste Geschoss. Sie stritten sich.

»Du glaubst im Ernst, es würde mich nicht kümmern, ob du lebst oder umkommst?«

»John, nein, das habe ich nicht gemeint.«

»Was hast du dann gemeint? Denkst du tatsächlich so über mich?«

»Du drehst es immer so, dass es um dich geht, weißt du das?«

»Was meinst du mit immer? Wir haben über ein Jahr lang nicht mehr miteinander gesprochen!«

Ana unterbrach die beiden. »Wo ist der Fischtyp hin?«

»Kate hat ihn dort festgenagelt«, sagte John. Bestimmt verbarg sich Fischauge im schattigen Inneren des Ladens, wo er vor Kates Mauerbeschuss sicher war. Hin und wieder streckte er wedelnd die Pistole heraus und feuerte blind ein paar Schüsse, die über ihren Köpfen an der Ziegelmauer abprallten. Sie zogen sich wieder hinter die Ecke zurück – außer Kate, die ein weiteres Geschoss schleuderte. Wieder wurde ein Brocken aus der Ladenfront gerissen, doch der Joker befand sich noch immer darin und verzog sich mit der Pistole weiter nach hinten.

»Ich rufe die Polizei und sage ihr, dass wir hier sind«, verkündete Ana und wählte die Nummer.

DB schnaubte. »Wenn du dann auch mit ihnen redest, wenn sie hier sind. Schließlich bist du die Diplomatin.«

Das war sie eigentlich gar nicht. Eher eine Bürokratin. Bleistifttäterin, Sesselfurzerin. Babysitterin?

Wieder versuchte der Joker auszubrechen, indem er zu einer kaputten Tür schlich. Kate warf etwas, und der Kerl ruderte panisch zurück. »Ich sollte einfach hineingehen und ihn ausschalten«, grummelte DB. »Ihn raustrommeln.«

»Damit er dir wieder einen Stromschlag verpasst?«, fragte Ana. »Nein. Wir warten auf die Polizei.«

»Wenn er uns nicht vorher alle abknallt«, sagte Kate. »Solange er sich versteckt, komme ich nicht an ihn ran. Vielleicht wenn ich das Gebäude zum Einstürzen bringe …«

Ordentliche Vorarbeit hatte sie ja schon geleistet.

»Hoffentlich sind die gut versichert«, sagte DB mit einem Grinsen.

»Macht dir das wirklich Spaß?«, fragte Ana.

»Besser als eine Pressekonferenz«, gab er zurück, und dem konnte sie nicht widersprechen.

Kate sah sie tadelnd an. »Wollt ihr helfen oder einfach nur rumstehen und glotzen?«

»Ich dachte, ich würde dir helfen«, sagte John.

»Das habe ich nicht gemeint …«

»Kate …«

Aus dem Laden kamen keine Schüsse mehr. Auf der Straße war es ruhig geworden. Von ein paar Blocks weiter hallte eine Hupe herüber, und ein fernes Martinshorn war zu hören. In den Schatten der Ziegelmauer mit den zerbrochenen Fensterscheiben war keine fischige Bewegung mehr zu sehen.

»Hast du ihn erwischt?«, fragte Ana.

»Nein«, sagte Kate. »Er ist weg.« Knurrend warf sie eine Glasscherbe gegen die Wand. Ein Knall wie von einem Böller war zu hören, und in der Wand blieb ein Einschussloch zurück. Sie duckten sich vor den herabregnenden Splittern.

Kate zeigte auf John. »Wegen *dir* habe ich ihn verloren.«

»Wegen *mir* …«

Hinter ihnen heulte erneut das Martinshorn, und ein Streifenwagen tauchte auf der Kreuzung auf und polterte auf sie zu, kam ein paar Meter vor ihnen quietschend zum Stehen. Anas erster Impuls war Flucht. Und das sagte viel über die Lage aus.

»Was zum Donnerwetter treibt ihr da?« Der erste Cop, der aus dem Auto stieg, hätte ein Joker sein können oder auch ein Normalo mit etwas unvorteilhaften Gesichtszügen – hervortretende Augen und zotteliges Haar.

Seine Partnerin war definitiv ein Joker, denn ihre Gestalt wich stark genug von menschlichen Formen ab, um Aufmerksamkeit zu erregen, auch wenn sie eher faszinierend als hässlich war. Ihre breite Brust deutete auf große Lungenkapazität und hohe Ausdauer hin. Darunter hatte sie eine Wespentaille und äußerst kräftige Beine. Sie hatte die Gestalt eines Windhunds, zum Rennen geschaffen. Ihr würden sie nicht entkommen.

Und sie war sauer. »Nein. O nein, nicht diese Typen. Beschissene Ass-Rächer. Ich *hasse* Ass-Rächer.«

Sowohl John als auch DB erwiderten vollkommen ernst: »Ich bin kein Ass.« Kate gab John einen Schlag gegen die Schulter, und er sah sie böse an.

Sie standen nebeneinander aufgereiht und betrachteten die beiden Polizisten. Sie wirkten wie Kinder, die man beim Raufen auf dem Spielplatz ertappt hat: Sie sahen auf ihre Schuhspitzen hinab und scharrten den Asphalt. Kate hatte die Arme fest verschränkt, vielleicht um sich selbst davon abzuhalten, etwas zu werfen.

»Hat jemand von euch eine Entführung gemeldet?«, fragte der Normalocop.

Ana trat nach vorn. »Ja. John hat angerufen, aber ich habe es beobachtet. In einer Querstraße der Suffolk Street. Sie waren zu zweit, und der Typ, den sie in den Laderaum gepackt haben, war bewusstlos …«

»Können Sie den Fahrer des Lieferwagens beschreiben?«, fragte die Polizistin.

»Grau, bleich, glatzköpfig. Große schwarze Augen. Fast wie die eines Fisches.«

»Und er kann so fiese Stromschläge austeilen«, fügte DB hinzu. »Hat mich voll umgehauen.«

Die Jokerpolizistin – Michaelson stand auf ihrem Namensschild – runzelte die Stirn. »Dann ist das Eel. Wir sind seit einer Weile hinter ihm her.« Sie wechselte einen Blick mit ihrem Partner, und sie schienen beide nicht sonderlich glücklich zu sein.

»Dann war das also wirklich eine Entführung?«, fragte Ana. »Ich habe mir das nicht nur eingebildet.«

»Aber rechnen Sie bloß nicht mit einer Medaille«, sagte der Cop – Bronkowski. »In welche Richtung ist er?«

Kate deutete mit dem Daumen über ihre Schulter zur nächsten Straßenecke. »Hab ihn da lang laufen sehen. Hätte ihn fast gehabt, aber dann wurde ich abgelenkt.« Wieder warf sie John einen finsteren Blick zu, der diesen ebenso finster erwiderte.

Michaelson sagte etwas in das Funkgerät an ihrer Schulter, und es kam eine verzerrte Antwort. Sie musste etwas verstanden haben, denn sie nickte. »Genau. Sie müssen jetzt erst mal alle auf die Wache mitkommen …«

»Aber wir haben nichts verbrochen!«, brummte DB.

»… um Ihre Aussage zu machen. Meint ihr, das geht?«

Ja, stimmten sie schließlich zu. Das ging.

Wieder knisterte Michaelsons Funkgerät, und sie antwortete: »Jawohl, wir sind auf dem Weg.« Mit einer Ermahnung wandte sie sich ihnen wieder zu: »Lassen Sie uns die Bösewichte einfangen, und Sie gehen auf die Wache. Zwingen Sie mich nicht dazu, Sie zu verfolgen.«

Damit stiegen sie und Bronkowski wieder ins Auto. Als der Wagen davonfuhr, warfen die roten und blauen Warnleuchten ihr grelles Licht auf die Freunde. Ana kniff die Augen zusammen und wandte sich ab. Kate stöhnte. »Dann verbringen wir den Rest der Nacht also auf der Polizeiwache? Was für eine Party.«

»Richtig geile Partys enden immer so«, sagte DB kichernd.

Ana seufzte. »Immerhin haben wir etwas Gutes getan, glaube ich.« Ein ganz klein wenig Gutes. Vorausgesetzt, den Entführungsopfern im Laderaum des Lieferraums war nichts passiert.

»Kate«, sagte John sehr ernst, und Ana hätte ihm am liebsten eine gescheuert, bevor er weitersprechen konnte. Konnte er es nicht einfach mal lassen? »Ich mache mir wirklich Sorgen um dich …«

»John …« Kate hielt sich zurück, schloss die Augen. Vielleicht zählte sie innerlich auf zehn. »Ich weiß. Aber mir geht's gut. Wirklich. Können wir jetzt einfach mit der Polizei reden?« Sie ging los.

»Ich könnte noch mal eine Margarita vertragen«, sagte DB und folgte ihr.

»Ja«, sagte Ana. Der zweite Pitcher stand immer noch auf dem Kühlschrank. Hoffentlich schafften sie es vor dem nächsten Morgen zu ihm zurück.

John sah Kate nach. »Ich will ihr doch gar nicht auf den Zeiger gehen. Das kommt bloß immer so raus.«

»Vielleicht solltest du aufhören, sie so zu behandeln, als wäre sie anders. Als wäre sie eine funkelnde Märcheneiskönigin. Weißt du?«

Er schürzte verwirrt die Lippen, von daher nahm sie an, dass er es nicht wusste. »Ich will doch nur …«

»John, lass es.« Nur kurz ließ er beleidigt die Schultern hängen, bevor er sie wieder aufrichtete und eine halbwegs beherrschte Miene aufsetzte. So ging er den anderen nach. Doch Ana brauchte noch einen Moment, um sich zu fassen.

Da knallte ein Schuss. Augenblicklich und ohne nachzudenken, ließ Ana sich auf den Boden fallen, während sie sich nach der Quelle des Geräuschs umschaute. Die anderen hatten es genauso gemacht – schließlich hatten sie alle schon Schießereien erlebt. Noch ein Schuss, und DB brüllte, sackte zusammen, und der Ärmel seiner Jacke färbte sich rot. *Scheiße.*

An der gegenüberliegenden Häuserecke sah Ana im Laternenlicht grau glänzende Haut aufblitzen. Dort kauerte Eel in Deckung und zielte mit der Pistole auf die anderen drei, die ihm ein Dutzend Meter näher waren als Ana.

Er nahm die anderen ins Visier, weil sie gefährlicher waren. Zumindest sahen sie gefährlicher aus. Meistens fiel Ana niemandem sonderlich auf. Das war auch gut so.

Sie stieß eine unartikulierte Warnung aus und fasste schnell nach dem Medaillon der Heiligen Barbara unter ihrem Hemd. Die andere Hand drückte sie flach auf den Asphalt.

Es war nicht so einfach, wie wenn sie in bloßer Erde grub,

einen Garten pflügte oder einen Brunnen bohrte, allesamt Dinge, die ihr so leichtfielen, als fächere sie Luft. Zwar war die Stadt voller Erde, Kies und Fels, doch befand sich darüber eine Kruste aus Beton und Stahl, und die musste sie durchdringen, um an ihre Kraft heranzukommen. Dabei musste sie sich beinahe selbst austricksen: Asphalt bestand im Grunde aus Erde, beinhaltete Sand und Kies, wenn sie den Teer und die anderen Zusätze ignorierte. Und auch Beton enthielt eine Spur Erde.

Sie stieß hinab, fand eine Schicht zwischen Straße und Bürgersteig und den Tunneln darunter, erfühlte den Grund, durch den die Stadt ihre Glieder und Tentakel geflochten hatte. Dann *drückte* sie.

Ein Grollen wie bei einem Erdbeben durchlief die Straße. Der Asphalt bekam Risse, fiel auseinander. Ein Teil des Gehwegs wurde auf einer Erdsäule, die von weit unter der Stadt heraufdrang, nach oben geschoben – und der Entführer saß auf ihrer Spitze gefangen. An den Seiten rieselte Schutt herunter, Beton platzte ab und krachte zu Boden. Die Säule hob sich ein ganzes Stockwerk hoch. Der Joker war völlig ausgesetzt und konnte nicht fliehen oder sich bewegen. Er hatte sich flach auf das herausgerissene Stück Gehweg gelegt, hielt sich an den Kanten fest und sah angstvoll auf die Straße hinab.

Sie spürte das Gewebe der Stadt – Rohre und Leitungen, Beton und Stahl, die die Erde wie Venen durchzogen – und konnte die Hindernisse größtenteils umgehen. Nur die Erde drumherum stauchte sie, schob sie beiseite. So vorsichtig wie möglich, und trotzdem brach ein Rohr, und aus einem Riss in der Straße schoss ein Geysir hervor. Das Wasser floss wie ein Bach durch den Rinnstein wieder ab.

So viel zu ihrem Bemühen, die Schäden klein zu halten. Aber immerhin war der Joker gefangen.

Zu früh gefreut, denn Eel sah zu dem Riss und dem Wasserschwall hinab, der daraus hervorsprudelte, nickte entschlossen und sprang.

Das wäre Selbstmord gewesen, wenn sein Körper sich nicht mitten im Sturz verwandelt hätte. Seine Kleider rissen auf, denn er wurde immer länger, und seine Gliedmaßen schrumpften, während sich sein Kopf ausbeulte. Jetzt erinnerte er nicht nur an einen schleimigen Meeresbewohner, sondern er *war* einer. In dieser Gestalt verschwand er in dem Wasserspalt im Asphalt und entkam in die Abwasserrohre. Er war weg.

»Scheiße, das hätte ich jetzt nicht gedacht«, sagte DB.

Die anderen hatten sich in einem Pulk bei ihr versammelt und kauerten hinter ihr, griffen Halt suchend nach dem unsicher gewordenen Boden. DB hielt sich die blutende Wunde an einem seiner Oberarme. Ansonsten schien mit ihm alles in Ordnung zu sein. Ana seufzte erleichtert.

»Was hat der sich bloß dabei gedacht?«, fragte John.

»Der wollte uns umlegen«, sagte Kate. »Idiot.«

»Spielt auch keine Rolle, er ist so oder so weg.« Wieder seufzte Ana.

DB sah sie an. »Alles okay mit dir?«

Der Einsatz ihrer Asskraft hatte die Wirkung des Tequilas vollends neutralisiert. Jetzt war sie einfach nur noch müde. Sie wischte sich Sand von den Händen und lehnte sich gegen die nächste Wand.

In das Rauschen des Wassers mischte sich erneut das Martinshorn eines sich nähernden Polizeiautos. Diesmal waren wohl mehr Erklärungen nötig als beim letzten Mal. Ein perfektes Ende für diesen Abend.

Die Streife traf ein, pflügte spritzend durch den Bach, der die Straße hinunterlief. Der Wagen hielt an, und Officer Michaelson mit der Gestalt eines Rennhunds stieg aus, gefolgt von ihrem Partner Bronkowski. Sie betrachtete das Quartett mit verschränkten Armen. »Euch Knallköpfe kann man auch keine Sekunde allein lassen, was?« Darauf hatte keiner von ihnen eine Antwort, und sie fuhr fort: »Ihr müsst jetzt alle mit mir kommen.«

Ana sah ihre Freunde an, doch die blickten nur wiederum sie an, als erwarteten sie von ihr, dass sie etwas unternahm. Sie seufzte. »Bitte, Officer, Michael ist verletzt …«

»*So* verletzt dann auch wieder nicht …«, grummelte DB.

»Ihr wollt mit mir rumstreiten? Nur zu, dann habe ich einen Vorwand, um euch allen Handschellen anzulegen.«

»Das gäbe Bugsy Stoff für einen Artikel in *Aces!*«, brummte Kate.

»Dann hätte wenigstens einer was von dem Abend«, gab Ana zurück.

Sie hätten abhauen können. Zwei Cops gegen das Komitee. Nun, die kläglichen Überreste des ursprünglichen Komitees immerhin. Und das Team Herz aus *American Hero*. Je mehr Ana darüber nachdachte, desto erbärmlicher klang das alles.

Zwei weitere Streifenwagen trafen ein, aus denen noch mehr Polizisten kamen – manche hatten ihre Waffen gezogen. Wer waren jetzt gleich noch mal die Bösewichte?

Ein großer – ungeheuer großer – Joker mit Fell und Hörnern trottete auf sie zu. »Rikki, Bugeye, gibt's ein Problem?«

Michaelson grinste die Asse an. »Keine Ahnung. Haben wir ein Problem?«

Das hatten sie nicht.

♥

Ana konnte Michaelson und Bronkowski immerhin dazu überreden, erst in die Jokertown-Klinik zu fahren, um DBs Arm versorgen zu lassen.

»Eine neue Narbe für meine Sammlung«, sagte er. Eine Mullbinde war auf die Wunde gepflastert worden. Die Kugel hatte ihn nur gestreift, und ein Pfleger hatte ihm die Wunde gereinigt und die Blutung gestoppt. Wahrscheinlich würde man nicht einmal nähen müssen.

»Du hättest umkommen können«, murmelte Ana. Erst jetzt, als das Adrenalin – und die Margaritas – abgebaut waren, wurde ihr die Gefahr richtig bewusst. Sie hätten die Polizei rufen und warten sollen.

Aber nein, dann wären die beiden Entführten weg. So aber lagen sie in der Jokertown-Klinik in der Notaufnahme und würden bald wieder gesund sein.

Durch die Glastür drang allmählich Tageslicht ins Zimmer. In einer Reihe saßen sie auf den zerschrammten Plastikstühlen des Wartezimmers der Notaufnahme, genau dort, wo Michaelson es ihnen befohlen hatte. Hier roch es abgestanden und antiseptisch. Viel zu viele Kranke und Verletzte waren hier schon durchgekommen.

Michaelson und ihr Partner hatten an der Tür Aufstellung genommen. Eine dumpfe Stimme drang aus ihrem Funkgerät, und Michaelson gab anschließend die Information weiter, dass der Beifahrer des Lieferwagens festgenommen wurde. Inzwischen war der Morgen angebrochen, und Ana wollte nur noch nach Hause. Als Kate mit der Hand gegen die Wand schlug, zuckten sie alle zusammen. »Sorry«, grummelte sie und betrachtete das erschlagene Insekt in ihrer Hand. »Ich dachte, das wäre Bugsy, aber es ist nur eine Fliege.«

Jetzt bildete Ana sich ein, ein Summen zu hören, sah sich um und rechnete fest damit, eine der grünen Wespen des Reporters auf Kundschaftsflug zu entdecken.

Nachdem sie die halbe Nacht herumgesessen hatten, kehrte die Rennhundpolizistin – Officer Michaelson – zurück und brachte einen Detective in Zivil mit. Ein junger Mann mit grimmigem Gesicht, der wahrscheinlich schon eine Weile mit den Zähnen knirschte.

»Ich bin Detective Francis Xavier Black«, sagte er.

Ana stand auf, wischte einmal über ihre Kleider und streckte ihm die Hand hin. »Ana Cortez«, sagte sie. »Das sind …«

»Ähm, ja, ja, ich weiß, wer Sie sind«, sagte er in einem Ton, der deutlich machte, dass ihn die ganze Sache nervte. »Rikki meint, Sie hätten Rächer gespielt und dabei die halbe Lower East Side verwüstet.«

Und was sollte sie darauf erwidern? Sollte sie einen Anwalt einschalten? Das würde Lohengrin gefallen … Die anderen sahen Ana an, als erwarteten sie, dass sie die Diplomatin spielte. Als erwarteten sie, dass sie sich auf die Granate warf, und das, nachdem sie ihnen Burritos und Margaritas kredenzt hatte!

»Warum muss ich das Reden übernehmen und die Flöhe hüten und den ganzen Scheiß?«, fragte sie schmollend.

»Weil du gut darin bist?«, sagte Kate.

Ana blinzelte sie an. Echt jetzt? Tja. Na dann. Sie richtete sich auf und erwiderte Blacks Blick. Um Himmels willen, sie war schon vor dem Präsidenten gestanden, dann konnte sie auch mit Black reden. »Wir haben gleich die Polizei gerufen, als wir merkten, dass etwas nicht stimmte. Sie müssen mir erklären, wo die Grenze zwischen besorgtem Mitbürger und Rächer verläuft.«

»Oder ich überlasse das einem Richter«, sagte Detective Black und zuckte mit den Schultern.

»Du liebe Güte«, nuschelte Kate und sackte auf ihrem Stuhl zusammen.

DB, der mit Abstand der größte unter den Anwesenden war, richtete sich auf und schlug sich auf die Brust, sodass der Boden vibrierte. »Wir wollten nur helfen.«

Ana sagte: »Ich habe gesehen, wie jemand in einen Lieferwagen geladen wurde – es sah nach einer Entführung aus. Da konnte ich nicht einfach zusehen. Das war doch nicht falsch, oder? Das war doch eine Entführung.«

»Und wie kommt es, dass Sie um Mitternacht in Jokertown herumspazieren?«, fragte er.

Als könnte er sich nicht vorstellen, dass sie so etwas machen würde. »Wir leben in einem freien Land.«

Black seufzte, und Ana bekam den Eindruck, dass er übernächtigt war und lange gearbeitet hatte. Er sagte: »Das haben Sie sich nicht eingebildet. In den letzten Wochen kam es zu einer ganzen Reihe von Entführungen. Unsere Versuche, die Täter und Opfer zu finden, waren nicht sehr erfolgreich. Dass wir Rance geschnappt haben, ist ein großer Schritt.« Rance musste der Beifahrer sein, der mit den Extraarmen.

»Dann haben wir also doch geholfen«, sagte John in freudigem Ton.

»Ja, nun, aber glauben Sie bloß nicht, Sie könnten noch mehr helfen.«

»Schauen Sie«, sagte Ana, »ich kann Ihnen helfen, die Straße wieder in Ordnung zu bringen. Kostenlose Erdarbeiten. Lassen Sie es mich einfach wissen.«

Black nickte, und Ana rechnete damit, dass sie schon bald einen Anruf von der Stadtverwaltung bekommen würde. Dann wandte Black sich DB zu. »Sie haben an einem Stand auf der Bowery DVDs mitgenommen, richtig?«

»Ja?«

»Die müsste ich als Beweismittel sicherstellen, falls es Ihnen nichts ausmacht.« Er zuckte ein wenig zurück. Vielleicht befürchtete er, mit DB streiten zu müssen, denn dann würden alle anderen auch zusammenzucken.

»Warum?«, sagte DB.

»Als Teil einer laufenden Ermittlung.«

»Die mit der Entführung zu tun hat? Was zum Donnerwetter ist da los?«

Black zögerte, als überlege er, wie viel er erzählen konnte. »Es ist noch zu früh, deshalb tut es mir leid, dass ich keine Einzelheiten verraten kann. Aber wenn wir diese DVDs bekommen könnten, würde uns das sehr helfen.« Ana stieß DB an der Schulter an, worauf dieser die DVDs ohne weitere Nachfragen aus seinen großen Jackentaschen zog. Er hatte ungefähr ein Dutzend darin untergebracht.

»Danke, Mr. Vogali, dafür bin ich Ihnen wirklich dankbar«, sagte Black. Der Detective sah die DVDs durch und las die Titel mit zufriedenem Nicken. »Sobald Sie bei Officer Michaelson Ihre Aussage gemacht haben, können Sie gehen. Nochmals danke, und, bitte, machen Sie keinen Ärger. Wir müssen uns schon um genug Papierkram kümmern.« Mit einem müden Lächeln wandte er sich ab.

Michaelson erschien wieder mit einem Stapel Klemmbrettern und Formularen. »Hier müssen Sie Ihre Aussage abgeben und Ihre Kontaktdaten eintragen. Sind Sie bereit, als Zeugen auszusagen, sollte das vor Gericht gehen?«

Eine Zeugenaussage zu machen erschien ihr inzwischen als einfache Übung. Aber wenigstens drohte Michaelson ihnen nicht mehr damit, sie einzulochen.

Ana hatte ihre Bogen gerade zur Hälfte ausgefüllt, als ihr Telefon klingelte, und sie kramte in ihrer Tasche danach. Lohengrin wurde ihr angezeigt. Na toll. Umgehen konnte sie das nicht, höchstens hinausschieben, deshalb ging sie lieber gleich ran. »Ja?«

»Earth Witch«, sagte er, und mit seinem Akzent klang der Name musikalisch und exotisch. »Du bist heute Morgen in den Nachrichten. Was ist passiert?«

Jetzt schon? Sie stöhnte. »Das ist eine lange Geschichte. Kann ich sie dir später erzählen?«

Dann klingelte DBs Telefon, dann das von John und schließlich Kates. Die Neuigkeit musste es schlagartig in die Zeitungen, das Internet, die Morgenmagazine und alles dazwischen geschafft haben. Ana schnappte ein paar Gesprächsfetzen auf.

Bei DB: »Nein, Marty, mir geht's gut. Alles ist gut … Was

meinst du damit, nichts Dummes anstellen? Ich habe nichts Dummes angestellt!«

Bei John: »Mom, ich wollte keinen Ärger machen … können wir später darüber reden?«

Und bei Kate: »Mir fehlt nichts, Tyler, wirklich. Nein … ja … ja, es war nicht die klügste Idee, aber ich werde mich nicht dafür entschuldigen. Sehen wir uns heute Abend?«

Lohengrin redete noch immer, und Ana kümmerte es nicht, dass sie nur die Hälfte von dem mitbekam, was er sagte. »… komm sofort zurück ins Büro.«

Sie holte tief Luft. »Tut mir leid, kannst du das noch mal wiederholen? Hier ist es echt laut.«

»Ich habe eine Pressekonferenz einberufen, die fängt in zwei Stunden an. Du musst deutlich versichern, dass die Handlungen gestern Abend in keiner Weise mit der UNO in Verbindung stehen und dass das Komitee auf amerikanischem Boden keine Einsätze durchführt. Davor müssen wir das noch mal besprechen. Nach der Pressekonferenz schicke ich dich nach Mexiko, bis die Sache sich geklärt hat.«

Ach du liebe Güte. Sie wollte sich wirklich gut fühlen, aber musste man ihr dabei so viele Fallstricke auslegen? Sie umklammerte das Medaillon der Heiligen Barbara unter ihrem Hemd und konzentrierte sich darauf, höflich zu bleiben.

»Ich bin gerade in der Jokertown-Klinik …«

»Bist du verletzt?« Man musste ihm lassen, dass er tatsächlich besorgt klang.

»Nein, ich muss hier nur noch einen Knopf ranmachen. Ich komme so schnell wie möglich, aber es könnte eine Weile dauern.«

»In zwei Stunden, Earth Witch.«

Sie legte auf.

Als Nächster beendete DB sein Gespräch, klappte sein Handy zusammen und sah Ana an. »Hast du großen Ärger an der Backe?«

»Frag nicht«, sagte Ana mit einem Stirnrunzeln. »Du?«

»Das war mein Manager«, sagte DB. »Die Plattenfirma droht mit einer Anklage, falls ich nicht ins Studio zurückgehe. Ich muss nach L.A. und die Sache klären.«

»Im Vergleich zu einem Prozess klingt ein neues Album aufnehmen gar nicht so schlecht, oder?«, fragte Ana.

»Erst mal schon. Aber ich glaube, es wird Zeit, dass ich mich selbstständig mache. Aber sag das niemand.«

»Pass bloß auf Bugsy auf, okay?« Daraufhin sahen sie sich misstrauisch um.

Jetzt waren auch die anderen fertig mit ihren Telefonaten. Sie hatten die letzten Sätze mitbekommen. »L.A., was?«, fragte John. »Wie es aussieht, gehe ich da auch hin. Hab ein Vorstellungsgespräch.«

Kate machte große Augen. »Aber nicht für *American Hero* …«

»Nein. Die Wohltätigkeitsorganisation meiner Mutter braucht einen neuen Manager. Ich habe ihr gesagt, dass ich nur darüber nachdenken würde, wenn ich mich genauso wie jeder andere dafür bewerben muss.«

»Toll«, sagte Kate. »Finde ich jedenfalls.«

»Hey, Ana, kann ich ein Zeugnis von dir haben?«

»Klar, aber ein Schreiben von Lohengrin würde mehr Eindruck machen«, sagte sie.

»Ich glaube, ich will lieber eines von einer Freundin.«

Erwartungsvoll sahen alle auf Kate, die errötete. »Das war Tyler. Wollte nur wissen, ob alles in Ordnung ist.«

Ana verkrampfte sich, da sie auf eine Stichelei von einem der Jungs und auf Kates Retoure wartete. Aber es kam nichts.

»Cool«, sagte DB nachdenklich, und damit war es erledigt.

John sah die anderen drei an und, Wunder über Wunder, er lächelte. Das war schon lange nicht mehr vorgekommen, fiel Ana auf.

»Habt ihr noch eine Stunde Zeit, bevor alle wieder auseinandergehen?«, fragte er. »Ich will euch etwas zeigen.«

♣

Eine Stunde nachdem sie in Anas Wohnung zurückgekehrt waren, um sich frisch zu machen und Bargeld zu holen, standen sie zu viert vor dem neuesten Wachsfigurendiorama im Famous Bowery Wild Card Dime Museum.

Am Ticketschalter hatten sie für Aufsehen gesorgt – selbstverständlich. Zum ersten Mal seit jener berüchtigten Pressekonferenz, bei der Drummer Boy das Komitee verlassen hatte, sah man sie alle vier wieder zusammen. Touristen knipsten sie mit ihren Handys, und Ana zuckte zusammen, weil die Fotos sich innerhalb von Sekunden im gesamten Internet verbreiten würden und sie eine Million Anrufe bekommen und schon wieder in Lohengrins Büro zitiert werden würde, wo sie sich würde erklären müssen. Aber das spielte keine Rolle.

Die Jokerin am Ticketschalter, eine ausgehende Teenagerin mit grünen Schuppen und hängenden Kehlsäcken wollte ihnen kein Eintrittsgeld abknöpfen, sosehr sie auch darauf bestanden. Schließlich ließen sie sich die Tickets so geben, doch Ana steckte zum Trotz vierzig Dollar in die Spendenbox in der Eingangshalle. Dann führte John sie zu einem Exponat, das so neu war, dass noch die Plakate von der Enthüllungsfeier herumhingen. Fünf Minuten lang starrten sie es an, bevor sie etwas sagten. Und dann sprach Michael aus, was sie alle dachten.

»Das ist ja mal krank«, sagte er schlicht.

Sie, oder vielmehr Wachsfigurenversionen ihrer selbst, kämpften in Ägypten gegen den Rechtschaffenen Dschinn. Im Hintergrund stand Drummer Boy mit seinen über zwei Metern, den Mund zum Schrei geöffnet und alle sechs Arme in der Bewegung erstarrt. Wie die Skulptur einer mythischen Wesenheit. Curveball holte aus wie auf dem Pitcher's Mound, einen Arm nach hinten gestreckt und einen Stein in der Hand. John Fortune hatte befehlend eine Hand erhoben, und der glatte Stein von Sachmet war noch immer in seine Stirn implantiert. Und auch Earth Witch war da. Im Gegensatz zu den anderen hatte sie einen ruhigen Gesichtsausdruck, und eine schwarze Haarlocke fiel ihr über die Augen, während sie kniend die Hand auf den Boden drückte, wo sich unter ihrer Berührung ein sehr realistisch wirkender Felsspalt auftat. Der Dschinn überragte sie alle und lachte. Er war zu plastisch, um echt zu wirken, fand Ana. Auch die Drähte waren zu sehen, an denen er von den verdeckten Deckenbalken herabhing. Sie konnte die Szene ganz ruhig und unbeteiligt betrachten, ohne in die Situation, an die sie sich erinnerte, hineingezogen zu werden, ohne die Schreie zu hören, das Blut zu riechen, das den Sand tränkte, die Kugel zu spüren, die ihren Bauch durchlöcherte. An die Schmerzen konnte sie sich weniger gut erinnern als an das Fallen und das Verblassen der Welt, die sich auf den Kopf stellte. Sie fasste sich an die Stelle, wo sich unter ihrem Hemd die Narbe befand.

Sie alle waren da: Rusty, Bubbles, Bugsy, sie alle waren nach Ägypten gereist und hatten versucht, die Welt zu retten. In einem mit »In Memoriam« überschriebenen Teil zeigten sie auch Simoon, Hardhat und King Cobalt. Es fühlte sich alles so an, als wäre es in einem anderen Leben geschehen und jemand anders passiert.

Zwei Künstler hatten an den Figuren gearbeitet, und einer von ihnen war eindeutig weniger begabt als der andere. Die Figur von Drummer Boy war verblüffend, da stimmte jeder Muskel, das erstarrte Schreien bildete jede gespannte Sehne akkurat ab. Earth Witch dagegen war vermutlich so platziert worden, um sie teilweise zu verdecken, denn ihr Gesicht war unnatürlich glatt, und die gebückte Haltung wirkte gezwungen. Ana ging davon aus, dass es nicht allzu vielen Leuten auffallen würde, denn die Spezialeffekte lenkten davon ab: Leuchtdioden in Curveballs Hand, Johns Stirn und an den Armen des Dschinn schienen ihre Kräfte zum Leben zu erwecken. Aus versteckten Lautsprechern kam das Geräusch eines heulenden Sandsturms. Der Geruch der erhitzten, sandigen Luft stieg ihr in die Nase, und Ana vermochte nicht zu sagen, ob die Erinnerung ihr diesen Eindruck verschaffte, oder ob das Museum tatsächlich kreidige Luft hereinpumpte, die im Hals kitzelte.

Kate hielt den Kopf schief und hatte die Stirn gerunzelt. »Hab ich wirklich so große Titten?« Der Busen der Wachsfigur wölbte sich unter einem zu engen weißen T-Shirt.

»Nein«, sagte John.

Alle sahen ihn an. Kate verschränkte die Arme, und hätten ihre Augen auch nur den Funken einer Asskraft besessen, dann hätten ihre Blicke ihm die Haut abgezogen.

Ana lachte. Dann lachte sie noch mehr, hielt sich dabei den Mund zu, bekam Bauchschmerzen, weil sie sich beherrschen wollte. Die anderen hielten sie wahrscheinlich für verrückt. Selbst gemessen am Maßstab von Wild-Card-Manhattan waren ihr viele bizarre Dinge geschehen. Aber das war das Krasseste. »Tut mir leid«, sagte sie japsend und schlucksend. »Es ist nur … das ist … ach, egal.«

Ihnen blieb nicht mehr viel Zeit, deshalb sahen sie sich den Rest des Museums im Schnelldurchlauf an. Der Panzer des Großen und Mächtigen Turtle hing an der Decke, da wurde Geschichte gezeigt, die schon lange vergangen war, als sie auf die Welt gekommen waren. Ein Exponat war mit Vorhängen abgetrennt und nur für Erwachsene zugänglich, ein Klassiker, der hier schon seit Jahrzehnten zu sehen war. Hier blieb John stehen. »Das ist … ja. Das ist das mit meinem Vater. Ohne mich.«

Nachdem er es so ausgedrückt hatte, beschloss Ana, ebenfalls draußen zu bleiben. Und die anderen auch.

Auf der Straße bekam sie von der grellen Sonne Kopfschmerzen. In einer halben Stunde musste sie bei der UNO sein, dabei wollte sie eigentlich nur ein Glas Wasser und etwas Schlaf. Doch sie wollte sich nicht von den anderen verabschieden. Sie war noch nicht bereit dafür, die Nacht zu beenden – obwohl es schon fast wieder Mittag war.

John sagte: »Das klingt jetzt total komisch – aber ich bin froh, dass wir das machen konnten. Ihr wisst schon – uns mal treffen.«

»Ein paar Margaritas trinken, ein paar Verbrecher jagen«, sagte Kate.

DB setzte hinzu: »So wie: ›Team Herz setzt um der alten Zeiten willen Entführer fest‹?« Er schnaubte, doch Kate neigte den Kopf und lächelte.

Immerhin war diesmal niemand gestorben, dachte Ana, sagte es aber nicht. Sie wollte die Stimmung nicht verderben. »Vielleicht können wir das mal wieder machen.«

Sie tauschten ihre Telefonnummern aus und riefen Taxis. Nach dem Kompromiss, den er mit seiner Mutter bezüglich *American Hero* getroffen hatte, war John nun auch bereit, sie zu besuchen, bevor er wieder abreiste. DBs Manager hatte ihm einen Flug zurück nach L.A. gebucht. Alle brachten es fertig, sich zu umarmen. Selbst Kate und John, wenn auch nur ganz flüchtig. Trotzdem: Wenn die beiden höflich zueinander sein konnten, gab es noch Hoffnung auf den Weltfrieden.

Bevor er sich ins Taxi zwängte, beugte sich DB über Ana – sein riesiger Leib füllte ihr ganzes Gesichtsfeld aus –, legte ihr eine Hand auf die Schulter und küsste sie auf die Wange. Mit den anderen Händen schlug er einen Rhythmus. Lächelnd richtete er sich wieder auf. Sie war entsetzt und verlegen, als sie feststellte, dass sie hochrot geworden war. »Wenn du mal wieder in der Stadt bist, ruf mich an«, sagte sie.

»Darauf kannst du dich verlassen.«

Sein Taxi fuhr weg. Kate wollte in der Wohnung bleiben – und eine Weile schlafen, wenn sie vernünftig war –, während Ana zur Arbeit gehen und versuchen würde, Lohengrin wieder zu beruhigen. Sehr wahrscheinlich würde ihr das nicht gelingen, aber sie würde es probieren. »Tut mir leid, dass der Abend nicht so gelaufen ist wie geplant.«

»Das vielleicht nicht«, sagte Kate und strahlte sie an. »Trotzdem war es eine geile Party.«

Dem konnte Ana nicht widersprechen.

♣ ♦ ♠ ♥

Galahad in Uniform

Teil 5

Er hatte Curveball und Drummer Boy getroffen. Und er hatte sich wie eine völlige Null aufgeführt, wie ein moderner Joe Friday aus dem Film *Schlappe Bullen beißen nicht*, war ganz sachlich geblieben und ganz Höflichkeit. Dabei hätte er etwas tun können, um Eindruck zu schinden … aber nein. Immerhin hatte er es fertiggebracht, die DVDs in Gewahrsam zu nehmen, die Drummer Boy sich gekrallt hatte.

Als er danach ins Revier zurückgekehrt war, hatte der Schmalspurganove Joe Rance, der schon eine Menge Verhaftungen und Freisprüche auf dem Buckel hatte, sich bereits mit einem Anwalt gewappnet. Franny betrachtete den Joker mit den zusätzlichen Gliedmaßen in seiner Zelle. »Hat er was gesagt?«, fragte Franny Sergeant Vivian Choy.

»Er hat um einen Anwalt gebeten und dann keinen Mucks mehr von sich gegeben. Das ist der Scheiß mit Berufsverbrechern«, sagte sie. »Die werden so oft eingebuchtet, und dabei bringen *wir* ihnen bei, wie sie sich um ein Verhör drücken. Hast du aus den Assen was herausbekommen?«

»Nicht viel. Aber sie hatten das da.« Er zeigte ihr die DVDs. Franny deutete mit einer Kopfbewegung zu dem Joker. »Ist sein Anwalt noch da?«

»Nein. Flipper hatte einen Gerichtstermin.«

»Toll. Dann spreche ich ihm eine Nachricht auf Band, und

in der Zwischenzeit schaue ich mir die an«, fügte Franny hinzu und zeigte auf die Filme.

»Nimm den DVD-Spieler aus Mendelbergs Büro und stöpsele ihn im Konferenzzimmer ein. Denn der, der dort steht, ist Schrott.«

»Danke.«

Nachdem er alles aufgebaut hatte, legte Franny eines der *Fight-Club*-Videos ein. Der Anblick der grölenden Zuschauer war beinahe noch abstoßender als der der beiden Joker, die sich im Ring unten bekämpften. Im hellen Licht wirkte das Blut grell, beinahe künstlich. Bei den Zuschauern handelte es sich nicht um Hinterwäldler mit T-Shirts und Jeans, sondern um Leute in Fracks und bodenlangen Kleidern. Das Licht brach sich in Diamanten und goldenen Manschettenknöpfen und glänzte auf ihren schweißnassen Gesichtern. Vornehm gekleidete Kellner trugen Champagnerflöten auf Silbertabletts.

Franny war noch nicht so lange in Jokertown, dass er die vielen Joker hätte identifizieren können, die das mitleidlose Kameraobjektiv erfasste. Wäre Pater Squid hier gewesen, der hätte sie alle gekannt. Franny beschloss, Dr. Finn um Hilfe zu bitten. Einige dieser Leute waren wahrscheinlich schon mal in seiner Klinik gewesen.

Er nahm eine andere DVD, die von Hand mit dem Titel *And the Beat Goes Down* beschriftet war. Franny legte sie ein. Drummer Boys breiter Rücken und seine Hüfte stießen rhythmisch und begleitet von heiserem Grunzen und den schrillen Schreien einer Frau. Irgendwann wälzten sie sich herum, sodass die Frau oben war, und Franny erkannte Tiffani, eine der Wettbewerbsteilnehmerinnen der ersten Staffel von *American Hero*. Mit heißem Gesicht ließ Franny die DVD hastig auswerfen. Er fühlte sich wie ein Voyeur. Er nahm eine andere – mit dem Titel *Bath Times*. Und er sah Jade Blossom, die sich in einer Badewanne fläzte und Wasser aus einem Schwamm quetschte, das ihr über den Rücken lief. Als Nächstes war Curveball zu sehen, die ein langes, schlankes Bein aus dem Wasser streckte und es mit einem Luffaschwamm abrieb. Er sah es sich weiter an. Dann legte er eine andere DVD ein und dann noch eine. Bei den Filmen handelte es sich um Zusammenstellungen aus dem Fight Club und Sexszenen aus *American Hero* mit Drummer Boy und einer erstaunlichen Zahl weiblicher Wettbewerbsteilnehmer.

Er stand auf und drehte Runden um den Konferenztisch. Waren die *American-Hero*-DVDs ein Beweismittel? Ihm war klar, dass er die Kampfszenen anschauen musste, aber dieses Zeug? Seine torkelnden Gedanken fingen sich wieder, und er nahm eine Fight-Club-DVD und eine mit Sexszenen und verglich die aufgedruckten Titel. Es machte den Eindruck, als wären sie von derselben Hand geschrieben worden. Dann war es vielleicht derselbe Kameramann? Aber der würde seine Arbeit ja nicht signieren, woher sollte man es dann wissen? Er musste mit jemandem sprechen, der an der Produktion von *American Hero* beteiligt war. Er wusste, dass Peregrine etwas damit zu tun hatte.

Die Tür zum Konferenzzimmer wurde aufgestoßen, und Sergeant Taylor, der normalerweise am Empfangsschalter saß, kam hereingestürmt. Er hatte weit aufgerissene Augen, und seine sonst herabhängenden Flügel flatterten aufgeregt.

»Detective! Du wirst gebraucht! In den Arrestzellen!«

»Warum? Was?«

»Das siehst du schneller, als ich es dir erklären kann«, sagte Homer.

Franny lief los. An der Tür zu Rances Zelle hatte sich eine Menschentraube zusammengeballt. Franny zwängte sich an ihr vorbei, um dann beim Anblick von Joe Rance, der mit herabgelassenem orangefarbenem Overall auf der Metalltoilettenschüssel zusammengesunken war, zu erstarren.

Gordon der Ghul kniete neben dem Mann und fühlte

ihm am Handgelenk den Puls. Die zusätzlichen rankenartigen Gliedmaßen zwischen seiner Hüfte und den richtigen Armen waren schwarz und geschrumpelt, als hätte ein Feuer über sie entlanggefegt. Gordon erhob sich und klopfte sich mit einem gestickten Taschentuch den Staub von den Knien seiner Hose.

»Was ist passiert?«, wollte Franny von irgendwem wissen.

»Jemand hat ihn tot gemacht«, sagte der Pathologe.

»Ja, danke, das habe ich mir schon gedacht. Aber wie?«

Gordon hievte die Leiche von der Schüssel herunter und untersuchte das geschwärzte Hinterteil. »Mit einem Stromschlag. Direkt in den Arsch.«

»Verfickte Scheiße!« Franny wollte mit der Faust gegen die Wand schlagen, wurde jedoch von einer gigantischen Pranke mit mörderischen Klauen an der Spitze abgefangen.

»Mach das nicht«, sagte Beastie. »Du tust dir bloß weh.«

»Ich konnte nicht einmal mit ihm reden!« Franny holte ein paarmal tief Luft und rang um Beherrschung. »Hat er etwas gesagt? Irgendetwas?«

Alle schüttelten die Köpfe.

»Hätte sich von mir schrumpfen und in die Burg stecken lassen sollen«, sagte Jessica Penniman. Mit ihrer schlanken, feingliedrigen Figur und dem fliegenden blonden Haar entsprach sie nicht dem gängigen Bild einer Polizistin.

Vivian Choy warf ihr einen bösen Blick zu. »Man kann Verdächtige halt so schlecht verhören, wenn ihre Stimmbänder so dick wie Seidenfäden sind.«

»Noch schlechter aber, wenn sie tot sind«, konterte Jessica schroff.

»Hört auf«, befahl Franny.

Erstaunlicherweise taten die beiden Frauen ihm den Gefallen.

Gordon gab zwei Helfern ein Zeichen, worauf diese die Zelle betraten und die Leiche auf eine Trage luden. »Morgen bekommen Sie den Autopsiebericht von mir«, sagte der Gerichtsmediziner, während die traurige Prozession an ihnen vorbeidefilierte. »Aber ich bin mir ziemlich sicher, dass ich nichts weiter rausfinden werde.«

Franny kehrte an seinen Schreibtisch zurück und fing an, den Bericht zu schreiben. Der Tod eines Gefangenen würde die Dienstaufsichtsbehörde auf den Plan rufen, und dann würde es Prozesse geben. Die Reaktion der Revierchefs auf diesen Megascheiß konnte er sich gut vorstellen.

Abgesehen von dem ganzen Papierkram, der auf ihn zukommen würde, hatte das heftige Konsequenzen für seinen Fall. Das war der erste eindeutige Durchbruch gewesen, und nun war der Verdächtige tot. Er bat Bronkowski und Michaelson, bei ihm vorbeizuschauen, um sie zu fragen, ob Rance während der Verhaftung womöglich irgendetwas gesagt hatte. Natürlich weigerte sich Bugeye, doch Michaelson ging darauf ein. Aber leider hatte auch Rikki nicht mehr zu sagen. »Er war ziemlich benebelt«, sagte sie, während sie auf dem Stuhl neben seinem Tisch herumwackelte. »Hör mal, wenn sonst nichts ist, ich bin echt durch. Meine Schicht war eigentlich schon vor ein paar Stunden zu Ende.« Sie stand auf und streckte ihren gertenschlanken Leib. »Tut mir leid, dass Eel entwischt ist. Wenn wir ihn gekriegt hätten, wäre Rance noch am Leben.«

Franny saß da und trommelte mit dem Stift auf den Tisch. Man konnte getrost davon ausgehen, dass Eel hinter dem Mord steckte. Franny stellte sich die Abwasserkanäle unter der Stadt vor. Schnellstraßen, wenn auch widerliche, für Eel. Er konnte überall hinschwimmen und überall eindringen. Und Franny war der Hauptermittler in diesem Fall. Er fragte sich, ob seine Wohnanschrift im Internet verfügbar war. Wahrscheinlich, wie alles. Dann stellte er sich vor, wie schutzlos er zu Hause beim Kacken war. Sein Schließmuskel krampfte sich zusammen. Gab es eigentlich noch Nachttöpfe, fragte er sich. Ein Eimer würde es auch tun. Er beschloss, zu einem Haushaltswarenladen zu fahren, ehe er heute Abend nach Hause ging.

Da fiel ihm ein, dass er die DVDs im Konferenzzimmer hatte liegen lassen, als Homer hereingestürmt war. Franny ging sie holen und hielt sie lange in der Hand. Wegen dieses Mords würde hier bald die Luft brennen. Er hatte wirklich keine Zeit, Peregrine anzurufen. Konnte er Stevens darum bitten? Wäre sein angeblicher Partner bereit, das für ihn zu tun? Dann wurde ihm bewusst, dass er jemanden mit Einfluss auf Bundesebene kannte und der sogar bei *American Hero* dabei gewesen war. Er kehrte an seinen Arbeitsplatz zurück und rief Stuntman an. Nach dem ersten Klingeln ging der Agent mit einem knappen »Norwood« ran.

»Ich habe heute Morgen ein paar DVDs konfisziert«, fing Franny an. »Auf ein paar von ihnen sieht man meine vermissten Joker in einer Art Gladiatorenarena kämpfen, aber die anderen stammen aus der ersten Staffel von *American Hero* und … nun ja, sagen wir mal so, da hatte jemand Gucklochkameras an Orten, wo eigentlich keine sein sollten. Klar ist auf jeden Fall, dass es ein und dieselbe Person war, die die Fight-Club-Filme und die Asse-lassen-die-Hüllen-fallen-DVDs von *American Hero* zusammengestellt hat.«

»Bin ich auch auf einer der DVDs?« Norwood sprach mit tiefer, bedrohlicher Stimme.

»Nicht dass ich es gesehen hätte. Ich dachte, da Sie ja bei der Show waren, hätten Sie vielleicht Kontakte.«

»Warum können Sie das nicht selbst machen?«

»Ich stecke hier in Schwierigkeiten. Ein Gefangener, der bei uns in Gewahrsam war, ist gestorben.« Franny würde nicht mehr erzählen, aber er wusste, was für ein Riesenärger da auf ihn zurollte, und er hatte das Gefühl, dass man ihm die Schuld für das zuschieben würde, was Joe Rance passiert war. »Einer der Typen, der die Joker entführt hat. Mit ihm hätten wir den Fall knacken können. Er hätte mir sagen können, wo man sie hinbringt. Wo sie jetzt sind! Die müssen in diesen Ring treten, und das ist brutal. Da sind bestimmt schon welche gestorben.« In seinen Worten schwang der Ekel über seine eigene Unfähigkeit mit. Schlimmer noch, Franny merkte, dass er Schwäche gezeigt und einem Bundesagenten gegenüber ein Polizeiversagen gestanden hatte. Jetzt wartete er nur noch auf die unausweichliche Beleidigung.

Doch stattdessen herrschte langes Schweigen, und dann sagte Norwood ruhig: »Das tut mir leid. Das sind ja Ihre Leute, die da verschleppt werden. Ich rede mal mit Michael Berman, der produziert die Show. Mal sehen, was ich in Erfahrung bringen kann.«

»Lassen Sie es mich wissen?«, fragte Franny.

»Selbstverständlich.«

»Ich fertige Kopien der DVDs an und schicke sie Ihnen.« Franny legte auf.

Es war später Nachmittag, als er die Filme kopiert und weggeschickt, den Bericht geschrieben und mit der Dienstaufsichtsbehörde und Rances Pflichtverteidiger gesprochen hatte.

»Tja, das ist ein Jammer«, sagte der Jokeranwalt mit asthmatischem Keuchen. »Rance hat mir gesagt, dass er bereit wäre, im Austausch gegen seine Sicherheit einen Deal einzugehen.«

Dieses Detail vermehrte Frannys Verzweiflung nur noch – und die gewaltigen Kopfschmerzen, die sich hinter seinen Augen eingenistet hatten. Ihm fiel auf, dass es schon fast sechs war, und seit gestern Abend hatte er nichts gegessen. Er machte sich auf die Suche nach einem Abendessen, wurde aber von Apsara abgefangen. »Denk dran, morgen Abend, Starfields, um acht, Essen mit meinen Eltern. Die freuen sich darauf, dich kennenzulernen. Und trag deine Ausgehuniform.«

»Die ist nur für Beerdigungen und Paraden«, sagte er, und seine Kopfschmerzen verschlimmerten sich.

»Das wissen die doch nicht, und du siehst darin total gut aus.« In ihrem wiegenden Tänzelschritt ging sie weiter.

Doch Franny hatte genug. Drei rasche Schritte, und er hielt sie am Oberarm gepackt. »Nein.« Er zog sie zur Seite und sagte leise: »Ich mache da deinetwillen mit, aber ich mache es nicht gern, und ich werde nicht den Clown spielen.«

Ihr stiegen Tränen in die Augen, die von ihren langen Wimpern hingen.

»Vergiss es, Apsara, die Tränen zünden nicht. Und was sagt dein Phi dazu?« Das war gemein, hatte aber die gewünschte Wirkung.

»Du hast recht«, flüsterte sie. »Sei ganz du selbst, Frank.«

»Das würde ich dir auch empfehlen«, knurrte er.

♣ ♦ ♠ ♥

Die Todgeweihten

Teil 4

Die Tür ging auf, der Wächter stieß ihn nach vorn und er schlitterte über den glatten Boden einer kleinen Arena. Im grellen Licht musste er blinzeln und erkannte kaum die erwartungsvollen Gesichter ringsherum. Sie starrten ihn von hinter einer dicken Glaswand an. Weiter oben war der Ring von einem Netz eingefasst. Was immer das darstellen sollte, er war darin gefangen.

Der Wächter stieß ihn weiter nach vorn und verschwand dann wieder durch die Tür, die sich schloss, sodass Marcus in dem Oval eingesperrt war. *Das kann doch nicht wahr sein,* dachte er.

Das hatte er sich schon tausendmal gesagt, seit er in dem kleinen Zimmer mit Asmodeus und Dmitri aufgewacht war. Auch zu Pater Squid hatte er es mehrere Male gesagt, wenn sie miteinander gesprochen hatten. Der Priester hatte ihm freundlich – und dabei hatten sich die Membranen über seine Augen geschoben und wieder geöffnet – versichert, dass es sehr wohl wahr war. »Wir sind in einem Garten des Bösen gefangen«, hatte er gesagt. »Verliere nicht den Mut, mein Sohn.«

Marcus glotzte die Zuschauer an. Männer und Frauen in Anzügen und schicken Kleidern mit Champagnergläsern in den Händen. Fettsäcke grinsten vor Freude. Farbenprächtige, juwelenbehangene Schönheiten schmiegten sich an sie. Einige klatschten. Ein paar riefen ihm etwas zu, Jubel oder Anfeuerung – er war sich nicht sicher.

Über dem Netz hing eine separate Privatloge, in der ein altes Paar saß. Die Frau wirkte wie eine greise Bibliothekarin mit verblüffend rotem Haar. Was zum Teufel hatte die hier zu suchen? Der Mann war eine abartige Missgeburt in einem Rollstuhl. Mit lauter Drähten und Schläuchen war er an die Maschinen angeschlossen, die um ihn herumstanden. Bedienstete lauerten neben ihm, als könne er jeden Augenblick krepieren. Er sah auch so aus. Aus seinem offenen Mund troff der Sabber. Sein Gesicht zuckte. Seine zittrigen Hände hielt er krampfartig verschränkt. Der Kopf hing zur Seite, die Augen waren geschlossen, und sein Atem ging schwer. Er war ein Ungeheuer, eine knotige, menschliche Missgeburt.

An der Rückwand der Loge standen einige breitschultrige Männer in schwarzen Anzügen und mit dunklen Sonnenbrillen. Sie sahen aus wie russische Gangster auf Anabolika aus einem Hollywoodfilm. Es verstand sich von selbst, dass sie muskelbepackt und bewaffnet waren.

Wer waren diese Leute? Warum waren sie hier und was wollten sie von ihm? Asmodeus hatte es ihm zwar erklärt, aber es erschien ihm immer noch wahnsinnig und unwirklich.

Eine Stimme übertönte das Durcheinander und kündigte ihn an: »IBT in seinem ersten Kampf, meine Damen und Herren. Der Rächer von Jokertown. Die Schlange der Kanalisation. Held oder Schurke? Ihr entscheidet. Macht euren Einsatz.«

Das kann nicht wahr sein.

Die Tür auf der anderen Seite des Ovals ging auf, und im Gegenlicht erkannte Marcus eine Gestalt. Sein Herz wummerte. Die Gestalt hätte seinen Kindheitsalbträumen entsprungen sein können. Sie trat ins Licht, es war ein pervertierter Zentaur, so entsetzlich, dass es Marcus die Nackenhaare aufstellte. Vom Oberkörper aufwärts war er menschlich, doch sein Unterleib hatte die Gestalt einer fetten Spinne mit acht langen in Segmente aufgeteilten Beinen.

Der Ansager übertönte eine weitere Welle von Applaus. »Recluse, meine Damen und Herren. Der widerwillige Kämpfer mit dem tödlichen Stachel. Veteran dreier Kämpfe. Ein Zweikampf zwischen Halbmenschen, die erste derartige Begegnung in der Geschichte des Gladiatorenkampfs. Wetten können abgegeben werden bis zum ersten Kontakt …«

Die Lichter über den Zuschauerrängen gingen aus, sodass nur noch der Ring beleuchtet war. Der Ansager sprach weiter, doch Marcus hörte ihm nicht mehr zu. Er hörte gar nichts mehr, sah nichts mehr außer dem Spinnenmann. Und er sah ihn wie durch gekräuselte Luft, wie durch Hitzeflimmern. Immer wieder verschwamm alles, doch dann kam wie in Wellen auch wieder äußerste Klarheit. Kristallklare Bilder und Einsicht.

Der Spinnenmann pirschte nach links. Die scharfen Spitzen seiner Beine klackerten und kratzten auf dem Boden. Erst sah es so aus, als wolle er abhauen, einen Ausgang suchen. Doch Marcus war klar, dass das eine List war. Je länger er den Spinnenmann, der ihn umkreiste und sich von ihm fernhielt, beobachtete, desto deutlicher fiel ihm auf, dass dieser ihn abschätzte, austestete, ihn auszutricksen versuchte. Er redete die ganze Zeit. Marcus sah, wie seine Zähne aufeinanderschlugen. Er wankte wie verrückt hin und her und wedelte in der Luft herum. Ein kaltes, wildes Blitzen war in seinen Augen, das im Wechsel aus Scheinwerferlicht und Schattenwurf grell funkelte.

Er ist wahnsinnig, dachte Marcus.

Der Kerl tippelte so wild hin und her, dass Marcus sich mit der Glaswand im Rücken in die Enge getrieben fühlte.

Er wickelte seinen Schwanz ganz eng unter sich zusammen und richtete sich darüber hoch auf, um nach einer Angriffsmöglichkeit Ausschau zu halten. Die Zunge zuckte in seinem Mund, in Gift getaucht und bereit zuzuschlagen. Doch sein Ziel war zu unstet. Der Oberkörper des Spinnenmanns war immer in Bewegung. Er wollte ihn mit seinen Bewegungen hypnotisieren, verwirren

Dieser Wichser will mich umbringen.

Marcus schoss nach vorn und versuchte, auf das Gesicht seines Gegners zu zielen. Sein Gift musste auf seine Haut treffen und nicht auf die gepanzerten Beine oder den haarigen Unterleib. Doch Marcus hatte zu früh gehandelt und zu schlecht gezielt. Seine Zunge schnellte ganze drei Meter hervor, traf jedoch nichts als die Luft neben dem Kopf des Spinnenmanns. Er ließ sie zurückschnellen und nutzte seinen Schwung für einen Schwinger. Mit seiner Faust hätte er den Typen genau am Kinn erwischt, doch ehe der Schlag landete, schnappte eines der segmentierten Beine nach seinem Handgelenk und riss seinen Arm mit Wucht zu Boden, sodass Marcus auf den Stein krachte.

Marcus wand sich auf dem Boden und versuchte, seinen Arm zu befreien, während sich der schwarze, haarige und aufgeblähte Leib seines Gegners über ihn schob. Mit der freien Hand schlug er immer und immer wieder nach dem Bauch des Jokers. Doch dieser hob und senkte sich im Takt seiner Schläge und wich ihnen aus. Es war erbärmlich. Als er sich zum dritten Mal hob, entdeckte Marcus einen gezackten Stachel, der aus dem Unterleib herausragte. Das ganze Auf und Ab diente nur dem Zweck, ihn festgenagelt zu halten, während der Spinnenmann sich zum Stich in Position brachte.

Marcus riss sich den Arm auf, als er ihn mit aller Macht unter dem Bein hervorzog. Mit einer Spiraldrehung wand er sich gerade noch heraus, als der Stachel nach unten stieß und statt ihn den Steinboden traf. Er richtete sich so hastig auf, dass ihm schwindelig wurde. Er erkannte den Spinnenmann nur verschwommen. Der schwenkte den Kopf zu ihm herum, und Marcus nutzte die Gelegenheit.

Mit all der Wucht, die er aufbringen konnte, rammte er dem Spinnenmann seine Zunge ins Gesicht. Sie traf ihn so hart wie eine Faust und schleuderte den Kopf des Jokers nach hinten. Marcus ließ die Muskeln locker, damit das Gift auf Wangen, Lippen und Nase des Mannes sabbern konnte. Und dann schnalzte seine Zunge wieder zurück in seinen Mund. Nur eine Sekunde war vergangen.

Der Spinnenmann schwankte zurück. Seine Beine tippelten noch panischer, während er sich mit beiden Händen ins Gesicht fasste und vor irren Schmerzen aufheulte. Marcus setzte ihm nach. Den verletzten Arm hielt er eng am Körper, doch mit der anderen Faust schlug er ein ums andere Mal zu, hoch auf seinem aufgewickelten Schwanz aufgerichtet prügelte er auf seinen Gegner ein, blitzschnell, schlangengleich. Das setzte er so lange fort, bis die Spinnenbeine nachgaben und der Gegner sie abspreizte und zusammensackte. Der Mann verlor das Bewusstsein. Marcus brüllte den Wichser an, er solle aufstehen und sich noch weitere Schläge abholen.

Die Lichter über der Tribüne gingen an. Wo es eben noch dunkel war, erschienen jetzt wieder die dicht gedrängten Zuschauer. Sie sprangen auf und applaudierten. Sie lachten und grölten und reckten die Fäuste, in ihren Augen stand irre Begeisterung.

Jetzt meldete sich der Ansager wieder. »Infamous Black Tongue, meine Damen und Herren! Infamous Black Tongue! Das war ein Schauspiel, nicht wahr?«

Marcus' Blick fiel auf das greise Paar in der Privatloge. Sie waren die Einzigen, die sich nicht von dem Rausch hatten anstecken lassen. Doch diesmal erregte die Frau seine Aufmerksamkeit. So schrecklich der missgestaltete Mann auch war, so jagte ihm die Frau doch mehr Angst ein. Mit verschränkten Armen erwiderte sie seinen Blick, doch waren ihre Augen hinter einer teuren Brille verborgen, und darüber war ihr rotes Haar in einem festen Wirbel hochgesteckt. Ihre Miene vermochte er nicht zu deuten. Im Vergleich mit ihr wirkte die kreischende Menge einigermaßen zurechnungsfähig.

♠

»Das ist nicht deine Schuld«, sagte Pater Squid. Er saß Marcus gegenüber an einem Tisch.

Marcus schob mit der Gabel Eierstücke auf dem Teller hin und her. »Das sagen Sie jetzt schon die ganze Zeit.«

»Ich habe den Kampf beobachtet. Sie haben uns alle gezwungen, vom Gemeinschaftsraum aus zuzuschauen. Es war furchtbar, aber der Kerl in der Arena, das warst nicht du. Das war eine Perversion von dir. Das sehe ich ganz deutlich, auch wenn du es nicht siehst. Vertrau mir.« Aufgrund seines Blicks, seiner Gestalt und des beruhigenden Baumelns seiner Tentakel gelang es dem Priester, Mitgefühl auszustrahlen.

Marcus gab sich Mühe, es zu ignorieren. »Ich vertraue Ihnen«, sagte er, »aber Sie sollten mir nicht vertrauen. Nicht mehr. Ich hätte diesen Typen umgebracht. Ich weiß nicht, warum, aber … ich habe ihn gehasst. Ich tu es immer noch.«

»So weit wärst du nicht gegangen«, sagte Pater Squid. »Es liegt an diesem Ort. Irgendwie verändert er die Menschen, bringt schreckliche Seiten von ihnen zutage. Das ist aber nicht deine Schuld.« Der Priester fasste über den Tisch und versuchte, seine mit Saugnäpfen versehene Hand auf die des jungen Manns zu legen.

Doch Marcus zog sie weg. »Sie waren nicht in der Arena. Sie wissen nicht, wie es sich anfühlt.«

Der Ältere zog ebenfalls seine Hand zurück. »Ich werde es bald wissen.«

»Was?«

»Man hat mich für einen Kampf morgen Abend ausgewählt.«

»Gegen wen?«

»Das weiß ich nicht.«

»Aber die können Sie nicht zum Kämpfen zwingen. Nicht Sie!«

»Sie können mich in die Arena werfen, aber ich werde mein Bestes tun, nicht nachzugeben.«

»Wenn jemand widerstehen kann, dann Sie!« Der Gedanke gab Marcus mehr Mut als alles andere. Pater Squid würde sie besiegen, indem er nicht kämpfte. Er sah es vor sich: Der Priester stand mit verschränkten Armen da, stolz und trotzig, und zwang die alte Dame mit seinen Blicken nieder. Und wenn Pater Squid das konnte, dann konnte Marcus das vielleicht auch. »Sie schaffen das.«

Der Priester kicherte und schien von Marcus' plötzlicher Begeisterung irritiert zu sein. »Ich werde es versuchen, aber in meiner Vergangenheit liegt viel Gewalttätigkeit, Marcus. Ich fürchte, die ist nicht so tief begraben, wie ich mir wünschen würde.«

♦

An diesem Abend lag er da und starrte an die Decke. Allerlei Gedanken beschäftigten ihn. Da ging die Tür auf. Er rechnete mit allem Möglichen, doch das Mädchen, das zu ihm hereinschlüpfte, hatte er ganz bestimmt nicht erwartet.

Soweit er sehen konnte, war sie eine Normalo. Eine umwerfend schöne Normalo. Wie ein Duft, den man durch die Augen einatmete, verströmte sie Anmut. Schlank wie ein Model, an den richtigen Stellen fest oder weich. Ihre Jeans war so eng, als wäre sie in sie eingetunkt worden. Der Ausschnitt ihres Hemds ging bis zum Hosenbund hinab, und es bestand aus einem hauchdünnen, halb durchscheinenden Stoff. Er konnte die Rundungen ihrer Brüste erkennen. Ihre großen Augen lagen weit auseinander, waren dadurch aber noch erstaunlicher. Eisblau funkelten sie und musterten ihn mit einer Offenheit, die sein Herz schneller schlagen ließ.

»Ich gehöre dir heute Nacht«, sagte sie. »Du musst gut gekämpft haben, ja?«

Marcus brachte kein Wort heraus.

Sie betrachtete ihn eine Weile lang und fragte dann: »Ist deine Zunge wirklich schwarz?«

Nie zuvor hatte Marcus eine aufreizendere Frage gehört.

Sie hieß Olena. Sie setzte sich neben ihn aufs Bett. Die Goldstickereien in ihrer Jeans blitzten auf, wenn sie sich bewegte. Sie war Ukrainerin und kam aus einer Stadt namens Poltawa. »Kennst du die?«

Marcus kräuselte die Lippen und runzelte die Stirn, als versuchte er, sich an Poltawa zu erinnern.

»Das liegt an der Worskla«, sagte sie. Ihr Akzent erinnerte ihn an seine Schwester, wenn sie Natasha Fatale aus *Die Abenteuer von Rocky & Bullwinkle* nachgeahmt hatte. Es wäre fast witzig gewesen, wenn sie nicht so ernst, nicht so schön gewesen wäre, deshalb konnte er nicht darüber lachen. »Das ist Fluss. Worskla. Den solltest du kennen.« Zur Unterstreichung boxte sie ihm mit ihrer kleinen Hand gegen die Schulter. »Du lebst in New York, ja?«

Marcus nickte. Fast hätte er präzisiert und Jokertown gesagt, doch der Name blieb ihm im Mund stecken.

»Kennst du berühmte Persönlichkeiten?«

»Nicht wirklich.« Als sie sich im Mundwinkel auf die Lippe biss und er daran ihre Enttäuschung erkannte, fügte er hinzu: »Ich … ich bin selbst ein bisschen berühmt.« Er hütete sich, »berüchtigt« zu sagen.

»Warum bist du berühmt? Bist du Rapper?«

»Äh … nein.« Er hatte keinen Schimmer, was er sagen sollte. War er berühmt, weil er einen kriminellen Cop verdroschen hatte? Weil er in der Kanalisation lebte? Weil er nachts umherstreifte und nach Verbrechern Ausschau hielt? »Weil ich … ich Ärger anziehe.«

Das schien ihr zu gefallen. Sie lachte und neigte sich zu ihm herüber. »Du bist böser Bube, oder? Ich sehe schon!« Neckisch senkte sie den Kopf. Kurz war ihr Gesicht hinter einem Vorhang aus langen schwarzen Haaren verborgen. Dann teilte sie den Vorhang in der Mitte und schob die Haare hinter ihre Schulter zurück. »Zeig mir deine Zunge.«

Erst weigerte sich Marcus, doch sie blieb hartnäckig. Es schien sie zu faszinieren. Erst starrte sie ihm in den offenen Mund, und dann wollte sie, dass er ihr seine Fähigkeit demonstrierte. Freudig klatschte sie, als er seine Zunge herausschnellen ließ und damit gegen die gegenüberliegende Wand patschte.

»Ist deine ›kleine Schlange‹ auch so lang?«, fragte sie und fuhr mit der Hand über seinen Oberkörper.

Sofort spürte Marcus den Druck einer Erektion in den Schuppen der Leistengegend.

Sie nahm ihre Hand weg und wechselte das Thema. »Wo würdest du mich in New York ausführen?«

Das war eine einfache Frage, aber sie machte ihn ratlos. Wohin würde er sie einladen?

»Nicht bloß deine Wohnung«, präzisierte sie. »Nicht nur da. Ich muss Dinge sehen. Vereinte Nationen. Broadway. Freiheitsstatue. Was sonst noch?«

Zu seiner Erleichterung drängte sie nicht weiter auf eine Antwort, sondern plapperte weiter von den Sachen, die sie sehen wollte. Nicht nur in New York, sondern überall in Amerika. Marcus bemühte sich, ihr zuzuhören, kapierte aber nicht, wer oder was sie war. Wo war sie hergekommen?

Wie war es möglich, dass sie auf seinem Bett saß und sich mit ihm unterhielt, als wäre es das Normalste von der Welt? Warum redete sie mit ihm, als hätten sie eine gemeinsame Zukunft voller Reisen zu tollen Orten? Er wollte es wissen, wollte aber nicht fragen. Denn eine Frage konnte den Zauber zerstören, der ihn umgab.

»Bist du ein guter Mensch?«, fragte sie.

Marcus krampfte sich der Magen zusammen. »Ich bemühe mich.«

»Ich weiß, dass du gut bist. Ich sehe es dir an. Du wirst mir nicht wehtun, oder?«

»Nein, das würde ich nie …«

»Asmodeus ist kein guter Mensch. Er tut mir weh. Er gewinnt, und dann tut er mir weh. Ich sage immer, dass ich nicht zu ihm will, aber er sucht sich immer mich aus. Das ist nicht so gut für mich. Besser ist es, dass du kämpfst und gewinnst und mich bekommst. Sei ein Monster, wenn du kämpfst. Ein Monster für mich. Dann machen wir Dinge, die dich glücklich machen. Alles, was du willst. Du weißt, was ich meine.«

Sein Gesicht musste verraten haben, dass er das nicht wusste.

Olena rutschte vom Bett herunter, ging auf die Knie und fuhr mit den Händen über seine Schuppen. Lächelnd flüsterte sie: »Ich zeige dir.«

♥

»Wir sollten da drin sein«, sagte El Monstro und zeigte auf den Bildschirm. »Plätze in der ersten Reihe, Baby. Will das Blut spritzen sehen.« Er unterstrich das, indem er eine seiner gewaltigen gepanzerten Fäuste in seine Handfläche rammte.

Das somalische Mädchen, das ihm die Hörner einölte, wich bei seiner Bewegung zurück. Sie sah gut aus, hatte braune Haut und war biegsam. Marcus hatte sie nie ein Wort sagen hören. Er fragte sich, ob sie überhaupt Englisch verstand.

El Monstro hatte sich eben erst neben Marcus gesetzt, weil er meinte, Sieger gehörten zusammen, oder nicht? Fast zweieinhalb Meter groß, mit einem Schuppenpanzer und einem seltsam milden Lächeln – Marcus wurde nicht schlau aus ihm. Mit Ausnahme von Asmodeus war niemand länger hier als er. Ihm ging es hier prächtig, denn er genoss die Gewalt und das rohe Vergnügen, das sie ihm bereitete. Zumindest gab er sich nach außen zufrieden. Manchmal bemerkte Marcus ein ängstliches Zittern unter der arroganten Fassade, als würde er hin und wieder vergessen, wer oder wo er war. Oder vielleicht fiel ihm genau das hin und wieder ein. Einmal hatte er in einer melancholischen Anwandlung etwas von seiner Mutter gegrummelt. Marcus verstand es nicht genau und bat ihn nicht, es zu wiederholen.

Marcus zog Olena dicht an sich heran. Sie legte ihm den Arm um den Hals, beugte sich zu ihm und knabberte an seinem Ohr. Er spürte die lüsternen Blicke der anderen, die auf Olena und dem anderen Mädchen ruhten. Die Joker versuchten erst gar nicht, ihre Gier zu verbergen. Ohne Baba Yagas Regeln und der Fähigkeit von Dmitri hätte Marcus sich der anderen bestimmt erwehren müssen. El Monstro schien die Eifersucht zu gefallen. Marcus nicht, aber er musste sich den Kampf ansehen. Und er wollte Olena bei sich haben. Er hatte zwar nur eine Nacht mit ihr verbracht, aber trotzdem wollte er sie ewig an seiner Seite haben.

Alle hatten sich versammelt, um Pater Squids ersten Kampf anzusehen. Sessel und Sofas waren vor einem großen Fernsehbildschirm zusammengeschoben worden. In ihrem Rücken stand der geplünderte Büfetttisch. Es herrschte eine festliche Stimmung, auch wenn etwas Bedrohliches in der Luft lag. Keiner der Zuschauer musste heute Abend Angst um das eigene Leben haben. Das oblag heute dem Priester und seinem Gegner. Niemand wusste, wer das sein würde – anscheinend hatte man extra jemanden dafür beschafft.

»Schau sie dir an«, sagte El Monstro und stieß Marcus an der Schulter an. »Die sind wie die Wölfe, die sich die Lippen lecken. Und die behaupten, wir wären die Wilden!«

Auf dem großen Bildschirm sah man die erwartungsvollen Gesichter der Zuschauer. Männer und Frauen, alt und jung, unterschiedlicher Hautfarbe und Gestalt, doch sie alle hatten denselben Ausdruck. Sie wirkten besessen. Beim Atmen zuckten ihre Nasenflügel. Die Augen traten ihnen hervor. Bei ihrem Anblick lief es Marcus kalt über den Rücken.

Asmodeus betrat den Gemeinschaftsraum. Kurz blieb er in der Tür stehen, starrte Marcus an. Zumindest glaubte Marcus das, ehe die Augen des Jokers zuckten und seinen eigenen Blick tatsächlich erwiderten. Lange starrten sie sich an, bis Asmodeus näher kam und sich dazusetzte. Jetzt erst wurde Marcus klar, dass er Olena angeschaut hatte, bevor sich ihre Blicke getroffen hatten.

Das Bild schwenkte zu einem der Zweikämpfer. Der Joker schüttelte seine muskulösen Schultern, ließ die Hände knallen und dehnte die Finger. Dabei schrie er und stampfte auf, und in seinen gewaltigen Augen stand die Tobsucht. Marcus spannte sich an. Der Kerl war leicht wiederzuerkennen. Als Marcus ihn das letzte Mal gesehen hatte, war er aus einem weißen Lieferwagen gestiegen.

»Meine Damen und Herren«, verkündigte der Ansager, »heute Abend erleben wir zwei Debüts in unserer Arena. Aleksei der Eel, ein Joker mit unglaublicher Körperkraft, ein Kämpfer, der erst kürzlich von der Straße geholt wurde. Prächtig und schrecklich anzuschauen. Aber er verfügt nicht nur über Muskelkraft. Seine Berührung kann auch elektrische Schläge hoher Spannung verursachen. Aleksei der Eel, meine Damen und Herren!«

Wartcake sagte: »So hat der widerliche Arsch mich gekriegt. Hat mir einen Scheißstromschlag verpasst.« Auch andere meldeten sich. Anscheinend hatten viele schon eine Begegnung mit Eel gehabt.

»Warum ist der da drin?«, fragte John der Pharao.

Asmodeus antwortete: »Er hat Scheiße gebaut, weil er den Kraken eingefangen hat. Hätte eigentlich nur den Schlangenbubi mitbringen sollen. Dazu vercheckt er nebenbei DVDs, hat einen Lieferwagen zu Schrott gefahren und sich mit einem Haufen Asse angelegt. Baba Yaga ist gar nicht glücklich. Sie verpasst ihm eine Lektion.«

Marcus sagte nichts, sondern schaute nur finster auf den Bildschirm.

Eels Gegner beschrieb der Ansager als einen Vollstrecker rechtschaffener Vergeltung, einen Killer, der sich unter der Kutte eines Heiligen verbirgt, einen Mann, dessen Vergangenheit tief in einem Sumpf aus unaussprechlicher Gewalt versinkt. »Einige kennen ihn als Heiligen, doch Sünder und Heiliger, wo ist da der Unterschied? Meine Damen und Herren, der heilige Erlöser!«

Pater Squid erschien im Bild. Er stand regungslos da, die Arme ein wenig angehoben wie ein Revolverheld, der bereit zum Ziehen ist. Doch die behandschuhten Hände hingen schlaff herab. Sein Mantel bedeckte ihn mitsamt dem Kopf, nur sein Gesicht wurde von den Scheinwerfern beleuchtet. Die Kamera fuhr sogar so nah heran, dass man sehen konnte, wie die Tentakel, die über seinem Mund hingen, beim Atmen baumelten. Doch sein Gesichtsausdruck war unmöglich zu deuten.

Es ging schlagartig los. Brüllend stürmte Aleksei vor. Während der Hüne auf ihn zupolterte, blieb Pater Squid regungslos. Mit herabhängendem Kopf machte er den Eindruck, als sähe er den Gegner gar nicht auf sich zurasen. Bis zuletzt nicht. Doch gerade als Aleksei bei ihm war, trat Pater Squid zur Seite und duckte sich unter dem heranstürmenden Gegner weg. Die Bewegung war so schnell und effektiv, dass Aleksei gegen die Wand torkelte. Er prallte an ihr ab und wirbelte herum.

Pater Squid entfernte sich gemächlich von ihm. Seine Schritte wirkten so schwer und gesetzt wie immer, doch lag eine Eleganz darin, die Marcus bisher nicht aufgefallen war. Der Priester drehte sich und verlagerte das Gewicht, als hätte sich sein Körper die Bewegungen für ihn gemerkt. Er hielt Aleksei auf Armeslänge Abstand, nah genug, um mit ihm zu sprechen. Denn das tat er. Marcus konnte nicht verstehen, was er sagte, doch sah er, wie sich die Tentakel bewegten.

Er zieht es durch, dachte Marcus. Mann, wie abgebrüht der ist. Wie seelenruhig.

Zum Argumentieren nahm Pater Squid die Arme zu Hilfe und fuchtelte mit ihnen herum, während Aleksei versuchte, an ihnen vorbeizukommen, um einen Schlag bei ihm zu landen. Wütend schüttelte der Fischjoker den Kopf. Er spuckte aus, fauchte und drängte auf den Pater ein. »Der Squid ist ein Feigling«, sagte Wartcake.

Marcus blaffte: »Er ist kein Feigling. Er steht nur über der ganzen Scheiße. Er kämpft nicht für diese Wichser.«

Dafür erntete er ein wenig Zustimmung und ein paar Beleidigungen, doch im Grunde verfolgten alle weiterhin den Kampf. Aleksei strotzte vor Testosteron und hatte sich in eine kraftmeierische Wut hineingesteigert. Wild und kräftig schlug er zu, mal oben und mal unten, holte manchmal weit aus, dann wieder stieß er kurz zu. Seine Fäuste knisterten vor Energie. Vor Konzentration war sein hässliches Gesicht verzogen.

Pater Squid dagegen bewegte sich mit unheimlicher Genauigkeit. Er wich zurück und duckte sich, neigte den Kopf zur Seite oder drehte sich in der Hüfte. Sosehr er sich auch abmühte, Aleksei traf ihn nicht. Pater Squid bewegte sich gar nicht schneller, aber es machte den Eindruck, als wisse er, was sein Gegner als Nächstes vorhatte. Mit zackigen, karateartigen Bewegungen wehrte er die Schläge des Jokers ab, und sein Körper nahm Haltungen ein, die Marcus bei dem alten Priester nie für möglich gehalten hätte. Einmal hielt er Alekseis Faust in seiner behandschuhten Hand gepackt. Dem Stirnrunzeln des Hünen nach zu urteilen, musste Pater Squid sie ihm schmerzhaft zusammengedrückt haben. Doch nur kurz, dann schleuderte er sie wieder weg.

»Squid wird sauer«, sagte El Monstro.

Nicht, dachte Marcus. *Gib nicht auf.*

Aleksei schlug Pater Squid in den Bauch, und dieser machte einen Satz, um auszuweichen, als Alekseis andere Faust ihn an der Schläfe erwischte. Der Stromschlag schleuderte Pater Squid zurück. Er kam gerade wieder hoch, als Aleksei sich auf ihn stürzte. Squid ließ die Hand vorschnellen, packte das Handgelenk seines Gegners. Er hielt es fest, machte eine Drehung und warf sich gegen Alekseis Beine, sodass dieser in hohem Bogen zu Boden ging. Pater Squid setzte ihm den Fuß auf die Brust und zog an dem Arm. Der Arm löste sich aus dem Schulterblatt. Es war ein ekelhafter Anblick, wie sich Oberkörper und Arm so widernatürlich in zwei unterschiedliche Richtungen bewegten. Pater Squid ließ los und trat zurück. Er schien von seiner Tat entsetzt zu sein. Mit vorquellenden Augen starrte er Aleksei an, der sich hilflos auf dem Boden der Arena wand.

»Mach ihn fertig«, sagte Asmodeus mit offenem Mund, und seine Zunge fuhr an seinen Zähnen entlang.

Pater Squid schüttelte den Kopf und trat einen Schritt vor. Er machte beruhigende Gesten. Er streckte die Hand aus, und Marcus wusste, dass er versuchte, Aleksei in eine Haltung zu bringen, in der er ihm die Schulter wieder einrenken konnte.

Ja, dachte er. *Zeig es ihnen.*

Doch er bekam keine Gelegenheit dazu.

Aleksei verwandelte sich. Innerhalb eines Wimpernschlags wurde er zu einem Aal. Ein zweieinhalb Meter langer, muskulöser, schleimiger Fisch. Er klappte die Kiefer auseinander und schoss auf das Gesicht des Priesters zu. Pater Squid wehrte den Angriff mit dem Unterarm ab. Doch der Aal biss sich daran fest, zerrte daran und riss den Priester zu Boden. Das Publikum war außer sich und brüllte so laut, dass Marcus es nicht nur über den Fernseher, sondern auch durch die Wände hören konnte. Unsicher, was er empfinden sollte, sah er weiter zu, und sein Magen krampfte sich zusammen.

Nach einigen wilden Augenblicken hatte Pater Squid den Aal zwischen seinen Schenkeln eingeklemmt. Er packte den Joker am Hals und schlug seinen Kopf auf den Boden. Er ließ ihn fest aufdotzen, immer und immer wieder.

Marcus verzog das Gesicht und schloss die Augen.

♣♦♠♥

Bande fürs Leben

Teil 3

Normalerweise war viel Platz in der Wohnung. Ein Schlafzimmer mit einem großen Doppelbett für sie drei, ein Schlafzimmer für Isai, zwei große Badezimmer und alles andere in einem einzigen modern gestalteten Raum. Für ihre Familie war es großartig – oder war es zumindest gewesen, bis Kavithas Familie vor der Tür gestanden hatte und eingezogen war. Zwei Eltern, zwei Schwestern und ihre Männer, alle schliefen auf Matratzen im Wohnzimmer. Sagenhaft.

»Er war hier in New York, Michael«, sagte Kavithas Mutter mit einem britischen Akzent. »Von hier hat er uns zum letzten Mal angerufen. Die Anrufliste zeigt das ganz deutlich.«

»Ja, ich weiß«, sagte Michael und ermahnte sich zur Geduld. Sandips Eltern hatten gleich einen Detektiv beauftragt, als der Junge verschwunden war, doch der hatte nichts gefunden. Und bislang hatte Michael auch nicht mehr Erfolg gehabt. Streng genommen war das auch nicht seine Aufgabe, aber wenn er bei der Arbeit mal ein paar Minuten freimachen konnte, dann forschte er nach Sandip. Für die Familie machte man das. Die Kollegen verstanden das und deckten ihn, wann immer sie konnten. Aber weder Telefonaufzeichnungen noch Kontoauszüge oder das Internet erbrachten etwas. Michael war in den Straßen herumgelaufen, hatte seine Kontakte überprüft, aber ohne Erfolg. Als wäre der Junge vom Erdboden verschluckt. »Ich weiß, dass Sandip hier in New York war, ich habe ihn ja gesehen.« War er noch immer hier? Michael hatte keine Ahnung.

»So, dann sag ich es dir eben noch einmal«, fuhr sie ihn an. Trotz vier unruhiger Nächte auf dem Boden strahlte sie mit ihrem silbernen Sari und ihrem zu einem makellosen Dutt gebundenen Haar etwas Majestätisches aus. »Und du hörst mir zu!«

Michael konnte zur Antwort nur nicken. Moralisch stand er auf wackligen Beinen angesichts seiner Lebensumstände, die Kavithas Eltern mit aller Macht ignorierten. Jahrelang hatten sie kaum ein Wort mit ihrer Tochter gewechselt, nachdem sie sich von einem Schwarzen hatte schwängern lassen und dann auch noch beschlossen hatte, das Kind zu behalten. Doch für ihren einzigen Sohn brachen sie das Schweigen nun doch mit Vehemenz. Familie kam für Kavitha an erster Stelle. Michael wusste das. Es hatte ihr das Herz gebrochen, als ihre Eltern so eisig geworden waren. Jetzt aber würde sie sie nicht verraten, ganz gleich, wie sie von ihnen behandelt worden war. Das war einer der Wesenszüge, die Michael so an ihr liebte – denn er wusste, was auch immer geschah, sie blieb ihrer Familie auf ewig treu. Und das bezog nun auch Isai, Minal und ihn mit ein. Und was ihre Eltern anging: Kavitha mochte ihnen vielleicht nicht verzeihen, aber das bedeutete nicht, dass sie sie nicht bei sich unterbrachte und versorgte, bis Sandip gefunden und in Sicherheit war.

Jetzt stand Michael vor Kavithas Mutter und versuchte, die Wut über den Jungen, der die ganze Familie mit seinem Verschwinden in den Wahnsinn trieb, hinunterzuschlucken. Wahrscheinlich lief er mit irgendeiner Bande herum und spielte den Helden. Doch dieser kleinen Frau, die sich so eng in ihren Schal gehüllt hatte und zitterte und schier den Verstand verlor aus Sorge um ihr jüngstes Kind, konnte er das nicht sagen. Sollte er Sandip finden, würde er ihn erwürgen.

Aber auch das konnte er ihr nicht sagen. Deshalb sagte er nur: »Mach dir keine Sorgen, Tantchen.« Sie sah ihn stirnrunzelnd an, und er war sich nicht sicher, ob es an dem albernen Beruhigungsversuch lag, oder ob sie das »Tantchen« unverschämt fand. Wie sollte er sie denn sonst nennen? Ihren Namen konnte er nicht benutzen – denn das würde sie bestimmt unhöflich finden. »Ihm geht es bestimmt gut.«

Wenn Michael ehrlich war, musste er zugeben, dass er sich auch Sorgen um den Jungen machte. Vor nur zwei Jahren war seine eigene Tochter verschwunden. Zwar nur für ein paar Stunden, aber damals war ihm fast das Herz stehen geblieben. Wenn Sandip doch bloß anrufen würde, verdammt.

♣

Er konnte nicht die ganze Zeit nur nach dem Jungen suchen, nicht, wenn er seinen Job behalten wollte. Den Großteil der Tage verbrachte Michael auf der Straße, unterhielt sich mit Kontaktleuten und versuchte herauszufinden, wie die Kunstschmuggler ihre Waren nach New York schafften. Fast alle Puzzleteile des Falls hatte er geklärt – er wusste, wer die Sachen schmuggelte, wo die Stücke herkamen und wer sie kaufte. Das Einzige, was ihm noch fehlte, war das Verbindungsglied, die Person, die die Stücke vom Dieb/Verkäufer zum Käufer transferierte. Sobald Michael dieses Bindestück gefunden hätte, konnte er eine Verhaftung einleiten. Nicht dass das jemanden auf der Wache interessierte – alle konzentrierten sich ganz und gar auf die vermissten Joker. Sein piefiger Partner bekam den ganzen Ruhm ab, da sein Fall sich plötzlich als größer herausstellte, als man erwartet hatte. Michael warf über den Schreibtisch einen düsteren Blick zu Franny hinüber. Genau im falschen Moment, da der Junge gerade aufschaute, seinen Blick bemerkte, errötete und sich gleich wieder duckte.

Zu seiner Verwunderung hatte Michael ein schlechtes Gewissen. Er hatte es dem Jungen schwer gemacht. Franny war nicht viel älter als Sandip. Sie waren allesamt Kinder, die Erwachsene spielten. Und Franny hatte einen Riesenpapierberg zu bewältigen. Das machte bestimmt keinen Spaß.

»Hey – soll ich dir dabei helfen?« Vielleicht war es Zeit für ein Friedensangebot. Schließlich waren sie eigentlich Partner, und in Wahrheit war es Michaels Aufgabe, auf den Jungen aufzupassen und ihm zu helfen.

Franny spie ihm jedoch ein schroffes »Das krieg ich auch allein hin« entgegen.

Nicht einmal ein Danke. Okay. Wenn Franny unbedingt in Aktenstapeln ersaufen wollte, brauchte Michael ihm auch keine Hilfe anzubieten. Schließlich musste er bereits ein Kind retten. Am Feierabend würde er wieder durch die Straßen ziehen. Irgendjemand musste wissen, wohin Sandip verschwunden war. Jokertown war nicht groß genug, um ein Kind auf ewig zu verstecken.

♠

Das Abendessen mit seinen Eltern am letzten Samstag hatten sie abgesagt. Stattdessen hatte Minal beschlossen, sie diese Woche zu ihnen nach Hause einzuladen. Sie meinte, es wäre Zeit, dass sich ihre Eltern kennenlernen würden, und dass man die Gelegenheit nutzen musste, solange Kavithas Eltern einmal da waren. So würde man der Situation wenigstens noch etwas Gutes abgewinnen. Weder Michael noch Kavitha waren begeistert von der Idee, aber Minal blieb hartnäckig.

Sie hatten nicht genug Platz für alle, doch am Morgen dieses Tages zogen Kavithas Schwestern mit ihren Männern endlich aus und schoben als Grund dafür ihre Jobs und Verpflichtungen vor. Ihre nächstjüngere Schwester kam in das unangenehme Stadium ihrer Schwangerschaft und klang tatsächlich erleichtert bei der Aussicht, zu Hause wieder in einem richtigen Bett und nicht mehr auf einer Luftmatratze auf dem Boden zu schlafen. Kavithas Vater grummelte wegen seiner Jobverpflichtungen auch schon herum, aber noch hatte ihre Mutter ihn im Griff. Und deshalb warteten sie jetzt alle nervös auf die Ankunft von Michaels Eltern. Minal, die in der Küche zugange war, hatte alle anderen aus ihrem Revier verbannt, und deshalb saßen sie unbehaglich im Wohnzimmer. Zum Glück war Isai da.

Seit einiger Zeit verwandelte sie sich nur teilweise – nur so weit, dass ihr auf Kopf und Armen Federn wuchsen und ihre Nase zu einem Schnabel wurde. Michael befürchtete, dass ihre Nase sich immer mehr in einen Schnabel verwandeln würde, auch wenn sie nicht aktiv die Gestalt wechselte – würden die Veränderungen dauerhaft bleiben, wenn sie es zu oft tat? Aber erkläre mal einer Fünfjährigen, dass sie etwas, was Spaß macht, nicht tun soll. Es war unmöglich. Und im Moment brachte es sowieso niemand fertig, Isai zur Disziplin zu rufen.

»Ammama! Ich kann das Vögelchen nicht finden!« Sie lehnte an ihrer Großmutter auf dem Sofa und hatte ein Buch in der Hand. Derzeit war sie ganz versessen auf Wimmelbücher, und Kavithas Mutter war erstaunlich gut darin, die versteckten Figuren zu finden. Auf den ersten Blick entdeckte sie alles – genauso gut war sie darin, Staub zu finden. Nur ihren vermissten Sohn fand sie nicht.

Das Telefon schrillte. Hatte jemand den Klingelton lauter gestellt? Michael bekam davon Kopfschmerzen. Kavitha sprang auf und schnappte einen der kabellosen Hörer. »Hallo?« Hoffnung schwang in ihrer Stimme – auch wenn niemand ernsthaft erwartete, dass Sandip anrufen würde, aber man konnte nie wissen. Doch dann ging sie bloß aus dem Zimmer und lauschte der Stimme am anderen Ende der Leitung. Offenbar war es nicht Sandip.

Und dann klingelte es wieder, diesmal an der Tür. Jetzt war es an Michael aufzuspringen. Mit tropfendem Mantel polterte seine Mutter herein. Er drehte sich um, um ihr zu helfen, doch sie ignorierte ihn, ging gleich auf Kavithas Mutter zu, die zur Begrüßung aufgestanden war. Die große, triefende Gestalt seiner Mutter umarmte Maya, die dabei fast verschwand. »Es tut mir so leid«, sagte sie mit schwerem koreanischen Akzent und tiefem Mitgefühl. Da konnte Kavithas Mutter ihre steife Förmlichkeit nicht mehr aufrechterhalten. In den dicken Armen seiner Mutter, die vom jahrelangen Hantieren mit feuchten Kleidern in der Wäscherei gestärkt waren, schluchzte die kleine Frau. Die warmen, starken Arme gehörten zu der Sorte, die einen hielten, wenn man zu ertrinken drohte.

Michael tat nun nicht nur der Kopf weh, sondern auch das Herz, aber es war richtig von Minal gewesen, ihre Eltern hierher einzuladen. Sein Vater legte den Mantel ab und machte die Tür hinter sich zu. Und obwohl Michael sich nicht erinnern konnte, wann er seinen Vater zum letzten Mal umarmt hatte, fand er es jetzt nur natürlich, seine Hand auf den Rücken des alten Mannes zu legen, die Wärme seiner Haut unter dem dünnen Hemd zu spüren, während er ihn ins Wohnzimmer hereinführte. Michael wurde in diesem Moment klar, dass wenn er selbst – auch als Erwachsener – vermisst werden würde, sein Vater nicht ruhen würde, ehe er ihn gefunden hätte. Er musste sich bei der Suche nach Sandip noch mehr anstrengen. Vielleicht würde er nach dem Abendessen noch mal rausgehen und ein paar Leute befragen.

Kavitha kam aus dem Flur und hatte das Telefon noch in der Hand. In diesem Moment löste sich ihre Mutter aus der Umarmung und richtete sich mit tränenüberströmtem Gesicht auf. Kavitha wirkte bekümmert, doch zum Glück fragte Isai, die verwirrte Isai: »Weinen wir jetzt alle?« Und ihr Vater hob sie hoch und schmiegte den Kopf an sie und sagte: »Nein, Liebes, meine Kleine. Wir weinen jetzt nicht mehr. Wir umarmen uns jetzt, okay? Und sobald Mama Minnie meint, dass das lecker riechende Essen fertig ist, essen wir. Klingt das gut?«

Isai erklärte sich lauthals einverstanden. Michael nahm seiner Mutter den nassen Mantel ab, den sie endlich abstreifte. Kavitha riss sich zusammen und erklärte, dass das Studio angerufen habe, um sie daran zu erinnern, dass sie nur noch eine Woche Zeit zum Proben hatte vor der Premiere des neuen Programms. Morgen früh würde sie wieder für mindestens ein paar Stunden arbeiten gehen müssen. Das brachte ihren Vater auf seine eigene Arbeit: Probleme mit Warenein- und -ausfuhr, ständig steigende Steuern, lügende und betrügende Mitarbeiter. Es war nicht angenehm, Kavithas Vater zuzuhören, wenn er sich über die Arbeit beklagte, und Michael ertappte Kavitha dabei, wie sie bei den übelsten Bemerkungen zusammenzuckte. Trotzdem tat es gut, einmal über etwas Normales zu reden, und wenigstens seine Mutter nahm gern an dem Gespräch teil und zeigte große Anteilnahme an den Sorgen und Nöten eines Kleinunternehmers.

Die alltäglichen Themen lieferten bis zum Abendessen Gesprächsstoff, als Minals Gerichte auf dem Tisch standen und die Gesichter drumherum wie ein Segen wirkten. Michael hätte sich nie träumen lassen, seine Eltern und die von Kavitha einmal zusammen zu sehen. Doch sie verstanden sich erstaunlich gut – Kavithas Mutter lachte sogar über den einen oder anderen schrägen Witz seines Vaters. Wenn sie heirateten, wäre das vielleicht Normalität, würde das öfter passieren. Das wäre womöglich ganz nett.

Aber erst musste er Sandip finden.

♣♦♠♥

Galahad in Uniform

Teil 6

Wie erwartet hatte er ein langes, angespanntes und unerfreuliches Gespräch mit Deputy Inspector Maseryk über sich ergehen lassen müssen wegen des Tods eines Gefangenen in Gewahrsam. Danach kehrte Franny an seinen Arbeitsplatz zurück und ging alle seine Notizen zu den Jokerentführungen durch. Schon wieder war jemand vermisst gemeldet worden. Ein Lehrer namens Philip Richardson. Die Entführer begnügten sich nicht länger mit den Verachteten und Vergessenen.

Sein inzwischen beinahe konstantes Kopfweh war wieder da, pochte in den Schläfen und hinter den Augen. Er schloss die Augen, sah aber nur Szenen von den Fight-Club-DVDs. Das Blut, die Fäuste, die verzerrten Gesichter der Männer, die in der Arena kämpften. Er musste etwas übersehen haben, eine Spur, die zu den Entführten wies.

Irgendwann schaute Michael herein. Er hatte Augenränder und wirkte erschöpft. Franny öffnete den Mund, um ihn zu fragen, ob alles in Ordnung mit ihm sei, doch Michael schien durch ihn hindurchzublicken und ging ohne auch nur ein widerwilliges Hallo an ihm vorbei direkt auf den Arbeitsplatz von Slim Jim zu. Franny schluckte seinen Satz hinunter.

Zusätzlichen Kummer bereitete ihm der Umstand, dass er

sich bereit erklärt hatte, heute Abend mit Apsara und ihren Eltern essen zu gehen. Bereits zum zehnten Mal hatte er in das Aktenzimmer gehen und den Termin absagen wollen, doch jedes Mal ließ ihn der Gedanke an den Stunk, den das auslösen würde, wieder unverrichteter Dinge an seinen Platz zurückkehren. Noch eine Konfrontation mit jemandem, der sauer auf ihn war, konnte er einfach nicht ertragen. Apsara wollte, dass er mit ihr zum Hyatt ging, um ihre Eltern dort abzuholen, aber Franny hatte sich geweigert. Er würde sie im Restaurant treffen. Das verschaffte ihm noch einmal ein oder zwei Stunden.

Norwood hatte noch nicht zurückgerufen. Wahrscheinlich kümmerte sich der Agent nicht um die *American-Hero*-Fährte. Weshalb sollte ein Bundesagent auch einem Lokalpolizisten helfen? Franny bekam immer mehr das Gefühl, missbraucht zu werden. Doch er sagte sich, dass er dumm und paranoid war. Schließlich hatte ihm Jamal auch die Informationen über die russischen Verbrecher gegeben.

Er sackte auf seinem quietschenden, kaputten Stuhl zusammen. Überall American Hero – *Curveball und Earth Witch und Drummer Boy, Peregrines Sohn und Jamal natürlich, der Gewinner der ersten Staffel, und die Videos …*

Zahlreiche Wikis listeten die Teilnehmer, die es tatsächlich in die Show geschafft hatten. Es gab darunter auch ein paar Joker, aber der Großteil waren Asse, und warum auch nicht? Hollywood liebte gut aussehende Menschen, und die meisten Joker sahen nicht gut aus. Online sah er sich ein Video mit einigen eher erniedrigenden Auditions an. *Auditions*. Er sah auf die Uhr. An der Westküste war es erst vier. Er rief das Studio an, das *American Hero* produziert hatte, und nach kurzem Hinhalten wurde er zu einem fleißigen Assistenten durchgestellt, der ihm per E-Mail eine komplette Liste aller Audition-Teilnehmer zusandte. Er ging die Liste durch. Fast alle Vermissten hatten für die Show vorgesprochen.

Er rief den SCARE-Agenten noch einmal an. »Jamal, ich habe eine weitere Verbindung zu *American Hero* gefunden. Die meisten Opfer haben bei Auditions für die Show mitgemacht. Da muss es einen Zusammenhang geben. Bitte rufen Sie mich zurück, wenn Sie mit Berman gesprochen haben.«

♦

Starfields war eines der besseren Restaurants in Manhattan, und es schadete seinem Ruf nicht, dass Hastet, die Besitzerin, eine echte Alien war, eine Frau von Takis. Nachdem Dr. Tachyon die Erde verlassen hatte, war sie nun der einzige Alien auf dem Planeten. Die Speisekarte war eklektisch, und statt der in amerikanischen Lokalen für gewöhnlich großen Portionen spezialisierte Hastet sich auf etwas, das Franny takisianisches Dim Sum nannte. Kleine, exotisch gewürzte und unfehlbar köstliche Gerichte. Um satt zu werden, bestellte man eine ganze Menge von ihnen und bekam am Ende dann eine stattliche Rechnung. Dem sah er nicht sonderlich freudig entgegen. Zwar war es seiner nicht würdig, doch hoffte er inständig, dass Apsaras Vater die Zeche übernehmen würde. Dann fragte er sich, ob *er* nicht eine Einladung aussprechen sollte. Ein hässlicher Gedanke.

Franny wartete in der Lobby, als die Aufzugstür aufging und das Trio erschien. Apsaras Mutter war eine ältere Version ihrer Tochter und genauso schön. Ihr Vater hatte eine Glatze und einen kleinen Bauch, aber keines von beiden tat der Wirkung seiner festen, kräftigen Gesichtszüge Abbruch. Apsara sah in ihrer Polizeiuniform fantastisch aus. Franny unterdrückte ein Seufzen. Er ging auf sie zu, um sie zu begrüßen, und fühlte sich wie ein Riese. Mit seinen knapp einsachtzig überragte er sie alle.

Man stellte sich vor, schüttelte sich die Hände, und dann ging es aus der Lobby ins eigentliche Restaurant. Bevor er eintrat, hielt Franny kurz inne und betrachtete die Gäste. Keiner von ihnen stellte wohl eine Gefahr dar. Dann sah er sich den Raum genau an. Die Decke war weltraumschwarz und golden angemalt mit funkelnden, silbernen Sternen. Hastet höchstpersönlich führte sie an ihren Tisch. Sie war wie aus dem Ei gepellt und trug traditionelle takisianische Kleider.

Er hatte gelesen, dass die Kellner hier früher Tachyon nachgeeifert und sich bunt und überladen gekleidet hatten, doch nachdem der takisianische Doktor nun schon seit fast zwei Jahrzehnten fort war, hatte man diese Affektiertheit aufgegeben. Heute trugen die Kellner schwarze Hosen, weiße Hemden und Fliegen. Hastet brachte ihnen die Speisekarten, während ein Kellner ihre Wassergläser füllte und ein anderer Servietten ausschüttelte und sie ihnen auf den Schoß legte.

Mrs. Chiangmai sah ihn über die Speisekarte hinweg an und sagte mit ihrem leichten Akzent: »Detective Black.«

»Frank, bitte.«

Mit der Anmut einer Tänzerin neigte sie den Kopf. »Frank, Apsara hat uns von Ihren Fällen erzählt. Das klingt ja ziemlich furchterregend. Wie gefährlich ist das für meine Tochter?«

Apsara sah ihn flehend an. Er war sich nicht ganz sicher, was sie wollte, deshalb riet er einfach mal. »Tatsächlich ist es so, Mrs. Chiangmai, dass wir unsere Waffen so gut wie nie ziehen und noch viel weniger abfeuern. Ich will damit nicht sagen, dass es nicht manchmal etwas rauer wird, aber normalerweise kommt man nicht in Lebensgefahr.« Apsaras nächster Blick war dankbar, dann hatte er also richtig geraten.

»Und wie ist Ihr Beruf jetzt so nach Ihrer Beförderung?«, fragte Mrs. Chiangmai. »Apsara hat uns erzählt, dass Sie der jüngste Polizist sind, der jemals zum Detective ernannt wurde.«

Aufgrund politischer Erwägungen, dachte er, formulierte seine Antwort jedoch so neutral wie möglich. »Weniger aktiv. Jetzt mache ich fast nur noch Befragungen.«

»Gefällt es dir?«, fragte Apsara.

Er überlegte. Eigentlich sollte es ihm gefallen, aber er hatte erkannt: »Ich war gern auf Streife. Immer wieder dieselben Leute sehen. Zu hören, wie es ihnen so geht. Aber so sieht die Karriereleiter nun mal aus, wenn man Captain werden will.«

»Und das wollen Sie?«, sagte Mrs. Chiangmai.

»Mein Vater war Captain. Sogar in dem Revier, in dem ich jetzt arbeite.«

»Große Fußstapfen.«

Unbehaglich sah Franny weg. Das Gespräch drehte sich um ihn. Apsara fabulierte. Er merkte, dass sie von Fällen erzählte, die sowohl die Detectives als auch die Streifenpolizisten des fünften Reviers in letzter Zeit betrafen. Mit etwas Glück kannten sich ihre Eltern nicht gut genug mit Polizeivorschriften aus, um zu merken, dass sie flunkerte. Oder um daran zu zweifeln, dass ihre Tochter bei so vielen Verhaftungen beteiligt gewesen war.

Er verlor das Interesse an dem Gesprächsverlauf. Seine Gedanken schweiften zu Abigail. Er hatte ihr seine Hilfe versprochen, war einer Lösung für Croyds Problem aber keinen Schritt näher. Als Abigail und Croyd ein Paar geworden waren, hatte Franny seine Position ausgenutzt, um sich die Akte des Kerls anzuschauen. Sie reichte bis ins Jahr 1950 zurück.

Einige alteingesessene Jokertowner behaupteten, Croyd wäre schon beim Wild Card Day 1946 dabei gewesen. Die Länge und das Alter der Akte deuteten darauf hin, dass dies der Wahrheit entsprach. Bei den gelisteten Vergehen handelte es sich vor allem um Einbrüche und andere Diebstähle. Im Verlauf der Jahre, während der Croyd in Jokertown zu einer festen Institution geworden war, hatte sich in den Köpfen der Beamten in Fort Freak allmählich ein gewisses Mitgefühl für dessen Not eingestellt. Croyds Assfähigkeit führte dazu, dass er keinen Job behalten konnte, und keines der Verbrechen, das er begangen hatte, war wirklich schlimm. So zumindest pflegte man zu argumentieren. Sollte Croyd jedoch seine Drohung wahrmachen und Mick und Rick töten, würde man kein Auge mehr zudrücken. Dann würde Croyd ins Gefängnis wandern.

Franny sah sich erneut im Restaurant um. Wahrscheinlich konnte Croyd sich noch an die Zeit erinnern, als die Kellner wie falsche Tachyons angezogen waren. Verdammt, er konnte sich wahrscheinlich sogar an Tachyon selbst erinnern. An die Zeit, als das Aces High im obersten Stockwerk des Empire State Building noch der Gipfel der Wild-Card-Schickeria gewesen war. Als der Astronom und Fortunato sich über Manhattan eine Luftschlacht geliefert hatten an dem Tag, an dem Frannys Vater gestorben war.

Er ist sehr leicht zu beeinflussen. Die Worte von Dr. Finn fielen ihm wieder ein, und er hatte eine Idee. Eine verrückte Idee, aber es war die erste, die nicht beinhaltete, dass Croyd überwältigt, in Handschellen gelegt und unter Verschluss gehalten wurde, bis das Ass einschlief.

»Äh hä«, sagte Franny zustimmend, als Apsaras Sprachmelodie deutlich machte, dass sie ihn etwas gefragt hatte. Den erstaunten Mienen ihrer Eltern nach zu urteilen war es nicht die richtige Reaktion gewesen. »Entschuldigt mich bitte für einen Moment.«

Franny verließ den Tisch und ging zur Toilette. Er wusch sich die Hände, spritzte sich Wasser ins Gesicht und schaute in den Spiegel. Würde Abby ihn für verrückt oder einfach nur dumm halten, wenn er ihr diesen Plan mitteilen würde? Er merkte, dass er kein Essen durchstehen wollte, während dem Apsara ihre Eltern verarschte. Er fand sie nett, aber er wollte dabei nicht mitmachen. Außerdem wollte er Abby anrufen und seinen Plan *auf der Stelle* ins Werk setzen. Und er hatte die perfekte Ausrede. Denn die Pflicht rief.

Er kehrte an den Tisch zurück. »Ich habe einen Anruf bekommen wegen eines Falls, an dem ich gerade arbeite«, erklärte er. »Ich fürchte, ich muss euch verlassen.«

»Das verstehen wir natürlich, wenn die Pflicht ruft«, sagte Mr. Chiangmai überschwänglich. Als der ältere Mann die Worte laut aussprach, schämte sich Franny so sehr, dass er fast geblieben wäre, aber nur fast.

Der eiskalte, stechende Blick Apsaras machte deutlich, dass sie es keineswegs verstand.

♥

»Also, was meinen Sie?«, fragte er Abigail, nachdem er ihr seinen Plan beschrieben hatte.

Nachdem Franny sich um das feine Abendessen gedrückt hatte, saß er jetzt in einem Burgerladen. Ein großzügig in Ketchup getunktes Pommes hing vergessen zwischen Abbys Fingern.

»Ich finde, das ist vollkommen wahnsinnig oder wahnsinnig genial.«

»Aber ich würde Ihre Hilfe brauchen, um es durchzuziehen.«

»Im Theater ist heute Abend keine Vorstellung, da ist niemand, und ich glaube nicht, dass der Direx was dagegen hat, dass ich etwas aus dem Fundus ausleihe.« Sie hielt den Kopf auf diese Art schief wie die Rotkardinale, die im Garten seiner Mutter in Saratoga immer an die Vogelfutterstelle kamen. »Aber wir sollten lieber davon ausgehen, dass es okay ist, statt erst zu fragen.«

»Lieber um Entschuldigung als um Erlaubnis bitten?«, sagte Franny.

»Das gefällt mir. Ich glaube, das mache ich zu meinem Motto.«

Sie verdrückten ihre Burger. Abbey kramte nach ihrem Geldbeutel, doch Franny streckte abwehrend die Hand aus. »Lassen Sie mich das übernehmen.«

Unter ihrem Pony hervor funkelte sie ihn warnend an. »Das ist *kein* Date.«

»Ganz und gar nicht«, pflichtete er ihr hastig bei. »Aber Sie sind eine am Hungertuch nagende Künstlerin, und ich bin befördert worden.«

»Na gut, von mir aus.«

Er bildete sich ein, sie würde erleichtert wirken.

♣

Drei Stunden später, im Treppenhaus eines Wohnhauses in Chinatown, half Abby ihm in das Kostüm, das sie aus dem Jokertown Rep »ausgeliehen« hatten. Es war für eine Inszenierung von *Cyrano* verwendet worden, aber so todschick es Anno 1680 auch gewesen sein mochte, Franny war klar, dass er darin bescheuert aussah.

Abby zupfte die Hemdrüschen unter den breiten Ärmelaufschlägen des Paisleymantels hervor, damit sie über die Hände hingen. Die kniehohen Stiefel waren ihm zu groß, sodass er nur schlurfen konnte, was angesichts der schulterlangen grauen Perücke, die Abby ihm besorgt hatte, wohl auch angemessen war. Der Mantel und die Hose waren zu klein und gestatteten ihm nur, sehr flach zu atmen. Die Feder an seinem Musketierhut hing ihm ins Auge, und er blies sie genervt nach oben. Abby musste sich einen Fingerknöchel in den Mund stecken, um nicht laut herauszulachen.

»Okay, fertig?«, fragte Abby.

»Nein. Wenn mich jemand in dieser Aufmachung sieht, werde ich … werde ich …« Ihm fehlten die Worte.

»Unsinn, Sie sehen … Sie sehen …« Wieder wurde sie von einem Kicheranfall übermannt.

»Ja, genau das«, sagte er mürrisch.

Sie verließen das Treppenhaus und gingen den Flur entlang. Durch die Wohnungstür hörten sie sowohl einen Fernseher als auch ein Radio.

»Vielleicht schläft er, und deswegen sind beide an«, flüsterte er.

Abigail schüttelte den Kopf. »Wahrscheinlich nicht. Wenn er nicht schlafen will, versucht er, sich ununterbrochen Reizen auszusetzen«, flüsterte sie zurück. »Okay, viel Glück. Er darf mich hier nicht sehen, sonst merkt er, dass etwas nicht stimmt.«

»Sie holen mich hier raus, wenn es schiefgeht, okay?«, fragte Franny klagend, während sie zu der Tür zum Treppenhaus zurückeilte.

Sie lächelte ihn an und zeigte ihm den erhobenen Daumen. Franny schüttelte sich, stand vor der Tür, versuchte, tief Luft zu holen, und hielt den Generalschlüssel in der Hand, den er vom Hausverwalter bekommen hatte, nachdem er ihm seine Marke gezeigt hatte. Er durfte gar nicht daran denken, gegen wie viele Gesetze er gerade verstieß. Er steckte den Schlüssel ins Schloss, machte die Tür auf und huschte hinein.

Sein erster Gedanke war, dass Gerüche über Masse und Dichte verfügen konnten. In dem Zimmer roch es nach Pizza, Brathähnchen, Bier und Schweiß. Eine bullige, hohläugige Gestalt mit einer Haut wie aus zerfurchtem Fels, die eine weite Jogginghose und ein T-Shirt trug, sprang von einem Sessel auf und ballte die Hände zu Fäusten. Die einzelnen Finger verschmolzen zu den Köpfen zweier massiver, hautfarbener Hammerköpfe.

»Sei gegrüßt!«, sagte Franny. Mit ausladender Geste nahm er den Federhut vom Kopf. »Ich bin ein takisianischer Anthropologe, und ich wurde im Auftrag der Sternenliga ausgesandt, deine Hilfe zu erbitten bei der Prüfung, ob oder ob nicht die Erde bereit ist, sich unserer glorreichen Hegemonie anzuschließen.«

Croyd glotzte ihn an.

Diesen Schwachsinn kann niemand glauben. Franny beäugte die riesigen Hände. Ja, er würde sterben. Verzweifelt plapperte er weiter. »Wir sind zu der Überzeugung gelangt, dass du derjenige Mensch bist, der diese Aufgabe am besten erfüllen kann, da du dich sowohl in niederen als auch in hohen Kreisen bewegst.«

Croyd runzelte die Stirn. »Was soll das heißen?«

»Unter Kriminellen und Nichtkriminellen«, erläuterte Franny.

»Hat Tachy dich geschickt?«, fragte Croyd.

»Äh … ja … ja, das tat er.« Franny betete, dass Croyd nicht nach Einzelheiten über den außerirdischen Doktor fragen würde.

Croyd wandte sich ab. »Ich kann nicht. Ich muss mich um diese Schweinehunde kümmern, die Joker entführen.« Er ging im Zimmer auf und ab, seine Schritte polterten auf dem Linoleumboden. »Sie haben es auf mich abgesehen. Aber wenn ich diese Jungs umgelegt habe, bin ich gern bereit.«

»Nicht nötig.« Franny zog ein kleines Diktiergerät heraus. »Dieses Gerät wird nicht nur deine Gespräche mit den Bürgern dieser Welt aufzeichnen, sondern dich auch gegen jedweden Angriff schützen.«

Unter der lächerlichen Perücke lief Franny der Schweiß an den Koteletten herab. Bei Frannys Pech würde Croyd wahrscheinlich überfallen werden, während er das Gerät bei sich hatte. Dann würde er Franny suchen und ihn wie einen Zeltpflock in den Boden schlagen. Andrerseits sah Croyd momentan wie eine Statue von den Osterinseln aus. Niemand, der noch ganz richtig im Kopf war, würde ihn überfallen. In

Jokertown war »richtig im Kopf sein« allerdings wiederum sehr unscharf definiert.

Croyd rieb sich mit einer inzwischen wieder halbwegs normal geformten Hand übers Gesicht. Das Schmirgeln von Fels auf Fels war selbst bei laufendem Fernseher und Radio zu hören.

»Tja, das ist schön und gut für *mich*, aber sie werden sich jemand anders schnappen. Nee. Ich bring sie um.«

»Nein! Das wirst du nicht. Sie haben damit nichts zu tun.« Croyd drehte sich wieder zu ihm um, die Augen tief unter den vorstehenden und misstrauisch gerunzelten Augenbrauen vergraben.

»Und woher zum Teufel willst du das wissen? Ich bin doch anscheinend der Experte hier. Zumindest, wenn man dir Glauben schenkt.«

»Wir haben Jokertown vom Weltraum aus beobachtet. Sie haben niemanden entführt.«

»Wenn ihr vom Weltraum aus beobachten könnt, weshalb zum Donnerwetter braucht ihr dann mich?«

»Wir können nicht …« Sein Gehirn schien panisch nach Ideen zu haschen und sie dann wieder zu verwerfen. »Können nicht … hören, was sie sagen.«

Das kaufte Croyd ihm erstaunlicherweise ab. Er brummte. »Okay. Und was springt für mich heraus?«

Panisch dachte Franny nach. »Die erste menschliche … Delegation zur Sternenliga.« Er hoffte, dass sich das für Croyd nicht so piefig anhörte wie für ihn.

»Dann komme ich in den Weltraum?«

»Ja, auf einem Raumschiff.« Franny zuckte zusammen.

Zum Glück war Croyds Urteilsvermögen wegen der Erschöpfung und der vielen Medikamente, die er intus hatte, nicht so unnachgiebig wie der Fels, dem er ähnelte. »Cool«, sagte er. Er nahm das Diktiergerät. »Und damit bin ich wirklich sicher?«

»Absolut. Das garantiere ich dir. Schalt es einfach ein, wenn du unterwegs bist.«

»Okay.«

»Und bitte töte niemanden, während du für mich arbeitest. Dann hätte ich nämlich keine guten Karten, dich als Delegierten bei der Liga vorzustellen. Nun, ich muss gehen.«

Franny eilte zur Tür. »Hey«, rief Croyd ihm nach. »Wie bist du hereingekommen?«

»Außerirdische Technologie«, gab Franny zurück und floh. Er wusste, dass er schnell Land gewinnen musste, deshalb ging er lieber zum Aufzug als zur Treppe.

Zum Glück war niemand im Hauseingang. Franny warf den Schlüssel in den Briefschlitz an der Tür des Verwalters, verließ das Haus und holte sein Handy heraus, um Abby anzurufen und ihr den Treffpunkt zu nennen. Da hörte er sich nähernde Schritte, und er verschwand auf die Treppe, die zu den Kellerwohnungen führten.

»He, Sie!«, schallte die unverwechselbare piepsige Stimme seines ehemaligen Partners Bill Chen. »Treten Sie ins Licht, damit ich Sie sehen kann. Was machen Sie hier?« Das kräftige Licht einer Polizeitaschenlampe blendete Franny ins Gesicht.

Ja, Franny war überzeugt, dass er der mit Abstand größte Pechvogel war. Bill wohnte in Chinatown, und natürlich wollte es der Zufall, dass er ihm über den Weg lief, wenn dieser gerade vom Dienst nach Hause ging. »Ganz ruhig, Bill, ich bin's«, sagte Franny, trat aus dem Schatten und nahm Hut und Perücke ab.

Ein Grinsen zog Bills Gesicht bei Frannys Anblick in die Breite. »Halloween ist erst in ein paar Monaten.«

»Kostümparty.«

»Weißt du, was du brauchst? Ein bisschen Bling-Bling.« Und Bill machte seinen Schlagstock los, pfiff und zeigte mit ihm auf Franny. Der wollte ausweichen, doch in den übergroßen Stiefeln stolperte er. Kurz darauf hüllte ihn ein rosafarbener Glanz ein, in dem Sterne funkelten.

»Tinkerbill! Du *Arsch*!«

In diesem Augenblick tauchte Abby auf. Bill sah erst sie, dann Franny an und lachte schnaubend.

»Habt einen schönen Abend«, sagte Billy und ging schlendernd weiter.

♣ ♦ ♠ ♥

Die Todgeweihten

Teil 5

Marcus schwitzte schon ziemlich. Er trainierte seine Bizepse durch langsame Armbeugen mit Hanteln. Er betrachtete die straffen Muskelausbuchtungen, versuchte sich zu konzentrieren, nicht an Pater Squid zu denken, an Olena oder die Kämpfe oder Dmitris Geistreisen. Es gelang ihm nicht sonderlich gut, aber es war besser, etwas zu tun, als bloß auf seinem Bettgestell herumzuliegen. Asmodeus kam in den Trainingsraum, doch das fiel Marcus erst auf, als der Joker den Mund aufmachte.

»Muskeln sind nicht alles«, bemerkte Asmodeus. Mit seiner schlanken, hoch aufgeschossenen Gestalt schlenderte er lässig auf Marcus zu. »Ich trainiere nicht. Brauch ich nicht. Fünf Kämpfe, und jedes Mal war ich Sieger. Du fragst dich wohl, wie ich das mache, was?«

»Leck mich.«

Über die selbstgefällige Visage des Jokers huschte ganz kurz eine Andeutung von Ärger, war dann aber wieder verschwunden. »Ich dachte, das erledigt Olena schon für dich. Aber ach, du hast sie ja gar nicht mehr, oder?«

Marcus sah ihn finster an, der Umstand, dass der Joker überhaupt ihren Namen in den Mund nahm, widerte ihn an, und er hasste sein Grinsen und die Art, wie er seine Zungenspitze zeigte. Noch ehe er zur Tat schritt, wusste er bereits, was passieren würde, aber das hielt ihn nicht davon ab. Er stürzte sich auf Asmodeus, angetrieben von seinen langen Schwanzmuskeln. Seine Fäuste, in denen er die Hanteln hielt, schossen nach oben. Beinahe hätte er dem Joker eine davon ins pickelige Gesicht gerammt.

»Dmitri!«, rief Asmodeus.

Schon beim Erklingen des Namens erstarrte Marcus. Das Ass schlurfte gelangweilt wie immer ins Zimmer. Er lehnte sich gegen die Wand. Seine toten Augen waren auf Marcus gerichtet ohne eine Spur tatsächlichen Interesses.

»Ja, sie haben mich mit Dmitri hergeschickt«, erklärte Asmodeus. Er zog einen Stuhl heran und lehnte sich auf ihm zurück. »Ich bin nicht hier, um mich mit dir zu kabbeln. Baba Yaga hat es gar nicht gefallen, wie du dich bei deinem letzten Kampf geschlagen hast. Sie will, dass ich dich trainiere.«

Marcus machte mit seinen Armbeugen weiter und grummelte: »Ich hab gewonnen, oder?«

Dem konnte niemand widersprechen. Der Kampf hatte nur ein paar Minuten gedauert. Der Joker, der gegen ihn angetreten war, hatte wie einer der Trolle in dem alten Zeichentrickfilm von *Der Hobbit* ausgesehen. Mit seinem aufgerissenen, mit krummen Dolchzähnen gespickten Riesenmaul war er auf Marcus zugestürmt. Marcus hatte ihm mit dem Schwanz die Beine weggefegt. Dann, als der Gegner am Boden lag, hatte er sich auf seinen Rücken geworfen und sein Gesicht auf den Stein gehämmert. Er hatte noch das Geräusch der splitternden Zähne im Ohr, die weggespritzt waren und Blutfäden hinter sich hergezogen hatten. Er hatte ihm das Gesicht zu Brei geschlagen und den Kerl seither nicht mehr gesehen. Eigentlich wollte Marcus, dass ihm der Typ mehr leidtat. Es war nicht richtig, jemandem so wehzutun. Das wusste er zwar, empfand es aber nicht. Es gab eine Seite in ihm, die Gefallen an den gebrochenen Zähnen und ihren dünnen Blutspuren fand.

»Ja, du hast ihn übel zugerichtet, aber Baba Yaga will, dass wir kämpfen und uns nicht gegenseitig umbringen. Und du hättest es besser inszenieren können. So wie ich das immer mache. Ich halte meine Gegner eine Weile hin, bevor ich sie fertigmache. Aber was Baba Yaga letztlich angekotzt hat, das war die Sache mit dem Publikum.«

Es hatte ihm nicht gereicht, den Troll zu zerlegen. Marcus war so in Rage geraten, dass er gegen die Zuschauer Sturm gelaufen war, nachdem er den Kerl vermöbelt hatte. Er war gegen die Glasscheibe gerannt, war davon abgeprallt und hatte brüllend dagegen gehämmert. Er hatte sich hoch aufgerichtet und an dem Netz über der Glasabsperrung gerissen und gezerrt. Schon hatte er geglaubt durchzukommen. Er musste nur stark genug daran reißen, eine Schwachstelle finden. Wäre er durchgekommen, hätte er die Zuschauer ebenfalls zerlegt. Er hätte sie auseinandergerissen, sie gebissen, sie zermalmt. Erst als Dmitri in seinen Kopf eingedrungen und ihn in seine ganz eigene Hölle geschickt hatte, hatte er abgelassen. Es war weit schlimmer gewesen als beim ersten Mal.

Als er allein in seinem Zimmer wieder von dem Trip zurückkehrte und Olena nirgends zu sehen war, hätte er fast den Verstand verloren.

»Wenn du so was noch mal machst, wird Dmitri lange Zeit in deinem Kopf verbringen«, sagte Asmodeus. »Benutze deine Wut, lass dich nicht von ihr ausnutzen. Wenn du das in den Griff bekommst, wird alles gut. So, das war meine gute Tat für heute.« Er stand auf. »Ich muss mich ausruhen. Hab heute Abend einen Kampf. Wenn der vorbei ist …« Er grinste. »Dann geht es ab nach Poltawa. Es geht nichts über eine ukrainische Muschi, was?« Er schlenderte hinaus.

Marcus sah ihm nach und hatte den Eindruck, dass Asmodeus mit jedem Schritt einen weiteren Nagel in sein Herz rammte. Als er die Türschwelle erreichte, rief ihm Marcus nach: »Hey! Gegen wen kämpfst du?«

Der Joker wirbelte auf dem Absatz herum und funkelte ihn belustigt und herausfordernd an. »Weshalb willst du das wissen?«

♠

Marcus' Knöchel waren vom Klopfen schon ganz wund. Seltsam, dass er ohne Probleme Leute verdreschen konnte, aber zusammenzuckte, wenn er einfach nur an eine Tür klopfte. Doch die Schmerzen waren nicht nur körperlich.

»Pater, ich bin's! Ich gehe nicht, bevor Sie nicht aufmachen.«

Keine Reaktion.

Hinter ihm ging das Leben in der Anlage weiter. Joker lungerten herum, tauschten Beleidigungen aus, plusterten sich auf. Mädchen. Getränke. Zeitvertreib. In gewisser Weise war alles genau so wie beim ersten Mal, als er es gesehen hatte. Doch änderte sich auch manches, langsam, allmählich, fast unmerklich. Je mehr sie kämpften, desto mehr blieb die Gewalt aus dem Ring an den Gladiatoren haften.

Für Marcus war es wie ein Geruch, der an ihm klebte. Manchmal fiel er ihm gar nicht auf, doch manchmal bemerkte er ihn, und seine Muskeln spannten sich an, sein Gesichtsausdruck verhärtete sich, und alles und jedes war eine Beleidigung. Wartcake hatte er am Büfett das Tablett ins Gesicht gerammt und hätte ihn noch mehr vermöbelt, hätte er nicht Dmitris Tasten gespürt. Später konnte er sich gar nicht mehr erinnern, was ihn so aufgebracht hatte. Immer häufiger spielte der Auslöser überhaupt keine Rolle mehr. Es zählte nur noch das Bedürfnis nach Gewalt.

Was das Ganze noch schlimmer machte, war der Umstand, dass er sich nicht mehr an Pater Squid wenden konnte. Am Abend seines Kampfes war der Priester benommen, zutiefst erschüttert, beschämt und schweigend zurückgekommen. Seither hatte er sich in seinem Zimmer eingeschlossen. Marcus hatte mehrere Male versucht, ihn herauszuholen. Doch der Pater hatte jegliche Nahrung und Kommunikation verweigert. Nicht einmal Dmitris Gedankenmanipulation schien ihn zu beeindrucken. Er war jenseits von Gut und Böse. Marcus hatte ihn beten gehört. Einmal hörte er ein sich regelmäßig wiederholendes »Klatsch! Klatsch! Klatsch!«. Er wollte sich gar nicht vorstellen, was das zu bedeuten hatte.

Gegen die Tür gelehnt sagte er: »Sie können nicht ewig da drinbleiben.«

Nichts.

»Glauben Sie, Sie wären der Einzige, der sich wie ein Tier fühlt?«, blaffte Marcus. »Dann habe ich Neuigkeiten für Sie: So fühlen wir uns alle! Manche mögen das. Ich mag's nicht. Aber … ich bin es müde, dagegen anzukämpfen. Wissen Sie? Es ist schwer. Es ist viel leichter nachzugeben.« Er hielt inne, ballte wieder die Fäuste und legte seine Knöchel an das Holz. »Was ist mit dem ganzen Kram, den Sie mir erzählt haben? Dass es nicht meine Schuld sei. Dass es an diesem Ort liegt, der mich verrückt macht. Wenn das für mich gilt, dann gilt es auch für Sie.«

Von hinter der Tür war ein Geräusch zu hören, ein Schnupfen und Murmeln, das er nicht richtig verstand. Es hörte sich nach Beten an.

Genervt sagte Marcus: »Sei's drum, Pater. Ich mache weiter. Nur damit Sie's wissen, ich kämpfe heute Abend wieder. Ich müsste nicht mal, aber ich will. Genau. Die haben mir Olena weggenommen. Wahrscheinlich glauben Sie, das wäre besser so, aber Sie waren ja auch nie verliebt.«

Schlagartig brach das Beten ab.

»Da ist was zwischen uns. Das ist echt. Es ist nicht so, wie Sie denken. Sie ist das einzig Gute an diesem Ort, und sie haben sie mir weggenommen. Wenn ich nichts unternehme, wird Asmodeus …« Er brachte die Worte nicht heraus. »Das werde ich nicht zulassen. Und deshalb kämpfe ich heute

Abend – für sie. Was bleibt mir sonst noch, wofür ich kämpfen könnte?«

Nachdem ihm die Worte ausgegangen waren, ließ die Dringlichkeit bei ihm nach. Er seufzte und stieß sich von der Tür ab. »Egal, mehr wollte ich nicht sagen. Ich gehe jetzt. Wir sehen uns dann halt irgendwann mal.«

Er drehte sich um und ging ein paar Schritte, bevor er die Tür aufgehen hörte. Pater Squid sah durch den Spalt heraus, mit eingefallenem Gesicht und Tränen auf den Wangen. »Marcus … Du irrst dich. Ich war einmal verliebt. Ich hätte alles getan, um sie zu bewahren oder denjenigen zu bestrafen, der …« Er brach ab. Blinzelnd holte er Luft und sagte: »Komm rein, mein Sohn. Ich erzähle dir davon. Ich erzähle dir von meiner Lizzie. Und du kannst mir von deiner Olena erzählen.« Er trat zurück und ließ die Tür offen, damit der junge Mann eintreten konnte.

♦

»Ein dummer Zug, Junge«, sagte Asmodeus. »Das Dümmste, was du bisher getan hast.«

Der Joker war flinkfüßig. Er bewegte sich, als glitte er über Eis, trügerisch, anmutig. In seiner hautengen Jeans und dem weißen T-Shirt hätte er ein Tänzer aus der *West Side Story* sein können. Allerdings sang er nicht.

Marcus setzte ihm nach. Mit geschmeidiger Zielstrebigkeit schlängelte er ihm nach. Er wollte ihn schlagen, wollte spüren, wie seine Fäuste auf sein Gesicht trafen. Er trieb Asmodeus gegen die Wand des Rings, ließ den Schwanz nach links schnellen, um dem Joker dort den Weg zu versperren, und stürzte in einem Bogen von rechts auf ihn zu. Er feuerte seine Zunge ab. Triefend vor Gift schoss sie aus seinem Mund hervor.

Asmodeus blockte sie mit seiner Handfläche ab. Ein feuchtes Klatschen war zu hören, es spritzte ihm ins Gesicht, und sein Arm wurde zurückgestoßen. Er wirbelte zur Seite und schüttelte den Schmerz aus. *Viel Erfolg*, dachte Marcus. Sein Gift würde auch so wirken. Hautkontakt. Mehr brauchte es nicht. Marcus bog sich noch immer in einem Halbkreis um seinen Gegner und wartete darauf, dass dieser schwächer wurde. Er wollte seine Miene sehen, wenn das Gift wirkte, und dann würde er ausholen und ihm die Fresse polieren und ihn fertigmachen.

Asmodeus sah Marcus an. Doch schien ihm sein bevorstehendes Ende nicht bewusst zu sein. Er grinste und wischte sich die Tropfen von der Stirn. »Dein Gift ist Kacke«, sagte er. »Für mich ist das nicht mehr als Mundgeruch. In mir steckt auch etwas von einem Reptil. Ich produziere mein eigenes Gift. Das verspritze ich mit meinem Sperma.« Er grinste noch breiter. »Die Mädels lieben es. Vor allem Olena. Sie meint, meine Wichse macht sie ganz heiß.«

Marcus griff an und schlug mit aller Kraft zu. Asmodeus wollte über seinen Schwanz springen, doch Marcus riss ihm die Beine weg. Während der Joker fiel, versetzte Marcus ihm Schläge gegen den Hinterkopf. Es war ein hässlicher, unbeholfener Kampf, doch er ließ nicht nach und prügelte auf den Joker ein, bis dieser auf den Knien war. Marcus packte ihn an den Haaren, riss seinen Kopf hoch, um ihn mit dem Gesicht voraus auf den Boden zu klatschen.

Asmodeus krümmte sich. Verblüfft ließ Marcus ihn los. Vielleicht wirkte das Gift jetzt doch. Auf allen vieren würgte der Joker wie eine Katze, die ein Haarbüschel ausspeit. Sosehr Marcus ihn umbringen wollte, so wollte er doch, dass alle sahen, wie erbärmlich Asmodeus war. Er wollte, dass Olena seine Erniedrigung sah.

Mit einem furchtbaren Husten würgte Asmodeus etwas aus seinem Mund hervor. Es landete klappernd auf dem Boden. Er griff nach dem Ding, sprang auf und stieß damit nach Marcus' Brust. Ein Messer. Die Klinge hinterließ einen Schnitt von einer Schulter bis zur anderen. Allerdings war er nicht tief. Marcus schlug nach Asmodeus, doch der duckte sich weg und traf seinerseits Marcus' Kinn. Er drehte sich weg und schlitzte Marcus die Stirn bis zum Knochen auf. Blut spritzte hervor.

Lachend tänzelte Asmodeus auf Abstand. Er deutete auf das Publikum, hob das Messer und wedelte damit herum. »Das ist meine Gabe, Junge«, rief er. »Wenn du mir mehr Zeit lässt, würge ich dir ein Samuraischwert heraus. Doch das wäre in diesem Fall zu viel des Guten.«

Wieder trafen die beiden aufeinander. Asmodeus stach mit dem Messer zu und wich aus, landete hin und wieder einen Tritt. Marcus wollte seine Zunge keiner Gefahr aussetzen, weshalb er nicht auf Abstand ging und weiterprügelte. Er wusste, dass er Schnittwunden erlitt, aber er spürte sie nicht. Er sah fast nichts, aber das war egal. Die Stimme in seinem Kopf feuerte ihn an, dass er töten solle. Sie brüllte und fluchte und drosch auf sein Gehirn ein. Der Lärm war unglaublich.

Asmodeus stieß das Messer in Marcus' Schwanz. Der Schmerz warf Marcus zur Seite. Vor lauter Blut sah er nichts mehr, wie sehr er sich auch mühte, die Augen frei zu wischen. Kurz überkam ihn schiere Panik, als ihm klar wurde, dass er durchaus verlieren konnte. Ohne sich um die Klinge zu kümmern, fasste Marcus blindlings nach dem Gegner, zog ihn heran, in seine Arme, stieß seine blutige Stirn in Asmodeus' Gesicht. Er drückte ihn nach unten und wand mehrmals seinen Schwanz um ihn. Asmodeus schlug wild um sich und kreischte, doch Marcus hielt seine Arme fest. Sein Schwanz ringelte sich um ihn. Dann ließ er die Arme los und wickelte sich nur weiter um Asmodeus und drückte und drückte und drückte …

♥

Als Marcus erwachte, dachte er: *Ich habe getötet. Das kann ich nie wieder rückgängig machen.* War er jetzt ein anderer Mensch? Noch war er sich nicht sicher. Er hatte ihn nicht töten wollen. Nicht wirklich. Er wusste nicht genau, was er empfand. In der Arena war alles anders. Außerhalb der Arena … nun, es wurde immer schwerer zu unterscheiden. Selbst Pater Squid hatte das zugegeben. Wenn er an den Priester dachte, stieg ihm die Scham heiß ins Gesicht.

Olena saß auf seiner Bettkante. Sie war angezogen, saß nach vorn gebeugt, den Kopf in den Händen. Sie musste gespürt haben, dass er aufgewacht war, denn ohne sich zu ihm umzudrehen, sagte sie: »Baba Yaga macht dir Versprechen.«

Marcus streckte die Hand aus und legte sie auf ihren Rücken.

Olena fuhr ihn an: »Nein! Du darfst mich nicht berühren.«

»Warum?« Marcus setzte sich auf.

»Wegen Asmodeus.«

»Um den habe ich mich gekümmert. Der spielt keine Rolle mehr.«

»Und ob. Baba Yaga ist stinksauer. Du hast ihn nicht töten sollen.«

»Er hatte ein Messer! Er wollte mich umbringen. Das haben doch alle gesehen. Ich habe …« Marcus wollte seinen eigenen Worten Glauben schenken, doch es war nicht einfach, sie auszusprechen. »… mich nur verteidigt.«

»Aber du hattest keine Erlaubnis. Sie hat nicht gesagt, dass du ihn töten darfst. Und deshalb ist sie sauer. Oh, und wie! Du hast keine Ahnung.«

»Na und? Was kümmert es dich, ob sie sauer auf mich ist? Sie ist eine alte …«

Olena sprang auf und drehte sich zu ihm um. »Blödmann! Sie ist nicht nur auf dich sauer. Sie ist sauer auf mich. Sie glaubt, dass ich dich angestachelt habe. Das habe ich nicht. Ich habe nicht gesagt, dass du ihn töten sollst!«

»Okay«, sagte Marcus und versuchte sie zu beruhigen. »Das erkläre ich ihr. Ich werde ihr sagen, dass es nicht deine Schuld ist.«

»Du verstehst gar nichts. Sie wollte dich töten, Marcus! Ich habe um dein Leben gefleht. Du hast keine Ahnung, wie sehr ich gefleht habe. Sie hat nicht auf mich gehört, aber die Zuschauer – auf die hört sie. Das Publikum war voll aus dem Häuschen. Die fanden es toll zuzusehen, wie du ihn getötet hast. Jetzt wollen sie mehr davon. Sie sind bereit zu zahlen. Riesige Summen. So viel, dass Baba Yaga es sich anders überlegt. Sie lässt sich etwas Besseres einfallen, als dich zu töten. Ich erkläre es dir. Sie hat dir Versprechen gemacht und mir befohlen, es dir zu sagen. Deshalb bin ich hier. Um es dir zu sagen.« Unter dem Vorhang aus wirrem schwarzem Haar sah Olena ganz elend aus. Und schön. Schöner als alles, was Marcus je gesehen hatte. »Sie sagt, dass du noch einmal kämpfen musst. Sie sagt …«

Da sie zögerte, rutschte Marcus nach vorn und packte sanft ihre Arme. »Was hat sie gesagt?«

Sie entzog sich ihm und hatte große Mühe weiterzusprechen. »… es soll ein Kampf auf Leben und Tod werden. ›Du und der andere Unruhestifter‹, sagt sie. ›Warum sollen wir sie nicht gegeneinander kämpfen lassen?‹ Damit verdient sie viel Geld. Risikospieler aus Moskau, Milliardäre aus China. Vietnam. Sie wollen großen Todeszweikampf sehen. Das ist deine einzige Chance zu überleben. Es ist meine einzige Chance zu überleben. Aber, Marcus, wenn du kämpfst und gewinnst, dann lässt sie uns beide gehen. Das hat sie gesagt.«

Marcus zögerte nicht mit einer Antwort. Die Worte kamen direkt aus dem Herzen über seine Lippen. Und damit war alles gesagt. Er war entschlossen.

♣♦♠♥

Das große Bluten

Teil 7

»Diversified Content.«

Der Stimme nach handelte es sich bei der Assistentin um eine junge Frau, nicht älter als Anfang zwanzig, die etwas auf sich hielt. Zumindest gewann Jamal Norwood diesen Eindruck, als er in Bermans Büro anrief.

Jamal brachte sein Anliegen vor. »Ich würde gern mit Mr. Berman sprechen.«

»Und Sie sind?«

Da war es mal wieder! Als hätte Jamal sie bei einer Krebsheilung unterbrochen oder, wahrscheinlicher noch, beim Ausbessern ihres Nagellacks.

»Jamal Norwood, auch als Stuntman bekannt. Mr. Berman kennt mich.«

Die Assistentin seufzte, als wäre die Anstrengung, ihre eigentliche Aufgabe zu erfüllen, eine Zumutung. »Einen Augenblick.«

Die Warteschleifenmusik bestand aus von hundert Streichern eingespielten Versionen der Titelsongs alter Fernsehserien von Berman. Woraus Jamal schloss, dass Diversified aus mehr als nur einem Logo, Berman und einer Assistentin bestand – dass es eine richtige Produktionsfirma sein konnte.

Das Büro des ehemaligen Produzenten von *American Hero* befand sich im Brill Building an der Kreuzung Broadway und neunundvierzigster Straße, gleich nördlich des Times Square. In den vergangenen siebzig Jahren war das Gebäude die Heimat unterschiedlichster Songschreiber, Broadway-Impresarios und aufstrebender TV-Produzenten gewesen. Jamals Recherche mithilfe der SCARE-Datenbanken hatte ergeben, dass ein Büro im fünften Stock Diversified Content gehörte, ein Name, der perfekt zu Bermans kriecherischem Eigendünkel passte.

Mit ein wenig altmodischer Nachforschung hätte Jamal herausgefunden, ob es sich um ein richtiges Unternehmen handelte oder nicht – gelistet war DC als Unternehmen mit »weniger als zwanzig« Mitarbeitern, was neunzehn oder auch nur einen bedeuten konnte. Mit einem Mitarbeiter hätte er leichtes Spiel. Ein Dutzend jedoch oder mehr, und Jamals inoffizielle Mission wäre aufgeflogen.

Er hatte in Erwägung gezogen, Berman in seiner Wohnung auf der Upper East Side unangemeldet aufzusuchen und zu befragen, vor allem, da es eine größere Herausforderung dargestellt hatte, an diese Adresse zu gelangen. (Denn die Wohnung gehörte einer anderen der unzähligen Dienstleistungsfirmen des Produzenten.)

Aber solche Überfälle ließen sich nur schwer durchführen, wenn man es eilig hatte und wenig Zeit. Natürlich konnte man sich vor der Wohnung auf die Lauer legen und ihn auf dem Weg zur Arbeit abfangen, wenn man die Zeit dafür hatte – aber Jamal hatte sie nicht.

Die andere Möglichkeit war, ihn abzufangen, wenn er nach Hause kam – aber das hätte genauso um sieben oder auch erst um zehn Uhr abends nach einem Geschäftsessen sein können.

Er wollte nicht drei oder vier Stunden mit Warten zubringen, ohne dass es etwas brachte.

Eine kurze Kosten-Nutzen-Rechnung brachte Jamal zu der Überzeugung, dass er Berman einfach bei Diversified anrufen sollte. Und jetzt hatte er ihn am Hörer. »Jamal Norwood, Donnerwetter!«

Jamal fragte sich, wer sonst noch mit ihm in dem Büro war. »Hab ich jetzt einen zweiten Nachnamen?«

»Das ist dein zweiter Nachname seit 2007«, sagte Berman lachend. »Bei mir.«

»Oh, gut, ich habe schon befürchtet, das würde ein Streitpunkt werden«, sagte Jamal.

»Dir war ja klar, dass es gefährlich ist, mich anzurufen«, sagte Berman. »Was hast du auf dem Herzen? Geht es um einen neuen Job? Willst du dich vom Agentendasein verabschieden?«

»Was für ein neuer Job?«

»Wie ich höre, bist du auf der Wunschliste von Cinemax für *I Witness*.«

Kurz war Jamal so verblüfft, dass er nichts herausbrachte. Es war durchaus möglich, dass Berman etwas von dem Drehbuch wusste – Drehbücher schwirrten in Hollywood umher wie die Flugschirme der Pusteblume. Doch selbst Jamal hatte noch nicht gewusst, dass das Projekt nun bei Cinemax war … was es als Alternative zu SCARE ein wenig attraktiver machte. Vorausgesetzt, Jamal wäre jemals wieder kräftig genug, um Stuntman sein zu können. »Nein«, sagte er und hoffte, dass sein Tonfall mehr Zuversicht ausstrahlte, als er empfand. »Ich arbeite noch immer für das Wohl der Nation.«

»Armer Kerl. Was gibt's?«

»Ich muss dir ein paar Fragen stellen. Zu einer Ermittlung.«

Plötzlich hatte Berman nicht mehr die Lautsprecher eingeschaltet. »Habe ich deine Versetzung zur Steuerfahndung verpasst?«

»Würde es die Sache beschleunigen, wenn ich behaupten würde, das wäre eine Betriebsprüfung?«

»Keine Chance. Da müsstest du dich schon hinten anstellen.« Jamal hörte Klappern auf einem Tisch – anscheinend drehte Berman das Telefon herum oder rückte andere Dinge zurecht. »Wenn es nicht um Geld geht, um was geht es dann?«

»Es zirkulieren da ein paar DVDs, wegen denen jemand im Knast landen wird. Und sie stehen alle mit *American Hero* in Verbindung.«

Jamal genoss die Tatsache, dass er Berman für ganze zehn Sekunden die Sprache geraubt hatte. »Tja, dann scheint es meine Pflicht zu sein, den Gesetzeshütern mitzuteilen, was ich zu der Sache weiß. Wann willst du darüber sprechen?«

»Lass uns gleich loslegen.«

»Lass uns das um zwei Stunden nach hinten schieben, bei mir zu Hause.«

»Okay.« Berman ratterte eine Adresse herunter, die mit der übereinstimmte, die Jamal ermittelt hatte.

Dann, ohne einen Abschied oder eine letzte Stichelei, hatte Berman aufgelegt.

Und das war gut. Jamal musste sich eine Stunde lang hinlegen. Aber noch viel dringender musste er duschen, weil er sich nach dem Gespräch mit Michael Berman schmutzig fühlte.

♣

In dem Augenblick, als Jamal vor Bermans Wohnung aus dem Taxi stieg, musste er seine Einschätzung des Erfolgs des Produzenten erneut korrigieren.

Bermans Wohnung befand sich in dem Gebäude 675 Madison Avenue, nahe der zweiundsechzigsten Straße, ein Häuserblock östlich des Central Park. Das Haus wirkte wie ein teures Hotel, und der Eindruck wurde von dem im Erdgeschoss eingemieteten englischen Dessousgeschäft nur noch unterstrichen. Jamal konnte sich gut vorstellen, dass Berman jedes Mal, wenn er das Gebäude betrat oder herauskam, einen Schaufensterbummel machte … und die Agenten der Models anrief, während er sich an der Scheibe die Nase platt drückte.

Jamal fand den Eingang, der unauffällig an der Seite des Hauses versteckt war. Ein Türsteher gewährte ihm Zugang zum Aufzug.

An diesem Maiabend war Michael Berman, Schöpfer und ausführender Produzent von *American Hero*, ehemaliger Vizepräsident bei CBS für Reality-TV-Sendungen und derzeitiges lebenslanges Arschloch, noch immer diesseits der Vierzig – was Jamal kaum möglich erschien. Er gehörte zu jenen Kreaturen, die in Hollywood wie Pilze aus dem Boden schossen. Weniger klug als gerissen, gierig bis zur Idiotie, ohne jegliches Moralgefühl, sexversessen. Sie handelten immer nach dem Prinzip, dass das, was ihnen gehörte, ihres blieb, das, was anderen gehörte, jedoch verhandelbar war. Und sie besaßen nur eine einzige brauchbare Fähigkeit: Sie vermochten einem Publikum zu geben, was es wollte.

Dinge, die nicht gut für das Publikum waren. Leere Kalorien. Heroin.

Berman machte die reich verzierte Tür auf und zeigte, dass die Jahre nicht spurlos an ihm vorübergegangen waren. Zwar trug er noch immer die lässige Berman-Uniform, bestehend aus einer gebügelten Jeans und einem maßgeschneiderten weißen Hemd, das einen Knopf zu weit aufgeknöpft war. Aber er hatte zugenommen, sein Bauch presste sich gegen das untere Drittel des Hemds. Und er hatte die wenigen Haare, die er zu Zeiten von *American Hero* noch gehabt hatte, vollends eingebüßt. Damals hatte man Berman selten ohne Baseballmütze gesehen.

»Junge«, sagte er zur Begrüßung. »Und ich dachte schon, *ich* würde scheiße aussehen.« Jamal war klar, dass auch er zugenommen hatte – dank Restaurant- und Hotelessen. Und auch wenn er keine Haare verloren hatte, so bewegte er sich doch langsam und gebrechlich.

Doch dann umarmte Berman Jamal. Seltsam.

»Klopfst du mich nach Waffen ab?«, sagte Jamal.

»Komm schon, Mann, wir sind doch alte Kampfgefährten.«

»Aus verfeindeten Armeen.«

Berman zeigte mit dem Finger auf Jamal – womit er sagen wollte: *Der war gut*. Er bedeutete Jamal, im schön, in Weiß und mit viel Glas möblierten Wohnzimmer mit Teppichen auf dem weißen Fußboden Platz zu nehmen. »Etwas zu trinken oder zu essen?«

»Nein, danke. Bin im Dienst.«

»Stimmt, gut, dass du mich daran erinnerst, dass ich in der Scheiße stecke.«

»Seit wann brauchst du dafür eine Erinnerung?«

Wieder der Finger, während Berman viel zu laut für die kleine Wohnung rief: »Mollie, mein Schatz!«

Berman war nicht allein, was Jamal nicht überraschte.

»Das ist Mollie Steunenberg. Mollie, Jamal Norwood, der Stuntman. Er ist überdies Agent beim SCARE, also pass auf, was du ihm sagst.«

Mollie reichte ihm die Hand. Sie war eine gedrungene Rothaarige, vielleicht etwas über zwanzig, trug Absätze, die höher als unbedingt nötig waren, und ein grünes Sommerkleid, so kurz, dass es für jeden, der nicht gerade frisch entlassen worden war, wenig attraktiv erschien. Vielleicht hatte man Mollie weisgemacht, dass Rothaarige Grün tragen sollten. *Aber nicht dieses Grün, junge Dame.*

»Hey«, sagte sie träge und vervollständigte sauber das Bild von Bermans gelangweilter Assistentin, das Jamal im Kopf gehabt hatte.

Berman ließ sich auf die Couch fallen. Jamal setzte sich behutsam auf den nächsten Sessel. Es tat gut zu sitzen.

»Also, fiese DVDs«, sagte Berman. »Und du glaubst, dass ich damit was zu tun habe.«

»Das Einzige, was alle Szenen gemeinsam haben, bist du.«

Berman wackelte mit dem Kopf hin und her wie ein Metronom. Das war so verräterisch wie das Blinzeln eines nervösen Pokerspielers. Bei Berman bedeutete es: Ich werde tatsächlich ehrlich sein. »Sieh dich um, Jamal, und stell dir die Frage: Was für einen Gewinn hätte ich, wenn ich mich mit irgendwelchen schmierigen Outtakes aus meinen Shows abgeben würde? Damit wird man nicht reich. Und ich bin reich.«

Scheiße, dämmerte es Jamal, was, wenn Berman gar nicht der Ursprung ist? »Wenn du es nicht bist …«

Berman wandte sich der Rothaarigen zu. »Liebling, über wen habe ich mich heute beklagt, fünf Minuten bevor Agent Norwood mich angerufen hat?«

»Willst du die komplette Liste?«

»Werd nicht frech zu Daddy, Baby.« Er wurde ungeduldig.

»Joe Frank«, sagte sie.

»Joe Frank!«, sagte Berman und drehte sich zu Jamal um, als wolle er sagen: *Problem gelöst.*

»Okay, wer ist Joe Frank?«

»Mollie, erzähle Agent Norwood, wer Joe Frank ist!« Berman schmunzelte. »Denn ich halte es nicht aus, über diesen Scheißwichser zu sprechen.«

»Joe Frank«, sagte Mollie, »ist der Kameramann von *Jokers in New Jersey,* den Michael gefeuert hat.«

»Was ist das?«

Diesmal antwortete Mollie, ohne aufgefordert zu werden. »Unsere neue Serie beim History Channel über Joker, die sich als Kellnerinnen oder Klempner oder Lastwagenfahrer durchschlagen …«

»In New Jersey?«, fragte Jamal und fragte sich, was das mit Geschichte zu tun hatte – und ob es da vielleicht plötzlich eine Verbindung zu Wheels gab.

»Sag Agent Norwood, warum, Liebes.« Unvermittelt stand Berman auf. »Nein, besser noch, zeig es ihm.«

Wie eine Hostess, die bei einer Spieleshow die Buchstaben umdreht, wackelte Mollie zu dem großen HD-Bildschirm hinüber und rief routiniert eine Anzeige auf, auf der neun Bilder zu sehen waren. Jedes der Bilder stammte von einer fest installierten Kamera in dem *American-Hero*-Haus in den Hügeln Hollywoods, das Jamal nur zu gut kannte.

»Wie du dich vielleicht erinnerst, Jamal, sind die verschiedenen Sets für unsere Realityshows mit Kameras gespickt, die alle einzeln Material aufnehmen, das dann brutal und meisterhaft geschnitten und montiert wird, um für jene Art feinsinniger Unterhaltung zu garantieren, die das amerikanische Publikum von Diversified Content erwartet. Aber es bleibt immer eine Menge übrig. Unzählige Stunden an Material, das meiste davon unglaublich öde.« An dieser Stelle lächelte Berman. »Manches davon aber auch eher intim und schlüpfrig.«

Mollie richtete die Fernbedienung aus, und eines der kleinen Bilder füllte den ganzen Bildschirm aus. Nackt und mit einer halben Erektion trat Jamal aus der Dusche. »Schau weg, Mollie«, sagte Berman mit boshaftem Grinsen. »Ich möchte nicht, dass deine Liebe für mich vom Anblick Agent Norwoods im Adamskostüm auf die Probe gestellt wird.«

Jamal fühlte sich zu schlecht, um verlegen zu sein. Außerdem bekam er diesen Zirkus allmählich satt, auch wenn er erstaunt war, dass Berman tatsächlich so ein Muffensausen bekommen hatte, dass er diese Präsentation vorbereitet hatte. »Es geht nicht nur um Asse, die die Hüllen fallen lassen«, sagte Jamal. »Es geht auch um Snuff-Filme.«

Wieder wackelte Berman mit dem Kopf. »Ich habe Joe Frank gefeuert, weil wir ihn dabei erwischt haben, wie er Rohmaterial von *New Jersey 2* kopiert hat, Jamal. Ich habe keine Ahnung, wer sonst noch für ihn arbeitet oder für wen er arbeitet. Ich weiß nur, dass er ein billiges, schmieriges Arschloch war.« Wieder grinste er. »Und wenn *ich* das sage, dann weißt du, dass es schlimm sein muss.«

Ehe Jamal etwas erwidern konnte, wandte Berman sich an Mollie. »Bring Agent Norwood bitte unsere Akte über die Arschgeige Joe Frank.« Dann stand er auf und beendete damit die Befragung.

An der Tür nahm Jamal aus Mollies Händen einen dicken Umschlag entgegen. Kurz spürte er dabei ein Kribbeln und etwas Lebensbejahendes. Er hatte Mollie Steunenberg als eine Autobahnrasthofkellnerin abgetan, die sich wahrscheinlich zu ihrem Job in New York und der geschmacklosen Beziehung mit Berman hochgeschlafen hatte.

Sie sah kein bisschen anders aus als vorher ... aber Jamal fand ihre sommersprossige Nase ziemlich reizend, ihre Stimme schön, und womöglich stand ihr dieses Grün gar nicht so schlecht.

»Danke, Liebes«, sagte Berman und schickte sie weg.

Er sah ihr nach und, schlimmer noch, er ertappte Jamal dabei, wie er ihrem schwankenden, wiegenden Gang zurück ins Wohnzimmer folgte. »Nur damit das klar ist, ich schlafe nicht mit ihr«, sagte Berman im gewöhnlichsten Ton, den Jamal je bei ihm gehört hatte.

»Ich merk's mir.«

»Für den Fall, dass du dein Glück ...«

»Danke.«

Dann war Berman wieder ganz der Alte und klopfte ihm auf die Schulter. »Hörst du hin und wieder was von Julia?«

Jamal blinzelte. Zum zweiten Mal hatte Berman ihm heute deutlich gemacht, dass er zu viel über Jamal wusste. »Wir sind in Kontakt«, gab er mit gleichgültigem Ton zurück. »Kennst du sie?«

Ach, komm schon, drückte Bermans Gesicht aus. »Ich kenne jeden, den ich kennen muss, oder?« Er trank einen Schluck.

»Nettes Mädchen.« Er schmunzelte. »Klein. Ein bisschen vorlaut.«

»Nie langweilig.«

»Ich nehme an, du willst auf jeden Fall wieder nach Hollywood zurück.«

»Der Gedanke ist mir auch schon gekommen«, sagte Jamal. Es hatte keinen Zweck, mit Berman ein Spiel spielen zu wollen. Der Kerl hatte eine so unheimliche Beobachtungsgabe, dass man ihm hätte eine Wild-Card-Gabe attestieren konnte.

Und plötzlich fragte sich Jamal, ob Mollie Steunenberg nicht auch eine Gabe hatte.

Jamal brauchte die Fahrt im Taxi zurück in die Bleecker Street, um wieder zu Kräften zu kommen.

Mit dem gefühlten letzten Atemzug wählte er Frannys Nummer. Gott sei Dank nahm der gleich ab. »Komme gerade von Berman«, sagte er.

»Und Sie leben noch.«

»Gerade so«, erwiderte er und meinte es auf eine Weise ernst, von der Franny nichts ahnte. Er setzte ihn rasch in Kenntnis. »Mit der Einschränkung, dass die Informationsquelle ein krankhafter Lügner ist … aber die DVDs kommen von einem gewissen Joe Frank. Berman war so nett, mir seine Adresse und Telefonnummer zu geben, falls ich mich bemüßigt fühle, ihn zu kontaktieren.«

Franny dankte ihm herzlich für die Information. »Um diesen Volltrottel kümmere ich mich persönlich.«

»Lassen Sie mich wissen, wie es lief.«

Er wollte sich nur noch hinlegen.

Vielleicht für immer.

Aber erst duschen. Das brauchte er jetzt.

♣♦♠♥

Galahad in Uniform

Teil 7

Die Garrotte hatte sich tief in Joe Franks Kehle gegraben. Frank war schon älter, vielleicht Ende fünfzig, Anfang sechzig, und sein Gesicht war von Sonne und Alter zerfurcht. Blutrinnsale füllten die Falten in seinem Truthahnhals. Die schwarz angelaufene, angeschwollene Zunge schob sich zwischen lila Lippen heraus, und sein Blick war starr.

»Verdammte Scheiße«, sagte Franny.

Die kleine Wohnung wäre nett gewesen, wenn sie nicht zertrümmert worden wäre. Die Kissen auf Sesseln und Couch waren aufgeschlitzt, und die Bücher, DVDs und Videokassetten waren aus den Regalen herausgeschleudert worden.

Gleich als Jamal ihm Name und Adresse des Kameramanns genannt hatte, war Franny nach SoHo gefahren, doch die Tür hatte beim ersten Klopfen nachgegeben, war aufgeschwungen, und er hatte die Leiche entdeckt. Nur dank der offenen Tür war Franny hereingekommen. Der Mörder hatte sich nicht die Mühe gemacht, sie zuzumachen oder gar abzuschließen. Die Verachtung und Überheblichkeit des Täters enthoben Franny der Mühe, erst einen Durchsuchungsbefehl zu beantragen. Das einzig Gute an dieser Scheiße.

Franny rief die Tatortsicherung, und während er auf sie und den Krankenwagen wartete, zog er sich Handschuhe an und durchsuchte die Wohnung. Er bezweifelte, dass er etwas finden würde. Franks Mörder hatte alle Zimmer gründlich durchwühlt. In der Küche war jeder Schrank, jede Zerealienschachtel und jeder Behälter geleert worden. Wie ein ausgenommener weißer Wal lag im Schlafzimmer die Matratze auf dem Boden. Jede Schublade, jedes Kleidungsstück war durchsucht worden. Im Bad knirschten Frannys Sohlen auf den Scherben des zerborstenen Spülkastendeckels.

Die Spurensicherung und der Gerichtsmediziner kamen zusammen mit einem Detective des neunten Reviers. Dieser war nicht erfreut über Frannys Anwesenheit und stellte klar, dass er Frannys ziemlich zusammenhanglose Erklärung, weshalb er sich in Joe Franks Wohnung befand, nicht sonderlich plausibel fand – auch wenn er es nicht so ausdrückte. Er drückte sich viel knapper und unter Zuhilfenahme von Kraftworten aus. Und er versprach, dass Frannys Captain von seinem Captain hören würde.

Bevor Franny ins fünfte Revier zurückkehrte, fuhr er an der Straßenecke vorbei, an der die Asse die DVDs konfisziert hatten. Es überraschte ihn nicht, dass der DVD-Verkäufer verschwunden war. Wahrscheinlich war ihm die Sache zu heiß geworden. Oder auch er war bereits tot.

Als Franny die Wache betrat, teilte Homer ihm sofort mit, dass Captain Mendelberg ihn in ihrem Büro erwartete – und zwar stante pede. »Und sie ist auf *hundertachtzig*.« Er zog das Wort genussvoll in die Länge.

»Was zum Donnerwetter haben Sie in SoHo verloren?«, fragte sie, kaum war Franny zur Türe hereingekommen. Ihre Ohren wedelten mehr als sonst.

»Ähm, nun, ich habe einen Hinweis bekommen.«

»Von wem?«

Mendelbergs Augen waren immer blutrot, doch konnte es sein, dass sie heute noch röter waren? »Ähm, Agent Norwood.«

»Und warum, bitte schön, nehmen Sie Hinweise von Bundesagenten entgegen?«

Also versuchte er, es zu erklären. Die Sache mit *American Hero* und mit der Liste der Audition-Teilnehmer und mit den DVDs, und wie das alles zu Berman geführt hatte, doch je länger er sprach, desto verworrener und verwirrender erschien es sogar ihm selbst.

»Und als Jamal … äh, Agent Norwood, den Namen des Kameramanns in Erfahrung brachte, hat er genau richtig gehandelt und die Information an mich weitergegeben … und … ich … bin … hingegangen …«

Mendelberg starrte ihn an. Starrte ihn weiter an. »Raus mit Ihnen, und versuchen Sie, etwas zu tun, was uns wirklich hilft, die Vermissten wiederzufinden!«

»Ja, Ma'am.«

♠

Der fünfte Martini ging ihm leichter hinunter, als er eigentlich sollte. Franny und Jamal saßen an einem Tisch in einer Polizistenbar ein Stück nördlich von Jokertown. »Das neunte Revier deklariert es als Wohnungseinbruchdiebstahl mit Waffen«, grummelte Franny in sein Glas hinein.

»Ja, weil die meisten Einbrecher eine Garrotte mit sich rumschleppen«, sagte Jamal und trank von seinem Bier.

»Genau.«

»Sackgasse«, sagte Jamal.

»Ja«, sagte Franny.

»Ich glaube, der Mistkerl wusste, dass der Typ tot ist, als er uns zu ihm geschickt hat.«

»Er? Wer? Hä?« Die Alkoholmenge in seinem Blut machte es ihm schwer, die Personalpronomen zu sortieren.

»Berman. Ich glaube, er wusste, dass der Kameramann tot war, als er uns seinen Namen genannt hat«, erläuterte Jamal.

»Hat ihn den Haien zum Fraß vorgeworfen.«

»Genau.«

»Aber das können wir nicht beweisen.«

»Ich weiß. Keinen Scheiß können wir beweisen.«

Franny saß eine Weile schweigend da, spürte, wie der Alkohol durch seine Blutbahnen rauschte. »Aufgrund der DVDs wissen wir, dass die Joker in einer Arena kämpfen … irgendwo. Und wir wissen, dass auf die Kämpfe gewettet wird.«

»Ja. Wie bei Hundekämpfen.«

»Aha, aber das sind ganz andere Typen als die, die man bei Hundekämpfen findet. Fräcke, ausgefallene Kleider, Schmuck, aber teurer Schmuck – Diamanten und Rubine und Smaragde und so Zeug.« Franny hatte eine schwere Zunge. »Berman ist groß in Hollywood. Der könnte zu den Zuschauern gehören. Doch stattdessen liefert er ihnen die Namen und Fähigkeiten der Joker – das glauben wir zumindest. Vielleicht gilt er damit eine Schuld ab oder so.«

»Die Leute wetten auch auf *American Hero*«, sagte Jamal nachdenklich. »Wie können wir das herausfinden?«

»Im Vordiplom habe ich zunächst Rechnungswesen studiert«, sagte Franny. »Dann hab ich zu Jura gewechselt …«

»Und dann sind Sie ein Cop geworden. Sie sind ein Idiot.«

»Aber zum Glück bin ich ein überqualifizierter Cop.«

♣♦♠♥

Bande fürs Leben

Teil 4

»Kavitha! Ich muss mit dir reden!« Minal brüllte in den Flur und machte Michael Kopfschmerzen. Das war kein guter Start in den Tag. Er taumelte aus dem Bett und hörte Kavitha rufen: »Nach der Probe!« Dann war sie zur Tür hinaus. Mein Gott. Gestern hatte sie fast den ganzen Tag im Studio verbracht, und jetzt ging sie schon wieder so früh hin? Es war noch nicht ganz sechs Uhr. Er wusste nicht einmal, ob sie in dem Gebäude so früh schon die Klimaanlage einschalteten.

»Michael, ich weiß, dass du dich nicht gern um Geld kümmerst, aber wir müssen das besprechen«, sagte Minal und kam stirnrunzelnd und mit in die Hüfte gestemmten Fäusten auf ihn zu. Von Geldsachen bekam er immer Kopfschmerzen – vielleicht war das ein Überbleibsel aus der Zeit, als seine Eltern sich Sorgen ums Geld gemacht und gebangt hatten, ob die Wäscherei genug einbringen würde, um den nächsten Monat bestreiten zu können. Er war so erleichtert gewesen, als Minal, die tüchtige Minal die Familienfinanzen übernommen hatte. »Sie hat gestern viel mehr ausgegeben, als wir vereinbart haben.«

»Minal, das ist nicht mein Problem. Kläre das mit Kavitha.« Michael war froh, dass es tatsächlich nicht sein Problem war. Denn er hatte genug eigene. Nach seiner Mittagspause würde er noch einmal zum Hafen fahren und sich dort nach

Sandip umhören. Ihm waren noch ein paar weitere Orte eingefallen, wo er einmal nachschauen konnte.

Minal stupste ihn sacht mit dem Daumen an. »Ich hab ja versucht, mit ihr zu reden! Du hast es ja gesehen, sie ist einfach weggelaufen.«

Tantchen Maya kam aus Isais Zimmer, das Kind rieb sich verschlafen die Augen und hielt seine Großmutter an der Hand. »Was ist denn los? Warum das Geschrei? Ich gebe euch Kindern gern etwas Geld.«

»Nein, nein, Tantchen«, sagte Minal hastig. »Wir haben genug. Es ist nur wichtig, dass wir unsere Ausgaben einteilen, weißt du? Kavitha tut sich damit schon immer schwer, aber wir arbeiten daran – ich dachte, wir hätten uns endlich geeinigt. Sie war so zuverlässig, aber jetzt …«

»Es ist eine schwere Zeit«, sagte Tantchen Maya. Isai ließ ihre Hand los und kletterte an Michael hoch, um zur morgendlichen Begrüßung umarmt zu werden. Er vergrub das Gesicht in ihrem widerspenstigen Haar und genoss einen Moment lang die wilde Umarmung seiner Tochter. Den Teil liebte er.

Minal seufzte. »Ich weiß. Wahrscheinlich hat sie sich neue Klamotten gekauft, um sich zu trösten. Allerdings habe ich gar keine Einkaufstüten gesehen.«

Ungeduldig glitt Isai wieder an ihm herab, um Minal mit derselben Monsterumarmung zu beglücken. Michael sagte: »Vielleicht war es ihr peinlich, und sie hat die Sachen im Studio gelassen.« Das war sogar ein liebreizender Gedanke – er konnte sich Kavitha vorstellen, wie sie dort heimlich vor dem großen Spiegel Kleider anprobierte. Etwas Rotes, Aufreizendes würde ihr so gut stehen, aber das war nicht ihr Stil. Wenn das alles vorbei wäre, würde er ihr vielleicht etwas kaufen, das sie zu einem Dinner im Restaurant anziehen konnte – zusammen mit seinem Ring am Finger. Er war sich sicher, dass Minal schon genug rote, aufreizende Kleider hatte. Klüger wäre es natürlich, ihr auch ein Geschenk zu besorgen. Als Mann mit zwei Freundinnen überlebte man nicht lange, wenn man nicht das eine oder andere lernte.

Mit einem widerwilligen Seufzen pflichtete Minal ihm bei. »Darüber können wir wohl auch noch später reden. Komm, meine Süße.« Sie stützte Isai etwas bequemer auf der Hüfte ab. »Jetzt erst mal aufs Töpfchen und Zähne putzen.«

Das Töpfchen gehörte neben den Kopfschmerzen ums Geld zu den Dingen, die Michael gern Minal überließ. Er wollte erst mal nur Kaffee. »Kaffee, Tantchen?« Darum konnte er sich kümmern.

Gestern hatte Kavithas Mutter Michael endlich explizit darum gebeten, sie Tantchen Maya zu nennen. Das war ein gigantisches Entgegenkommen, zu dem es erst gekommen war, nachdem ihr Gatte abgereist war. Er hatte versucht, sie zum Mitkommen zu überreden, und hatte gemeint: »Hat doch keinen Zweck, *Kunju*. Der Junge kommt nach Hause, wenn er nach Hause kommen will – wir ändern nichts daran.«

Sie hatte ihm geantwortet: »Du! Du hast ihn überhaupt erst aus dem Haus geekelt! Geh, geh du nur. Ich bleibe und sorge dafür, dass er zurückkommt.«

Und so war Maya geblieben, war mit in Isais Zimmer gezogen, sodass das Wohnzimmer wieder frei war. Dadurch hatten sie wieder etwas Raum zum Atmen und mit der Großmutter auch eine Babysitterin – trotz all ihrer Vorurteile war Maya inzwischen ganz von ihrer Enkelin eingenommen. Und Isai betete ihre neue Großmutter an. Es war ein entzückender, wenn auch bizarrer Anblick, der alten Frau zuzuschauen, wie sie ihre Enkeltochter anschmachtete, ihr tamilische Wiegenlieder vorsang und ihr, wenn sie die Gestalt gewechselt hatte, die Federn putzte.

Von daher ging es zu Hause einigermaßen ruhig zu und bei der Arbeit noch ruhiger. Keine neuen Entführungen.

Zwar gab es Berichte von ähnlichen Vorfällen im Ausland, aber keine in Amerika in letzter Zeit. Gestern hatte er das letzte Verbindungsstück in seinem Schmuggelfall gefunden. Bis auf den Papierkram war er abgeschlossen. Natürlich würde Michael weiter nach Sandip suchen, doch hoffte er noch immer, dass Sandip bald von allein zurückkommen würde. Fast hätte Michael sich entspannt – als er in seiner eigenen Wohnung überfallen wurde.

Maya kramte in der Tasche ihres Morgenmantels. »Ich will keinen Kaffee. Ich will wissen, was das ist?«, zischte sie und hielt ihm eine kleine rote Schachtel unter die Nase.

»Wo hast du das gefunden?«, flüsterte Michael mit einem Blick in den Flur und zum Bad, in das Minal mit Isai gegangen war. Die Tür war jedoch zu. Sie würde nichts mitbekommen, wenn er die Sache schnell klärte. Man hatte ihm beigebracht, Fragen mit Fragen zu beantworten – den Gesprächspartner in der Defensive zu lassen. Leicht gesagt, aber nicht getan, vor allem, wenn einem das Herz raste.

»Ich wollte gestern deine Jacken und Mäntel waschen. Es wird Winter.«

Aber erst in ein paar Monaten! »Das brauchst du doch nicht, Tantchen«, sagte Michael ganz automatisch.

Sie runzelte die Stirn. »Wenn ich es nicht tue, wer macht es dann? Dieses Mädchen« – Minal nannte sie stets »dieses Mädchen« – »kann wenigstens kochen, aber keiner von euch kann richtig sauber halten. Ihr lebt im Schmutz.«

Michael war froh, dass keine der Frauen das hören konnte – Minal würde wahrscheinlich mit den Schultern zucken und weiter ihr Ding machen, aber Kavitha würde es verletzen. Sie hatte gerade erst angefangen, die Beziehung zu ihrer Mutter zu kitten, aber der Friede war brüchig – noch vertrug sie nicht viel Kritik. Während des letzten Monats hatte Michael genug Konflikte für ein ganzes Leben erlebt.

Und doch konfrontierte Maya ihn mit einem weiteren.

»Also, was hat das zu bedeuten?« Sie klappte das Etui auf, sodass die beiden Ringe herausfunkelten. Einer war eine Antiquität mit vielen kleinen, raffiniert angeordneten Brillanten für Kavitha, denn sie mochte alte Dinge. Und der andere hatte nur einen großen Diamanten zwischen zwei winzigen Rubinen – der war für Minal. Er war davon ausgegangen, dass es ihr gefallen würde, ihren alten Freunden und Freundinnen von der Straße einen fetten Stein vorzuführen. Keiner der beiden Ringe war furchtbar teuer gewesen, aber immerhin an der Grenze dessen, was er sich mit seinem Polizistengehalt leisten konnte.

»Das dürfte ja wohl offensichtlich sein, meine ich«, sagte Michael und bemühte sich, ruhig zu bleiben.

»Für beide?«

Gelassene Bestimmtheit, das war der Ton, den es zu wählen galt. Er musste überzeugt klingen, auch wenn er es nicht war. Maya würde sich auf jedes Zeichen von Schwäche stürzen wie ein Hai auf seine Beute. »Ja.«

Sie zog eine schmale Augenbraue nach oben. »Und worauf wartest du?«

»Was?« Er kam sich vor, als hätte sie ihn mit ihrer kleinen Hand geohrfeigt.

»Wie lange trägst du die schon mit dir herum?«

»Ähm … eine ganze Weile?« War es wirklich noch nicht mal ein Monat her, dass Sally befördert worden war? Die Wochen mit Black als vermeintlichem Partner kamen ihm endlos vor.

Maya fuhr ihn an: »Eine Weile? Ist dir eigentlich klar, wie weit wir in dieser Weile schon mit den Hochzeitsvorbereitungen gekommen wären?«

Michael kräuselte bestürzt die Stirn. »Du meinst – dir wäre das recht? Dir würde es nichts ausmachen, wenn deine Tochter einen Mann heiratet, der auch noch eine andere Frau heiratet?« Diese Reaktion hatte er nicht erwartet.

Auch Maya runzelte die Stirn und rückte näher an ihn heran. Eigentlich wollte er zurückweichen, doch er war zu sehr Cop, um dem Drang nachzugeben. Er würde sich von einer kleinen alten Dame nicht einschüchtern lassen, auch wenn sie beinahe seine Schwiegermutter war. Maya sagte: »Das ist nicht gerade die Ehe, die ich ihr gewünscht habe. Aber wichtig ist vor allem, dass sie heiratet. Sie ist schon so alt.«

Michael zuckte zusammen. Wieder etwas, das Kavitha nicht hören durfte.

Maya fuhr fort: »Außerdem ist die Ehe deine Sache, die Hochzeit dagegen ist meine Angelegenheit. Ich muss mich beeilen, wenn ich für nächsten Sommer noch Elefanten reservieren will. Vorher kriegen wir keine mehr, das würde mich schwer wundern.«

»Elefanten?« Michael fühlte sich, als hätte sie Schlagringe über die Finger gestülpt und schlüge ihm in den Bauch. Metaphorisch gesprochen.

Sie seufzte. »Nun, natürlich Elefanten. Früher hätten wir für eine anständige Hochzeit nach Sri Lanka müssen, aber heutzutage ist das alles besser. Jetzt bekommt man auch hier alles, was man braucht. Die Elefanten, eine Thali-Halskette, Saris, Safran und Jasmin, einen Priester, der bereit ist, Mischehen zu schließen ...«

»Es wird keinen Hindu-Priester geben«, protestierte Michael. Seine Eltern würden am Rad drehen, wenn sie nicht katholisch heiraten würden. Mein Gott, daran hatte er gar nicht gedacht. Doch Maya wedelte noch immer mit ihren Händen vor seiner Nase.

»Kleinigkeiten, Kleinigkeiten. Überlass das ruhig mir. Mir und deiner Mutter – wir regeln das. Mach dir keinen Kopf wegen des Gelds – wir haben genug gespart. Ich wollte es schon für eine Luxuskreuzfahrt ausgeben, weil ich die Hoffnung aufgegeben habe, dass das Mädchen jemals heiraten würde, aber die Kreuzfahrt kann warten.«

»Tantchen …«

Sie unterbrach ihn, indem sie ihm die Hand vors Gesicht hielt. »Michael. Liebst du sie? Die beiden?«

Es war so eigenartig – die letzten Wochen waren so verrückt gewesen, dass sie gar keine Zeit für Spaß oder Romantik oder gar Sex gehabt hatten. Und er konnte sich sein künftiges Leben immer noch nicht vorstellen, wie es wäre, mit zwei Frauen verheiratet zu sein, bis dass der Tod sie schied. Er war sich ziemlich sicher, dass das keine kluge Wahl für einen Mann war, der noch Karriere machen wollte. Doch als Maya ihm die Frage stellte, stellte er verblüfft fest, dass all das keine Rolle spielte. Denn die Antwort war ganz einfach, sie entschlüpfte ihm regelrecht, getragen von tiefster Überzeugung: »Ja.«

Minal mit ihrer Kochkunst, ihrer Sinnlichkeit und ihrem praktischen Zupacken, mit dem sie alle vier durch den Alltag brachte. Kavitha mit ihrer Schönheit und Anmut, ihrer Leidenschaft für Familie und ihrer Hingabe zu höheren Idealen. Michael liebte sie beide wie sein Leben, so sehr, dass es leichter war, nicht daran zu denken. Denn er war sich nicht sicher, ob jemand eine Frau, geschweige denn zwei Frauen so sehr lieben sollte.

»Dann frag sie, *Kunju*«, sagte Maya sanft. »Frag sie beide. Das Leben ist kurz und unberechenbar. Du musst das Glück beim Schopf packen, solange du kannst. Wenn mich die letzten zwei Wochen etwas gelehrt haben, dann das.« Ihre Augen leuchteten, doch ihre Stimme war ruhig.

»Ganz sicher wird Sandip zurückkommen«, versprach Michael matt. So sicher war er sich gar nicht.

Maya drückte ihm das Ringetui in die Hand, schüttelte ihren Kopf, diese seltsame südasiatische Geste, die gleichermaßen Ja wie Nein ausdrückte und mit der man alles in die Hände der Götter legte. Dann wandte sie sich mit erhobenen Schultern und geraden Schrittes ab.

Mein Gott. Wenn Michael unter seinen Kollegen bei der Polizei ein Dutzend solcher Kaliber hätte, würde er in dieser schmutzigen Stadt innerhalb eines Monats aufräumen.

Frag sie einfach. Okay. Worauf zum Henker hatte er gewartet?

♦

Michael hatte sich Gedanken darüber gemacht, wie er es anstellen sollte. Er konnte nicht eine von beiden als Erste fragen und dann die andere – das wäre zu seltsam und könnte zu Problemen führen. Er musste beide zusammen fragen, und er war nur nachts mit ihnen beiden allein, wenn Isai und Maya im Bett waren. Aber irgendwann war ihm aufgegangen, dass er sie nicht im Bett fragen konnte – das wäre zu komisch. Das wäre, wie wenn man gleich nach dem Orgasmus »Ich liebe dich« sagte – das konnte man nicht ernst nehmen. Deshalb nicht im Bett, aber nachdem Maya und Isai ins Bett gegangen waren. Was bedeutete, dass es während des Abwaschs geschehen musste, den sie für gewöhnlich ganz zum Schluss machten, nachdem sie die heillos verstreuten Spielsachen eingesammelt hatten. Das war zwar nicht der romantischste Augenblick, aber ein besserer ließ sich nicht finden.

Normalerweise wusch Michael ab, Minal trocknete ab und Kavitha räumte die Sachen weg. So ging es schnell und unkompliziert, doch heute Abend überließ er Kavitha den Abwasch und verschwand in den Flur. Das Etui wartete in seiner Jackentasche, die Ringe noch immer sicher darin verwahrt. Als er es herausnahm, zitterten seine Hände. Eigenartig: Er war schon so vielen Übeltätern gegenübergestanden, von denen manche sogar bewaffnet gewesen und andere durch die Wild Card so verändert worden waren, dass sie noch furchteinflößender waren als eine Waffe, doch jetzt zitterte der große, abgebrühte, schwarze Cop.

Michael holte tief Luft, hielt seine Hand still, drehte sich um und ging wieder in die Küche. Als er sie verlassen hatte, war alles ruhig gewesen. Als er zurückkam, standen beide Frauen über die Spüle gebeugt und fuhren sich flüsternd an. Sie waren offensichtlich wütend, aber auch bemüht, Kavithas Mutter und das Kind nicht zu wecken.

»Ist das dein Ernst?«, fragte Kavitha und wischte dabei zornig das Geschirr. »Du willst mich jetzt im Stich lassen? Wir haben immer noch keine Ahnung, wo Sandip ist.« Ihre Stimme war schärfer, schriller, als Michael sie je erlebt hatte. Er machte sich Vorwürfe, dass er nicht intensiver nach ihrem Bruder gesucht hatte. Auch wenn er seine Zweifel hatte, dass der Junge noch in New York war. Vielleicht war es ihm gelungen, über die Grenze zu gelangen, nach Toronto zurückzukehren und bei seinen Freunden abzuhängen. Kam das bei Teenagern denn nicht vor?

Minal nahm ihr einen Teller ab und trocknete ihn. »Ich will dich doch nicht im Stich lassen. Meine Güte, ich weiß, dass du Künstlerin bist, aber musst du gleich so ein Drama machen? Denkst du nicht, es wäre hier einfacher, wenn ich nicht da wäre? In zwei Tagen ist das Frühlingssemester zu Ende – ich kann mir den Sommer freinehmen, ein oder zwei Monate aus der Stadt verschwinden. Dann ist es hier nicht so eng, wir wären uns nicht so sehr im Weg.«

Kavitha sagte trocken: »Du willst dich ja bloß nicht mehr mit meiner Mutter abgeben.«

Minal seufzte. »Schau, ich behaupte nicht, dass es einfach wäre, mit ihr zu sprechen, vor allem, weil sie unsere Beziehung so vollständig übergeht. Aber das ist es nicht. Eigentlich ist sie ganz süß, auf ihre Art. Ich will ihr das Leben gerade bloß nicht noch schwerer machen.«

»Glaubst du, dass ich das will?« Kavithas verharrte mit ihren Händen im Spülwasser.

»Ach, Gott. Das habe ich nicht gemeint! Michael, kannst du

es ihr bitte sagen? Kannst du ihr erklären, was ich meine?« Minal drehte sich zu ihm um und bemerkte jetzt erst das Etui in seiner ausgestreckten Hand. »Ach du Scheiße.«

Auch Kavitha wandte sich um, und ihr klappte mit einem Schlag der Mund zu. Er wollte nicht wissen, was sie hatte sagen wollen. Und er wusste nicht, was er sagen sollte. So hatte er sich das nicht vorgestellt.

Tja, aber jetzt würde er das Etui nicht mehr wegpacken. Er klappte es auf, sodass die Ringe zum Vorschein kamen, und ging vor den beiden umständlich auf die Knie. »Ähm … Ich liebe euch. Ich liebe euch beide. Wollt ihr mich heiraten?«

Minal sah erst Kavitha an, dann Michael. »Du Pflaume. Einen beschissenen Zeitpunkt hast du dir ausgesucht. Aber ja, natürlich. Ja.« Sie grinste breit und streckte Kavitha fröhlich die Hand hin. »Liebling? Willst du uns heiraten?«

Kavitha schluckte und machte einen Schritt zurück, drückte sich gegen die Spüle. Eine entsetzliche Ewigkeit schien zu vergehen, ehe sie sagte: »Es tut mir so leid. Ich kann nicht. Nein.«

♣ ♦ ♠ ♥

Das große Bluten

Teil 8

Nach den schlimmsten vierundzwanzig Stunden, an die er sich erinnern konnte, kehrte Jamal am Dienstagabend um elf in sein Zimmer in der Bleecker Street zurück.

Wo Sheeba ihn erwartete.

»Die naheliegende Frage«, sagte er und keuchte, als wäre er nicht mit dem Aufzug gefahren, sondern die Treppen hochgekommen, »lautet, wie zur Hölle du hereingekommen bist.«

»Ich bin Agentin? Damit habe ich beim Hotelmanager einen gewissen Spielraum. Und wenn das nicht funktioniert, kann ich auch noch fliegen. Denk dran. Du solltest dich setzen.«

Die Aufforderung war nicht nötig, denn Jamal war bereits auf einem Stuhl zusammengeklappt.

»Normalerweise sage ich an dieser Stelle immer: ›Was geht?‹« Es gelang ihm kaum, im Straßenslang zu sprechen. »Wenn das eine Intervention sein soll, dann brauchst du aber auch noch meine Eltern und meine Freundin.«

»Du hast eine *Freundin*?« Sie schüttelte den Kopf. »Jamal, dir geht es nicht gut. Du bist abgehauen und hast niemandem gesagt, wo …«

»In meiner Freizeit.«

Sie hob die Hand. »Ich unterstelle keine Gesetzeswidrigkeit.«

»Du lieber Gott, Sheeba, du bist schon zu lang Chefin …«

Sie war sauer. Natürlich, Jamal hatte »Gott« auf unangemessene Weise erwähnt. »Ich will doch nur helfen.«

»Indem du dich in meine Angelegenheiten einmischst.«

»Das ist unvermeidlich, da deine Angelegenheiten auch unsere Angelegenheiten sind.«

»Nun«, sagte Jamal, »Das war weniger eine aktive Sünde als eine Unterlassung. Ich bin es müde, es zu verbergen.«

Am Memorial Day hatten sie die Rodham-Kampagne betreut, dann war es am Dienstag wieder früh losgegangen mit Holy Roller – schon wieder. Bei seinen Auftritten waren anscheinend Geheimdienst und SCARE-Leute nötig – und erst um zehn war der Spuk vorbei gewesen.

Da es am Mittwoch später losging, hatte Jamal die Möglichkeit, Dr. Finn in der Jokertown-Klinik aufzusuchen – eigentlich hatte der Arzt ihn gebeten, am Donnerstag in der Woche davor zu kommen, doch er hatte keine Zeit gehabt. »Es sieht so aus, als würden sich Ihre Muskeln rückbilden.«

»Wissen Sie, was oder warum oder ob man irgendetwas tun kann?«

»Alles muss ich mit Nein beantworten, zumindest einstweilen.«

Hätte er sich kräftig genug gefühlt, dann hätte er sich über den Tisch hinweg auf den Arzt gestürzt. »Darf ich fragen, was zum Kuckuck Sie getan haben?«

Finn ließ sich nicht anmerken, ob Jamals Heftigkeit ihn beirrte. Er deutete lediglich auf die Akten auf seinem Tisch. »In erster Linie habe ich andere Faktoren ausgeschlossen. Umweltbedingte, chemische …«

»Dann ist das also etwas in meiner Schaltung.«

»So scheint es.« Der Zentaur hielt inne, als suche er nach einer positiven Aussage. »Könnte sein, dass Sie der erste Ihrer Art sind.«

»Wenn mich das dann also umgebracht hat, nennt man es

die Jamal-Norwood-Krankheit? Darf ich dann auch im Yankee-Stadion eine Rede ans Volk halten?«

»Mr. Norwood, es ist schwierig und schreitet fort, aber nicht … hoffnungslos.« Er räusperte sich. »Ich würde Ihnen raten, bei Ihrer Arbeit eine weitaus … weniger aktive Rolle zu übernehmen, womöglich gar eine Auszeit zu nehmen. Helfen Sie uns bei den Untersuchungen und sparen Sie sich Ihre Energie.«

Es war noch mehr gesprochen worden, doch Jamal konnte sich nicht mehr daran erinnern. Und das alles führte letztlich dazu … dass er Angel alles erzählte, was mit ihm los war.

Als er fertig war, blinzelte die gute Sheeba Tränen weg und ergriff Jamals Hand. »O mein Gott, Jamal. Das klingt ja schrecklich.«

»Und fühl das erst mal.«

»Wir fühlen es«, kam eine Männerstimme aus der Tür.

Carnifex höchstpersönlich kam herein. Jamal wusste nicht, was ihn mehr wurmte: Dass Billy Ray jetzt auch eingeweiht war … oder dass er nicht daran gedacht hatte, aufzuschauen und zu lauschen. »Das war ziemlich hinterhältig.«

Ray ging nicht auf den Tadel ein. »Erst mal sieht es so aus: Krankheitshalber bist du bis auf Weiteres freigestellt.«

Jamal sah zu Boden und empfand nichts als Erleichterung, während Ray fortfuhr: »Ich werde den Ärzten Feuer unterm Arsch machen und dich ins Johns Hopkins bringen lassen. Ich kann nicht glauben, dass du dich die ganze Zeit über mit der Jokertown-Klinik herumgeschlagen hast.«

»Das sind für Leute wie uns die Topspezialisten.«

»Die verschreiben Jokern Pflaster und Aspirin, Norwood. Die haben da vielleicht ein paar einfühlsame Leute, aber diese Klinik ist genauso wenig ein Weltklasse-Forschungsinstitut wie du ein erstklassiger Agent bist.«

Typisch Billy Ray: Keine Gelegenheit auslassen, es einem Untergebenen reinzuwürgen.

Er stand auf, und Sheeba tat es ihm gleich. »Jamal, brauchst du heute Abend noch etwas?«

»Schlaf«, sagte er wahrheitsgemäß. »Es ist mal ganz gut, morgen früh nicht schon wieder auf Achse sein zu müssen.«

♥

Billy Ray und Sheeba hatten es zwar nicht erwähnt, aber Jamal ging davon aus, dass er während seiner Freistellung keinen Agentenzugang haben würde. *Deshalb nutze ihn, solange du kannst.*

Als Erstes galt es, ein Versprechen wahr zu machen, das er Franny gegeben hatte, nämlich die Datenbank nach Joseph Frank zu durchforsten.

Gut, nein. Als Allererstes öffnete er ein Bier und schenkte es aus.

Und dann noch mal.

Er fühlte sich deshalb nicht kräftiger, aber immerhin *besser.*

Dann also an den Computer und Cyberspürhund spielen.

Erstaunt stellte Jamal fest, dass Joseph Daniel Frank in den vergangenen vierzehn Monaten mehrmals die USA verlassen hatte und wieder eingereist war, und zwar aus der Republik Kasachstan.

Außerdem fand er heraus, dass Mr. Frank vor drei Monaten in einen Fall von Landfriedensbruch verwickelt war – ein Streit mit einer Prostituierten im trunkenen Zustand hatte zu Prügel und einer Verhaftung geführt (was in Kasachstan vermutlich dasselbe war).

In der Stadt Talas. Talas. Nicht in Astana, der Hauptstadt.

In Talas, genauer in einem Casino-Nachtclub namens Maxim's.

Was gab es in Talas, dass es den Kameramann von Michael Berman in den vergangenen vierzehn Monaten wiederholt dorthin gezogen hatte?

Was würde ein richtiger Cyberspürhund an seiner Stelle machen? Nun, da eines feststand, nämlich dass Joe Frank und damit auch Michael Berman in irgendetwas Illegales verwickelt gewesen sein mussten, musste Jamal natürlich nach verbrecherischen Unternehmen oder Einzelpersonen suchen, die eine Verbindung zu der Stadt Talas hatten.

Das sollte sich als Goldader erweisen. Kasachstan produzierte Öl, und Korruption bewegte sich dort auf dem Öllevel. Drogen, Prostitution, Geldwäscherei, Menschenhandel, alles in großem Stil – vor allem für eine Stadt mit weniger als fünfzigtausend Einwohnern.

Indem er in den jeweiligen Kategorien tiefer grub, vervollständigte Jamal allmählich eine Liste mit Namen und Links, die er in einer anderen Datei abspeicherte. Nachdem er die Hauptgebiete krimineller Aktivitäten durchgegangen war, stellte er fest, dass ein Name in allen vier Bereichen auftauchte. Ein Akteur namens »Baba Yaga«.

Über Baba Yaga gab es keine Akte, lediglich eine Seite mit dem Namen und der Liste der Aktivitäten. Alle Agenturen hatten Interesse an weiteren Informationen angemeldet.

Ein Hoch auf die ausländischen Verbrecherbosse. Die gaben sich immer so niedliche Namen. Johnny Batts. The Vicar. Klar war Jamal selbst auch als Stuntman bekannt und arbeitete mit Midnight Angel zusammen …

Egal. Der Name »Baba Yaga« war Jamal aus irgendeinem Kinderbuch- oder -film bekannt, deshalb schlug er zur Gedächtnisauffrischung rasch bei Wikipedia nach, während er einen schwarzäugigen Ganoven mit pomadigem Haar aus *Scarface* vor dem geistigen Auge hatte.

Oh. Anscheinend war die Baba Yaga eine Hexe. Klang jetzt nicht so wie ein Name, den sich ein junger Gangster geben würde – es sei denn, dieser junge Gangster hatte einen ausgeprägten Sinn für Humor, was meistens nicht der Fall war.

Ob männlich oder weiblich, Hexe oder Scarface, dieser

Baba Yaga gehörte ein Etablissement namens Maxim's. Ebenjenes Etablissement, in dem Joseph Frank mit einer Prostituierten aneinandergeraten war.

Jamal lehnte sich zurück. Für Detective Francis Xavier Black würde sich das als nützlich erweisen. Und das war gut, denn Agent Jamal Norwood war erst einmal ausgeschaltet, aus dem Spiel, auf der Invalidenliste.

Wahrscheinlich für den Rest seines kurzen Lebens.

♣ ♦ ♠ ♥

Parkverbot

Mo–Fr 7–9 und 15–17 Uhr
außer Busse

Kein Be- und Entladen
außer Lieferfahrzeuge mit Genehmigung

Mo–Fr 9–15 Uhr außer Mi
mit Ausweis – max. 1 Std.

Winterdienstdurchfahrt
bei Schnee Parkverbot auf ungerader Straßenseite

Parkverbot 3–5 Uhr März/November
zu allen anderen Zeiten absolutes Halteverbot

von Ian Tregillis

Wally Gunderson seufzte, als er die Ansammlung an Parkverbotsschildern sah. Sie waren an einen einzigen Laternenpfahl genietet wie Pilzschwämme an einem Metallbaum. Sein Baggerkiefer bewegte sich auf und ab, während er jedes der Schilder las und versuchte, die komplizierten Parkvorschriften Jokertowns zu durchschauen. Er kratzte sich an der Stirn, was klang, als würde man mit einem Gleisnagel über eine Eisenpfanne schaben.

Absolutes Halteverbot? Was zum Teufel war *das* denn?

Eine Hupe riss ihn aus der Konzentration. Eine haarige Eidechse beugte sich aus dem Fenster des Lieferwagens, der hinter Wallys verrostetem und verbeultem 76er Impala herzuckelte.

»Hey, Blechmann!«, rief sie. »Beweg deinen Arsch!«

Er sah auf die Uhr. *Mist.* Er würde schon wieder zu spät kommen, um Ghost abzuholen. Die Adoptionsbeamten waren bei so etwas pingelig.

Er hatte keine Zeit, noch einmal um den Block zu fahren und einen anderen Parkplatz zu suchen. Allerdings war Wally auch nicht gut im Rückwärtseinparken – das viele Vor- und Zurückstoßen würde am Ende genauso lang dauern. Dazu kam, dass es ihm furchtbar peinlich war, wenn er andere Wagen schrammte. Deshalb wählte er eine Abkürzung.

Wally sprang aus dem Impala. Die Eidechsendame legte sich auf ihre Hupe. Er winkte ihr zu. Dann kauerte er sich neben seinem Auto nieder und packte mit einer Hand den unteren Rand des Rahmens. Er musste gut mit seinen Händen aufpassen, denn aus Erfahrung wusste er, dass er versehentlich das Fahrgestell durchrosten lassen konnte, wenn er unachtsam war. Nachdem er den anderen Arm über den Kofferraum gelegt hatte, schob er kräftig.

Der Wagen schlitterte zwei Meter seitwärts und knallte gegen den Bürgersteig. Er passte genau in die Parklücke, doch Wally schob mit zu viel Schwung, und der Impala polterte auf den Bürgersteig hinauf und prallte gegen eine Parkuhr. Als er wieder herunterrollte, kratzte er einen Toyota. Die Alarmanlage des Toyota schrillte los. Die Parkuhr dotzte krachend auf den Bürgersteig.

»Au Backe«, sagte Wally. »Nicht schon wieder.« Der Lieferwagen brauste an ihm vorbei.

Er begutachtete den Schaden. Die Parkuhr war wie ein Baum im Sturm umgeknickt und hatte sogar noch einen

Betonklumpen an ihrem Fuß wie einen Wurzelballen mitgerissen. Die LCD-Anzeige blinkte völlig wahllos, bevor sie ganz erlosch – wie der letzte Atemzug eines sterbenden Roboters. Die Beifahrertür des Impala, in der nun eine massive Beule war, ließ sich nicht öffnen. Später musste er das wieder ausbeulen.

Aus dem Handschuhfach angelte er sich einen Notizblock, einen Stift und Klebeband. Auf den Notizzettel kritzelte er eine Entschuldigung, riss ihn ab und faltete etwas Geld hinein. Das Bündel klebte er an die kaputte Parkuhr. Klebeband hielt besser als Kreppband. Das hatte er durch Probieren herausgefunden.

Die Leute starrten ihn an. Wally zuckte schuldbewusst die Schultern, bevor er rasch zum Jerusha Carter Childhood Development Institute eilte. Dabei sah er wieder auf die Uhr und fing an zu joggen. Mit den stampfenden Eisenfüßen hinterließ er eine Spur aus Rissen auf dem Gehweg.

Alles wäre so viel einfacher gewesen, wenn er hätte die U-Bahn benutzen können. Aber manchmal wurde es dort eng, und dann wurden andere Leute gegen ihn gedrückt und taten sich womöglich an den Nähten und Nieten seiner Eisenhaut weh. Ganz egal, wie sehr er auch aufpasste.

Als er an der Van-Renssaeler-Memorial-Klinik vorbeiging, fiel ihm ein gelbes Blitzen auf. Er blieb am Eingang des Instituts stehen, hatte die Hände schon an der Tür. Ein dreirädriger, schachtelförmiger Wagen kam ein paar Straßen weiter um die Ecke, blau und weiß wie ein Polizeiauto und mit gelber Warnleuchte auf dem Dach. Das Gefährt tuckerte an den geparkten Autos vorbei. Neben einem Volkswagen hielt es an. Die Fahrerin kam mit gezücktem Knöllchenblock herausstolziert. Ein weißblonder Pferdeschwanz baumelte unter ihrer Mütze hervor.

Wally seufzte. »Ach, verdammt. Nicht die schon wieder.«

Ghosts Therapiesitzung war noch nicht zu Ende, als Wally

ankam. Sie saß im Schneidersitz auf dem Boden in einem der mit Glaswänden abgetrennten Zimmer entlang des Innenhofs und sprach mit einer der Psychologinnen des Instituts. Die Ärztin bemerkte Wally, konzentrierte sich aber weiterhin auf Ghost. Wallys Pflegekind sah ihn nicht. Auf Zehenspitzen entfernte er sich wieder.

Eine ganze Weile lang hatte Ghost sich gegen die Therapie gewehrt. Alle waren erleichtert gewesen, als sie endlich angefangen hatte, auf die Therapeuten und Betreuer des Instituts einzugehen. Im Großen und Ganzen traute sie nur einem einzigen Erwachsenen, und das war Wally. Er hatte sie aus einem Leben als Kindersoldatin im People's Paradise of Africa gerettet, wo man sie Experimenten unterzogen hatte: Man hatte sie infiziert, traumatisiert, gebrainwashed und zum Töten abgerichtet. Aber sie war auch ein kleines Mädchen, das Lego, Dr. Seuss und Erdnussbutter-Mango-Sandwichs mochte.

Sie wurde immer mehr zu einem kleinen Mädchen. Doch Reste der Soldatin blieben und würden wahrscheinlich nie verschwinden.

Einige ihrer Klassenkameraden spielten im Innenhof. Sie riefen und winkten Wally zu. Die meisten kannte er, denn Ghost und er waren hier schon aus und ein gegangen, bevor das Institut eröffnet worden war. Den kleinen Cesar kannte er schon genauso lange wie Ghost, und er hatte dieselben Probleme mit der Therapie. Dann Moto, der sengende Flammen spuckte, wenn er sich aufregte, Angst bekam oder Schluckauf hatte. Allen, dessen beide Eltern im Gefängnis saßen. Jo, die stets den oberen Teil eines Kuhkostüms trug und nichts anderes sagte als »Muh« und »Hornochse«. Manche der Kinder wie Moto und Cesar waren aus Afrika gekommen, wenn auch nicht mit Wally. In der Zwischenzeit waren auch noch andere Kinder im Institut aufgenommen worden.

Die Welt war voller Kinder in Not. Aber man konnte sie nicht alle retten. Diese bittere Lektion hatte Wally lernen müssen. Egal wie sehr er es auch wollte, den Gestank des Massengrabs in Nyunzu, wo sein Brieffreund ermordet worden war, konnte er nicht vergessen. Sein Versagen bei der Rettung Luciens war das Schlimmste, was er sich je hatte zuschulden kommen lassen. Die Scham darüber machte Wally so traurig und wütend, dass er manchmal die ganze Welt dafür verprügeln wollte.

Er schluckte den Kloß in seinem Hals hinunter und winkte den Kindern zu. »Howdy«, sagte er.

Ein riesiger Baobab spendete dem Sandkasten Schatten. Wally legte eine Hand auf seine Borke. »Hi, du«, flüsterte er. Rings von dem Gebäude umgeben, war der Baum windgeschützt, aber manchmal kam es ihm so vor, als raschelten die Blätter als Antwort auf seinen Gruß. Der Baobab roch nach Regen und Dschungel und einer toten Freundin. Wally musste schmunzeln, aber er empfand auch ein Gefühl von Einsamkeit. Manchmal fühlte es sich so an, als wären seine Rippen noch immer gebrochen und als wollten die Knochensplitter sein Herz aufspießen. Aber er bemühte sich, es sich nicht anmerken zu lassen.

Wally kniete sich in den Sandkasten. »Also, was habt ihr heute wieder angestellt?«

»Muh«, sagte Jo. Ihre Kuhohren aus Baumwolle flatterten auf und ab. »Hornochse. Muh.«

»Sie meint, dass sie froh ist, dass du wieder da bist«, sagte Cesar. »Ich ziehe nach Brooklyn!«, fügte er hinzu. »Ich krieg ein eigenes Zimmer mit eigenem Bett und alles. Und sie haben gesagt, dass ich eine Geburtstagsparty machen kann! Du kommst doch, oder?«

»Klaro, Kumpel. Um nichts in der Welt würden wir das verpassen.«

Moto schniefte. Seine Tränen trieben wie Rauch einer ausgeblasenen Kerze durch den Innenhof. Wally legte den Arm um ihn. Die Hitze seines Atems ging durch Wallys Haut, wurde vom Metall auf seinen Rücken und in die Flanken geleitet und linderte eine alte Operationsschweißnaht. Das fühlte sich gut an.

Der arme Junge wurde nicht oft umarmt. Von Ghost hatte Wally erfahren, dass Moto von seinen Pflegeeltern wieder abgegeben worden war, nachdem das Schlafzimmer mal wieder versehentlich in Flammen aufgegangen war. Seine Pflegeeltern hatten nicht die nötige Ausdauer besessen, um abwechselnd zu schlafen.

»Hey«, sagte er. »Weißt du, was Ghost mich gestern gefragt hat? Sie fragte, ob wir nicht zu deinem Geburtstag eine Party schmeißen könnten. Würde dir das gefallen?«

Das Schluchzen hörte auf. »Wirklich?«

»Na, klar, warum nicht?«

Moto umarmte ihn noch einmal. Wally nahm sich vor, einen weiteren Feuerlöscher zu besorgen.

Wally grub mit den Fingern durch den Sand und hatte anschließend Zufallssätze darauf: »Die Freude eine.« »Ein Regenbogen es Axt.« »Schatten der die laufen Scheune zu unter.« Vor ein paar Tagen hatten andere Pflegeeltern den Kindern Poesiekühlschrankmagneten für die Anschlagtafel mitgebracht. Mindestens die Hälfte davon war inzwischen im Sandkasten gelandet.

Wally verstand keine Gedichte. Er las nicht viel.

Allen bemerkte die Magneten an seinen Fingern und warf ihm den Buchstaben H gegen die Brust. Mit einem metallischen Klicken dockte er an. Durch den Overall spürte Wally den Zug des Magneten wie ein leises Summen in den Nieten seines Brustbeins.

»Alter Schwede«, sagte er. »Das kitzelt.«

Moto, der gesehen hatte, was Allen getan hatte, schleuderte eine Handvoll Magnete und Sand auf Wallys Schulter. Nachdem er sich den Sand aus den Augen geblinzelt hatte, stellte Wally fest, dass die Buchstaben R und G sowie das Wort »Vieh« an seinem Oberarm hingen. Moto hielt sich beim Kichern den Mund zu. Zwischen seinen Fingern flackerten winzige Flammenzungen hervor. Dann gesellte sich auch Jo dazu. Wally lag ausgestreckt im Sand, während die Kinder auf ihm herumturnten. Lachen und der Gestank von geschmolzenem Plastik erfüllten den Innenhof.

Ein paarmal musste Wally Magnete von seinem Kopf herunternehmen. Sie bereiteten ihm ein seltsames Gefühl wie leichtes Fieber oder als wäre sein Schädel mit Watte ausgefüllt. Sie spielten noch, bis Ghosts Sitzung zu Ende war. Ihre Therapeutin folgte ihr in den Innenhof.

»Muh«, sagte Jo.

»Hi, Ghost«, sagte Cesar.

»Hä«, sagte Ghost und zuckte mit den Schultern.

Die Therapeutin winkte Wally zu. Er wälzte sich vorsichtig herum, damit er keine kleinen Finger oder Zehen unter seiner Masse einklemmte, und stand auf. Ebenso vorsichtig, wenn auch etwas kräftiger, umarmte er Ghost.

»Wie war dein Tag? Ich habe mal wieder eine Parkuhr kaputt gemacht.«

Sie zuckte mit den Schultern und wurde körperlos, um sich seiner Umarmung zu entziehen. Ihre Zehen schwebten einen Fingerbreit über dem Boden, und sie glitt zum Sandkasten, wo sie sich neben Allen niederließ. Sie war ihm gegenüber schon lange nicht mehr so verschlossen gewesen. Wally fragte sich, ob sie mitten in der Nacht wieder über seinem Bett schweben würde, mit einem Messer in der Hand, wie das kleine, gruselige Mädchen, als das er sie im Dschungel kennengelernt hatte.

»Okay. Spielt noch einen Augenblick miteinander«, sagte er. Dann folgte er der Therapeutin in einen überdachten Gang am Rand des Innenhofs. »Was ist los, Doc?«

Die Psychologin hatte ihr Haar nach hinten gebunden, und ihr Schal passte zu ihren Ohrringen. Sie sah schick aus wie jemand aus dem Fernsehen. Auf ihrem Namensschild stand »Dr. Miranda.« Sie schüttelte den Kopf.

»Yerodin hat heute einen Klassenkameraden mit einer Schere bedroht.« Yerodin war Ghosts eigentlicher Name. Die Erwachsenen im Institut nannten sie so, aber sie hasste es, wenn Wally sie auch so rief.

»Och, verflixt«, sagte Wally. Er fuhr sich mit der Hand übers Gesicht und fügte »neue Tagesdecke« zu seiner geistigen Einkaufsliste, gleich unter »Feuerlöscher«. »Wie kommt's?«

»Sie macht schon die ganze Woche Theater. Seit wir den Kindern gesagt haben, dass Mr. Richardson krank ist.«

Wally erinnerte sich an Richardson. Ghost erzählte viel von ihm. Er unterrichtete Mathe, und manchmal ließ er die Kinder auf seinem Panzer reiten. Drei oder vier passten auf seinen Rücken zwischen mehreren Paaren abnehmbarer Beine. Er erinnerte Wally an Dr. Finn, nur dass er eher ein Käfer als ein Pferd war. Außerdem erzählte er abgedroschene Witze, was Ghost toll fand.

»Tja, das ist ja doof. Was hat er denn?«

Dr. Miranda sprach leiser. »Das haben wir den Kindern nur gesagt, aber tatsächlich hat er sich gar nicht krankgemeldet. N … Niemand hat ihn seit letzten Freitag gesehen.«

Wally sagte: »Zu Hause lief es richtig gut mit ihr, wissen Sie. Richtig gut.«

»Nun, heute lief es nicht gut. Sie greift noch immer auf scharfe Gegenstände zurück, wenn sie wütend oder verzweifelt ist.«

»Okay, ich rede mal mit ihr.« Wally runzelte die Stirn. »Hat das eine Auswirkung auf die Adoption?«

Sie wollte antworten, doch dann kräuselte sich ihre Stirn, und eine Sekunde später fing Jo an zu brüllen.

»HornOCHSEEE!«

Wally drehte sich um und sah, wie Ghost sich, mit einer Schere bewaffnet, ein baumwollenes Kuhohr von Jos Kostüm als Trophäe in die Tasche stopfte. Das schluchzende Mädchen wehrte sich nicht, als Ghost das zweite Ohr stramm zog und die Schere aufklappte.

Wally sprang über das Geländer, das den Arkadengang vom Hof trennte, und durchquerte diesen mit einem großen Schritt. Doch statt Ghost wegzuzerren oder Jo außer Reichweite zu heben, schnippte er die Schere nur sacht mit dem Finger an, worauf sie sich in eine feine orangefarbene Staubwolke verwandelte. Ghost schwebte davon.

»Menno, Kleine«, rief er ihr hinterher.

Wally verbrachte ein paar Minuten damit, Jo zu trösten. »Keine Sorge. Wir machen deine Ohren wieder ganz. Du hörst nachher wieder so gut wie vorher, okay?« Wally konnte nicht nähen. Aber vielleicht könnten Ghost und er es zusammen lernen. Das klang doch nach einer guten Idee.

»Muh«, sagte Jo schniefend. »Muh … muh …«

Wally fand Ghost bei Dr. Miranda. Schweigend packten sie ihren Teddybärrucksack, ihre Plastiktüte mit Zerealien und ihr Buch von Dr. Seuss. Die Psychologin sah Wally vielsagend an, als er Ghost den Gang entlangführte. Seine Füße hinterließen tiefe Mulden im Teppich. Wahrscheinlich fühlte sich Jo mindestens ebenso bedrückt.

Er sagte: »Was du da gemacht hast, war sehr übel.«

»Ist mir egal«, sagte Ghost. »Sie ist dumm. Ich hasse sie.«

»Nein, tust du nicht. Sie ist deine Freundin. Erinnerst du dich, als ich einmal vergessen habe, dir deinen Saft einzupacken, da hat sie ihren mit dir geteilt?«

»Nein.«

»Wirklich? Ich kenne einen Typen, ein Ass so wie wir, der kann erkennen, ob jemand lügt oder nicht. Aber wenn er es bei einem macht, dann fühlt sich das an, als würden hundert Spinnen über einen krabbeln.« Ghost zuckte mit den Schultern. Sie hatte viel Zeit im Dschungel verbracht. Krabbeltiere machten ihr nichts aus. »Aber sie beißen nicht wie normale Spinnen. Nein. Weiß du, warum? Weil … sie … *kitzeln*!«

Wally fasste nach ihr, achtete aber darauf, sie nicht zu berühren, und sie brachte sich tänzelnd und kreischend in Sicherheit. Als sie hinausgingen, nahm sie seine Hand. Gut. Vielleicht würde sie sich ein wenig öffnen.

Auf der Straße blieb Ghost stehen und starrte die gelbe Warnleuchte an. Der Wagen der Politesse stand neben Wallys verbeultem Impala. Die Beamtin deutete auf Wallys Auto, dann auf die Parkuhr, und neben ihr standen zwei Polizisten, die ihr lauschten.

Die eine Polizistin war eine zierliche Frau, auf deren Namensschild »Officer Moleka« stand. Ihr Partner war ein gewaltiger, haariger Kerl, der Wally überragte. Mit seiner Wolfsschnauze und den langen, schwarzen Krallen wirkte er wie eines der Bilder aus Ghosts Kinderbüchern.

»Äh, oh«, sagte Wally.

Der Haarige, Officer Bester, nickte ihm zu. »Hi, Rustbelt.« Ghost musste wegen seiner tiefen Stimme kichern.

Die meisten Beamten des fünften Reviers kannten Wally. Das NYPD wurde manchmal zur Sicherung von Komitee-Veranstaltungen in der Stadt eingesetzt. Wally kannte die Beamten nicht mit Namen, winkte aber trotzdem. »Howdy.«

Die Politesse wirbelte zu ihm herum, mit rotem, schweißnassem Gesicht. »Sie! Warum können Sie nicht parken wie jeder normale Mensch?«

»Es tut mir wirklich leid wegen der Parkuhr. Haben Sie meine Nachricht gefunden?«

»Ihre Nachricht? Das ist …« Sie zeigte so ruckartig auf die kaputte Parkuhr, dass sie mit der anderen Hand ihre Mütze festhalten musste. »… Zerstörung öffentlichen Eigentums!«

»Ja. Diese Teile sind nicht billig, Rusty«, sagte Officer Moleka.

»Tut mir leid.«

»Wissen Sie nicht, dass es gesetzeswidrig ist …« Die Politesse brachte den Satz nicht zu Ende. »Was ist das in Ihrem Gesicht?«

Wally fuhr sich mit dem Finger über Kinn und Stirn. An seinem linken Ohr fand er ein blaues E und das Wort »Fass« über seiner rechten Augenbraue.

»Du willst ernsthaft, dass wir ihn mitnehmen, Darcy?«, fragte der pelzige Cop.

Die Politesse japste beinahe. Ghost versteckte sich hinter Wallys Beinen. »Er … das … es ist … öffentliches Eigentum, und er ist ein Wiederholungstäter! So fängt es an, das Ende der Stadt. Erst gehen die Leute bei Rot über die Straße und schmeißen überall ihren Müll hin, dann stoßen Leute einfach so zum Spaß Parkuhren um, und von da ist es ein kleiner Schritt zu Gesetzlosigkeit und Anarchie. Das da«, sagte sie und deutete schon wieder auf die umgestoßene Parkuhr, »ist der Vorbote des Verfalls einer zivilisierten Gesellschaft!«

Die Polizistin seufzte und verschränkte die Arme. Ihr Partner beugte sich vor, um Wallys Kennzeichen anzuschauen. »Das sind Diplomatenkennzeichen. Bei einer Vorladung kommt sowieso nur ein Einspruch, und die Anklage wird widerrufen.«

»Das macht er mit Absicht. Er versteckt sich hinter seinem Job!«

»Oh. Sie meinen dieses abgefahrene Kennzeichen? Das wollte ich gar nicht«, sagte Wally. »Aber Lohengrin hat darauf bestanden.«

Er wollte ihr beipflichten, doch das schien die Politesse – Darcy – nur noch wütender zu machen. Zumindest lief sie noch röter an.

Sie sagte: »Seht ihr, was ich meine? Er gibt regelrecht damit an, dass er dem Gesetz spotten kann. Und das tut er auch! Kaputte Windschutzscheibe, kaputtes Rücklicht, Überziehen der zulässigen Parkdauer, Zerstörung öffentlichen Eigentums.«

»Schreib ihn auf, wenn du willst«, sagte Officer Moleka. »Aber wir können ihn nicht auf die Wache bringen. Erstens will ich nicht diejenige sein, die dem Chef erklärt, weshalb die UNO dem Major Stress macht und der Major wiederum dem Chef Stress macht. Zweitens hat er sein Kind dabei.« Sie zwinkerte Ghost zu.

Die Politesse schlug ihren Block auf und tippte auf den Kugelschreiber. Officer Bester sagte: »Du schaufelst dir dein Grab.«

»Ich tue meine Pflicht.« Sie fing an, den Strafzettel auszufüllen, hielt inne und fuchtelte mit dem Kugelschreiber vor den Cops herum. »Und diesen Lieferwagen werde ich auch finden.«

»Oha, oha, nein.« Officer Moleka schüttelte den Kopf und wedelte mit den Händen, als stünde jemand mit Mundgeruch vor ihr. »Diese Kerle sind gefährlich. Die scheuen sich nicht, eine Politesse anzugreifen …«

»Beamtin im Gemeindevollzugsdienst!«

»… und die lassen sich von einem Knöllchen nicht einschüchtern.«

»Ja«, sagte Officer Bester. »Wenn du sie siehst, ruf die Cops.«

»Ich gehöre zu den Cops!«

Mit einem Winken verabschiedeten sich die beiden Streifenpolizisten von Ghost und gingen weiter. Der Haarige drehte sich noch einmal um und schnitt Ghost eine Grimasse. Sie kicherte.

»Ich werde nichts unternehmen, um diesen Strafzettel abzuwenden«, erklärte Wally.

Darcy kritzelte eine Geldbuße auf den Strafzettel, riss den Durchschlag heraus, nahm Wally den Magneten aus der

Hand und benutzte ihn, um das Knöllchen an Wallys Brust festzumachen.

»Das will ich Ihnen auch geraten haben«, sagte sie. Wally wartete, bis ihr Wagen losgetuckert war, bevor er den Impala aus seiner Parklücke herausschob. Er musste wirklich mal lernen, wie man rückwärts einparkte.

»Das war lustig«, sagte Ghost, als die Luft rein war.

♣

Über die Auseinandersetzung mit der Politesse hatte Wally Ghosts Probleme in der Schule völlig vergessen, bis er das Mädchen am Abend zudeckte und das abgetrennte Kuhohr auf dem Boden neben dem Bett bemerkte. Wally war zu schwer, um sich auf den Rand des Betts zu setzen, ohne dass Ghost dabei auf den Boden geplumpst wäre, deshalb kniete er sich daneben hin. Ghost drückte ihm *Grüne Eier und Speck* in die Hand.

»Lies vor, Wallywally. Mit unterschiedlichen Stimmen«, sagte sie.

»Weißt du was? Ich lese dir ein wenig vor, wenn du mir erzählst, was heute in der Schule passiert ist.« Er hob das Stück von Jos Kostüm hoch. »Das war nicht lieb.«

»Ich hasse Jo. Sie ist dumm.«

»Nein, tust du nicht. Morgen hast du alles vergessen und willst wieder gut Freund mit ihr sein. Aber sie wird es nicht vergessen, weil du ihr wehgetan hast, ganz arg. Sie wird sich merken, dass du gemein bist. Du solltest ihr sagen, dass es dir leidtut.«

Ghost sah weg. Sie wurde körperlos, was sie manchmal machte, wenn sie irgendeinem Ärger entfliehen wollte. Aber sie schwebte nicht durch die Decke davon. Braves Kind.

Wally fragte sie: »Ist das wegen Mr. Richardson?«

Sie wurde wieder körperlich. »Er ist weg. Er hat nicht Lebewohl gesagt.« Ihre Stimme wurde heiser, ihr Akzent stärker. Sie klang viel mehr wie das Mädchen, mit dem er in New York angekommen war, als sie hinzufügte: »Er war nett.«

Ghost traute Erwachsenen immer noch nicht, aber hin und wieder sprach sie von Richardson. Das sollte viel heißen.

Wally las ihr vor. Mit unterschiedlichen Stimmen.

Später nahm er sich das Telefonbuch vor. Leider war Richardson kein seltener Name. Es gab mehrere Richardsons in und um Jokertown. Aber einer von ihnen musste Ghosts Lehrer sein. Wenn jemand wie er in Jokertown arbeitete, dann wohnte er wahrscheinlich auch in der Nähe.

Wally brauchte eine halbe Stunde, um sich durch die Liste mit Telefonnummern zu arbeiten. Die erste Nummer, die er wählte, gehörte einem Mann – oder einer Frau, das war schwer zu sagen –, dessen oder deren Stimme so klang, als sprächen zwei Leute nicht exakt gleichzeitig. Sie (er? sie?) kannten keine Lehrer. Bei der zweiten Nummer klingelte es fünfzehnmal, ohne dass jemand abnahm. Als Wally beim dritten Richardson anrief, zeterte ihm eine Frau in die Ohren, deren Nummer anscheinend fast identisch mit der eines China-Lieferservice war und die deshalb sehr gereizt auf falsche Anrufe reagierte. Die vierte Nummer gehörte der Kusine von Mr. Richardson, dem Lehrer, aber sie meinte, sie hielte keinen Kontakt zu ihm und hätte schon länger nicht mehr mit ihm gesprochen. Sie gab Wally die Telefonnummer ihres Cousins und warnte entschuldigend, dass sie vielleicht nicht mehr aktuell sei. Das war die Nummer, bei der niemand abgenommen hatte. Wally nannte ihr seinen Namen und seine Nummer und bat sie, Mr. Richardson zu sagen, er solle sich melden, falls sie etwas von ihm hören sollte.

Als er gerade auflegte, schwebte Ghost aus ihrem Zimmer durch die Wand herein. Sie nuschelte in einer Sprache vor sich hin, die Wally nicht verstand. Man sprach sie nur im PPA. Ihre Finger waren gekrümmt, als hielte sie einen Messergriff. Er musste sie wecken, denn wenn er sie so in ihr Zimmer hätte zurückführen wollen, wäre seine Hand einfach durch ihre Schulter hindurchgeglitten. Sie gähnte. Er trug sie ins Bett zurück und fragte sich, was sie wohl träumte.

Es machte den Eindruck, als würde ein Teil von Ghost für immer in den dunklen Dschungeln des Kongo weilen, in einem Land der Massengräber und Leopardenmänner. Manche Wunden verheilten, andere wurden zu Narben.

Von denen hatte sie genug. Er wollte ihr ein guter Pflegevater sein. Das bedeutete, dass er sie, wenn er konnte, vor neuen Narben und neuen Traumata bewahren musste. Allerdings konnte er nicht immer da sein, die Welt war zu groß. Man konnte nicht immer alle beschützen. Doch für ihn bedeutete das umso mehr, dass er Ghost, wann immer es möglich war, vor den kleinen Stichen des Lebens beschützen musste.

Er dachte eine Weile daran herum, während er sich zu Bett richtete. Er nahm ein frisches Stahlwollknäuel aus der Schachtel auf dem Waschbecken im Bad. Während er sich abschrubbte, entschied er, dass es nicht mehr als ein paar Stunden brauchen würde, um bei Richardsons Wohnung vorbeizuschauen. Er würde ihn aufsuchen, bevor er Ghost morgen abholte.

Er berührte das Foto von Jerusha Carter auf dem Nachttisch. Es war kein richtiges Foto – er hatte ein Bild von der *American-Hero*-Website ausgedruckt. Es war alles, was er hatte. Aber immerhin etwas.

»Ich vermisse dich«, sagte er und machte das Licht aus.

♠

Unter der Woche wurde Ghost morgens von Miss Holmes, ihrer Nachbarin, in der U-Bahn mit zur Schule genommen.

Miss Holmes war eine fledermausköpfige Physiotherapeutin, die in Dr. Finns Krankenhaus gleich neben Ghosts Schule arbeitete. Manchmal nahm sie Ghost auf ihre Schultern, und wenn sie das tat, dann verschwand Ghost regelrecht hinter den riesigen Pelzohren.

Bevor sie ging, sagte Wally: »Erinnerst du dich, was wir gestern Abend besprochen haben? Wegen Jo?«

Ghost senkte den Blick, starrte mit gerunzelter Stirn auf den dünnen Flaum auf Miss Holmes' Kopf. »Ja.«

»Du bist ein pfundiges Mädchen. Bis später, Attentäter.«

»Mach's gut, Kurt!« Ihr Englisch war ziemlich gut, aber manchmal hatte Ghost Mühe, sich Reime zu merken.

Wally stand im Flur, sah ihr winkend nach, bis sie im Aufzug verschwand. Dann ging er wieder hinein und rief im UNO-Gebäude in der zweiundvierzigsten Straße beim Büro des Komitees an. Er hatte haufenweise Urlaub angespart, deshalb konnte er sich locker einen Tag freinehmen. Beim Komitee hatten sie nichts dagegen, solange er sich nicht in eigener Sache in einen entlegenen Winkel der Welt aufmachte.

Nachdem er sich Mr. Richardsons Adresse aus dem Telefonbuch abgeschrieben hatte, holte er seinen Fedora aus dem Schrank und brach auf. Den Hut hatte er geschenkt bekommen, deshalb passte er sogar. Und er sah todschick aus. Wally hatte so viele Schwarz-Weiß-Filme gesehen und wusste deshalb, was Detektive trugen. Ein guter Detektiv wusste auch, wo er Informationen herbekam. Nero Wolfe hatte Archie, Nick Charles kannte alle möglichen Typen … Aber Wally war ihnen allen eine Nasenlänge voraus, denn er kannte Jube.

In Jokertown herrschte ständig ein gewisser Wahnsinn. Als Wally hierhergezogen war, hatte er sich erst mal daran gewöhnen müssen, was aufregend, aber auch schwierig gewesen war. Bis er akzeptiert hatte, dass er sich eben einen Weg durch das Chaos bahnen musste, sobald er die Wohnung verließ. Der Verkehrslärm schlug über ihm zusammen – laufende Motoren von Lieferwagen, Hupen, Martinshörner in der Ferne. Manchmal, wenn sie in der Nähe war, hörte er auch Miss Holmes' Echoortung wie ein hohes, dünnes Kreischen an den Grenzen des Hörvermögens. Er machte einen Schritt auf die Straße, um einer Frau mit einem Rollator auszuweichen, die ein Kind mit sich führte, das wie ein Ballon hinter ihr herschwebte und mit einem Band am Handgelenk der Mutter festgemacht war. Sie nickte ihm dankbar zu. Anscheinend war er besser geworden, denn er rempelte nicht mehr so viele Leute an wie früher.

Eine hohe, dünne Wolkenschicht trübte den Himmel ein. Es war Anfang Juni, deshalb ging von den Mülltonnen, die die Gehwege säumten und auf ihre Leerung warteten, kein gar so übler Geruch aus wie im Hochsommer. Auf seinem Spaziergang kam er an der italienischen Bäckerei ein paar Straßen weiter unten vorbei. Dort kaufte er sich eine Tüte mit Puderzucker bestäubter Bombolone. Sie erinnerten ihn an die Beignets in New Orleans. Auf dem Weg zu Jubes Zeitungskiosk schlang er sie hinunter.

Wahrscheinlich hätte er auch das Auto nehmen können, aber ein guter Detektiv ging zu Fuß. Ein guter Detektiv hatte ein Gefühl für das Leben auf den Straßen und konnte die Stimmung der Stadt durch die Fußsohlen ertasten. Er stopfte das Wachspapier seines Frühstücks in einen überquellenden Mülleimer, der nach saurer Milch roch. Der Geruch wurde schwächer und von dem angenehmeren Duft von Popcorn überdeckt, als er sich dem Kiosk auf der anderen Straßenseite näherte.

»Howdy, Jube.« Er winkte dem Walross zu, das hinter dem Schalter saß.

»Wally Gunderson. Lange nicht gesehen.« Wegen der Hauer hörte es sich so an, als würde er mit vollem Mund sprechen. Oder es lag an der Zigarre. »Hab ich dir schon den mit den beiden Takisianern erzählt, die einen Bären treffen? Und der dritte trifft daneben?«

Wally kratzte sich am Kinn und dachte nach. »Nein, ich glaube nicht, dass ich den schon gehört habe. Wie geht er weiter?«

Jube blinzelte. Seine Zigarre verharrte auf halbem Weg von einem Mundwinkel zum anderen. Asche krümelte herunter und machte kleine graue Flecken auf das bunte Hawaii-Hemd. »Weißt du was? Nicht so wild. Also, du hast dich nicht viel blicken lassen.«

»Ja. Ist 'ne Menge Arbeit, so ein Kind aufzuziehen. So schwer habe ich noch nie geschuftet.«

Normalerweise herrschte bei Jube viel Betrieb. Heute kam zwar auch Kundschaft, aber es war nicht so viel los wie sonst. Bildete Wally sich das nur ein, oder waren weniger Leute auf der Straße? Jube unterhielt sich weiter, während er ein paar Zeitschriften auspackte und den Kunden Wechselgeld gab. »Wie geht es ihr?«

»So lala. Sie ist ziemlich traurig. Einer ihrer Lehrer kommt nicht mehr in die Schule. Ich hab mich gefragt, ob du ihn vielleicht kennst? Du kennst doch jeden.«

Speckfalten zitterten, als Jube mit einem Sackmesser die Verschnürung eines Pakets aufschnitt. Er machte das Papier ab und knallte den Stapel auf den Schalter.

»Nicht jeden«, sagte er. »Aber kann schon sein, dass ich ihn kenne.«

»Philip Richardson? Das ist dieser Käfertyp mit sechs Beinen, sieht ungefähr so aus wie Dr. Finn, bloß ist er kein Pferd. Vom Aussehen her ziemlich eigenartig, ist aber total nett.«

Jube schwieg einen Moment, dieses unbehagliche Schweigen, in das die Leute manchmal verfielen, wenn Wally etwas sagte. Doch dann erwiderte er: »›Eigenartiges Aussehen‹, meint er, aha. Dir ist schon klar, dass das hier Jokertown ist, oder? Zwei fünfzig.«

Das Letzte war an einen durchscheinenden Schatten in der Form einer Frau gerichtet. Sie war in blinkende Christbaumlichter gehüllt, die klingelten. Drei Dollarnoten erschienen auf dem Schalter, und dann schwebte eine Zeitung nach oben, faltete sich und verschwand in der Silhouette. »Stimmt so, Jube«, sagte eine Flüsterstimme. Die durchscheinende Frau löste sich im Spiel von Licht und Schatten über der Straße auf.

»Wie auch immer. Hast du ihn mal gesehen?«

»Kommt mir vage bekannt vor. Bist du dir sicher, dass er vermisst wird?«

Wally erzählte Jube, was man ihm in der Schule mitgeteilt hatte.

Jube rückte seinen Hut zurecht (Wally meinte, dass solche Hüte Porkchop hießen, allerdings wusste er nicht, warum) und schüttelte den Kopf. »Dann haben sie wohl noch einen geschnappt. Dann ist bald niemand mehr sicher.«

»Wer hat noch einen geschnappt? Was?«

»Der Fight Club. Wer sonst?«

»Was für ein Club?«

Zum zweiten Mal in wenigen Minuten glotzte Jube ihn nur blinzelnd an. Anscheinend war das so seine Art. Wally fragte sich, ob das eine Walrosseigenart war.

»Kennst du den Joker Fight Club nicht? Videos, Kämpfe auf den Tod. Diesen Club?«

Etwas an dem, was Jube sagte, oder die Art, wie er es sagte, erinnerte Wally an das PPA. Die Feuchtigkeit, das Beißen des Rosts, der an seiner Haut fraß wie langsam wirkende Säure, ein paar v-förmige Wellen, wenn ein Krokodil den Fluss durchpflügt … *Todeskämpfe?*

Er schüttelte sich, weil es ihn fröstelte. »Ich lese nicht viel.«

Jube stieß einen gequälten Laut aus, eine Mischung aus

einem Grummeln und einem Seufzen. *Jetzt kommt's,* dachte Wally. Wenn er das zugab, wurden die Leute immer gleich wertend. Außer Jerusha.

»Wally, Wally, Wally … wie kannst du mir das antun. Wie kannst du das zu einem Zeitungsverkäufer sagen? ›Liest nicht‹, sagt er. Boah.«

»Entschuldige. Vielleicht kannst du mich ja ein bisschen aufklären?«

Jube fragte: »Du bindest mir jetzt aber keinen Bären auf, oder?«

Wally schüttelte den Kopf. Jube brauchte nicht lange, um ihm in groben Zügen alles zu berichten. Als Wally von den Käfigkämpfen erfuhr, fühlte er sich wieder nach Afrika versetzt: das Flügelschlagen der Bussarde, das Summen der Moskitos, der Geruch von Löschkalk und Fäulnis beim Ausheben eines Massengrabs … So viele tote Kinder, Kreuzdamen und Joker, übereinandergestapelt wie Feuerholz.

»Wally? *Wally?*« Der Stumpen fiel Jube aus dem Mund und ließ auf dem Schalter eine Spur aus Asche und Geifer zurück.

Die vordere Auslage seines Kiosks war eingestürzt. Wally sah nach unten. Seine Hände hatten sich zu Fäusten geballt, und in jeder hielt er Holzstücke, die eigentlich zum Kiosk gehörten. *Au Backe.*

Er sagte: »Hey, das tut mir wirklich leid.«

Jube machte eine wegwerfende Handbewegung. Zwischen zwei Zeitungsstapeln angelte er seinen Zigarrenstummel hervor und schob ihn sich wieder in den Mund. »Kein Ding. Berufsrisiko, wenn man der Gemeinschaft dient.«

Wally hörte ihn kaum. Er dachte an Ghost und Jo und Cesar und Moto und Miss Holmes und Allen und Lucien … An all die Leute, die sich nicht verteidigen konnten. Während seiner Arbeit für das Komitee hatte er das so oft gesehen. Leute wie Mr. Richardson, anständige Leute, die einfach nur ihren Lebensunterhalt verdienen wollten. Sie starben oder wurden zu schrecklichen Dingen gezwungen, nur weil sie Joker waren.

Sie wurden gezwungen, zu kämpfen und zu töten. So wie Ghost.

Das war nicht fair. Es war nicht recht. In seinem Hinterkopf keimte eine Idee.

»Wie viele solcher Videos gibt es denn?«

»Keine Ahnung.« Jube zuckte mit den Schultern. »Diesen Dreck verkaufe ich nicht.«

»Wen haben sie alles entführt?«

»Tja, das ist die Frage, nicht wahr? Manche Leute, wie der Lehrer von deiner Kleinen, könnten aus allen möglichen Gründen verschwinden. Das werden wir nie erfahren, außer jemand erkennt ihn in einem der Videos.«

»Oh.«

»Andere jedoch … Wie ich höre, haben sie Infamous Black Tongue. Und kennst du Pater Squid? Der wird auch vermisst.«

»Alter Schwede.« Sogar Pater Squid?

»Ja, diese Schweine. Shining Moira, Charlie Six Tuppence, Nimble Dick, Morlock & Eloi, Glabrous Gladys …« Jube beugte sich vor und flüsterte: »Ich habe gehört, dass sie sogar den Sleeper entführen wollten, aber das haben sie verbockt, und jetzt sucht er nach ihnen.«

Sucht nach ihnen. Wallys Idee gedieh.

»Du weißt nicht zufällig, wo die Leute entführt werden, oder?«

»Du hast doch hoffentlich keine Dummheiten vor?«

»Ich will bloß sehen, was los ist.«

»Diese Leute sind gefährlich, Wally.«

»Das kann ich auch sein. Sachen kaputt machen ist so ziemlich das Einzige, was ich richtig gut kann.«

»Aber du bist kein Killer.«

»Muss ich auch nicht sein.« Wally sah sich nach beiden Seiten über die Schultern um, während er ein bisschen zu laut sagte: »Aber ich bin ein guter Kämpfer. Ziemlich zäh.«

Jube seufzte. »Ja, hab so ein paar Sachen gehört. Das passiert überall. Aber vielleicht, ich weiß nicht, denn das erzählt man sich nur so, vielleicht gibt es so ein paar Ecken, die die Leute zurzeit meiden.« Er gab Wally eine Kurzfassung der Gerüchte.

»Danke, Jube. Das ist klasse von dir.« Wally kaufte eine Zeitung, tippte sich an den Hut und wandte sich zum Gehen um. Blieb stehen. »Hey, übrigens. Weißt du, wo ich einen Feuerlöscher kaufen kann?«

♦

Richardsons Wohnung befand sich in einem Gebäude im Norden von Jokertown. Der Fußmarsch war ziemlich lang, aber Wally war froh, dass er sich gegen das Auto entschieden hatte. Mit jeder Minute, die er draußen war, erhöhte sich das Risiko, dass er entführt werden würde. Er versuchte, wie ein potenzielles Opfer auszusehen.

Aber das war nicht so einfach. Nur sehr wenige Leute fanden es eine gute Idee, einen Kerl aus Eisen zu überfallen.

Wally ging davon aus, dass die Penner von diesem Fight Club ganz normale Leute von der Straße weg entführten und es deshalb nicht gewohnt waren, mit jemandem fertigzuwerden, der bereits viel Erfahrung mit Kämpfen auf Leben und Tod und mit der Verteidigung anderer hatte. Drum wäre er zum Schulschluss heute Nachmittag wieder zurück.

Aber sicherheitshalber rief er in der Schule an und ließ ausrichten, dass er sich heute vielleicht etwas verspäten würde, wenn er Ghost abholen kam. Sie vereinbarten, dass Miss Holmes sie nach Hause bringen würde.

Ein guter Detektiv wusste sich auch zu verkleiden. Wally beschloss, sich als alter Freund von Richardson auszugeben. Was für ein Typ ließ sich wohl leicht entführen? Lange zerbrach er sich den Kopf darüber, bis er beschloss, dass sie vielleicht beide zu einem Kreuzworträtselclub gehörten. Das schien ihm ganz gut zu einem Lehrer zu passen. Und vielleicht war Richardson zum letzten Treffen nicht aufgetaucht, weshalb Wally jetzt zu ihm ging, um den Clubbeitrag von ihm einzusammeln, damit der Verein sich wieder neue Bleistifte kaufen konnte. *Ja,* dachte Wally, *das ist ziemlich gut.* Druckbleistifte, so ganz spitze, und Radierstifte. Kreuzworträtsler verbrauchten davon vermutlich eine ganze Menge. Oh, und Zeitschriftenabos. Vielleicht bekamen sie Mengenrabatt oder so. Dabei könnte Jube ihm helfen.

Das war eine gute falsche Identität. Viele Details. Die Schurken vom Fight Club fanden es wahrscheinlich geil, jemanden so Schlaues zu entführen.

An einigen Straßenecken blieb er stehen und trieb sich ein bisschen herum. Dabei sprach er laut mit sich selbst. »Ich bin nervös«, sagte er. »Ich bin nicht gern allein auf der Straße«, sagte er. Und mit einem Seufzen, von dem er hoffte, dass es sowohl Furcht als auch Schwäche ausdrückte, fasste er am Ende zusammen: »Ich hoffe so sehr, dass ich nicht entführt werde.«

Doch es biss keiner an.

Auf dem Weg zu Richardsons Wohnung kam er an Squisher's Basement vorbei, einer Bar nur für Joker, die Jube erwähnt hatte. Sie befand sich unter einem Fischrestaurant, und Wally beschloss, für ein frühes Mittagessen haltzumachen. In dem Laden roch es nach Stinktier oder schlechtem Bier und fischig wie in einer Kühlbox aus Styropor am Ende eines langen Campingausflugs. Der Bartender starrte ihn an. Durch die trüben Fenster auf Gehweghöhe fielen senffarbene Lichtbalken herein.

»Wow, Rustbelt? Dich habe ich hier ja noch nie gesehen.«

Wally schüttelte den Kopf. »Sie müssen mich mit jemandem verwechseln. Ich glaube nicht, dass dieser Rustbelt, wer auch immer das ist, einen Hut wie meinen tragen würde. Ich bin nur hier, um zu Mittag zu essen und ein Kreuzworträtsel zu lösen. Darin bin ich richtig gut.«

Wally aß einen mittelmäßigen Hamburger, spülte ihn mit einer Flasche Stinktierbier hinunter, während er so tat, als löse er Kreuzworträtsel. Ein paar Leute, Stammgäste vor allem, kamen und gingen.

»Alter Schwede«, sagte Wally. »Heute tue ich mich richtig schwer mit dem Kreuzworträtsel. Wahrscheinlich weil ich solche Angst vor einer Entführung habe.«

Verstohlen sah er sich um und versuchte zu erkennen, ob seine Zurschaustellung von Wehrlosigkeit bei irgendwem übermäßige Aufmerksamkeit erregte. Doch die meisten anderen Gäste schienen ihn zu ignorieren. Einer stand auf und setzte sich etwas weiter weg. Wally fand das vielversprechend. Er folgte dem Kerl mit dem Blick – beim Gehen machte der Typ quatschende Geräusche, und sein Körper wackelte wie eine Wasserbombe –, und er meinte kurz, jemand würde ihn anstarren. Ein großer, grauer Mann, der von runden Steinknollen bedeckt war, so als wäre eine Betonwand beim Aufkochen erstarrt. Aber Wally verbrachte noch weitere fünfundvierzig Minuten damit, das Kästchengitter wahllos mit Wörtern zu füllen, ohne dass der Steinmann auch nur einmal zu ihm herübersah.

♥

Er war nicht mehr weit von Richardsons Wohnung entfernt, als ihm wieder ein gelbes Blitzen auffiel. Der Politessenroller hielt neben einer abgelaufenen Parkuhr.

Officer Darcy stellte den Strafzettel aus, ehe er sie eingeholt hatte. Deshalb ging er weiter den Gehsteig entlang, winkte und achtete darauf, mit seinen harten Füßen keine Furchen in den von der Sonne aufgeweichten Asphalt zu drücken. Ihre Blicke trafen sich im Rückspiegel. Sie hielt den Roller an.

»Howdy«, sagte er. »Ich bin nur …«

Sie sah ihn giftig an. »Sparen Sie sich die Worte. Um die Strafzettel kommen Sie nicht rum.«

»Was? Nein, ich …«

»Aber wenn Sie sich Mühe geben, kann ich Ihnen einen wegen Behinderung eines Polizeibeamten bei der Dienstausführung aufbrummen.« Sie legte den Gang ein und rollte weiter. Wally ging neben ihr her. Das war nicht schwer, denn sie fuhr nicht schnell.

»Ich bin nicht deswegen zu Ihnen gekommen. Ich weiß, dass ich diese Strafzettel verdient habe. Nun, es ist nur so, dass mir die ganze Sache furchtbar leidtut, und ich wollte mich bei Ihnen entschuldigen.«

Darcys Wagen kam abrupt zum Stehen. Die Aufhängung quietschte, als er vor und zurück schaukelte. »Was?«

»Ich weiß, dass ich nicht rückwärts einparken kann. Ich schwöre, dass ich diese Parkuhren nicht absichtlich kaputt mache, okay? Und ich werde noch mal mit meinen Leuten reden, damit ich dieses Sonderkennzeichen loskriege. Ich wollte das Ding sowieso nie.«

Wally mochte sich täuschen, meinte aber, dass ihre Augen etwas größer geworden waren. Ihre Lippen formten ein O. Als hätte sie Angst oder wäre überrascht oder so. Er hoffte, dass das nicht als Behinderung zählte.

»Wow«, sagte Darcy. »Noch nie hat sich jemand bei mir entschuldigt, weil er einen Strafzettel bekommen hat. Kein einziges Mal.«

»Tja, wahrscheinlich macht sonst auch niemand so viel kaputt wie ich.«

»Das stimmt«, gab sie zu. Wally schlenderte neben ihr her,

während sie die Parkuhren inspizierte. Sie mussten warten, bis eine Dame mit Giraffenhals ihr Cabrio aus einer Lücke ausgeparkt hatte.

Darcy sah mit zusammengekniffenen Augen zu Wally herüber. Dabei kräuselte sich ihr Nasenbein. »Tragen Sie einen Fedora?«

»Ja. Ziemlich schick, was? Hab ich in einem Film mit Humphrey Bogart gesehen.«

»Heute trägt doch niemand mehr Fedoras. Seit Ewigkeiten nicht mehr.«

»Privatdetektive schon.« Darcy verzog ihre Lippen zu einem skeptischen Flunsch. »Egal«, sagte Wally. »Ich mag Hüte. Ich hatte mal einen wirklich edlen Tropenhelm, hab ihn aber verloren.«

»Wie haben Sie den verloren?«

»Weiß nicht genau«, sagte Wally. »Aber ich glaube, es war das Krokodil.«

Darcy hielt den Kopf schief. »Sie sind sehr komisch.«

»Das hab ich schon mal gehört. Normalerweise sagen die Leute aber ›Spinner‹.«

Sie kicherte, bemerkte dann aber seinen Blick und machte dann einen eher schuldbewussten Eindruck. »Wie dem auch sei, aber was soll das von wegen Detektiv? Wir wissen doch beide, dass Sie für die UNO arbeiten.«

»Ja«, sagte er. »Aber heute habe ich freigenommen.«

»Nun, immerhin fahren Sie nicht mit dem Auto. Und Sie parken nicht.«

»Nee. Ein guter Detektiv geht zu Fuß.«

»Und warum, frage ich aus purer Neugier, obwohl ich überzeugt bin, dass ich es bereuen werde, sind Sie heute Detektiv?«

Wally klopfte sich mit dem Finger gegen den Nasenflügel. *Klonk, bonk.* »Ich arbeite an dem Fall der vermissten Joker«, sagte er leise.

»Ist Ihnen klar, was der Begriff ›Selbstjustiz‹ bedeutet?«

»Nein. Aber klingt nach einem richtig guten Wort für ein Kreuzworträtsel. Wie schreibt man das?«

»Meinen Sie das ernst?«

»Was?«

Sie gingen die Straße hinunter, überquerten eine Kreuzung und gingen weiter. Darcy sprach nicht viel. Sie war ziemlich konzentriert. Als ihnen ein in zweiter Reihe geparkter Zweisitzer mit Warnblinke unterkam, grummelte sie vor sich hin: »Schau dir den Clown an. Wieso glauben die Leute, dass sie vor Strafzetteln gefeit sind, wenn sie die Warnblinke anmachen?«

Darcy wurde etwas offener, als er sie fragte, wie es ihr bei der Polizei gefiel. Für sie bedeutete es alles. Das spürte er. Auch Gerechtigkeit bedeutete ihr sehr viel. Wenn sie »Gerechtigkeit« sagte, wurden ihre Augen etwas größer.

Und sie sagte es oft. Gerechtigkeit und Zivilgesellschaft und die Polizei als Wächter der Ordnung waren ganz ihr Ding. Es war ziemlich interessant, auch wenn Wally nicht alles kapierte, und es kam alles so flüssig aus ihr heraus, als hätte sie es schon hundertmal gesagt. Insgeheim war er ganz froh, als sie den Faden verlor.

Auf der engen Straße quetschte sich ein weißer Lieferwagen an ihnen vorbei. Darcy hob ihre Sonnenbrille, um ihn zu betrachten. Ihr Blick folgte ihm.

»Was ist?« Sie gab ihm keine Antwort, weil sie zu sehr damit beschäftigt war, dem Lieferwagen hinterherzuschauen. »Soll ich den Lieferwagen anhalten? Das kann ich machen, wissen Sie.«

Für einen Sekundenbruchteil schien es so, als würde sie es in Erwägung ziehen. »Nö«, sagte sie.

Der Wagen bog ab. Sie zuckte mit den Schultern, setzte ihre Sonnenbrille auf und machte sich wieder an die Arbeit. Wally fragte: »Was war das?«

»Wahrscheinlich nichts«, sagte Darcy. Nach einem matten Seufzen sagte sie: »Da ist so ein Lieferwagen, dem ich immer Strafzettel anhänge. Habe ihn mindestens ein Dutzend Mal erwischt. Immer falsch geparkt … in zweiter Reihe, vor einem Hydranten oder einem Ladebereich …«

»Macht der auch Parkuhren kaputt?«

»Nein, der ist nicht wie Sie. Sie zerreißen auch keine Strafzettel und werfen sie weg.« An ihrem Hals und auf ihrer Stirn traten Venen hervor. Nur das Reden davon brachte sie schon in Wallungen. »Einmal habe ich die zerrissenen Strafzettel im Rinnstein gefunden.«

»Dann müssen Sie sie wohl per Post schicken, was?«

Ihre Stimme wurde kalt. »Kann ich nicht. Gefälschte Nummernschilder. Die sind nicht im System. Nicht registriert, keine Adresse. Sie haben sogar die Fahrgestellnummer vom Armaturenbrett abgekratzt.«

»Das ist seltsam.«

»Das ist vor allem gesetzeswidrig.«

Sie überquerten wieder eine Straße. Wally schob einen Finger unter den Fedora, um sich an der Schläfe zu kratzen. Er versuchte, wie ein Detektiv zu denken. Das war schwer.

»Ich verstehe das wohl nicht. Wieso macht man sich die Mühe eines gefälschten Nummernschilds, nur damit man keine Strafzettel bekommt? Der Typ könnte doch auch einfach lernen, wie man besser parkt, dann würde er erst gar keine Strafzettel bekommen. Oder warum sich dann überhaupt mit Nummernschildern abgeben?«

Darcys Nasenbein kräuselte sich schon wieder, als sie ihn anstarrte. »Das ist ein Scherz, oder?«

»Nein.«

»Es geht nicht um Knöllchen, Wally. Die Kennzeichen sollen ordnungsgemäß wirken, damit sie nicht zur Seite gewinkt werden. Wahrscheinlich weil sie nicht wollen, dass man sieht, was in dem Wagen drin ist. Würde mich nicht verwundern, wenn er genau den Leuten gehören würde, die die Joker entführen.«

Er blieb stehen. »Echt? Das ist ja toll!« Doch dann dachte er noch ein bisschen darüber nach. Detektiv sein war echt hart. »Äh, ich kapier's immer noch nicht.«

Darcy seufzte. »Wenn sie jemanden schnappen oder etwas abladen, dann müssen sie das tun, wann und wo immer sich ihnen die Gelegenheit bietet. Deshalb parken sie falsch.« Sie erklärte es ihm geduldig und nicht so, dass er sich dumm fühlte. Das mochte er.

Das war großartig. Er war noch nicht einmal einen Tag mit dem Fall beschäftigt, und schon hatte er einen entscheidenden Durchbruch gemacht. Zugegeben, eigentlich war es Darcy, die den Durchbruch gemacht hatte, aber das kümmerte Wally nicht. Gute Detektive unterhielten gute Beziehungen zur Polizei. Das war ihm nun auch gelungen.

»Wow. Sie haben die Kidnapper gefunden!« Er runzelte die Stirn. »Wieso haben Sie sie nicht verhaftet?«

»Als ich ihnen das letzte Mal einen Strafzettel verpasst habe, ahnten wir noch nichts von der wahrscheinlichen Verbindung zum Fight Club. Das war, bevor die Asse ihn geschrottet haben … und dazu halb Jokertown.« Sie schüttelte den Kopf und murmelte: »Entwischt … Hätte sie gleich aufhalten können … was für eine Polizistin …« Plötzlich wirkte sie sehr traurig. »Sie werden sie erwischen.«

»Da bin ich mir nicht sicher. Ich bin dem Wagen schon einmal gefolgt, nachdem mir aufgefallen war, dass das Nummernschild gefälscht war.«

»Ach ja?«

»Er bog in eine Gasse. Ganz eng, eine Sackgasse. Aber als ich um die Ecke kam, war er verschwunden. Wo zur Hölle ist er hin? Aber es verschwinden immer noch Leute, deshalb müssen sie einen neuen Wagen organisiert haben. Ich halte weiter Ausschau, aber …«

Darcy klang so niedergeschlagen, dass Wally seine Enttäuschung verbarg. »Hm. Tja, dann beim nächsten Mal mehr Glück.«

Danach verstummte sie. Abgesehen davon, dass er Darcy ganz hübsch fand, wusste er nicht ganz genau, weshalb er sie begleitete, während sie Parkuhren kontrollierte und Knöllchen ausstellte. Ein Typ, der einen Strafzettel bekam, rastete ziemlich aus und beschimpfte Darcy mit allen möglichen fiesen Sachen. Das gefiel Wally gar nicht, und das sagte er dem Kerl auch. Danach schien Darcy noch trauriger zu sein, weshalb er eine weitere halbe Meile mit ihr mitging, bis sie ihn bat, sich zu verziehen und sie allein zu lassen. Es wäre erniedrigend, meinte sie. »Als Ritterlichkeit verkleideter Chauvinismus«, nannte sie es.

Aber sie sagte auch: »Danke.«

♣

Mr. Richardsons Wohnung brachte gar nichts. Wally klingelte zigmal und ging bestimmt zehnmal um das Haus herum, und jede Runde fing an und endete damit, dass Wally auf der Eingangstreppe saß für den Fall, dass Richardson hinausging oder zurückkam. Aber Wally sah ihn nicht. Auch keinen verdächtigen Lieferwagen.

Jeden Tag suchte Wally einen anderen Ort von Jubes Liste auf. Und trotz seiner Verkleidung und zu seiner großen Enttäuschung wurde er nicht entführt. Und mit jedem Tag, der verging, ohne dass Mr. Richardson in die Schule zurückkehrte, wurde Ghost missmutiger.

Wally beschloss, die Sache für heute aufzustecken, richtete seine Gedanken auf das Wochenende und überlegte, welche spannenden Orte er mit Ghost besuchen konnte. Da fiel ihm auf, dass ihm jemand folgte. Nun, nicht direkt folgte, sondern eher auf der andere Straßenseite mit ihm Schritt hielt. Der große graue Kerl auf der anderen Seite blieb jedes Mal stehen, wenn Wally stehen blieb. Er ging schneller, wenn Wally schneller ging. Er trödelte, wenn Wally trödelte. Wally täuschte an, dass er die Straße überqueren wollte, bog dann aber stattdessen ab. Hinter ihm wurde gehupt, was ihm verriet, dass jemand auf die Straße hinausgerannt war. Wally blieb stehen, um sich in einem Ladenfenster zu betrachten, aber es klappte nicht so gut, wie es in den Filmen immer wirkte. Bei einer Qualle mit einem fahrbaren Imbiss kaufte er sich einen Hotdog und ließ sich viel Zeit, während er Relish und Senf hinzufügte. Der Graue kam immer näher. Er war von Steinen bedeckt wie eine wandelnde Feuerstelle. Wally hatte den halben Hotdog schon verputzt, als er merkte, dass es der Typ aus Squisher's Basement war.

Jetzt kommt's!, dachte Wally. *Jetzt schnappen sie mich.*

Er versuchte, seine Aufregung zu verbergen. Es war nicht einfach, so zu tun, als würde ihm nicht auffallen, dass sein Entführer näher und näher rückte. Wally konzentrierte sich darauf, wehrlos auszusehen.

»Alter Schwede«, sagte er laut. »Ich fühl mich nicht so gut. Vielleicht brüte ich etwas aus. Fühl mich ziemlich schwach.«

Doch der Steintyp schlug nicht zu. Wartete er auf den Lieferwagen? Wally wurde immer langsamer. Ein paarmal tat er so, als müsse er niesen. Selbst das half nicht. Schließlich wurde er ungeduldig und beschloss so zu tun, als habe er sich verirrt. Er sah zu einem Straßenschild auf und gab sich betont verwirrt. Dann sah er sich um, als suche er nach dem Weg.

»Mensch Meier. Wo bin ich?«, sagte er.

Der graue Steinkerl trat an ihn heran. Er hatte etwas in der Hand, was wie ein kleines digitales Diktiergerät aussah. Wally fand das ziemlich verdächtig. Wally fragte sich, was das tatsächlich für ein Gerät war und was man damit machte.

»Hey«, sagte der Felsmann. »Kann ich mal mit Ihnen sprechen?«

Es funktioniert, dachte Wally.

»Klar, Kumpel. Ich hoffe, Sie können mir helfen. Ich hab mich verlaufen.« Wally sah sich um. *Vielleicht wäre es einfacher, mich zu entführen, wenn wir nicht auf offener Straße wären.* »Sollen wir nicht lieber in diese dunkle Gasse treten, um uns zu unterhalten?«

Der Steinmann blieb unvermittelt stehen. »Oh. Darauf falle ich nicht herein! Ich weiß, wer Sie sind. Und ich lasse nicht zu, dass Sie noch jemanden mitnehmen!«

»He, Kumpel, ich will doch nur den Weg ...«

Der Steinmann schlug Wally eine Felsfaust ins Gesicht.

Funken regneten auf den Bürgersteig herab, und Wally torkelte nach hinten und stieß eine Laterne um. Es tat höllisch weh. Der Graue war kräftig. Benommen schüttelte Wally den Kopf, während die Laterne auf den Boden krachte und die anderen Leute auseinanderstoben.

»Du kannst mir nichts anhaben!«, brüllte der andere Typ mit einer Stimme wie ein Erdbeben. In der Faust, mit der er nicht zugeschlagen hatte, hielt er das Diktiergerät und wedelte damit vor Wallys Gesicht herum. Schnatternd sprang er auf und ab. »Du kannst mich nicht einmal berühren!«

Äh. Oh. Hatten die Kidnapper Wallys Verkleidung durchschaut? Wenn er in ihr geheimes Versteck gebracht werden sollte, musste er sie beeindrucken, musste sich unwiderstehlich machen. Bevor er sich von dem anderen überwältigen ließ, musste er ihnen zeigen, dass er sehr gut kämpfen konnte.

»Nein, bitte. Ich will nicht mit Ihnen mitkommen«, sagte Wally. Er sprang auf und parierte einen weiteren Hieb mit einem Unterarmschwinger. Mit der anderen Faust landete er einen Hammerstoß in den Bauch des Entführers. Es krachte laut, und wieder schwirrten glühende Funken davon wie bei einem Feuerwerkskörper am vierten Juli. Der Schlag raubte dem anderen den Atem, der jetzt wie heiße Asche roch.

»Uff.« Der Steinmann fiel auf ein Knie. Er sah das Diktiergerät an. »Dieser verlogene Alienarsch!«, stöhnte er. Er zerdrückte es in seiner Faust und schleuderte die Einzelteile pfeifend über die Dächer.

Wally holte zu einem Tritt aus, doch der andere stürzte sich auf ihn. Wally wurde gegen ein Postauto geworfen, das wie eine Coladose zerknüllt wurde, umfiel und die Straße versperrte. Auf der plattgewalzten Masse aus Blech und Glas rangen sie miteinander. Bei jedem Hieb und Tritt schlug Stein auf Eisen, und es flogen Funken, als würde ein Römisches Licht abgefeuert. Entlang der Straße ging ein Chor schriller Autoalarmanlagen los.

»Ich weiß, dass du einer von ihnen bist! Schleichst mir nach, erstattest ihnen über alles, was ich tue, Bericht«, sagte der Steinmann. Sein Blick huschte ständig hin und her, als hätte er Mühe stillzuhalten. »Bestichst meinen Zahnarzt, machst Abhörgeräte in meine Füllungen! Vergiftest meine Gedanken mit Fluorid!«

Selbst als Wally ihm zwei Schläge auf Kinn und Brust verpasste, unterbrach er seinen paranoiden Redeschwall nicht. Der Entführer packte Wally an den Schultern und knallte ihn so lange auf den geplätteten Wagen, bis Wally meinte, seine Nieten würden sich lösen.

Wally gelang es, das Knie anzuziehen. Mit einem kräftigen Stoß schleuderte er den Kerl auf den Gehweg, auf dem er ein Stück entlangschlitterte und ein Geräusch machte wie Fingernägel auf einer Tafel. Wally befreite sich aus den verbogenen Trümmern des Postautos und war gerade aufgestanden, als es metallisch heulte und Bolzen knallten und der Felsmann einen großen blauen Briefkasten aus dem Gehweg herausriss. Mit dem warf er nach Wally, doch dieser stieß das Geschoss mit flacher Hand zur Seite, und der Briefkasten explodierte in einer Wolke aus Rost und Briefumschlägen. Sein Gegner bekam den orangefarbenen Staub in die Augen, sodass er zurückzuckte und hustete. Wally nutzte die Gelegenheit für einen weit ausgeholten Kinnhaken.

Der Kopf des Entführers wurde herumgerissen. In dem Funkenregen fing ein Haufen Briefe Feuer.

Der andere Kerl bewegte sich weiter und nutzte den Schwung des Hiebs, um herumzuwirbeln und mit einem Fußtritt auf Wallys Rippen zu zielen. Wieder landete Wally der Länge nach auf der Straße, und zwar in einem Kleinwagen. Von der Schulter bis zur Hüfte durchlief ihn ein schmerzhaftes Stechen, und seine alte Operationsnarbe zeigte eine glänzende Kerbe. Ihm war nicht mehr nach Kämpfen zumute.

»O nein«, sagte Wally. »Ich fühl mich ziemlich benebelt.« Und das war er auch. Als er aufstand, musste er das Taumeln nicht mehr spielen. Ihm klirrten die Ohren. Das Klirren verwandelte sich in das Heulen von Martinshörnern.

Der Kidnapper lief weg. Wally wollte ihm hinterher, stolperte aber über das platte Postauto.

Als die Polizei eintraf, lag er noch immer.

♠

Zwar passte Wally kaum in den Streifenwagen, aber diesmal nahmen sie ihn mit auf die Wache. Der Entführer war längst über alle Berge, aber sie setzten Wally fest wegen Landfriedensbruch, Zerstörung öffentlicher Einrichtungen, Verletzung des Postgeheimnisses und Gefährdung der Allgemeinheit. Er fragte sich, was passieren würde, wenn die Adoptionsbeamten davon erfahren würden. Immerhin durfte er in der Schule anrufen, um abzuklären, dass Ghost mal wieder von Miss Holmes nach Hause gebracht wurde.

Die Beamtin, die die erkennungsdienstliche Behandlung durchführte und deren Name sich anhörte wie Squint oder so ähnlich, hatte ein großes Puppenhaus auf ihrem Tisch. Das kam ihm komisch vor. Sie interessierte sich nicht sonderlich für Wallys Version des Hergangs. Vielmehr schien sie ihm gar nicht zuzuhören, bis Wally erwähnte, dass das alles nur passiert sei, weil er sich gegen einen der Kidnapper des Fight Club verteidigt hatte. Und plötzlich interessierte sich die Polizei *sehr* für Wallys Geschichte. Vor allem für seine Beschreibung des Entführers. Sie setzten ihn in ein Zimmer und ließen ihn warten.

In dem Zimmer standen zwei Stühle, ein Holztisch und ein Wasserspender mit einer Röhre mit Spitzbechern aus Pappe. Durch ein Fenster mit einer kaputten Jalousie konnte er in den Hauptraum der Wache blicken. Hier herrschte viel Betrieb. Alle möglichen Leute – Beamten in Uniform, Detectives in Zivil, Anwälte in Anzügen, Straftäter und Verdächtige – wuselten vor seinem Zimmer hin und her. Einmal sah Wally sogar kurz Darcy. Er klopfte gegen die Scheibe und winkte ihr, und sie wirkte enttäuscht, aber nicht überrascht, ihn hier zu sehen.

Wally drückte einen Kegelbecher mit Wasser gegen seine Delle. Das linderte den Schmerz. Er fragte sich, was Ghost und Miss Holmes zu Abend essen würden. Dann trank er das Wasser, legte den Kopf auf den Tisch, versuchte, das Magenknurren zu ignorieren, und schloss die Augen. Er war noch nicht ganz eingeschlafen, als ihn eine Stimme weckte.

»Verdammich … Wally Gunderson.«

Die Stimme kam ihm vage bekannt vor. Er setzte sich auf und blinzelte. In der Tür standen zwei Männer. Den einen kannte er.

»Ach du liebe Scheiße«, sagte er. »Stuntman?«

Der Mann auf der anderen Seite des Tischs trug einen Anzug. Seine Bewegungen wirkten so, als habe er Schmerzen. Er klappte ein Lederetui von der Größe einer Brieftasche auf. »Im Moment bin ich Agent Norwood. Ich arbeite beim SCARE. Mehr oder weniger.«

Wally wurde mulmig, als er die Marke betrachtete. Er

konnte sich nicht erinnern, für was SCARE stand, aber er wusste, dass es irgendetwas Großes war. »Alter Schwede.«

Der andere Mann beugte sich über den Tisch und streckte Wally die Hand hin. Auch er wirkte müde, aber anders als Stuntman. »Mr. Gunderson, ich bin Detective Black.« Er warf einen Seitenblick zu Stuntman. »Und sollten Sie nicht das Bett hüten?«

»Ja. Aber das muss ich mir anhören.«

Stuntman klappte das Etui mit seiner Marke so schwungvoll zu, dass der Windstoß Wally im Gesicht kitzelte. Der Agent steckte es wieder in seine Brusttasche.

»Howdy.« *Detective?* »Geht es um das Postauto?«

Die beiden Männer sahen sich an. Stuntman verdrehte die Augen und zuckte mit den Schultern.

»Äh, nein«, sagte der Detective. »Agent Norwood hilft mir dabei, die Entführungsfälle in Jokertown aufzuklären.«

Aus seiner Anzugtasche holte Stuntman einen schmalen Notizblock hervor. So einen mit einer Spiralbindung oben. Er tippte eine Kugelschreibermine heraus und zeigte damit auf Wally. »Ich kann's kaum erwarten zu hören, wie ausgerechnet du in diese ganze Sache hineingeraten bist.«

Wally erzählte ihnen von Ghosts Lehrer, seinem Gespräch mit Jube und seinem Entschluss, den Fight Club zu infiltrieren, indem er sich entführen ließ.

»Was Bekloppteres habe ich noch nie gehört«, sagte Stuntman.

Der Detective sah den Agenten stirnrunzelnd an, bevor er sich an Wally wandte: »Was Sie vorhatten, war sehr gefährlich, Mr. Gunderson. In der Arena kommt es zu Todesfällen.«

»Deshalb mache ich das ja. Jemand muss diesen Leuten helfen.«

Stuntman verdrehte die Augen. »Du bist einigermaßen berühmt und anscheinend auch beliebt«, sagte er, »aus verschiedenen Gründen, die ich nicht verstehe. Ist dir nie der

Gedanke gekommen, dass die vielleicht lieber keine Promis entführen?«

»Pater Squid ist viel berühmter als ich. In Jokertown kennt den jeder.«

Wally bildete sich ein, Stuntmans Zähne knirschen zu hören. »Das wissen wir sehr wohl.«

»Und außerdem«, fuhr Wally fort, »habe ich mich verkleidet. Mit einem speziellen Hut und allem. Sie wussten also nicht, wen sie sich schnappten.«

»Du bist aus Metall und hast überall Nieten. Was für eine Verkleidung soll …«

»Erzählen Sie uns von dieser Verkleidung«, ging der Detective dazwischen.

Wally beschrieb den fiktiven Kreuzworträtselclub, in dessen Auftrag er Mr. Richardson ausfindig machen musste, damit sie sich Bleistifte leisten konnten.

Stuntman lachte. Es war kein freundliches Lachen. »Weißt du, ich habe mich immer gefragt, ob du den Bauerntrottel nur spielst. Das frage ich mich jetzt nicht mehr.«

Detective Black warf Stuntman erneut einen strengen Blick zu. »Bitte fahren Sie fort.«

»Nein, halt«, sagte Stuntman und hatte Mühe, sich vor Lachen zu beherrschen. »Das muss ich mir noch notieren.« Wieder tippte er auf die Kugelschreibermine und kritzelte etwas in seinen Block. »Kreuzworträtsel, wie genial.«

»Schnauze«, fuhr Detective Black ihn an. Dann wandte er sich wieder Wally zu. »Weiter, Mr. Gunderson.«

Wally setzte seinen Bericht fort. Als er bei der missglückten Entführung ankam, seufzte der Detective und sagte: »Ein großer grauer Typ? Mit Steinen überzogen? Fäuste wie Felsbrocken?«

»Ja.«

»Meckert die ganze Zeit?«

»Ähä.«

Der Detective fuhr sich mit der Hand übers Gesicht. Zu Stuntman sagte er: »Das war kein Entführer. Das war Croyd Crenson.«

Stuntman stand auf. Er und der Detective berieten sich flüsternd in der Zimmerecke. Wally schnappte Worte wie »Sleeper« und »takisianisch« auf. Kurz darauf kehrte Stuntman zurück und setzte sich mit einem angewiderten Seufzen. Er funkelte Wally feindselig an und schüttelte den Kopf. Schließlich sagte er: »Ich schwöre bei Gott. Gegen dich ist ein Hammer ja noch clever.«

Wally sagte: »Tja, von diesem Croyd weiß ich nichts, aber er kam mir auf jeden Fall verdächtig vor.«

»Natürlich«, sagte der Detective. »Der hat ja auch nicht mehr alle Tassen im Schrank.« Er schüttelte Wallys Hand. »Danke für Ihre Zeit, Mr. Gunderson, und bitte überlassen Sie die Polizeiarbeit der Polizei. Sie könnten zu Schaden kommen.« Im Hinausgehen grummelte er: »Verfolgungswahn, Fäuste wie Vorschlaghammer, und jetzt beschuldigt er auch noch *mich*. Bestens ...«

Stuntman klappte seinen Notizblock zu und schob den Kugelschreiber in die Ringheftung. »Danke, dass du unsere Zeit vergeudet hast.«

»Kann ich dich was fragen?«

»Das ist schon eine Frage.«

»Ich frage mich, ob du nicht irgendwann genug davon hast, immer andren die Schuld zu geben, wenn es nicht so läuft, wie du willst. Ich meine, so ein Leben ist doch ziemlich einsam.«

»Was faselst du da für eine Scheiße? Ich habe meine kurze Zeit als Berühmtheit genutzt, um Karriere zu machen.« Stuntmans Ton war von hohlem Stolz erfüllt, der ihm nicht anzusehen war. »Ich war eben clever.«

»Weiß nicht. Du kommst mir noch immer ziemlich aufbrausend vor.«

»Verdammte Scheiße. Hast du mich eben einen jähzornigen Schwarzen genannt? Ausgerechnet du?«

»Nein, ich glaube, du bist ein fieser Typ, der nebenbei auch schwarz ist.« Wally erinnerte sich an ein Gespräch mit Jerusha. Es kam ihm wie gestern vor. Sie hatten im Kongo ein Boot einen Fluss hinabgesteuert und über ihre Zeit bei *American Hero* gesprochen, die ihm schon damals so vorgekommen war, als läge sie eine Fantastillion Jahre in der Vergangenheit.

Das habe ich nie gesagt.

Ich weiß, Wally. Alle wissen das.

»Du konntest niemandem etwas vormachen«, sagte Wally.

Stuntman sah noch einmal demonstrativ auf die Uhr. Er gähnte. »Lass mich wissen, wenn du auf den Punkt kommst.«

Wally dachte darüber nach. Was war sein Punkt? Ihm war nicht bewusst gewesen, dass er einen hatte, er war nur neugierig gewesen, weil diese Art zu leben deprimierend sein musste. Aber dann ging ihm auf, dass er vielleicht doch etwas zu sagen hatte: »Wenn du nicht getan hättest, was du vor damals getan hast, dann wäre mein Leben ganz anders. Genau genommen wären viele Leben anders. Deinetwegen bin ich nach Ägypten, und nach mir haben das auch andere gemacht, und dadurch ist das Komitee entstanden. Und dann habe ich Jerusha besser kennengelernt und Ghost getroffen, und jetzt adoptiere ich ein Kind und das alles. Ich vermisse viele …« Wally hatte Mühe, gegen den Kloß in seinem Hals anzusprechen, den er immer bekam, wenn er an Jerusha dachte. Auch an Darcy dachte er. »Und es ist nicht für alle alles in Ordnung gekommen. Aber, ich weiß nicht, ich denke, mein Leben wäre viel einsamer, wenn du nicht gewesen wärst. Deshalb danke.«

Stuntman glotzte ihn an, als wäre Wally ein zweiter Kopf gewachsen. Er stand auf. »Wir sind hier fertig.« Ohne ein weiteres Wort ging er hinaus.

»Weißt du was?«, rief Wally ihm nach. »Du bist noch immer ein Schwachkopf.«

♦

»Alter Schwede«, sagte Wally mit lauter Sprechstimme zu niemandem im Speziellen, »diese Entführungen machen mir richtig Sorgen. Ich hoffe, dass diese Käfigkampftypen nicht auf die Idee kommen, mich kämpfen zu lassen. Denn ich habe ein Kind zu Hause.«

Er sprach so, dass seine Stimme trotz der Musik zu hören war, auch noch jenseits der Drehbühne, auf der eine gelangweilt dreinschauende Dame mit Goldfischschuppen um eine Feuerwehrstange halb herumtanzte, halb stolzierte. Und sogar noch in den abgedunkelten Ecken, wo Damen für einzelne Gäste tanzten.

Freakers am frühen Nachmittag war so ziemlich das Deprimierendste, was er in Jokertown gesehen hatte. Niemand hier schien besonders zufrieden zu sein.

Der Bartender, ein Mann mit Tätowierungen auf Armen und Hals, wickelte ein Handtuch um den Deckel eines Glases mit Silberzwiebeln. Während er das Glas aufzustemmen versuchte, wölbten sich die Tätowierungen.

»Brauchen Sie Hilfe? Ich bin ziemlich stark.« Aus den Augenwinkeln beobachtete Wally den Club und fügte hinzu: »Stark genug für einen Wrestler oder so was.«

Der Bartender sah Wally an. »Danke, Muskelmann, aber das krieg ich schon hin.« Der Deckel ging mit einem Ploppen ab. Wally stieg Essiggeruch in die Nase.

»Kann ich bitte noch ein Bier haben?« Und um das »bitte« wieder zurückzunehmen: »Ich weiß nicht, wie viele ich schon hatte.«

Das stimmte nicht. An der ersten Flasche hatte er sich eineinhalb Stunden festgehalten. Doch er wollte die Entführer glauben lassen, dass er leicht zu schnappen wäre. Er trank nicht gern allein. Aber es war wichtig, dass er sich einfügte. Das alles gehörte zum Detektivsein. Trotzdem war es ihm peinlich, Ghost mit Bierfahne von der Schule abzuholen. Umso mehr, da das Bier von einem Etablissement stammte, in dem Frauen ihre Kleider ablegten. Er war froh, dass seine Eltern ihn jetzt nicht sehen konnten.

»Ja«, sagte der Bartender. »Höhere Mathematik ist nicht jedermanns Sache.«

Der Bartender stellte ihm eine zweite Flasche hin. Als Wally zum Öffnen mit dem Daumen gegen den geriffelten Kronkorkenrand drückte, war ein Kreischen zu hören. Dann klapperte der Korken auf die Bar. Schaum schoss aus der Flasche.

Eine der Tänzerinnen glitt auf den Stuhl neben ihm. Sie stützte sich auf die Bar. Sie hatte ein Katzengesicht, und ihr Bikini verdeckte nicht viel Haut.

»Klasse Nummer«, sagte sie.

»Oh, klar. Das mache ich viel. Es hat auch nicht wehgetan oder so …« Er sah sich um, ob ihnen jemand zuhörte, und dabei fiel ihm auf, dass sie mehr weibliche Geschlechtsmerkmale hatte, als er für normal hielt. Der Rest des Satzes mischte sich in ein verlegenes Husten: »… weil meine Haut so hart ist.«

Die Tänzerin schnurrte. »*Wirklich?*«

Sie fuhr ihm mit dem Finger über den Arm. Das Schnurren wurde lauter. »Sag mal. Ist deine Haut überall so hart?«

»Nun, ja. Sie ist …« Und dann dämmerte ihm, was das sollte, nämlich dieses eine Ding, wenn Leute vorgeblich eine Sache sagen, dabei aber eigentlich eine ganz andere meinen. Wally lief so hochrot an, dass ihm tatsächlich das Gesicht wehtat. Sie sah ihn an, wartete auf eine Antwort, doch er richtete all seine Konzentration auf sein Bier. Er trank einen Schluck und umklammerte die Flasche so fest, dass sie splitterte. Die Tänzerin seufzte und sah mit einem Augenrollen zum Bartender, bevor sie wegging.

Das Bier lief ihm über die Finger. Er schüttelte sie trocken, was ihm einen wütenden Blick des Typen einbrachte, der ein paar Stühle weiter an der Bar saß. Wally hatte ihn nicht reinkommen sehen. Jetzt hatte sein Hemd dunkle Flecken, weil Schaumspritzer sich in den Stoff gesaugt hatten. Toll.

»Ups. Tut mir leid, Kumpel.«

Der Typ funkelte ihn mit riesigen schillernden Augen wie die einer Stubenfliege an.

Wally sagte: »Hier, ich geb dir eins aus.«

Der andere zuckte mit den Schultern. »Da wehre ich mich nicht.« Er schob seinen Stuhl näher an Wally heran. Dieser machte sich beim Bartender bemerkbar und ließ ein weiteres Bier auf seine Rechnung setzen. Kurz darauf kam die Tänzerin zurück.

Es wurde ein langer, peinlicher Nachmittag, und am Ende war Wally seiner Suche nach dem Fight Club keinen Schritt näher.

♥

Als Ghost gerade im Bett und am Einnicken war, klopfte jemand an die Wohnungstür. Wally legte das Buch von Dr. Seuss, aus dem er ihr vorgelesen hatte, neben die Schnabeltasse mit Wasser auf den Nachttisch, ging auf Zehenspitzen zur Tür und machte das Licht aus. Während er vor Ghosts Zimmer verharrte, ihren ruhigen, langen Atemzügen lauschte, die ihm sagten, dass sie tatsächlich eingeschlafen war, klopfte es erneut. Erst als er überzeugt war, dass sie nicht wieder aufwachen würde, öffnete er die Tür.

Davor stand Darcy. Er erkannte sie nicht gleich, weil sie nicht ihre Politessenuniform anhatte.

»Ach du liebe Scheiße«, sagte er. »Ich meine: Howdy.«

Sie zuckte mit den Schultern, mehr zu sich selbst als zu ihm. Dann sagte sie: »Haben Sie einen Moment?«

Wally winkte sie hinein. »Ich habe Ghost gerade ins Bett gebracht«, sagte er halb flüsternd. »Aber wir können uns in der Küche unterhalten.«

Darcy schüttelte den Kopf. »Ich habe es eilig.« Wally stutzte. Hastig sagte sie: »Ich glaube, ich habe die Entführer vom Fight Club gefunden. Wollen Sie mitkommen und mir helfen, Sie zu verhaften?«

Wally richtete sich so schnell auf, dass er beinahe den Knauf aus der Tür gerissen hätte. »Heiliger Strohsack, ja!«

♣

Es dauerte noch eine weitere halbe Stunde, bis sie unterwegs waren, und Darcy hatte die ganze Zeit wie auf Kohlen herumgetänzelt. Erst hatte er Ghost noch einmal ins Bett bringen müssen, dann hatte er Miss Holmes Bescheid geben müssen. Wally hatte keine Ahnung, was er ohne ihre Bereitschaft, auf Ghost aufzupassen, getan hätte. Er nahm sich vor, ihr einen Kuchen zu kaufen oder ihr vielleicht einen Auflauf zu kochen als Dankeschön. Er fragte sich, ob sie Tater Tots mochte. Denn er kannte ein gutes Rezept für einen Tater-Tots-Auflauf.

Doch schließlich waren er und Darcy unterwegs. Sie nahmen sein Auto, und Darcy dirigierte ihn an den westlichen Rand von Manhattan.

»Wie haben Sie die Kerle gefunden?«, fragte er.

»Ich habe mir in meiner Freizeit Aufnahmen von Verkehrsüberwachungskameras angeschaut.«

»Alter Schwede. Ich wusste nicht einmal, dass es so etwas gibt.«

»Das gibt es. Aber ich brauchte ungefähr zweihundert Stunden, ehe ich ein Muster ausmachen konnte.«

Grüne Neune. Zweihundert Stunden? Das war … Wally versuchte, im Kopf nachzurechnen, aber er konnte nicht rechnen und gleichzeitig fahren. Egal, jedenfalls waren das eine Menge Tage.

»Wow«, sagte er. »Sauber, sauber.«

»Es war nicht so spaßig, wie sich das anhört«, sagte sie. Aber sie wirkte ein wenig straffer, aufgerichtet von seiner Bewunderung. »Sie machen sich kein Bild, wie viele Lieferwagen jeden Tag durch dieses Viertel fahren. Aber es gibt nur einen, der verschwinden und dann wieder auftauchen kann. Biegen Sie hier ab.«

Er bog ab und sagte: »Ich bin echt froh, dass ich helfen kann. Aber ich dachte, Sie finden das gar nicht so gut, dass ich den Detektiv spiele. Sie hatten da so ein abgefahrenes Wort dafür. Selbstirgendwas.«

»Selbstjustiz«, seufzte Darcy. »Ja. Nun, nachdem ich eine mögliche Spur des Lieferwagens gefunden hatte, ist mir aufgefallen, dass ich zwei Probleme hatte. Und ich wusste, dass ich Hilfe brauchte. Aber vielleicht erinnern Sie sich daran, was meine Kollegen vor einigen Tagen gesagt haben: ›Wenn du sie siehst, ruf die Polizei.‹ Aber wenn ich das jemandem sage, dann werde ich zur Seite geschubst, und wenn am Ende irgendetwas Nützliches dabei rauskommt, dann vergessen sie alle, dass ich was damit zu tun hatte.« Sie zitterte förmlich vor Wut. »Das zweite Problem ist der Ort, dem wir uns nähern, denn streng genommen liegt er außerhalb der Zuständigkeit meines Reviers. Der richtige Weg wäre, dass ich Detective Black informiere, aber dann würden Stunden ins Land gehen, denn der beharrt darauf, immer alles nach Vorschrift zu machen.« Wally erinnerte sich an den Detective. Er schien alles in allem ein netter Kerl zu sein. Darcy sprach weiter: »Franny würde dann das andere Revier benachrichtigen und alles erklären, und dann müssten sie zu irgendeiner Einigung kommen. Und vielleicht müssten die Captains miteinander reden. Sie müssten sich einen Handschlag geben, damit wir ausrücken und in ihrem Revier eine Razzia durchführen dürften, aber viel wahrscheinlicher würden sie darauf bestehen, dass es ihre eigenen Jungs machen. Aber Sie können sich vorstellen, auf wie viel Begeisterung dieser Fall außerhalb von Jokertown stößt. Vermisste Joker? Ha.«

Wally sagte: »Deshalb haben Sie mich gefragt.«

»Ja, ich beuge die Regeln ein bisschen.« Sie zögerte, fuchtelte wieder herum. »Das habe ich noch nie gemacht.«

Wally lächelte vor sich hin. »Wie fühlt es sich an?«

»Ich habe den Drang, mir selber einen Strafzettel mit einer hohen Geldbuße auszustellen.«

Wally lächelte nicht mehr. »Sie, äh … Dann müssen Sie diese Typen ja wirklich unbedingt fangen wollen.«

»Ja.«

♠

Darcy wies ihn zu einem Schrottplatz, der teilweise unter dem alten West Side Highway direkt am Hudson River lag. *West Side Auto and Scrap*, stand auf dem Schild über dem Eingang. Die Sonne war eben hinter den Raffinerien von New Jersey untergegangen, als Wally den Wagen außerhalb des hohen Zauns abstellte, der das Gelände umgab. Der Nachglanz der Sonne färbte die Unterseite der tiefen Wolkenbank rosa und orange, und in dem rötlichen Licht erhielt Wallys Eisenhaut eine rostrote Farbe. Es war noch immer hell genug, um zu erkennen, dass auf dem Schrottplatz nichts los war.

Eine Brise pfiff durch die Stacheldrahtspiralen, die den Zaun bekrönten. Der Großteil des Geländes wurde von zusammengedrückten alten Autos eingenommen, von denen manchmal bis zu sechs Stück aufeinandergestapelt waren. Die unten waren älter und noch mehr zerquetscht als die darüber. Nur wenige hatten noch die Form eines Autos, die meisten waren zu Würfeln gepresst worden. Hin und wieder quietschte, ächzte oder klapperte einer der Stapel. Wally schrieb das dem Wind oder den Ratten zu. Doch abgesehen vom Wind und dem unaufhörlichen Dröhnen des Highways war es still auf dem Schrottplatz. Vor dem Lodern des Abendhimmels zeichnete sich ein hoher Kran ab. Das Büro des Schrottplatzes befand sich anscheinend in einem alten, breiten Wohnwagen. Niemand kam oder ging. Und als der lachsfarbene Glanz der Wolken erlosch, und der Himmel eine fleckige violett-graue Farbe annahm, gingen in dem Wohnwagen auch keine Lichter an.

Die Schatten wirkten schwer. Noch drückender fühlte sich Darcys Verbissenheit an, und alles schien scharfkantig zu sein.

Wally konnte nicht genau sagen, wie groß der Schrottplatz war. Vielleicht befand sich der Geheimclub weiter hinten auf dem Gelände. Oder es gab einen verborgenen Eingang, zum Beispiel eine Falltür, und der Club war unterirdisch. In einem Schrottplatz konnte man einen solchen Zugang bestens verstecken. Er könnte sich sogar in einem der Autos befinden, vielleicht in einem Kofferraum. Er beschloss, nach großen Autos Ausschau zu halten, die noch nicht zu Quadern gepresst worden waren.

Sie stiegen aus. Wally schlug die Fahrertür zu, und eine halbe Sekunde später fiel ihm auf, dass Darcy sich bemühte, die Beifahrertür möglichst geräuschlos zu schließen. Bei dem Schlag zuckte sie zusammen.

»Sorry«, flüsterte er.

Auf Zehenspitzen gingen sie zum Tor, das mit Kette und Vorhängeschloss gesichert war. Mit beiden Händen packte Wally ein Kettenglied und bog es sachte auf, doch dabei machte das malträtierte Metall genauso viel Lärm, als ob er die Kette einfach auseinandergerissen hätte. Wieder zuckte Darcy zusammen.

Das Tor quietschte. Wally schlich tiefer ins Dunkel des Schrottplatzes hinein, und Darcy folgte ihm.

Im Gewirr aus zusammengepressten Autos und Metallteilen wehten sporadische Windstöße den Geruch von Benzin, Schlamm und Flusswasser heran. Er stapfte auf dem Erdboden, der von schweren Fahrzeugen festgepresst worden war. Sie hielten sich in den Schatten, gingen langsam in einem Bogen zur Rückseite des Wohnwagens und schlichen sich an der Seite mit den wenigsten Fenstern an. Unterwegs bemerkte er ein paar Autos, die noch nicht in der Presse gelandet waren, doch waren sie so verbeult, dass die Türen und Kofferraumdeckel sich nicht öffnen ließen, es sei denn, er zerrte an ihnen oder ließ die Türangeln zu Rost zerfallen. Verborgene Eingänge fand er nicht.

Darcy bewegte sich leichtfüßig. Obwohl sie direkt neben ihm war, hörte er ihre Schritte nicht. Obwohl sie wieder etwas von falsch verstandener Ritterlichkeit flüsterte, bestand er darauf, dass sie hinter ihm blieb. Wally war nämlich der Ansicht, dass er einen ziemlich guten Schild abgab.

Sie schlichen sich an den Wohnwagen heran und kauerten sich unter ein Fenster. Darcy war zu klein, um über den Sims sehen zu können. Doch auch Wally konnte nichts erkennen, da die Scheibe schmutzig und es drinnen zu dunkel war. Sollte es irgendwelche Hinweise geben, dass der Schrottplatz mit den Entführungen in Verbindung stand, dann befanden sie sich bestimmt in dem Büro. Oder nicht?

Darcy flüsterte: »Warten Sie!«

Doch das Schloss war billig, und Wally hatte den Türknauf bereits aus der Tür gedreht. Darcy ging einen Schritt zurück und drückte sich gegen die Außenwand, während Wally hineinschlüpfte.

Drinnen war es noch dunkler als draußen. Eine Taschenlampe, fiel ihm ein, das wäre eine gute Idee gewesen. Er überlegte, ob er zurückgehen und die Lampe aus seinem

Handschuhfach holen sollte – hatte die noch Batterien? –, als etwas Klick machte und ihn eine grelle Schreibtischlampe blendete. Bevor Wally aus dem Wohnwagen heraustaumelte und die an die Dunkelheit gewöhnten Augen schloss, sah er kurz die Umrisse von ein paar Pritschen.

Darcy war verschwunden.

Wally stolperte. Mit einem dumpfen Schlag stürzte sich jemand auf ihn und schmierte Wally klebrige Schmiere ins Gesicht.

Die Dunkelheit, die ihn schluckte, roch nach Hustensaft.

♦

Er wachte im Freien auf. Daran, dass sein Gesicht mit Schleim und Erde bedeckt war, erkannte er, dass er nicht mehr im Wohnwagen war. Seine Arme gehorchten ihm nicht richtig, als er sich herumwälzen wollte. Er zuckte hilflos wie ein nach Luft ringender Zander im Kiel eines Kanus. Alles roch nach einer Überdosis Hustenbonbons. Fast schaffte er es, sich aufzusetzen, doch dann wurde eine Maschine angelassen, und die Erde bebte. Er fiel wieder hin. Alles drehte sich.

Scheinwerfer beleuchteten den Schrottplatz wie eine Baustelle. Am Schienbein und am Fußgelenk klebten ihm ebenfalls feuchte Erdklumpen.

»Unglaublich, dass er schon wieder wach ist«, sagte jemand. »Mit der Dosis kann man ein Nashorn ins Koma versetzen.«

»Tja, dann brauchen wir beim nächsten Mal halt mehr Glück«, sagte eine Frau. »Lass ihn uns …« Ein einzelner Schuss unterbrach sie. Wally kannte das Geräusch.

»Scheiße«, sagte die Frau. »Der eiserne Riese hat Freunde dabei. Verdammter Lärm.«

Inzwischen hatte Wally es geschafft, sich auf den Knien aufzurichten, auch wenn er dabei schwankte wie ein Schiff auf hoher See. Er erkannte eine kleine Frau mit kastanienbraunen Locken, die auf einen weißen Lieferwagen zurannte. Doch dann traf ihn ein glitschiger Fußtritt in den Rücken und warf ihn wieder um. Er schluckte eine Staubwolke und hustete.

»Hey!«, rief der Kerl der Frau nach. »Du kannst dich nicht verkrümeln, bevor ich mich nicht um den gekümmert habe.«

Noch jemand rief etwas. Es war Darcy. Sie hatte eine schöne Stimme.

Das Rattern der Maschine wurde lauter. Schatten huschten über den Boden, dunkle Ranken glitten über Ölpfützen und Unkrautbüschel in gerissenen Betonplatten. Dann war ein Klirren zu hören und das Rasseln von Ketten. Der Kran, dämmerte es Wally.

Ein seltsames, aber auch vertrautes Kribbeln breitete sich in seinem Bauch aus, lief durch die Brust in die Arme, Beine und Kopf. Es unterschied sich von der Benommenheit durch das Betäubungsmittel. Vielmehr war es so, als würde ihm jemand eine Stimmgabel an den Gaumen drücken, und das Vibrieren verwandelte sein Gehirn zu Brei. Er versuchte, sich herumzuwälzen, um zu sehen, was geschah, doch Arme und Beine gehorchten ihm nicht. Er brachte keinen klaren Gedanken zustande.

So hatte er sich schon einmal gefühlt. Aber wo?

Kurz kam er sich leichter vor … fast, als würde er schweben. Doch dann sackte der Boden unter ihm weg, rasant, und er fiel nach oben, bis Kopf und Rücken und Arme klirrend gegen etwas Großes, Flaches stießen. Sein Körper dröhnte wie ein Gong. Dann fiel es ihm ein.

Ach ja. Als mir die Kinder Magneten an den Kopf gesetzt haben. Das hier fühlte sich genauso an, nur eine Million Mal heftiger. Wahrscheinlich weil sie mit diesem Magneten Autos anhoben. Sein Gehirn war wie Watte, als hätte er schlimmes Fieber.

Der Kran heulte und schwirrte, als er den Magneten nach oben zog. Wally baumelte hoch über dem Schrottplatz und klebte flach an dem Magneten wie eine Fliege an einem Fliegenfänger. Die Welt schaukelte hin und her wie in einer der Luftschaukeln, in denen er früher beim Minnesota State Fair mit seinem Bruder gefahren war. Damals, bevor Wallys Wild Card aufgedeckt worden war.

Es kostete ihn seine ganze Kraft, den Ellbogen auch nur so weit zu beugen, anzuspannen und zu verdrehen, dass er den Elektromagneten mit den Fingerspitzen berühren konnte. Aber er bekam kein Metall zu fassen, denn die Oberfläche des Magneten war mit einer dünnen Kunststoffschicht überzogen. Deshalb konnte er ihn nicht rosten lassen. Sein Arm klappte wieder klirrend an den Magneten an.

Ach Scheiße.

Der Arm des Krans ruckte herum. Wallys Magen kam mit der Bewegung nicht hinterher. Und dann segelte Wally über das Gelände. Über Darcy hinweg, die sich hinter ein Auto geduckt hatte und ihre Pistole nachlud. Über einen halb nackten Mann, der sich ein Handtuch um die Hüfte gewickelt hatte. Über den Wohnwagen und den Lieferwagen, der dahinter parkte. Er erinnerte sich, dass der Lieferwagen irgendwie wichtig war … Aber der Magnet ließ seine Gedanken verschwimmen, und alles war wie verschleiert und fühlte sich unwirklich an, als folge es der Logik eines Traums.

Die Frau, die er unten gesehen hatte, hechtete auf den Fahrersitz. Der Auspuff spie eine Abgaswolke aus. Sie musste Vollgas gegeben haben, denn die Räder wirbelten Schlammwolken auf. Der Lieferwagen eierte um den Wohnwagen herum.

»Du Miststück!«, kreischte der Gandhi-Typ.

Wally sah wehrlos zu, wie jemand den Kerl durch die Seitentür des Lieferwagens zerrte.

Dann hörte Wally ein neues Geräusch, ein Trommeln

und Greinen wie von einer gigantischen Hydraulikpresse. Wally fragte sich, wohin er transportiert wurde. Der Kran schwenkte ihn an weiteren Stapeln zerquetschter Autos vorbei.

Zerquetschte Autos.

Oh.

Aber er durfte nicht gepresst werden. Wer würde sich dann um Ghost kümmern?

Angst und Sorge schmerzten mehr als jeder Schlag, jede Kugel, jeder Krokodilbiss.

Sein Sträuben brachte den Magneten dazu, wie ein Pendel hin und her zu schwingen. Und wenn es ihm einmal gelang, einen Arm oder ein Bein von dem Magneten wegzuzerren, schnalzte er oder es gleich wieder dagegen, sobald er versuchte, auch eine zweite Gliedmaße freizubekommen. Es gab keine Stelle, wo er mit seiner Kraft ansetzen konnte.

Jetzt drehte sich der Kran. Der Schlund einer riesigen Presse kam in Sicht. Er war groß genug, dass ein fettes Auto wie Wallys Impala hineinpasste. Die Luke bestand aus einer dicken Stahlklappe an gewaltigen Angeln, und die Seitenwände waren nichts anderes als dicke Stahlplatten an gigantischen Hydraulikarmen. Auch deren Oberflächen waren mit Kunststoff überzogen. Die Presse stand auf ausfahrbaren Füßen, sodass man sie schräg stellen konnte wie einen Kipplaster und die zerquetschten Autos herausfielen. Daneben ratterte ein Generator, und Wally stieg Dieselgeruch in die Nase.

Wieder hallte ein Schuss über den Schrottplatz. Ruckelnd stoppte der Kran ab, und der Magnet schlenkerte wild. Wally drehte sich alles. Vom Schlenkern, der Magnetwirkung und den Dieselausdünstungen musste er sich fast übergeben.

Der Lieferwagen nahm Fahrt auf, doch hielt er nicht auf das Tor zu, sondern raste direkt auf eine Wand aus würfelförmigen Autos zu. Der Magnet drehte sich. Wally konnte erneut Darcy erkennen, die jetzt auf die andere Seite des Krans schlich. Als er wieder in die andere Richtung blickte, hatte der Lieferwagen die Wand fast erreicht, aber … Wally war sich nicht sicher, denn mit dem Magneten konnte er nicht mehr klar denken, ihm war schwindelig, und er wollte sich übergeben. Aber er sah trotzdem, wie etwas, das ganz sicher wie ein Tunnel oder ein Loch aussah, den Lieferwagen verschluckte. Er erwartete einen krachenden Aufprall, aber stattdessen verschwand der Wagen einfach, als wäre die Wand nur eine Attrappe gewesen, so wie ein Hologramm in einem Film. Der Magnet drehte sich wieder. Wally blinzelte. Als er die Augen wieder öffnete, war der Lieferwagen fort.

Jemand rief etwas. Der Kran setzte sich wieder in Bewegung, und wieder kam Wallys Magen nicht hinterher. Die Presse bewegte sich auf ihn zu. Wieder ein Schuss, doch diesmal viel näher, gefolgt vom Aufprall einer Kugel.

Wieder blieb der Kran stehen. Irgendwo in der Ferne sagte jemand: »Wally!«

Er dachte darüber nach. *Oh, das bin ja ich.*

»Äh, hallo?« Seine Stimme klang seltsam, als wäre sie voller Murmeln. Der Magnet zerrte an seinem Kiefer, sodass er nur schwer rufen konnte. »Hier oben.«

Das Kribbeln hörte so plötzlich auf, als hätte jemand einen Schalter umgelegt. Doch ehe er Zeit hatte zu überlegen, was das zu bedeuten hatte, schoss ihm der Boden entgegen. Er machte einen Bauchklatscher auf die Kante der Presse, prallte dort ab, krachte in einen Autowürfel und kam nach kurzem Schlittern mit einem Arm unter dem Rumpf eingekeilt zum Liegen.

»Autsch«, sagte er.

Es kostete ihn einige Mühe, doch schließlich konnte er sich aufrichten und mit dem Rücken gegen den Autoquader lehnen. Das Metall fühlte sich klebrig an, was ein wenig komisch war. Die Nachwirkungen des Magneten und des

Schleims, dem man ihm in die Nase gestopft hatte, machten ihn wohl immer noch etwas benommen. Seine Lider klimperten eigenartig, wenn er blinzelte. Er blieb sitzen und versuchte, einen klaren Kopf zu bekommen. Ein paar Minuten später kam Darcy zu ihm. Sie kniete sich neben ihn hin.

»Sind Sie verletzt?«

»Ich glaube nicht.« Seine Worte waren undeutlich. Es war, als wollten seine Zähne sich gegenseitig aus dem Weg schieben.

Darcy blieb bei ihm, während sich der Nebel in seinem Kopf lichtete. Als er wieder etwas klarer denken konnte, fragte er sie, was passiert war.

»Sie sind entkommen«, sagte sie. »*Schon wieder*. Und ich werde wahrscheinlich gefeuert.«

»Aaaallgghh …« Sprechen war schwierig, da sich seine Kiefer gegenseitig abstießen. »Alter Schwede, ich weiß nicht. Wenn Sie nicht gewesen wären, säße ich jetzt ganz schön in der Klemme. Ich denke, das Komitee kann Ihnen helfen.«

Darcy stand auf. Sie starrte das Tor im Zaun an, durch das sie auf ihrer fehlgeschlagenen geheimen Mission hereingekommen waren.

»Sie haben den Fight Club gefunden«, sagte Wally.

Sie runzelte die Stirn. »Da bin ich mir nicht so sicher. Wir haben ein paar Leute und einen Lieferwagen gefunden. Keine große Sache.« Mit dem Finger rührte sie in der Luft. »Und außerdem sind sie alle weg. Wo zum Donnerwetter sind sie hin?«

»Oh, ich habe von da oben alles gesehen. Die sind durch den Zaubertunnel gefahren. Haben Sie meinen Hut gesehen?«

»Ich glaube, der Magnet hat Ihr Gehirn beschädigt. Sie sollten besser zu einem Arzt.«

»Oh.« Tja, immerhin war er nicht in einen Würfel gepresst worden.

Sie half ihm auf die Beine. Er versuchte, sich nicht auf sie zu stützen, aber sie war stärker, als sie wirkte. »Ich glaube, ich sollte Sie nach Hause bringen.«

Wally sagte: »Aber mein Auto.«

»Auf keinen Fall. Sie sind nicht in der Lage, ein Fahrzeug zu steuern. Nicht einmal sich selbst.«

»Oh. Okay.« Sie wankten auf das Tor zu. Die Wohnwagentür stand weit offen, und Reifen hatten tiefe Spuren im Boden hinterlassen. Sie führten direkt auf eine Wand aus Autos zu, was Wally komisch fand, auch wenn er zu benebelt war, um herauszufinden, warum.

Darcy fielen die Spuren auch auf. Sie blieb stehen, um sie zu betrachten. Ohne zu blinzeln, stierte sie darauf.

Dann sagte sie: »Wenn Sie sich besser fühlen, müssen Sie mir genau sagen, was Sie gesehen haben.«

»Okay«, sagte er. »Mögen Sie Kinder?«

Sie zuckte mit den Schultern, worauf er gleich ins Schwanken geriet. »Ich glaube schon. Warum?«

»Gut. Ich glaube, Sie sollten Ghost kennenlernen«, sagte er.

♣ ♦ ♠ ♥

Galahad in Uniform

Teil 8

Für die meisten Leute klang forensische Rechnungsprüfung ungefähr so spannend, als würde man Farbe beim Trocknen zusehen, aber Franny machte das tatsächlich gern. Als er zurück auf der Wache war, setzte er einen Antrag für einen Untersuchungsbefehl auf. Dann rief er beim Gericht an, um in Erfahrung zu bringen, wer heute die Untersuchungsbefehle ausstellte.

Man nannte ihn Samuelson, was bestens passte. Er war ein recht guter Richter, aber wenn er sich keine Fälle anhören musste, ließ er sich in seinem Büro von Nutten einen blasen. Was bedeutete, dass er es gern so einrichtete, dass er in seinem Büro nicht viel arbeiten musste. Wäre er dumm gewesen, hätte er das Problem dadurch gelöst, dass er alles ablehnte, aber Samuelson war nicht dumm und wusste, dass fortwährende Ablehnungen zu Zweifeln und Nachfragen führen würden. Außerdem wusste der Richter, dass die meisten Befehle zur Folge hatten, dass Gesindel gefasst wurde, und Gesindel und dessen überarbeitete Pflichtverteidiger stellten normalerweise nicht infrage, wie ein solcher Untersuchungsbefehl ausgestellt wurde. Die Chancen, dass Samuelson für das eher wackelige Kartenhaus, das Franny gebaut hatte, sein Okay geben würde, standen also recht gut.

Als Franny mit seinem Antrag in der Aktentasche durch

den Flur des Gerichtsgebäudes ging, hoffte er, dass der Richter kein Fan von *American Hero* war, dem Michael Berman bekannt war. Der Befehl diente einer Ermittlung ins Blaue hinein, doch genau wie Jamal glaubte auch Franny, dass Berman bis zum Hals darin verwickelt war.

Franny hatte es so eingerichtet, dass er in dem Moment in Samuelsons Gerichtssaal trat, als die Mittagspause ausgerufen wurde. Die pelzigen, raupenartigen Augenbrauen des Richters zogen sich eng zusammen, als er Franny hereinkommen sah. Zuschauer, ein gelangweilter Berichterstatter und die Familien der Opfer und des Beschuldigten schlurften zu der doppelflügligen Saaltür. Nur eine Person blieb sitzen, eine sehr große Frau mit sehr langen Beinen, deren Haar einen Rotton hatte, den man in der Natur nicht fand. Sie steckte in einem schwarzen Minirock, einer weit ausgeschnittenen Bluse und Schuhen mit Pfennigabsätzen. Ja, der Richter hatte es sicher eilig, Franny und seinen Untersuchungsbefehl wieder loszuwerden.

Eine unwirsche Geste, und Franny ging den Mittelgang entlang zur Richterbank. »Was haben Sie, Detective?«

»Einen Antrag für eine Rechnungsprüfung.« Franny schob den Befehl über die Bank.

»Kommen Sie in mein Zimmer.«

Franny folgte dem Richter durch die Tür hinter der Bank hinaus. Das Zimmer entsprach ganz dem Klischee: dick gepolsterte Sessel, Regale voller schwerer Bücher, die, dem Staub nach zu urteilen, nicht angerührt wurden. Da alle Fälle inzwischen online waren, bestand dafür auch keine Notwendigkeit mehr. Auf dem polierten Mahagonischreibtisch lag ein Pausenbrot. Der beißende Geruch von Corned Beef, Kraut und Senf war wie ein Schlag in Frannys von Martinis malträtierten Magen, und er musste die Übelkeit hinunterschlucken.

Samuelson setzte sich hinter seinen Tisch und blätterte

den Antrag durch. »Gut gemacht«, sagte er, während er seine Unterschrift darunter kritzelte.

»Danke, euer Ehren.«

»Machen Sie das nicht zur Gewohnheit.«

»Nein, Sir,«

Franny und der langbeinige Rotschopf nickten sich gegenseitig zu, als sie sich in der Tür begegneten.

♥

Zurück auf der Wache rief Franny die Steuerfahndung an und faxte den Untersuchungsbefehl. Hätte er erst einmal Zugang zu Bermans Steuererklärungen, wäre er in der Lage, an Bermans Konten heranzukommen und von dort wiederum an seine Kreditkarten. »Und dann werden wir sehen, aus welchem Holz du geschnitzt bist, Mr. Berman«, sagte Franny zu dem Faxgerät, als die letzte Seite des Befehls eingezogen wurde.

»Du weißt schon, dass es kein gutes Zeichen ist, wenn man mit Geräten spricht«, sagte Beastie Bester, der gerade hereintrottete und auf den Kopierer zusteuerte.

»Ja, nun, wenn nicht einmal mein Partner mit mir reden will, dann muss ich halt Selbstgespräche führen.« Eigentlich hatte Franny nicht gewollt, dass es so anklagend herauskam.

»Du hättest ablehnen können«, sagte Beastie freundlich.

»Nein, hätte ich nicht. Ich muss gewissen Traditionen gerecht werden.«

Schließlich landeten die Daten über Bermans Finanzen in seinem E-Mail-Postfach. Franny organisierte sich eine Tasse schlechten Kaffee, dann durchforschte er Bermans Leben, wie es sich anhand der Finanzen des Produzenten darstellte. Als Erstes sah er sich die Formulare W-2 und W-9 an. Hollywood hatte es sehr gut mit Mr. Berman gemeint. Dann warf er einen Blick auf die Kontoauszüge der letzten sechs Monate.

So rasch Geld auf das Konto kam, so schnell war es auch wieder weg. Es waren viele Überziehungsentgelte verzeichnet.

Franny sah sich wieder die Steuererklärungen an. Die Finanzbehörde hatte ihm fünf Jahre geschickt. Darin fand Franny Spielverluste, die bei den Gewinnen abgeschrieben wurden. Daraufhin nahm er sich die Kreditkartenabrechnungen vor. Viele Beträge waren von Casinos in Las Vegas, Cannes, Atlantic City, Monaco und *Kasachstan* abgebucht worden. Wohin Joe Frank, der ermordete Kameramann von Michael Berman, ebenfalls gereist war. Ein weiterer Blick in die Kontoauszüge offenbarte Franny Bargeldentnahmen an Geldautomaten in verschiedenen Spielhallen. Gemessen an den Entnahmen musste Berman weit mehr verloren als gewonnen haben.

Franny rief Bermans Bank an und hatte das Glück, an eine Mitarbeiterin zu geraten, die eine Schwäche für Gesetzeshüter hatte. Nachdem er den Untersuchungsbefehl eingescannt und ihr gemailt hatte, war sie nur zu gern bereit, ihm zu helfen, und dann sehr enttäuscht, als sie erfuhr, dass er in New York City war, denn sie selbst lebte in Houston. Nach einer Stunde, während der ihm fast die Ohren abgefallen waren, hatte sie ihm Onlinezugang zu allen Schecks der letzten fünf Jahre verschafft.

Was er dort fand, ließ ihn von seinem Platz aufspringen und triumphierend die Fäuste recken. Berman hatte gelogen. Er hatte Joe Frank nicht gefeuert. Bis vor zwei Wochen hatte er dem Kameramann noch Schecks ausgestellt. Er griff zum Telefon, um Jamal anzurufen, als Deputy Inspector Maseryk hereinkam und eine Akte auf seinen Tisch knallte. »Dieses große Komitee-Ass Rustbelt und eine unserer Politessen haben Detektiv gespielt, und dabei ist Gunderson fast draufgegangen.«

»Ich habe ihm gesagt, dass er das nicht machen soll«, sagte Franny.

»Tja, er hat nicht auf Sie gehört, und mir wäre es recht, wenn sich ein richtiger Detective die Sache ansieht. Vielleicht haben die beiden etwas Nützliches in Erfahrung gebracht. Wir haben es weiß Gott nötig. Ich hoffe nur, dass es nicht wieder eines von Darcys Hirngespinsten ist.«

»Jawohl, Sir.« Maseryk ging, und Franny legte langsam den Hörer auf. Die Sache mit Jamal und Berman war vollkommen inoffiziell. Das hier war sein eigentlicher Job. Und vielleicht wusste das große Ass tatsächlich etwas.

♣

Wally Gunderson kam auf Frannys Schreibtisch zu, und dabei wackelte der Boden unter seinen Schritten. Bestürzt musste Franny zusehen, wie Briefklammern, Schlüssel, Tacker und alles, was aus Metall war, durch die Luft schwirrte und wie ein Schwarm futuristischer Schmetterlinge auf den offenen Hautstellen an Gesicht, Hals, Händen und Armen des Eisenmanns landete. Kollegen schrien und versuchten, die fliegenden Gegenstände einzufangen. Rustbelt wehrte die Geschosse wedelnd ab, doch sie blieben lediglich aneinander haften und bildeten lange Ketten, die von seinen Fingerspitzen herabbaumelten. »Ach, Scheibenkleister«, sagte er mit seinem starken Minnesota-Akzent.

Rikkis überdimensionierte Brust hob sich panisch, und sie fuchtelte mit den Armen. »Die Computer«, kreischte sie. »Die Computer.«

Franny begriff, was ihr Problem war. Rustbelts magnetische Haut könnte Chaos auf den Festplatten anrichten. Er hob die Arme, legte Rusty die Hände auf die Schultern, drehte ihn herum und führte ihn schwungvoll wieder aus der Wache hinaus. Der große Kopf mit dem Baggerkiefer sackte nach unten. »Tut mir leid. Bin wohl magnetisiert worden von dem Magnet.«

»Ist nicht Ihre Schuld«, sagte Franny, als er Metallteilchen von Rusty abzupfte und auf einem Haufen auf der anderen Seite der Tür sammelte. An der nächsten Kreuzung entdeckte er auf der gegenüberliegenden Straßenseite einen Kaffeestand. »Wir können uns an der Bushaltestelle auf die Bank setzen. Ich gebe einen Kaffee aus.«

»Klar«, sagte Rusty und zupfte eine weitere Büroklammer ab.

»Wie wollen Sie ihn?«

»Viel Sahne und Zucker.«

Franny eilte die Straße hinunter und kaufte zwei Kaffee. Als er sich zu Wally auf die Bank setzte, trank er einen Schluck, und sein Magen rebellierte. Er starrte in den schwarzen Abgrund hinab und musste sich vergegenwärtigen, dass er sich die letzten Wochen von Kaffee ernährt hatte.

»Was brauchen Sie von mir, Officer?«, fragte Rustbelt. »Darcy hat einen Bericht geschrieben, und ich hoffe sehr, dass ihr sie jetzt nicht rausschmeißt. Sie gibt sich wirklich Mühe, eine gute Polizistin zu sein.«

Franny stellte den Becher auf dem Gehweg ab. »Nun, das ist nicht meine Entscheidung, aber ich werde selbstverständlich ein gutes Wort für sie einlegen. Darcys Bericht habe ich gelesen, aber er ist ein bisschen …« Er rief sich den siebenundzwanzigseitigen Bericht ins Bewusstsein samt der darin enthaltenen Darstellung des Verfalls der Stadt, der Analyse des Verkehrsaufkommens, der Verkehrskameraaufzeichnungen, Parksünden und einer detaillierten Skizze eines Schrottplatzes, und schließlich entschied er sich für ein neutrales Wort: »… ausführlich. Ich möchte nur wissen, was passiert ist, als Sie bei dem Schrottplatz angekommen sind. Darcys Bericht war ein wenig vage in dem Punkt, wie die Verdächtigen entkommen sind.« Frannys Kugelschreiber schwebte über dem Notizblock.

»Da war ein Tunnel und dieser magere Kerl mit einem

Handtuch. Und er hat mir so Zeug in die Nase gestopft, und davon wurde mir ganz schummrig. Oh, und diese rothaarige Frau. Sie hat den Wagen gefahren, als er in den Tunnel ist.«

»War sie ein Joker?«

»Nein, bloß ein Mädchen.«

»Mädchen. Dann war sie also jünger?«

»Ja, glaub schon.«

Franny stellte noch ein paar Fragen, aber anscheinend war Gundersons Vorrat an verwertbaren Informationen erschöpft. Vaporlock war altbekannt. Neu dagegen war die Frau und der eindeutige Einsatz einer Assfähigkeit.

Ein Bus hielt, die Türen gingen auf, und der Fahrer warf ihnen einen bösen Blick zu. »Ihr vertreibt euch hier wohl bloß die Zeit?«

»Sorry.« Franny stand auf und gab Wally die Hand. »Danke, Mr. Gunderson.«

»Hat Ihnen was von dem, was ich gesagt habe, geholfen?«

»Ich glaube schon.«

»Kann ich das Darcy sagen? Die fühlt sich gerade echt mies.«

»Klar«, sagte Franny. Dann ging er an seinen Schreibtisch und suchte am Computer nach Assen, die Tunnel öffnen konnten. Es brauchte nicht lange, bis er eines fand.

♠

Er rief Stuntman an. »Berman ist ein krankhafter Spieler«, sagte Franny. Er hielt inne, um Luft zu holen, während Jamal leise pfiff. »Und Berman hat Joe Frank nicht gefeuert. Er hat ihm noch bis vor zwei Wochen Schecks ausgestellt.«

»Dieser Wichser hat mich angelogen.«

»Ja, aber das Beste kommt noch. Ich glaube zu wissen, wie die Joker aus der Stadt gebracht werden.« Franny erzählte

Jamal von Rustbelts Aussage. »Also habe ich nach einem Ass mit einer solchen Fähigkeit gesucht. Es gibt eines. Sie war bei *American Hero,* Tesseract. Ich habe nachgeschlagen, was Tesseract bedeutet. Es ist die vierdimensionale Entsprechung eines Würfels. Ich habe auf YouTube Videos mit Tesseract gesehen, wie sie ihr Ding abzieht. Sie kann in, sagen wir mal, Los Angeles ein Loch machen und durch das Loch nach Paris oder Peking oder sonst wohin gelangen. Sie kann die Löcher so groß machen, dass man durchgehen kann, wahrscheinlich sogar so, dass man durchfahren kann.«

»Haben Sie ihren richtigen Namen?«

»Ach ja, entschuldigen Sie. Mollie Steunenberg.« Am anderen Ende der Leitung herrschte Stille. Sie hielt so lange an, dass Franny schon meinte, die Verbindung wäre abgebrochen. »Jamal? Hallo?«

»Ich bin hier. Mollie Steunenberg ist Bermans Assistentin.«

»Ach du Scheiße.«

♣ ♦ ♠ ♥

Das große Bluten

Teil 9

»Ihr Mann ist gerade gekommen. Zusammen mit dem Mädchen.«

»Danke«, sagte Jamal Norwood. »Wir sind so bald wie möglich da.« Dann legte er auf. Mit Jack Metz wollte er nicht länger als unbedingt nötig telefonieren. Zwar hatte er nicht direkt etwas gegen Hauswarte von der Upper East Side, aber dieser war über die Maßen gruselig. Allerdings hatte er sich als nützlich herausgestellt, schließlich hatte Metz ihn angerufen, um ihm mitzuteilen, dass Michael Berman wieder in der Stadt war, und zwar mit Mollie Steunenberg alias Tesseract. Jamal war klar, dass sie nicht lange bleiben würden.

Es war unter der Woche, frühmorgens, regnerischer und kälter, als es um diese Jahreszeit in New York normal war. Jamals Gedanken und sein körperlicher Zustand passten zu dem trüben Wetter. Er hatte gedöst, einen seltsamen Traum geträumt, in dem er von dem vermissten Joker Wheels auf der Straße verfolgt wurde, und er hatte sich so gefühlt, als wäre er zu spät, schlecht ausgerüstet und in Gefahr.

Als er erwachte, überlegte er, ob er Julia anrufen sollte, was er seit über einer Woche nicht mehr getan hatte. Aber was sollte er ihr sagen? *Mir geht es bestens!* Jedes denkbare Gespräch endete entweder in einer Lüge oder in einer sehr unangenehmen Offenbarung.

Deshalb rief er nicht an. Er lenkte sich mit Fernsehen ab, mit den Nachrichten über verschiedene Kriege und langweilte sich wegen der immer gleichen Geschichten.

Schließlich schaltete er auf einen Filmsender um und erwischte zu seinem Erstaunen die letzte halbe Stunde von *Moonfleet*, einem billigen Abenteuerfilm, in dem er zu Anfang seiner Karriere mitgemacht hatte. Anders als der Titel vermuten ließ, handelte es sich nicht um Science-Fiction, sondern um einen Historienfilm über Piraten und Schmuggler in der Karibik (wobei der irreführende Titel wahrscheinlich zum Misserfolg des Films beigetragen hatte … neben den unsympathischen Schauspielern und dem widersinnigen Drehbuch). Stuntman Jamal Norwood hatte einen größeren Auftritt in dem Film, nämlich als Matrose, der während eines Sturms in die Takelage steigt, doch dann bricht die Rahe ab, und er stürzt auf das Schiffsdeck.

Wer war dieser junge Mann? So eifrig, so fit, so überzeugt, dass er die richtigen Entscheidungen traf, viel Geld verdienen und ein Star werden würde …

Im Moment wünschte Jamal sich nur, dass er die Gesundheit dieses jungen Mannes besäße.

♦

Franny las ihn eine Straßenecke vom Bleecker entfernt auf. »Sie werden immer besser mit dieser Paranoianummer«, sagte der Detective.

»Ist nur ein bisschen zu spät.«

»Seien Sie nicht so pessimistisch.«

»Verbreiten Sie keine so gute Laune.«

Es war Hauptverkehrszeit, und es war mörderisch, um diese Zeit von Jokertown zur Upper East Side fahren zu wollen. »Ich vermute, Sie dürfen Ihr Martinshorn nicht einsetzen«, sagte Jamal.

»Kann ich schon, aber das würde uns nichts bringen.« Sie saßen vollständig fest beim Versuch, auf den FDR zu gelangen. Doch irgendwann schafften sie es, und zu Jamals Erleichterung gab es auf der weiteren Fahrt keine Probleme.

Als sie auf den Parkplatz des Gebäudes fuhren, beschlich Jamal plötzlich die Befürchtung, dass Murphys Gesetz zuschlagen würde, dass Michael Berman und Mollie Steunenberg gerade zum Frühstücken oder auf einen Kaffee rausgehen würden und sie an ihnen vorbeifahren würden …

Aber zum Glück war es nicht so. Weniger glücklich war allerdings der Umstand, dass der Parkplatzwächter sehr gut über sie Bescheid wusste. »Wissen Sie, meine Lieblingsserie ist *Baltimore Stakeout*«, erzählte er ihnen. »Wie schafft man es, so wo mitzuarbeiten?«

»Wenn Sie das fragen müssen, haben Sie nicht die nötigen Qualifikationen«, blaffte Jamal.

Sie trafen sich mit Metz, der so aufgeregt war wie ein Fünfjähriger an Weihnachten. »Sie sind da oben! Man hört Stimmen.«

»Aber Sie haben sie auch gesehen, oder?«, fragte Jamal.

Metz nickte.

Kurz darauf fuhren Jamal und Franny mit dem Lastenaufzug hinauf. Jamal hatte einen Watchman dabei, der die Bilder der Kameras empfing, die sie am Abend zuvor in der Wohnung versteckt hatten, und regelmäßig zwischen ihnen hin und her schaltete. Es war ein günstiges Gerät aus dem Elektro-Discounter, das man nicht aus der Ferne bedienen konnte. Rund um die Uhr konnten sie die Kameras nicht überwachen, weil Franny zu beschäftigt und Jamal zu krank war. Nein, die Kameras hatten sie wegen Tesseract und ihrer Fähigkeit angebracht. Sowohl Jamal als auch Franny wussten, dass sie sich erst das Mädchen schnappen mussten. Sonst wäre sie fort und Berman mit ihr. Jamal sah Berman und Mollie immer mal wieder im Wohnzimmer und im Flur.

Dann waren sie minutenlang wieder nicht zu sehen, wahrscheinlich in der Küche, dem Bad oder dem Schlafzimmer.

Jamal waren Überwachungen zuwider, und auf diese war er nicht vorbereitet. Zum Glück schien Franny es zu sein … denn der Detective hatte nicht nur daran gedacht, zwei Klappstühle in den Aufzug zu packen, sondern kramte anstandslos auch Wasser und Energieriegel aus. »Ich hoffe, das dauert nicht den ganzen Tag«, sagte Jamal und wusste, dass er knurrte, als wäre er schon doppelt so alt.

Ganz absichtlich hatten sie den hinteren Flur als Stelle für die zweite Kamera gewählt, denn dadurch war es ihnen am ehesten möglich, Tesseract zu überraschen und festzuhalten.

»Wir hätten die Wohnung auch abhören sollen.«

»Tja, aber wir haben es nicht gemacht«, sagte Jamal. »Deshalb warten wir.«

Die Planungen für Operation Schnappt-Michael-Berman waren schwierig gewesen, da sie dabei die Grenzen der Legalität schrammten. »Sie haben nicht etwa ein Team, das Sie anfordern könnten?«, fragte Franny. »Die uns den Kram besorgen und dann installieren.«

Wäre Jamal beim SCARE noch im Dienst gewesen, hätte er die Aufgabe leicht einem solchen Team überlassen können – wenn Carnifex eine entsprechende Anordnung unterschrieben und die Mittel dafür genehmigt hätte. »Haben Sie in Jokertown noch kein Team aus Freelancern angeheuert?«

»Noch nicht«, sagte Franny. »Und wenn das schiefläuft, dann wird das auch nicht mehr passieren.«

Dann kam die Frage nach einem Haftbefehl auf. »Ich kann einen besorgen«, hatte Franny gesagt. »Könnte aber einen Tag dauern oder zumindest einige Stunden. Wie sieht es bei Ihnen aus?«

Jamal schüttelte den Kopf. »Klar«, sagte Franny. »Lässt sich schlecht machen, wenn Ihre Chefs keine Ahnung haben, dass Sie …«

»… und wenn man krankgeschrieben ist.«

Sie hätten es auch ohne den Befehl durchziehen können. Doch so wild er auch darauf war, Berman und die ganze Bande von Jokerentführern so schnell wie möglich aus dem Verkehr zu ziehen, so wenig wollte er, dass die Verhafteten aufgrund der Gesetzeslage wieder freikamen, nur weil er und Franny sich benahmen wie in einem Cop-Film. »Was immer Sie erreichen, tun Sie es so rasch wie möglich.«

Während Franny sich um den Befehl gekümmert hatte, war Jamal durch die Elektrogeschäfte der achten Avenue gestreift und hatte nach Geräten zur Überwachung gesucht. Diese waren leicht zu bekommen, wenn auch etwas ungesund für seine Kreditkarte.

Am Abend sprach er Franny eine Nachricht auf Band und fiel ins Bett. Als er am nächsten Tag erwachte, lautete Frannys Antwort: »Haftbefehl ist da, wir können loslegen.«

♥

Kurz nach halb zwölf nachts hörten Jamal und Franny laute Stimmen aus der Wohnung. Berman schrie Mollie an, die barsch zurückbellte. »Okay«, sagte Franny. »Ich nehme meine kleinliche Beschwerde über den Mangel an Abhörgeräten zurück …«

Mit einem T-Shirt, das zwei ihrer bemerkenswerteren Körperteile betonte, und einer so kurzen Hose, dass sie in gewissen Gemeinden damit verhaftet worden wäre, stürmte Mollie in den Flur. Sie hatte eine Mülltüte in der Hand.

»Los geht's!«, flüsterte Jamal. Franny zückte Handschellen (»Smith & Wesson mit Doppelschloss«, hatte er Jamal davor erklärt, »die habe ich für fünfundzwanzig Dollar bekommen!«) und schloss sie auf …

… während Jamal die Tür aufdrückte und lächelnd sagte: »Hallo!«

Das Mädchen war so verblüfft, dass es kein Wort herausbrachte, als Jamal sie umschlang – nicht gerade das Unangenehmste, was er in den letzten Wochen getan hatte –, sodass Franny ihr und sich Handschellen anlegen konnte. Er fesselte Mollies rechtes Handgelenk an sein linkes.

Jetzt fand Mollie ihre Sprache wieder. »Was zum Donnerwetter?«, rief sie, wandte und wehrte sich und versuchte, Franny mit der linken Hand zu ohrfeigen.

Ihre Stimme rief Berman herbei – in zerknitterter Khakihose und einem *American-Hero*-T-Shirt.

Jamal erwartete ihn bereits – »Hi, Michael!« –, stürmte auf den Produzenten los und nagelte ihn mit einem Würgegriff an der Wand fest – etwas, das er seit mindestens fünf Jahren hatte machen wollen. Mit einer weiteren Handschelle fesselte er den Produzenten. »Falls du dich wunderst: Du bist verhaftet.«

Berman war so weit Herr seiner selbst, dass er fragte: »Hast du einen Haftbefehl?«

Franny drückte ihm das Schreiben an die Brust. »Lesen Sie das, dann dürfen Sie heulen.«

♣

Sie schleiften Berman ins Wohnzimmer. Jamal stieß ihn auf einen teuren Ledersessel, während Franny Mollie zur Couch führte. »Warum tun Sie das?«, fragte sie den Detective.

»Damit Sie nicht Ihren Tesseract-Trick machen.«

»Dafür brauche ich meine Hände nicht.«

»Stimmt. Aber wenn Sie irgendwohin gehen, nehmen Sie mich mit. Und ich nehme an, das wollen Sie nicht.«

»Und was, wenn ich pinkeln muss?«, fragte Mollie.

Jamal musste laut lachen. »Dann wird Ihnen Detective Black Gesellschaft leisten.«

Plötzlich schien das Mädchen weniger begeistert zu sein.

Berman beklagte sich, seit er gegen die Wand geworfen worden war. »Das ist unmenschlich, schlicht und einfach. Ich pfeife auf deinen Haftbefehl.«

»Und wir pfeifen auf dein Pfeifen«, sagte Jamal.

»Wie lauten die Vorwürfe?«

Jamal wandte sich zu Franny um. »Detective?«

»Wahl des Gebers. Betrug, Mord, Beihilfe zu beidem, tödliche Arschgeigerei.« Franny grinste Jamal an. »Es war nicht einfach, das einzugrenzen …«

Endlich schaltete Berman einen Gang runter. Auch er sah zu Jamal hinüber. »Hey, Stuntman, wer hätte das gedacht?«

»Du meinst, wer hätte gedacht, dass du irgendwann mal in Handschellen endest, Michael?«, fragte Jamal. »Außer jeder verfickten Person, mit der du je zu tun hattest?«

Das schien Berman tatsächlich zu treffen. Er wandte sich wieder an Franny. »Okay, und was jetzt? Bringen Sie uns nach Downtown? Läuft das so? Wann rufe ich meinen Anwalt an?«

»Wir könnten uns auch erst unterhalten«, sagte Franny. »Oder nicht, Jamal?«

»Ich meine doch, dass man sehr wohlwollend auf Mr. Bermans Kooperation zu diesem Zeitpunkt blicken würde.«

Berman schien sich das zu überlegen. Dann machte sich ein gefährliches Grinsen – das Jamal gut kannte – auf seinem Gesicht breit. »Na schön, also dann, ja. Ein kleiner Plausch unter Freunden.« Er räusperte sich und sah Jamal an. »Willst du das aufnehmen?«

Jamal legte sein Handy zwischen ihnen auf den Tisch. »Nur zu gern.«

»Ich biete freiwillig meine volle Kooperation«, sagte Berman. »Mollie, du bist meine Zeugin.«

»Wow«, sagte Mollie und dehnte die einzelne Silbe in ein vier Sekunden langes, sarkastisches Knurren.

Berman hielt die Handschellen hoch. »Können wir die abmachen?«

»Wie jetzt?«, fragte Franny. »Sie können ohne ihre Hände nicht reden?«

Jamal lachte. »Er sagt die Wahrheit!«

♠

Jamal löste Bermans Handschellen, und dieser knetete seine Handgelenke und stand langsam auf. »Zeit für die Arie. Das dürfte dir bekannt vorkommen.«

»Jamal …«, sagte Franny ein wenig besorgt.

Jamal winkte ab. »Sieh es dir an, hör's dir an.« Ihm war klar, dass Selbstdarstellung und Verkaufskunst bei Berman alles andere außer Kraft setzten, selbst die Sorge um die eigene Sicherheit oder Würde.

Der Produzent stellte sich vor ihnen hin, die Hände gefaltet, die Augen geschlossen.

Dann machte er sie auf. »Okay, stellt euch vor: ein begabter, reicher, ehrgeiziger und gut aussehender junger Mann mit einem Makel. Ein sehr menschlicher … er will Geld und Macht, nicht nur um ihrer selbst willen. Sondern wegen dem, was sie ihm verschaffen können. Und das ist Liebe, nicht wahr? Was jeder möchte. Denkt nur an Tom Cruise.«

»Ach, das hättest du wohl gern!«, sagte Mollie.

Franny war immer noch nervös. Zu Jamal sagte er: »Okay, was soll das?«

»Er macht einen *Pitch*!«

»Er versucht es, Detective«, sagte Berman. Die Unterbrechung schien ihn tatsächlich wütend zu machen.

»Mach weiter«, sagte Jamal.

»Danke«, sagte Berman. »Geben wir unserem Helden einen Namen: Gene. Gene konnte nie glauben, dass man ihn um seiner selbst willen oder für das, was er einmal sein wollte, lieben würde … deshalb ging er dem Geld nach. Also ja, er ist keine sonderlich sympathische Figur. Aber das war Rick in *Casablanca* auch nicht. Oder Charles Foster Kane. Man muss Gene nicht mögen, man muss sehen wollen, wie weit er gehen wird … wie tief er sinken kann.« Zu Jamal sagte er: »Er verdient eine Menge Geld.«

»Daran erinnere ich mich«, sagte Jamal. Ihm war bewusst, dass Berman ihn austricksen wollte, aber es kümmerte ihn wenig. Der Produzent hatte ihn schon immer fasziniert. *Wie tief würde er sinken?*

»Aber Geld hat man nie genug, stimmt's? Genauso wenig, wie man genug Liebe oder …« – und an dieser Stelle grinste er anzüglich zu Mollie hinüber – »… Sex haben kann.« Mollie schüttelte es.

»Und da es letztlich nicht befriedigt, es bloß zu verdienen, fängt Gene zu spielen an.«

»Wie jedes andere reiche Arschloch in Hollywood«, sagte Franny. Jamal lachte: Der Herr Polizist kam so langsam in Fahrt!

»Es fängt bei Sportwetten an, dann geht man zu … interessanteren Sportarten über. Hahnenkämpfe, und dann das menschliche Äquivalent dazu. Kämpfe auf Leben und Tod, vor allem zwischen Jokern. Krasse Bilder, tragische Momente und riesige Geldsummen, die die Besitzer wechseln. Und hier erreicht Genes Hybris das Level einer griechischen Tragödie – was bei einem Hollywood-Pitch ziemlich hochtrabend ist, aber ihr werdet sehen, wie es funktioniert. Er wettet auf seine eigene Fernsehshow, eines dieser Überlebensspiele mit versteckten Kameras und abgefahrenen Wettkämpfen, die Woche für Woche zu Folgen zusammengeschnitten werden, damit die Zuschauer ihre Lieblinge wählen können.

Diese Serie wird weithin beliebt, und überall wird gewettet, vor allem in Europa. Jetzt kannst du nicht einfach nach Las Vegas gehen und bei solchen Wetten mitmachen, zumindest nicht mit interessanten Einsatzsummen. Stattdessen musst du einen Ort finden, der sensibel für Wild Cards ist oder wie in Genes Fall … den Wilden Osten. Ein Casino in Kasachstan.« Berman sah hinter sich. »Wenn ich ein paar Minuten Vorbereitungszeit hätte, könnte ich euch Bilder zeigen.«

»Wenn Sie Vorbereitungszeit gehabt hätten, wären wir nicht hier«, sagte Franny.

»Gene setzt viel Geld auf eine Frau, deren Name wahrscheinlich keine Rolle spielt – doch sie steigt aus der Show aus! Das ist mal eine Wende … sie überlegt es sich einfach anders, typisch Frau, und darüber hat Gene keine Kontrolle – und ein weit weniger angemessener Teilnehmer gewinnt am Ende.«

Jamal räusperte sich. »Weniger angemessen?« Er konnte Bermans Kommentar nicht unwidersprochen lassen.

Berman trieb sein Spiel weiter. »Sagen wir, weniger angemessen angesichts der Ziele unseres Helden.«

Jamal wollte zu dem Punkt gelangen, an dem sich Berman tatsächlich belastete. »Michael, bisher macht unsere Figur keinen guten Eindruck«, sagte Jamal. »Ich stehe auf verkrachte Figuren, solange die Kulisse cool ist und die Dialoge zünden.«

»Oh, die Kulisse ist fantastisch. Eine öde Gegend in Kasachstan, und in ihr eine Stadt der Geheimnisse. Zur Zeit der Seidenstraße als eine der wichtigsten Handelsstationen unter dem Namen Talas bekannt, wird es heute Taraz oder Tapaz geschrieben, aber es ist noch immer dieselbe geschichtsträchtige und geheimnisvolle Stadt. Und in ihrer Mitte dieser Casinopalast mit seinen gefährlichen Geheimnissen. Schöne russische Nutten fürs Auge. Gut aussehende europäische Männer in Fräcken und wilde Bösewichte wie Dmitri, dieser riesige Fettsack, der immer T-Shirts anhat, aber diese ärmellosen, selbst im Casino. Oh, und er kaut Kaugummi. Ständig. Was ihn so gefährlich macht, ist seine

Fähigkeit, in deinen Kopf zu kriechen. Da macht er Sachen mit dir. Macht dir Angst. So sehr Angst, dass du erstarrst.«

»Ist notiert«, sagte Jamal. »Aber Dmitri ist nicht der Star in deinem Film.«

Berman lächelte. »Nicht einmal annähernd. Er ist nur eines von mehreren Zwangsmitteln. Es gibt noch eine viel gefährlichere, viel unwahrscheinlichere Schurkin. Stellt euch eine ältere Frau vor, nennen wir sie einmal Baba Yaga …«

»Michael!«, warnte Mollie den Produzenten. Plötzlich hatte sie aufgehorcht.

Doch er achtete nicht auf sie. »Angesichts ihres Unternehmens ist sie natürlich keine gewöhnliche alte Frau. Da hat man freilich großartige Besetzungsmöglichkeiten, ich denke da an diese englischen Schauspielerinnen, die vor einem halben Leben Sexsymbole waren …«

»Halt!«, sagte Franny lachend. »Ihr großer Bösewicht ist eine gruselige Siebzigjährige? Was macht sie denn, verprügelt sie die Leute mit ihrem Rollator?«

Berman lachte. »Der war gut, Detective. Aber nein. Baba Yaga ist ein Ass. Sie … kann Leute verwandeln. Und zwar in üble Dinge. Wir reden hier von Möbeln. Gene verspielt also Geld – wir reden hier von Geldsummen, die er nicht zurückzahlen kann –, doch sie verwandelt ihn nicht in einen Fußschemel, wie sie ihm androht, sondern schlägt eine Möglichkeit vor, wie er das Geld zurückzahlen kann, nämlich indem er seine Fähigkeiten und sein Team nutzt, um Joker für Kämpfe in ihrem Casino zu, äh, rekrutieren. Als Nächstes hat Gene unversehens geschäftliche Beziehungen zu einer jungen Frau, die ein erstaunliches Talent hat: Sie kann so ziemlich überall hinreisen. Es entsteht hier auch eine hübsche Symmetrie, denn das Mädchen war ebenfalls Teilnehmerin in der Heldenshow, allerdings in einer späteren Staffel. Damit kommt am Ende alles wieder zusammen, nicht wahr? Wie dem auch sei, das ist das Ende des ersten Akts.

Das Team sucht interessante Joker und entführt sie. Natürlich nicht selbst … Baba Yaga will bei jedem Schritt des Prozesses Leute dabeihaben, denen sie traut. Deshalb machen Gene und sein Mädchen …«

»Ich war nie dein *Mädchen*!«, fuhr Mollie ihn an.

»Ich rede über das Mädchen in dem Film«, sagte Berman ungerührt. »Die Joker sollten in New Jersey festgehalten werden, bis genug zusammen waren, um eine Lieferwagenladung von ihnen mithilfe des talentierten Mädchens nach Kasachstan zu bringen.«

Franny sagte: »Hey, ist Pater Squid etwa auch dort?«

»Wer?«

»Ein sehr großer Joker, der wie ein Tintenfisch aussieht«, sagte Jamal. »Er ist Priester.«

Berman schnaubte. »In meinem Exposé taucht er nicht auf.«

»Er ist eine herausragende Persönlichkeit in Jokertown«, knurrte Franny. »Es ist wichtig, dass wir ihn finden.«

»Ich kann … mir vorstellen, dass sich so ein Joker in Kasachstan befindet. Also klar, er ist Teil der Besetzung, Teil dieser neuen Mannschaft. Bessere Kämpfe, mehr Geld. Und alle sind glücklich!« Dann sprach er leiser weiter. »Bis ein beknackter Kameramann Aufnahmen der Kämpfe verkauft.«

Zwei unterschiedliche Gefühle regten sich in Jamal, als er dieser Präsentation lauschte. Zum einen Belustigung darüber, Berman in seinem Element zu erleben – so flehte Berman also um sein Leben, nämlich indem er das machte, was ihn in seiner Karriere vorangebracht hatte.

Zum anderen die Genugtuung, dass die Puzzlestücke bezüglich der vermissten Joker und des ermordeten Kameramanns Joe Frank zusammenfanden. »Baut der Held an irgendeiner Stelle auch mal Scheiße?«, fragte Jamal. »Wenn er zum Beispiel von der Polizei und möglicherweise auch von einem gut aussehenden Superstar und Bundesagenten zur Rede gestellt wird und seinen Kameramann auffliegen lässt, nur um festzustellen, dass dieser ermordet wurde?«

Berman blinzelte. »Der Held sitzt in der Klemme. Er weiß, dass der Kameramann, wie sollen wir sagen, in einer prekären Situation steckt und sehr wahrscheinlich Opfer von Baba Yagas Temperament werden wird. Aber er hat keine andere Wahl, oder? Er versucht, Zeit zu schinden ...«

»Wie schaut der dritte Akt aus?«, fragte Jamal. »Wie kommt er aus der Sache wieder raus?«

Während der ganzen Präsentation war Berman auf den Beinen gewesen, war zwischen Couch und Fernseher hin und her gegangen. Jetzt kniete er sich jedoch vor das Schränkchen, auf dem der Fernseher stand, und suchte etwas zwischen seinen DVDs.

Bis er eine Pistole in die Höhe riss und blitzschnell auf Franny richtete. »So«, sagte er und drückte ab.

Ehe Jamal reagieren konnte, blitzte es links von ihm auf – ein Lichtwechsel, als sich die Couch auf seltsame Weise zu öffnen und Franny und Mollie zu verschlucken schien. Doch nur für einen Sekundenbruchteil. Dann war die Couch wieder wie zuvor, und als die Kugel sie durchlöcherte, spritzte Polstermasse heraus.

Berman richtete die Waffe auf Jamal, doch jetzt stand Jamal nicht mehr still, sondern bewegte sich schneller, als er es seit Monaten getan hatte. Er stieß den Produzenten gegen den Fernseher, tat sich dabei selbst weh, stellte damit aber sicher, dass Berman die Pistole nicht erneut abfeuern konnte.

Er war kurz davor, den Kerl windelweich zu prügeln ... Jahre aufgestauter Wut erfüllten ihn mit dem Wunsch, dem kriminellen Schweinehund die selbstgefällige Visage einzuschlagen. Doch Berman ächzte bereits und war schon besiegt.

Mit Mollie an einem Handgelenk und einer Waffe in der anderen Hand tauchte Franny wieder auf. Sie kamen aus dem Flur ins Wohnzimmer. »Brauchen Pitches immer so ein Finale?«, sagte Franny.

Darauf hatte Jamal keine Antwort. Nachdem er Bermans Pistole sichergestellt hatte, zerrte er den Produzenten auf die Beine. Berman stöhnte und streckte den Rücken, der ihm wahrscheinlich höllisch wehtat. »Michael, was hast du denn geglaubt, was passieren würde?«, fragte Jamal.

»Erst den Bullen abknallen, dann dich, und dann weg hier.«

»Ich würde mich wieder aufrappeln.«

»Klar. Aber erst in ein paar Minuten.« *Wahrscheinlich nie,* dachte Jamal.

»Und was ist mit mir?« Mollie blinzelte und hatte Tränen in den Augen – und wirkte jetzt wie fünfzehn und ängstlich.

»Und was ist mit ihr?«, fragte Franny.

»Wenn wir sie mitnehmen, kriegt sie eine ED-Behandlung und einen Anwalt. Und kein Anwalt wird zulassen, dass sie uns hilft. Doch wir brauchen sie, um die Joker zurückzuholen. Oder schlimmer noch: Sie kommt auf Kaution frei und ist auf und davon.«

»Dann also eine kleine Unterlassungssünde«, sagte Franny.

Und so endeten Stuntman und Tesseract in gemeinsamen Handschellen.

♣♦♠♥

Bande fürs Leben

Teil 5

Kavitha hatte auf seinen Antrag mit Nein geantwortet.

»Warum denn nicht, zum Donnerwetter?«, hatte Michael sie gefragt, und im Nachhinein musste er sich eingestehen, dass das nicht gerade die taktvollste Art war, eine Frau zur Heirat zu überreden. Aber er war ganz ehrlich geschockt gewesen – er hätte nie gedacht, dass sie Nein sagen würde. Und schlimmer noch: Kavitha hatte sich geweigert, ihm zu sagen, warum. Und Minal hatte zu heulen angefangen. Sosehr Michael sich bemüht hatte, nicht laut zu werden, war die Diskussion wohl doch ein wenig … hitzig geworden und anscheinend auch ziemlich laut, denn erst war Isai aufgewacht und dann Tantchen Maya, und irgendwie war es zwei Uhr nachts geworden, ehe sich alle schlafen gelegt hatten, und er hatte aufgegeben und war ins Bett gefallen. Minal trug seinen Ring, aber Kavitha nicht, und das war einfach nur falsch.

Michael war vielleicht nicht in der Lage, Sandip zu finden, aber womöglich gelang es ihm wenigstens herauszufinden, was mit seiner Freundin los war. Was nutzte es ihm schließlich, Polizist zu sein, wenn er seine Freundin nicht observieren konnte?

♦

Am nächsten Tag meldete Michael sich bei der Arbeit krank, *nachdem* er die Wohnung verlassen hatte.

Den Morgen verbrachte Kavitha im Studio, doch mittags ging sie von dort weg, ohne aber nach Hause zurückzukehren. Es war nicht schwer, ihr zu folgen. Auch wenn sie über Assfähigkeiten verfügte und gelegentlich mit dem Komitee um die Welt jettete, war sie im Herzen doch eine Zivilistin. Sie sah sich nicht mal um, als sie das Studio verließ und in eine Richtung ging, die sie nicht zur Wohnung zurückführte. Und als sie endlich in einem wirklich furchtbaren Stadtteil ankam, richtete sie ihre Schritte auf eines der schäbigsten Motels der Straße. Michael wartete ein paar Augenblicke und folgte ihr dann hinein. Vielleicht würde sie ihn entdecken, aber mittlerweile wusste er genug, um sie zur Rede zu stellen, wenn es sein musste. Auf die eine oder andere Art würde er die Wahrheit aus ihr herausbekommen.

Er betrat das Motel gerade rechtzeitig, um zu sehen, wie sich die Aufzugtür schloss und der Pfeil nach oben aufleuchtete. Dritter Stock. Michael nahm die Treppe so schnell er konnte, und war froh, dass er noch immer die Fitnessanforderungen eines Polizisten erfüllte. Als er oben ankam, sah er gerade noch, wie sie in Zimmer 328 verschwand. An diesem Punkt schlug er alle Vorsicht in den Wind – scheiß drauf. Warum um alles in der Welt traf sich seine Freundin mit jemandem in einem schäbigen Motel? Hatte sie sich deshalb geweigert, ihn zu heiraten?

Es gab nur eine wahrscheinliche Erklärung, aber die ergab keinen Sinn. Michael hatte eine Hand an der Tür, die andere an seiner Waffe, und er musste eine plötzliche, mörderische Wut unterdrücken. Mehr als eine Person zu daten war eine Sache – aber einen zu betrügen, das ging nicht in Ordnung. Wenn sie ihm doch nur gesagt hätte, dass sie jemanden treffen wollte – nun, Michael hätte das nicht gefallen, aber immerhin würde er dann nicht das Bedürfnis verspüren, jemandem die Fresse einzuschlagen. Er konnte nicht mehr klar denken.

»Aufmachen!«, rief er. »Polizei!«

Unvermittelt ging die Tür auf, während Michael noch mit der Faust dagegentrommelte, und er wäre fast ins Zimmer gefallen, wenn er sich nicht hätte am Türrahmen festhalten können. Kavitha stand einen Schritt hinter der Tür, und auf dem Motelbett, mit baumelnden Beinen und Füßen, saß … ihr Bruder, am ganzen Oberkörper mit Verbänden umwickelt. Er sah aus wie eine aufgewärmte Leiche, Entsetzen stand ihm in den braunen Augen.

Michael holte rasch Luft, um sich zu beruhigen. Behutsam nahm er die Hand vom Griff seiner Pistole und schämte sich plötzlich, dass er überhaupt dorthin gefasst hatte. Und dann fragte er so ruhig es ihm irgend möglich war: »Möchte mir *bitte* jemand erklären, was hier vor sich geht?«

Sie überschlugen sich nicht gerade mit Erklärungen. Für den Anfang. Das Schweigen wurde ohrenbetäubend, bis Kavitha schließlich sagte: »Sandip. Erzähl es ihm.« Sie ging zum Bett, setzte sich neben ihren Bruder und hielt seine Hand in ihren schlanken Fingern. Zärtlich machte sie ihm Mut, indem sie ihm die Hand tätschelte, und schließlich brachte der Junge den Mund auf.

»Die bringen Joker um. Die bringen *Leute* um.« Die Worte torkelten aus seinem Mund. Unvermittelt fing der Junge zu heulen an, keuchendes Schluchzen von ganz unten im Bauch, und Tränen liefen ihm übers Gesicht. Kavitha nahm ein Handtuch, das neben dem Bett lag, und tupfte ihm mit geübten Bewegungen die Wangen ab, als hätte sie das schon oft getan. Als hätte sie das schon seit Tagen getan.

»Sag mir, was passiert ist«, bat Michael mit seiner ruhigsten Polizistenstimme. In gewisser Hinsicht konnte er nicht glauben, dass Kavitha ihm das verheimlicht hatte – doch er behielt die Wut bei sich und wartete die Fakten ab.

Und die Geschichte sprudelte aus Sandip hervor. Er war vor ein paar Wochen von einem Entführungskommando rekrutiert worden. Einer der übel gelaunten Tamilen, an den er sich hatte ranhängen wollen, war ein Joker, der in der Sache drinsteckte. Wegen seiner revolutionären Ambitionen wusste Sandip in Grundzügen, wie man eine Feuerwaffe benutzte, auch wenn er außerhalb des Schießstands noch nie eine abgefeuert hatte. Allerdings machte es ihm nichts aus, damit herumzufuchteln, um den Leuten Angst einzujagen. Vor allem angesichts der Summen, die die Typen ihm dafür bezahlten.

»Und nicht nur Geld. Kostenlose Drinks, so viel ich wollte, und sogar Frauen. Verdammt scharfe Frauen, die nur auf uns warteten. *Machan*, du hättest sehen sollen, was sie dort alles hatten.« Die Augen des Jungen waren groß und glasig.

»Dort?«, fragte Michael streng.

Sandip krümmte sich zusammen, und Kavitha legte ihm beschützend die Hand auf den Arm. »Ich kann mich nicht erinnern. Sie haben uns nie was gesagt, aber ich habe mal einen davon reden hören. Irgend so ein Winzland. Irgendwas mit Stan.«

Das war wichtig. Das musste Michael dem Captain sagen, sobald er die ganze Geschichte gehört hatte. Der Junge redete noch immer wie ein Wasserfall. »Ich weiß nicht, wo das war, tut mir leid. Tut mir echt leid!« Er schwärmte noch weiter davon, wie cool alles am Anfang gewirkt hatte. Sandip war sich vorgekommen, als erfülle sich ein Traum. Und dann hatten sie ihm das Schlachten gezeigt.

Jetzt heulte er wieder beim Reden, und die Worte kamen nur noch zwischen Schluchzern hervor. »Ich meine, sie haben mir schon gesagt, was dort abging, aber als ich es dann sah, war es noch einmal etwas ganz anderes. Als die gesagt haben, das wäre ein Joker Fight Club, da habe ich halt gedacht, dass da Gangster, irgendwelche großen Kerle gegeneinander kämpfen und ihre Männlichkeit unter Beweis stellen, weißt du? Denn solche Leute haben wir halt entführt. Aber beim ersten Kampf, den ich gesehen habe, da war dieser kleine Mann mit Brille – der sah aus wie ein Lehrer. Wie der Typ, den ich in der ersten Klasse in Geschichte hatte. Diesen Mr. Matthews habe ich gehasst, aber ich wollte trotzdem nicht sehen, wie er in Stücke gerissen wird! Der andere Typ hat angefangen, das, was von seinem Bauch übrig war, aufzufressen, und da war mir klar, dass ich da nicht mehr mitmachen konnte.« Jetzt weinte Sandip so sehr, dass er nichts mehr hervorbrachte, und Kavitha erzählte weiter.

»Das ist fast schon alles«, sagte sie. »Als sie wegen eines Auftrags nach New York zurückkamen, hat er sich davongemacht. Sie haben ihn an der Schulter getroffen, aber er kam davon. Weil er zu viel Angst hatte, ins Krankenhaus zu gehen, hat er mich angerufen. Das war an dem Tag, als deine Eltern zum Abendessen da waren. Ich habe mich nachts rausgeschlichen, habe was von unserem Geld genommen und dieses Zimmer gemietet. Arznei gekauft, Verbandszeug, hab ihm die Kugel aus der Schulter geholt, ihn geflickt und versorgt, damit er überlebt. Du hättest seinen Zustand sehen sollen.« Sie sprach mit hoher, zitternder Stimme.

Michael traute seinen Ohren nicht. »Eine Woche. Du hast das eine Woche lang vor uns geheim gehalten?« Kein Wunder, dass sie so angespannt gewesen war. Geheimnisse zu verbergen lag nicht in ihrem Wesen. Es musste sie fast umgebracht haben, sie beide so anzulügen. Deshalb war er jedoch nicht weniger wütend. In seinem Bauch brodelte es.

»Michael.« Kavitha stand auf, kam zwei Schritte auf ihn zu, so nah, dass er ihre Angst riechen konnte. Allerdings berührte sie ihn nicht, was vielleicht auch besser so war. »Mir war klar, dass du ihn verhaften musst, ihn für sehr lange einsperren musst. Aber er ist doch noch ein Junge. Die sind eben so, weißt du.« Ihre Stimme bebte, sie brachte kaum noch etwas heraus. Doch dann holte sie Luft und rang um Beherrschung. »Damit die Gewalt weitergeht, holen sie sich Kinder und lassen sie für sich kämpfen. Wir dürfen die Kinder nicht für das bestrafen, was die Erwachsenen getan haben.«

Michael schüttelte den Kopf. Seine Brust fühlte sich an, als würde sie von Messern durchlöchert. Er hätte nie gedacht, dass sich ein gebrochenes Herz buchstäblich so anfühlen könnte, so echt. »Kavitha, du weißt es besser. Er hat aktiv teilgenommen. Sandip ist alt genug, um zu wissen, was er tat, als er diese Menschen in ihren Tod geführt hat.« Sie hatte sich immer so sehr der gerechten Sache verschrieben. Unter anderem deswegen liebte er sie. Ihm war klar gewesen, wie sie über Familie dachte, aber er hatte mehr von ihr erwartet.

Der Junge war jetzt ruhiger, krümmte sich nach vorn und umschlang die Knie, schluckte sein Schluchzen hinunter.

Sie breitete hilflos die Arme aus. Trotz allem traf Michael die Schönheit ihrer Bewegungen. »Er ist mein kleiner Bruder«, sagte Kavitha. »Du hättest ihn sehen sollen, wie er geblutet hat, mit der Kugel drin. Er hat mich um Hilfe gebeten. Ich dachte, wenn ich ihn eine Weile verstecke, bis alles vorbei ist …« Sie sprach nicht zu Ende, da ihr anscheinend nicht klar war, welches gute Ende die Sache tatsächlich hätte nehmen können.

Wenn sie doch nur gleich mit ihm gesprochen hätte – dann hätte er eine Möglichkeit suchen können, die Sache zu regeln. Den Jungen zu beschützen. Wenn Sandip sich gleich gestellt und seine Geschichte erzählt hätte, dann hätte Michael ihn vielleicht retten können. Aber jetzt war es zu spät. »Du hast mich eine Woche lang angelogen. Du hast zugelassen, dass diese Schweinehunde ihre Geschäfte ungehindert weiter treiben. Wie viele Leute haben sie in der letzten Woche entführt?« Er sah, wie seine Worte Kavitha trafen, und wie sie sich gegen sie stemmte.

Wie sollten sie von hier einen Weg zurückfinden? Michael wurde klar, dass sie nie seinen Ring tragen würde, jetzt nicht mehr. Nach alldem konnte er ihn ihr nicht mehr antragen, obwohl er zu einem gewissen Grad verstand, weshalb sie es getan hatte. Er konnte nicht mehr mit ihr zusammenleben. Er konnte sie kaum noch anschauen. Oh, Isai. Liebste. Das würde ihrem kleinen Engel das Herz brechen. Und Minal – würde sie ihn noch heiraten? Oder würde er auch sie verlieren? Wenn es hieß, sich zwischen ihnen zu entscheiden, war Michael nicht sicher, wen Minal wählen würde.

Kavitha trat zurück, ging auf Abstand zu ihm. Ließ die Hände seitlich herunterfallen. »Was machst du jetzt, Michael?«

Sie kannte die Antwort, sie kannte ihn zu gut. »Was ich tun muss.«

Als Michael es aussprach, spürte er, wie die Worte wie ein schweres Messer zwischen ihnen herabfuhren und die Bande zertrennten, die sie verbanden. »Sandip Kandiah, du bist verhaftet. Du hast das Recht zu schweigen. Alles, was du tust und sagst, kann vor Gericht gegen dich verwendet werden …«

♣♦♠♥

Die Todgeweihten

Teil 6

Vor der Arena, an der Tür, die zu ihr führte, sagte sich Marcus: *Nur noch ein Mal.*

Ein Mal, und es ist vorbei.

Er wusste, dass er sich später dafür hassen würde, wenn er das weit hinter sich gelassen hätte und zurückblicken würde. Aber das war Zukunftsmusik. Es ging um das Hier und Jetzt. Er musste hier raus. Mit Olena. Er würde es für sie tun, und dann wären sie frei. Sie würden sich irgendwo verstecken, wo ihn keiner kannte. Wo, wäre ihm nicht wichtig, denn er hatte ja Olena.

Nur noch ein Tod, und dann nie wieder.

Die Musik wurde leiser und wechselte das Tempo. Der Ausrufer bat um die Aufmerksamkeit des Publikums. »Meine Damen und Herren, das war bislang ein erstaunlicher Abend«, behauptete er, »aber jetzt ist es Zeit für das nächste große Ereignis – ein Kampf auf Leben und Tod. Seit der Antike, seit Roms ruhmvoller Herrschaft, haben keine Gladiatoren mehr ihr Leben in der Arena gewagt. Dieser Kampf jedoch geht noch viel weiter zurück bis an den Anfang der Schöpfung. Bis zum Garten von Gut und Böse.«

Eine andere Stimme übernahm und sprach in einer anderen Sprache. Russisch, vermutete Marcus. Und danach kam noch eine weitere Sprache, vielleicht Chinesisch.

Marcus dachte: *Die ganze Welt schaut zu.* Aber er hoffte, dass das nicht der Fall war. Sowohl wegen sich selbst als auch wegen dem, was das über die Welt aussagen würde.

Der englische Ausrufer übernahm wieder und sagte, dass der erste Kämpfer, meine Damen und Herren, sein mörderisches Talent nur wenige Tage zuvor zur Schau gestellt hatte. Er sei bewaffnet mit den Gaben, die ihm das Wild-Card-Virus verliehen habe. Heißen Sie ihn willkommen, meine Damen und Herren! *Infamous Black Tongue!*

Die Tür vor Marcus schwang auf. Der in dem kleinen, überfüllten Saal eingesperrte Lärm schlug ihm entgegen wie eine Faust. Er schlängelte sich ins grelle Licht des Rings. Sobald er durch war, ging die Tür wieder zu, und er war gefangen. Aber das war in Ordnung, denn er wusste, wie er wieder hinauskam. Indem er tötete. Und er kannte diese Arena. Sie war eine Freundin. Er glitt durch die von der Spannung wie von Wellen gekräuselte Luft. Wie Hitzeflimmern, aber auch wieder nicht. Wie eine Witterung, die man nicht roch. Er sog es auf, labte sich daran, füllte sich mit der Wut, die er brauchen würde.

Sein Blick ging zu Baba Yagas Loge hinauf. Sie war da, wie immer, mit dem verkrüppelten Alten neben ihr. Doch diesmal saß auf ihrer anderen Seite ebenfalls jemand. Dieser Jemand war nervös und unbehaglich. Und schön. Olena. Sie trug ein ultrakurzes, enges Kleid und hatte das Haar nach oben gesteckt. Sie hätte ein Model oder ein Starlet am Arm eines Hollywoodschauspielers sein können. Es ärgerte ihn, dass an der Rückwand hinter ihr ein halbes Dutzend Wachen mit ihren schwarzen Anzügen standen, die mit ebenfalls schwarzen Sonnenbrillen auf die Arena blickten. Die hatten in Olenas Nähe nichts verloren. Er machte die Augen zu und rief sich ins Bewusstsein, dass sie ihm gehören würde, wenn das alles vorbei wäre. Er würde sie von all dem hier wegbringen. Darauf kam es an.

Als er die Augen wieder aufmachte, fasste Baba Yaga zur Seite und legte ihre Hand auf die von Olena. Sie ließ sie dort und beobachtete Marcus. Die Botschaft war deutlich.

Als der Tumult nachließ, sprach der Ausrufer weiter. Der Kontrahent der Schlange sei ein Soldat des Todes in der Kutte eines Gottesdieners. Jahrelang hatte er vorgegeben, ein Geistlicher zu sein, wo er doch in Wahrheit ein Mann des Schwerts war, ein Glücksritter mit einer blutigen Vergangenheit. Sie alle kannten den Namen, unter dem er heute bekannt war. Sie alle hatten ihn schon in Aktion erlebt.

Während die Übersetzungen abgespult wurden, zerrte Marcus seine Gedanken und Blicke von Olena weg. *Ein Geistlicher?*, fragte er sich. Das traf nicht auf El Monstro zu. Oder auf Nimble Dick. Oder auf John den Pharao. Oder auf irgendeinen anderen Joker, von dem er geglaubt hatte, dass man ihn gegen ihn antreten lassen würde. Sie würden doch nicht …

Eine Tür auf der anderen Seite der Arena ging auf. Eine unter einer Kapuze verhüllte Gestalt schleppte sich herein.

Nein!, dachte Marcus.

Als wolle er ihm widersprechen, verkündete der Ausrufer: »Bringt den Holy Redeemer!«

Nein, das können sie nicht machen!

Hinter dem Priester fiel die Tür zu. Pater Squid schob die Kapuze zurück. Er starrte Marcus an. Überrascht wirkte er nicht. Er wirkte auch nicht entsetzt. Doch Marcus vermochte nicht zu sagen, welche Gefühle in den dunklen Tiefen seiner großen, runden Augen lagen.

»Meine Damen und Herren«, psalmodierte der Ausrufer. »Die Schlange und der Heilige! Nur einer von ihnen kann den Garten von Gut und Böse lebend verlassen. Wer wird es sein? Welcher sollte es sein?« Er wies die Zuschauer noch einmal darauf hin, dass sie Wetten auch elektronisch abgeben konnten, und zwar bis zur ersten Berührung der Gegner.

Zum ersten Mal wurde die Menge ein wenig leiser, weil alle die Köpfe senkten und auf ihre Handys sahen.

Mit schweren Schritten kam Pater Squid auf ihn zu.

»Was machen Sie hier?«, fuhr Marcus ihn an. »Sie machen alles kaputt. Sie dürfen nicht hier sein!«

Der Priester schüttelte ernst den Kopf. »Ich bin der Einzige, der dir entgegentreten sollte, Marcus.«

»Das ist ein Kampf auf Leben und Tod!«

»Sollte man dem Tod nicht immer mit einem Priester gegenübertreten?«

Die Ruhe des Kirchenmanns machte Marcus wütend. Seine Fäuste verwandelten sich in Steine. »Hören Sie auf, Unsinn zu reden.«

Rufe und Anfeuerungen regneten auf sie herab, das Publikum drängte sie zum Kampf.

»Marcus, Gott hat uns zusammen in diesen Ring geführt. Nichts geschieht ohne seinen Willen. Das begreife ich jetzt.«

Marcus wollte ihn packen und schütteln. Fast hätte er ihn geschlagen. Er wollte es. Er war bereit dafür. Deshalb war er hier, um jemanden niederzuschlagen. Um zu töten. Aber … er konnte seine Fäuste nicht dazu bringen, das zu tun, was sie tun sollten. Er dachte: *Das ist Pater Squid.*

Pater Squid sah von ihm weg, ließ den Blick über die Menge schweifen. »Wir sind nicht für sie hier. Wir sind hier, damit du der Mann werden kannst, zu dem dich das Schicksal bestimmt hat.«

Und dann begriff Marcus. Die Erkenntnis traf ihn wie ein Schlag, machte ihn benommen, fegte aber auch das Durcheinander in seinem Kopf hinweg. »Sie … haben sich freiwillig für den Kampf gemeldet, stimmt's?«

»Ich bin hier, um dir zu geben, was ich dir noch geben kann. Nur so kannst du von hier entkommen. Töte mich, Marcus. Überlasse dich der Wut, die du zurückhältst. Nur noch dieses eine Mal.«

Der Ausrufer meldete sich wieder und verkündete etwas. Marcus beherrschte sich trotz des Lärms des Ausrufers, der Anfeuerungen des Publikums und des inneren Drangs, draufloszuprügeln. Der Drang war noch immer da. Er atmete ihn noch ein. Er stachelte ihn noch immer an. Fang doch an, schien sein Körper ihm zu sagen. Fang an und lass den Tod geschehen. Nur mit Mühe brachte er ein Wort heraus. »Warum?«

Pater Squid trat ganz nah an ihn heran. Er packte Marcus am Handgelenk. Marcus verkrampfte sich. Sein Unterleib zog sich zusammen, und jede Faser brannte darauf loszuschlagen. Die Menge brüllte, weil sie glaubte, dass jetzt endlich etwas passieren würde.

Der Priester sprach langsam und deutlich. »Weil ich dich in diese Hölle geführt habe. Weil ich ein Leben hatte voller Verbrechen – und voller Wunder. Doch bei dir, Marcus – die Bedeutung deines Lebens und deiner Werke auf Erden liegt noch vor dir. Aus dir kann noch ein großer Mensch werden. Ich habe ihn immer in dir gesehen, schon das erste Mal, als ich dir begegnet bin – ein ängstlicher, wütender Flüchtling, der Hilfe suchte, aber nicht wusste, wie man darum bat.«

»Aber Sie …«

Pater Squid zerrte ihn heftig am Arm. »Weil es keinen anderen Ausweg gibt! Und da Gott alles sieht und weiß und plant, muss er auch dies für uns geplant haben. Was auch immer du tust, ich spreche dich frei von Schuld. Jetzt kämpfe gegen mich!« Der Priester ließ Marcus' Arm los, machte einen Schritt zurück und gab Marcus eine Ohrfeige.

Der Schlag warf Marcus zur Seite. Wut kochte in ihm hoch. Mit erhobenen Fäusten richtete er sich wieder auf, und sein Mund füllte sich mit giftigem Speichel. Das Publikum war begeistert. Alle sprangen von ihren Plätzen auf.

»Töte mich!«, bellte der Priester und schlug ihn erneut. »Du hast die Wut. Ich sehe es in deinen Augen. Tu, was dein

Körper verlangt. Kämpfe. Hasse mich, Marcus, weil ich zwischen dir und deiner Liebe stehe. Töte mich und gehe mit ihr in die Freiheit. Donnerwetter, lass den Scheiß und tu es einfach, Marcus!«

Fast hätte Marcus ihm gehorcht. Er war so nah dran. Pater Squid stand direkt vor ihm und bot ihm einen Pfad zu allem, was Marcus zu wollen glaubte. Freiheit. Olena. Aber die Kraftausdrücke aus dem Mund des Priesters waren eine weitere Ohrfeige, die ihm etwas in Erinnerung rief. Marcus sah eine Teetasse vor sich, die durch die Luft segelte, weil er sie weggeschleudert hatte, weil er sie vor Wut zerdeppert hatte. Und er hörte das Kraftwort, doch zu seiner Beschämung kam es aus seinem eigenen Mund. Ein Wort, das er im Zorn gesprochen hatte. Eine geschmissene Teetasse. Zerdeppert. Das würde er stets bereuen. Er würde sich immer dafür schämen. Sich immer wünschen, er könnte es ungeschehen machen.

»Das ist der einzige Ausweg für dich und auch für mich«, sagte Pater Squid und stieß ihn kräftig mit dem Arm weg. »Ich kann mir selbst das Leben nicht nehmen, aber ich kann es geben. Ich gebe es dir. Das ist in Ordnung, Marcus. Wirklich. Ich habe keine Angst. Ich werde meinem Richter entgegentreten. Wenn Gott es gestattet, werde ich meine Lizzie wiedersehen, und das ist das größte Geschenk. Wovor hast du Angst? Tu es einfach. Vergifte mich. Und dann bringe es zu Ende. Dann werde ich nichts spüren, wenn es das ist, was dich zögern lässt.«

Marcus konnte ihn vergiften, das wusste er. Die Fischhaut des Paters würde das Gift wahrscheinlich in Sekundenbruchteilen aufnehmen. Und dann? Ihm das Genick brechen? Ihn erwürgen? Das ließe sich machen, aber zu wissen, dass er es konnte, war für ihn nur eine Bestätigung dafür, es nicht zu tun. Es war eigenartig, wie beruhigend diese Erkenntnis war. Er würde alles verlieren. Er würde nie ein Leben mit Olena haben. Wahrscheinlich würde er in den nächsten

Augenblicken sterben. Er würde nicht die Zukunft haben, die Pater Squid sich für ihn ausmalte, und doch empfand er eine schicksalsergebene Genugtuung dabei. Er konnte sich selbst treu bleiben. Er konnte seinen letzten Augenblicken ohne Scham entgegengehen. Dann könnten sowohl Olena als auch Pater Squid stolz auf ihn sein, und das zählte mehr als alles andere. Das Einzige, was er nicht tun konnte, war das, was der Priester von ihm verlangte.

Marcus sah zu Olena hinauf. Er sah ihr an, dass sie es verstand. Sie blickte noch besorgter als sonst. Selbst aus der Entfernung sah er ihre Unterlippe beben. Ganz, ganz leicht schüttelte sie den Kopf. Das hatte Marcus gebraucht. Er glitt nach vorn und packte Pater Squid an den Armen, genau so, wie es der Priester kurz davor bei ihm getan hatte. »Sie haben sie wirklich geliebt, nicht wahr?«

»Lizzie?«, fragte der Priester und rückte näher, um ihm zu helfen. »Ja, mit ganzer Seele. Die Liebe zu ihr hat bewirkt, dass ich ein Mensch geblieben bin. Sie war in all dem Guten, das ich getan habe.«

»Ich bin sicher, dass sie auf Sie wartet. Sie werden sie wiedersehen, aber nicht wegen mir. Das kann einfach nicht sein. Sie bedeuten mir zu viel.«

Während er sprach, erschlafften die Gesichtstentakel des Priesters. Er schloss die Augen, und als er sie wieder öffnete, waren es wieder diejenigen, die Marcus so gut kannte. Ruhig. Traurig. Weise. Aus einer Ecke löste sich eine Träne und versickerte im Tentakeldickicht.

Marcus wandte sich von ihm ab und erhob die Stimme, damit alle ihn hörten. »Nein, ich tue es nicht. Dieser Mann hat mich gerettet. Versteht ihr das? Als ich ein Niemand war, elend, verloren. Er hat mich aufgenommen und mir gezeigt, dass ich jemand anders sein konnte. Und ihr wollt, dass ich ihn töte? Nein, das tue ich nicht.« Er wandte sich zu Baba Yaga um. Die Worte fanden sich leichter. »Und leck mich, du alte Schlampe. Du hast das alles angefangen. Aber du kannst mir nichts anhaben. Nicht mehr. Nicht, wenn du das von mir verlangst.«

Die Alte hatte sich von ihrem Platz erhoben. Die Zuschauer, deren Blicke von den beiden Kämpfern im Ring zu der Frau hinaufwanderten, wurden still.

Baba Yaga starrte auf Marcus herab, ihre Lippen bewegten sich, und sie sagte: »Töte, wenn du leben willst. Wenn du das Mädchen willst.«

Sie flüsterte nur, doch Marcus verstand sie deutlich. Oder las er die Worte an ihren Lippen ab? Oder fühlte er sie nur, wurden sie aus ihrem Kopf direkt in seinen gedrückt? Was es auch war, diese Frau hatte Macht in der Stimme. Befehlsmacht. Diese Stimme hätte ihm so manches befehlen können, und er hätte es getan, vor allem für Olena. Doch diese eine Sache würde er nicht tun. Marcus schüttelte den Kopf.

Baba Yaga sah noch immer zu ihm herunter. Es war fast unmöglich, ihrem Blick standzuhalten. Marcus hatte schon etliche raue Kerle gesehen, war monströsen Jokern gegenübergestanden, hatte Menschen getötet, die ihn hatten töten wollen. Aber noch nie hatte er ein so tödlich entschlossenes Gesicht gesehen wie das der Alten. Ihr zorniger Blick drosch auf ihn ein, verbrannte ihn.

Die Szene musste das Publikum beunruhigt haben, denn es tuschelte. Man rutschte nervös hin und her. Manche standen auf und schienen nicht sicher zu sein, was passieren würde. Einer beschwerte sich mit betrunkener Stimme, dass er dafür kein Geld ausgegeben hätte. Die Frau neben ihm befahl ihm zu schweigen.

»Marcus«, sagte Pater Squid. »Du könntest noch immer …«

»Niemals«, sagte Marcus.

»Ich wollte doch nur eine Zukunft für dich.«

»Eine Zukunft mit Ihrem Blut an meinen Händen? Niemals.«

Baba Yagas Stimme war leise und eisig und erreichte sie doch ganz klar. »Du widersetzt dich mir? Dummer Junge.« Sie schürzte die Lippen, zog die Wangen zusammen, beugte sich vor und spuckte.

Der Speichel fiel durch das Drahtnetz auf Marcus herunter. Ein wenig Spucke nur von einer so kleinen Frau. *Erbärmlich,* dachte er. *Wenn das alles ist, was sie auf Lager hat.*

Pater Squid rempelte Marcus von der Seite und stieß ihn weg.

Der kleine Speichelklumpen verfehlte Marcus und traf stattdessen Pater Squids Wange. Der Priester riss den Kopf zur Seite, aber nicht schnell genug. Er fasste sich mit den Fingern an die Tentakelwange. Taumelte. Sein Körper wurde starr, die Finger zuckten krampfhaft. Die schwarzen Augen traten hervor, als überfiel ihn ein großer Schmerz und er würde es jetzt erst begreifen.

Marcus schlängelte auf ihn zu. Er wollte nach ihm fassen, doch Pater Squid wich aus. Ein paar steife Schritte ging er zurück, ehe eines seiner Beine nachgab. Da es in der Arena mucksmäuschenstill war, hörte Marcus das Brechen des Knochens. Nicht nur einmal, sondern immer und immer wieder, es prasselte in einem fort. Pater Squid ging zu Boden. Erst fasste er sich ans Bein, doch als dieses sich verbog und verdrehte, ließ er es wieder los. Und dann fing das andere Bein an. Sein Kopf ruckte zurück, schlug auf den Boden. Sein Oberkörper beulte sich aus, als bewegten sich Lebewesen unter seiner Haut. Er wälzte sich herum und versuchte, sich nach oben zu drücken. Da durchlief seine Wirbelsäule eine Welle, und knackend brach ein Wirbel nach dem anderen. Er konnte sich nicht mehr auf Armen und Beinen abstützen, die sich zu geborstenen, gummiartigen und sich windenden Stummeln verwandelt hatten.

Und dann erhob er sich doch, aber nicht aus eigener Kraft, das machte das Entsetzen in seinem Gesicht deutlich. Langsam, quälend hob sich sein Körper vom Boden, gestützt von Beinen, die keine Beine mehr waren. Als er wieder aufgerichtet war, traf sein Blick Marcus. Und bebend vor Anstrengung stieß er ein einziges, lang gezogenes Wort aus: »Lizzzzzzzie …«

Am Ende wurde ein Schrei daraus. Sein Oberkörper knickte in der Mitte nach hinten ab, verschmolz zu einer unkenntlichen Gestalt. Sein Gesicht wurde flüssig. Zwar behielten seine Augen ihre Form, doch schwammen sie in dem wirbelnden Durcheinander umher. Sein Mund war noch immer ein Mund, der schrie und schrie und schrie …

Bis es aufhörte. Bis die ganze grauenerregende Bewegung vorbei war. Marcus betrachtete fassungslos, was vor ihm stand, er erkannte es, konnte es aber nicht glauben. In der Arena war kein Geräusch zu hören, während Marcus und die Zuschauer das Ding anstarrten, das einmal Pater Squid gewesen war. Der Priester war in einen Gebetsstuhl verwandelt worden mitsamt gepolstertem Kniebrett und einer Auflage, um mit gesenktem Kopf die Hände aufzustützen. Er bestand weder aus Fleisch noch aus Holz, Metall oder Plastik, und der darin gefangene Pater atmete noch. Sein Mund zog sich breit über die Vorderseite des Stuhls. Mit den Augen, die kein Gesicht mehr hatten, sah er noch. Sie blickten von der Auflage auf, auf der ein Gläubiger betend die Hände auflegen konnte.

♣♦♠♥

Galahad in Uniform

Teil 9

Franny hatte einem Taxifahrer seine Marke vorgehalten und stieß den gefesselten Berman auf den Rücksitz des Wagens. Sacht ging er dabei nicht vor. Sie hatten Wochen vergeudet, die Ermittlungen zwischendurch sogar eingestellt, während dieser Mann die ganze Zeit die Schlüssel in der Hand gehalten und nichts gesagt hatte, obwohl Menschen gestorben waren. Wenn Franny an Pater Squid und all die anderen dachte, die in diesem Albtraum gefangen waren, ballten sich in ohnmächtiger Wut seine Fäuste.

Wingman glotzte ihn an, als er die Tür der Wache aufstieß und den Produzenten unsanft vor sich hertrieb. »Dieses Arschloch braucht eine ED-Behandlung.«

»Okay. Warum?«

»Versuchter Mord, Gewalt gegenüber einem Polizeibeamten, Entführung, Verschwörung … verdammt, von mir aus auch Arschlochsein. Der Captain?«

»Der ist da«, sagte Homer und wirkte noch immer vor den Kopf gestoßen.

Franny nickte. Homer rief Sergeant Squinch an und übernahm Berman. Franny eilte weiter ins Büro. Michael Stevens saß an seinem Schreibtisch und sah ihn an. Vor Erschöpfung hatte er Augenringe. Er wirkte wie jemand, der alles verloren hatte, doch Franny beachtete ihn nicht, sondern stürmte quer durch den Raum auf die nächste Bürotür zu, klopfte einmal, um sich anzukündigen, und trat ein. Maseryk sah auf und runzelte olympisch die Stirn. Erstaunlicherweise war Mendelberg auch zugegen und saß dem Alten gegenüber am Schreibtisch.

»Black, was zum Donnerwetter soll das?«, fragte die Jokerfrau.

»Ich weiß, wo sie die vermissten Joker gefangen halten«, sagte Franny. Die beiden Captains blickten sich gegenseitig an.

»Ja, wir auch«, sagte Mendelberg.

Maseryk sah sie streng an. »Das ist vielleicht ein bisschen übertrieben. Wir wissen, dass sie in einem Land sind, das auf ›-stan‹ endet.«

»Aber woher? Egal … ich weiß mehr als das. Sie sind in Kasachstan, in einer Stadt namens Talas«, verkündete Franny.

»Kasachstan«, wiederholte Mendelberg, als koste sie das Wort.

Als Franny in ihre blutroten Augen sah, musste er daran denken, wie Mendelberg ihm befohlen hatte, die Ermittlungen zu beenden, und ihn zur Schnecke gemacht hatte, als er ihr widersprochen hatte. Jetzt konnte er sich nicht beherrschen und blaffte sie an: »Soll ich es Ihnen buchstabieren?«

Da fuhr Maseryk von seinem Platz hoch. »Sie steigen besser mal von Ihrem hohen Ross, Detective!«

Mendelberg überraschte ihn, denn sie winkte ab. »Ist schon okay, Thomas.« Sie wandte sich wieder zu Franny um. »Wie haben Sie das herausbekommen?«

»Berman. Er wird gerade erkennungsdienstlich behandelt.«

»Sie haben ihn verhaftet«, sagte Mendelberg langsam.

»Ja.«

»Warum?«

Franny erzählte, was in seiner Wohnung passiert war. Einen Moment lang blinzelten ihn die beiden nur an, bevor Mendelberg sich wieder fassen konnte.

»Warum ist ein SCARE-Agent in eine Ermittlung des NYPD involviert?«

»Er verfügt über Mittel, die mir ... Warum reden wir über Norwood? Warum reden wir nicht ...«

»Erzählen Sie mir alles«, befahl Maseryk.

»Das könnte dauern.«

»Die Kurzversion.«

Und so erklärte Franny ihnen alles. Dass die Jokerleiche auf einer Landstraße in New Jersey mit den Ermittlungen des SCARE bezüglich irgendwelcher Schmuggelfälle in Verbindung stand. Dass die Leiche zu einer Hundetrainingsanstalt geführt hatte. Dass Jamal die Namen der toten Russen überprüft hatte, die zum KGB geführt hatten, dass die DVDs sie auf den toten Kameramann von *American Hero* gebracht hatten und von da zu Berman, und dass Berman der geheimnisvollen und äußerst furchteinflößenden Baba Yaga die Namen der Joker geliefert hatte, die an Auditions für *American Hero* teilgenommen hatten. »Hört sich so an, als wäre da ziemlich viel ehemaliges KGB-Personal dabei, deshalb sollten wir lieber ein SWAT...«

»Hören Sie sich eigentlich reden?«, unterbrach ihn Maseryk. »Wir sind hier in Fort Freak. Das fünfte Revier des NYPD. Wir haben in Brooklyn schon keine Befugnisse mehr, und erst recht nicht in Kasachstan.«

»Und selbst wenn wir etwas unternehmen könnten, wie zum Teufel sollten wir dorthin gelangen?«, setzte Mendelberg nach.

»Das haben wir geregelt.«

Maseryk sprang schon wieder auf. »Sie werden keinen diplomatischen Zwischenfall verursachen. Und ich auch nicht.«

»Und was dann? Sollen wir Däumchen drehen? Da werden Leute umgebracht!« Franny knirschte mit den Zähnen, ehe ihm noch hitzigere Worte entschlüpften.

»Black, mein erster Partner hier hat mir vor dreißig Jahren eine bittere Lektion beigebracht: Im Zweifel nichts tun. Andernfalls macht man alles ziemlich sicher nur noch schlimmer.« Der Captain sprach gleich weiter, um dem Widerspruch zuvorzukommen, der Franny auf den Lippen lag. »Also, nichts tun heißt nicht nichts tun. Als Erstes werden wir Kontakt zum Außenministerium aufnehmen. Dann rufe ich bei der UNO an, versuche Lohengrin und das Komitee zu erreichen. Ihr Kumpel kann seine Leute beim SCARE informieren. Wenn wir genug Lärm machen, gibt diese Baba Yaga ihre Unternehmung vielleicht auf.«

»Und vergräbt die Beweise. Ganz wörtlich.« Franny wirbelte herum und stürmte zur Tür.

»Black! Wo wollen Sie hin?«, rief Mendelberg ihm nach.

»Etwas unternehmen.«

»Wenn Sie durch diese Tür gehen … ist Ihre Karriere dran«, warnte Maseryk ihn.

»Und wenn ich es nicht tue, ist meine Seele dran.«

♥

Die Gespräche im Mannschaftsbüro waren gedämpft. Franny begriff, dass die versammelte Mannschaft den Streit, wenn auch nicht die Einzelheiten mitbekommen hatte. Michael fing ihn ab, bevor er zur Tür hinaus war. »Ich komme mit«, sagte er.

»Woher weißt du …?«

Michael zuckte mit den Schultern. »Im Gang gibt es eine Stelle, wo man durch die Lüftung jedes Wort aus dem Büro des Captains hört. Mein Vater hat sie mir gezeigt. Ich bin dein Partner, Franny. Bisher war ich kein sonderlich guter. Lass uns sehen, ob ich das nicht ändern kann.«

Franny sah die Scham und Ernsthaftigkeit in Michaels Blick. Jamal war krank, kaum wieder auf den Beinen. Wenn er noch jemanden hätte … Franny schüttelte den Kopf. »Du hast eine Tochter. Und wie ich höre, heiratest du bald.«

»Vielleicht auch nicht«, grummelte Michael.

Franny hatte keine Zeit nachzufragen. »Schau, ich bin dir wirklich dankbar, aber nein. Ich muss jetzt los, bevor die Chefs eine Möglichkeit finden, *mich* einzubuchten.«

♣ ♦ ♠ ♥

Die Todgeweihten

Teil 7

Marcus musste den Blick von Pater Squid losreißen. Seine Augen schienen schwer wie Blei zu sein. Er sah nach oben zu Baba Yaga. Sie stand mit verschränkten Armen da, die Lippen geschürzt und die Wangen ganz eng an die Knochen gesaugt.

Du mieses Dreckstück, dachte Marcus. Erst nur als ein Flüstern. *Du mieses Dreckstück.* Aber als er sah, wie selbstgefällig und zufrieden sich ihre Mundwinkel hoben, wurde der Gedanke zu einem Schrei. *Dreeeeckkstüüüüüückkk!* Die ganze Wut, die Tobsucht, die Verwirrung und Entschlossenheit zum Töten, die er bei Pater Squid unterdrückt hatte, kehrte mit umso größerer Wucht zurück. Sein Mund füllte sich mit giftigem Speichel. Er dachte nicht über seinen nächsten Schritt nach. Er handelte einfach.

Er stieß sich nach oben und krachte gegen das Netz, das die Kämpfer im Ring gefangen hielt. Er drückte es nach oben durch, indem er sich mit dem Schwanz abstieß. Als das gespannte Netz zurückfederte, wurde er wieder nach unten geworfen. Doch er hielt sich an den Maschen fest, riss wild und zerrte mit seinem ganzen Körpergewicht an ihnen.

Durch das Drahtgeflecht beobachtete er Baba Yaga, die sich zu einer ihrer Wachen umwandte. Sie deutete mit gestrecktem Finger auf Olena. Der bullige Mann im schwarzen

Anzug trat hinter sie und packte sie mit einer Hand an der Schulter. Mit der anderen Hand hielt er eine Pistole, deren Lauf er sanft über ihr Kinn streichen ließ. Indem er die Waffe nach oben schob, zwang er sie zum Aufstehen. Angst stand ihr in den Augen.

Marcus schnellte wieder nach oben, und im Fallen zerrte er erneut an dem Netz. Auf und ab, immer wieder, und mit jedem Mal noch panischer, doch er richtete nichts aus. Der Wächter führte Olena weg, und der Ausrufer sagte etwas, das so klang, als machte er sich über Marcus lustig. Als die Zuschauer beobachteten, wie er vergeblich an dem Netz riss, beruhigten sie sich wieder. Ein Mann mit afrikanischer Kleidung zeigte grinsend auf ihn. Eine rothaarige Frau im engen schwarzen Kleid stand auf und ahmte Marcus' Bewegungen nach. Ein anderer Zuschauer folgte Marcus' Bewegungen mit dem Handy. Das sommersprossige Gesicht zog er zu einer Grimasse, weil er sich so sehr darauf konzentrierte, den richtigen Moment für ein Foto abzupassen.

Der Hass auf sie alle erfüllte Marcus mit neuerlicher Tobsucht, und er stürmte gegen das Netz an. Er schlug seine Finger wie Krallen hinein und verrenkte seinen Körper, der Schlangenteil verdrehte sich mit der ganzen Kraft seiner langen, bebenden Muskeln. Er spürte, dass ein Teil des Netzes nachgab, nur ein einzelner gewundener Strang, der durch das dicke Glas geschlungen war. Wie eine Spinne in ihrem Netz fühlte er es. Er ließ los und stürzte sich auf die Schwachstelle. Mit Kopf und einem Arm durchstieß er die Maschen. Fluchend und sich streckend zwängte er die andere Schulter durch das Loch, und mit wildem Zappeln glitt er vollends hindurch.

Marcus fiel auf den Afrikaner, rammte ihm die Schulter in die Brust. Das Publikum verfiel in Panik. Jetzt lachte keiner mehr. Entsetzte Gesichter, die Leute wichen zurück, kreischten und hasteten auf die Ausgänge zu. Sosehr er unter ihnen wüten wollte, so hatte Marcus doch ein anderes Ziel. Er schlängelte sich auf Baba Yagas Loge zu. Als er an dem Typen mit dem Handy vorbeikam, scheuerte er ihm eine, und alle anderen stieß er mit dem Ellbogen zur Seite.

Er streckte die Arme nach oben aus, griff das Geländer der Loge mit beiden Händen und schwang sich hinauf. Dort sah er sich einem Kader Bewaffneter gegenüber. Baba Yaga stand neben dem bemitleidenswerten Alten. Vor Konzentration war ihr Gesicht zusammengeschrumpelt. Ihre Lippen kräuselten sich, und ihre Wangen zogen sich saugend zusammen, als versuchte sie krampfhaft, Spucke zu sammeln.

Einen furchtbaren Moment lang glaubte Marcus, ihn würde dasselbe Schicksal ereilen wie Pater Squid. Zwar war er zu ihr hinaufgeprescht, aber die Vorstellung war so schrecklich, dass er jetzt zurückschreckte und erstarrte. Er beobachtete ihre Lippen.

Doch sie spie nicht aus. Sie versuchte es, und die Wachen warteten darauf. Das war offensichtlich. Marcus begriff, dass sie es kein zweites Mal schaffte! Ihre Gabe hatte ihre Grenzen. Sie wirkte erschöpft. Um sich abzustützen, fasste sie nach dem Stuhl an der Wand. Dann gab sie ihre Bemühungen, ihre Gabe heraufzubeschwören, auf und sagte kühl und verächtlich: »Jetzt erschießt ihn schon, ihr Idioten.«

Mehrere Uzis wurden auf Marcus gerichtet, und er schwang sich auf die Unterseite der Loge. Er schwang sich unter der Loge hindurch und auf der Rückseite wieder nach oben. Auf seinem eingerollten Schwanz katapultierte er sich in die Höhe und packte Baba Yaga an den Schultern. Er drehte sie herum und ließ seine Zunge auf ihr erschrockenes Gesicht klatschen. Der giftnasse Aufprall war so heftig, dass Baba Yagas Kopf nach hinten gestoßen wurde und ihre Arme seitlich vom Körper wegflogen. Sie stürzte gegen ihre Wachen, denen ihre Gewehre im Weg waren, weshalb sie Mühe hatten, sie aufzufangen.

Nachdem er sie vergiftet hatte, wartete er den Kugelregen nicht ab, der gleich auf ihn einprasseln würde, sondern glitt über die Reling und ließ sich auf die Tribüne fallen. Er kam hart auf. Durch die Panzerscheibe sah er den Betstuhl, in dem der noch lebende Pater Squid steckte. Ihn im Stich zu lassen war ihm zuwider, aber er hatte keine andere Wahl. Der Pater wollte, dass er entkam. Deshalb ging er.

Mit zusammengebissenen Zähnen witschte er schnell wie eine Peitsche durch die Sitzreihen. *Olena.* Sie war seine letzte Aufgabe hier. Sie holen und verschwinden. Alles andere war egal.

Viele eilten wie er auf die Ausgänge zu. Es herrschte Chaos. Als aus Baba Yagas Loge Kugeln abgefeuert wurden, machte das die Lage nur noch schlimmer. Die Geschosse zerrupften die Sitzpolster und prallten an Geländern ab. Marcus schlängelte sich in wildem Zickzack, machte lauter Kehren, und sein Schwanzende zog er schnalzend nach. Er glitt über eine Reihe sich duckender japanischer Geschäftsleute hinweg. Einen fetten Weißen im Nadelstreifenanzug stieß er aus dem Weg und durchpflügte den Harem blonder, aufreizend spärlich bekleideter Frauen, die einen Mann in langer, glänzender Kutte begleiteten, der arabisch wirkte. Hinter ihm kreischte jemand, ein hoher, durchdringender Schmerzensschrei, der aus dem allgemeinen Lärm herausstach. Dann starb der Schreihals, wurde vom Gewehrfeuer niedergemäht.

Marcus eilte weiter und sagte sich, dass von den Anwesenden niemand unschuldig war. Sie waren hierhergekommen, um Menschen sterben zu sehen. Vielleicht hatten sie mehr bekommen, als sie erwartet hatten, aber wer wollte schon sagen, dass sie es nicht verdient hatten?

Als ein Mann und eine Frau, die sich an den Händen hielten, direkt vor ihm stürzten, merkte Marcus, dass die Schüsse von der anderen Seite gekommen waren, von der Mündung des Tunnels. Das lange kastanienbraune Haar der

Frau wehte flatternd, als sie zu Boden ging. Durch die flirrenden Strähnen erkannte Marcus den Schützen. Mit einer Hand zielte der Kerl, während er mit der anderen Olenas Handgelenk gepackt hielt. Sie wand sich und wollte sich losreißen, weshalb er nur schwer zielen konnte.

Marcus bog sich über das Paar hinweg und bäumte sich auf, als er die Treppe hinauf auf den Wachmann zuglitt. Sein Schwanz wand sich hinter ihm, beschrieb seitliche Wellenbewegungen, die den Schützen sichtlich verwirrten. Mehrere Male schoss er auf Marcus' Oberkörper, landete aber nur einen Streifschuss an der Schulter. Und kurz bevor Marcus zu ihm gelangte, nahm er die Waffe herunter und feuerte auf seinen Schwanz. Zwei Kugeln durchlöcherten seine Schuppen. Augenblicklich spürte er den Schmerz, schmelzend heiß, als hätte ihm jemand eine glühende Eisenstange in den Leib gerammt. Brüllend vor Schmerz schlug er mit der Schwanzspitze nach dem Schützen aus, erwischte seine Beine und fegte ihn zu Boden. Marcus ringelte sich über ihn und drückte ihn mit aller Kraft hinunter. Dann verpasste er ihm eine Ladung Gift.

Nachdem das getan war, blickte er zu Olena auf. Er hielt inne, jetzt, da er bei ihr war, war er sich nicht mehr sicher, was er tun sollte. Fassungslos bewunderte er ihr vollkommenes Gesicht. Sie war so schön. Zumindest zu schön für ihn. Er mit seiner Giftzunge, mit Blut an den Fäusten, ein Mörder, dessen Schuld ihn wie mit einem Brandmal zeichnete.

Plötzlich erschien es ihm unmöglich, dass jemand wie er ein Anrecht auf jemanden wie sie haben sollte. Er war sprachlos.

Olena trat auf ihn zu, hielt sich eine Hand an die Lippen, während ihre weit aufgerissenen blauen Augen das Blut betrachteten, das auf seinen Schuppen glänzte. Die Sorge in ihren Augen war delikat, beinahe zu offensichtlich, um glaubhaft zu sein. »Marcus, du bist verletzt.«

»Alles gut«, brachte Marcus heraus. Er wusste nicht genau, ob das stimmte. Mit jedem Pulsschlag fuhren Qualen durch seinen Schwanz, und es kostete ihn Mühe, sich das rhythmische Pochen des Schmerzes nicht anmerken zu lassen. »Olena, kommst …« Er zögerte. Sie sah ihn an. »Können wir hier raus? Kommst du mit mir?«

Die ängstlichen, von dem panischen Wunsch, durch den Tunnel zu entkommen, erfüllten Zuschauer drückten sich gegen die Wand und drängten sich an ihnen vorbei. Olena sah sie stirnrunzelnd an. »Ja. Bring mich von denen weg.« Sie bückte sich und nahm die Pistole des Wachmanns an sich. Mit ein paar raschen Bewegungen klappte sie sie auf, kontrollierte etwas und ließ sie wieder zuschnappen. Marcus wusste nicht, was sie da getan hatte, aber anscheinend kannte sie sich mit Handfeuerwaffen aus. Mit der Waffe in der einen Hand bedeutete sie ihm mit der anderen, ihr zu folgen. »Komm. Wir gehen.«

Das brauchte man ihm nicht zweimal zu sagen.

♣ ♦ ♠ ♥

Das große Bluten

Teil 10

»Sie haben Nein gesagt.«

Franny war mit schlechten Nachrichten aus Fort Freak zurückgekehrt, wo er Berman abgegeben hatte. Er warf sich auf Bermans Couch und nahm von Jamal und Mollie, die sich wie Teilnehmer eines Dreibeinlaufs bewegten, dankbar ein Glas Wasser entgegen.

»Was für ein ›Nein‹?«, fragte Jamal. »›Nein‹ im Sinne von ›Nicht jetzt‹ oder wie ›Nicht ohne das SCARE‹? Oder ›Nein‹ wie ›Niemals‹?«

»›Nein, niente, niemals‹. Das Einzige, was Maseryk mir zugesagt hat, ist, dass er dem SCARE Bescheid geben will, damit es die Joker auf seine To-do-Liste setzt.«

»Und gerade das wollte ich nicht.«

»Tja, macht es Sie glücklicher zu wissen, dass er darüber hinaus dem Außenministerium, dem Komitee, dem Rathaus und wahrscheinlich auch noch der Stadtreinigung Bescheid geben wollte?«

Jamal machte die Augen zu. *Meine Güte.*

»Ihr beide habt es echt voll drauf, einem Mädchen ein Gefühl von Sicherheit zu geben«, sagte Mollie. »Mein Gott.« Sie versuchte, die Arme zu verschränken, doch diese Haltung war unmöglich, solange sie an Jamal gekettet war.

Die erste halbe Stunde lang hatte es Jamal nicht als Last

empfunden, an Mollie Steunenberg gefesselt zu sein. Sie war hübsch und drall und trug nicht mehr Kleider als nötig. Nachdem sie Michael Berman los gewesen war, hatte sie auch bessere Laune bekommen. Zwar ging es nie so weit, dass sie kokett wurde, aber sie war längst nicht mehr griesgrämig.

Jedoch nur die erste halbe Stunde lang. Es waren noch vier weitere halbe Stunden vergangen, und inzwischen hatten sie beide genug von ihrer gegenseitigen Gesellschaft. »Das gefällt mir genauso wenig wie Ihnen«, erklärte Jamal dem Mädchen. Ihr Verhalten hatte ihm geholfen, eine Entscheidung zu treffen. »Der einzige Weg führt nach vorn.«

»Was verfickt noch mal soll das heißen?«

Jamal wandte sich zu Franny um. »Wir erledigen das selbst. Jetzt.«

Er brauchte nicht viel Zeit und Energie auf den Vorschlag zu verwenden, was ganz nützlich war, da er von beidem nicht mehr viel hatte. Für Franny war der Pitch denkbar simpel: »Mit jeder Stunde, die vergeht, stirbt ein Bürger von Jokertown.«

Für Mollie alias Tesseract wählte er diesen: »Sie haben nur eine Chance, Baba Yaga und ihre Bande loszuwerden, nämlich indem wir sie ausschalten.«

»Dürfen wir die alte Schlampe abmurksen?«

»Darauf wird es wahrscheinlich hinauslaufen.«

Plötzlich war sie glücklicher, als Jamal sie je erlebt hatte.

♣

Als Jamal durch Tesseracts »Tor« von Bermans Wohnung in den Gladiatorenbereich im Maxim's trat, spürte er zunächst ein Schwindelgefühl wie vor einem Abgrund.

Hatte Mollie die Tatsache in Betracht gezogen, dass dreidimensionale Orientierung in New York, Eastern Standard

Time, radikal anders war als in Talas, Kasachstan, Asian Crazy Time? War das überhaupt möglich? Oder lag das bloß an seiner Krankheit, die ihn nicht nur seines Aufrappelns beraubte, sondern auch jeglicher geistiger oder körperlicher Widerstandskraft?

Wie auch immer, Jamal sah über einer Bar den riesigen Flachbildschirm, auf dem das Chaos in der Arena zu sehen war. Ein Kameramann mühte sich, das Geschehen einzufangen (*Für wen?*, fragte sich Jamal), während sich eine Gestalt, die wie Snake Boy aussah, durch die Schickeria schob, sie zur Seite stieß und mit seiner Giftzunge abklatschte.

Sauber.

Was Jamals Orientierungslosigkeit verstärkte, waren der Geruch der Gladiatorenunterkünfte – viel Deo, Parfüm und Zigarettenrauch – und der Lärm – ekelhafter, basslastiger Rap. Ungefähr ein Dutzend Joker fläzten auf Sofas oder hingen an der Bar herum, und dazu kam die doppelte Menge attraktiver »Hostessen«. Und mit einem Drink in der Hand, den Arm um eine große Normalofrau mit Nichtnormalobusen geschlungen: Dmitri … fett, schläfrig, schlaff und bedrohlich.

Dann kamen Franny und Mollie herein – sie wirkten, als würden sie Händchen halten, wie ein verknalltes Highschoolpärchen, auch wenn die meisten Highschoolpärchen nicht von Handschellen zusammengehalten wurden.

Und, um Big Bill Norwood zu zitieren: Es brach eine Menge Hades los.

Die Joker sprangen auf, waren auf den Beinen – so sie welche hatten. Vor Erstaunen und Erheiterung bekamen sie große Augen – so sie welche hatten. »Was zum Teufel soll das?«, grunzte ein zweieinhalb Meter großer Berg von einem Joker, der Jamal als El Monstro bekannt war.

Lediglich Dmitri schien die Situation zu genießen. Er schob seine Göttin zur Seite, grinste und richtete seine bedrohliche Aufmerksamkeit auf die Eindringlinge. »Franny!«, rief Jamal. »Ziehen Sie ihm etwas über!«

Doch Franny zögerte. Und in diesem Augenblick fühlte Jamal sich so traurig und angewidert und schwach und ängstlich wie nie zuvor. Schlimmer noch als an dem Tag, als er sich auf dem Footballfeld das Bein gebrochen hatte. Er stellte sich vor, Julia wäre vernichtet, seine Eltern tot, sein ganzes Leben zu Ende. Er wollte in ein Loch kriechen, egal wo, nur nicht hier – *das ist Dmitris Werk.* Doch zu wissen, was er zu erwarten hatte, minderte die Wirkung keinesfalls.

Allerdings verschaffte ihm dieses Vorwissen ein paar kostbare Sekunden der Klarheit und genug Kraft, um die Glock zu heben. Er feuerte drei Kugeln ab, die den verblüfften Dmitri in Rücken, Schulter und, als er sich umdrehte, im Gesicht trafen.

Er fiel um, und ein Sprühregen aus Blut und Hirnmasse ging nieder.

»O mein Gott!« Mollie kreischte hysterisch, und Jamal konnte es ihr nicht verübeln. Franny glotzte nur. »Sorry. Polizistenausbildung.« Kräftig blinzelnd zwang er sich zu einem Lächeln. »Ich wollte ihn auffordern, seine Waffe wegzuwerfen …«

Jamal starrte Dmitris Leiche an. Ihm war, als hätte jemand anders den Abzug gedrückt. Doch blieb ihm keine Zeit nachzudenken. Bald wären noch mehr Ganoven mit Knarren zur Stelle. »Hey, Leute«, rief er. »Wir sind hier, um euch zurück nach New York zu bringen.«

Der unglücklich, aber passend benamte Wartface zeigte sich begeistert über die Rettung. »Wird aber auch verdammt Zeit! Kann ich noch jemanden hauen, bevor wir gehen? Ich habe da eine Liste!«

»Tut mir leid.« Jamal wandte sich zu Tesseract um. »Jetzt!«

Ohne ein Wort zu sagen, öffnete Mollie ein »Tor« nach Fort Freak. Dort sollten sie sicher sein, und die Cops konnten sie dann auch gleich von der Liste der vermissten Personen streichen … wenn sie sich erst einmal beruhigt hätten. »Hier ist der Ausgang. Bewegung!«

Kopflose Flucht. Erst die Prostituierten, und dann patschten, krochen, hüpften die Joker ihnen nach. Sie zwängten sich durch die Tür, und Jamal konnte sich das Chaos auf der anderen Seite ausmalen. Die Wachen stürmten herein, und obwohl mindestens zwei Jokergladiatoren anwesend waren, ballerten sie drauflos. Jamal duckte sich: Ihm war klar, dass diese Idioten blind schossen. Er feuerte selbst drei Schüsse ab, die auch nicht besser gezielt waren, die Ganoven aber immerhin zwangen, in Deckung zu gehen.

Als er nachlud, spürte Jamal plötzlich einen Energieschub. Vielleicht war er tatsächlich ein Adrenalinjunkie und nur dann zufrieden, wenn er in Bewegung war, jagte, schoss. Das passte definitiv zu Stuntman, dem Ass vom SCARE und von Hollywood. Vielleicht war das auch sein Endspiel. Sie mussten nur noch die restlichen Joker rausbringen …

Franny und Mollie sahen sich ebenfalls gezwungen, Deckung zu nehmen, als eine Kugel zwischen ihnen hindurchpfiff und einen Wandspiegel zerbersten ließ. Endlich hatte Franny seine Zurückhaltung abgelegt und ballerte drauflos, sodass die beiden Schurken das Feuer einstellten.

Mollie weinte, doch Jamal wusste nicht, ob aus Angst oder Wut oder wegen der Nachwirkungen von Dmitris Gedankentricks. Er fragte sich, was diese Tesseract-Verbindungen mit ihr machten – das Aufrappeln laugte ihn weiß Gott aus, selbst wenn er kerngesund war.

El Monstro hatte sich am Rand an ihnen vorbeigeschlichen (seine Größe machte es ihm unmöglich, in Deckung zu gehen). Jetzt ging der zweieinhalb Meter große Joker unvermittelt auf die Tür zur Arena zu. Jamal packte ihn. »He, Großer, wohin geht die Reise?« Er deutete mit einem Nicken auf das »Tor«. »Nach New York geht's da lang.«

»Ich gehe nicht. Mir gefällt's hier!«, blaffte El Monstro.

Kurz hätte Jamal ausrasten können – das war schon wieder ein Fall von Dummheit in einer ganzen Reihe von Idiotien, die ihm begegnet waren, seit er von Wheels und den vermissten Jokern erfahren hatte. Ihm gingen Zeit und Geduld aus. Er würde nicht zulassen, dass dieser große Grobian ihn daran hinderte, seine Mission zu vollenden, genauso wenig, wie er zugelassen hatte, dass Rustbelt ihm seinen Sieg bei *American Hero* vermasselte! Er zielte mit seiner Glock auf El Monstros gewaltigen Rumpf. »Schau mal«, sagte Jamal. »Ich weiß nicht, was sie hier mit deinem Kopf gemacht haben, aber du wirst jetzt durch dieses Tor gehen.«

Ohne irgendeine Vorbereitung, ohne Vorwarnung holte El Monstro mit einem seiner gigantischen Arme und seiner Metallfaust aus. Er war langsam, aber immer noch zu schnell, als dass Jamal hätte ausweichen können.

Die gewaltige Faust traf ihn rechts im Gesicht.

Es war schlimmer als sein erster absichtlicher Sprung von einem Gebäude in *Halloween Night XIII*. Ihm blieb noch Zeit für die furchtbare Erkenntnis, dass es kein Aufrappeln geben würde, dass Stuntman stürzen, vergehen, sterben würde.

♣ ♦ ♠ ♥

Galahad in Uniform

Teil 10

Alles schien in Zeitlupe abzulaufen.

Frannys Gesichtsfeld schien sich auf einen Tunnel zu verengen, der nur noch Jamals Gesicht zeigte, das Blut, das aus seinem Mund spritzte, das rechte Auge, das heraushing, die tiefe Einbuchtung der Schläfe. In mehreren Etappen brach der Agent zusammen, bis er wie ein kaputtes Spielzeug, das nachlässig weggeworfen wurde, auf dem Boden lag. Mollie kreischte ihm in die Ohren, versuchte, sich hinter ihm zu verstecken, und riss an den Handschellen, mit denen sie aneinandergekettet waren.

Franny brüllte. Es kamen nicht einmal Worte heraus, nur unzusammenhängende Laute der Wut und der Trauer und der Ablehnung. Er hob seine Pistole.

Und plötzlich hing kein Gewicht mehr an seinem linken Arm. Er wirbelte gerade noch rechtzeitig herum, um zu erkennen, dass Mollie eine Büroklammer zwischen den Fingern hielt, durch eine Öffnung nach hinten trat, durch die er ganz kurz noch den Eiffelturm sehen konnte, und ihm den Stinkefinger zeigte. Dann schnappte die Öffnung zu.

Natürlich war auch der Durchgang nach Fort Freak verschwunden.

Gefangen. Panik schnürte ihm die Kehle zusammen.

Das Schwirren einer Kugel neben seinem Kopf brachte ihn

in seine gegenwärtig brenzlige Lage zurück. Franny warf sich hinter ein Sofa. Er hörte El Monstro den Bewaffneten zurufen: »Ich hole ihn.«

Obwohl ihm von der Schießerei die Ohren dröhnten, hörte er El Monstros Schritte, der sich ihm näherte. Er sprang auf und hechtete über die Sofalehne. Dabei feuerte er ein paar Schüsse auf den letzten Wachmann ab, der noch oben auf dem Laufsteg war, sich aber wegduckte.

El Monstro kam näher. Dabei war der Kerl nicht einmal schnell, dafür aber so groß, dass er mit jedem Schritt eine große Distanz zurücklegte. Der Büfetttisch lag links von Franny. Sein Blick huschte über das Angebot – leckeres Fleisch, Brot, Käse, ein Berg Kaviar, eine Suppenterrine auf einer Wärmeplatte. Der Griff einer Kelle, die zum Probieren einlud.

Franny riss die Kelle voll heißer Suppe heraus. Paprikaduft stieg ihm in die Nase. In der Drehung verschüttete er die Hälfte, doch es war noch genug Suppe in der Kelle, um sie El Monstro ins Gesicht zu schleudern. Der große Joker heulte auf und fasste sich in Gesicht und Augen. *War wohl scharfe und keine süße Paprika*, war Frannys alberner Gedanke. Er stürmte auf den großen Joker zu, steckte ihm den Pistolenlauf ins Ohr und drückte zweimal ab.

Bis zum heutigen Tag hatte er die Waffe nie außerhalb des Schießstands abgefeuert. Die meisten Polizisten durchliefen ihr ganzes Berufsleben, ohne einmal zu schießen geschweige denn jemanden zu töten. Doch jetzt hatte Franny jemanden getötet. Einen Menschen, zu dessen Rettung er eigentlich gekommen war.

Es war nicht so wie in den Filmen. Es war auch ganz anders als zuzuschauen, wie Jamal Dmitri erschoss. Plötzlich fühlten sich seine Knie an, als wären sie aus Gummi, und im nächsten Moment saß er auf dem Boden. Wo eben noch sein Kopf gewesen war, pfiff jetzt eine Kugel durch die Luft.

Für Schock oder Bedauern war keine Zeit. Wenn er lebend entkommen wollte, musste er das Arschloch auf dem Laufsteg ausschalten und einen Weg nach draußen finden. Und dann – nun, darüber würde er sich Gedanken machen, wenn es so weit war.

Der Aufgang zum Laufsteg war nicht gleich zu sehen. Von oben kamen erneut Schüsse, und Franny kroch wieder in Deckung, doch wer von oben schoss, war immer im Vorteil, und Franny wurde von der Wucht der Kugel, die ihn in die linke Schulter traf, zur Seite geschleudert.

Der Schock ließ viel zu schnell nach, und die Schmerzen kamen. Es war schlimmer als alles, was er bisher erlebt hatte. Als er sich beim Hockeyspielen einen Arm gebrochen hatte, sich beim Schwimmen im See während des Sommerlagers an einem versunkenen Baum das Bein aufgeschlitzt hatte – nichts ließ sich mit diesem höllischen Brennen vergleichen. Franny schrie und fiel auf die Knie.

Trotz der Schmerzen arbeiteten Teile seines Gehirns weiter. *Er muss dich für tot halten.* Franny brach auf dem Boden zusammen, sodass er die Pistole unter sich begrub. Mit etwas Glück würde der Ganove gehen oder herunterkommen, um sich zu vergewissern, dass Franny tot war.

Und dann würde Franny ihn abknallen. Oder versuchen, ihn abzuknallen. Nur dass er, o Gott, eigentlich niemanden mehr töten wollte. Nie wieder.

Aus der Wunde troff Blut. Franny spürte, dass sein Hemd nass und klebrig wurde. Er lauschte seinen Herzschlägen wie einer ruhigen, tiefen Trommel in seinen Ohren. Und die Schmerzen brandeten im Takt dieses Urschlags durch ihn hindurch. Franny starrte in die leeren Augen El Monstros, der gleich neben ihm auf dem Boden lag. Er wollte wegschauen, wagte aber nicht, sich zu rühren. Er wollte die Augen schließen, wagte aber auch das nicht.

Über sich hörte Franny ein aufgeregtes Gespräch, vermutlich auf Russisch. Schritte von zwei Leuten. Eine Tür ging zu. Franny zählte weitere dreißig Herzschläge und stand dann ganz vorsichtig auf. Nichts. Er fasste sich die Schulter und taumelte zu Jamal hinüber, kniete nieder und hielt die Finger an den Hals des SCARE-Agenten, um nach dessen Puls zu fühlen. Doch es gab keinen. Er hatte auch nicht damit gerechnet. Nicht angesichts des seitlich so furchtbar eingeschlagenen Schädels.

»Verleih ihm ewigen Frieden, o Herr, und lasse ewig dein Angesicht über ihm leuchten. Möge die Seele dieses verstorbenen Gläubigen durch Gottes Gnade in Frieden ruhen, Amen.« Franny hob den Kopf, bekreuzigte sich, hob das Kreuz an seinem Kragen zum Mund, küsste es und steckte es wieder weg. »Ich werde dich zu Big Bill und deiner Mom und zu Julia zurückbringen, das verspreche ich dir«, sagte er leise. Es war töricht. Denn Jamal konnte es nicht mehr hören. Aber so hatte er wenigstens ein Ziel, das ihn auffahren und weitermachen ließ.

Franny ging zum Büfetttisch, schüttelte eine Serviette aus, faltete eine zweite zu einer Kompresse und verband sich behelfsmäßig. Mit einer Hand und den Zähnen zurrte er den Verband fest. Als Nächstes: einen Weg hinaus finden. Er durchsuchte die Schlafzimmer, die nach Schweiß, Wichse und Parfüm rochen.

Schließlich fand er eine Tür, die so aussah, als würde sie zur Treppe zum Laufsteg führen. Sie war abgeschlossen. Er ging zurück und entdeckte die Leiche eines der Ganoven, den entweder er oder Jamal erschossen hatte. Der Mann war kopfüber vom Steg gefallen, und seine Beine und sein Hals waren in einem seltsamen Winkel abgeknickt. Die Uzi war unbeschädigt. Franny trug sie zur Tür. Etliche Kugeln prallten wummernd ab, doch schließlich gab das Schloss nach.

Die Treppe hinauf. Von dem Steg gingen einige Türen ab. Franny wählte irgendeine. Durch sie gelangte er in einen langen Gang mit weiteren Türen. Erst schlich er sich an sie heran, bevor er kurze Blicke in die Räume dahinter warf, die Uzi immer schussbereit. Die Zimmer waren alle leer, anscheinend waren es Büros. Auf den Schreibtischen standen Computer, die schon in den Neunzigern alt gewesen wären.

Am Ende des Gangs befand sich eine weitere verschlossene Tür. Franny lehnte sich dagegen. Halb, um zu lauschen, halb, weil er keine Kraft mehr hatte. Durch das dicke Holz hörte er schwach Schreie und Schüsse.

Er hatte zwar keine Lust mehr auf Schießereien, aber er durfte nicht abwarten, bis Baba Yaga und ihre Bande die Kontrolle zurückerlangten. Vielmehr musste er das Chaos noch vergrößern und es zu seiner Flucht nutzen. Er holte ein paarmal tief Luft und drückte die Tür auf.

Jetzt befand er sich im eigentlichen Casino. Das übliche Klingeln und Rattern der Spielautomaten war kaum zu hören. Viele Automaten waren umgestoßen worden. Außerordentlich gut gekleidete Leute liefen in alle möglichen Richtungen. Auf dem Teppich lagen Schuhe herum, die die Frauen verloren hatten. Franny entdeckte sogar ein einsames Toupet, das wie ein totes Eichhörnchen von einem Stuhl herabhing. In dem Saal roch es nach Kordit und Zigarettenrauch.

Am anderen Ende des mit Kronleuchtern erhellten Saals entdeckte er IBT, der sich auf eine aufwendig verzierte Doppeltür zuschlängelte. Seine Zunge schnalzte wie eine Peitsche durch die Luft und ließ eine Spur sich krümmender Menschen zurück. Neben ihm lief eine junge Frau, die seine Hand hielt und mit der anderen Hand mörderisches Geschick mit einer Pistole bewies.

»*Marcus!*«, brüllte Franny, doch er war nicht zu hören in dem Geschrei, dem Geballer und dem Krach, den die Leute machten, die die Kassen aufbrachen und plünderten.

Es sah jedoch so aus, als ginge es dort hinaus, und so folgte

Franny im Fahrwasser des Schlangenmanns. Er durchquerte ein Foyer mit einer Garderobe und einer Bank, auf der ein großer Mann mit einem verdächtigen Buckel über der Schulter zusammengesackt war. Der Abdruck von IBTs Zunge prangte auf seiner Wange. Die Tür stand weit offen.

Franny trat gerade ins Freie, als ein Pulk Polizeiautos mit Blaulicht und Martinshörnern vorfuhr. Aus einem Lautsprecher drangen Anweisungen in einer Sprache, die er nicht verstand. Aber er war ein Cop. Er konnte es sich denken. Er warf die Uzi weg und nahm die Hände hoch, wobei er einen Schmerzensschrei unterdrückte, da ihm die verletzte Schulter wehtat. »Ich bin Polizist! *Amerikaner.* Polizeibeamter!« Langsam griff er in seine Tasche, um seine Marke herauszuholen.

Jemand schoss auf ihn.

Die Kugel bohrte sich in seine Seite. Franny fiel hin. Er hörte Leute schreien. Vage spürte er, wie seine Taschen durchsucht wurden. Sah das Gesicht eines jungen Mannes, der einen Infusionsbeutel hielt. Die schwankende Decke eines Krankenwagens.

Dunkelheit.

♣ ♦ ♠ ♥

Galahad in Uniform

Teil 11
Epilog

Von einer Kugel getroffen zu werden tat weh.

Zweimal von einer Kugel getroffen zu werden … nun, eigentlich hätte es doppelt so sehr wehtun müssen, aber es kam ihm noch viel mehr vor. Zehnmal so sehr, mindestens.

Die Behandlung danach war auch nicht viel besser. Die kasachische Polizei hatte ihm unsanft Handschellen angelegt, obwohl er viel Blut verloren hatte. Wegen der Kugel in der Schulter und der anderen in der Seite hatte er jegliche Machoglaubwürdigkeit eingebüßt und geschrien. Damit hatte er die Sprachbarriere überbrückt, und sie hatten ihn in ein Krankenhaus gebracht, dessen Personal überfordert zu sein schien mit all den Leuten mit Schusswunden und Vergiftungen und einem alten Joker, der zusammengekrümmt in seinem Rollstuhl saß und so hässlich wie bemitleidenswert wirkte.

Franny hatte nicht gewusst, was er von einem kasachischen Krankenhaus zu erwarten hatte, doch unterschied es sich gar nicht so sehr von einem amerikanischen. Rasch hatte man ihn in den OP gebracht, und er war in einem Einzelzimmer aufgewacht. Er hatte das Gefühl, dass das nicht der Standard war, doch die Anwesenheit zweier großer, äußerst mitleidloser kasachischer Polizisten an der Tür hatte seinen Status mehr als deutlich gemacht.

Er beharrte darauf, den amerikanischen Botschafter sehen zu wollen, doch man ging nicht auf ihn ein. Dann beschwor er die Brüderlichkeit zwischen den Gesetzeshütern aller Länder, um bei seinen Wächtern ein wenig Sympathie herauszukitzeln. Doch auch das funktionierte nicht. Vielleicht weil keiner von ihnen ein Wort von dem verstand, was er sagte.

Er beschloss, sich anzuziehen, obwohl sein blutgetränktes Hemd verschwunden war. In einem Flügelhemd kam er sich nicht sonderlich passabel vor. Doch als er die Tür aufmachte, blickte er in die Läufe der Maschinenpistolen seiner Wachen. Franny kam kurz der Gedanke, dass die Verbrecher in New York ziemlich beeindruckt wären, wenn er statt seiner Dienstpistole so ein Teil hätte.

Eine der Wachen blaffte ihn in einer Sprache an, die für ihn wie Russisch klang. Oder vielleicht Kasachisch. Er hatte keinen Schimmer. Franny deutete auf seinen nackten, wenn auch verbundenen Oberkörper. »He, wie wäre es mit einem T-Shirt? Oder sonst irgendwas?«

Die Wachen sahen ihn desinteressiert an und machten die Tür zu.

Franny ging zum Bett zurück, setzte sich, versuchte nachzudenken. Es war aussichtslos. Seine Gedanken kehrten immer und immer wieder zu den chaotischen Augenblicken zurück, als Jamal gestorben war. Seine Kehle war eng, und er schluckte einige Sekunden lang schwer. Er hatte den zynischen SCARE-Agenten gemocht. *Ich habe Stuntman umkommen lassen.*

Jetzt war er vollkommen allein. Wenn er nicht auf der Wache auftauchte, würde Maseryk sich vermutlich zusammenreimen, wo er war. Vielleicht würde irgendwann sogar jemand vom NYPD, vom Außenministerium oder vom SCARE oder sonst wer kommen und ihn retten.

»Die meisten Joker habe ich heil nach Hause gebracht«, sagte er laut ins leere Zimmer.

Doch das Zimmer war nicht beeindruckt.

Die Tür ging auf, und seine Wachen kamen herein, zusammen mit einem Mann mit verschlossenem Gesicht und zurückgegeltem braunem Haar, das Franny an einen Otter erinnerte. Sein Anzug war teuer. Am Handgelenk trug er eine Rolex, und das Kabel eines Knopfhörers verschwand in seinem Kragen.

Die Wachen packten Franny am Arm und schleppten ihn hinaus. Es tat in der Schulter und in der Seite weh, und er schrie: »He! Was macht ihr? Wo gehen wir hin?« Er wurde den Gang hinuntergeführt. »Ich verlange, den amerikanischen Botschafter zu sprechen! Ich bin Polizist, Sie können mich nicht …«

Der Mann im Anzug verpasste ihm eine kräftige Ohrfeige. Franny schmeckte den Kupfergeschmack von Blut und hielt die Klappe.

»Baba Yaga möchte Sie sehen«, sagte der Mann mit einem europäischen Akzent, den man nicht weiter zuordnen konnte, der aber überlegen klang.

Ein Mottenschwarm schien sich in Frannys Bauch eingenistet zu haben. Er spürte, wie seine Beine leicht zitterten. Okay, dann würde er also sterben. Er durfte dem Tod nicht wimmernd wie ein Mädchen entgegentreten. Er richtete sich auf, sah den Otter an und sagte: »*Ich* werde bewacht, aber sie darf beschissene Botenjungen losschicken? Sie ist eine Kriminelle. Warum stehen diese Typen nicht …« – er deutete mit dem Daumen auf die beiden Polizisten – »nicht vor *ihrer* Tür?«

»Weil sie ein geachtetes Mitglied der hiesigen Geschäftswelt ist, Sie dagegen sind ein amerikanischer Cowboybulle, der sich außerhalb seiner Zuständigkeit einmischt.«

Der Otter stieß die Tür auf, und zum ersten Mal sah er sich der Frau gegenüber, die hinter all dem Wahnsinn stand.

Sie war klein und schrumpelig, und ihr gefärbtes rotes

Haar hob sich erstaunlich grell von den aufgetürmten Kissen ab. Erst wirkte sie zerbrechlich, bis sie die schweren Augenlider hob und Franny durchdringend anblickte. Es waren die kältesten, berechnendsten grauen Augen, die er je gesehen hatte.

Er wurde unbarmherzig vorwärtsgeschubst, bis er neben dem Bett stand. Die beiden Wachen zogen sich zurück, und Baba Yagas runzlige Lippen setzten sich in Bewegung.

Baba Yaga sprach: »Das ist also der Held«, sagte sie auf Englisch.

Franny sah sie an und fragte sich, was Berman mit Möbeln und Fußschemeln gemeint hatte?

»Dummer, dummer Junge«, fuhr die Alte fort. »Sie haben keine Ahnung, was Sie angestellt haben. Er erwacht, und wir sind alle tot.«

Franny schluckte. »Wie?«, fragte er. »Wer, wir?«

Baba Yaga lachte und zeigte auf Franny. »Sie.« Sie berührte ihre Brust. »Ich. Die da.« Ihre Geste schloss den Otter und die Polizisten ein und ließ die brillantbesetzten Ringe aufblitzen. »Talas, Kasachstan. Und irgendwann … die ganze Welt.«

Irgendwo in der Ferne, in einem anderen Teil des Krankenhauses, fingen die Leute an zu schreien.

♣ ♦ ♠ ♥